AF184956

Lena Johannson
Nach den Gezeiten

aufbau taschenbuch

LENA JOHANNSON

Nach DEN Gezeiten

Vier Frauen und ein Jahrhundertbauwerk,
das die Welt verändert

Roman

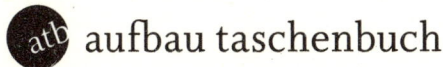

aufbau taschenbuch

MIX
Papier | Fördert
gute Waldnutzung
FSC® C083411

ISBN 978-3-7466-3946-8

Aufbau Taschenbuch ist eine Marke
der Aufbau Verlage GmbH & Co. KG

1. Auflage 2023
© Aufbau Verlage GmbH & Co. KG, Berlin 2023
Satz Greiner & Reichel, Köln
Druck und Binden CPI books GmbH, Leck, Germany
Printed in Germany

www.aufbau-verlage.de

Den Erdarbeitern gewidmet.
Sie sind die wahren Helden,
denen wir den Kanal zu verdanken haben.

Prolog

Mimi, 1889

Grau liegt der Rhein in seinem Bett. Es ist eine Lebensader, gewiss, wichtig für die Wirtschaft und damit für das Auskommen der Menschen, die hier wohnen. Doch sie kann sich nicht daran erfreuen. Sie vermisst das fröhliche Leuchten, die Vertrautheit eines alten Bekannten. Was die Besucher nur alle haben mit ihrem Gerede von Romantik. Immer mehr zieht es an das Gewässer, um eine Bootsfahrt zu machen oder am Ufer zu spazieren. Da kommt schon wieder eine Gruppe junger Männer und ihrer Begleiterinnen, die Kleider mit Spitze und Schleifen übersät. Lachend streben sie der Godesberger Fähre zu. Selbst heute an einem regnerischen Tag herrscht Betrieb. Mimi schlägt die andere Richtung ein, spaziert zwischen Birken und Buchen entlang, betrachtet die Wiesen zur Rechten und den Strand zur Linken. Ja, sogar einen schmalen Sandstreifen gibt es hier, von dem aus man ein Bad nehmen könnte. Das Blau des Frühlingshimmels versteckt sich hinter dicken grauen Wolken. Alles erscheint ihr grau. Wie das Pensionat. Schon als sie auf die höhere Töchterschule ging, war sie mit der nordischen Mythologie vertraut, konnte die Helden- und Götterlieder der Edda auswendig hersagen. An stürmischen Tagen bei Spaziergängen durch ihren geliebten Harvestehuder Weg, der jetzt so fern ist, fielen ihr Gedichte ein. Als sie auf das Mädchenpensionat in Bonn geschickt wurde, hatte Mimi sich so sehr gewünscht, mehr über Philosophen und über die Mystiker zu lernen. Sie hatte sehnlichst gehofft, jemand würde sich für ihre Verse interessieren und ihr Schreiben fördern. Doch weder Hoffnung noch Wunsch hatten sich erfüllt. Sie ist in ihrer Geburtsstadt und hat Freundinnen gefunden, trotzdem ist sie nicht recht glücklich. Vielleicht weil ihr das Blau fehlt. Alles ist grau, von den Schlafräumen, die sich jeweils vier Mädchen teilen, über die Schulstube bis hin zu den Fenstern aus Milchglas. Die Schülerinnen sollen nur nicht hinaussehen in die Welt, sollen nicht abgelenkt werden. Und noch wichtiger: Kein junger Mann soll hereinsehen können. Gut, dass es wenigstens die Dachluke gibt. Die Mädchen nennen sie Schwärmerfenster. Von dort können sie hinausschauen und von der Welt schwärmen. Wie ihre Mutter damals aus dem Dachfenster der alten Mühle über die Elbe schauen und von der Ferne träumen konnte. Mimi geht in die Knie, pflückt eine Pusteblume. Sie atmet ein und bläst die hauchzarten Schirmchen in den bleiernen Himmel. Eines für ihre Schwester Else. Sie ist nur ein Jahr jünger, immer wieder hält jemand die beiden für Zwillinge. Je ein Schirmchen für ihre drei Brüder, vor allem für Brüderchen Paul, dem sie doch die Mutter ersetzen wollte. So hatte sie es ihrer Mutter am Sarg still versprochen. Wie kann sie das tun, fern der Heimat und der geliebten Familie? Mindestens ein Schirmchen ist für Vater bestimmt. Sein Lebenswerk wird wahr, und doch kommt er nicht zur Ruhe. Sicher arbeitet er auch in dieser Minute wieder an seinen Vorschlägen, die das Durchfahren des Kanals regeln sollen.

»Meine Schrift über die Ertragsfähigkeit eines Schleswig-Holsteinischen Seeschifffahrtskanals hat auch niemand bei mir in Auftrag gegeben, Mimi«, hat er ihr kürzlich erklärt. »Ich habe sie aus freien Stücken verfasst, weil ich der Ansicht war, der wirtschaftliche Aspekt war trotz seiner erheblichen Bedeutung in allen anderen Ausführungen über eine solche Wasserstraße zu kurz gekommen. Und so war es.« Mimi muss lächeln, wenn sie daran denkt, wie zufrieden

Vater ausgesehen hatte, als er sagte: »Der Herr Geheime Oberbau-
rat Lentze, der für seinen Entwurf für einen Kanal sehr wohl einen
Auftrag vom Handelsministerium hatte, gab zu, dass die Nachweise
über den Schiffsverkehr darin gefehlt hätten. Aber letztlich ist es
doch die Rentabilität der direkten Verbindung von West nach Ost,
die es zu beweisen galt. Das habe ich getan, und der Kaiser hat dem
Bau zugestimmt.« Natürlich konnte Vater nicht unerwähnt lassen,
dass für Herrn Lentze außerdem die Streckenführung von Eckernförde an die Elbe die richtige gewesen sei, statt von Kiel, wie Vater es
vorgeschlagen hatte. Und so würde es nun auch kommen, ein blaues
Band von Brunsbüttel bis nach Kiel.

»Nun mache ich es wieder so«, hatte Vater gesagt, »ich arbeite ein
Regulativ aus, in dem die Fragen zur Durchfahrt ebenso aufgeführt
sind wie die Tarife für das Durchqueren, Geschlepptwerden, Schleusen. Du wirst sehen, Mimi, spätestens bei der Eröffnung wird man
es mir danken.«

Sie lässt den nackten Stängel des verblühten Löwenzahns ins Gras
fallen und seufzt. Gewiss mutet sich Vater wieder einmal zu viel zu,
schläft und isst zu wenig. Was bleibt ihm auch anderes übrig? Bisher hat ihm die Planung des Kanals schließlich noch keinen Reich-
tum beschert. Gerade mal die hohen Kosten, die sich in sieben langen Jahren der Vorbereitung angehäuft hatten, wurden ihm ersetzt.
Man hat ihm nur sein Vermögen erstattet, das er investiert hat, um
durchs Reich zu reisen und Menschen von seinem Plan zu überzeugen, um zu messen, zu zeichnen, zu entwerfen. Es war auch Mutters
bescheidenes Vermögen. Sie hat die Grundsteinlegung nicht mehr
erlebt. Dabei wollte Vater doch für sie Ost und West näher zusam-
menbringen, um ihr die ganze Welt zu Füßen legen zu können. Ein
Ausflugsschiff gleitet vorüber, gleich darauf rollen kleine Wellen mit
leisem Rauschen ans Ufer. Das Wasser ist Vaters Element. Vielleicht
weil er in Hamburg geboren wurde. Wasser und Feuer. Vater war

zwei Jahre alt, als der Große Brand etwa ein Viertel der Hansestadt verwüstete. Seine Eltern hatten vier Tage zuvor ein neues Haus bezogen, Kisten und Koffer waren noch nicht einmal vollständig ausgepackt, als das Feuer ausbrach, das war ihr Glück. Sie wurden eilig über den Alsterdamm aus der Stadt hinaus in Sicherheit gebracht. Auf einem dieser Koffer ein zweijähriger Junge, Mimis Vater. Er hat oft behauptet, er könne sich an die Gewalt der Flammen erinnern. Feuer ist eine mächtige Gefahr, auch heute noch. Auch Schiffe kommen dadurch zu Schaden. Vielleicht hatte Vater auch das im Sinn, als er den Deutschen Reedereiverein gründete. Er hat möglich gemacht, dass die Mitglieder, hauptsächlich Ostseereeder, eine Seeversicherung mit erschwinglichen Prämien bekamen und von englischen Anbietern unabhängig wurden. Wie beim Kanal hat er sich Vorschläge überlegt, sie niedergeschrieben und umgesetzt. Typisch Vati! Er ist Freimaurer, Fürsorge gehört zu ihren festen Werten. Noch immer hat er den Vorsitz des Reedereivereins inne, dabei hat er vor drei Jahren auch noch den Nordischen Bergungsverein ins Leben gerufen. Vaters Dampfer und die flachen Bergungsprähme retten Kähne, die nicht mehr aus eigener Kraft an ihr Ziel kommen, oder holen gesunkene Schiffe wieder an die Oberfläche. Bis Russland sind sie unterwegs und seit Kurzem auch im Mittelmeer und im Roten Meer. Vater verdient gutes Geld damit. Endlich. Der Kanal würde ihm erst bei der Eröffnung den verdienten Lohn bringen, bis dahin waren es noch Jahre. Mimi betet insgeheim, dass man ihn mit einer Summe bedenken möge, die es ihm erlauben wird, weniger zu arbeiten. Ein Häuschen im Grünen, das er für Mutter, für Mimi und ihre Geschwister hatte kaufen wollen, lockt ihn heute wohl nicht mehr. Doch Mimi weiß, wie sehr er Spaziergänge in der Natur liebt. Wie schön wäre es, wenn er dafür mehr Zeit hätte. Sie bleibt stehen und lässt ihren Blick über den Rhein wandern. In seiner glücklichen Zeit mit Mutter hier in Bonn hat Vater mal einen Walzer komponiert. Die Sehnsucht nach Vater und nach seinem Kanal, der jetzt in Brunsbüttel und Kiel und an vielen Orten an der zukünftigen Linie gleichzeitig begonnen wird, raubt ihr fast den Atem. Sie stellt sich vor, wie die gewaltige künstliche Wasserstraße den Norden des Kaiserreichs verändern wird. Gewiss nicht nur den, sondern das gesamte Reich. Und die Menschen, die ihn erschaffen.

Kapitel 1
Susanne

Brunsbüttel, Frühjahr 1889

Sanne war längst wach, als die Sonne sich zaghaft mit ihren ersten Strahlen über das Land tastete. Sie schlich sich aus der Kammer, in der ihre vier jüngeren Geschwister noch schliefen. Nicht zum ersten Mal. Es kam ihr beinahe vor, als würde sie zwei Leben führen. Sie war die Tochter des Zimmermanns Herwart Schmidt und führte mit ihrer Mutter Maria den kleinen Haushalt, putzte, wusch, stopfte, kochte und kümmerte sich um die Lütten. Im Nutzgarten der Familie bauten sie Salat, Gemüse und Kräuter an und sorgten dafür, dass Vorräte für den Herbst und Winter in der Erdmiete lagerten. Gleichzeitig war sie die Konstrukteurin der Schleusenanlage Brunsbüttel! Natürlich nicht offiziell. Doch das machte ihr nichts aus. Die Leute würden schon noch früh genug erfahren, dass sie es war, die die Pläne ihres Urahnen zugrunde gelegt und die Anlage für den Nord-Ostsee-Kanal berechnet hatte. Zusammen mit Rosario.

Rechts und links vom Alten Braakdeich hing Nebel über den Feldern, als hätte sie jemand über Nacht zugedeckt. Sanne setzte vorsichtig einen Fuß vor den anderen, im ersten Dämmerlicht des Tages konnte man leicht stolpern. Was hatte sie für ein Glück gehabt! Durch eine Verwechslung war Steinmetz und Sprengmeister Rosario als Schleusenbauer eingestellt worden. Weil er davon nicht genug verstand, war Sanne ihm schnell auf die Schliche gekommen. Und jetzt trugen ein Schwindler und eine Frau die Verantwortung für einen der wichtigsten und zugleich schwierigsten Bauabschnitte des Nord-Ostsee-Kanals. Selbst Sannes Eltern durften natürlich nichts davon wissen. Sie glaubten wahrscheinlich, sie hätte sich ein bisschen in den Italiener verguckt, so oft, wie sie sich mit ihm traf. Vielleicht hofften sie sogar, dass was Festes draus wurde, immerhin wäre er keine üble Partie. Sollte ihr recht sein. Das führte zwar zu diesem anstrengenden Doppelleben, denn Mutter ahnte nichts von der Herausforderung, die Sanne zu bewältigen hatte, und schonte sie folglich auch nicht, doch Sanne kümmerte es nicht. Im Gegenteil, sie hätte sich nichts auf der Welt mehr gewünscht. Ein Studium war ihr als Frau verwehrt, doch ihr Einsatz an der Schleuse war viel besser. Jeden Tag lernte Sanne etwas Neues und schon sehr bald konnte sie direkt am Objekt sehen, ob all ihre Berechnungen und Überlegungen richtig gewesen waren.

Der Wind pustete ihr ordentlich ins Gesicht, als sie in Richtung Josenburg abbog. Nun war es nicht mehr weit bis zu dem Ausläufer der Braake, an dem sie sich mit den Männern treffen und eins der wichtigsten Experimente überhaupt durchführen wollte. Heute würde sich herausstellen, ob ihre Schleusenkonstruktion fehlerfrei funktionierte, eine Frage, die für ihr weiteres Vorgehen natürlich entscheidend war. Allein bei dem Gedanken spürte sie ein Kribbeln im ganzen Körper. Schon als kleines Mädchen hatte sie es geliebt, wenn ihr Großvater ihr Zeichnungen und Pläne seines Großvaters gezeigt und erklärt hatte. Seit einigen Monaten fertigte sie nun endlich selbst welche an und würde irgendwann sogar dabei zusehen können, wie ein echtes Bauwerk daraus entstand. Sie durfte sich mit dem beschäftigen, was ihr die größte Freude bereitete. Mindestens ebenso wichtig: Sie würde allen beweisen, dass Frauen nicht weniger konnten als Männer, nur weil angeblich ihr Gehirn kleiner war, wie ihr Vater behauptete. Heute würde sie einen Vorgeschmack darauf bekommen, wie es sein würde, wenn das Werk einmal vollendet war. Zusammen mit Rosario und Andreas Kolbe hatte sie in nächtelanger Arbeit ein funktionsfähiges Modell gebaut, eine Schleuse für Zwerge sozusagen. Kolbe, der am Kanal mitbuddeln wollte, nur dummerweise lange bevor die Aushubarbeiten begonnen hatten, nach Brunsbüttel gekommen war, hatte ein Händchen für Miniaturausgaben großer Gebäude. Seinem Bruder hatte er auch einmal ein Haus im Kleinformat gebastelt, ehe es an die große Version ging, in der der Bruder nun wohnte. Während Sanne und Rosario die Anlage auf Papier gebracht hatten, war Kolbe es gewesen, der die Umsetzung geleitet hatte. Nach und nach hatten sie die Schleuse errichtet. Dafür hatten sie sich eine Stelle mit viel Gestrüpp an einem verschlafenen Nebenarm der Braake gesucht. War immer'n büschen ungemütlich, zwischen dem Gesträuch herumzuklettern, dafür war ihre kleine Schleuse aber gut versteckt. Trotzdem hatte Sanne jedes Mal mordsmäßig Angst, jemand könnte sie doch entdeckt und ihre ganze Arbeit zunichtegemacht haben. Als ob sie nicht so schon genug Bammel hatte, dass ihr ganzer schöner Plan auffliegen könnte. Mit Schrecken dachte sie an den unheilvollen Abend zurück, an dem sich Rosario und Kolbe in der Gaststätte von einem Fremden zu Köm hatten einladen lassen und dabei möglicherweise, so genau konnten sich beide nicht mehr erinnern, ausplauderten, dass Rosario nicht der Schleusenbauer war, den alle sehnlich erwartet hatten. Noch Wochen später hatte Sanne allein bei dem Gedanken gezittert, dass der geheimnisvolle Fremde, zu dem die beiden allzu vertrauensselig gewesen waren, wieder in Brunsbüttel auftauchte und ihr Geheimnis verriet.

Am Treffpunkt angekommen, stand sie einen Moment nur da und blickte in Richtung Ostermoor. Die Sonne hatte den Nebel aufgelöst, so dass sie eine herrlich freie Sicht hatte. Von Rosario und Kolbe noch keine Spur. Sanne sah sich um. Ein paar Männer waren an der neuen Straße zugange. Das musste man sich mal vorstellen, eine Zufahrt, die nur für die Baufahrzeuge, die Material oder Arbeiter heranschafften, entstand, und die wieder verschwinden würde, wenn der Kanal fertig war. Sie hörte Metall auf Stein hämmern und stellte zufrieden fest, dass niemand Notiz von ihr nahm. Also konnte sie es wagen, unter den langen gebogenen Ästen einer Trauerweide hindurchzuschlüpfen. Wie immer blieb sie kurz stehen und lauschte. Nichts. Nur das Klopfen der flink geführten Werkzeuge, das Pfeifen eines Mannes und das Zwitschern und Rascheln der Vögel, die in den Bäumen den Frühling begrüßten. Sie atmete auf. Die Erleichterung war umso größer, als sie einen Blick auf die unter Zweigen verborgene Schleuse warf. Gottlob hatte offensichtlich niemand die Finger dran gehabt. Sie spitzte noch einmal die Ohren, doch Rosario und Kolbe waren noch nicht in der Nähe. Wären sie es, könnte Sanne sie hören. Die beiden hatten immer etwas zu reden und zu lachen. Wahrscheinlich waren sie deshalb auch nie pünktlich. Sie trat wieder aus dem Versteck, sah sich noch einmal vorsichtig um und machte sich auf den Weg in Richtung Ostermoor. Wie sehr sich hier in den letzten Monaten alles verändert hatte! Bis vor bummelig einem Jahr hatte es nichts gegeben als Wiesen, soweit man gucken konnte. Und die alte Mühle natürlich, deren Dachstuhl Vater in Ordnung gebracht hatte. Aber jetzt? Sanne konnte schon den Bahnhof sehen, den ein Unternehmer aus Berlin hatte anlegen lassen, mit allem Drum und Dran. In einer Schmiede und einer Schlosserei loderten täglich die Feuer, und das emsige Schlagen von Metall auf Metall war weit zu hören. Ein Trockenbagger stand auch schon bereit. Sanne konnte es kaum erwarten, bis der zum Einsatz kam. Er würde sich eigenständig auf Schienen bewegen können. Den langen Arm mit dem Paternosterwerk und den Eimern daran konnte er heben oder auf die gewünschte Tiefe senken, hatte sie gehört. War ja auch logisch, je mehr Erde mit ihm abgetragen wurde, desto weiter in der Tiefe musste der Aushub erfolgen und abtransportiert werden. Sie stellte es sich faszinierend vor, wie viel die Maschine in kurzer Zeit würde leisten können, und das mit nur wenigen Männern, die sie bedienten.

Je näher sie dem einstmals verschlafenen Dorf Ostermoor kam, desto deutlicher konnte sie verschiedene Loks erkennen, die auf den Gleisen warteten, bis sie endlich die vielen Kippwagen würden ziehen dürfen, die alle bis zum Rand mit Erde gefüllt sein würden. Es kam ihr beinahe vor, als wären die Schienenfahrzeuge nicht weniger ungeduldig als sie selbst. Ehe nur an den eigentlichen Schleusenbau zu denken war, mussten Mengen von Bodenaushub bewegt werden. Von hier bis rüber nach Kiel an der Ostsee war das so. Wie lange das wohl dauern würde? Das noble Kontorhaus kam in ihr Sichtfeld, das neben dem Bahnhof ebenfalls neu entstanden war. Sanne beneidete diesen Berliner Unternehmer und seine Mitarbeiter, die dort täglich sitzen durften und beim Blick aus dem Fenster bestimmt immer wieder neue aufregende Dinge zu sehen bekamen. Sie hatten den Fortschritt direkt vor der Nase! Neben das Kontorhaus, in dem der Unternehmer auch wohnte, war noch ein deutlich bescheidenerer Bau gesetzt worden. Vier Eingänge, jeder führte in eine schmale Wohnung, die sich aber fast wie ein kleines eigenes Haus anfühlte. Das wusste Sanne genau, denn in einem davon lebte Rosario, seit er den Holthusen-Hof hatte verlassen müssen. Sanne war nur noch wenige Schritte von der Tür entfernt, als diese sich öffnete und Rosario mit Kolbe ins Freie trat. Spät dran wie immer, aber wenigstens hatten sie die Eimer nicht vergessen.

»Ah, da sind sie ja, die Gebrüder Klön und Schnack.«

»Entschuldige, Sanne, sind wir etwas spät.« Rosario setzte eine zerknirschte Miene auf, dann stutzte er. »Brüder … wie?«

Kolbe griente nur breit. Zu dritt machten sie sich auf den Weg.

Andreas Kolbe war bei Rosario untergekommen, als der noch im Haus des alten Holthusen gewohnt hatte. Das war inzwischen abgerissen, Rosario umgezogen. Auch in dem neuen Zuhause hatte Kolbe Unterschlupf gefunden, jedenfalls solange er bei Sannes Vater arbeitete und Gerüste und Zäune baute. Doch bald würde er an einem der Bagger schuften. Das hoffte er wenigstens, aber zur Not würde er das Bett für den Kanal auch per Hand und allein schaufeln, behauptete er. So war er, ein Aufschneider, wie er im Buche stand. Aber ein netter. Außerdem waren seine Worte nicht nur heiße Luft, er konnte wirklich tüchtig anpacken, ihr Vater war sehr zufrieden mit ihm. Dabei ging es Kolbe wie ihr. Auch er musste zwei Aufgaben bewältigen, als Helfer des Zimmermanns Herwart Schmidt und als Modellbauer für Rosario und sie.

An ihrem Versteck angekommen, fing Kolbe sogleich an, Zweige zur Seite zu ziehen, um ihr Schleusenmodell freizulegen. Das war immer der Moment, in dem Sanne staunte, wie groß allein die kleine Ausgabe war. Wie gewaltig würde erst das Original sein.

»Ich konnte kaum schlafen«, gab sie zu, »so aufgeregt war ich. Heute ist der Tag der Tage! Heute werden wir hoffentlich sehen, ob all unsere Berechnungen richtig waren.«

»Typisch Frau«, meinte Kolbe spöttisch. »Was soll schon schiefgehen?« Er zuckte mit den Achseln, als bedeutete das alles nichts. Gleichzeitig ließ er sämtliche Fingerknochen knacken, vom Ringfinger bis zum kleinen Finger, an beiden Händen parallel. Sanne lächelte, sie kannte ihn inzwischen gut genug, um zu wissen, dass auch er nicht so gelassen war, wie er tat.

»Ist ein großer Moment, finde ich auch«, stimmte Rosario ihr zu und strahlte sie an. Er war der einzige Mensch, in dessen Gesicht dermaßen die Sonne aufgehen konnte. Das lag bestimmt nicht an seinen auffallend weißen Zähnen, sondern an seiner Heimat. Dort schien die Sonne das ganze Jahr, hatte er behauptet. Würde sie zu gern mal sehen. Überhaupt träumte sie davon, die Welt zu bereisen, bedeutende Bauwerke zu bestaunen. Die Pyramiden vielleicht oder die berühmten italienischen Kirchen.

»Wenn wir nur eine Kleinigkeit übersehen haben, klappt nixe.«

Sein Deutsch war sehr viel besser geworden, seit Rosario in Brunsbüttel lebte. Manchmal fand Sanne das fast ein bisschen schade, weil sein Akzent so nett klang und er die lustigsten Wörter erfunden hatte. Sanne bückte sich, um Geäst zur Seite zu ziehen, mit dem sie eine Mulde abgedeckt hatten. Sofort war Rosario an ihrer Seite.

»Nicht du, das mache ich!«

Zwar war sie es gewohnt, körperlich zu arbeiten und hatte auch nicht wenig Kraft, trotzdem mochte sie es, dass er so'n Kavalier war. Weil Kolbe sich allerdings jedes Mal sofort darüber lustig machte, ließ sie sich meist nicht helfen.

»Geht schon, danke!« Sie lächelte ihn kurz an und zog den letzten Ast beiseite. »Hier hätten wir also die Baugrube«, sagte sie. »Die gibt's ja schon, in Wirklichkeit, meine ich.«

»Si, richtig. Da kommt der Schwimmbagger rein, und der buddelt ganz tief.« Rosario legte die Stirn in Falten. »Wie viel Meter müssen die noch runter?«

Sanne antwortete ihm nicht, denn ihr fiel auf, dass der Grund ihrer Mulde irgendwie eigenartig aussah.

»Moment, was ist denn das? Man könnte meinen, das wäre feucht da unten«, sagte sie.

Kolbe ließ sich auf die Knie fallen, beugte sich weit vor und legte die Handfläche auf den Sand.

»Das sieht nicht nur so aus, das ist nass.« Er wandte den Kopf und blickte von einem zum anderen.

»Wir haben doch alles grundlich abgedichtet.« Rosario fuhr sich durch das schwarze wellige Haar.

»Wo kann denn bloß Wasser eindringen?« Sanne spürte ihren eigenen Herzschlag und begann plötzlich zu schwitzen. »Es liegt noch nicht einmal hoher Druck auf unserer Konstruktion«, sagte sie und hörte selbst die Verzweiflung in ihrer Stimme.

»Die Staumauer ist dicht«, erklärte Rosario, nachdem er sie nicht nur gründlich betrachtet hatte, sondern auch noch mit den Fingerspitzen langsam an sämtlichen Kanten und Übergängen entlanggefahren war.

Kolbe hatte die verschließbare Öffnung mit dem Rohr daran der gleichen Überprüfung unterzogen und verkündete, auch dort sei alles trocken. Sanne seufzte.

»Das kann nicht sein.« Rosario schien genauso ratlos zu sein wie sie.

»Ist aber so«, sagte Kolbe und schnaufte. »Irgendwo kommt Wasser rein.«

Kaum, dass er aufgestanden war, kniete Sanne sich hin und inspizierte ihr Modell.

»Vorsicht, pass bitte auf dich auf!« Rosario klang ehrlich besorgt.

»Sie fällt schon nicht hinein«, beruhigte Kolbe ihn, wieder mit diesem Spott in der Stimme. »Und wenn doch, wird sie höchstens 'n büschen dreckig.«

Sanne ließ die beiden reden. Inzwischen war nicht mehr nur der Boden feucht, es hatte sich eine richtige kleine Pfütze gebildet. Sie fixierte deren Oberfläche angestrengt. Das Wasser stand nicht einfach still, es war leicht in Bewegung, erkannte sie.

»Siehst du da etwas?«, wollte Rosario wissen.

»Allerdings!« Sie nickte, stand auf. »Das dringt nicht von außen ein«, erklärte sie den beiden, »das drückt von unten hoch.«

»Du meinst …?« Kolbe sah ziemlich verwirrt aus.

Rosario dagegen verstand. »Ich hätte nicht gedacht, dass sich das in unserer kleinen Grube auch bemerkbar macht. Wir sind so weit von der Elbe weg.«

»Einerseits, andererseits«, meinte Sanne nachdenklich. »Wenn du zu Fuß von hier zum Elbdeich laufen und womöglich noch was Schweres schleppen sollst, kommt dir der Weg weit vor. Wenn du aber mal überlegst, wie schnell der Pegel bei Flut steigt, dann wäre das Wasser so fix hier, als hätte es nur einen Katzensprung zu über- brücken. Wahrscheinlich ist gerade Flut, und der Druck steigt. Sonst wäre die Pfütze schon da gewesen, als wir die Mulde aufgedeckt haben.«

Rosario nickte langsam.

»Und was jetzt?« Kolbe wirkte nervös. »Heißt das etwa, wir müs- sen noch mal von vorn anfangen?

»Auf jeden Fall haben wir ein Problem«, meinte Sanne finster. »So wie es gedacht war, wird es in der echten Baugrube schon gar nicht funktionieren. Überlegt doch mal, es ist nicht nur die Elbe, sondern gleich dahinter die Nordsee. Die drückt das Wasser mit einer Gewalt in den Kanal, da läuft die Grube bestimmt gleich voll. Da kriegen die Männer nasse Füße und Schlimmeres.«

»Das müssten die Ingenieure doch wissen«, wandte Kolbe ein. »Haben die nicht extra viele Löcher gebohrt, um die Bodenbeschaf- fenheit ganz genau zu kennen?«

»Fast vierzig Stuck, ja, allein neun im Bereich unserer Schleuse.«

»Fünfundzwanzig Prozent der Löcher in der Schleuse«, sagte Sanne leise. Kolbe verdrehte die Augen.

»Wie kann man so vernarrt in Zahlen sein?«

»Bin ich nicht«, protestierte sie. Er ging nicht darauf ein, sondern verschränkte die Arme vor der Brust.

»Und?«

Sanne hätte wetten mögen, dass er gleich wieder über die Schlau- meier schimpfen würde, die sich für ihre gemütliche Tätigkeit am

Schreibtisch fürstlich bezahlen ließen, aber keine Ahnung von dem hatten, was auf einer Baustelle vor sich ging.

»Zuerst haben wir ungefähr drei Meter Ziegelerde mit Torfschichten dazwischen, dann kommt Marschklei, ungefähr fünfzehn Meter dick«, referierte Rosario. »Der Boden ist fest und tragfähig, aber es ist logisch, dass das Grundmauerwerk sehr hohen Druck ausübt und die Bodenschichten zusammenpresst.« Wie immer, wenn Rosario wiedergab, was er von den Ingenieuren gelernt hatte, saugte Sanne jedes Wort auf. Für sie war das alles so interessant. Jede Kleinigkeit konnte am Ende eine große Bedeutung haben. Sie wollte auf keinen Fall irgendwas übersehen. »Deshalb kommen zuerst die Spundwände, dann die Mauern. Wenn die sich hingesetzt haben, werden die Kammerböden betoniert.«

»Wenn die sich gesetzt haben«, korrigierte Sanne ihn lächelnd.

»Ja, sage ich doch. Der Grund der Kuhle bekommt eine Betondecke, das ist das Wichtigste. Das Wasser kann nicht mehr von unten durch.« Er sah sehr zufrieden aus.

»Wie dick soll die werden?«, wollte Sanne wissen, er hob die Schultern. »Du musst dir die Zahlen über den zu erwartenden Wasserdruck und die geplante Dicke der Betonsohle unbedingt geben lassen. Die setze ich in die Berechnung meines Urururgroßvaters ein.« Ihr fiel noch etwas ein. »Du sagst, die Spundwände werden zuerst errichtet, dann die Mauern und danach das restliche Fundament«, überlegte sie laut. »Gehen die davon aus, sie könnten die Sohle im Trockenen betonieren?«

»Das wollen sie versuchen, ja. Natürlich müssen sie kräftig entwässern, das ist ihnen bewusst.«

»Haben sie auch einen zweiten Plan, falls die schöne Entwässerung nicht reicht?«, fragte Kolbe.

»Dann muss der Beton eben unter Wasser geschüttet werden. Aber das wäre nicht gut, weil das die Qualität vom Material mindert.«

»Hauptsache, die Herren haben das im Blick.« Sanne seufzte. »Sonst bist du ja da, um ein Auge drauf zu haben.«

Kolbe sah von einem zum anderen. »Dann wollen wir mal, oder? Die Trockenübungen haben die Tore doch bestens bestanden, wollen mal sehen, ob sie sich gleich auch noch so gut öffnen und schließen lassen. Wasser marsch, würde ich sagen.«

Sie sollten ihr Experiment starten, ehe doch noch jemand sie hörte und neugierig wurde. Aber Sannes Gedanken wanderten immer wieder zu der Frage, welche weiteren Konsequenzen ihre neue Erkenntnis haben könnte.

»Eine Sekunde noch«, sagte sie. »Könnte der Druck nicht auch für die Schleusenanlage selbst ein Problem werden?« Die beiden Männer sahen sie stumm an. »Ich meine, wenn sich die Mitteltür schließt …«, sie deutete auf die entsprechende Platte, die mit Scharnieren befestigt war, »… dann presst das Wasser mit Schmackes dagegen. Das machen die Tore nicht lange mit und die Mechanik schon gar nicht. Das haben wir nicht einkalkuliert. Zumindest haben wir nicht mit einer solchen Kraft gerechnet.«

»Was wäre denn, wenn wir Öffnungen in die Mitteltüren bauen würden?«, schlug Kolbe vor und knackte schon wieder mit den Fingern. »Da könnte dann das Wasser durch, und das würde den Druck mindern.«

»Sehr gute Idee!« Rosario nickte begeistert. »Naturlich mussen die sich aber auch schließen lassen.«

»Logisch!« Kolbe zog kurz die Augenbrauen hoch.

»Aber erst, wenn die zweite Mitteltür geschlossen ist«, pflichtete Sanne bei. »Dann wirkt nicht mehr eine so hohe Kraft darauf ein, die Mechanik wird weniger belastet.«

»Si, das könnte funktionieren.«

»Wie gut, dass du deinen Zauberkasten mitgebracht hast.« Sanne seufzte erleichtert. Kolbe hatte immer ein Köfferchen mit ein paar Werkzeugen und einigen Schrauben, Nägeln, Bändern und anderen nützlichen Kleinteilen dabei. Sonst hätten sie ihren schönen Probelauf jetzt vergessen können.

»Es ist immer das Gleiche mit euch Theoretikern«, schimpfte Kolbe. Sanne und Rosario wechselten belustigte Blicke, denn sie wussten beide, was nun kam. Und sie wussten, dass er es nur ein wenig ernst meinte. »Ihr macht es euch gemütlich, und ich darf mal wieder die Kohlen aus dem Feuer holen.«

»Von wegen gemütlich, wir helfen dir natürlich«, erklärte Rosario. Fast zwei Stunden sägten und schraubten sie, passten an und kontrollierten, ob sich auch niemand ihrem Versteck näherte.

»Ich müsste die Klappen eigentlich viel besser abdichten«, brummte Kolbe schließlich, »aber dafür fehlt mir das Material. Um die Funktion zu testen, wird es auch so gehen.«

Endlich konnten sie es wagen. Sie schlossen das erste Tor und mussten als Nächstes die Kammer füllen. Kolbe legte seine Hand an den Schieber einer Öffnung, Sanne ihre an den Schieber der zweiten Öffnung, mit denen das Rohr bisher verschlossen war.

»Auf drei«, kommandierte Kolbe. Die beiden sahen sich in die Augen, während er zählte: »Eins, zwei, drei!« Sie legten die Sicherungshebel um und zogen die Schieber nach oben, das Wasser, das sie zuvor aufgestaut hatten, schoss hervor und drang langsam in die Kammer ein, da es von den neu eingesetzten Öffnungen durchgelassen wurde. Nachdem der erste große Schwall durch war, betätigte Kolbe seine aus Drähten und einem Stab bestehende Hilfsmechanik und drückte damit das Fensterchen in der Mitteltür zu. Sanne musste sich zwingen, ruhig zu atmen. Alles sah gut aus, doch sie hatte riesige Angst, dass plötzlich doch noch etwas schiefging. Konzentriert behielt sie das kleine Modellboot im Auge, das fröhlich schaukelte und immer weiter nach oben getragen wurde. Schließlich schlossen sie den Zulauf durch das Rohr wieder und öffneten das zweite Schleusentor. Wäre es darum gegangen, einen Höhenunterschied auf einem Kanal zu überwinden, wäre es geglückt. Ihre Konstruktion funktionierte!

»Wir haben es geschafft!« Sanne fiel Kolbe um den Hals, er drückte sie an sich, nicht grob, und doch ahnte sie, dass er sie zerquetschen könnte, wenn er nur wollte. Mit einem Schlag hatte sie ein Bild vor Augen. Im letzten Winter hatte sie Rosario und Kolbe vom Gasthaus Busch abgeholt und nach Hause gelotst. Die beiden waren voll gewesen wie die Elbe bei Hochwasser. Sie würde nie vergessen, wie sie sich zu dritt durch Sturm und Regen zum alten Holthusen-Haus gekämpft hatten. Die beiden Männer waren auf der Stelle in ihre Betten gefallen und hatten geschnarcht, dass 'n Lied hätte draus werden können. Sie war bis auf die Knochen nass und durchgefroren gewesen, hatte ihre Kleider vors Feuer zum Trocknen gehängt, sich unter einer Wolldecke verkrochen und war eingenickt. Als sie aufgewacht war, hatte Kolbe in der Tür gestanden und sie wortlos angesehen. Keinen Ton hatte er gesagt. Auch danach nicht. Beide hatten diese seltsame Situation nie angesprochen. Sanne hatte schon geglaubt, sie hätte das vielleicht nur geträumt, doch als er sie jetzt so festhielt, spürte sie das gleiche fremde Kitzeln im Bauch und war sicher, er hatte die gleiche Erinnerung im Kopf.

Sie löste sich von ihm. Rosario stand da wie ein geprügelter Hund. Statt Freude über ihr gelungenes Experiment war aus seinem Gesicht nur Enttäuschung zu lesen. Kolbe hatte nur einen Schritt von ihr entfernt gestanden, deshalb hatte sie zuerst ihn umarmt. Schnell trat sie auf Rosario zu und breitete die Arme aus.

»Es hat wahrhaftig funktioniert«, sagte sie strahlend zu ihm. »Das war eine reife Leistung, die du da abgeliefert hast.« Er zögerte nicht länger, sondern zog sie an sich.

»Wir habe die Leistung abgeliefert«, sagte er atemlos. »Sind wir eine gute Gespinst.«

Sanne lachte. »Ein gutes Gespann, meinst du.«

»Ja, auch.« Seine Arme lagen noch immer um ihre Taille.

»Ich hoffe, ihr sprecht nicht von einem Zweiergespann«, sagte Kolbe.

»Auf keinen Fall!« Rosario schüttelte den Kopf. »Wenn wir dich nicht hätten!« Sanne nickte eifrig.

»Schön, dass ihr's einseht. Übrigens könnt ihr euch langsam mal wieder loslassen. Oder wollt ihr zusammenwachsen?«

Sanne spürte, wie ihre Wangen heiß wurden. Sie machte eilig einen Schritt zur Seite und blickte konzentriert auf ihre Schleuse, die ihre Probe mit Bravour bestanden hatte.

Es wurde schon dämmrig, also bedeckten sie ihr Modell wieder mit Zweigen, krochen zwischen dem Gesträuch hervor, sahen sich um und machten sich auf den Weg nach Brunsbüttelhafen, wo sie zur Feier des Tages im Gasthaus zusammen essen wollten.

Es herrschte eine eigentümliche Spannung zwischen ihnen, als sie den Ostermoorweg entlanggingen. Obwohl sie jubeln sollten und aufgedreht sein müssten, liefen sie schweigend nebeneinanderher. Sanne fuhr erschrocken zusammen, als Kolbe doch noch den Mund aufmachte.

»Ja, ja, was wärt ihr ohne mich? Bloß, was nützt es mir, dass ihr wisst, wie dringend ihr mich braucht?« Er trat mit der Schuhspitze gegen einen Stein, der im hohen Bogen durch die Luft flog. Sanne und Rosario wechselten schnelle Blicke. »Ich meine, ihr verdient das große Geld, ich dagegen kriege nur ein paar Kröten dafür, mir auf der Baustelle meine Knochen zu ruinieren. Das bleibt so, auch wenn ich hundert Modellschleusen gebaut habe.«

»Das große Geld!« Sanne lachte auf. »Das verdiene ich vor allem! Null Komma nix kriege ich. Wenn du das viel findest …?«

»Du weißt, wie ich es meine. Diejenigen, die klug schnacken können und verhandeln und so, die bestimmen die Löhne und sorgen dafür, dass ihresgleichen ein ordentliches Auskommen hat. Wer es eher hier hat als hier«, er deutete erst auf seinen muskulösen Oberarm, dann tippte er sich an den Kopf, »der muss sich mit dem zufriedengeben, was sie ihm zuteilen. Ist das etwa gerecht?«

»Die Welt ist nicht gerecht«, erklärte Rosario ruhig. »Auf der anderen Seite hat jeder selbst in der Hand, wie weit er es bringt.« Kolbe atmete hörbar ein, kam aber nicht zu Wort, denn Rosario sprach schon weiter: »Du hast es auch hier.« Damit legte er seinen Zeigefinger kurz an Kolbes Stirn. »Du musst die Ohren spitzen und immer lernen, dann zeichnest du irgendwann selbst Pläne und bist für die Berechnungen zuständig. Dann kriegst du auch mehr Geld.«

»Als ob das so einfach wäre.«

»Nicht einfach, aber möglich«, behauptete Rosario überzeugt. Sofort musste Sanne an Louis Favre denken. Er war eigentlich ein Zimmermann gewesen, hatte aber die gesamte Verantwortung für den Bau des Gotthard-Tunnels getragen. Rosario hatte jahrelang zu dessen Mannschaft gehört und sich unter Lebensgefahr kilometerweit durch den Felsen gegraben und gesprengt. Dieser Favre hatte nie eine Universität von innen gesehen. Das beeindruckte Sanne mächtig. Sie würde wahnsinnig gern studieren. Dummerweise war das Frauen nicht erlaubt. Favre hätte studieren können, hatte jedoch darauf verzichtet und sich stattdessen alles selbst beigebracht. Auch für ihn war es nicht leicht gewesen, aber er hatte bewiesen, dass es stimmte, was Rosario sagte: Alles war möglich, man musste sich manchmal nur kräftig dafür anstrengen und durfte nicht aufgeben. Gerade wollte sie Favre erwähnen, als sie Männerstimmen hörte, die ziemlich aufgeregt klangen.

»Was ist denn da los?«, fragte Rosario im gleichen Moment.

Sie waren eben in den Landweg gebogen und liefen nun auf das Schürfloch zu, das nicht nur als Beginn des Nord-Ostsee-Kanals ausgebuddelt worden war, sondern auch als Probestück. Im Grunde genau wie ihre Miniaturschleuse. An dem hundert Meter langen Abschnitt wollten die Ingenieure sehen, wie steil sie die Böschung anlegen konnten, was beim Aushub zu beachten war und einiges mehr. Aus genau der Richtung kam der Tumult, wenn Sanne nicht irrte.

»Da wird doch nichts passiert sein?« Rosario beschleunigte seine Schritte.

»Doch, genau so hört sich das an«, meinte Kolbe.

»O nee, hoffentlich kein Unfall. Das wäre aber auch wirklich Pech. Zwei Baggerfirmen sind schon pleite. Wenn nun der dritten ein Unglück zustößt …« Sie mochte es sich nicht ausmalen.

»Pech oder doch das Böse, das sein Unwesen treibt«, sagte Kolbe mit einer ganz komischen Stimme. »Immerhin war schon der erste Spatenstich ein Fiasko.«

»Das ist wahr«, pflichtete Rosario ihm eifrig bei. »Und man hört so gruselige Dinge …«

»Was soll gruselig daran sein, wenn ein Holzgriff durchbricht?«, wollte Sanne wissen.

»Zuerst hieß es, der Spaten sei extra geschmiedet worden«, erinnerte Kolbe, »dann war die Rede davon, er käme aus einem Laden, in dem es spukt.«

»Si, stimmt, habe ich auch gehört, aus einem Trödelladen mit lauter alten Sachen.« Auch Rosario veränderte jetzt seine Stimme. Als wäre er auf einen Schlag heiser geworden, krächzte er: »Vielleicht stammen die aus Häusern, in denen es nicht mit rechten Dingen zugegangen oder in denen jemand auf schreckliche Weise gestorben ist.« Er legte eine Hand an seine Kehle und röchelte. »Abgemurkst, vielleicht.«

»Genau, bestimmt ist mit dem Spaten mal jemand erschlagen worden«, meinte Kolbe nun. »Darum war der Griff schon gerissen.«

»So ein Blödsinn!« Sanne schüttelte den Kopf. »Kein Mensch kauft einen Spaten in einem Trödelladen, schon gar nicht, wenn derjenige von der Kanalverwaltung höchst offiziell losgeschickt wurde, um ein Werkzeug für den besonderen Moment zu besorgen, für den allerersten Spatenstich am Nord-Ostsee-Kanal«, sagte sie feierlich. Sie wäre zu gerne dabei gewesen. Nicht, dass es viel zu sehen gegeben hatte, aber es war doch das gewaltigste Bauvorhaben von ganz Europa. Und es hatte quasi vor ihrer Haustür seinen Anfang genommen.

Die Männer feixten. Bestimmt bildeten sie sich ein, sie hätten Sanne ins Bockshorn gejagt mit ihren Gruselgeschichten. Von wegen. Allerdings verging ihnen das Grinsen schlagartig, weil nun Schreie zu hören waren, die einem wirklich eine Gänsehaut über den Rücken jagen konnten.

Die drei rannten die letzten Meter zum Schürfloch und blieben dort stehen, als wären sie gegen eine unsichtbare Mauer geprallt. Zwei Männer steckten am Fuß der Kuhle in Sand und Geröll fest. Dem einen reichte der Schotter bis zur Brust, von dem anderen guckte nur noch der Kopf heraus. Es sah aus, als würden sie untergehen und ertrinken, bloß fehlte das Wasser.

»Was ist denn passiert? Können wir helfen?«, riefen Rosario und Kolbe durcheinander.

»Wir können jede helfende Hand gebrauchen«, brüllte einer der Arbeiter zurück, die nicht verschüttet worden waren. »Aber bleibt bloß von der Böschung weg, sonst kommt noch mehr runter.«

Tatsächlich, das, was einmal das Kanalufer hätte sein können, war abgerutscht. Hätte nicht viel gefehlt, und die Mischung aus Kies, Lehm und Steinen hätte die Männer alle komplett unter sich begraben.

»Buddelt ihr eure Kollegen aus, wir kümmern uns darum.« Kolbe deutete auf den aus den Fugen geratenen Erdwall. Sie rannten ein gutes Stück am Rand des Schürflochs entlang bis zu einer Leiter und stiegen dort auf den Grund hinab. Zu dritt eilten sie sofort zur Unfallstelle. Kolbe und Rosario begannen damit, breite Bretter und Holzplatten heranzuschaffen. Rosario war kräftig. Doch nicht zum ersten Mal staunte Sanne, welche Gewichte Kolbe scheinbar mühelos bewegte. Um sich auch nützlich zu machen, bot sie den Arbeitern ihre Hilfe an.

»Ist nett von Ihnen, aber wir haben nur drei Schaufeln. Drei Mann, drei Schaufeln.« Der Arbeiter zuckte ratlos mit den Achseln.

»Hier müsste doch jede Menge Werkzeug herumliegen«, sagte sie aufgebracht.

»Nee, herumliegen darf hier gar nix. Ist schon Glück, dass die noch nicht weggeräumt waren.« Der Mann hob seinen Spaten. »Ist eigentlich schon Feierabend, die anderen Sachen sind deshalb weggeschlossen. Wir wollten nur noch schnell …«

»Sabbel nicht!«, unterbrach ihn ein anderer und stieß das Blatt seiner Schaufel gefährlich nah an dem Mann in den Geröllhaufen, der bis zur Brust verschüttet war. Der stöhnte auf. Schwer zu sagen, ob er womöglich das Werkzeug abbekommen hatte.

»Passen Sie doch auf!«, rief Sanne. Sie erntete einen bösen Blick. »Vielleicht besser, ich grabe bei ihm erst mal mit den Händen«, fügte sie schnell dazu, deutete auf den anderen, der bis zum Kinn im Sand steckte, und machte sich auch sofort an die Arbeit. Sie formte ihre Handflächen zu Schaufeln und begann an seinem Hals, das Material zu sich heranzuziehen. Größere Steine packte sie und schleuderte sie fort. Es war grauenvoll. Sanne musste dem Gesicht des Verschütteten sehr nah kommen. Sie hörte sein gequältes Röcheln, sah, wie er immer wieder die Augen öffnete, die Augäpfel wegrollten, so dass sie nur noch auf zwei weiße Kugeln blickte. Er brauchte einen Arzt, schoss es ihr durch den Kopf, und zwar fix. Noch schneller musste er allerdings aus dieser schlimmen Lage befreit werden. Sein Keuchen wurde immer schwächer, als ginge ihm bald ganz die Puste aus. Dafür schrie der andere Verschüttete umso lauter. Es war zum Verzweifeln. Hilfesuchend sah sie sich um und wischte sich immer wieder mit dem Handrücken den Schweiß von der Stirn. Rosario und Kolbe hatten Pfähle am Fuß der Böschung in den Boden getrieben. Sah fast aus, als wollten sie einen Zaun bauen. Einer der drei Arbeiter hatte seinen Spaten zur Seite gelegt und half ihnen. Zu dritt klemmten sie Platten und Bretter hinter die Pfähle, um die Böschung zu sichern. Das war jetzt das Wichtigste. Hier und da rieselten noch Sand und Steine den Hang herunter, einmal geriet sogar ein ganzer Abschnitt in Bewegung. Es rauschte und staubte beängstigend. Wenn das nicht aufhörte, wurden sie am Ende noch alle unter Schutt begraben. Nee, von den dreien konnte keiner in den Ort laufen, um Hilfe zu holen. Das musste sie übernehmen. Aber erst musste der Mann vor ihr bis zum Brustkorb frei sein, damit er atmen konnte. Es kam ihr vor, als würde sie Stunden graben. Ihre Hände hatten erst gebrannt, dann hatte jeder Einzelne Knochen schrecklich wehgetan, jetzt spürte sie sie nicht mehr. Irgendwann war es geschafft, die Kollegen der Verschütteten hatten den einen vollständig befreit und konnten nun mit ihren Werkzeugen auch den zweiten aus dem restlichen Geröll bergen.

»Ich hole einen Arzt«, verkündete Sanne und rannte auch schon los. War glücklicherweise nicht weit bis nach Brunsbüttelhafen. Trotzdem fühlte sie sich, als hätte sie das Schürfloch allein ausgehoben, als sie zurück war, den Doktor im Schlepptau und vier Flaschen Wasser in den Armen. Kolbe und Rosario war es tatsächlich gelungen, den Hang zu sichern. Nachdem sie den beiden Verunglückten etwas zu trinken gegeben und die Flaschen anschließend an die anderen Arbeiter gereicht hatte, ließ sie sich völlig erschöpft auf einen Sandhaufen fallen. Endlich ausruhen. Sie konnte nichts mehr tun.

Rosario und Kolbe setzten sich zu ihr, einer an ihrer linken Seite, der andere an der rechten.

»Gut gemacht!«, lobte Kolbe sie.

»Ja, wirklich, ganz prima«, stimmte Rosario ihm zu. »Hast du gegraben wie ein Schaufelbagger.«

Der Arzt hatte unterdessen mit ernster Miene die beiden Männer versorgt.

»Bloß gut, dass Sie mich gerufen haben. Für den einen wäre es um ein Haar zu spät gewesen. Beide werden gleich abgeholt und in die Baracke gebracht. Dort gibt es Krankenzimmer, habe ich mir sagen lassen. Wie geht's Ihnen?«

»Alles bestens«, verkündete Kolbe. »Ein kühles Bier und ein gutes Essen, dann sind wir bereit fürs nächste Abenteuer.«

»Ja, ja, uns geht es gut«, erklärte auch Rosario. »Auf solche Abenteuer verzichte ich in Zukunft allerdings gern.«

Der Arzt wandte sich an Sanne: »Zeigen Sie mal Ihre Hände her!«

»Die müsste ich erst mal waschen«, sagte sie leise, streckte sie aber doch vor und öffnete die Fäuste.

»Au, verdammt!«, entfuhr es Kolbe. Rosario zog nur die Luft zwischen den Zähnen ein. Sanne erschrak, das sah ja noch schlimmer aus, als sie erwartet hatte. Ihre Handflächen waren blutig und schwarz vor Dreck. Der Arzt ließ sich eine Wasserflasche geben, spülte ihre Haut wenigstens grob ab.

»Das kann jetzt etwas brennen«, kündigte er an, als er ein Fläschchen aus seiner Tasche holte und daraus Flüssigkeit auf einen Wattebausch träufelte. Ihr stieg ein scharfer Geruch in die Nase, in der nächsten Sekunde brannte es wie Feuer. Sanne schossen Tränen in die Augen, sie schluckte sie herunter. »Sie sind sehr tapfer. Das ist eine Salzlösung mit Essig, sehr nützlich, um eine Wunde zu reinigen.«

Nachdem die Prozedur erledigt war, gab der Arzt noch eine Tinktur auf die verletzten Stellen, die nicht nur viel besser duftete, sondern den Schmerz auch schnell linderte, dann verband er ihre beiden Hände mit Mullbinden und verabschiedete sich.

Während des Essens hatten sie kaum gesprochen. Sie hatten einen Mordshunger und sich geradezu auf Scholle und Kartoffelsalat gestürzt, kaum dass der Wirt die Teller vor ihnen abgestellt hatte.

»Jetzt noch'n Köm zum Verdauen, dann ins Bett«, sagte Kolbe und lehnte sich zufrieden zurück.

»Ich weiß nicht, ich furchte, ich kann noch gar nicht schlafen.« Rosario schüttelte den Kopf, als könne er nicht glauben, was er alles erlebt hatte. »Erst unser prima Experiment. Das hat aber auch alles … Au!«

Sanne hatte ihm nur einen drohenden Blick und ein »Psst!« zugeworfen, Kolbe dagegen schien ihn unter dem Tisch getreten zu haben. »Ich sage doch gar nichts«, verteidigte sich Rosario. »Und dann noch der schlimme Unfall«, beendete er seinen Satz.

»Komisch ist das alles schon«, meinte Sanne nachdenklich. Sie war als Einzige noch nicht fertig, weil sie das Besteck mit den verbundenen Händen schlecht halten konnte. »Auch wenn ich nicht an Gespenster glaube. Erst der Spaten, dann zwei Pleiten, jetzt das Unglück. Wären wir nicht zur Stelle gewesen … Ich mag mir nicht vorstellen, was alles …« Sie sprach nicht weiter.

Gastwirt Busch trat zu ihnen an den Tisch. Mit ihm kam eine Wolke aus Tabakgeruch, die die drei einhüllte.

»Hab gehört, da ist was passiert, draußen an dem verdammten Loch.«

»Kann man wohl sagen«, erklärte Kolbe und warf sich in die Brust.

»Um ein Haar wären zwei Männer qualvoll erstickt. Im letzten Moment konnten wir sie mit bloßen Händen ausgraben.«

»Sie hat bloß mit Händen gebuddelt«, stellte Rosario richtig und deutete auf Sannes Verbände. »Wir mussten die Böschung sichern, damit die anderen Männer der Baggerfirma nicht auch noch unter Sand und Zeug begraben werden.«

»Dann habe ich ja echte Helden zu Gast«, rief Busch laut aus. »Und ein Teufelsweib noch dazu. Alle Achtung!« Er schob drollig die Unterlippe vor und nickte bedächtig. »Darauf gebe ich eine Runde aus.« Er ging zum Tresen und schnappte sich eine Flasche Köm.

»Von mir aus auch zwei«, sagte Kolbe und zwinkerte Sanne und Rosario zu.

»Das Schürfloch hat nicht vergessen, dass man es gleich mit dem ersten Spatenstich beleidigt hat«, mischte sich ein Mann ein, der allein am Nebentisch saß. Er trug eine abgewetzte Jacke und eine Schiffermütze auf dem Kopf. Seine Nase war groß und von dicken roten Adern durchzogen, sein Blick glasig. »Wenn nur die zwei Unternehmen pleitegegangen wären!« Er lachte bitter. »Aber es hätte nicht viel gefehlt, dann hätte das dritte die Arbeit auch nicht fertig gekriegt. Ich sage: Der Kanal steht unter einem schlechten Stern. Das geht da nicht mit rechten Dingen zu.«

»Immer die gleiche Leier«, flüsterte Sanne und seufzte. »Ein paar komische Zufälle und alle sehen Gespenster.« In dem Augenblick kam Busch mit dem Tablett und stellte vor jeden von ihnen einen Klaren hin. Für sich selbst hatte er auch einen mitgebracht.

»Auf die Helden vom Schürfloch! Prost!«

»Trinkt mal lieber auf 'n Kanal«, kam es vom Nebentisch. »Sonst sterben die Arbeiter da in den nächsten Jahren wie die Fliegen.«

Der Köm brannte in Sannes Kehle. Sie schüttelte sich und hatte offensichtlich ein Gesicht gezogen, das Kolbe zum Schmunzeln brachte.

»Der tat gut«, brachte sie krächzend hervor. Jetzt lachten alle.

»Ist aber was Wahres dran«, nahm Busch den Faden wieder auf. »Ich habe die blauen Flämmchen selbst gesehen, die nachts an den Böschungen getanzt haben.« Sanne legte die Stirn in Falten. »Wenn ich's doch sage! Erst dachte ich auch, das wären nur Märchen meiner Gäste, die mehr intus hatten, als sie vertragen. Aber dann habe ich die Geisterflammen mit eigenen Augen beobachtet. Unheimlich war das«, sagte er, schenkte sich nach und stürzte den Köm runter. Kolbe hielt sein leeres Glas hoch, doch es blieb leer.

»In dat ole Lock, spökt dat«, murmelte Busch, während er zurück hinter seinen Tresen ging.

»Nix spukt da«, meinte Rosario und kicherte. »Das sind Gase, weiter nichts.«

»Habe ich auch gehört«, sagte Kolbe. »Aber was denn für Gase? Wo sollen die herkommen? Verstehe ich nicht.«

»Die sind an mehreren Stellen im Boden, sind sogar in den Plänen eingezeichnet inzwischen.«

Rosario blickte von einem zum anderen. Sanne sah ihn gebannt an. Sie hatte auch schon was von Gasen gehört, konnte sich aber nichts drunter vorstellen.

»Los, erzähl schon!«, drängte sie ihn.

»Also«, begann Rosario, »Erdboden ist ja nicht einfach nur Sand. In vielen Hunderten von Jahren sind da Pflanzen gewachsen und gestorben, haben sich abgelagert und eine Schicht gebildet. Die Reste vergären, dabei entstehen Gase. Wie in diesen Gruben, diese … wie sagt ihr dazu?«

»Jauchegruben«, antwortete Sanne sofort. Während sie ihm zugehört hatte, musste sie genau daran denken. Auch in den Gruben unter Misthaufen bildete sich Gas. Jeder wusste das, denn es konnte für Bauern genau wegen dieser Dämpfe gefährlich werden, in die oft tiefen Gruben hinabzusteigen.

»Richtig!« Rosario lächelte sie an.

»Und die brennen, oder was?«, hakte Kolbe nach.

»Das passiert häufig, wenn sie an die Luft kommen, ja.«

Der Kerl am Nebentisch hatte ihnen offensichtlich die ganze Zeit zugehört, denn er knurrte: »Irrlichter sind das, Totenlichter. Wenn die auftauchen, passiert ein Unglück. Habt ihr ja gesehen heute.«

Kapitel 2
Justine

Kiel, Frühjahr 1889

Noch immer hielten diese elenden Gerüchte um den zerbrochenen Spaten an. Auch Wochen nach Beginn der Arbeiten am Kanal musste Stine sich gegen den hartnäckigen Aberglauben der Leute wehren, die behaupteten, das Werkzeug sei verflucht gewesen, Thams' Eisenwaren seien verflucht. Wie konnten sie nur wissen, dass der Spaten aus ihrem Geschäft stammte? Wahrscheinlich trug sie selbst die Schuld daran. Sie hatte sich doch so gefreut, hatte geglaubt, es wäre eine Ehre, wenn bei einem so bedeutenden Akt wie dem ersten Spatenstich Ware aus ihrem Laden zum Einsatz käme. Das hatte sie nicht für sich behalten können und zwei, drei Kunden unter dem Siegel der Verschwiegenheit davon erzählt. Dafür musste sie nun teuer bezahlen. Was auch immer das Leben noch für sie auf Lager hatte, in Zukunft würde sie öfter mal ihren Mund halten. Stine warf einen Blick auf die Uhr. Es war Zeit aufzusperren. Weder Thorin noch ihr Bruder waren da. Pünktlichkeit war nicht gerade ihre Stärke. Sie strich ihren Rock glatt, klemmte eine Strähne des dunkelbraunen Haars, das sie zu einer Steckfrisur aufgetürmt hatte, hinter das Ohr und atmete tief ein, ehe sie das Schild an der Ladentür umdrehte. Geöffnet.

Schrauben, Nägel, Muttern, Haken und weitere Kleinteile waren fein säuberlich nach Größe und Ausführung sortiert. Die größeren

Waren hatte sie erst letzte Woche abgestaubt. Neue Bestellungen waren nicht aufzugeben, nicht, ehe sie einen nennenswerten Umsatz zu verzeichnen hatten. Die Bücher waren auf aktuellem Stand. Auch heute würden die Minuten wieder zäh verstreichen. Stine machte sich mit dem Fingernagel an einer klebrigen Stelle auf dem Verkaufstresen zu schaffen. Da hörte sie eine Tür klappen, gleich darauf kam Jobst durch den schmalen Flur, der Laden und Wohnhaus verband, in das Geschäft.

»Moin, Stine.« Ihr Bruder sah an diesem Morgen noch mürrischer aus als sonst. Früher hatten sie sich prächtig verstanden. Doch das Zerwürfnis zwischen ihrem Vater und Jobst hatte sich auch auf das Verhältnis der Geschwister zueinander ausgewirkt. Sie hatten sich einfach viel seltener gesehen, seit Jobst das Elternhaus verlassen hatte. Gleichzeitig waren Stine und ihr Vater enger zusammengerückt. Dass Vater nicht seinem Erstgeborenen, sondern seiner Tochter das Geschäft vererbt hatte, war dann zu viel des Guten gewesen. Jobst hatte getobt, sich nicht damit abfinden wollen, dass er leer ausgehen sollte. Am liebsten hätte er den Laden mit allem, was darin war, versilbert. Bloß wäre nach Rückzahlung der Schulden nichts übrig gewesen. Stine war froh, dass sie ihn davon hatte überzeugen können, das Geschäft zu behalten und gemeinsam dafür zu sorgen, dass es Profit abwerfen würde. Dummerweise gestaltete sich das nach der Sache mit dem gebrochenen Spaten als schwierig.

»Schläfst du noch?« Er sah sie an. »Siehst aus, als wärst du mit den Gedanken noch im Traum.«

»Von wegen.« Sie verschränkte die Arme vor der Brust. »Ich bin schon seit mehr als einer Stunde hier.«

»Wozu das? Es kommt doch sowieso keiner.«

»Genau darum bin ich so früh aufgestanden. Erst kann ich nicht einschlafen, weil ich darüber nachgrüble, wie wir dafür sorgen können, dass die Leute diese blöde Angelegenheit vergessen, dann wache ich alle naselang auf und schlafe schließlich gar nicht mehr ein.«

»Kann ich verstehen«, gab er bissig zurück. »Wenn ich so große Töne gespuckt hätte, dass ich den Laden zum Laufen bringen kann und darum alle Entscheidungen treffen will, würde ich auch …« Das Glöckchen über der Ladentür unterbrach ihn. Gott sei Dank! Sonst hätten sie gleich wieder gestritten wie die Kesselflicker.

»Guten Tag, der Herr, wie kann ich Ihnen helfen?« Sie schenkte dem Mann, der soeben hereingekommen war, ein strahlendes Lächeln.

»Ich brauch 'ne Schaufel. Und 'ne Schiebekarre. Ach ja, ein paar Eimer müsste ich auch noch haben.«

Stine hätte ihm um den Hals fallen mögen, aber das ließ sie natürlich lieber bleiben.

»Sehr gern, mein Herr!« Sie kam um den Ladentisch herum. »Die Schaufeln finden Sie hier drüben. Welche Größe soll es denn sein?«

»Hm, mal sehen«, murmelte er und nahm ein Exemplar zur Hand.

»Schauen Sie gern in Ruhe. Danach zeige ich Ihnen unsere Schubkarre. Wir haben ein sehr schönes Modell aus Eisen vorrätig. Ganz modern. Wenn Sie lieber eine gute alte Schiebekarre aus Holz hätten, müsste ich sie Ihnen besorgen. Ich würde Ihnen dann eine empfehlen, die sich seitlich aufklappen lässt. Sehr praktisch!«

Die Schaufeln schienen ihm alle nicht zuzusagen. Stines Zuversicht sank.

»Die hier ist nicht übel für meine Zwecke«, sagte er schließlich doch noch und betrachtete das Werkzeug konzentriert. Stine ahnte, was als Nächstes geschehen würde und hatte recht. Er legte den Stiel über das Knie und übte probehalber Druck aus.

»Das ist stabiles Holz, der bricht nicht so schnell«, erklärte sie und verkniff sich jeden weiteren Kommentar.

»Garantieren können Sie mir das aber nicht«, stellte er fest. »Kann ich mir alles erst mal ausleihen?«

»Wie bitte?«

»Wenn's solide ist, bezahl ich's. Sonst bring ich's zurück.«

»Tut mir sehr leid, aber wir sind kein Leihhaus, sondern ein Fachgeschäft. Ich versichere Ihnen, …«

»Nee, danke, davon kann ich mir nix kaufen.« Er stellte die Schaufel zurück und ging grußlos.

»Du hättest ihm seinen Willen lassen sollen!« Jobst funkelte sie herausfordernd an. »Der Kunde ist König.«

»Dann muss er sich auch so benehmen«, entgegnete sie aufgebracht.

»Hat er das etwa nicht? Er wollte nur eine gewisse Sicherheit.«

»Wie stellst du dir das vor? Soll ich benutztes Werkzeug anbieten, das jemand zurückgebracht hat?«

»Aha, du bist von der Qualität unserer Waren also nicht überzeugt!«

»Natürlich bin ich das.«

»Dann hättest du dich auf das Geschäft einlassen können.«

»Wie kann ich wissen, dass er nicht nach ein paar Tagen alles erledigt hat, was er wollte, und die Sachen nur wieder abgibt, um sich das Geld zu sparen?«

Wie so oft, standen sie sich gegenüber und waren unterschiedlicher Meinung. Sie war die Erbin, doch Jobst war ihr Vormund, der nicht nur im Laden anpackte, sondern vor allem die Verträge unterschreiben musste, die Stine schließen wollte. Sie hatte sich vorgestellt, dass sie nach einer gewissen Eingewöhnungsphase an einem Strang ziehen würden, doch danach sah es nicht aus. Wieder ertönte die Türglocke, Thorin erschien zur Arbeit, mit einem fröhlichen Lächeln auf den Lippen, wie üblich.

»Guten Morgen allerseits«, rief er und machte Anstalten, Stine zur Begrüßung einen Kuss zu geben. Sie wich ihm aus.

»Wie schön, dass du es einrichten konntest, vor der Mittagspause hier zu erscheinen«, sagte sie kiebig.

»Habt ihr euch mal wieder in der Wolle?«, fragte er ungerührt und ging nach hinten, um seine Jacke aufzuhängen.

»Stimmt schon«, räumte Jobst kleinlaut ein, »kannst nie wissen, ob die Kundschaft dich nicht nur ausnutzen will. Weißt noch, der Petersen, der früher immer seine missratenen Gören bei Großvater gelassen hat, um in Ruhe seine Einkäufe zu erledigen?«

»Als ob ich den vergessen könnte. Seine Bengel schon gar nicht. Wenigstens hat Petersen manchmal etwas mitgenommen, wenn er schon mal im Laden war.« Sie seufzte. »Entschuldigung, du hast ja recht, ich hätte dem Kunden sagen sollen, dass er sein Geld für Schaufel oder Schubkarre zurückbekommt, falls tatsächlich ein Mangel vorliegen sollte. Wir können es uns nicht leisten, uns einen Verkauf entgehen zu lassen.« Jobst zuckte mit den Achseln. Stine fiel etwas ein. »Thorin?«, rief sie. Er kam zu ihr.

»Na, meine Hübsche, kann man dir wieder näher kommen, ohne dass du die Krallen ausfährst?«

»Sehr komisch. Ist eben alles nicht einfach, da kann man doch wohl mal gereizt sein, oder?«

»Wird's dadurch einfacher?« Thorins braune Augen funkelten belustigt.

»Nee, bestimmt nicht«, gab sie zu und lächelte. »Aber vom Sabbeln wird auch nichts besser. Friedhelm Ehlers braucht eine kleine Axt und einen Kuhfuß. Er hatte gestern aber schon beide Arme voller Zeug, deshalb habe ich ihm versprochen, dass wir ihm heute beides vorbeibringen. Bist du so lieb?«

Als Thorin fort war, sprach Stine Jobst noch einmal an: »Wir müssen uns wirklich mehr zusammenreißen und uns gemeinsam überlegen, wie wir das Geschäft ankurbeln können. Wenn unsere Einnahmen nicht endlich deutlich wachsen, war alles umsonst. Dann müssen wir schließen und haben womöglich nichts mehr außer Schulden.«

»Ich denke, du überlegst dir was, wenn du abends in deinen komischen Märchenschrank kletterst.«

»Du weißt, dass ich …?«

»Das Haus ist nicht sonderlich groß«, entgegnete er und verzog das Gesicht. »Hella und ich hören es, wenn Mutter stöhnt, weil ihr die Füße wieder wehtun. Wir hören es, wenn Jens weint, weil er schlecht geträumt hat, und wenn du in Vaters Ordnern wühlst oder eben in den Alkoven kriechst. Was treibst du da drin?«

»Nachdenken.« Er musste nicht wissen, dass sie dort nichts von Eisenwaren wissen wollte. Es war ihr Rückzugsort, dessen Zauber sie in fremde Welten entführte, in denen es keine Sorgen gab und nicht Arbeit von früh bis spät. Dort schrieb Stine kleine Szenen, die irgendwann in Thams' Traumtheater gespielt werden sollten.

»Worüber, wenn nicht über das Geschäft?« Jobst wurde schon wieder lauter. »Wie lange soll es so gehen, dass wir alle unter einem Dach hocken, ohne Geld, ohne genug zu tun für drei Mann?«

»Wenn du dich langweilst, kannst du auch gern überlegen, wie wir Kunden anlocken sollen.«

»Ich kenne mich mit dem Laden nicht aus, das hast du selbst gesagt. Lass du dir etwas einfallen!«

Nur nicht gleich der nächste Streit! Stine atmete ein paar Mal tief durch.

»Ich dachte, ihr bekommt ein bisschen Geld von Heiner Nissen. Der Verkauf seiner Katenstelle an die Kanalverwaltung müsste ihm doch einiges eingebracht haben. Ist schließlich nicht wenig Land dabei.«

»Hör bloß damit auf!«

»Wieso, bekommt er weniger als erwartet?«

»Er bekommt überhaupt nichts.«

»Wie kann das denn sein?«

»Sehr einfach, Schwesterchen, mein lieber Schwiegervater hat einem Tausch zugestimmt. Die Kanalverwaltung hat wohl schon mehr Land gekauft, als gebraucht wird. Darum haben die ihm ein paar Hektar in Stubbenbrok angeboten.«

»Und das Land will er jetzt allein bewirtschaften?« Hellas Vater hatte die fünfzig schon überschritten, er würde auf jeden Fall Hilfe brauchen.

»Du weißt, wie stur er sein kann. Heiner wollte um keinen Preis nach Kiel ziehen. Siehst doch, wie es ihm hier geht. Er hockt den lieben langen Tag in seiner Kammer.«

Das war Stine durchaus schon aufgefallen, und es gefiel ihr nicht. Auch in seinem Alter konnte er noch ein paar Handgriffe übernehmen, mussten ja nicht die schwersten Arbeiten sein. Außerdem war abgesprochen gewesen, dass er einen Teil der letzten Kartoffelernte mitbrachte, um im Hof ein kleines Feld anzulegen. Stine hatte zwar schon andere Pläne für die Fläche, doch solange sie die noch nicht umsetzen konnte, hatte der Boden so einen guten Nutzen. Dummerweise war nichts draus geworden.

»Es bedeutet also, dass er uns demnächst verlässt und nach Stubbenbrok zieht«, stellte Stine fest.

»Vor allem heißt es, dass kein Geld da ist.« Jobst schaute zornig drein, aber auch unendlich enttäuscht. Kein Wunder. Er hatte gehofft, von der Summe ein Häuschen für Hella, Heiner und sich selbst zu mieten. So leid ihr Bruder ihr auch tat, Stine spürte schon wieder Ärger in sich aufkeimen.

»Wann hast du es mir sagen wollen?«

»Was meinst du?«

»Du weißt doch nicht erst seit heute Morgen, dass Heiner ein paar Hektar bekommt, dass Hella und du leer ausgeht und bei uns wohnen bleiben müsst.« Ehe er antworten konnte, fuhr sie fort: »Für die Kartoffelfäule kann niemand etwas. Der letzte Sommer war einfach zu nass und zu kalt. War nicht seine Schuld. Bloß hätten wir ein paar Kilo gut gebrauchen können.«

Jetzt fiel ihr Jobst ins Wort: »Was glaubst du denn, wie es Heiner geht? Er hätte noch viel dringender 'ne gute Ernte gebraucht, um was auf dem Markt zu verkaufen und hier Saatgut fürs erste Jahr auf seinem neuen Hof anzubauen. Hella macht mir die Hölle heiß, wenn ich ihm kein Geld gebe.«

»Wie bitte?« Stine traute ihren Ohren nicht.

»Heiner Nissen hat mich auch in schlechtesten Zeiten durchgefüttert. Ich bin es ihm schuldig, das wiedergutzumachen.«

»Jobst, wir können Heiner zur Not auch noch irgendwie satt kriegen. Aber wir können nichts aus der Kasse nehmen.« Sie klappte die Geldkassette auf, damit er sehen konnte, wie wenig darin war. »Wenn er nun doch weiter einen Acker bestellen will, muss er Saatgut kaufen, endlich den Pflug ersetzen. Das kostet mehr als ein paar Pfennige.«

»Als ob ich das nicht wüsste!« Er fuhr sich durch das Haar.

»Es tut mir leid, Jobst, es ist Heiners Entscheidung, allein weiter Landwirtschaft zu betreiben. Ich kann ihm nicht helfen.«

»Er ist mein Schwiegervater, Stine! Er war für mich da, als unser Vater mich vom Hof gejagt hat, verdammt!«

»Bitte nicht diese alte Leier!« Stine blickte zur Tür. Thorin müsste längst zurück sein. Wahrscheinlich nutzte er das Frühlingswetter für einen Spaziergang, weil er meinte, es sei ohnehin nichts zu tun. »Also gut«, sagte sie so freundlich, wie es ihr möglich war, »was schlägst du vor? Wie sollen wir genug einnehmen, um den Laden wieder flottzukriegen und nebenbei Heiner zu unterstützen?«

»Ich habe mir überlegt, mich doch als Arbeiter am Kanal zu bewerben.« Stine zog die Augenbrauen hoch und holte Luft. »Nein, hör mir erst zu! Thorin, du und ich. Nach der Schule steht Jens auch noch mit im Laden. Vier Verkäufer! So viele Kunden haben wir niemals gleichzeitig. Können schon froh sein, wenn wir vier am Tag haben«, murmelte er. »Wir stehen einander im Weg herum. Da ist es doch besser, ich verdiene mein eigenes Geld. Dann liegen wir euch nicht auf der Tasche und es ist meine Sache, wie viel ich Heiner gebe.«

»Ich weiß nicht.« Stine sah ihm in die Augen. »Ich denke, du wolltest die Geschäftsabläufe kennenlernen, um meine Entscheidungen besser zu verstehen, so dass ich mich mit dir beraten kann. Grundsätzlich ist die Idee nicht verkehrt, nur ist es vielleicht sinnvoller, wenn Thorin eine andere Arbeit annimmt.« Den Gedanken hatte sie ohnehin schon einmal gehabt. »Er könnte versuchen, sich mit unserem Puppentheater einen Namen zu machen«, erklärte sie halbherzig. So recht gefiel ihr der Vorschlag selbst nicht, es war schließlich Thams' Traumtheater, nicht Thorin Tüxens. Andererseits hatte Thorin Erfahrungen als Schauspieler. Dann würde er bestimmt auch den Puppen überzeugend Leben einhauchen können. Stine konnte immer noch einsteigen, wenn beides erst lief und sie nicht mehr im Laden stehen musste. »Du bist hier besser aufgehoben, denkst du nicht?«, schloss sie.

»Das denke ich nicht, nein.« Jobst kam auf sie zu und legte seine Hände auf ihre Schultern. Er lächelte. »Wenn dein Thorin als Künstler übers Land zieht, seid ihr wieder für eine Weile getrennt. Hattest du nicht gesagt, damit soll endlich Schluss sein? Stimmt ja auch. Er sollte hier an deiner Seite sein! Wird Zeit, dass ihr heiratet. Meinst du nicht, Schwesterchen?«

Es blieb ihr erspart, darauf zu antworten, denn wie auf sein Stichwort, erschien Thorin auf der Bildfläche.

45

Wenige Tage später hatte Jobst wahrhaftig eine Anstellung. Stine hatte ihm aus verschiedenen Gründen zugestimmt. Zum einen war seine Argumentation schlüssig. Wenn Thorin und sie noch lange so weitermachten, wurde nie etwas Ernstes mit allem Drum und Dran aus ihrer Beziehung. Zum anderen hoffte sie, Jobst konnte Thams' Eisenwarenladen ins Gespräch bringen, wenn er täglich Kontakt zu den leitenden Beamten der Kanalbehörde hatte. Es war eine schwere Arbeit, die er machen musste. Für die Holtenauer Schleuse wurden zig Millionen Ziegelsteine gebraucht.

»Sie verkleiden am Schluss einige Teile mit Granit fürs bessere Aussehen«, erklärte Jobst, als sie alle gemeinsam zu Abend aßen. »In der Hauptsache werden allerdings Klinker verwendet, weil die dem Salzwasser standhalten.«

»Was musst du damit machen?«, wollte Jens wissen. »Darfst du selbst mauern?«

Jobst lachte auf. »Nein, das machen Maurer, die das gelernt haben. Die Steine kommen mit der Lore an, ich muss sie einzeln rausnehmen, auf ein Brett stapeln und das dann dem Baumeister bringen.«

»Seine Hände sind jetzt schon kaputt«, beklagte sich Hella leise.

»Ach Junge, ist das wirklich nötig?« Mutter sah auch nicht glücklich aus. »Du schuftest dich noch zu Tode.«

»Wäre Vater nicht größenwahnsinnig geworden, sondern hätte den guten alten Kolonialwarenladen behalten, ginge es uns jetzt besser.« Mutter senkte sofort den Blick und kämpfte mit den Tränen, das konnte Stine genau erkennen.

»Mensch, Jobst, musste das sein?« Hella sah ihn strafend an. So ungern sie auch in Kiel lebte, so wenig konnte sie es ertragen, wenn ihre Schwiegermutter litt.

Nachdem der Tisch abgeräumt war, und Jette und Jens im Bett lagen, erwischte Stine ihren Bruder noch einmal allein.

»Du hättest ihnen sagen können, dass es dein eigener Wunsch war, am Kanal zu arbeiten«, hielt sie ihm vor. »Jetzt sieht es so aus, als hätte ich dich geschickt.«

»Ich habe mich ja nicht beklagt«, entgegnete er knapp. Stine seufzte. Sie hatte die ständigen Reibereien so satt. Als ob es nicht genug war, sich als Unternehmerin gegen die Konkurrenz zu behaupten, musste sie das auch noch gegen ihren eigenen Bruder tun.

»Ich weiß, du bist noch nicht lange dort. Hattest du trotzdem schon Gelegenheit, Thams' Eisenwaren zu erwähnen? Ein Großauftrag wäre die Rettung. Vielleicht müsstest du dann nicht lange Steine stapeln.«

»Bis jetzt hat sich nichts ergeben. Aber ich halte Augen und Ohren offen, das kannst du mir glauben. Jahrelang will ich das nämlich wirklich nicht machen.«

Die Vormittage verbrachten Thorin und Stine nun allein im Geschäft. Thorin nutzte die Zeit, um Texte einzustudieren.

»Stine, ich habe eine Rolle gelernt, die wird dich umhauen.« Seine Augen blitzten, er sah sich um, als suche er etwas, dann ergriff er einen Hammer. »Stell dir vor, das ist mein Zepter! Pass auf, ich spiele es dir vor!«

»Du wirst nichts dergleichen tun«, fuhr sie ihn an. »Ich bezahle dich für deine Arbeit, nicht dafür, dass du mich unterhältst«, sagte sie etwas sanfter.

»Am Theater habe ich mehr verdient als hier.«

»Bis du rausgeflogen bist«, erinnerte sie ihn. »Als du mit der Kompanie über die Dörfer gezogen bist, seid ihr für ein warmes Essen in Gasthöfen aufgetreten. War es nicht so?«

»Erwischt.« Er zwinkerte ihr zu. »Du hast recht. Du weißt aber auch, dass wir mit einem eigenen Theater hier in der Stadt gutes Geld verdienen könnten. Ich habe dir versprochen, dich im Laden so lange zu unterstützen, bis die Schulden abbezahlt sind und wir die Anzahlung für unseren Traum zusammenhaben. Dazu stehe ich. Den Rest meines Lebens werde ich ganz sicher nicht zwischen Schrauben und Zangen verbringen.« Er legte den Hammer zurück an seinen Platz.

»Ich möchte doch auch, dass du auf der Bühne stehst«, sagte sie versöhnlich. »Es wäre viel zu schade um dein Talent, wenn du nie mehr spielen würdest. Bloß sieht es im Moment schrecklich düster aus. Ich kann froh sein, wenn ich das Geschäft nicht dichtmachen muss. Ein Überschuss, der für ein eigenes Theater reicht, ist wirklich nur ein Traum.«

Er nahm sie in den Arm.

»Uns fällt etwas ein«, versprach er ihr. Stine schmiegte sich an seine Brust und seufzte erleichtert. Er hatte *uns* gesagt. Das tat gut. Vor allem weil Jobst immer von ihr eine Lösung erwartete. »Ich hab's!«, rief er so plötzlich, dass Stine erschrocken einen Satz rückwärts machte. Thorin lachte. »Wenn wir den Bereich hier hinten leer räumen, haben wir eine wunderbare Spielfläche.« Er wirbelte zwischen Bohrern und Karren herum. »Hier stellen wir die Stühle fürs Publikum auf. Jens kassiert das Eintrittsgeld, Jette kümmert sich um die Garderobe, wir beide spielen. Was sagst du?«

»Thorin, das ist ein Eisenwarenladen.«

»Den wir am Abend oder meinetwegen nur am Sonntag in eine Bühne verwandeln können.«

Vor Vaters Tod hatte Thorins Begeisterung sie immer anstecken können. Das war vorbei. Sie hatte gelernt, sich sofort über die Auswirkungen einer Entscheidung Gedanken zu machen. Sein Vorschlag bedeutete, dass sie in den wenigen freien Stunden einen neuen Beruf erlernen, die Einrichtung hin und her räumen müsste. Und dann sollte sie auch noch vor ein Publikum treten? Falls überhaupt jemand kam. Wer wollte schon in einem Werkzeuggeschäft ein Schauspiel anschauen? Es war eine Schnapsidee!

»Ich muss es mir überlegen«, sagte sie matt. Sie holte eine Anzeige hervor, die sie geschrieben hatte. »Könntest du die bitte für mich aufgeben?« Er überflog die Zeilen.

»Wer Holz kauft, bekommt die Nägel gratis dazu?«

»Es ist ein Versuch. Die Kieler müssen endlich diesen dösigen Spaten vergessen. Sie sollen herumerzählen, dass es bei Thams Angebote gibt, die man sonst nirgends bekommt.«

Stines Idee trug Früchte. Zwar gab es ein paar dumme Bemerkungen über die Nägel, die hoffentlich nicht abbrachen, aber es kamen wenigstens Kunden, die ein paar Leisten und Bretter kauften. Die meisten nahmen noch den einen oder anderen Artikel zusätzlich mit. Endlich waren abends wieder ein paar Einnahmen in der Kasse, die diese Bezeichnung verdienten.

Fröhlich berichtete Stine am Abendbrottisch davon: »Heute waren es schon sechs Herren, die nur aufgrund meiner Anzeige gekommen sind.«

»Wenn du unsere Ware auch verschenkst«, bemerkte Jobst.

»Wir haben am Holz genug übrig, das habe ich vorher durchgerechnet«, entgegnete sie kühl. »Es ist ein Anfang. Ich überlege mir schon die nächste Aktion. Ihr werdet sehen, früher oder später schauen die Leute erst mal bei uns vorbei, wenn sie etwas brauchen.«

»Prächtig, Stine, dein Vater wäre stolz auf dich.« Ihre Mutter lächelte sie an.

Am nächsten Morgen kam Thorin pünktlich, ging aber auch gleich wieder.

»Max Planck geht nach Berlin«, erklärte er ihr. »Für seinen Abschied aus Kiel ist eine Aufführung geplant. Ich muss unbedingt dabei sein, Stine. Das verstehst du doch? Ich stelle mich rasch vor und bin im Handumdrehen wieder hier.«

»Also schön.«

»Du bist ein Schatz!« Er küsste sie.

Sofort nachdem er gegangen war, läutete die Türglocke erneut. Ein Herr trat ein. Stine stockte der Atem. Anders Zimmermann!

»Guten Tag, Fräulein Thams«, begrüßte er sie freundlich. »Sie werden sich nicht mehr an mich erinnern«, begann er.

»Und ob!« Das war ihr herausgerutscht. Er sah sie erstaunt an. »Sie wollten unseren Laden haben, da war mein Vater gerade mal unter der Erde«, sagte sie hart. Dass sie von einem Schuldschein wusste, den ihr Großvater einmal unterschrieben hatte, erwähnte sie lieber nicht. Der Gläubiger hieß Zimmermann, und es waren noch neunhundert Mark offen. Schon allein deshalb würde sie sich ihr ganzes Leben an ihn erinnern.

»Ich hatte angenommen, dass sie und ihr Bruder verkaufen wollten. Es lag nicht in meiner Absicht, respektlos zu sein, nur wollte ich weder dass jemand Ihnen einen schlechten Preis zahlt, noch wollte ich mir die Gelegenheit entgehen lassen.«

»Andersherum wird wohl eher ein Schuh daraus, nehme ich an. Was sollte es Sie kümmern, ob wir bei einem Verkauf schlecht abgeschnitten hätten?«

»Es ging dabei nicht um Sie persönlich. Ich kann nur nicht leiden, wenn jemand die Not eines anderen ausnutzt, um sich die Taschen noch voller zu stopfen. Bitte entschuldigen Sie meine Ausdrucksweise.«

Wie bei ihrer ersten Begegnung war er teuer gekleidet. Er trug einen Gehrock über dem Anzug, der aussah, als sei er ihm auf den Leib geschneidert. Auch die lederne Aktentasche, die unter seinem Arm klemmte, musste ein kleines Vermögen gekostet haben.

»Ich gebe zu, ich hätte nicht gedacht, dass Thams Eisenwaren sich so lange halten würde. Schon gar nicht nach der Sache mit dem Spaten.« Sie sah ihn erschrocken an. »Ich habe gehört, was passiert ist.« Natürlich hatte er das. »Es hätte Ihnen zum Vorteil gereichen können, dass man ausgerechnet Sie gefragt hat. Bloß ist die Angelegenheit gründlich schief gelaufen.« Mit einem Schlag wirkte er zerknirscht, als trüge er die Schuld an der Misere.

»Der Boden war steinhart gefroren, außerdem muss das Blatt unglücklich aufgekommen sein«, stotterte sie verwirrt.

»Niemand kann Ihnen einen Vorwurf machen. Dummerweise ist der Aberglaube der Menschen stärker als ihr Verstand.« Eine Weile schwiegen sie beide. »Wie kommen Sie zurecht?«, fragte er dann unvermittelt.

»Es ist nicht leicht, aber es geht aufwärts«, entgegnete sie kühl. »Ich habe mir etwas einfallen lassen.«

»Ich weiß. Eine wirklich gute Idee. Zu ärgerlich, dass ich sie nicht hatte.« Er lächelte. »Fräulein Thams, ich bin ehrlich zu Ihnen. Als ich zum ersten Mal hier war, wollte ich Ihr Geschäft zu einem anständigen Preis übernehmen. Die Lage im Herzen von Kiel gefällt mir, es wäre eine perfekte Ergänzung zu meinem Laden in Holtenau. Heute bin ich aus einem anderen Grund gekommen.« Er öffnete die Aktentasche, Stine schluckte. Er würde ihr den Schuldschein unter die Nase halten und verlangen, dass sie ihm das Unternehmen einfach so überschrieb, das ihr Großvater sich unter größten Mühen erarbeitet hatte, wenn sie nicht zahlen konnte. »Ich möchte mit Ihnen eine Partnerschaft eingehen.« Er reichte ihr ein Dokument. »Lesen Sie sich alles in Ruhe durch. Es ist ein erster Entwurf, den ein Anwalt aufgesetzt hat. Wenn Ihnen darin etwas nicht behagt, können wir selbstverständlich darüber sprechen.«

»Wieso sollte ich einen Geschäftspartner wollen?«

»Sie sagten selbst, es sei nicht leicht für Sie. Das ist vermutlich noch gelinde ausgedrückt. Wie ich vorhin sagte, ich bin überrascht, dass Sie noch nicht aufgegeben haben. Sie können keinen Schritt ohne Ihren Bruder tun. Erstaunlich, dass Ihre Lieferanten das überhaupt mitmachen. Jedenfalls brauchen Sie finanziellen Spielraum und jemanden, der Sie entlastet. Ich bin fasziniert von Ihrem Einfallsreichtum und Ihrem Durchhaltevermögen. Gemeinsam können wir alles erreichen, davon bin ich überzeugt. Lassen Sie sich Zeit, und gehen Sie das Schriftstück auch gern mit einem juristischen Beistand durch. Ich bitte Sie lediglich, es ohne Vorbehalt zu prüfen. Werden Sie das tun?«

Seine grauen Augen hatten nichts Verschlagenes, die Lachfältchen drum herum waren ihr ausgesprochen sympathisch. Stine griff nach den Unterlagen, die er ihr entgegenstreckte.

»Also schön, warum nicht?«

Stine hatte fast eine ganze Nacht in Großvaters Märchenschrank gehockt. Sie hatte sich Zimmermanns Entwurf mitgenommen und angestarrt wie eine hässliche Kröte. Schließlich hatte sie beschlossen, er habe an diesem Ort nichts zu suchen und ihn rausgeschmissen. Darüber nachgedacht hatte sie trotzdem. Einmal war sie über ihren Grübeleien eingenickt. Als sie erwacht war, wusste sie, sie würde das Partnerschaftsangebot nicht anrühren. Wenn ein Konkurrent ihre Strategie zum Ankurbeln der Verkäufe so gut fand, dass er sich mit ihr zusammentun wollte, konnte sie es auch allein schaffen. Sie würde sich lieber weitere Werbeaktionen einfallen lassen, die es nur bei Thams gab. Außerdem würde sie wieder eine Ecke für Kinder einrichten. Damit fing sie noch vor dem Morgengrauen an. Als sie die Ladentür aufschloss, war sie vollkommen erschöpft, aber auch sehr zufrieden. Der kleine Bereich war nicht mit dem Trödelparadies von Großvater vergleichbar, aber es war besser als nichts.

»Ich dachte, das wird unsere Bühne«, bemerkte Thorin enttäuscht, als er den einfachen Holzrahmen entdeckte, den Stine selbst gezimmert und bemalt hatte. Die teuren Handpuppen, die sie von Großvater geerbt hatte, lagen natürlich sicher in ihrer Truhe, aber die einfachen hatten nun einen neuen Platz und warteten auf die Kinder der Kundschaft.

»Gefällt es dir nicht? Ich habe kaum geschlafen, sondern habe im Schein der Petroleumlampe gearbeitet, damit die Farbe getrocknet ist, wenn die Ersten den Laden betreten.«

»Es ist hübsch, aber eben nicht das, was ich mir vorgestellt hatte«, sagte er kühl. Konnte er nicht einmal seine Wünsche vergessen und sich in ihre Lage versetzen? Immerhin sah er von allein ein Paket, das ausgeliefert werden sollte und verabschiedete sich gleich wieder. Trotzdem, Stines Freude war dahin.

Kapitel 3
Regina

Kudensee, Brunsbüttel, Frühsommer 1889

Endlich hatte Regina das Huhn zu fassen bekommen. Sie packte mit einer Hand die Füße und nacheinander auch beide Flügelspitzen, damit das Tier nicht flattern konnte.

»Entschuldige«, flüsterte sie, nahm sich den bereitgelegten Stock, holte aus und versetzte dem Federvieh einen Schlag auf den Kopf. Sie hatte viel gelernt im letzten Jahr, es gelang ihr inzwischen zuverlässig, das Huhn beim ersten Versuch zu betäuben. Sie legte den leblosen Körper auf den Holzklotz und griff zum Beil. Wie schwer war es ihr beim ersten Mal gefallen. Auch heute erledigte sie das Töten mit großem Widerwillen, doch wer Fleisch essen wollte, musste es in Kauf nehmen. Nachdem das Tier vollständig ausgeblutet war, tauchte sie es in den Kessel, der auf der kleinen Feuerstelle stand. Ein paar Tropfen von dem beinahe kochend heißen Wasser spritzten auf ihre Finger. Kein Grund loszulassen. Wie zart die Haut an ihren Händen noch vor anderthalb Jahren gewesen war. Jetzt war sie rau und robust. Regina setzte sich mit dem Rücken an die Hauswand der kleinen Reetkate am Ortseingang von Kudensee, wo sie mit ihrer Tochter lebte, seit ihr Mann sie vor die Tür gesetzt hatte. Sie erlaubte sich einen kurzen Blick über die weiten Felder bis zur Braake, an deren Ufer sich Schilf und Gräser im Wind wiegten. Mit dem Handrücken wischte sie sich den Schweiß von der Stirn und begann, das Huhn zu rupfen. In den eigentümlichen Geruch, den diese Arbeit mit sich brachte, mischte sich auf einmal ein vertrauter Duft. Außerdem waren da Schritte auf dem Kies. Regina blickte auf und sah Ludwig kommen, die Pfeife im Mund.

»Reginchen!«, rief er aus und rollte dabei das R auf seine typische Weise. »Arbeitest du immer noch rund um die Uhr?«

»Ludwig!« Sie legte das halbnackte Federvieh zur Seite, stand auf und umarmte ihn zur Begrüßung. »Du wirst auch nicht gerade einen Vergnügungsspaziergang machen, nehme ich an.«

Er lachte. »Wie man es nimmt.«

In dem Augenblick kam die Bäuerin um die Ecke. Regina hatte sich schon häufig gefragt, wie die kleine dralle Person es anstellte, immer in den Momenten wie aus dem Nichts aufzutauchen, wenn sich jemand vom Gesinde gerade ein Stückchen Möhre in den Mund schieben oder einer kurz verschnaufen wollte.

»Ach nee, der feine Herr Ludwig ist wieder da.« Sie stemmte die Fäuste in die Seiten und funkelte Regina an: »Und du hältst hier Mittagsstunde, oder wie? Meinst, das Huhn wirft seine Federn von allein ab, wenn du's hübsch bittest?«

Regina setzte sich wieder auf ihren Schemel.

»Wolltest du nicht bei uns dieses Zeug brauen?«, fragte die Bäuerin Ludwig. »Wie hieß das noch?«

»Meschkinnes, Honiglikör.«

»Meinetwegen«, entgegnete sie ungeduldig. »Hast mir dadurch einen schönen Zusatzverdienst versprochen. Und was war?« Sie schüttelte wütend den Kopf. »Weg warst du. Bei Nacht und Nebel.«

»Ich habe von Anfang an gesagt, ich bleib nicht für immer. Entweder ich kriege ein paar Pfennige, oder ich gehe nach Hause. So war's abgemacht.« Ehe sie etwas einwenden konnte, erklärte er: »Für Ho-

niglikör braucht man Honig. Warst ja zu geizig, uns einen Bienenstock zu besorgen.«

»Ach!« Sie wedelte mit einer Hand in der Luft herum. »Mach
doch, was du willst. Nur halt mir meine Leute nich von der Arbeit
ab.« Schimpfend trottete sie davon.

»Also, was tust du hier?« Regina blinzelte gegen die Sonne, während sie weiter Federn auszupfte.

»Ich habe jetzt Arbeit an der Baustelle, bei Brunsbüttel, wo die
Schleuse hinkommt. Die brauchen da jemanden, der kochen kann.«
Er kratzte sich grienend das bärtige Kinn. »Also, eigentlich jeman-
den, der machen kann, dass es auch schmeckt.«

»Ich habe zwar einiges gelernt, aber ich bin keine Köchin.«

»Du kennst dich mit Wildkräutern aus. Wie hast du noch gesagt,
als du hier mit deiner Ina in einer eisigen Nacht im Februar vor der
Tür gestanden hast? Du hast einen …«

»… exquisiten Geschmack«, beendete sie den Satz und musste lachen. »Die Bäuerin muss gedacht haben, ich hätte den Verstand verloren, weil ich so vornehm dahergeredet habe.«

»Stimmte trotzdem. Kaum, dass du dich hier nützlich gemacht
hast, war's vorbei mit dem Einheitsfraß. Du glaubst nicht, wie ich
in den letzten Wochen dein Händchen fürs Abschmecken gelobt
habe.« Er verdrehte schwärmerisch die Augen.

In ihrem früheren Leben hatte sie viel über essbare Pflanzen und
die feinen Aromen und heilsamen Wirkungen heimischer Kräuter
gelesen. Das war ihr hier tatsächlich zugute gekommen.

»Die Frau des Barackenverwalters vergiftet am Ende noch die gesamte Mannschaft, weil sie nichts vom Kochen versteht. Man möcht
manchmal meinen, sie tut was vom Beton mit rein.«

»Du Ärmster!«

»Sie haben mich gehen lassen, um dich zu holen. Du sollst dich
beim Verwalter vorstellen.«

»Das hatte ich ursprünglich vor, als ich mich auf den Weg an die Elbe gemacht habe.« Sie zuckte mit den Achseln. »Es ist anders gekommen, ich bin hier gestrandet und habe für mich und mein Kind ein Dach über dem Kopf und zu essen.«

»Du schläfst noch immer im Stall mit dem übrigen Gesinde, habe ich recht?« Sie nickte.

»Die alte Vettel nutzt dich aus«, stellte er wütend fest.

»Sie denkt zuerst an sich, das ist schon wahr, aber sie hat ein gutes Herz.« Er zog erstaunt die Augenbrauen hoch. »Ina war gerade mal ein halbes Jahr alt, als ich hier an die Tür geklopft habe. Sie brauchte keine Magd und hat uns dennoch aufgenommen, weil sie Mitgefühl hatte. Ich bin ihr dafür immer noch dankbar.«

»Schön und gut, Reginchen, aber du musst an deine Tochter denken. Was wird denn aus ihr, wenn ihr in zehn Jahren noch immer hier seid?« Darüber hatte sie noch nie wirklich nachgedacht. Die Vorstellung war entsetzlich. »In der Baracke bekommst du dein eigenes Geld. Sicher kein Vermögen, aber bestimmt genug, dass du dir mal einen Pfennig auf die Seite legen kannst. Und eine Kammer für Ina und dich hättest du da auch.«

»Ein Zimmer nur für uns beide?« Regina schossen Tränen in die Augen. Wie lange hatte sie keine Tür mehr hinter sich zumachen können? An das Brüllen der Kuh mitten in der Nacht hatte sie sich gewöhnt. An das Schnarchen, die Ausdünstungen des Knechts, wenn er mit der Bauersfrau getrunken hatte, an die ständige Anwesenheit von Menschen, mit denen sie beim besten Willen keine Gemeinsamkeiten finden konnte, außer, dass das Schicksal sie hier hingeworfen hatte, daran gewöhnte sie sich nie.

»Geh mit mir, Reginchen! Wirst es nicht bereuen.«

Die Bauersfrau hielt Regina vor, wie undankbar sie sei. Als Ludwig einen Groschen als Entschädigung anbot, stimmte sie sofort zu.

»Anderthalb Mäuler weniger zu stopfen«, murmelte sie und ging davon, ohne sich von Regina zu verabschieden.

Die Sonne brannte für die Jahreszeit zu heiß. Ludwig und Regina trugen Ina abwechselnd auf dem Arm.

»Ist nicht mehr weit«, sagte er mal, dann wieder: »Gleich sind wir da.« Sie ahnte, dass er sie aufmuntern wollte. Dabei war das nicht nötig. Körperliche Anstrengungen waren ihr nicht mehr fremd. Und die Zeit wurde ihr auch nicht lang, denn immer wieder konnten sie von ihrem Weg aus die gewaltige Baustelle sehen. Gleich hinter Kudensee hatten sie Männer beobachtet, die Dämme aufschichteten. Dann wieder erreichten sie eine Stelle, an der man mit dem Aushub bereits gut vorangekommen war. Regina schnürte es die Kehle zu. Schon jetzt auf dieser kurzen Strecke war erkennbar, welch eine Wunde ins Land gerissen wurde. Moore wurden trockengelegt, Wiesen verschwanden und mit ihnen Pflanzen, die Bienen als Nahrung dienten. Bäche und Auen mussten zugeschüttet oder umgeleitet werden. Niemand konnte wissen, welchen Schaden die Natur davontragen würde. Neben ihren Bedenken spürte Regina aber auch eine Freude in sich. Der Kanal, der hier entstand, würde vielen Seeleuten den gefahrvollen Weg durch Kattegat und Skagerrak ersparen. Hätte es diese Verbindung schon früher gegeben, würden ihre beiden Brüder vielleicht noch leben.

Nach zwei Stunden kündigte der Lärm von Hammerschlägen und dröhnenden Dampfmaschinen ihr Ziel an. Dann kamen mächtige Gerüste und Maschinen in den Blick, sie waren da.

Ludwig stellte sie dem Verwalter vor: »Das ist Regina. Sie kann aus einer einfachen Speise eine Köstlichkeit zaubern, werter Herr Möller.«

Dieser Herr Möller blickte Regina erstaunt an.

»Ludwig berichtet wahre Wunderdinge von Ihnen«, sagte er, als er seine Sprache wiedergefunden hatte.

»Ich kann gewiss nicht zaubern«, begann Regina, als eine Frau um die Ecke schoss. Regina musste an die Bäuerin denken, die ebenfalls stets aus dem Nichts erschienen war.

»Seit wann so förmlich im Umgang mit dem Gesinde, Walter?«, keifte die Frau und ließ ihren Blick an Regina hoch und runter gleiten, schließlich blieb er an Ina hängen. »Das Balg gehört zu dir? Die Lütte kann ja noch nicht mal richtig laufen. Wie willst du da deine Arbeit schaffen?«

»Lass gut sein, Gunta.« Möller schnaufte. »Meine Frau«, erklärte er und wandte sich an seine Gattin: »Hast du nicht gesagt, du könntest Hilfe brauchen, Häschen?« Ob sie ihren Kosenamen ihren vorspringenden Vorderzähnen zu verdanken hatte? In Reginas Augen war es das Einzige, was sie mit einem Hasen gemein hatte.

»Das muss sich erst weisen, ob sie 'ne Hilfe is. Sie kann erst mal putzen, dafür können wir auf jeden Fall jemanden brauchen.«

Ludwig öffnete den Mund, doch Regina war schneller: »Wenn ich putze, hätten wir dann hier auch einen Schlafplatz, meine Tochter und ich?«

»Im Anbau des Verwaltungsgebäudes ist eine Kammer frei«, bestätigte Möller. »Die kannst du haben.«

»Einverstanden. Ich werde Ihnen beweisen, dass die Kleine mich nicht von der Arbeit abhält.« Sie sah Gunta an. »Wenn Sie zufrieden mit mir sind, kann ich Ihnen später vielleicht in der Küche helfen.«

»De wieder springen will, as de Stock reckt, de fallt in'n Graven«, warnte Gunta sie.

»Dann werde ich mir einen längeren Stock suchen, um weit genug springen zu können«, entgegnete Regina freundlich.

»Du gefällst mir«, sagte Möller. »Dann ist das abgemacht.«

Regina und Ina lebten sich schnell ein. Die Arbeit war anstrengend, doch das war auf dem Hof in Kudensee nicht anders gewesen. Dafür hatte sie, wenn sie sich sehr beeilte, mehr freie Zeit. Vor allem konnte Regina wahrhaftig am Abend eine Tür hinter sich schließen. Es fühlte sich an wie purer Luxus. Nachdem sie die Tagesabläufe kennengelernt hatte, fiel ihr etwas auf.

Sie sprach Ludwig darauf an: »Die meisten der Männer essen mittags im Speiseraum, einige kommen erst abends von der Baustelle. Ich hörte, dass vier oder fünf Mann draußen mit dem Nassbagger arbeiten. Es heißt, sie kämen tagelang nicht her.«

»So ist das.« Er nickte und schob die Pfeife von einem Mundwinkel in den anderen. »Die sind draußen in einem Nebenarm der Braake, der mit in den Kanal eingebaut werden soll. Ist alles ziemlich kompliziert.«

»Allerdings, die Ingenieure müssen sicher tausend Einzelheiten bedenken. Worauf ich hinauswollte … Wo schlafen denn die Männer, wenn sie zur Nacht nicht herkommen?«

»Na, in ihrem Bagger!« Er lachte. »Ist ein großes Ding, fast wie ein Schiff.«

»Und wer verpflegt sie dort? Haben sie etwa auch ihren eigenen Koch?«

»Nein, eine Küche gibt es, aber niemanden, der für sie kocht. Das müssen sie schon selbst erledigen. Ich glaube aber eher, jeder macht sich ein Brot, wenn er Zeit hat.« Er zuckte mit den Achseln. Nach zehn oder zwölf Stunden harter Arbeit konnten sich die Männer da draußen nicht einmal an einen Tisch setzen, um etwas Warmes zu essen? Regina konnte es nicht glauben.

»Wie weit ist der Weg, würden sie es denn nicht schaffen, zur Mittagszeit eine Pause einzulegen und herzukommen?«

»Nej, Reginchen, hin und zurück würden sie's wohl schaffen, aber zum Essen würde die Zeit nicht reichen.«

»Steht ihnen denn keine Verpflegung zu, wie den anderen auch?«

»Alle paar Tage kommt einer von ihnen und holt Proviant. Damit haben sie, was ihnen zusteht.«

Am nächsten Morgen fragte Regina Gunta nach zwei alten Töpfen, die sie in einem Schrank entdeckt hatte.

»Wenn du die noch sauber kriegst, kannst sie haben. Die sind nur noch als Schieteimer gut.« Gunta lachte.

»Vielen Dank, Sie sind sehr freundlich. Mal sehen, ob die Pötte vielleicht doch noch zu etwas Besserem zu gebrauchen sind.«

»Da kümmerst dich aber drum, wenn du frei hast. Ist das klar?«

»Natürlich.«

Am gleichen Abend schrubbte sie die beiden Töpfe hinter dem Anbau des langgezogenen Gebäudes, während Ina munter brabbelnd im Sand spielte.

»Na also, wer sagt's denn?« Regina betrachtete zufrieden das Ergebnis ihrer Arbeit.

Wiederum einen Tag später wandte sie sich an Möller: »Ich hörte von den Männern, die draußen im Nassbagger wohnen. Ihnen steht die gleiche Verpflegung zu wie allen anderen, habe ich recht?«

»Ja, warum?« Er beobachtete sie misstrauisch.

»Aber sie bekommen kein warmes Essen täglich.«

»Sie können sich Fleisch und Gemüse mitnehmen und kochen, an mir soll's nicht liegen. Aber die wollen ja nicht.«

»Wundert Sie das? Ich kenne keinen Mann, der kochen kann. Glauben Sie wirklich, dass einer von ihnen das nach einem langen anstrengenden Tag noch versucht?« Möller rieb sich das Kinn. »Ihre Frau hat mir zwei Töpfe zur Verfügung gestellt. Ich könnte ihnen alle zwei Tage etwas Gekochtes bringen, was sie nur aufwärmen müssten. Ich habe es mir genau ausgerechnet, ich kann es hin und her schaffen, ohne meine Arbeit hier zu vernachlässigen.«

Möller sah sie sehr lange an, ehe er fragte: »Wieso?«

»Wieso …? Ich verstehe nicht …«

»Nee, Deern, ich auch nicht.« Möller sah sie ratlos an. »Warum willst du die Strapaze auf dich nehmen? Die werden dich nicht dafür bezahlen, das kannst du dir aus dem Kopf schlagen.«

»Ich will nichts dafür haben, ich möchte nur, dass es ihnen da draußen besser geht.«

»Aha«, machte er, sah aber nicht aus, als leuchte es ihm ein. »Von mir aus, hab nichts dagegen. Aber wenn deine Arbeit leidet, hört das wieder auf.«

»Selbstverständlich! Danke, Herr Möller.«

Regina sputete sich noch mehr als sonst, es gelang ihr, noch schneller fertig zu werden. Sie ging zu Gunta, erklärte ihr, was sie mit dem Verwalter besprochen hatte und ließ sich die Töpfe füllen. Eilig band sie sich ihr Wolltuch um, als müsste sie darin ihr Kind transportieren, und legte ein Brett hinein, das sie hinter der Baracke gefunden hatte. Darauf stapelte sie die beiden Töpfe. Sie schnaufte, der Knoten drückte in ihrem Nacken, und die Last würde mit jedem Schritt schwerer werden. Obendrein musste sie Ina tragen. Sie war noch zu langsam auf ihren eigenen Beinchen. Regina atmete tief durch. Ludwig war aus heiterem Himmel aufgetaucht und hatte ihr Leben verbessert. Wenn es eine Möglichkeit gab, das Gleiche für andere Menschen zu tun, würde sie die nutzen! Als sie sich auf den Weg machte, sah sie gerade noch, wie Gunta die Waschräume der Männer inspizierte, die Regina am Vormittag geputzt hatte. Regina hoffte sehr, dass die Frau des Verwalters nicht das berühmte Haar in der Suppe fand oder finden wollte.

Die Arbeiter, die ihr entgegenkamen, starrten sie an. Einige guckten nur, andere nickten knapp, wieder andere lüpften ihre Mütze. Zuerst war es ihr unheimlich, wie unverhohlen sie taxiert wurde, doch sie verstand. Die Männer bekamen eben nur wenige Frauen zu Gesicht, waren seit Monaten von ihren Familien getrennt, da war es normal, dass der Anblick einer Mutter mit ihrem Kind sie überraschte, sagte sie sich. Keiner wurde anzüglich, niemand wirkte feindselig. Es gab keinen Grund, von ihrem Plan abzulassen. Ihr Ziel war nicht zu verfehlen, der Nassbagger glich wahrhaftig einem Schiff, eher einem Ponton mit einem tosenden stinkenden Monstrum darauf, das unablässig triefenden Schlamm ans Tageslicht schaufelte. Zwei Männer waren zu sehen, die Gesichter und Hände dreckverschmiert. Die Ärmel aufgekrempelt, Schirmmützen auf dem Kopf trotzten sie der Hitze.

»Entschuldigung«, rief sie, setzte Ina ab und winkte. Die beiden an Bord des Baggers hatten sie entdeckt und sprachen offenbar über sie. Ein Dritter wurde hinzugerufen. Sah nicht so aus, als würde einer zu ihr herüberkommen. Regina holte einen der Töpfe aus ihrem Tragetuch und hielt ihn hoch. Wieder steckten die drei die Köpfe zusammen. Nur kurz dieses Mal, dann sprang einer auf ein Floß, das mit einem Seil an Land festgemacht war. An einem zweiten Seil zog sich der Arbeiter zu ihr herüber. Er riss sich die speckige Mütze vom Haar, als er vor ihr stand.

»Ich komme aus der Baracke von Walter Möller. Regina«, stellte sie sich vor und lächelte. »Ich dachte, Sie könnten eine ordentliche Mahlzeit gebrauchen mit Fleisch und Gemüse.«

»Jesus, Maria und Josef! Sind Sie ein Engel?«

Regina lächelte. »Nein, das bin ich gewiss nicht.« Sie erzählte ihm, was sie gehört hatte und wie sie die Situation für die Männer lösen wollte. »Jetzt muss ich auch wieder zurück. Wenn ich zu lange weg bin, wird Frau Möller sonst dafür sorgen, dass ich nicht mehr kommen darf.«

»Danke, Frau Regina, danke! Ach so, ich bin übrigens der Ignaz.« Seiner Sprache nach zu urteilen, stammte Ignaz aus dem Süden des Kaiserreichs. Regina hörte ihn noch eine ganze Weile, als sie, Ina auf dem Arm, bereits kehrtgemacht hatte. Er konnte nicht aufhören, sich zu bedanken und ihr das Beste zu wünschen. Ohne die schweren Töpfe war der Weg beinahe ein Genuss. Regina fühlte sich leicht und frei, doch das lag nicht an dem fehlenden Gewicht, sondern daran, dass sie sich so freute. Sie hatte eine wirklich sinnvolle Aufgabe gefunden, die sie glücklich machte.

Zurück in der Baracke erwartete sie eine Überraschung.

»Wenn du das nächste Mal hingehst, brauchst du zwei neue Pötte«, stellte Gunta schmallippig fest. »Außerdem kannst an den Tagen, an denen du zum Bagger gehst, zehn Minuten länger Pause machen, damit du auch was essen kannst.«

»Vielen Dank, Frau Möller, Sie sind sehr freundlich.«

»Nee, bin ich nich. Mein Mann meint, sowas gibt's in keiner anderen Baracke. Da wird er gut dastehen vor der Kanalverwaltung, sacht er. Deshalb die zehn Minuten. Wenn du in'n paar Tagen zusammenklappst, weil du nix in die Backen gekriegt hast, is vorbei mit der 1a Behandlung, mit der er so schön angeben will.«

»Verstehe.« Guntas Erklärung machte sie fassungslos, doch das spielte keine Rolle. Fröhlich ging Regina zurück an ihre Arbeit.

Es wurde zur Routine, jeden zweiten Tag die Mannschaft im Nassbagger zu besuchen. Nachdem sie das Essen abgeliefert hatte, setzte sie sich auf einen Stein und nahm auch etwas zu sich, ehe sie wieder aufbrach. Die Schlepperei war mühsam, dennoch waren es für Regina die guten Tage. Als sie wieder einmal dort war, fragte Ignaz, ob sie auch einen Verband anlegen könne.

»Ist jemand verletzt?«

»Allerdings. Der Sergej hat sich in die Hand geschnitten. Wir kriegen's irgendwie hin, es wär aber halt schöner, wenn's auch ein paar Tage halten würd.«

»Ich kann mir die Hand ja mal ansehen«, schlug sie vor.

»Mei, des wär gut!«

Also stiegen sie und Ina mit auf das Floß, und Regina betrat zum ersten Mal das schnaufende Monster, das sie bisher nur aus der Entfernung gesehen hatte. Der Boden vibrierte unter ihren Füßen, Lärm und Gestank waren schwer erträglich. Unvorstellbar, dass die Männer so leben mussten. Sergej sprach kein Wort. Er streckte ihr nur die Hand hin, nachdem Ignaz ihn aufgefordert hatte. Die Wunde war nicht tief, aber offensichtlich war Schmutz eingedrungen. Das sah nicht gut aus. Regina reinigte die Handfläche gründlich, ehe sie einen sauberen Verband anlegte.

»Ich bringe ihm morgen eine Arznei mit«, versprach sie, als Ignaz sie mit dem Floß zum Ufer brachte.

»Morgen?«

»Je eher er behandelt wird, desto besser.«

Es sprach sich wie ein Lauffeuer herum, dass Regina nicht nur Essen zu den Männern auf dem Bagger brachte, sondern auch noch eine Verletzung geheilt hatte.

»Sie sagen, du bist der gute Geist«, erzählte Ludwig ihr vergnügt. »Und du hättest Wundermittel, die wahrscheinlich auch Tote wieder zum Leben erwecken können.«

»So ein Unfug!« Sie saßen nebeneinander hinter der Baracke. Hier und da hörte man noch leises Stimmengemurmel, doch die meisten lagen auf ihren Pritschen und schliefen. Die Hitze ließ endlich nach, Regina hatte die Tür ihrer Kammer offen gelassen, in der Ina schlummerte. Das würde hoffentlich ein wenig Abkühlung bringen.

»Womit hast du Sergej geholfen?«, wollte Ludwig wissen.

»Mit einer Tinktur aus Ringelblumen und Kamille. Ich habe mir angewöhnt, immer einen kleinen Vorrat anzulegen.« Regina lachte leise. »Sie haben schon recht, diese Pflanzen können manchmal kleine Wunder vollbringen.«

»Weißt du noch, Reginchen, wir wollten Honiglikör machen. Möller ist gut auf dich zu sprechen. Vielleicht besorgt er dir einen Bienenstock.«

»Gibt es bei dir zu Hause nicht einen anderen Likör, der sich leichter zubereiten lässt?« Sie hielt ihr Gesicht in die herrlich frischen Böen, die über das Land strichen.

Ludwig griente breit. »Darüber habe ich auch schon nachgedacht. Es wird sich schon was finden.« Ein leises Knistern von glühendem Tabak, als er an seiner Pfeife zog. »Hast du noch viel von deiner Tinktur?«, fragte er plötzlich.

»Ein Fläschchen, warum?«

»Die bauen doch gerade das nächste Gerüst. Das wird noch größer als die anderen.« Er seufzte. »Ich schätze, es wird reichlich Verletzungen geben.« Er stand auf. »Zeit zum Schlafen. Gute Nacht, Reginchen.«

»Gute Nacht, Ludwig.« Ein weiteres Gerüst. Reginas Herzschlag beschleunigte sich. Sie sah Broder vor sich, aufgebracht, in den Augen ein finsteres Funkeln, das sie erschreckt hatte. Sie waren gemeinsam in Kiel gewesen, hatten sich Zugang zu Bauplänen für ein Gerüst an den Brunsbütteler Schleusen verschafft und Zahlen darin verändert. Regina hatte es zutiefst bereut, sich darauf eingelassen zu haben. Broder hatte ihr einreden wollen, es gäbe keinen anderen Weg, seine Existenz zu retten. Er hatte ihr weisgemacht, wie schlecht der Kanal sei, hatte ihr vorgegaukelt, eine gemeinsame Zukunft mit ihr aufbauen zu wollen. Doch obwohl sie damals noch an seine Liebe geglaubt hatte, hatte sie diese gefährliche Manipulation der Zeichnung rückgängig machen wollen. Sie schauderte, als sie an den Moment dachte, in dem sie es ihm sagte.

»Es werden ohnehin Menschen sterben«, hatte er ihr vorgehalten. Bei einem solchen Projekt sei das unvermeidbar. Als ob das ihren feigen Sabotageakt gerechtfertigt hätte. Und dann hatte sie, bereits hochschwanger, in Sehestedt eine Rede von Heinrich Hermann Dahlström gehört und begriffen, dass der Kanal nicht nur Fluch, sondern auch Segen war. Sie hatte an Ort und Stelle gestehen wollen, was sie und Broder angerichtet hatten, doch die Aufregung war zu viel für sie gewesen, sie war ohnmächtig geworden. Broder hatte ihr gedroht, ihrem Mann von ihrer Affäre zu erzählen, wenn sie nicht den Mund hielt. Obwohl sie ihn noch nicht einmal verraten hatte, hatte Broder seine Drohung Monate später wahr gemacht und ihr Mann hatte sie und Ina vom Hof gejagt. Es kam ihr vor, als sei das im Leben einer anderen geschehen. Doch es war ihr Leben und ihre Verantwortung, dass der Schwindel noch immer nicht aufgedeckt war. Sie würden mit den von Broder gefälschten Zahlen ein Gerüst bauen, auf dem zig Männer gleichzeitig herumklettern würden, beladen mit Steinen und Brettern. In der Nacht träumte sie einen Traum, den sie auch damals schon gehabt hatte, wieder und wieder. Sie sah die hölzernen Aufbauten einstürzen, sah Männer blutüberströmt am Boden liegen oder vom Gestänge aufgespießt. Sie schreckte mitten in der Nacht hoch, weil sie meinte, Ina hätte geschrien, doch die schlief friedlich. Es musste sie selbst gewesen sein, die diesen Laut von sich gegeben hatte. Sie streichelte ihrer Tochter über das Haar, um sich wieder zu beruhigen. Die Sonne ging gerade auf, aber es blieb noch Zeit, ehe Regina an die Arbeit gehen musste. Leise holte sie einen Bleistift und eine alte Zeitung hervor. Etwas anderes hatte sie nicht. In wenigen Sätzen schilderte sie, was in Kiel geschehen war, ohne Namen zu nennen, und flehte die Verantwortlichen an, sämtliche Zahlen zu überprüfen. Mit der Nachricht schlich sie zum Kontor der Kanalkommission. Nachdem sie sie eingeworfen hatte, atmete sie auf. Sie hätte es schon längst tun müssen, aber noch war es nicht zu spät.

Kapitel 4
Susanne

Brunsbüttel, Frühsommer 1889

Dreimal pro Woche erschien die Kanalzeitung. Sanne hatte es sich zur Angewohnheit gemacht, jedes Exemplar, das sie kriegen konnte, zu lesen. Erstens interessierte sie alles brennend, was mit dem riesigen Bau zusammenhing, und sie wollte nicht die winzigste Kleinigkeit verpassen. Zweitens war es wichtig, dass Rosario immer auf dem neusten Stand war. Schließlich musste er sich mit leitenden Herren des Projekts unterhalten. Bestimmt erwarteten die, dass er auch über Entwicklungen Bescheid wusste, die ihn nicht direkt betrafen. Zum Beispiel über den Ziegeleibesitzer aus Erfurt, der acht Morgen Land südlich vom Kanal gekauft hatte. Irgendwo zwischen dem Deich und der Chaussee nach Büttel, bestimmt da, wo das Holthusen-Haus abgerissen worden war. Jedenfalls sollte der jährlich rund zehn Millionen Steine liefern, stand in der Zeitung. Das waren … über 27 000 jeden Tag! Das bedeutete doch wohl, dass er auch der Lieferant für die Maurerarbeiten an der Schleuse sein würde. Rosario wurde also höchstwahrscheinlich mit dem Mann aus Erfurt zu tun haben. Umso wichtiger, dass er schon vorher etwas über ihn wusste. Durch ihre regelmäßige Zeitungslektüre wusste Sanne nun auch, dass solche Grundstückskäufe die Preise für das Bauland ordentlich in die Höhe getrieben hatten. Ob Wagner deswegen sein am

Hafen gelegenes Hotel mit Fremdenzimmern, Tanzsalon, Stallungen und allem Drum und Dran zum Verkauf anbot, wie sie gerade in der aktuellen Ausgabe las? So oder so, mit jedem Tag bewahrheitete sich mehr, was Sanne von Anfang an geahnt hatte: Ihre Heimat und viele Ortschaften in Schleswig-Holstein veränderten sich zusehends. In atemberaubender Geschwindigkeit verschwanden Häuser, neue entstanden. Sandwege wurden gepflastert und mauserten sich zu Chausseen, kilometerweise wurden Gleise verlegt.

Die Stimme ihrer Mutter riss sie aus ihren Gedanken: »Kannst mal beim Busch vorbeigehen und fragen, ob er was zum Waschen hat?«, rief sie.

Sanne schlug rasch die Zeitung zu, legte sie beiseite und ging in die Küche. Ihre Mutter scheuerte gerade den alten Emailletopf, den sie zum Einkochen und Entsaften verwendete.

»Ach, Mutter, du hast doch auch ohne die ollen Tischdecken genug zu tun.«

»Die ollen Tischdecken bringen immerhin ein paar Pfennige. Können wir gut gebrauchen«, entgegnete sie, ohne aufzusehen. Sanne betrachtete sie von der Seite. Die grauen Haare gaben kaum noch einen anständigen Knoten ab, um den Mund hatten sich schon wieder neue Falten in die blasse Haut gegraben.

»Eine Pause brauchst du aber auch mal«, sagte Sanne leise.

Ihre Mutter ließ die Bürste sinken und wandte sich ihr zu.

»Und du? Meinst denn, ich höre nicht, dass du dich früh aus dem Haus schleichst? Manchmal sogar nachts.« Sie seufzte und ließ die Schultern hängen. »Erst dachte ich ja, du hast womöglich eine Liebschaft mit diesem Italiener.«

»So'n Blödsinn!« Sanne lachte. Hätte sie mal lieber den Mund gehalten, ihre Mutter kannte sie in- und auswendig. Nun war sie sicher erst recht misstrauisch. Wenn das so war, konnte sie's gut verstecken, denn sie sprach einfach weiter.

»Aber dann habe ich gesehen, dass du'n Feudel mitgenommen hast.« Das musste gewesen sein, als Rosario umgezogen war. In der neuen Wohnung war mächtig viel Staub und Dreck gewesen, wohl von den Maurer- und Malerarbeiten. »Da wusste ich natürlich, was die Stunde geschlagen hat. Bist sehr fleißig, Sanne.« Sie seufzte schwer. »Ach Kind, ich will doch nur, dass du es mal besser hast als ich. Du und deine Geschwister, ihr sollt nicht euer Leben lang nur schuften. Deshalb müssen dein Vater und ich wenigstens ein büschen ansparen.« Sie seufzte noch einmal und machte sich wieder an dem Topf zu schaffen. »Aber das ist leichter gesagt als getan. Wer nix hat, kriegt auch nix, wer viel hat, kriegt immer noch was dazu.«

»So isses. De Düvel schiet immer op den gröttsten Hupen.« Wieder lachte Sanne, auch wenn ihr nicht danach zumute war. Sie würde ihrer Mutter zu gern verraten, dass vielleicht bald alles anders wäre, besser. Irgendwann würde Sanne schließlich den Lohn für ihre Arbeit bekommen, hoffte sie. Doch bis es so weit war, musste sie sich damit begnügen, ihre Mutter ein wenig aufzuheitern. Plötzlich fiel ihr etwas ein.

»Wart mal eben«, sagte sie, lief in die kleine Stube, schnappte sich die Kanalzeitung und kam zurück. »Ich habe vorhin etwas gelesen«, erklärte sie, während sie blätterte. »Gibt doch noch andere Möglichkeiten, ein paar Groschen zu verdienen, als die Wäsche vom Busch.«

»Du und deine Zeitung«, sagte ihre Mutter.

»Hier, hör mal: Geschäftseröffnung! Hiermit zeige ich einem geehrten Publikum von Brunsbüttel und Umgegend an, dass ich am heutigen Tage in meinem neu erbauten Geschäftshause an der Chaussee eine Mode-, Manufakturwaren-, Damenkonfektion-, Herren-, Knaben- und Arbeitergarderoben-, Hüte- und Mützen-, Tabak- und Zigarren-Handlung eröffnet habe. Erlaube mir noch zu bemerken, dass die Preise, um einen entsprechenden Umsatz zu ermöglichen, äußerst niedrig gestellt sind, und bitte ich ein geehrtes

Publikum bei vorkommendem Bedarf, sich von der Güte und Billigkeit meiner Waren zu überzeugen.«

Ihre Mutter hatte die Bürste wieder sinken lassen und sah sie aus großen Augen an.

»Meine Zeit, der drückt sich ja komplizierter aus als'n Anwalt. Kann der nicht geradeaus sprechen? Ich verstehe kein Wort.«

Sanne kümmerte sich nicht um ihren Einwand.

»Vielleicht kannst du für den Näharbeiten übernehmen«, schlug sie vor. »Wenn der Mode für Damen, Herren und so anbietet, braucht er bestimmt jemanden, der kleine Änderungen vornimmt. Hier was enger machen, da 'n büschen was kürzen, das wäre bequemer für dich, du könntest sitzen und müsstest nicht in der Waschküche schwitzen.«

»Tja, wer weiß? Fragen kostet nichts. Ehe es so weit ist, würde ich trotzdem gern noch'n paar olle Tischdecken waschen.« Sie lächelte verschmitzt.

Auf dem Weg zu Gasthaus Busch kam Sanne am fotografischen Atelier vorbei. Wie immer warf sie schnell einen Blick in das kleine Fenster, ob es neue Aufnahmen von der Baustelle oder von Anlagen gab, die gerade entstanden. Aber es waren noch immer die Fotografien vom ersten Erd-Aushub und von den Barackenlagern, die kannte sie schon. Gekauft hätte sie sowieso keine, dafür hatte sie kein Geld. Sie hoffte aber, dass irgendwann auch mal Vaters Gerüste für die Nachwelt festgehalten würden. Dann würde sie ihm eine Aufnahme zum Geburtstag oder zu Weihnachten schenken. Sollte es je Bilder vom Entstehen der Schleuse geben, wovon sie fest ausging, musste sie eins davon haben. Und Rosario würde sie auch gern eins schenken, dachte sie, während sie auf das Gasthaus zusteuerte. War ein gutes Gefühl, dass ihre Eltern glaubten, Sanne würde für Rosario putzen. Einerseits. Andererseits müsste sie dann doch ein paar Groschen abgeben können. Außerdem hatte sie ein schlechtes Gewissen, ihnen nicht die Wahrheit zu sagen. Nur konnte sie das schlecht. Ihr Vater wäre außer sich, wenn er erfahren würde, dass sie mithilfe von Urururgroßvaters Unterlagen und zusammen mit Rosario die Brunsbütteler Schleuse konstruierte. Ob er sie verraten würde? Auf jeden Fall würde er das tun. Seine Angst vor einer Katastrophe wäre größer als der Wunsch, seine Tochter vor den Folgen ihres Schwindels zu beschützen. Darum konnte sie ihnen keinen reinen Wein einschenken. Gelogen hatte sie nicht, schließlich hatte sie nicht behauptet, sie würde sich bei Rosario etwas verdienen, das hatte sich ihre Mutter zusammengereimt. Und sie war ja auch wirklich fleißig, wie Mutter gesagt hatte, nur eben anders, als die sich das vorstellte.

Busch war auf Sannes Besuch nicht vorbereitet gewesen und hatte sie gebeten, später noch einmal vorbeizukommen. Er würde die Schmutzwäsche zusammenpacken. Das passte ihr allerbest. Am Sonntag trieben sich Rosario und Kolbe entweder am Hafen herum oder saßen in dem winzigen Garten vor Rosarios Haus. Sie wollte endlich wissen, was bei der letzten Besprechung herausgekommen war, die Rosario mit den Beamten von Bauunternehmer Vering gehabt hatte. Da sie die beiden am Hafen nicht getroffen hatte, ging sie nach Ostermoor und sah sie schon von Weitem auf dem schmalen Rasenstück. Was stellten sie bloß wieder an? Die Männer blickten angestrengt in eine Schüssel, die sie auf einem Hocker platziert hatten.

»Moin! Na, was treibt ihr zwei?«

»Signorina Sanne, du kommst gerade richtig. Wie immer!«

»Wir wollen Waldmeisterschnaps machen«, erklärte Kolbe.

»Entschuldigung, ist der Waldmeister egal. Viel wichtiger ist, wie es deinen Händen geht.« Rosario griff behutsam nach ihren Handgelenken.

»Schon fast verheilt, siehst du? Die Pflaster brauche ich auch bald nicht mehr.« Wenn sie später den Wäschekorb würde tragen müssen, würde es wieder ziemlich wehtun. Aber das musste sie den beiden ja nicht unbedingt auf die Nase binden. Sie wollte nicht wie ein zerbrechliches Püppchen behandelt werden, sondern als gleichwertiger Teil ihres Trios.

»Dann kannst du uns mit dem Schnaps helfen, wir wissen nämlich nicht so genau, wie das geht.«

»Nicht so genau?« Sie sah skeptisch von einem zum anderen. »Mir scheint eher, ihr habt keine Ahnung.«

»Kann auch sein«, meinte Kolbe grinsend. »Jetzt bist du ja da.«

»Waldmeister habt ihr tüchtig gesammelt, wie ich sehe.« In der Schüssel lag ein ordentlicher Haufen. Viel zu viel. »Der blüht aber schon. Eigentlich sollte man ihn dann nicht mehr ...« Sie zuckte mit den Achseln. »Ach was, kommt ja Alkohol dazu, dann kann wohl nichts passieren.« Sie schnupperte an den geschnittenen Stängeln. »Ich würde die noch etwas trocknen lassen. Habt ihr die übrigen Zutaten denn auch schon besorgt?«

»Ich habe Zucker da«, erklärte Rosario fröhlich. »Braucht man sonst noch etwas?«

Wieder blickte sie von einem zum anderen. Kein zuckender Mundwinkel, kein verräterisches Grinsen.

»Ihr nehmt mich doch auf den Arm.«

»Als ob wir das je wagen würden«, rief Kolbe aus.

»Ständig«, murmelte sie seufzend.

»Nein, wirklich, Sanne. Wir dachten, das ist alles«, erklärte Kolbe, »Waldmeister, Zucker, Wasser.«

»Männer! Ihr braucht Alkohol. Wie soll denn sonst aus Zucker und 'n paar Büscheln von dem Gewächs Schnaps werden?«

»Na ja, wie bei den Sumpfgasen. Dachten wir«, meinte Rosario kleinlaut.

»Wir brauchen Alkohol, um Schnaps herzustellen?« Kolbe sah sie verständnislos an. »Das ist doch witzlos. Wir wollen ihn doch herstellen, weil wir keinen haben.«

Eine Böe fuhr Sanne durch das Haar, sie klemmte eine Strähne hinters Ohr.

»Apropos Sumpfgas«, begann sie, »habt ihr etwas von den Verschütteten gehört, die wir gerettet haben?«

»Die ruhen sich noch in den Krankenzimmern in der Baracke aus, bis sie wieder vollständig auf den Beinen sind«, sagte Rosario ernst. »Die Gase sind vermutlich schuld, dass die Böschung weggerutscht ist.«

»Wie denn das?« Sanne verschränkte die Arme vor der Brust.

»Sie haben sich ausgebreitet und dann einen Hohlraum geschaffen, das Wasser darunter hat Sand weggespült und … wusch.« Er machte eine Geste, als ob ein Schlitten von einem Berg saust.

Kolbe trommelte auf den Rand der Schüssel.

»Wollen wir jetzt mal zu den wichtigen Dingen kommen?«, fragte er ungeduldig.

»Ja, natürlich«, rief Rosario und strahlte schon wieder. »Erinnerst du dich, dass ich unserem Freund hier versprochen habe, ihm Arbeit an der Schleuse zu besorgen?« Rosario sah Sanne erwartungsvoll an. Kolbe dagegen schnaubte und zog ein Gesicht, ihn interessierte offenbar gerade nichts so sehr wie die Schnapsherstellung.

»Ich habe Verings Männer darauf hingewiesen, dass der Wasserdruck, der von unten auf die Baugrube einwirkt, für riesige Probleme sorgen wird«, erzählte Rosario unbeirrt.

»Das haben die bisher tatsächlich nicht bedacht?« Sanne konnte es nicht fassen.

»Bedacht schon, aber sie haben es unterschätzt. Bis jetzt.« Sanne schüttelte den Kopf. »Musst du verstehen, es ist im Grunde alles neues Land«, sagte Rosario.

»Neuland«, verbesserten Sanne und Kolbe wie aus einem Mund.

»Ja, genau. Jedenfalls in diesen Dimensionen hat das noch niemand praktisch ausprobiert. Wir haben nur das hundert Meter lange Schürfloch. Wie viel sagt es uns über das, was geschieht, wenn wir erheblich tiefer und länger graben? Niente, nix. Na ja, fast nix!« Er hob den Zeigefinger der rechten Hand und verstellte die Stimme: »Umso wertvoller sind Mitarbeiter, die selbständig denken! Bravo, Herr Limone!« Rosario lachte. »Das hat Signor Vering selbst gesagt. Ich dagegen sage: Brava, Sanne, du hast das alles ausgerechnet.«

»Ach was, das haben wir zusammen geschafft, wir drei«, sagte sie, dabei freute sie sich wie verrückt über seine Anerkennung.

»Jedenfalls habe ich die Gelegenheit beim Schopf gegriffen und für Kolbe nach Arbeit gefragt.«

»Können wir dann jetzt zum Waldmeister zurückkommen?«, meldete sich Kolbe zu Wort. Sanne wollte ihm gerade erklären, wie das mit dem Schnaps funktionierte, doch irgendwas an Rosarios Miene ließ sie innehalten. Alarmglocken schrillten in ihrem Kopf.

»Was ist los, du freust dich ja gar nicht?«, bohrte sie nach.

»Ich habe doch erzählt, dass Beton auf den gesamten Boden der Grube aufgebracht werden soll. Ich habe ihnen deine Berechnungen vorgelegt und gesagt, wie dick ich die Schicht machen wurde. Aber wollen sie so nicht. Sie wollen die dunner machen.«

»Wie bitte?« Sanne starrte ihn an. »Aber dann wird sie brechen.«

»Habe ich ja auch gesagt, aber sie meinen, sie wollen es erst mal mit weniger probieren. Wenn es klappt, sparen sie Geld.«

»Da haben wir es wieder«, schaltete sich Kolbe ein. »Hauptsache billig, damit die feinen Herren sich die Moneten in die Tasche stecken können. Scheiß drauf, wenn ein paar Arbeiter deshalb absaufen!«

»Andreas, kannst du bitte solche hässlichen Ausdrucke lassen, wenn eine Dame dabei ist.« Rosario sah aus, als wäre es ihm schrecklich peinlich.

»Es heißt Ausdrücke«, erklärte Kolbe, »außerdem sehe ich hier keine Dame.« Er wandte sich an Sanne: »Dich kann er nicht meinen. Oder willst du plötzlich wie'ne feine Dame behandelt werden? Ich dachte, du willst alles machen, was wir Kerle machen.«

»Ach guck mal, ich wusste gar nicht, dass du studierst«, konterte sie und lachte über sein überraschtes Gesicht. »Das ist es nämlich, was ich am liebsten machen würde.« Sie wandte sich von ihm ab. »Rosario, sprich noch mal mit Vering. Ich meine, kommt drauf an, wie dünn er den Beton machen will. Ein Zentimeter spielt vielleicht keine Rolle, aber wenn er richtig sparen will ... Kümmer dich da bloß drum, ehe was schiefgeht. Mist«, sagte sie dann mehr zu sich selbst, »die ersten Schleusentore sollen schon bald eingesetzt werden. Da können wir keine Probleme mit dem Untergrund gebrauchen.« Sie seufzte. »Ich muss mal los. Muss zu Busch, die Wäsche holen.«

»Und was wird aus unserem Waldmeister?« Kolbe baute sich vor ihr auf.

»Den nehme ich gleich mit.«

»Wie bitte?«

»Ist sowieso viel zu viel. Ich biete Busch einen Teil davon an und verlange dafür reinen Alkohol. Zucker könnt ihr mir auch gleich mitgeben, dann setze ich den Schnaps für euch an. Für uns«, korrigierte sie sich.

Die in ein Tuch gewickelten Zutaten unter dem Arm, machte sich Sanne auf den Weg und hätte beinahe einen Herrn umgerannt, der flotten Schrittes das Grundstück betrat.

»Guten Tag, die Dame. Sie haben es aber eilig«, begrüßte er sie und lächelte. Passierte selten, dass jemand sie als Dame bezeichnete und nun gleich zweimal an einem Tag. Seine grauen Augen sahen sie freundlich an. Vielleicht wirkte es auch nur so, weil er so viele Lachfältchen hatte. Das blonde Haar trug er seitlich gescheitelt. Obwohl er einen Anzug anhatte, strahlte er eine gewisse Leichtigkeit aus, bestimmt weil er eine Ledermappe in einer Hand hielt und die andere locker in der Hosentasche steckte.

»Tja, ich hab immer was zu tun«, antwortete sie, nachdem sie ihn von oben bis unten betrachtet hatte.

»Dann will ich Sie nicht länger aufhalten.« Er deutete eine leichte Verbeugung an und wandte sich dem Haus zu. »Ich möchte zu einem Herrn Limone.«

Rosario und Kolbe hatten den Hocker und die leere Schüssel weggeräumt, als Sanne sich auf den Weg gemacht hatte, jetzt war von ihnen nichts mehr zu sehen. Wahrscheinlich waren sie gleich drinnen geblieben, um etwas zu essen. War schließlich gerade Mittagszeit und Rosario konnte aus wenigen Dingen die leckersten Gerichte zaubern.

»Da sind Sie hier goldrichtig«, erklärte Sanne und ging voraus zurück zur Haustür. Das Küchenfenster stand offen. Wie sie es sich gedacht hatte, hörte sie von dort das Klappern von Geschirr. »Rosario!«, rief sie, »du hast Besuch.« Sofort erschien sein Gesicht im Fenster. Das Lächeln verschwand, auf seiner Stirn bildete sich eine steile Falte. Vermutlich ging's ihm wie ihr, noch immer fürchteten sie, sein Schwindel könne auffliegen. Er war jetzt zwar schon fast drei Jahre in Brunsbüttel, trotzdem hatten sie beide Angst, der Ingenieur, der eigentlich die Stelle des Schleusenkonstrukteurs hätte haben sollen, könnte auftauchen und verraten, dass Rosario nur aufgrund einer Verwechslung seinen Posten bekommen hatte.

»Kleinen Moment, bitte, komme ich runter!« Das Fenster schloss sich.

Der Mann im Anzug lächelte Sanne an, sie lächelte zurück. Das Schweigen fühlte sich seltsam an. Außerdem kam es ihr vor, als bräuchte Rosario ewig.

»Geht wohl um die Schleuse, was?«, fragte sie und hoffte, er konnte nicht hören, wie unwohl ihr mit einem Mal war.

»Nicht direkt.« Das war ja mal eine dusselige Antwort. Glücklicherweise ließ er sie nicht weiter zappeln. »Aber um den Kanalbau geht es schon.« Sie nickte, sein Gesichtsausdruck war kurz ganz komisch gewesen, als gäbe es mit der Baustelle ein Problem.

»Hoffentlich keine schlechten Nachrichten«, sagte sie.

Endlich ging die Haustür auf, Rosario trat heraus, hinter ihm Kolbe.

»Guten Tag, Herr …« Rosario streckte dem Fremden die Hand hin.

»Ackermann. Guten Tag, Herr Limone. Und Sie sind …?« Er sah Kolbe an.

»Das ist ein Freund, Herr Kolbe«, erklärte Rosario. »Er wollte gerade gehen.« Kolbe warf ihm einen vernichtenden Blick zu, hielt aber glücklicherweise den Mund.

»Wie schade.« Herr Ackermann sah von einem zum anderen und sagte: »Ich glaube nämlich, das, was ich zu sagen habe, geht Sie alle drei etwas an.«

Sanne blieb beinahe das Herz stehen. Ein Fremder, der mit ihnen drei etwas zu besprechen hatte? Das konnte nichts Gutes bedeuten. Ihre Kehle schnürte sich immer weiter zu.

Rosario hatte Herrn Ackermann hereingebeten. Gut so, Sanne wurde das Gefühl nicht los, die neugierigen Nachbarn sollten besser nichts mitbekommen. In dem Haus wohnten schließlich Baubeamte, die bestimmt nichts Besseres zu tun hätten, als in den Kontoren zu erzählen, was sie aufgeschnappt hatten.

Nun saßen sie also zu viert in Rosarios Stube, die wenig wohnlich aussah. Es fehlten noch ein paar Möbelstücke, Dekoration gab es schon gar nicht, von einer Madonna aus Porzellan einmal abgesehen, die er aus seiner Heimat mitgebracht und auf eine Anrichte gestellt hatte.

»Ich komme nicht aus der Gegend«, begann Herr Ackermann, »sondern aus der Nähe von Rendsburg. Das heißt, zu Hause bin ich … aber das tut ja nichts zur Sache.« Er lachte. Schade, Sanne hätte gern gewusst, woher er stammte. Sie hatte den Eindruck, es wäre gut, möglichst viel über ihn zu erfahren. »Jedenfalls hat es sich bis Rendsburg, Eckernförde und sicher weit darüber hinaus herumgesprochen, welche Heldentat zwei Männer und eine Frau im berühmten Schürfloch von Brunsbüttel vollbracht haben.« Sanne atmete so laut aus, dass sie glaubte, jeder müsste es gehört haben. Genau wie den Stein, der ihr vom Herzen gefallen war. So ein Glück, sie hatte schon befürchtet, Ackermann hätte Wind davon bekommen, dass hier ein falscher Schleusenbauer mitsamt einer Assistentin am Werk war. Auch in Rosarios Miene konnte sie deutlich die Erleichterung lesen. Kolbe griente breit. »Ich darf davon ausgehen, dass Sie drei diese Helden sind.« Er blickte in die Runde.

»Kann man wohl sagen«, erklärte Kolbe und streckte das Kreuz durch. Typisch, das machte er immer, wohl, um etwas größer zu wirken.

»Si, wir sind zufällig in der Nähe gewesen und haben die furchtbaren Schreie gehört«, berichtete Rosario.

»Die zwei Männer hatten mächtig Glück, dass wir so schnell geschaltet und geholfen haben. Sonst würden die jetzt wohl die Radieschen von unten angucken«, erklärte Sanne. Sie bekam noch immer eine Gänsehaut bei der Vorstellung.

Herr Ackermann nickte. »Sie haben sich vorbildlich verhalten, darum bin ich hier.«

»Hat Herr Vering Sie geschickt?«, wollte Sanne wissen. »Ist ein feiner Mensch, ich habe mir schon gedacht, dass er sich noch bedanken wird.«

»Sie kennen ihn?«, fragte Herr Ackermann und sah sie plötzlich an, als wolle er sie mit seinem Blick durchbohren. Konnte er sich bestimmt nicht vorstellen, dass eine einfache Frau vom Land den erfolgreichen Hamburger Bauunternehmer kannte.

»Wir haben uns auf dem Markt in Marne getroffen«, erzählte sie, als wären sie dort verabredet gewesen, dabei hatte sie damals bloß zufällig erfahren, dass er auch dort war und ihn für ihren Vater wegen der Stelle des Schleusenbauers angesprochen.

»Ah ja«, sagte Herr Ackermann gedehnt und schien kurz nachzudenken. »Nein, niemand schickt mich. Ich habe gute Kontakte zu der Baggerfirma, die am Schürfloch beschäftigt ist.«

»Arbeiten Sie für die?« Kolbe sah ihn an, als könne er sich Herrn Ackermann nicht auf dem Bau vorstellen.

»Nicht direkt.«

Rosario warf Sanne einen schnellen Blick zu, der zu fragen schien, was sie von dem Mann hielt.

»Jetzt mal Butter auf die Fische«, rief er betont fröhlich, »was genau haben Sie uns zu sagen?«

Herr Ackermann holte eine in Geschenkpapier gewickelte Flasche aus seiner Mappe.

»Ich bin gekommen, um Ihnen drei im Namen des Unternehmens den herzlichsten Dank auszusprechen. Wie ich sagte, habe ich recht engen Kontakt zur Geschäftsleitung, wenn ich selbst auch nicht dort tätig bin. Ich hatte gerade hier in der Gegend zu tun und habe angeboten, Ihnen diese kleine Aufmerksamkeit zu überreichen.« Er stellte die Flasche auf den Tisch.

»Das ist aber nett!« Sanne war vollends beruhigt. Sie musste nur noch dafür sorgen, dass die beiden Männer das Dankeschön nicht allein leerten. War bestimmt ein teurer Wein oder Schnaps, so eine Firma ließ sich schließlich nicht lumpen. Obwohl … eine Flasche für drei Personen? Sie musste lächeln. Egal, die freundliche Geste zählte.

Und nun wurde es Zeit, sich zu verabschieden, sonst gab Busch seine Wäsche noch der Konkurrenz.

»Ja, wirklich nett«, stimmte Rosario zu. »Wir haben sehr gern geholfen, da wäre kein so hübsches Dankeschön nötig gewesen.«

»Das hat mein Freund auch gesagt«, erklärte Herr Ackermann mit einem Unterton, der Sanne aufhorchen ließ. »Er hat einen leitenden Posten in der Baggerfirma. Sie kennen ihn«, sagte er lauernd.

»Ach ja, wer soll das sein?« Kolbe ließ sich nicht einschüchtern, er blickte Herrn Ackermann herausfordernd in die Augen.

»Wusste ich auch nicht. Wie heißt ihr Freund, was habe Sie gesagt?« Sanne konnte Rosario seine Angst anhören.

»Er erzählte mir, er hätte Ihnen bereits im letzten Jahr mehr als einen Köm spendiert«, fuhr Herr Ackermann fort, ohne sie aus den Augen zu lassen. »Im Gasthaus Busch soll das gewesen sein. Erinnern Sie sich?«

Mit einem Mal blieb Sanne die Luft weg. In ihren Ohren begann es zu rauschen. Der Freund von Herrn Ackermann war der Fremde im Anzug, der Rosario und Kolbe so viel Schnaps spendiert hatte, dass sie ihre Zungen nicht mehr unter Kontrolle gehabt hatten. Bitte, lass ihn nicht gehört haben, dass Rosario kein Schleusenbauer war und eine Frau die Pläne gezeichnet hatte, hämmerte es in ihrem Kopf.

Rosario war wie versteinert, und anscheinend hatte es selbst Kolbe die Sprache verschlagen. Auch Sanne hätte am liebsten den Mund gehalten oder sich noch lieber in Luft aufgelöst, nur wurde davon nichts besser. Sie musste die Sache in die Hand nehmen.

»Wie kommt Ihr Freund denn drauf, dass es die beiden gewesen sind? Beim Busch lungern immer jede Menge Kerle herum, die sich alle gern einen ausgeben lassen.« Sie streckte das Kinn vor.

»Nun ja, die Beschreibung ... Ein Mann mit schwarzem Haar und einer von eher kleinem Wuchs ...«

»Vorsicht, ja?« Kolbe verschränkte die Arme vor der Brust, so dass seine Muskeln zur Geltung kamen.

»Ist ja auch nicht wichtig«, beschwichtigte Herr Ackermann sofort. Sanne hatte den Eindruck, dass er ein wenig aus dem Konzept war, also legte sie nach: »Und was hatten Sie hier in der Gegend zu tun?«

»Wieso ich? Ich war nicht dabei. Habe ich nicht behauptet.«

»Nö, davon rede ich auch gar nicht. Sie haben aber gerade gesagt, Sie sollten die Flasche hier abliefern und sich im Namen der Firma bedanken, weil sie ohnehin hier in der Gegend zu tun hätten.«

»Ach so, ja, das ist richtig.« Er lächelte, schwieg, die drei sahen ihn erwartungsvoll an. »Ich wollte mich an Ort und Stelle über die Fortschritte am Schleusenbau informieren«, erklärte er und wirkte plötzlich wieder locker und selbstbewusst. »Es ist nämlich so: Ich habe eine nicht unerhebliche Summe investiert. In die … Konstruktion der Schleuse und ihren späteren Betrieb, wenn Sie so wollen«, erklärte er vage. »Und mir ist selbstverständlich bekannt, dass die Anlagen in Brunsbüttel und auch in Holtenau die Achillesferse des gesamten Projekts sind.«

»Was für'n Ding?«, fragte Kolbe barsch.

»Die empfindlichste Stelle, das größte Risiko«, führte Herr Ackermann aus, ohne sich an Kolbes Ton zu stören. »Wer dafür Geld zur Verfügung stellt, darf mit einer ordentlichen Rendite rechnen. Er wird für seinen Wagemut mit einem überdurchschnittlichen Gewinn belohnt.«

»Ist schön für Sie.« Kolbes Augenbrauen schnellten kurz in die Höhe. Er würde nicht mehr lange Ruhe bewahren.

»Schon und aufregend gleichermaßen«, stimmte Herr Ackermann zu und nickte langsam. »Denn den Lohn für meine Risikobereitschaft kassiere ich nur, wenn nichts schiefgeht.« Dann blickte er Rosario in die Augen. »Sie können sich sicher vorstellen, wie viel mir das Gelingen des Baus bedeutet und wie gern ich meine Nerven schonen würde.« Er lachte. »Dass Sie drei mit Ihrem Eingreifen Schlimmeres verhindert haben, eine Verzögerung zum Beispiel, die Geld gekostet hätte, ist das eine. Das andere ist die Zukunft.« Rosario standen Schweißperlen auf der Stirn. »Sie sind der verantwortliche Konstrukteur, wenn ich nicht irre. Es warten noch jede Menge Herausforderungen, Missgeschicke und womöglich Unglücke auf Sie.« Sanne sah Rosarios Kehlkopf hüpfen. Ob sein Herz genauso laut klopfte wie ihres? »Ich verfüge über gute Kontakte zu einem erfahrenen Wasserbauingenieur.«

Rosario kniff kurz die Augen zusammen.

»Verstehen Sie mich bitte nicht falsch, ich will damit nicht sagen, dass Sie nicht alles allein im Griff hätten. Wie ungeschickt von mir, ich hoffe, Sie sind nicht beleidigt.«

»Aber nein«, antwortete Rosario. Sanne kannte ihn gut genug, um die Unsicherheit zu hören, die in seiner Stimme mitschwang.

»Ich wollte Ihnen einfach nur anbieten, von der Erfahrung und dem Können meines Freundes zu profitieren. Vier Augen sehen doch mehr als zwei.« Plötzlich wandte er sich Sanne zu und ergänzte: »Und sechs sehen mehr als vier.«

Sie schnappte nach Luft. Er wusste von ihrer Beteiligung an der Planung, das war ein untrügliches Zeichen! Oder sah sie Gespenster, und sein Blick hatte nichts zu bedeuten? Es war zum Verrücktwerden.

Herr Ackermann stand auf. »Sollten Sie sich zu einer besonders schwierigen Frage beraten wollen oder das Bedürfnis haben, dass ein zweiter Mann einen Blick auf Ihre Berechnungen und Zeichnungen wirft, arrangiere ich gern ein Treffen. Absolut diskret, versteht sich. Ich versichere Ihnen, es geht mir einzig um das Gelingen des Schleusenbaus und den zukünftigen reibungslosen Betrieb.« Er nahm seine Ledermappe. »Einen schönen Sonntag noch«, sagte er freundlich und ging.

Kapitel 5
Justine

Kiel, Oktober 1889

Stines Plan war aufgegangen. Schon wenige Tage, nachdem sie die Kinderecke eingerichtet hatte, hatte Petersen mit seinen verzogenen Söhnen den Laden betreten.

»Ich habe gehört, bei Thams denkt man wieder auch an die kleinsten Kunden.« Er hatte übertrieben gelacht. »Als Stammkunde möchte ich sagen: Eine gute Entscheidung!«

»Danke, Herr Petersen, wie nett von Ihnen.« Stine hatte ihn zuckersüß angelächelt. Von wegen Stammkunde. Sie hatte nicht einmal mehr gewusst, wann er das letzte Mal da gewesen war.

»Kann ich meine beiden wohl kurz hierlassen? Ich hätte noch etwas anderes zu erledigen, ehe ich meine Einkäufe bei Ihnen … Bin gleich wieder da.«

Er war nicht der Einzige, der die Vorzüge zu schätzen wusste. Dummerweise kauften die meisten höchstens ein paar Schrauben, wenn sie überhaupt Geld ausgaben. Eine neue Werbeaktion war Stine auch noch nicht in den Sinn gekommen. Nun war der Sommer schon wieder rum. Bald endete auch noch die Zeit, in der die Menschen auf dem Feld oder im Garten etwas tun konnten, wofür sie vielleicht etwas aus dem Eisenwarenladen brauchten. Der einzige Lichtblick war Tischler Jessen gewesen, der Stine aufgesucht und ihr angeboten hatte, das Grundstück zu kaufen, das direkt hinter dem Laden lag. Vater hatte es dem Nachbarn abgekauft, um dort ein Holzlager zu errichten. Er war überzeugt davon gewesen, mit den Herren der Kanalverwaltung groß ins Geschäft zu kommen. Nun hatten sie Land, aber kein Geld, ein Lager oder irgendetwas anderes darauf zu bauen. Aber Jessen hatte ihr einen Vorschlag unterbreitet, der ebenso überraschend wie verlockend war.

»Na, was guckst du so trübetümpelig aus der Wäsche?« Hella stand in der Küche und knetete einen Teig, der wahrscheinlich wieder aus nicht viel mehr bestand als aus Mehl und Wasser.

»Das willst du gar nicht wissen, glaub's mir!« Stine seufzte. »Ist doch sowieso immer das gleiche Lied. Keine Kunden, kein Geld.« Hella schwieg. »Sonderlich fröhlich siehst du auch nicht aus. Ist Jobst eigentlich noch nicht zu Hause?« Hella schüttelte den Kopf. »Hat er hier endlich einen Chor gefunden, zu dem er gehen kann? Er singt so gern, ich weiß doch, wie ihm die Proben fehlen. Aber bis nach Wik ist es eben zu weit.«

»Ihm fehlt nicht nur sein Chor«, gab Hella erstickt zurück. »Uns beiden fehlt alles, was wir in Wik hatten, Stine. Unser altes Leben fehlt uns.«

Stine wusste nicht, was sie sagen sollte. Da hörte sie die Tür, gleich darauf kam Jobst in die Küche.

»Ach du Schande, wie siehst du denn aus?« Die Lippe ihres Bruders war aufgeplatzt, auch an der Wange klebte Blut, sein linkes Auge tränte und begann bereits in allen erdenklichen Farbtönen zu schillern.

»Jobst!« Hella war mit einem Schritt bei ihm. »Was ist passiert?« Sie drückte ihn sanft auf einen Stuhl, machte ein Tuch nass und tupfte behutsam über seine Wunden.

»Dieser verdammte Spaten!«, schimpfte er. Stine verstand kein Wort. »Irgendjemand hat auf dem Weg von der Baustelle zur Baracke plötzlich behauptet, ich wäre mal in Thams' Eisenwarenladen angestellt gewesen. ›Das ist doch da, wo der verhexte Spaten her ist‹, hat der gesagt.«

»Was kann denn ein Angestellter dafür, wenn …?« Weiter kam Hella nicht.

»Ein Angestellter nichts, aber ein echter Thams aus Fleisch und Blut«, antwortete er böse. »Fragt mich nicht, woher die das wussten, aber einer hat's rausposaunt. ›Ich bin der Sohn von Wilfried Thams, na und?‹, habe ich gesagt. Da war vielleicht was los! ›Mit dem arbeite ich nicht zusammen, der bringt nur Unglück.‹ So einen Unsinn haben die geschrien. Und ehe ich wusste, wie mir geschah, hatte ich die erste Ohrfeige sitzen.«

»Ach Jobst.« Hella hatte seine Verletzungen versorgt und küsste ihn vorsichtig auf die heile Wange.

»Und da musstest du natürlich zurückschlagen«, stellte Stine fest.

»Du hast doch keine Ahnung, was am Kanal los ist«, hielt er ihr vor. »Weil ich hier Familie habe, darf ich zu Hause schlafen. Die anderen hocken Tag und Nacht zusammen, fern von der Heimat. Sie kommen aus den unterschiedlichsten Ländern, vermissen ihre Liebsten und sind auf engstem Raum zusammengepfercht. Ist doch normal, dass es da brodelt. Es staut sich immer weiter auf, und irgendwann suchen die nur einen Vorwand, um sich prügeln zu können.« Er zuckte mit den Achseln. »Dieses Mal hatte ich eben das Pech, in die Schusslinie zu geraten.« Hella nahm seine Hand.

»Hoffentlich haben sie sich bis morgen beruhigt.« Sie sah ihn besorgt an.

»Für mich gibt es auf der Baustelle kein morgen mehr.«

»Was soll das heißen?«

»Das wüsste ich auch gern«, sagte Stine.

»Der Vorarbeiter hat alles mitgekriegt. Ob ich im Laden gearbeitet hätte, ehe ich bei ihm angefangen habe, wollte er wissen.« Stine schwante Böses. »Das habe ich natürlich bejaht. Bumms, da war's passiert. Als Schleswig-Holsteiner mit fester Arbeit darfst du nicht am Kanal anfangen. Ist so eine Regelung, damit nicht alle zur Baustelle wechseln und andere Unternehmen das Nachsehen haben.«

»Schöner Mist!« Stine ließ sich auf einen Stuhl sinken.

»Ich sehe mal nach Mutter. Ihr war vorhin nicht gut.« Hella verließ die Küche.

»Liebe Güte, dein Auge wird immer dunkler.« Stine sah ihn mitleidig an. »Tut's noch sehr weh?«

»Das solltest du den fragen, der meine Faust auf die Nase gekriegt hat. Ich habe einen anständigen Treffer gelandet.« Er grinste schief. »Au!« Jobst legte die Fingerspitzen an seine Lippe.

»Tischler Jessen war bei mir«, erzählte Stine. »Er bietet die gleiche Summe für das Grundstück, die Vater damals an Möbius bezahlt hat. Er will es sehr gern kaufen.«

»Den Hof hinterm Laden?« Gerade noch hatte er mit ihr gescherzt wie in alten Zeiten, doch schon lauerte er wieder feindselig.

»Es würde unsere Situation auf einen Schlag verbessern.«

»Kommt nicht in Frage«, blaffte er. »Hella will dort einen Nutzgarten anlegen.« Das traf die Wahrheit nicht ganz, doch Stine bekam keine Gelegenheit, das klarzustellen. »Ich gebe dir meine Einwilligung für einen Verkauf nicht. Schon gar nicht zu dem Preis, du verschleuderst das Gelände geradezu.«

»Wie ich sagte, es ist die gleiche Summe, die Vater damals …«

»Das ist viel zu wenig, die Grundstückspreise sind rasant gestiegen«, unterbrach er sie schon wieder.

»Hör mir doch mal zu!« Stine wurde laut. Warum musste er aber auch so ein schrecklicher Dickschädel sein?

»Auf keinen Fall, Stine, meine Entscheidung ist gefallen. Es ist das Einzige, was Hella aufrechterhält. Sie hat schon so viel Arbeit in den Garten gesteckt.«

»Ohne mit mir darüber zu reden«, wandte Stine ein.

»Das stimmt nicht. Sie hat es dir gesagt.«

»Sie hat mich gefragt, ob es mir recht ist, wenn sie neben den Kartoffeln etwas Salat und Gemüse anpflanzt.«

»Eben.«

»Etwas, Jobst, es war nie die Rede davon, dass sie die gesamte Fläche umgräbt. Es war immer klar, dass dort irgendwann ein Holzlager entstehen soll.«

»Irgendwann!« Er lachte verächtlich. »Du hast auch immer gesagt, wir könnten uns keins leisten. Bedauerlicherweise«, setzte er leiser hinzu.

»Nicht, wenn wir es allein finanzieren müssten.« Jetzt konnte sich Stine ein breites Grinsen nicht mehr verkneifen. Sie freute sich zu sehr über das Geschäft, das Jessen ihr vorgeschlagen hatte.

»Was soll das heißen?«

»Jessen zahlt uns die Summe, die Vater für das Land bezahlt hat. Damit sind wir einen Batzen Schulden los. Und wir haben unser Holzlager.«

»Verstehe ich nicht.«

»Jessens Tischlerei platzt schon seit Ewigkeiten aus allen Nähten. Er baut die Halle, von der Vater immer geträumt hat, richtet sich dort eine zweite Werkstatt und ein Lager ein.« Sie machte eine Pause und sah ihm in die Augen. »In einer Hälfte der Halle. Die andere verpachtet er an uns gegen einen äußerst überschaubaren monatlichen Betrag. Ich bin nicht dämlich, Jobst, ich weiß auch, dass das Land an Wert gewonnen hat.«

Nur eine Woche später unterzeichneten Jobst und Jessen den Kaufvertrag, sofort wurde mit dem Bau begonnen.

»Je mehr wir vor dem Frost schaffen, desto besser«, erklärte Jessen vergnügt.

Stine war unendlich erleichtert. Die Schuldenlast war deutlich geschrumpft, bis die erste Pachtzahlung fällig wäre, dauerte es noch. Trotzdem konnte sie sich nicht uneingeschränkt freuen. Sie spürte, dass sie Thorin nicht mehr lange würde halten können. Er hatte ja recht, er gehörte ins Theater. Er verkaufte nur ihr zuliebe Nägel und Zangen, ohne sich einen Deut dafür zu interessieren. Wie sollte sie mit ihm über ihre Pläne oder Sorgen sprechen? Sie konnte ihm nicht einmal böse sein, dass er sich immer häufiger verdrückte. Manchmal blieb er stundenlang weg, wenn er nur zwei Straßen weiter etwas abholen sollte. In seinen Adern floss Künstlerblut, das hatte er ihr einmal erklärt. Allmählich begriff sie, was das bedeutete. Obendrein brauchte sie dringend neue Ware, modernere Produkte. Große Sprünge konnten sie sich natürlich noch nicht leisten, aber wenigstens eine kleine Bestellung hier und da wollte sie aufgeben. Doch auch das lief nicht so reibungslos, wie sie es sich gewünscht hätte. Im Gegenteil.

»Das müssen Sie verstehen, Fräulein Thams«, hieß es, »das letzte Mal mussten wir Sie mehrfach mahnen.«

»Mein Vater ist gestorben, das wissen Sie. Die Hauptlast liegt seitdem auf meinen Schultern.«

»Nur aus Rücksicht auf Ihren Verlust waren wir überhaupt so geduldig. Inzwischen ist es über ein Jahr her. Normalerweise hätten wir unsere Waren längst aus Ihrem Laden entfernt. Wir bedauern es sehr, Fräulein Thams, aber wir können Ihnen zukünftig nicht mehr entgegenkommen. Wenn Ihr Bruder diese Aufgabe nicht selbst übernehmen will, sollten Sie einen Geschäftsführer einstellen.«

»Wie bitte? Ich leite die Geschäfte!«

»Sie bestellen Ware, können aber keinen Vertrag unterschreiben. Bei allem Respekt, was soll das für eine Leitung sein? Im Voraus oder wenigstens bar bei Übergabe, das sind unsere Bedingungen.«

Das war also das Problem. Es ging nicht darum, dass sie länger gebraucht hatte, um eine Rechnung zu bezahlen, ihr Vergehen war, dass sie eine Frau war.

Stine schlüpfte in ihren Mantel und lief die Ringstraße herunter in Richtung Hafen und weiter zum Friedhof. Allein an Vaters Grab hätte die Verzweiflung sie beinahe überwältigt.

»Ach Mensch, Vati, was soll ich denn jetzt machen? Wenn die Lieferanten mit einer Frau keine Geschäfte abwickeln, gilt das für die Herren der Kanalverwaltung womöglich auch. Ich kann mich abrackern, wie ich will, und werde doch nie Erfolg haben, weil ich kein Mann bin. Das ist ungerecht«, rief sie und erschrak, weil es sich nicht gehörte, auf einem Gottesacker so laut zu sein. Stimmte aber trotzdem. »Ich glaube, ich weiß, warum du dein Testament so geschrieben hast, nur fürchte ich, dein Plan funktioniert nicht. Und das ist nicht mal Jobsts Schuld.« Stine brachte es nicht übers Herz, an Vaters Grab davon zu reden, dass sie am besten doch verkaufen sollten. Mit einem Mal fiel ihr das Schreiben von Anders Zimmermann ein. Sie hatte es noch nicht einmal gelesen. Ein Geschäftspartner würde ihre Situation gründlich ändern. Vielleicht sollte sie zumindest einmal einen Blick auf sein Angebot werfen. Sofort machte sie sich auf den Heimweg, setzte sich mit Zimmermanns Vorschlag in ihr Kontor und las ihn in aller Ruhe von Anfang bis Ende. Als sie damit fertig war, ließ sie die letzte Seite sinken und holte tief Luft. Scham stieg in ihr auf. Warum hatte sie sich nicht eher darum gekümmert? Warum war sie so voreingenommen gewesen? Das Angebot war klug durchdacht und für beide Seiten ausgesprochen vorteilhaft. Vielleicht ließe sich an der einen oder anderen Stelle eine Kleinigkeit umformulieren oder ergänzen, doch im Großen und Ganzen schien es perfekt. Natürlich würde sie gern die Meinung eines Juristen einholen, wie Zimmermann ihr nahegelegt hatte. Theodor Fischer fiel ihr ein. Er müsste sein Studium inzwischen abgeschlossen haben. Je länger Stine darüber nachdachte, desto aufgeregter wurde sie. Ein Gedanke bremste ihre Euphorie. Ob Zimmermann noch immer mit ihr gemeinsame Sache machen wollte, wie er sich ausgedrückt hatte? Es war Monate her, dass er ihr den Schriftsatz gebracht hatte. Wahrscheinlich hatte er längst einen anderen Partner ins Boot geholt. Es gab in Kiel schließlich nicht nur einen Eisenwarenladen mit einem Geschäft in guter Lage. Sie sprang auf. Es gab nur einen Weg, um herauszufinden, ob er noch interessiert war.

Als der Wagen vor dem Eisenwaren- und Holzhandel Zimmermann anhielt, blieb Stine erst einmal die Luft weg. Holtenau war nicht mehr als ein Bauerndorf mit ein paar Hof- und Katenstellen. Nie hätte sie gedacht, hier eine so große und prächtige Halle vorzufinden. Die Balken des Fachwerkbaus waren mit Schnitzereien verziert, über dem Eingang prangte eine Inschrift: »Gott behüte durch deine Hand das Haus vor Wasser, Sturm und Brand«. Sie klopfte an dem blau gestrichenen Tor, zaghaft zuerst, als sich nichts rührte, klopfte sie noch einmal kräftiger.

»Immer hereinspaziert, es ist offen«, hörte sie eine Stimme, die sie sofort erkannte. Stine trat ein, im Inneren des Hauses war es düster, und es erwartete sie die zweite Überraschung. Sie fand sich in einem Lager wieder. Es gab weder einen Verkaufstresen noch Regale, aus denen sie ein Werkzeug hätte nehmen können, um es zu begutachten.

»Wo drückt denn der Schuh?« Zimmermann war von irgendwoher aufgetaucht. »Ach, Sie sind es. Ich habe mich schon gewundert, meine Kunden pflegen sich unüberhörbar zu melden, wenn sie etwas brauchen.« Stines Augen hatten sich an das wenige Licht gewöhnt.

»Guten Tag. Bitte entschuldigen Sie, dass ich Sie einfach so überfalle. Ich hätte besser eine Nachricht senden sollen.«

»Warum denn? Sie haben mich ja angetroffen.« Er lächelte. »Erstaunt bin ich schon, das gebe ich zu. Erst reagieren Sie nicht auf ein ernst gemeintes und, wie ich meine, sehr gutes Geschäftsangebot, dann kommen Sie höchstpersönlich.«

»Tut mir leid, ich hätte mich früher melden sollen.«

»Ja, hätten Sie.« Wunderbar, nun würde er ihr gleich erklären, dass sie den Weg umsonst auf sich genommen hatte. Das hätte sie sich wirklich ersparen können. »Bitte, kommen Sie doch mit in mein Kontor, dort ist es heller und auch wärmer.« Er drehte um und ging voraus. »Bitte, setzen Sie sich doch.« Stine nahm Platz. Sie schöpfte neue Hoffnung. Wenn sein Angebot nicht mehr galt, hätte er sie das sofort wissen lassen. Oder wollte er sie zappeln lassen?

»Wie kommt es, dass Sie in Holtenau ein so großes Geschäft betreiben? Die Kundschaft dürfte Ihnen nicht gerade die Türen einrennen.«

»Die Laufkundschaft gewiss nicht«, stimmte er ihr zu. »Genau die würde ich durch eine Niederlassung in Kiel gern gewinnen. Ich lebe von Verbindungen, die vor langer Zeit entstanden sind. Kann ich Ihnen etwas anbieten?«

»Nein, danke.« Sein Großvater hatte einmal einen Kolonialwarenladen in Kiel besessen, den ihr Großvater übernommen hatte. Das wusste sie von dem Schuldschein. Das einstige Eigentum seiner Familie war exakt das, was Anders Zimmermann haben wollte. Sein Angebot stellte ihr eine gleichberechtigte Partnerschaft in Aussicht. Wo war der Haken an der Sache? Warum nutzte er nicht die Schulden, um sein Ziel zu erreichen? Stine fasste sich ein Herz.

»Wie lange sind Sie schon in Holtenau? Gab es nie einen anderen Standort?«

»Doch, mein Großvater Justus Heinrich Zimmermann hatte mal einen Kolonialwarenladen mitten in der Stadt.« Er sah ihr in die Augen, ihr wurde immer mulmiger. »Dummerweise hat er den verkauft, ehe ich geboren wurde. Pech gehabt.« Er zuckte mit den Achseln. »Mein Großvater hatte zwar einen Haufen Kinder, aber leider alles nur Mädchen.« Er lächelte. »Aus seiner Sicht war das bedauerlich, denn ihm fehlte der Erbe für den Laden. Darum ist mir durch die Lappen gegangen, was ich mir jetzt eben durch eine geschäftliche Partnerschaft beschaffen möchte.«

»Diese Halle hat mit dem Geschäft von damals nichts zu tun?«, hakte Stine nach.

»Nein. Großvaters jüngste Tochter, meine Mutter, hat einen Dänen geheiratet. Sie kennen sicher die Festung Friedrichsort. Bis ich ungefähr sieben Jahre alt war, lag sie in dänischer Hand.« Wieder lächelte er, wobei die Fältchen um seine Augen deutlicher zum Vorschein traten. »Mein Vater ist Däne. Er war Däne«, korrigierte er sich.

»Er ist gestorben?«

»Vor über zehn Jahren schon. Ich war achtzehn. Ein glücklicher Zufall hat ihm günstig dieses Land hier in Holtenau beschert. Die Kontakte meines Vaters zur Festung haben dafür gesorgt, dass die Geschäfte glänzend liefen, obwohl wir eigentlich zu weit abseits von Friedrichsort liegen. Ich habe mehr als einmal darüber nachgedacht, mit meinem Lager umzuziehen, näher an die Festung heran. In den zwei Forts und am Leuchtturm wird immer mal etwas gebraucht. Andererseits bin ich davon überzeugt, dass Kiel nach Norden wächst. Die Stadt kommt mir entgegen.« Er lachte. »Es wäre dumm, ihr auszuweichen.«

»Ihre Entscheidung wird reich belohnt, jetzt, wo der Kanal kommt.«

»Das kann man wohl sagen. Zwar werde ich ihn immer überqueren müssen, wenn ich nach Kiel will, aber das macht mir keine Sorgen. Ganz im Gegenteil. Ich habe bereits Verträge in der Tasche und beliefere die Baustellen der Beamtenwohnhäuser an der Kanalmündung. Der Rohbau soll Anfang Dezember fertig sein. Dann folgen zwei weitere Bauten. Da alles gut funktioniert hat, werde ich auch dafür als Zulieferer in Frage kommen, nehme ich an. Von der Schleuse, einer Brücke oder einer Fähre habe ich noch nicht einmal gesprochen.« Vor lauter Begeisterung hielt es ihn nicht länger auf dem Stuhl. Er ging hinter seinem vollgestapelten Schreibtisch auf und ab. »Auch die Stadt wird profitieren und wachsen. Überlegen Sie doch, Fräulein Thams, ich müsste Material beschaffen, mein Lager erweitern. Sie dagegen planen gerade ein Lager, habe ich munkeln hören. Und Sie haben etliche Werkzeuge, die schon ein wenig eingestaubt sind. Verzeihen Sie mir meine Offenheit. Wir könnten durch gemeinsame Einkäufe bessere Preise bei den Lieferanten bekommen, uns gegenseitig mit Material aushelfen, könnten flexibel auf die Nachfrage reagieren. Ihre Ideen und mein schon florierender Betrieb, es ist eine perfekte Verbindung. Sobald beide Standorte ausreichend Gewinne machen, gehen wir zusätzlich auf die andere Seite der Förde. Oder weiter nach Westen, nach Rendsburg vielleicht. Oder sogar nach Hamburg!«

»Eins nach dem anderen.« Stine strahlte ihn an.

»Dann sind Sie gekommen, um mein Angebot anzunehmen?«

»Der Termin mit unserem Anwalt steht noch aus«, antwortete sie und bat still um Vergebung für ihre Lüge. Als ob sie einen Anwalt hätten, sie konnte froh sein, wenn Theo ihr noch einmal helfen würde, ohne etwas dafür zu verlangen. »Und ich muss selbstverständlich mit meinem Bruder sprechen.«

»Stört Sie das eigentlich nicht? Es ist ein offenes Geheimnis, dass er kein Geschäftsmann ist. Sie sind der Kopf des Unternehmens. Trotzdem müssen Sie ihn ständig fragen. Das kann Ihnen nicht gefallen.«

»Leider ist das nicht zu ändern.«

»Doch, wenn wir Partner werden.«

»Dann muss ich Sie fragen. Warum sollte mir das besser gefallen?«

»Weil ich etwas von dem Geschäft verstehe. Weil ich neue Wege beschreiten will, genau wie Sie. Holz kaufen und Nägel geschenkt bekommen, wo gibt es denn so was? Das war gut, das war sehr gut, Fräulein Thams. Alle reden über Ihren Eisenwarenladen. Genau das ist es, was Reklame erreichen sollte.«

Stine hatte sich bedeckt gehalten, nicht gleich durchblicken lassen, wie gern sie einschlagen würde. Sie war sehr stolz auf sich. Auch zurück in Kiel, ging sie bedächtig vor, statt mit der Tür ins Haus zu fallen. Zunächst bat sie Theodor Fischer um einen Termin. Zu ihrer großen Freude erklärte er sich ohne Umschweife bereit, einen Blick in den Vertrag zu werfen.

»Wer könnte einer so bezaubernden Frau eine Bitte abschlagen?«, fragte er, als sie wenige Tage später zur Besprechung beieinandersaßen. »Ich betrachte es außerdem als eine Investition in meine Zukunft. Sollten Sie dem Vorschlag von Herrn Zimmermann zustimmen, könnte daraus schon bald ein einflussreiches und beeindruckendes Unternehmen erwachsen, das sicher häufig auch mal rechtlichen Beistand braucht.« Er griente. Dann erläuterte er ihr einzelne Punkte, zeigte Vorteile und mögliche Gefahren auf. Am Ende sprach er sogar eine eindeutige Empfehlung aus, obwohl er mehrfach betont hatte, er betrachte lediglich die juristische Seite, könne ihr jedoch keinen kaufmännischen Rat erteilen.

»Wenn ich an Ihrer Stelle wäre, verehrtes Fräulein Thams, würde ich erst ruhen, wenn Zimmermann seine Unterschrift daruntergesetzt hat.«

Mit diesen Worten im Kopf berief sie eine Besprechung mit der Familie ein, wie sie es nach Vaters Tod auch getan hatte. Sie wollte, dass sich alle einbezogen fühlten und möglichst auch gemeinsam die

Entscheidung trugen. Wie die ausfallen sollte, stand für Stine dank Theos Einschätzung fest.

Nachdem sie den Plan dargelegt hatte, sagte sie: »Ich will nicht verschweigen, dass wir Personal abbauen würden, wenn es so kommt, wie ich es euch eben vorgestellt habe.« Sie sah Thorin an, den sie aus gutem Grund ebenfalls dazugebeten hatte. »Wir würden auf deine Mitarbeit im Laden verzichten. Ich nehme an, das ist sowieso in deinem Sinn. Jens, du bist natürlich jederzeit willkommen, solltest dich allerdings zunächst auf die Schule konzentrieren. Anschließend könntest du eine Lehre bei uns beginnen, wenn du willst.«

»Klar!« Jens strahlte.

»Ach Stine, wie hast du das nur angestellt?« Mutters Augen schwammen in Tränen. »Sogar der Name Thams wird weiter über der Ladentür stehen.«

»Über den Türen«, verbesserte Stine sie lächelnd. »Wer weiß, vielleicht eröffnen wir einen dritten oder vierten Standort. Und überall wird *Thams & Zimmermann* zu lesen sein. Oder umgekehrt«, setzte sie leiser hinzu.

»Klingt gut!« Hella nickte. »Ich habe nur noch nicht verstanden, was aus uns wird.«

»Ich würde mich natürlich freuen, wenn Jobst weiter im Unternehmen bliebe. Falls ihr aber lieber zu deinem Vater nach Stubbenbrok gehen wollt, hätte ich Verständnis dafür.«

Ein paar Sekunden blieb es still. Stine fiel jetzt erst auf, dass weder Thorin noch Jobst bisher etwas gesagt hatte. Das änderte sich nun.

»Moment mal!« Jobst sah in die Runde, seine Augenbraue zuckte, seine Lippen waren zu einem Strich aufeinandergepresst. »Ihr scheint euch ja fix einig zu sein. Ihr habt nur eine Kleinigkeit vergessen.« Er machte eine Pause. »Ich muss den Vertrag unterschreiben. Aber so schnell schießen die Preußen nicht. Das ist mir zu überstürzt, Stine. Ich wiederhole Hellas Frage: Was wird aus uns?«

»Das entscheidet ihr.«

Weiter kam sie nicht, denn er fuhr ihr über den Mund: »Selbstverständlich tun wir das! Bloß muss ich dafür die Bedingungen kennen. Wie viel ist für uns drin, wenn wir dir den Rest überlassen und nach Stubbenbrok gehen?«

»Du weißt, dass das Geschäft im Moment nicht viel wert ist. Wenn du jetzt deinen Anteil ausgezahlt haben willst, wird es nicht viel sein.« Wieder sah er in die Runde.

»Merkt ihr nicht, welches Spiel sie mit mir treibt?«

»Jobst, sie ist deine Schwester. Sie hat hart gearbeitet, damit der Betrieb überhaupt bestehen bleibt«, erklärte Mutter ungewohnt streng.

»Ich etwa nicht?« Er funkelte sie böse an.

»Beruhige dich, Jobst«, ermahnte Hella ihn sanft.

»Lieferanten knebeln mich mit Konditionen, die viel schlechter sind als diejenigen, die sie der Konkurrenz anbieten«, führte Stine aus. »Weil ich eine Frau bin. Wir verfügen leider nicht über die finanziellen Mittel, um auf ihre Bedingungen einzugehen.« Sie wandte sich an ihren Bruder. »Ich würde mir auch gern mehr Zeit lassen, Jobst, dummerweise haben wir die nicht. Wenn wir nicht bald neue Ware bekommen, sind wir weg vom Fenster, ehe wir uns umgucken können. Mit diesem Angebot kommen wir auf die Füße, wir alle, wenn du willst.«

»Nein, Stine!«

Mutter gab einen erstickten Laut von sich, ansonsten kehrte Stille ein. Stine hatte mit Widerstand gerechnet, aber nicht mit einer glatten Absage. Angriff war jetzt die beste Verteidigung.

»Hast du eine bessere Idee?« Sie reckte das Kinn.

»Allerdings! Ihr heiratet und Thorin steigt voll ins Geschäft ein.«

»Nein!«, riefen Stine und Thorin gleichzeitig. Stine stutzte.

»Sehr charmant, Thorin, das muss ich schon sagen.« Sie räusperte sich. »Immerhin ist jetzt klar, dass du keine ernsten Absichten verfolgst«, sagte sie leise.

»Und du?« Er verschränkte die Arme vor der Brust. »Du willst doch auch nicht.«

»Ich will nur nicht, dass du der Geschäftsführer wirst«, erklärte sie. »Du hast selbst gesagt, das ist nicht dein Leben, du willst zurück ans Theater.«

»Genau darum ging es mir auch. Um nichts anderes«, behauptete er.

Die Frage, ob sie denn auch ohne geschäftliche Erwägungen langsam mal heiraten wollten, hing fast greifbar in der Stube, doch niemand stellte sie.

»Wäre das also geklärt«, sagte Stine schnell und sah Jobst an. »Und nun?«

»Ich überleg's mir.«

Stine hatte Zimmermann eine Nachricht geschickt und ihn um Geduld gebeten. Nun konnte sie nur warten, bis ihr Bruder zu einer Entscheidung kam. Es trieb sie um, dass Zimmermann noch nie den Schuldschein erwähnt hatte. Er musste davon wissen. Andererseits hätte er den Trumpf dann doch längst gespielt, oder nicht? Noch etwas beschäftigte sie: Thorin verhielt sich seltsam, so kannte sie ihn nicht. Nach der familiären Versammlung in der Stube hatte er sich zurückgezogen und schmollte. Sie hatte schon erlebt, dass er ihr eine Szene machte, doch meist beruhigte er sich immer schnell und war wieder unbekümmert und vor allem selbstbewusst. Jetzt wirkte er geradezu verunsichert und ging ihr aus dem Weg. So konnte es nicht weitergehen, sie würde ihn zur Rede stellen. Er wohnte nicht weit von ihr am Kleinen Kuhberg. Im Haus einer Witwe teilte er sich ein Zimmer mit einem ehemaligen Kollegen vom Stadttheater.

Es war ein kalter Tag Ende Oktober. Als sie gerade die Friedrichstraße überquerte, fing es auch noch an zu regnen. Ein Wagen rollte heran. Um nicht komplett nass zu werden, lief sie noch vor ihm über die kleine Gasse, die zum Walkerdamm führte. Der Kutscher schimpfte von seinem Bock herunter, sie hob entschuldigend die Hand und sprang mit einem Satz auf den Gehsteig. Dabei landete sie beinahe in den Armen eines Mannes, der eben um die Ecke bog.

»Sie haben es aber eilig«, sagte er. Die Stimme kannte sie doch. Stine sah auf und blickte in das erstaunte Gesicht von Anders Zimmermann. »Fräulein Thams! Ist jemand hinter Ihnen her?« Er lächelte. Dann hielt er rasch seinen aufgespannten Schirm über sie. »Kommen Sie!« Ehe sie auch nur ein Wort gesagt hatte, nahm er ihre Hand und führte sie zur Schankstube der Brauerei zur Eiche.

»Gute Idee«, sagte sie, als sie im Trockenen waren. »Hört sich so an, als würde es jetzt so richtig schütten.«

»Ich hoffe, Sie hatten es nicht eilig.«

»Eigentlich schon.« Sie dachte kurz nach. »Nein, es war nichts Wichtiges.«

»Schön. Darf ich Sie dann zu einem Bier und einer heißen Suppe einladen?«

»Gern!«

»Darf ich fragen, wie weit Sie und Ihr Bruder in Ihrem Entscheidungsprozess sind?«, wollte er wissen, nachdem sie es sich an einem Tisch bequem gemacht und die Bestellung aufgegeben hatten.

»Schwer zu sagen. Ich weiß natürlich, dass Sie auf unsere Antwort warten, nur möchte ich meinen Bruder nicht zu sehr drängen. Jobst schaltet auf stur, wenn er Druck bekommt. So war er schon als Kind.« Sie lachte.

»Leider kann man sich im Geschäftsleben nicht wie ein Kind aufführen.« Er sah sie ernst an.

»Da haben Sie völlig recht.« Sie musste einfach eine Frage loswerden: »Bei unserer ersten Begegnung haben Sie gesagt, dass sich unsere Großväter recht gut gekannt haben. Was wissen Sie darüber?«

Ihm war anzusehen, dass ihn der Themenwechsel überraschte.

»Nicht viel.« Er überlegte. »Im Grunde nichts. Meine Mutter hat nur mal erwähnt, dass mein Großvater Ihren Großvater eine ganze Weile in dessen Geschäft vertreten hat, weil Ihr Herr Großvater im Krieg gekämpft hat. Ich nehme an, die beiden waren Nachbarn. Ich sagte Ihnen ja, dass meine Familie einen Kolonialwarenladen betrieben hat. Kann doch sein, dass der neben dem Eisenwarenhandel Ihrer Familie lag und mein Großvater mit seinen Angestellten ihn vorübergehend versorgt hat.« Entweder war er wahrhaftig völlig arglos oder ein noch besserer Schauspieler als Thorin.

»Ich möchte Ihnen auch eine Frage stellen.« Er sah zum ersten Mal ein wenig unsicher aus. »Wenn es zu persönlich ist, sagen Sie es ruhig. Als ich ein Junge war, hörte ich Geschichten über Trödel-Thams. Es hieß, es gebe im Laden ein Puppentheater für Kinder. Außerdem erzählten die Leute, Sie hätten einen magischen Schrank besessen. Man könne sich hineinsetzen und würde sich in einer anderen Welt wiederfinden.« Seine Augen leuchteten wie die der Kinder, wenn Großvater Gregor ihnen etwas vorgespielt hatte.

»Und wie lautet Ihre Frage? Sie wollen hoffentlich nicht wissen, ob etwas Wahres dran ist.« Stine lachte.

»Kein Fünkchen?«, fragte er enttäuscht.

»Nun ja, das Kaspertheater gab es und gibt es noch.«

»Aber keinen Zauberschrank, was? Das hatte ich befürchtet.« Er lächelte. »Wäre auch zu schön gewesen.«

»Ja, das wäre es.« Stine betrachtete sein Gesicht, ein warmes Gefühl machte sich in ihr breit. Für eine Sekunde überlegte sie, von ihrem Märchenschrank zu erzählen und von den Theaterstücken, die sie darin verfasste, um zu entspannen. Doch das war wirklich zu persönlich.

Sie löffelten ihre Suppe, tranken Bier und redeten. Stine erzählte von Großvater Gregor. Anfangs passte sie noch auf, dass sie nichts Falsches sagte, doch je länger sie sich unterhielten, desto vertrauter fühlte es sich an. Ab und zu blitzte noch der Schuldschein in ihren Gedanken auf. Irgendwann vergaß sie auch den und genoss einfach nur das Zusammensein.

»Vielen Dank für die Einladung und die angenehme Gesellschaft«, sagte sie beim Abschied. »Es wäre nicht nur eine kluge Entscheidung, sondern auch eine große Freude, wenn wir Partner würden. Geschäftspartner«, setzte sie rasch hinzu. »Ich verspreche Ihnen, ich werde noch einmal mit meinem Bruder reden.«

Wenige Tage später ergab sich die perfekte Gelegenheit. Ein Zimmermeister hatte Interesse an einer großen Lieferung.

»Wir werden uns einig, wenn das Thams-Angebot noch gilt«, sagte er.

»Was meinen Sie?«, fragte Stine freundlich.

»Sie wissen schon, Holz kaufen, Nägel umsonst.«

Stine musste schlucken. Für die Menge, die er benötigte, war das ein erheblicher Faktor. Andererseits war es eben auch ein lohnendes Geschäft. Trotzdem.

»Wenn Sie eine Minute Zeit hätten. Ich sage meinem Bruder Bescheid.« Der Zimmermeister nickte, Stine holte Jobst und setzte ihn über die Bitte in Kenntnis.

»Nein, guter Mann, das Angebot galt nur für einen festgelegten Zeitraum«, erklärte er.

»Jobst?« Stine wollte mit ihm sprechen, doch er hörte nicht zu.

»Außerdem war es auf eine bestimmte Menge begrenzt. Die überschreiten Sie deutlich. Aber wir können Ihnen bestimmt einen guten

Preis machen. Meine Schwester rechnet Ihnen das aus. Sie werden sehen, …«

»Nee, danke. Bei der Menge bekomme ich überall einen Nachlass«, entgegnete der Meister. »Das Thams-Angebot hätte ich gern gehabt. Aber so?«

»Lassen Sie uns eine Minute, ich kalkuliere rasch, ob wir Ihnen ausnahmsweise, obwohl der Zeitraum ja schon vorüber ist, doch noch …«

Jobst fiel ihr ins Wort: »Nix da! Können wir nicht.«

Der Zimmerer schüttelte den Kopf und wandte sich zum Gehen.

»Sie wissen ja nicht mal, wer hier die Hosen anhat«, sagte er lachend. »Klären Sie das, vielleicht komme ich dann wieder.« Das Glöckchen ertönte, weg war er.

»Das darf doch nicht wahr sein«, fauchte Stine. »Das Geld hätten wir sehr gut gebrauchen können.«

»Wir haben nichts zu verschenken, Stine.«

»Und bald haben wir auch nichts mehr zu verkaufen, weil wir nämlich pleite sind.« Sie sah ihm in die Augen. »Ich werde Zimmermann zusagen, und du wirst den Vertrag unterschreiben. Das ist unsere einzige Chance.«

»Das sehe ich anders.« Er räusperte sich. »Thorin übrigens auch.«

»Was hat er damit zu tun?«

»Dein Thorin ist nicht dumm«, erwiderte Jobst. »Wenn ich unterschreibe, brauchst du mich nicht mehr. Dann gucke ich in die Röhre. Und er auch. So sieht's aus.«

»So ein Unfug. Es ist immer noch Vaters Erbe, Mutter, du und alle Geschwister sollen etwas davon haben. Daran ändert sich nichts«, erklärte sie ungeduldig.

»Am Ende heiratest du Zimmermann noch, dann wäre die Vormundschaft hinfällig und Thorin hätte mit Zitronen gehandelt.« Stine lachte laut auf. »Jedenfalls meint er, die Formulierung in Vaters Testament sei überhaupt nicht eindeutig. Es ist nicht sicher, dass das Geschäft wirklich Teil von Großvaters Nachlass ist.«

»Was soll das heißen?« Stine hatte das Gefühl, keine Luft zu bekommen.

»Dass ich das klären werde. Ich will dir nichts wegnehmen, Stine, aber ich will mich auch nicht für dumm verkaufen lassen.« Jetzt guckte er genauso wie früher immer, wenn er mal wieder etwas ausgefressen hatte.

»Du musst tun, was du für richtig hältst«, sagte sie eisig und ließ ihn stehen.

Zuerst wusste sie nicht, wohin mit ihrer Wut, doch dann wusste sie es sogar genau. Sie schrieb Zimmermann einen Brief, in dem sie ihm erklärte, sie wolle die Partnerschaft mit ihm eingehen. Sie teilte ihm in wenigen Sätzen mit, was geschehen war und bat ihn um etwas Zeit, damit sie eine Einigung mit ihrem Bruder herbeiführen konnte. Nachdem das erledigt war, machte sie sich auf den Weg zum Kleinen Kuhberg. Stine hatte Glück, Thorin war allein, sein Mitbewohner hatte anscheinend Probe.

»Das ist eine Überraschung«, begrüßte er sie. »Ich dachte, du willst nichts mehr von mir wissen.«

»Wie kommst du nur darauf? Ich bin dir sehr dankbar, dass du im Laden ausgeholfen hast, als mein Vater dich brauchte und auch jetzt. Aber das ist nicht dein Beruf, das sagst du selbst immer wieder.«

»Ich spreche nicht davon, dass du mich von einem Tag auf den anderen auf die Straße gesetzt hast.«

»Sondern?«

»Ich habe euch gesehen. Hand in Hand. Zimmermann und du, das ist doch mehr als etwas Geschäftliches.«

»Wie bitte?« Stine lachte. Dummerweise freute sich ein Teufelchen in ihr über die Vorstellung, dass er recht haben könnte.

»Du bist eine miese Schauspielerin.« Er fuhr sich durch das schwarze Haar. Dann lächelte er traurig. »Selbst schuld, ich habe dich zu lange warten lassen. Ich wollte eben nicht, dass du mit mir in einem Zimmer mit Küchenbenutzung und Toilette auf dem Gang hausen musst. Ich wollte es erst zu etwas bringen. Aber wie soll ich denn vorankommen als Schauspieler, wenn ich von morgens bis abends Gelenkmaße verkaufe?«

Sie standen einander gegenüber und sahen sich lange an. Wo war das Kribbeln, die Aufregung, wenn sie ihn ansah, die sie früher immer gespürt hatte? Wo blieb die Enttäuschung darüber, dass hier womöglich gerade etwas zu Ende ging?

»Vielleicht brauchen wir beide etwas Zeit«, sagte sie. »Mach's gut, Thorin.«

Drei Tage, nachdem Jobst ihr eröffnet hatte, er würde Vaters Testament prüfen lassen, hatte sie Nachricht von Zimmermann:

Sehr verehrtes Fräulein Thams,
haben Sie vielen Dank für Ihre Nachricht, die mich ebenso erfreut wie betrübt hat. Es ist mir unverständlich, dass Ihr Bruder die Vorteile nicht sieht und diesen nicht gerade brüderlichen Weg wählt.
Gern gebe ich Ihnen weitere sechs Monate, in denen ich mein Angebot aufrechterhalte. Sollten Sie bis dahin keine Einigung erzielt haben, sehe ich mich nicht länger daran gebunden.
Sollten Sie juristischen oder finanziellen Beistand benötigen, scheuen Sie sich nicht, mich anzusprechen.
Mit besten Grüßen,
Ihr Anders Zimmermann

Kapitel 6
Mimi

Bonn, Pfingsten 1890

»Da seid ihr ja endlich!« Mimi rannte ihrem Vater und ihrer Schwester entgegen. Sie drückte Else an sich.

»Hilfe, ich kriege keine Luft mehr!« Else lachte. Vater trat zu Mimi und küsste sie zur Begrüßung auf die Wangen.

»Guten Tag, junge Dame.« Ein Lächeln huschte über seine Lippen, seine Augen leuchteten.

»Du glaubst nicht, wie niedlich Olli ist. Und so winzig!« Else vergaß beinahe Luft zu holen. »So klein sind ihre Füße.« Sie hielt Mimi Daumen und Zeigefinger vor die Nase.

»Na, ein bisschen größer werden sie schon sein, hoffe ich.« Mimi lachte, dann stutzte sie. »Olli?«

»Sie heißt Olga«, korrigierte Vater.

»Aber das passt nicht zu einem so süßen Geschöpf.« Else konnte ihre Begeisterung kaum zügeln. »Ich vermisse sie jetzt schon. Du Ärmste musst dich noch gedulden, ehe du sie zu sehen bekommst.«

»Von Bonn nach Hamburg ist keine Weltreise«, meinte Mimi.

»Aber wir fahren ja nicht nach Hamburg. Nicht sofort.«

»Wir fahren nicht heim?« Mimi sah ihren Vater fragend an.

»Ich denke, Bertha erholt sich von der Geburt am besten, wenn nicht allzu viel Trubel im Haus herrscht. Du siehst deine neue Stiefschwester noch früh genug.«

Mimi konnte ihr Glück nicht fassen. Ein Ausflug nur mit Vater und Else war die schönste Überraschung, die sie sich vorstellen konnte. Sie fuhren zu dritt an der Mosel entlang in den Süden und dann weiter in die Eifel. Es war herrlich, vor allem, weil Stiefmutter Bertha nicht dabei war. Mimi schämte sich für diese Empfindung, denn Bertha war kein schlechter Mensch, auch keine unfreundliche Person. Im Gegenteil, sie war warmherzig und bemühte sich nach Kräften, für die Kinder da zu sein. Nur fehlten ihr eben der feine Humor, die unerschöpfliche Energie und Mutters Gelassenheit, mit der sie Vater den Rücken frei- und die Familie zusammengehalten hatte. Mimis Vater war ein Besessener in allem, was er tat. Wenn er sich mit etwas beschäftigte und dabei gestört oder behindert wurde, konnte er schnell aus der Haut fahren. Bertha duckte sich dann und wartete, dass er von selbst zur Ruhe kam. Mutter dagegen hatte ihn stets zur Ruhe gebracht und den Kindern gegenüber heimlich Grimassen geschnitten, damit sie nicht fürchteten, er wäre ernsthaft böse. Dass Bertha so ganz anders als Mutter war, war nur eine Sache. Die andere wog schwerer. Mimi konnte noch immer nicht ertragen, dass Vater nach Mutters Tod wieder eine Frau an seiner Seite hatte. Er sollte mit fünfundvierzig Jahren und fünf Kindern keineswegs allein bleiben, aber hatte es so schnell gehen müssen? Mutter war an Rippenfellentzündung erkrankt. Die Zeit, in der sie um ihr Leben gekämpft hatte, war länger gewesen als die Spanne zwischen ihrer Beerdigung und dem Moment, als Vater Mimi eröffnet hatte, er würde wieder heiraten.

Vater, Else und Mimi besuchten alte Freunde, sie gingen viel spazieren und redeten. Natürlich sprach er von seinem Kanal.

»Nun wird er ja gebaut, da hast du doch keine Arbeit mehr damit«, meinte Mimi.

»Nicht direkt, nein«, entgegnete er nachdenklich. »Das bedeutet aber nicht, dass ich mir keine Gedanken mehr darüber mache.«

»Im Gegenteil«, flüsterte Else und zwinkerte Mimi zu.

»Sie haben auf mich gehört, was die Linienführung angeht«, führte er aus und strich sich den Bart glatt. »Leider sind sie nicht in allen Punkten meinen Vorschlägen gefolgt. Der Kanal wird zu klein ausfallen. Man unterschätzt das wachsende Aufkommen an Handelsschiffen. Die Kapazitätsgrenze wird viel zu schnell erreicht sein. Ich prophezeie euch, noch ehe das Werk vollendet ist, wird man die Notwendigkeit einer Erweiterung erkennen.« Er war ganz in seinem Element. Während er mit seinen beiden ältesten Töchtern an sprießenden Weinreben vorüberspazierte, in denen Bienen emsig summten, stand er in Gedanken auf einem Podium und hielt ein Referat vor Bauräten und Ingenieuren. Mimi vermutete, dass Else seine Vorträge bereits auswendig kannte. Statt ihnen erneut zu lauschen, atmete ihre Schwester tief die milde Frühsommerluft ein, betrachtete die hügelige Landschaft, durch die sich die Mosel schlängelte, und ließ Vater reden. Mimi dagegen hörte ihm aufmerksam zu. Der Kanal gehörte zur Familie, seit sie ein kleines Mädchen war.

»Mit den Drehbrücken ist es das Gleiche«, sagte Vater. »Ich habe Ende März eine Broschüre für die relevanten nautischen Kreisen verfasst. Alle fünf Brücken müssen unbedingt zweiarmig ausgeführt werden. Ich bin sicher, dass sie häufig zwei Schiffe gleichzeitig passieren werden, eines von West nach Ost, das andere in entgegengesetzter Richtung. Um die Kollisionsgefahr zu mindern, sind zwei Schifffahrtsöffnungen unerlässlich.«

»Sind die Öffnungen denn so schmal, dass zwei Dampfer gleich zusammenstoßen würden?«, wollte Else wissen, die offenbar doch bei der Sache war.

»Die Wellenbildung ist das Problem, Elsabetha. Sie löst in engen Gewässern einen gefährlichen Sog aus. Ich halte es für klug, diese

Gefahr von vornherein auszuschalten.« Else nickte und wandte sich wieder dem Wein zu, der bereits reichlich Knospen trug.

»Denkst du, die Menschen blicken kritisch auf den Bau, weil sie Angst haben, weil sie viele Schiffsunglücke erwarten?« Mimi sah ihren Vater neugierig an.

»Das glaube ich nicht. Wie kommst du darauf?«

»Meine Mitschülerinnen, vor allem die Holländerinnen und Belgierinnen, sind gegen den Kanal. Wahrscheinlich verstehen die dummen Gänse seinen Vorteil einfach nicht.« Sie zuckte mit den Achseln.

»Ich denke, es hat andere Gründe«, entgegnete Vater ruhig. »Nicht der Kanal macht ihnen Angst, die Deutschen sind es.« Mimis Augenbrauen schnellten in die Höhe. »Sie fürchten das Erstarken des Reiches, Mimi. Mancher hat Sorge, wir könnten versuchen, uns Gebiete einzuverleiben, die einst zum Heiligen Römischen Reich deutscher Nation gehörten.«

»Meine Güte, das gibt es doch schon seit Ewigkeiten nicht mehr. Kein Mensch, der auch nur ein wenig Verstand besitzt, würde die Zeit zurückdrehen wollen.« Sie schüttelte verständnislos den Kopf. »Aber du hast sicher recht«, meinte sie schließlich. »Wenn ich denke, wie sie gejubelt haben, als der Kaiser Reichskanzler Bismarck entlassen hat. Und wie sie sich öfter lustig gemacht haben, weil wir Kolonien gründen. Als ob ihre Länder sich nicht längst selbst Regionen in Afrika und dem Rest der Welt sichern würden.«

Vater lächelte matt. »Wie sagtest du gerade so schön? Kein Mensch, der Verstand besitzt, würde Krieg führen, Mimi. Und doch geschieht es. Der Nord-Ostsee-Kanal soll auch militärischen Zwecken dienen, damit wir uns verteidigen und unsere Flotte rasch von einer Küste an die andere verlegen können. Wir dürfen nicht naiv sein. Auch wenn wir einen Angriff planen würden, wäre die schnelle Verbindung unser Vorteil. Das macht deinen Mitschülerinnen Angst, und darum stehen sie dem Bau skeptisch gegenüber, denke ich.«

Dem Ausflug zu dritt folgte für Mimi eine schwere Zeit. Vater verreiste gleich wieder, dieses Mal mit Bertha. Mimi, mit siebzehn die Älteste, musste den Haushalt übernehmen. Sie hatte durchaus eine gewisse Übung darin, da sie nach Mutters Tod auch eingesprungen war. Doch nun war es etwas anderes, denn es gab vier Dienstboten, die sie zu beaufsichtigen hatte. Wie sollte sie beurteilen, ob sie alle ihre Arbeit anständig verrichteten, wenn sie selbst keine Ausbildung genossen hatte? Wie sollte sie Antworten geben, wenn die Angestellten Entscheidungen von ihr wollten? Glücklicherweise konnte sich Mimi tagsüber vollständig darauf konzentrieren, ihre Aufgabe zu erfüllen. Else, Hermann und Oskar waren in der Schule, um die Nesthäkchen, die beiden Stiefschwestern Anita und Olga, kümmerte sich eine Amme. Blieb nur noch der sechsjährige Paul. Sie betrachtete ihren jüngsten Bruder mit den Gefühlen einer Mutter. Einmal am Tag spazierte Mimi mit ihm den Harvestehuder Weg entlang, unternahm Abstecher ans Ufer der Außenalster. Paul besuchte gern die Schwäne. Mimi hatte Mühe, ihn von den noch flauschigen grauen Jungtieren fernzuhalten. Sie wusste, dass Schwaneneltern ihren Nachwuchs vehement verteidigten. Als kleines Mädchen hatte sie sich vor ihnen gefürchtet, inzwischen mochte sie die stolzen Wasservögel. Es gefiel ihr, dass sie seit Hunderten Jahren das Symbol für Hamburgs Freiheit und Unabhängigkeit waren. Im Mittelalter war die Haltung der Tiere jedem, der kein König oder wenigstens Graf oder Herzog war, verboten. Mit Hamburgs Selbständigkeit kam auch ein eigenes Schwanenwesen. Noch heute wurden die eleganten Geschöpfe von einem eigens dafür angestellten Schwanenvater versorgt und zum Beispiel am Ende des Sommers in ihr Winterquartier gebracht.

Als Mimi nach einem solchen Ausflug mit Paul nach Hause zurückkehrte, erwartete sie eine böse Überraschung.

»Gnädiges Fräulein, gut, dass Sie wieder da sind. Die Köchin ist krank!« Das Küchenmädchen war völlig aufgelöst. »Sie stöhnt schrecklich. Was sollen wir nur tun?«

»Haben Sie schon den Doktor gerufen?«

»Ich? Nein, dafür bin ich nicht zuständig.«

Mimi seufzte leise. Sie dachte eine Sekunde nach und schickte dann das Stubenmädchen, den Arzt zu holen.

»Es ist ein Notfall!«, betonte sie. »Er soll sich bitte beeilen.« An das Küchenmädchen gewandt, wollte sie wissen: »Ist sie in ihrer Kammer?« Ein eifriges Nicken war die Antwort. Mimi brachte Paul zu der Amme und sah selbst nach der Köchin, das Küchenmädchen folgte ihr auf Schritt und Tritt. Schon auf dem Weg zu den Gesinderäumen hörte Mimi gequältes Ächzen, plötzlich einen langen Schrei, der ihr durch und durch ging. Sie klopfte, öffnete die Tür zu der kleinen Kammer, die sich die Köchin mit dem Küchenmädchen teilte. Der Anblick war entsetzlich. Überall Blut. Laken und Decke waren bereits rot getränkt.

»Ich glaube, mir wird schlecht«, brachte das Küchenmädchen erstickt hervor und rannte davon. Glücklicherweise dauerte es nicht lange, bis der Doktor zur Stelle war. Er schickte Mimi hinaus, um die Patientin in Ruhe untersuchen zu können. Als er fertig war, verließ er das Zimmer mit sorgenvoller Miene.

»Das war der letzte Augenblick, Fräulein Dahlström«, sagte er streng. »Etwas länger, und sie wäre verblutet.«

»Aber was fehlt ihr denn nur?« Mimi erhielt keine Antwort.

Stattdessen gab er ihr eine Anweisung: »Sie dürfen die Frau nicht aus den Augen lassen. Es muss ständig jemand an ihrem Bett wachen. Schafft sie es bis morgen früh, sollte sie über den Berg sein.«

Als Else aus der Schule kam, klagte Mimi ihr ihr Leid: »Das Stubenmädchen behauptet, nicht für die Wäsche zuständig zu sein. Das Küchenmädchen geht der Köchin nur zur Hand, sie habe nicht gelernt, ein Mittagessen von Anfang bis Ende zuzubereiten. Auch der Einkauf und die Planung der Speisen sei nicht ihre Angelegenheit, sagt sie.« Mimi sah ihre Schwester an. »Sie meinen, es sei meine Sache, das alles zu regeln. Damit machen sie es sich schön einfach, aber ich kann es ihnen nicht verdenken. Es hilft nichts, wir brauchen so schnell wie möglich eine neue Köchin.«

»Woher sollen wir die nehmen?« Das war eine gute Frage. Selbst wenn Mimi gewusst hätte, wo sich Bewerberinnen finden ließen, hätte sie doch niemals eine auswählen können. Ihr blieb nichts anderes übrig, als selbst zum Kochlöffel zu greifen. Und das, nachdem sie die halbe Nacht am Bett der Kranken gesessen hatte. Gottlob hatte sich das Stubenmädchen erweichen lassen, die zweite Hälfte der Nachtwache zu übernehmen. Als der Morgen graute, war die Köchin am Leben. Mimi atmete auf. Sie war gleichermaßen erschöpft wie erleichtert. Gemeinsam mit dem Küchenmädchen bereitete sie Hamburger Kartoffelsalat mit Speck zu und briet Frikadellen.

»Das kriegt ja keiner runter«, beschwerte sich Hermann. »Willst du uns vergiften?«

»Ist eben ein bisschen würziger als üblich, na und? Stell dich nicht so an!«, forderte Mimi streng. Dummerweise hatte er recht, sie war mit Pfeffer und Salz zu großzügig umgegangen. Zur Belohnung gab es am nächsten Tag arme Ritter, das liebten alle Geschwister, und es war ein einfaches Gericht. Irgendwie brachte Mimi die Zeit bis zu Vaters und Berthas Rückkehr herum und schaffte es, den Haushalt in Schwung zu halten und die Geschwister satt zu bekommen. Es kam ihr so vor, als wäre alles nur ein Traum, als sähe sie sich selbst dabei zu, wie sie Einkaufslisten schrieb, Rezepte studierte, Betten bezog, Wäsche zusammenfaltete und nebenbei Brüderchen Paul beschäftigte, weil die Amme es ablehnte, auf Dauer mehr als zwei Kinder zu betreuen.

»Was hilft es mir, dass ich im Pensionat einen Tag ausschließlich englisch, einen anderen nur französisch gesprochen habe, wenn ich nicht in der Lage bin, die einfachsten Dinge des täglichen Lebens zu bewältigen?«, wollte sie von ihrem Vater wissen, als er sie zu den Geschehnissen befragte. »Ich habe nichts gelernt, was mir im Haushalt nützlich wäre«, beschwerte sie sich.

»Natürlich nicht, Mimi, du wirst dafür immer Dienstboten haben. Du hast einen klugen Kopf, es wäre reine Verschwendung, dich mit Küchen- oder Putzarbeiten zu belasten. Beschäftige dich mit Kunst oder meinetwegen mit Philosophie.«

»Und was fange ich damit an, wenn wieder ein Mensch todkrank vor mir liegt? Nein, Vater, ich möchte eine Ausbildung machen.«

Am 19. Juli 1890 unternahm die gesamte Familie einen Ausflug nach Friedrichsruh. Es hatte sich so eingebürgert, dass die Menschen den wenige Monate zuvor abgesetzten Reichskanzler Bismarck besuchten, um ihm die Ehre zu erweisen. Mimi wusste, dass Bismarck eine Menge Überzeugungsarbeit beim alten Kaiser für den Bau des Kanals geleistet hatte, und sie vermutete, dass dies Vaters Antrieb für die Ausfahrt war. Mit Bertha und der Kinderschar rumpelten sie bis zum Bahnhof Friedrichsruh, nur die beiden Jüngsten Anita und Olga blieben in Hamburg. Mimi hatte sich ein ledernes Notizbüchlein und einen Bleistift eingesteckt. Es war schon gut mit kleinen Zeichnungen und Texten gefüllt, vielleicht würden ein paar Eindrücke hinzukommen, die sich später in einer Novelle verwenden ließen. Am Ziel angekommen, ging Vater in das Haus von Oberförster Lange, der anscheinend die Aufgabe übernommen hatte, Besucher bei Bismarck anzumelden. Jedenfalls begrüßte er die Familie freundlich, versprach Durchlaucht Vaters Karte zu überbringen und bat um Geduld. Immer mehr Herren und Damen erschienen, die hofften, den Fürsten wenigstens kurz sprechen zu dürfen. Mimi spitzte die Ohren. Einer wollte lediglich seinem Missfallen darüber Ausdruck verleihen, dass Bismarck nicht mehr Reichskanzler war. Eine Dame wollte Fürst Bismarck unbedingt die Karte ihres Mannes zukommen lassen. Dessen Großvater, so hörte Mimi, sei aus Mecklenburg nach Geesthacht gekommen, wo sie und ihr Mann lebten, und habe dort eine Glasbläserei eröffnet.

»Noch heute produziert mein Gatte die feinsten Flaschen zum Transport von Alkohol aller Art«, erzählte die Dame. »Kleine Flaschen, große Flaschen, bauchig oder schlank, Sie werden nichts finden, was mein Mann nicht liefern könnte.«

Mimi fragte sich, was Bismarck wohl mit leeren Flaschen anfangen sollte. Da öffnete ein Herr das Gartentor des fürstlichen Anwesens.

»Ist er das?«, fragte Hermann.

»Aber nein! Das ist Rudolf Chrysander, der Sekretär von Durchlaucht«, zischte Vater. »Da kommt Fürst von Bismarck.« Mimi folgte seinem Blick. Der einstige Kanzler musste Mitte siebzig sein und war noch immer eine Erscheinung. Flankiert von zwei großen Jagdhunden trat er durch die Tür. Augenbrauen und Bart waren buschig, auf dem Kopf hatte er nicht mehr viel Haar. Mimi schien es, als wären seine Tränensäcke dicker als bei ihrer letzten Begegnung. Vater trat mit Bertha einen Schritt zurück, die Kinder folgten sofort ihrem Beispiel. Auch alle anderen Besucher wichen ehrfürchtig zurück. Nur Paul, einen großen Blumenstrauß in der Hand, blieb vorwitzig stehen. Bismarck lächelte, kam zu ihnen und blieb vor Paul stehen.

»Diese schönen Blumen willst du mir wohl geben, was?« Vater nahm sofort das Bouquet und erklärte, dass Durchlaucht sich damit nicht abmühen solle, sie würden den Strauß an der Pforte für ihn abgeben. »Aber nein, Blumen sind angenehme Begleiter auf dem Weg.« Der Fürst reichte Paul seinen Gehstock. »Hier, Kleiner, wenn du den kurz halten würdest?« Er zog weiße Handschuhe hervor. »Keine Rosen sind ohne Stacheln«, erklärte er schmunzelnd, während er die Handschuhe überstreifte. »Jetzt können sie mir nichts anhaben.« Bismarck streichelte Paul über die dunklen wilden Locken. »Was hat der Kleine doch für schönes Haar!«

»Beinahe zu viel, Durchlaucht«, entgegnete Vater.

»I wo, das verliert sich von allein«, meinte Bismarck und strich sich schmunzelnd über die Glatze. Mimi musste sich auf die Zunge beißen, um nicht laut zu lachen. Bisher hatte sie ihn nur aus der Ferne gesehen, aber was hatte sie nicht alles über den Fürsten gehört? Streng sei er, immer ernst, ein Einzelgänger, der die Gesellschaft von Hunden mehr schätzte als die der Menschen. Einige nannten ihn gar den Einsiedler aus dem Sachsenwald. Dabei war er freundlich und hatte einen feinen Humor, der Mimi für ihn einnahm. Vater stellte ihm die Familie vor, dann wechselten sie noch ein paar Worte, ehe der ehemalige Reichskanzler sich anderen Besuchern zuwandte. Sofort zückte Mimi ihr Buch und hielt alles fest, was sie gesehen und gehört hatte.

Auf dem Rückweg nach Hamburg ließ sie Else die vollgeschriebenen Seiten lesen.

»Aber das ist keine Erzählung«, meinte ihre Schwester verwirrt. »Es gibt keinen Spannungsaufbau, keinen Höhepunkt.«

»Weil es keine Unterhaltung ist, sondern ein Bericht. Die Leute reden viel und tratschen weiter, was sie aufschnappen. Wir brauchen Zeitungen, in denen zu lesen ist, was sich wirklich zugetragen hat.« Else dachte kurz nach, dann nickte sie ernst. Den Rest der Fahrt schwieg Mimi. Jetzt wusste sie, welche Ausbildung sie sich wünschte. Sie wollte weder Köchin noch Krankenschwester werden, sondern Reporterin.

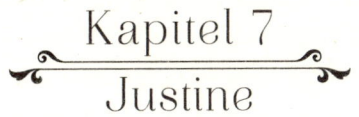

Kapitel 7
Justine

Preetz, Frühjahr 1891

Stine prüfte den festen Stand des Puppentheaters. Man gestattete ihr, zwischen Klostergarten und Klosterkirche zu stehen. Ein sehr guter Platz. Dass die Tage schon wieder spürbar länger und die Temperaturen höher waren, trug ebenfalls zu ihrer ausgesprochen guten Laune bei. Die wurde für einen Moment getrübt, als sie ein Loch im Kleid der Prinzessin entdeckte. Der Stoff musste irgendwo hängengeblieben sein, als Stine nach der letzten Aufführung alles für die Nacht verpackt hatte. Glücklicherweise blieb ihr noch viel Zeit, ehe die Zuschauer kamen. Sie suchte sich ein sonniges Fleckchen, hockte sich im Schneidersitz auf ihre Decke, zog einen Faden durch die Nadel und besserte den Riss aus. Wie jeden Tag wanderten ihre Gedanken sofort wieder nach Hause. Alles, was geschehen war, schien in unendlicher Ferne zu liegen, und sie fragte sich, wie es so weit hatte kommen können, dass sie einfach auf und davon gelaufen war. Die Antwort war nicht kompliziert.

Es hatte damit angefangen, dass Jobst einen Anwalt aufgetrieben hatte, der den Standpunkt vertrat, *Eisenwaren Wilfried Thams* sei nicht Bestandteil von Großvaters Erbe. Allein der Firmenname spreche eine eindeutige Sprache. Jobst hatte ernsthaft von ihr erwartet, dass sie Thorin heiratete, der weiter im Laden stehen sollte, während

Jobst sich vor allem um den Wareneinkauf und die Kundenpflege kümmern wollte.

»Damit komme ich dir schon entgegen«, hatte er erklärt. »Ich könnte genauso gut vor Gericht ziehen. Dann hast du lediglich Anspruch darauf, versorgt zu werden, im Laden aber nichts mehr zu sagen.«

Es hatte auch nichts genützt, ihn an die Kosten zu erinnern, die ein Rechtsstreit mit sich bringen würde. Alle hatten auf Stine eingeredet. Hella und Mutter flehten sie an, auf Jobsts Bedingungen einzugehen.

»Um des lieben Friedens willen«, hatte Mutter gesagt.

Irgendwann war Stine mit den Nerven am Ende gewesen.

»Ihr wollt Frieden? Bitte schön!«, hatte sie ihnen entgegengeschleudert. »Aber das ist das Ende von *Eisenwaren Wilfried Thams*, das garantiere ich euch.«

Sie hatte sich in ihren geliebten Märchenschrank verkrochen und vor sich hin gestarrt. Zuerst hatte sie geglaubt, dieses Mal könne sie darin keine Hilfe finden. Es war eben alles bloß Unfug und kindliche Einbildung. Doch dann geschah etwas Seltsames. Stine musste von einer Sekunde auf die andere eingeschlafen sein. Sie sah Großvater Gregor mit seinem Puppentheater von Dorf zu Dorf ziehen, sah das Strahlen zahlloser Kinderaugen, hörte das Lachen der Erwachsenen. Und immer wieder konnte sie die Zufriedenheit in Großvaters Miene erkennen. Eine große Ruhe breitete sich in ihr aus, wie sie sie seit Monaten nicht gespürt hatte. Die Bilder mischten sich mit denen einer Baustelle. Männer schaufelten Schippe um Schippe Erde in Karren und Loren, ein riesiger Graben entstand mitten im Land. Stine sah sich selbst eine Böschung hinunterlaufen. Ein Stein lag in ihrem Weg, sie sprang leichtfüßig darüber. Das Zucken ihrer Beine weckte sie. Sie begriff, dass sie allein in völliger Finsternis hockte. Trotzdem lächelte sie und konnte sich das Gefühl der Ruhe bewahren. Denn jetzt wusste sie, was zu tun war. Leise schleppte sie das hölzerne Kindertheater und die Kiste mit Großvaters kostbaren Handpuppen in den Schuppen und verstaute beides auf dem alten Leiterwagen. Sie füllte eine Tasche mit ihren wärmsten Kleidern und eine kleine mit Proviant und hinterließ einen Brief für ihre Mutter, die sie um Verzeihung und Verständnis bat. Auch für Jobst legte sie eine Notiz auf den Tisch, ehe sie das Haus verließ.

Lieber Jobst,
ich bin nicht bereit, Dir und Deiner absurden Behauptung recht zu geben. Auf einen Rechtsstreit werde ich es aber auch nicht ankommen lassen, denn wir wären danach pleite, wie ich Dir erklärt habe. Großvaters Puppen sind unbestritten mein Erbe. Ich werde etwas daraus machen. Du hast jetzt das Sagen bei Eisenwaren Wilfried Thams. Ich wünsche Dir eine glückliche Hand und bete, dass Jette und Jens nicht betteln gehen müssen, um sich und Mutter zu versorgen.
Stine

Es war hart, sich ausgerechnet im Winter auf den Weg zu machen, das wusste sie. Andererseits war es gerade recht, denn die Bauern hatten mehr Zeit als im Frühjahr oder Sommer, wenn die Felder bestellt werden mussten. Die Kinder wurden vor Weihnachten besonders verwöhnt, selbst in den ärmeren Familien. Unter Stines Stücken war auch ein Weihnachtsmärchen. Jetzt musste sich zeigen, ob es etwas taugte. Stine zog den Leiterwagen zu Fuß die Kirchhofsallee und die Deliusstraße entlang. An deren Ende angekommen, lief ihr trotz der klirrenden Kälte der Schweiß in Strömen, obwohl es nur ein paar Schritte gewesen waren. Sie wartete vor dem Hof, der am Ende der Straße lag, bis der Morgen dämmerte. Dann klopfte sie.

»Wollen Sie ihren alten Gaul noch immer loswerden? Sie sprachen kürzlich davon.«

»Ja, das ist richtig. Warum?«

»Ich kaufe ihn.« Stine hatte sich nie einen echten Lohn aus der Kasse nehmen können. Zu essen und ein Dach über dem Kopf, damit war sie zufrieden gewesen. Doch wann immer mal ein bisschen übrig gewesen war, hatte sie sich ein paar Pfennige zurückgelegt. Diese Summe bot sie nun dem Bauern an. »Mehr habe ich nicht. Nehmen Sie das Geld, oder lassen Sie es.«

Den Schimmel vor den Wagen gespannt, machte sie sich auf in Richtung Kanallinie.

Ihre erste Station war das Gut Quarnbek. Als sie den Holzrahmen aufstellte und die Füße mit schweren Steinen sicherte, zitterten Stines Hände. Nicht nur vor Kälte, sondern auch vor Aufregung. Am liebsten wäre sie weggelaufen, so sehr versetzte sie der Gedanke in Schrecken, allein vor fremde Menschen zu treten und ihr eigenes Stück zum Besten zu geben. Kaum steckten ihre Hände aber in den Puppen, war die Angst vergessen. Sie verstellte ihre Stimme, brummte tief und bedrohlich, wenn sie den Räuber bewegte, sprach hell und vornehm, wenn die Prinzessin an der Reihe war. Viele Zuschauer gab es nicht, aber immerhin bekam Stine etwas Quark und Käse vom Gutsherrn. Und sie hatte ihre ersten Pfennige eingenommen! Ihre Reise führte sie anschließend nach Süden, denn sie musste den Flemhuder See umrunden. An seiner südlichen Spitze in Achterwehr schlug sie erneut ihr Lager auf. Stine lernte schnell, auf Empfehlungen zu hören, wo sie möglicherweise ihr Theater aufbauen und noch dazu ein Nachtquartier finden konnte. So kam es, dass sie sich ein wenig treiben ließ, von Achterwehr nach Bredenbek, dann nach Sehestedt, über Emkendorf nach Nortorf und Bordesholm. Vor jeder Aufführung verspürte sie weiterhin ein leichtes Kribbeln, das sie mit jedem Mal mehr genoss. An einigen Orten blieb sie länger, an anderen machte sie sich rasch wieder auf den Weg. Es hing davon ab, wie viele große und kleine Menschen zu ihrem Spiel kamen. Außerdem ergab sich in manchen Gutshäusern die Möglichkeit, sich ein paar Münzen extra zu verdienen. Stine half beim Melken der Kühe oder brachte einer Köchin das Haushaltsbuch auf Vordermann. In Bordesholm blieb sie besonders lange. Die Lage an der Altona-Kieler Chaussee war günstig. Viele Reisende legten dort eine Rast ein und freuten sich über ein wenig Zerstreuung. Am Bordesholmer See war es auch, an dem Stine zum ersten Mal beschloss, in ihrem Leiterwagen zu schlafen. Ihre Unterkunft war schrecklich stickig und schmutzig, der Wirt des kleinen Gasthofs, hatte ihr wohl deshalb sofort ein Bett zur Verfügung gestellt, weil er gehofft hatte, sich zu ihr legen zu können. In der ersten Nacht hatte seine Frau ihn glücklicherweise ertappt, als er gerade im Flur vor Stines Tür gestanden hatte. Von da ab hatte Stine einen Stuhl unter die Klinke geklemmt. Trotzdem hatte sie kaum Schlaf gefunden. An ihrem neuen Platz unter freiem Himmel im Schutz von alten Eichen, Eschen und Weiden fühlte sie sich wohler. Bis zum Einbruch der Dunkelheit. Sie hätte nicht gedacht, dass es noch so kalt werden würde. Und dann all die fremden Geräusche! Nachtvögel schrien, es raschelte im Röhricht am nahen Ufer. Sie war gerade eingenickt, als sie auch gleich wieder hochschreckte. Da waren Schritte, kein Zweifel. Die Haare an ihren Armen stellten sich auf. Da, wieder! Stines Atem flatterte und ging immer schneller, sie horchte in die Finsternis, obwohl sie sich viel lieber die Ohren zugehalten hätte. Jemand schlich um ihren Wagen herum. Nur keinen Mucks. Oder? Wer auch immer das war, und was auch immer er im Schilde führte, sie würde ihn kaum in die Flucht schlagen, wenn sie sich schlafend stellte. Wenn er ihr den Schimmel stahl oder ihr Puppenhaus zu Brennholz machte, war sie verloren. Plötzlich war da etwas an ihrem Gesicht. Als hätte jemand mit einem Stück Stoff über ihrem Kopf durch die Luft gestrichen, ohne sie zu berühren.

»Verschwinden Sie!«, schrie sie. »Wenn Sie glauben, Sie könnten mir Angst machen, haben Sie sich geschnitten. Ich lasse mich nicht beklauen, nur weil mein Bruder gerade nicht hier ist.« Der Gedanke an Jobst hatte etwas Tröstliches und gab ihr gleichzeitig neuen Kampfgeist. »Er müsste übrigens gleich zurück sein«, behauptete sie mit fester Stimme. »Ich würde an Ihrer Stelle lieber abhauen.« Sie umklammerte einen dicken Knüppel, den sie im Wald gefunden und sicherheitshalber neben sich gelegt hatte. Nichts. Ihr war so, als wäre das Rascheln kräftiger geworden, als sie mit ihrem Gebrüll begonnen hatte. Jetzt war es vorbei. Wahrscheinlich hatte sie Glück, und es hatte sich um einen feigen Lump gehandelt, den ihr Mut überrascht und in die Flucht geschlagen hatte.

Und nun war sie also in Preetz. Der April ging bereits zu Ende. Überall junges Grün, die Wiesen waren übersät von Gänseblümchen und Butterblumen. Der Platz zwischen Klostergarten und Klosterkirche war der beste, den sie bisher gehabt hatte. Das Publikum kam in Scharen, zwei Vorstellungen am Tag waren nahezu ausverkauft. Ein Schuster, dessen Kinder noch nie so lange so still gesessen und zugehört hatten, wie er ihr fröhlich erzählte, war an diesem Morgen gekommen und hatte ihr einen halben Laib Brot, etwas Schinken und sogar zwei Flaschen Bier zum Dank geschenkt. Nachdem das Prinzessinnenkleid repariert war, machte Stine es sich auf ihrer Decke bequem, um ihr Mittagessen zu verspeisen. Da kam eine junge Frau auf sie zu.

»Entschuldigung, ich möchte nicht stören«, sagte sie. Die Dame trug ein hübsches Kleid, einen langen dunklen Zopf und war eine elegante Erscheinung. Wahrscheinlich stammte sie aus gutem Hause. Am auffälligsten aber fand Stine ihre wachen Augen.

»Sie stören nicht. Möchten Sie sich vielleicht setzen?« Stine überlegte kurz. »Warten Sie!« Sie schnappte sich die Kiste, in der sie üblicherweise den Vorhang ihres Theaters aufbewahrte und stellte sie der Fremden hin.

»Danke.« Sie setzte sich. »Aber Sie essen gerade, vielleicht sollte ich doch später …«

»Aber nein, es ist nicht sonderlich amüsant, immer allein zu speisen.« Stine lächelte.

»Ich war gestern in Ihrer Abendvorstellung. Es war wunderbar!«

»Danke schön, das freut mich sehr.«

»Verzeihung, ich habe mich noch nicht vorgestellt. Maria Dahlström.« Sie reichte Stine die Hand. Dahlström. Den Namen kannte Stine. Er hatte etwas mit dem Kanal zu tun, aber mehr fiel ihr nicht ein.

»Justine Thams. Sie können mich aber gern Stine nennen, das machen alle.«

»Dann nennen Sie mich Mimi. Wie gesagt, ich war sehr angetan von Ihrer Aufführung. So hübsche Puppen habe ich noch nie gesehen.«

»Ein Spielzeugmacher aus Oberammergau hat sie geschnitzt.«

»Das Theater auch?«

»Nein, das war mein Vater. Mein Großvater hat zuvor ein anderes besessen. Er ist damit so lange aufgetreten, bis es beinahe auseinandergefallen ist. Also musste ein neues her. Möchten Sie vielleicht etwas Käse? Der ist sehr gut.«

»Nein, danke, ich möchte Ihnen nichts wegnehmen.«

»Ach was, ich habe ein großes Stück geschenkt bekommen. Ist viel zu viel für mich allein.« Stine reichte Mimi das Brett.

Mimi schnitt sich eine Ecke ab. »Vielen Dank. Mmh, der ist wirklich gut«, sagte sie, kaute und lachte verlegen, weil sie mit vollem Mund gesprochen hatte. »Woher stammen die Texte Ihrer Stücke?«, wollte sie wissen.

»Die habe ich selbst geschrieben«, antwortete Stine stolz.

»Wirklich? Das ist unglaublich. Ich schreibe auch, allerdings habe ich mich noch nie an Theaterstücken versucht.«

»Was schreiben Sie?«

»Verse, Novellen.« Mimi Dahlström wirkte zurückhaltend. Ihr Interesse an Stine schien größer zu sein als ihr Wunsch, von sich zu erzählen. »Sie sind also wahrhaftig allein unterwegs«, stellte sie fest. »Haben Sie keine Angst?«

»Ach was!« Stine winkte ab. »Neulich Nacht war es mir ein bisschen unheimlich. Ich dachte schon, ich würde Räubern zum Opfer fallen, dabei waren es wohl nur neugierige Wildschweine oder Füchse und vielleicht eine Fledermaus.«

»Das meine ich nicht. Sie sind völlig auf sich gestellt, müssen einen Platz für Ihr Theater finden, sicherstellen, dass sie dort überhaupt aufbauen dürfen.« Sie holte ein ledernes Notizbuch und einen Bleistift hervor. »Ich würde gern über Sie berichten, darf ich?«

Stine fühlte sich etwas unbehaglich, noch nie hatte etwas über sie in einer Zeitung gestanden. Andererseits hatte sie selbst mal eine Geschichte veröffentlicht. Das war so lange her, es kam ihr vor wie in einem anderen Leben.

»Wenn Sie nicht möchten, ...«

»Doch, warum nicht?« Anders Zimmermann fiel ihr ein. Hatte er nicht gesagt, der Sinn von Reklame sei, dass man über ein Geschäft sprach? Das galt doch wohl auch für Puppenspielerinnen. Nur keine falsche Bescheidenheit, sagte sie sich. Immerhin hatte sie sich in den letzten Wochen etwas aufgebaut, das nur ihr gehörte. Sie tat etwas, das sie liebte und hatte Erfolg damit. Doch der konnte rasch vorüber sein. Sollte Mimi ruhig über sie berichten.

»Ich bin gerade aus England zurück«, erzählte Mimi, »dort hat Puppenspiel eine lange Tradition. Vielleicht kennen Sie Punch and Judy? Ich musste es den Kindern einer Tante, um die ich mich zu kümmern hatte, vorspielen. Nur zwei Figuren, doch ich war schon überfordert.« Sie lachte. »Sie dagegen haben vier oder fünf Charaktere benutzt.«

Stine berichtete von ihrem Großvater und von Vaters Traum, einen Eisenwarenladen zu besitzen, wie ihn Schleswig-Holstein noch nicht gesehen hatte. Sogar von Großvaters Truhe auf dem Dachboden erzählte sie, in der die Handpuppen aus Oberammergau gelegen hatten.

»Sind Sie denn in Not geraten?« Mimi sah sie erwartungsvoll an. »Ich möchte Ihnen nicht zu nahe treten, aber Sie sagten, das Theater hätte Ihrer Familie immer durch schwierige Zeiten geholfen. Die kostbaren Figuren waren als Notgroschen gedacht.«

»Mein Vater ist gestorben, ehe sein Traum sich erfüllt hat.«

»Genau wie meine Mutter«, sagte Mimi leise.

»Leider sind mein Bruder und ich nicht einer Meinung, was die Zukunft des Geschäfts angeht.« Stine erwähnte das Angebot und ihren Streit mit Jobst, ohne zu viele Einzelheiten preiszugeben. Es tat gut, mit einer Frau zu reden, die ungefähr in ihrem Alter sein musste, etwas jünger wahrscheinlich. Sie konnte zuhören, war einfühlig. Stine bemerkte, wie sehr ihr so ein Mensch gefehlt hatte. Nie hatte sie sich so verstanden gefühlt.

»Mein Vater ist Freimaurer«, sagte Mimi gerade. »Er hat meiner Schwester Else und mir beigebracht, sich selbst nicht wichtig zu nehmen. Es kommt darauf an, für andere da zu sein. Sieben Jahre hat mein Vater geschuftet, damit der Kanal gebaut wird. In wenigen Jahren wird man auf ihm von der Elbe bis in die Ostsee reisen können. Weil mein Vater nicht aufgegeben hat.« Mimi sah sie ernst an. »Es ist richtig, sich für etwas einzusetzen, das allen Menschen Vorteile bringt. Wenn Sie das Angebot annehmen, von dem Sie meinen, es würde das Unternehmen Ihres Vaters retten und womöglich wachsen lassen, ist das sicher gut für Ihre Familie. Darum ist es richtig, das zu tun.« Im nächsten Moment zerfloss die Überzeugung, die Mimi gerade noch ausgestrahlt hatte. »Aber was wird dann aus Ihren Träumen? Was würde den großen und kleinen Zuschauern entgehen?«

»Sie ahnen nicht, wie sehr mich genau diese Fragen beschäftigen. Es ist zum Verrücktwerden. Geht nicht beides?«

»Doch!« Mimi strahlte. »Es muss möglich sein, sich für andere einzusetzen und gleichzeitig seinen eigenen Traum zu verwirklichen.«

»Können Sie mir auch verraten, wie ich das am besten anstelle?« Stine griente.

»Ich weiß ja noch nicht einmal, wie das in meinem Leben funktionieren soll.« Mimi zuckte mit den Achseln. Die beiden sahen sich an und mussten lachen. »Vielleicht wird uns die Zeit die Antwort geben«, meinte Mimi.

»Ach du lieber Gott, Zeit, wie spät ist es? Gleich fängt die Vorstellung an!«

Am Abend dachte Stine noch lange über das Gespräch mit Mimi Dahlström nach. Die Idee ließ sie nicht los, dass beides den gleichen Wert hatte, seine Pflicht zu erfüllen und seinen Traum zu verwirklichen. Sie wollte um jeden Preis die Familientradition des Puppentheaters am Leben erhalten. Doch dabei durfte *Eisenwaren Wilfried Thams* auf keinen Fall den Bach runtergehen. Auf einmal hatte sie es sehr eilig, nach Hause zu kommen. Hastig packte sie die Figuren in die Truhe, faltete den Vorhang zusammen. Die Angst, zu spät zu kommen, schnürte ihr plötzlich die Kehle zu. Jobst durfte ohne sie den Laden nicht verkaufen, das war schriftlich festgelegt, außer, ihr stieße etwas zu, sie wäre verschollen oder verlöre den Verstand. Stine ahnte, dass ihr Bruder nicht davor zurückschrecken würde, Letzteres zu behaupten. Obendrein lief die Frist von Anders Zimmermann ab. Wenn es überhaupt noch ein Eisenwarengeschäft gab, musste Stine sich auf der Stelle um dessen Zukunft kümmern.

Kapitel 8
Susanne

Brunsbüttel, Ende August 1891

Wieder prasselte Regen auf Brunsbüttel herab, als wolle er nie aufhören. Schon den zweiten Sommer ging das nun so. Längst hatten sich Sandwege in matschige Pisten verwandelt, überall drangen die schlammigen Fluten ein, auch ihre Erdmiete hatte es erwischt und Sanne war klar, dass sie mit diesem Schicksal nicht allein dastanden. So eine Katastrophe! Nicht genug, dass durch den nasskalten Sommer die Ernten geringer ausfielen als üblich, dass einige Lebensmittel einfach nicht zu kriegen waren, wie etwa Kartoffeln, nein, nun wurden auch noch die Vorräte der Menschen durch das Wasser und die Feuchtigkeit zunichtegemacht. Was auf dem Markt zu haben war, wurde so teuer, dass sich längst nicht jeder mehr leisten konnte, dort einzukaufen. Mehr als einmal hatte sie gelesen, dass sich ein alter Arbeiter aufgeknüpft hatte, weil er nicht mehr wusste, wie er das Nötigste bezahlen sollte. Schlimm war das!

Im vergangenen Herbst hatte es mit den Zuckerrüben schon die gleichen Probleme gegeben. Sie hatten zwar eine gute Qualität, bloß gab es viel zu wenig. Unter größter Anstrengung hatten die Bauern mit ihren Helfern die Ernte bis in den Dezember hinein vom Acker durch den Matsch zur Rübenbahn geschleppt und die Knollen zur Süderdithmarschen Zuckerfabrik transportiert. In guten Jahren war

Sanne mit ihren Geschwistern stoppeln gegangen, doch daran war dieses Mal nicht zu denken gewesen. Welche Reste sollte man denn auflesen, wenn die Landwirte ihre Leute schon angetrieben hatten, jede noch so kleine verbeulte Rübe einzusammeln? In düstere Gedanken versunken stapfte sie in Richtung Ivershörn, ein Tuch tief ins Gesicht gezogen. Links und rechts von ihr schoss das Wasser die Straße hinab. Gott sei Dank war der Weg in der Mitte etwas höher und fiel zu den Seiten ab, sonst wären ihre Füße schon nass und nicht bloß feucht. Die Bäche rissen mit sich, was nicht weggeräumt oder befestigt war. Es kam ihr so vor, als sei auch die Zeit ein reißender Fluss, der alles verschlang. Rosario lebte nun seit fünf Jahren hier, war das zu glauben? Vor zwei Jahren war er in den Neubau in Ostermoor gezogen, zu dem sie sich jetzt durch das Schietwetter kämpfte. Zwei Jahre war es auch her, dass Herr Ackermann aufgetaucht war und ihnen Hilfe angeboten hatte. Sie erinnerte sich noch genau daran, wie es sich angefühlt hatte: Zuerst hatten Rosario und sie eine Heidenangst gehabt aufzufliegen. Gleichzeitig hatten sie sich darüber gefreut, dass Herr Ackermann seine Adresse zusammen mit einer Flasche Wein eingewickelt hatte, damit sie jederzeit Kontakt zu ihm aufnehmen konnten. Er hatte schon recht gehabt, sechs Augen sahen mehr als vier, und drei Köpfe konnten bestimmt besser rechnen als zwei. Von vornherein hatten sie beide diese Möglichkeit jedoch nur als absolute Notlösung in Betracht gezogen. Denn so richtig geheuer war es ihnen nicht, einen Fremden nah an ihr Geheimnis herankommen zu lassen.

Während sie Meter um Meter hinter sich brachte, die Tropfen wie Nadelstiche auf ihrer Haut, kam ihr so vieles in den Sinn. Das Schürfloch hatte die Menschen in Brunsbüttel noch lange beschäftigt. War kein Wunder, auch ihr war das ein bisschen unheimlich. Erst hatten zwei Unternehmer Pleite gemacht, dann waren die Arbeiter verschüttet worden, schließlich machte das Gerücht die Runde, es gebe einen Feuerteufel. Zuerst war nämlich drüben in Otterndorf ein Hof komplett niedergebrannt. Der rötliche Schein der Flammen war vom anderen Ende der Elbe bis hierher zu sehen gewesen. Gleich am nächsten Tag brannte in Nordhusen eine Scheune ab, ein Schwein war dabei umgekommen, hatte sie gehört.

»Das ist der böse Geist vom Schürfloch«, hieß es. »Bloß gut, dass in Ostermoor ein Gendarm zusätzlich Dienst tut. Der ist mit seinem Pferd schnell zur Stelle, wenn's gefährlich wird.« Als ob ein Gendarm was gegen einen Geist unternehmen könnte. Überhaupt, Sanne glaubte nicht an Gespenster und wusste, dass es noch immer das ausströmende Gas war, das die Leute nervös machte. Sie konnte das auch verstehen. Mal entzündete es sich selbst. Dann gelangte irgendwie offenes Feuer in die Nähe der Gasquellen, und es konnte minutenlang brennen. Inzwischen waren die Arbeiten an dem Probeloch jedenfalls fertiggestellt. Gottlob, nun würden die Stimmen hoffentlich leiser werden, die behaupteten, der Kanal sei verflucht.

Mit dem Ausschachten der Baugrube neben der zukünftigen Schleuse war im Sommer 1889 begonnen worden. Wie geplant, wurde dort eine Betondecke gegossen. Und wie Sanne befürchtet hatte, war die fix gebrochen, weil das Wasser der Nordsee mit Gewalt von unten dagegengedrückt hatte. Dass die Herren Ingenieure so dusselig gewesen sind, würde sie ihr Lebtag nicht verstehen. War ja klug, auf das Geld zu gucken, aber am Ende wurde doch alles nur noch teurer, wenn ein Arbeitsschritt zweimal gemacht werden musste. Auf jeden Fall hatten sie die Decke auf viereinhalb Meter verstärkt, hatte Rosario ihr erzählt. Auch das war nicht genug gewesen, das Betonfundament war wieder gebrochen. Dieses Mal wollten sie die Kraft des Meeres mit einem Gegengewicht bezwingen. Sanne würde nie vergessen, wie die Arbeiter Schaufel um Schaufel Erde auf den Beton geschmissen hatten. Eins hatte die Erfahrung sie in den letzten Monaten und Jahren gelehrt: Die Wirklichkeit war nicht so, wie Sanne sie sich immer ausgemalt hatte. All die Männer, die studieren durften, wussten trotzdem nicht auf jede Frage eine Antwort und für jedes Problem eine Lösung. Ihre Bewunderung für sie war ein bisschen gesunken, ihr Respekt vor der Aufgabe, die sie und Rosario zu erledigen hatten, war dagegen kräftig gewachsen. Nie hätte sie erwartet, dass es noch derart viele Unwägbarkeiten und unvorhersehbare Ereignisse geben könnte. Das war doch alles verrückt, dieser Herr Dahlström hatte sich doch nun wirklich gründlich mit allem beschäftigt, hatte alles geplant und durchgerechnet, bevor der Kaiser überhaupt seine Zustimmung gegeben hatte. Nun holte man immer mehr Männer zum Arbeiten nach Schleswig-Holstein, ganze Fabriken entstanden, aber niemand kannte sich eigentlich so richtig aus mit dem Bau eines Kanals quer durchs Land. Im Grunde war das alles ein riesiges Experiment, dachte Sanne manchmal. Und sie war mittendrin. Nur dass sie die Einzige war, die im Verborgenen agieren musste, die studierten Herren dagegen konnten offen und ohne Scham umkehren, wenn sich der Weg, den sie einschlugen, als falsch herausstellte. Sie blinzelte das Wasser aus den Augen. Glücklicherweise war es zur Dampfziegelei und von dort zu Rosario nicht mehr weit. Die drei Ringöfen im extra für sie errichteten Gebäude brannten jeden Monat mindestens eine Million Steine, hatte sie in der Zeitung gelesen. Immer wenn sie, wie jetzt, an dem weitläufigen Betriebsgelände vorbeikam, bestaunte sie aufs Neue fasziniert das Maschinenhaus, die mächtigen Trockenschuppen und den Platz, wo Mengen an Ziegelerde lagerten.

Sanne schüttelte sich wie ein Hund, als sie endlich vor Rosarios Haustür ankam.

»Du hättest auch später kommen können«, begrüßte er sie. »Warte, ich bringe dir ein Handtuch.«

»Gute Idee, danke.« Sie lächelte und steuerte sofort auf das winzige Badezimmer zu, wo sie ihre Sachen aufhängen wollte. Eigentlich war es mehr eine Nische mit Waschgelegenheit, aber immerhin, Rosario hatte sie für sich ganz allein. Das war ziemlich komfortabel. Kolbe würde bestimmt eine Menge geben, um weiter hier wohnen zu dürfen. Durfte er aber nicht, weil seine Arbeit bei Sannes Vater beendet war. Genau genommen, hatte Kolbe sie beendet, weil er direkt am Kanal beschäftigt sein wollte.

»Wenn die mich nehmen, und das werden sie mit Kusshand tun, dann muss ich mir die nächsten Jahre keine Gedanken machen«, hatte er verkündet. Außerdem hatte er noch gesagt, es wäre nicht dumm, wenn einer von ihnen immer am Ort des Geschehens wäre. »Eine Frau hat an der Baustelle nichts zu suchen, und der Herr Schleusenkonstrukteur sitzt ja auch nur auf seinem Mors im Kontor. Wer soll wohl Augen und Ohren offen halten und sofort mitkriegen, wenn es irgendwo hakt?« Damit hatte er recht gehabt, fanden Sanne und Rosario. Also war Kolbe zähneknirschend aus- und in eine der Baracken eingezogen. War nämlich Vorschrift, dass Kanalarbeiter ohne eine Familie vor Ort in den Unterkünften zu wohnen und ihr Essen dort einzunehmen hatten.

»Du hättest wirklich warten sollen, bis der Regen vorbei ist. Jetzt bist du ganz nass geworden«, sagte Rosario, während er ihr das Handtuch reichte.

»Dann wäre ich morgen noch nicht hier«, gab sie zurück. »Das wär schlecht, weil morgen die erste Schleusentür eingesetzt wird. Renk dir mal bloß nichts aus«, flachste sie dann. Er drehte seinen Kopf nämlich so weit von ihr weg, wie er konnte, damit er nur nichts zu sehen bekam, was er nicht sehen sollte. Als ob sie sich splitterfasernackt auszog! War sehr anständig von ihm, aber manchmal war er zu anständig. Sie hatte ihn gern und war sich ziemlich sicher, dass das auf Gegenseitigkeit beruhte. Leider wusste sie nicht, ob er in ihr überhaupt eine Frau sah oder nur eine Rechenmaschine, die auch mal eins seiner Hemden ausbessern konnte.

»Hast du gehört, was in Stube drei von Baracke A passiert ist?«, fragte er, ohne auf ihre Bemerkung einzugehen.

»Nee, was ist denn da passiert?« Sie lächelte, weil er wie ein begossener Pudel in dem schmalen Flur vor dem Badezimmer stand und nun gar nicht mehr wusste, wohin mit seinen Augen.

»Einen Lokomotivführer aus Westfalen hat der Schlag getroffen. Sagen die Leute jedenfalls. Als er morgens aufgewacht ist, war er tot«, erklärte er ernst. Sanne musste kichern, auf Rosarios Stirn erschien eine Falte, dann begriff er, was er da eben gesagt hatte. »Er ist naturlich nicht wach geworden, sondern lag tot in seinem Bett. Schlimm, was?« Er ging in die Stube.

Sie nickte. »Ist nicht schön. Aber noch schlimmer finde ich, dass es jetzt öfter zu Schlägereien kommt. Das gab's doch früher nicht. Vor ein paar Tagen haben sie sogar einen Kanalarbeiter totgeschlagen, dabei soll er sich bloß'n bisschen mit zwei Kerlen gekabbelt haben, ganz harmlos.«

Sie hatte ihre Haare notdürftig trocken gerubbelt und die Strümpfe aufgehängt, nun folgte sie ihm in das Zimmerchen, das ihr so vertraut war. Hübsch hatte Rosario es hier. An den Wänden hingen Bilder vom Gotthard-Tunnel, vom Garda-See und einem Strand, der wohl auch irgendwo in Italien lag. Wenn sie bei ihm war, fühlte Sanne sich immer, als könnte sie wenigstens einen kleinen Blick in die große weite Welt werfen, von der sie zu gern noch viel kennenlernen wollte.

Er setzte sich zu ihr an den ovalen Tisch, an dem höchstens vier Personen Platz fanden, und goss ihr einen Kaffee ein. Rosario kochte ihn ganz anders, als sie das kannte. Mit Zucker fand sie ihn lecker, aber Zucker war nun mal schrecklich teuer geworden. Trotzdem stellte er ihr ein Porzellanschälchen mit Deckel hin, aus dem ein kleiner Löffel ragte.

»Mensch, Rosario, das kannst du dir nicht leisten. Ich trink den Kaffee auch so, ist kein Problem.«

»Nein, das magst du doch nicht. Dann ziehst du wieder ein Gesicht, wie ein Huhn, wenn's donnert.«

»Die Kuh«, berichtigte Sanne ihn lächelnd. Er hob verständnislos die Achseln. »Man sagt: Wie die Kuh, wenn's donnert. Aber wer weiß, vielleicht gucke ich ja eher wie ein Huhn.« Sie sahen sich ein paar Sekunden an, Sanne wurde ganz komisch zumute. Das war wieder so eine Situation, in der sie sich wünschte, er wäre auch mal Draufgänger und nicht immer nur Kavalier, damit sie sich endlich näherkamen. Sie konnte ja wohl schlecht den ersten Schritt machen und ihm zeigen, wie sehr sie ihn mochte, sonst würde er sie noch für ein leichtes Mädchen halten.

»Siehst müde aus«, sagte sie sanft. »Kriegst wohl wenig Schlaf, seit deine Landsleute da sind, was?«

Vor sechs Wochen ungefähr war mal wieder eine größere Gruppe Arbeiter aus Italien angereist. Rosario kannte einige von ihnen flüchtig, drei jedoch richtig gut: Henrico, Benedetto und Daniele. Mit ihnen hatte er am Gotthard-Tunnel schon Seite an Seite geschuftet.

»Stimmt! Wir haben uns so viele Jahre nicht gesehen. Es tut gut, endlich wieder Freunde zu haben.« Sanne schluckte. »Nein, verstehst du bitte nicht falsch«, sagte er sofort. »Aber so eine Freundschaft, wie mit diese drei Banditen, gibt es nur einmal im ganze Leben.« Er lächelte. »Hier habe ich auch einen Freund, also, eine Freundin. Das bist du doch, oder? Du bist doch meine Freundin?« Sie dachte schon, er würde ihre Hand nehmen, aber das traute er sich wohl doch nicht. Oder er meinte es nicht so, wie sie sich das ausgemalt hatte.

»Klar sind wir Freunde«, entgegnete sie etwas zu laut. »Du und ich und Kolbe.« Na prima, warum hatte sie das denn jetzt gesagt? Zwar verstanden Rosario und Kolbe sich bestens, aber wenn sie zu dritt unterwegs waren, lag manchmal eine Spannung in der Luft, die sie nicht leiden konnte. Und auch jetzt fror Rosarios Miene regelrecht ein. Allerdings nur kurz.

»Apropos, weißt du, was Kolbe mir erzählt hat?« Er begann zu lachen. »Ein Ewerführer im Segelschiffhafen hat in der Elbe ein Krokodil gefangen.«

Sanne zog die Augenbrauen hoch. »Na, da hat er dich aber schön auf den Arm genommen.«

»Nein, nein, bestimmt nicht. Das ist von einem Afrikadampfer ausgebuxt.«

»Ausgebüxt«, sagte sie automatisch. »Das kann natürlich sein. Ist schon vorgekommen, dass Tiere sich aus dem Staub gemacht haben. Was passiert jetzt mit dem Vieh? Ich meine, das ist doch gefährlich, oder?«

»Kolbe sagt, sie haben es in eine Schute gesteckt. Erst mal. Vielleicht bringen sie es nach Hamburg in die Tierhandlung von Hagenbeck.« Sein Lächeln verschwand, er sah mit einem Schlag aus, als wären seine Schuhe zu eng.

»Ich nehme nicht an, dass du dir Sorgen um das Krokodil machst«, begann sie. »Aber irgendwas hast du auf dem Herzen, stimmt's?«

»Kolbe fühlt sich nicht wohl. ›Wenn die schon bei zweihundert Mann in den Baracken von Brunsbüttelerkoog und Taterpfahl nicht mit dem Putzen nachkommen, wie soll das werden, wenn es irgendwann über fünfhundert sind?‹, hat er neulich gefragt. Er sagt, die haben alles hübsch hergerichtet, damit der Geheimrat Loewe einen guten Eindruck bekommt. Kaum war der weg, hat sich keiner mehr Mühe gegeben. Die Frau vom Barackenverwalter soll sogar Kissen und Decken eingesammelt und weggebracht haben. ›So viele braucht ihr nicht‹, hat sie gesagt, ›die waren nur zur Dekoration da, damit's netter aussieht.‹«

Sanne seufzte. »Dann ist es kein Wunder, dass immer mehr Männer versuchen irgendwo anders unterzukommen.«

»Aber das ist verboten«, rief er aus.

»Ärger gibt's nur, wenn's jemand merkt.« Sanne sah ihn an. »Nur mal angenommen, Kolbe würde wieder hier bei dir schlafen und morgens in aller Frühe zur Baracke schleichen, ehe die Schicht beginnt, würde das vielleicht keiner mitkriegen.«

»Was sagst du da? Die andere Männer in seine Baracke wurde es auf jede Fall mitkriegen«, brachte er hervor und stotterte fast, so aufgeregt war er. »Im Handumdrehen wissen die, wo er schläft, dann fliege ich raus.«

»Das war doch nur ein Vorschlag«, beruhigte sie ihn. »Ich habe gehört, dass es einige so machen, die haben sich bei Familien oder bei'ner allein lebenden Witwe eine Schlafgelegenheit gesucht. Einigen im Ort stößt das ganz schön sauer auf, und dann kommt's zu Schlägereien.« Sie seufzte schwer.

»Es tut mir so leid für Kolbe«, meinte Rosario. »Aber weißt du, so schlimm wie es am San Gottardo war, ist es hier lange nicht. Er bekommt genug zu essen, es regnet nicht rein.« Er zuckte mit den Achseln, als wolle er sagen: Mehr kann man nicht verlangen.

»Außerdem hat er Daniele, Benedetto und Henrico«, stimmte Sanne ihm zu. »Zu viert werden die sich schon nicht zu viel gefallen lassen.« Sie holte ihren Zirkel, ihr Lineal und Schreibzeug hervor. »So, und jetzt an die Arbeit! Morgen wird die Schleusentür eingesetzt.« Sie tippte mit der Bleistiftspitze auf einen unscheinbaren Strich in der Zeichnung. »Ist doch alles gut vorbereitet, oder?« Sie sah ihn an. »Mensch, bei jedem Schritt habe ich Angst, dass wir was übersehen oder falsch geplant haben. Was dann? Jeder kleine Fehler kann teuer werden oder, noch schlimmer, Menschen in Gefahr bringen.«

»Aber es hat immer alles funktioniert«, beruhigte er sie. »Und morgen wird es auch klappen. Eine Tür einzusetzen, ist keine so große Sache.«

»Ist bloß keine niedliche kleine Zimmertür.« Sie nickte langsam. »Hast trotzdem recht. Was sollte schiefgehen? Die Betonierungsarbeiten laufen sicher noch ein paar Monate, das heißt, wir sind schon wieder mitten im Winter, wenn das erledigt ist«, überlegte sie laut.

»Sogar der August fühlt sich bei euch nach Winter an«, warf er ein. Als sie ihm einen tadelnden Blick zuwarf, sagte er schnell: »Zumindest in diesem Jahr.«

»Stimmt.« Sie konzentrierte sich wieder auf den Plan. »Ehe die eigentlichen Maurerarbeiten beginnen können, muss das Betonbett vollständig getrocknet sein. Vorm nächsten Frühjahr wird das nix.«

»Wir haben also Zeit und mussen nicht immer sonntags arbeite.« Rosario zeichnete mit dem Finger das Muster seiner bestickten Tischdecke nach. Er hatte mit einem Schlag gerötete Wangen. »Vielleicht könnten wir mal tanze gehen in die Traube.«

»Du würdest mit mir ausgehen?« Ihr Herz schlug einen Takt schneller.

»Naturlich, warum nicht?«

Ein paar Sekunden sahen sie sich in die Augen, dann hielt Sanne es nicht mehr aus.

»Einverstanden, Signor Rosario Antonio Francesco Limone.« Er strahlte. »Aber heute ist nicht Sonntag, heute kümmern wir uns um den Aufbau der Mauer.« Sie zwinkerte ihm noch einmal zu, ehe sie ein leeres Blatt Papier auf den Schleusenplan legte und ihr Lineal ansetzte. Sie musste sich ordentlich zusammenreißen, um gerade Linien hinzukriegen, so sehr hüpfte ihr Herz vor Freude. Wie es aussah, war sie für ihn doch mehr als eine Rechenmaschine.

Am nächsten Tag drückte sich Sanne in der Nähe der Baustelle herum, um wenigstens von Weitem sehen zu können, wie die Schleusentür eingepasst wurde. Sie hatte ihrer Mutter erzählt, dass sie etwas zu erledigen hätte. Bestimmt dachte Mutter, sie würde wieder bei dem Italiener, wie ihre Eltern Rosario nannten, putzen gehen. Sanne schämte sich. Statt im Haushalt zu helfen oder sich um die Lütten zu kümmern, stand sie hier in der Gegend herum, am Ufer der Elbe, die jetzt noch von einem Deich von der entstehenden Wasserstraße getrennt war. Aber sie konnte einfach nicht anders. Sie musste wissen, ob alles gutging. Nicht nur aus Rosarios Erzählungen, sie wollte dabei sein, es mit eigenen Augen sehen. Das war wieder so ein Moment, in dem sie sich doch ärgerte, nicht an seiner Seite in der ersten Reihe stehen und alles aus der Nähe erleben zu dürfen.

»Dachte ich mir, dass du hier herumlungerst.« Kolbe. Wo kam der denn plötzlich her?

»Hast du nichts anderes zu tun, als arglose Frauen zu erschrecken?« Was stand er denn da so eigentümlich herum, die Hände hinterm Rücken? »Musst du nicht arbeiten?«

»Habe ich bis eben. Aber dann habe ich eine Entdeckung gemacht. Wer beim Buddeln etwas Besonderes findet, muss es abgeben. Das sind die Regeln.«

»Aha. Und was hast du gefunden?« Sie lehnte sich ein bisschen zur Seite und versuchte einen Blick zu erhaschen.

»Was bekomme ich dafür, wenn ich es dir zeige?«

»Ein höfliches Dankeschön«, gab sie sofort zurück und lächelte süß.

»Tut mir leid, das ist mir zu wenig.«

Sie verschränkte die Arme vor der Brust. »Was willst du denn dafür haben?«

»Einen Kuss«, antwortete er sofort. Ihr wurde warm und kribbelig im Bauch.

»Ich weiß ja nicht mal, ob sich's lohnt.« Sie freute sich, weil das sehr selbstsicher geklungen hatte, fand sie.

»Für mich auf jeden Fall.« Er griente und hielt ihrem Blick stand, ohne auch nur zu blinzeln. Sanne musste schlucken. Das war aber auch wie verhext mit ihm. Einerseits nahm er sie auf den Arm, wo er nur konnte und ärgerte sie manches Mal richtig. Andererseits machte er solche Bemerkungen wie jetzt. Konnte es nicht Rosario sein, der sie auf diese höchst angenehme Weise nervös machte?

»Lass mal«, sagte sie gelangweilt, »so besonders wird es schon nicht sein. Mich interessiert sowieso viel mehr, ob da drüben alles klappt.« Sie sah an ihm vorbei und deutete zur Schleusenbaustelle.

»Vielleicht liefere ich meinen Fund nicht ab, sondern schenke ihn dir.« Sie wandte sich ihm wieder zu. »Wenn du mir dafür einen Kuss schenkst.«

Er legte es wirklich darauf an. Warum eigentlich nicht? Es war niemand in der Nähe, der sie beobachtete, Sanne hatte sich extra ein abgeschiedenes Plätzchen gesucht, um unbemerkt die Arbeiten verfolgen zu können. Sie spürte, dass ihre Wangen brannten. Rosario war dort drüben bei den Arbeiten, er würde auf keinen Fall unverhofft auftauchen. Wäre schlimm, wenn er sie erwischen würde. Er würde denken, sie hätte was mit Kolbe. Das wollte sie auf keinen Fall! Sie war Rosario gegenüber zwar nicht verpflichtet, trotzdem fühlte es sich nicht richtig an. Und doch reizte es sie … Bestimmt ging Kolbe davon aus, dass sie kneifen würde. Sie hätte nicht übel Lust, ihn zu überraschen.

»Du wirst ziemlichen Ärger bekommen, wenn du gegen die Regel verstößt und nicht ablieferst, was du entdeckt hast.«

»Darauf lasse ich es ankommen.«

»Also schön«, sagte sie und erschrak selbst über ihren Mut. Gleichzeitig freute sie sich, denn ihm war anzusehen, dass er nicht damit gerechnet hatte. »Allerdings will ich erst sehen, was du so Geheimnisvolles hinter deinem Rücken versteckst. Vielleicht verschaukelst du mich, und es ist nur ein Klumpen Lehm. Dafür küsse ich dich sicher nicht.«

»Einverstanden, ich zeige es dir. Dann bekomme ich einen Kuss und du einen echten Stern.«

Sie zog die Stirn in Falten, doch ehe sie nachfragen konnte, streckte er ihr den Arm entgegen. Auf seiner Hand lag ein Stein. Sie wollte ihn gerade auslachen, als er den Brocken umdrehte. Sanne konnte nicht glauben, was sie sah. Von dem grauen Stein hob sich doch wahrhaftig ein gelblicher Stern ab. Obwohl hier und da etwas fehlte, als sei Material abgeplatzt, war er deutlich zu erkennen. Ganz gleichmäßig war er und erinnerte sie an die Sterne, die sie mit ihren Geschwistern zu Weihnachten ausschnitt und bemalte.

»Ist der schön«, flüsterte sie.

»Er gehört dir«, sagte Kolbe, nahm ihre Hand und legte seinen Schatz hinein.

»Das geht nicht, du wirst wirklich Ärger bekommen.«

»Nur wenn jemand davon erfährt. Du wirst mich doch nicht verraten?«

»Nein.« Sie fuhr mit der Fingerspitze die Linien nach. Es fühlte sich an, als wäre ein schuppiges Wesen in das Gestein geraten und dort erstarrt. So ganz falsch war das ja auch nicht. Kolbe trat einen Schritt auf sie zu. Ihr Atem flatterte. In dem Augenblick hörte sie ein Knacken, das nichts Gutes bedeuten konnte, sie blickte auf. Alles ging so schnell! Sie erkannte gerade noch einen Mann auf einer Leiter, im gleichen Moment ertönte auch schon ein Krachen, das selbst hier noch ohrenbetäubend war. Sanne rannte los, ohne weiter darüber nachzudenken. Dabei musste sie mit ansehen, wie das Gerüst ins sich zusammenfiel wie ein Gebilde aus Streichhölzern.

»Ach du Schande!«, hörte sie Kolbe fluchen, der ebenfalls losgerannt war. An der Baustelle angekommen, erwartete sie ein Schreckensbild. Holzbalken und -latten lagen kreuz und quer durcheinander, dazwischen Werkzeuge und mittendrin die mächtige Schleusentür. Wenn da einer druntergeraten war, dann war der platt wie'n Stück Papier, dann konnte dem keiner mehr helfen. Sanne und Kolbe mischten sich unter die Männer, allzu nah mochte sie nicht an die gewaltige Metallplatte treten, die einmal das Wasser aufhalten sollte. Zu groß war ihre Angst, plötzlich einen Fuß oder eine Hand darunter hervorragen zu sehen. Gottlob war das nicht eins von Vaters Gerüsten, schoss ihr durch den Kopf. Er hatte den Auftrag ablehnen müssen, weil er nicht genug Leute gehabt hatte. Sanne erinnerte sich noch gut, wie wütend sie gewesen war. Konnte doch nicht so schwer sein, noch ein paar Arbeiter zusätzlich einzustellen, bei den vielen Kerlen, die noch immer Monat für Monat nach Brunsbüttel strömten und nach einem Auskommen suchten. Aber Vater war wieder mal stur geblieben.

»Ich arbeite mit den Männern, die ich kenne und mit solchen, die mir von meinen Arbeitern empfohlen werden. Ist nicht meine Sache, mir Fremde anzugucken und zu beurteilen, ob sie was taugen«, hatte er ihr erklärt. »Nee, Deern, ich muss mich voll und ganz auf die verlassen können. Kann ich aber nicht, wenn die keiner kennt.«

Jetzt war sie mehr als froh über seine Entscheidung.

»Das ist der Lehrling«, brüllte jemand und riss sie aus ihren Gedanken. Ihr Blick folgte dem ausgestreckten Arm. Da lag ein Körper in einer Wasserlache und rührte sich nicht.

»Oha, wenn der man nich doot is«, sagte jemand und nahm schon mal seine Mütze ab.

»Glaube ich nicht«, ertönte eine vertraute Stimme. Rosario trat hinter einer Gruppe von Arbeitern hervor und ging zu dem Körper. »Die Tür hat nicht ihn erwischt, sondern die Leiter getroffen«, rief er. Er ging auf die Wasserstelle zu, alle folgten ihm mit etwas Abstand. Dort angekommen, hockte Rosario sich zu dem Unglücksraben. Eine unheimliche Stille kehrte ein. Gerade noch hatten die Männer darüber beratschlagt, wie es zu dem fürchterlichen Unfall hatte kommen können, jetzt hielten sie offenbar alle die Luft an und starrten auf den Lehrling. Nur wenige Schritte entfernt beförderte das Dampfpumpwerk unverdrossen Wasser aus dem Binnenhafen über eine hölzerne Rinne in die Elbe, und auf der Lösch- und Ladebrücke wurden Baustoffe per Seilwinde bewegt, als wäre nichts geschehen.

»Er lebt«, sagte Rosario, dann schrie er es in den Augusthimmel: »Er lebt!«

»Hat scheinbar noch mal Schwein gehabt«, murmelte Kolbe.

»Das kannst du wohl sagen.« Sannes Stimme gehorchte ihr nicht richtig, sie erinnerte sie an hauchdünnes Glas, das bei nächster Gelegenheit brechen konnte. »Und wir erst mal«, setzte sie hinzu.

»Wieso? Verstehe ich nicht«, gab er zurück. Sie kümmerte sich nicht darum. Wie durch einen Schleier nahm sie wahr, dass sich der junge Kerl mit Rosarios Hilfe aufsetzte. Er war von oben bis unten nass, Matsch klebte an seinen aufgekrempelten Hemdsärmeln und an der Hose.

»Kannst du dich bewegen? Tut dir etwas weh?« Rosario klang noch immer beunruhigt.

Der Lehrling wackelte mit den Füßen und schlackerte mit den Armen. Sah drollig aus, einige lachten.

»Bewegen geht«, brachte der Ärmste hervor, »aber der Mors tut mächtig weh. Und die Schulter. Außerdem dröhnt mein Kopp.«

»Glaubst du, du kannst aufstehen?« Als der Junge nickte, half Rosario ihm. Tatsächlich, er stand, wenn auch noch etwas unsicher, aber doch auf seinen eigenen Beinen. Einer klatschte erst zaghaft, dann mit wachsender Begeisterung, die anderen fielen nach und nach ein. Rosario strahlte, klopfte dem Lehrling auf den Rücken, der verzog vor Schmerz das Gesicht.

»Entschuldigung!« Rosario lachte erleichtert. »Ihr zwei bringt ihn in die Baracke, einer bleibt bei ihm, der andere holt den Arzt«, kommandierte er. »Der Rest räumt hier auf. Vor allem müssen wir rauskriegen, was passiert ist. Hopp-hopp!«

Alle setzten sich gleichzeitig in Bewegung, von einer Sekunde auf die andere glich die Baustelle wieder einem Ameisenhaufen. Auch Sanne kam wieder zu sich. Ehe Rosario sich persönlich auf die Suche nach der Unfallursache machen konnte, trat sie zu ihm.

»Ich komme nachher zu dir«, flüsterte sie. »Um sechs Uhr, passt das?«

»Was machst du denn hier?« Er erwartete keine Antwort. »Ja, sechs Uhr passt sehr gut. Ich freue mich!« Er strahlte sie an.

»Passt mir auch, bin dabei.« Kolbe stand neben ihnen, die Hände tief in den Hosentaschen vergraben. Sie sahen ihn fragend an. »Oder gehöre ich etwa nicht dazu, wenn es was zu bequatschen gibt?« Er guckte von Rosario zu Sanne: »Außerdem bist du mir noch etwas schuldig. Du wirst doch wegen der Aufregung nicht vergessen haben, ...«

Sanne spürte den Brocken mit dem versteinerten Seestern in ihrer Hand, den sie die ganze Zeit so fest gedrückt hatte, dass sich wahrscheinlich schon ein fünfzackiger Abdruck auf ihrer Haut zeigte. Sie hoffte, ihr Blick würde Kolbe zum Schweigen bringen. Das fehlte ihr noch, dass er jetzt etwas von einem versprochenen Kuss faselte.

»Was denn schuldig?«, wollte Rosario prompt wissen.

»Nur dummes Zeug, wie immer«, entgegnete sie schnell. »Also dann, bis später.« Sie hob ihren Rock an und stakste auf Zehenspitzen zwischen den Pfützen hindurch in Richtung Deich.

»Die Schleusentür ist gegen die Leiter gedonnert, und er ist durch die Luft geflogen wie ein Vogel.« Rosario wiederholte es schon mindestens zum dritten Mal. »Er ist nicht einmal schwer verletzt, hatte nur einen großen Schreck und ein paar Schrammen.« Es wollte ihm einfach nicht in den Kopf gehen, dass jemand so viel Glück haben konnte.

Sie saßen an seinem Esstisch, das Fenster stand weit offen. Endlich hatten Wind und Regen aufgehört, die Luft, die hereinkam, roch frisch gewaschen und war sommerlich mild.

»Wir haben mit dem Feuer gespielt«, begann Sanne ernst.

»Na und, kann doch ganz nett sein«, gab Kolbe sofort zurück und sah ihr in die Augen. Dieser Blick, der war für das Herz einer Frau, was eine Flamme für einen Eiswürfel war. Bloß konnte Sanne seine Anspielungen jetzt wirklich nicht gebrauchen.

»Wir müssen diesem Mann Bescheid sagen, diesem Herrn Ackermann«, erklärte sie unbeirrt.

»Wozu?« Kolbe und Rosario hatten gleichzeitig gefragt.

»Wozu wohl?« Sie sah von einem zum anderen und schüttelte den Kopf. »Er soll uns seinen Freund vorstellen, den Wasserbauingenieur.«

»Aber nein!« Rosarios Stirn bekam Falten. »Wir wollten ihn nur im absoluten Notfall fragen«, erinnerte er sie an ihre gemeinsame Entscheidung.

»Reichte das Unglück heute etwa nicht?«, rief sie aufgebracht.

»Es war nicht unser Fehler.« Rosario lächelte. »Habe ich doch vorhin erklärt, die Konstruktion ist in Ordnung.«

»Ein Hornochse hat dusselig herumgefuchtelt und der andere Hornochse dachte, das wäre das Zeichen, dass die Scharniere sitzen«, gab Kolbe wieder, was Rosario gleich zu Beginn ihres Treffens erzählt hatte. »Gegen Dummheit ist kein Kraut gewachsen, da helfen auch perfekte Berechnungen nicht.«

»Trotzdem.« Sie verschränkte die Arme vor der Brust. »Wir haben großes Glück, dass bisher niemand zu Schaden gekommen ist. Es wäre Wahnsinn, einfach so weiterzumachen und sich auf das Glück zu verlassen. Was ist, wenn am Ende ganz Schleswig-Holstein absäuft?«

Kolbe prustete los, auch Rosario musste lachen.

»Selbst wenn unsere schöne Schleuse ein Problem hätte, würde das Wasser nicht gleich von hier bis Flensburg und Kiel schwappen.«

»Wenn Brunsbüttel untergeht, wäre das schon schlimm genug«, beharrte sie, ohne auch nur eine Miene zu verziehen. Der Schreck von vorhin steckte ihr noch in den Knochen. Als sie die gewaltige Schleusentür hatte in der Baugrube liegen sehen, war ihr schlagartig klar geworden, wie schlimm die Folgen eines winzigen Fehlers sein konnten. In diesem Fall hatte vielleicht wirklich ein Arbeiter etwas falsch gemacht. Sie wollte auf keinen Fall irgendwann selbst diejenige sein, die die Verantwortung für ein Unglück trug. Sie blickte kurz zu Kolbe, dann wandte sie sich eindringlich an Rosario.

»Das riskiere ich nicht.«

»Was meinst du damit?« Er sah sie ängstlich an.

»Ich meine, dass ich nicht länger mitmache.«

»Aber das kannst du nicht …«, begann er und schnappte nach Luft. Kolbe hatte sich nach vorn gelehnt und die Hände auf der Tischplatte verschränkt.

»Nicht ohne eine Absicherung von einem Fachmann«, beendete sie ihren Satz.

»Vielleicht hast du recht«, meinte Rosario kleinlaut. »Es hätte auch unser Fehler sein können. Und der arme Lernling hätte tot sein können.«

»Lehrling«, kam es von Sanne und Kolbe gleichzeitig.

Rosario sprach weiter: »Das wäre ganz furchtbar, könnte ich nicht aushalten. Ist besser, wenn noch einer guckt«, sagte er nickend.

»Das sehe ich anders.« Kolbe ließ sich wieder gegen die Rückenlehne fallen. »Jeder kann einen Fehler machen, richtig?« Sanne hatte keine Ahnung, worauf er hinauswollte. Was kümmerte es ihn überhaupt? Er war schließlich fein raus, weil er nichts zeichnete, entwarf, plante. Sie hütete sich, ihm das an den Kopf zu werfen, und hob nur kurz die Schultern. »Das gilt für euren komischen Ingenieur, den ihr noch nicht einmal kennt, aber genauso. Ihr glaubt doch nicht, dass er vor versammelter Mannschaft verkünden würde, dass er etwas vermasselt hat. Der schiebt es euch in die Schuhe. Was habt ihr dann gewonnen?«

Da hatte er leider recht. An Rosarios Miene konnte sie ablesen, dass auch er Kolbe zustimmte.

»Nur geht es nicht darum, wer die Schuld auf sich nimmt«, sagte sie darum schnell. »Es geht darum, eine Katastrophe zu verhindern. Und da ist die Chance bei drei Personen nun mal um ein Drittel höher als bei zwei.«

»Du und deine Zahlen«, knurrte Kolbe.

»Damit kennt sie sich aus«, sagte Rosario. »Und es stimmt, da beißt die Maus nicht in den Faden. Sprichwort.« Er strahlte.

Kapitel 9

Justine

Kiel, August 1891

Zu Stines Überraschung schloss Jobst sie bei ihrer Rückkehr in die Arme.

»Ich bin so froh, dass dir nichts zugestoßen ist.«

»Du hast dir doch nicht etwa Sorgen gemacht«, neckte sie ihn.

»Nicht um dich, aber um den Leiterwagen«, gab er zurück und wurde wieder ernst. »Wir hatten schreckliche Angst um dich. Mutter hat sich so sehr die Haare gerauft, dass Hella stundenlang ihre Hände festgehalten hat. Warum hast du nicht in aller Ruhe mit mir geredet?« Sie standen im Schuppen, Jobst begann, Truhen und Kisten auszuladen. »Fährst einfach so durchs Land wie eine Gauklerin.« Er schüttelte den Kopf.

»Wir haben doch miteinander gesprochen, waren aber unterschiedlicher Meinung.«

»Trotzdem. Bist einfach weg und hinterlässt nur einen Zettel.« Er baute sich vor ihr auf. »Das war nicht in Ordnung.«

»Du hast mir gedroht, den Laden ohne mich zu führen. Ich habe dir nur die Möglichkeit gegeben, es auszuprobieren.« Sie lächelte. »Wie ist es denn gelaufen?« Seine Miene ließ nichts Gutes ahnen.

»Gehen wir rein«, entgegnete er knapp.

Mutter saß in der Küche auf der Eckbank am Ofen. Sie sah aus, als seien Jahre vergangen. Stine schluckte und fühlte sich schuldig.

»Gottlob, du bist zurück«, sagte Mutter mit leiser Stimme. Das war alles. Ganz anders Hella, Jens und Jette. Sie stürmten mit tausend Fragen auf sie ein, wollten am liebsten sofort wissen, was Stine alles erlebt hatte.

»Dafür ist später noch Zeit«, ermahnte Jobst sie. »Zuerst müssen wir uns um das Geschäft kümmern.« Er schickte Jens und Jette fort, sie sollten im Laden die Stellung halten. »Die Lage ist nicht rosig«, bestätigte er, was Stine längst befürchtet hatte. »Ich habe ein paar Dinge bestellt, moderne Schubkarren, Druckknöpfe und ein Grammophon.« Er sah ihr nicht in die Augen.

»Druckknöpfe und ein Grammophon? Was sollen wir damit anfangen?«

»Du hast doch gesagt, wir brauchen moderne Waren, Neuheiten.« Stine hätte ihn schütteln mögen. Warum hatte er nicht einfach nur nachbestellt, was ausverkauft war? Ihr war ja klar gewesen, dass er sich nicht auskannte, aber damit hatte sie nicht gerechnet. »Ich habe sehr gute Zahlungsbedingungen ausgehandelt«, erklärte er stolz. »Die Rechnungen sind allerdings fällig. Wird also Zeit, dass du dich wieder um die Bücher kümmerst. Das ist eher nicht meine Stärke«, gab er zerknirscht zu.

»Die Bücher sind das eine, Umsätze etwas anderes«, gab Stine vorsichtig zu bedenken. »Ist denn überhaupt Geld da?« Er schüttelte den Kopf.

»Jobst hat von früh bis spät im Laden gestanden, er hat sich alle Mühe gegeben.« Hella verteidigte ihn mit ganzer Kraft. »Was kann er dafür, wenn der Eisenwarenhöker in der Dänischen Straße deine Idee benutzt und zu jedem Einkauf ab einer bestimmten Summe ein Gelenkmaß dazugibt?«

Stine seufzte. »Ich schlage vor, wir sehen uns gemeinsam die Zahlen an, Jobst. Außerdem sollten wir uns so schnell wie möglich mit Anders Zimmermann treffen.«

»Wozu das?« Jobst blickte sie finster an.

»Noch gilt sein Angebot, denke ich«, entgegnete sie ruhig. »Oder ist dir inzwischen ein anderer Ausweg eingefallen?«

»Wie lange warst du eigentlich genau unterwegs?« Was war das denn für ein seltsamer Themenwechsel?

»Ungefähr ein halbes Jahr. Warum fragst du?«

»Und an wie vielen Tagen hast du vor Publikum gespielt?«

»An fast allen, außer an Reisetagen natürlich. Dafür gab es oft genug zwei Vorstellungen täglich«, erklärte sie.

»Dann dürfte deine Kasse hübsch geklingelt haben.« Stine hatte neben der Bank gestanden, jetzt ließ sie sich auf einen Stuhl sinken.

»Das ist nicht dein Ernst«, flüsterte sie.

»Was bleibt mir denn übrig, Stine?«, brüllte er. »Mir steht das Wasser bis zum Hals!«

»Dann lass uns Zimmermanns Angebot annehmen!« Stine funkelte ihn an.

»Ich soll klein beigeben? Nee, Stine, kommt nicht in Frage. Vater hat mich vom Hof gejagt, du warst immer sein Liebling. Und das soll immer so weitergehen? Ich bin dein Vormund, ich allein entscheide, vergiss das nicht!«

»Wir haben ja gesehen, wohin uns deine Entscheidungen bringen«, gab sie scharf zurück.

»Was ist nur mit euch los?«, wisperte Mutter heiser. »Ich kenne euch nicht wieder. So haben euer Vater und ich euch nicht erzogen, nee, so nicht.«

»Ruthild!«, schrie Hella. Mutter war in sich zusammengesackt.

Doktor Assmann sprach von einem Schwächeanfall. Sie bräuchte vor allem Ruhe und Frieden, erklärte er mit vorwurfsvollem Blick, und gerunzelter Stirn.

Stine war verzweifelt. Jobst hatte während ihrer Abwesenheit nichts begriffen. Im Gegenteil, er hatte die vorsichtige Erholung des Geschäfts zunichtegemacht und verlangte von ihr jetzt ihr hart verdientes Eintrittsgeld. Sie wollte nicht für seine Fehler bezahlen. Doch tat sie es nicht, war das Lebenswerk ihres Vaters und Großvaters ruiniert. Am liebsten hätte sie sich ihre Truhe geschnappt und wäre wieder fortgegangen. Für immer. Mimi Dahlström kam ihr in den Sinn. Wie gern hätte Stine jetzt jemanden wie sie an ihrer Seite. Sie fühlte sich einsamer, als sie es auf ihrer Reise über Land je gewesen war. Doch sie war nicht allein. Stine besorgte sich einen Wagen und fuhr nach Holtenau.

»Fräulein Thams, wie schön, Sie wohlbehalten wiederzusehen!« Zimmermann drückte ihre Hand, als wollte er sie nie mehr loslassen. »Ich sagte Ihnen mal, Sie hätten gute Einfälle. Was ich von Ihrer Idee halten soll, sich allein auf den Weg zu machen, mitten im Winter, weiß ich noch nicht.«

»Ich habe Ihnen erklärt, warum ich es tun musste. Ich hatte so sehr gehofft, ...« Stine konnte nicht weitersprechen, Tränen schossen ihr in die Augen.

»Na, na, nicht weinen«, bat er sanft. »Ihr Bruder ist also nicht zur Vernunft gekommen?« Sie schüttelte den Kopf. »Kommen Sie, es gibt nettere Orte, das zu besprechen, als eine Lagerhalle.«

Er führte sie hinaus, sie spazierten zum Ufer der Förde. Eine Möwe zog kreischend ihre Runden, ein seichter Wind strich über das Wasser.

»Mir scheint eher, Jobst hat jetzt vollständig den Verstand verloren«, sagte Stine traurig. »Oder wie könnte er sonst auf den verrückten Gedanken kommen, ich wolle ihm alles wegnehmen?«

»Das klingt wirklich verrückt. Solange er ihr Vormund ist, sind Sie dazu doch gar nicht in der Lage.«

»Natürlich nicht. Und er wird immer mein Vormund bleiben. Das lässt sich nicht ändern.«

Es entstand eine kurze Pause, dann sagte er: »Es sei denn, Sie würden heiraten.«

Stine lachte traurig. »Sage ich doch, Jobst wird immer mein Vormund bleiben.«

»Nicht, wenn ich Sie heirate.«

»Ich glaub bald, das ist genau das, wovor Jobst Angst hat. Ist doch vollkommen absurd!«

Eine Weile gingen sie schweigend nebeneinanderher, Sand knirschte unter ihren Sohlen. Erst langsam drang in ihr Bewusstsein, was er da eben gesagt hatte.

»Was genau ist daran so absurd?«, fragte Zimmermann plötzlich. Stine lachte auf.

»Na ja, Sie haben mich ja nicht mal gefragt. Warum sollten Sie auch? Ich meine, das wäre immerhin was anderes als eine Geschäftsbeziehung.«

»Warum sollte ich auch?«, wiederholte er nachdenklich. »Vielleicht, weil es eine sinnvolle Verbindung wäre.« Wieder entstand eine kurze Pause, Stine wusste nicht, was sie von all dem halten sollte. »Wenn ich's genau bedenke, ist das die beste Lösung.«

»Sie nehmen mich auf den Arm!«

»Das würde ich nicht tun. Nicht in einer so ernsten Sache.« Er blieb stehen und sah sie an. »Überlegen wir mal in Ruhe. Wenn wir verheiratet wären, würde mir Ihr Geschäft automatisch gehören. Einschließlich der Schulden«, setzte er hinzu. »Sie dürften noch immer keine Verträge unterzeichnen, das würde ich tun. Aber ich bin sicher, dass es eine Möglichkeit gibt, Sie rechtlich abzusichern. Ich gebe Ihnen eine Summe, die weit über dem Wert Ihres Eisenwarenhandels liegt, damit können Sie Jobst auszahlen. Ihre Mutter versorgen wir selbstverständlich. Sie könnte hier mit uns leben.« Er deutete auf ein großes Haus mit Strohdach, Scheune und einem großen Stück Land drum herum. »Hier wohne ich.« Zimmermann lächelte. »Was sagen Sie dazu?« Er stutzte. »Oder gibt es jemanden, der etwas dagegen haben könnte?«

»Nein, nicht mehr«, erwiderte sie.

Sie gingen hinein, und er zeigte ihr die Zimmer. Hübsch war es und großzügig.

»Das ist nicht sonderlich romantisch, ich weiß, trotzdem sollten Sie darüber nachdenken. Ich werde auch eine Nacht darüber schlafen. Sollten wir uns einig sein, reden wir mit Ihrem Bruder. Einen Rechtsstreit gegen uns beide würde er verlieren. Ich kann mir den besseren Anwalt leisten.« Er hob entschuldigend die Achseln. »Das ist nicht gerecht, aber so funktioniert unsere Welt.«

Stine hätte sofort zustimmen können. Nicht nur, weil sie schnell von den Vorzügen überzeugt war, sondern auch, weil sie Anders Zimmermann mochte. Ihre Gefühle für Thorin waren echt und groß gewesen, aber keineswegs reif. Und er hatte sie schrecklich enttäuscht. Nein, romantisch war die Verbindung mit Zimmermann gewiss nicht, aber wer heiratete schon aus romantischen Erwägungen? Stine machte sich nichts mehr vor, Liebesheiraten waren eine ausgesprochen seltene Angelegenheit. Es ging meistens um den praktischen Nutzen. Und der lag auf der Hand, zumal sie davon ausging, der Schuldschein sei mit ihrer Heirat hinfällig. Er konnte schlecht Schulden von seiner eigenen Frau eintreiben. Unterm Strich sprach alles dafür.

Stine bat Jobst am nächsten Tag zu einem Gespräch.

»Ich glaube, ich habe die Lösung für unsere geschäftliche Misere«, begann sie. »Du hast dich mit Händen und Füßen dagegen gesträubt, im Laden zu arbeiten, und nur zugestimmt, um das Familienunternehmen am Leben zu erhalten«, erinnerte sie ihn. »Jetzt kannst du tun, was du wirklich möchtest, Jobst. Du kannst mit Hella ein neues Leben beginnen oder deinen Schwiegervater unterstützen, die Entscheidung liegt bei dir.« Sie konnte sehen, dass er es gern glauben wollte, doch noch war er skeptisch. »Wenn du auf deinen Anteil verzichtest, bringt dir das eine äußerst großzügige Summe ein, die vieles möglich macht.«

»Wie soll das gehen?« Stine erklärte ihm den Plan. Er zögerte. »Wenn du meinst, du könntest mich abspeisen, liegst du falsch.«

»Verdammt noch mal, Jobst, ich habe dir nie etwas getan. Es ist nicht meine Schuld, dass du dich mit Vater entzweit hast, und es war auch nicht mein Traum, jeden Tag in einem Eisenwarenladen zu stehen.« Er senkte den Blick. »Zimmermann ist bereit, nach dem Zusammenlegen der Betriebe zehn Jahre lang ein paar Prozente des Gewinns an euch auszuzahlen. Zusätzlich zu dem einmaligen Betrag, den du bekommst.« Als sie ihm die Summe verriet, war er einverstanden. Stine fiel ein riesiger Stein vom Herzen. Sie sandte Zimmermann eine Nachricht, er schlug umgehend vor, bei einem Essen alles unter Dach und Fach zu bringen. Die Familie folgte seiner Einladung in das Lokal in der Seegartenanlage am Fuße des Kieler Schlosses. Die anfänglich etwas angespannte Atmosphäre wusste Zimmermann rasch zu lockern. Zumindest die Herzen der Damen eroberte er leicht. Jobst dagegen gab sich keine Mühe, sein Misstrauen zu verbergen.

Mit einem einzigen Satz brachte Mutter ihn schließlich zum Schweigen: »Euer Großvater stand tief in der Schuld von Herrn Zimmermanns Großvater.«

Stine blieb beinahe das Herz stehen, sie sah ihren zukünftigen Geschäftspartner und Ehemann an, doch seine Miene blieb entspannt und freundlich.

Mutter wandte sich an ihn: »Wir haben gewiss keinen Grund, an Ihrer Aufrichtigkeit zu zweifeln.« Sie warf Jobst einen finsteren Blick zu, der keinen weiteren Widerstand duldete.

»Wir werden nach Stubbenbrok zu meinem Vater gehen«, erklärte Hella. »Fürs Erste.«

Anders griff in die Innentasche seiner Anzugjacke, zog ein Stück Papier hervor und legte es ihr hin. Stine erkannte, dass es ein Scheck war. Hellas Augen wurden immer größer.

»Großer Gott!«, sagte sie erstickt.

»Als Gegenleistung bekomme ich lediglich eine Unterschrift.« Er reichte Jobst einen Füllfederhalter. Alle Blicke waren auf Stines Bruder gerichtet, der das Dokument sorgsam studierte. Stine spürte ihr Herz in ihrer Brust pochen. In wenigen Sekunden konnten ihre wirtschaftlichen Sorgen der Vergangenheit angehören, ein aufregender Abschnitt würde beginnen. In wenigen Sekunden war allerdings auch beschlossene Sache, dass sie und Anders Zimmermann ein Ehepaar würden. Es fühlte sich wie eine Ewigkeit an, schließlich unterzeichnete Jobst, dass er mit der Auszahlung und der Verbindung durch Heirat einverstanden war und keine weiteren Ansprüche stellen würde.

»Der Herr sei gepriesen«, sagte Mutter und trank einen großen Schluck Wein.

Hella ergriff ebenfalls rasch ihr Glas: »Auf eine glückliche Verbindung und eine ebensolche Einigung!«

Die Hauptspeise wurde serviert, die Stimmung wurde immer gelöster, Stine war glücklich.

»Was wird aus uns?«, fragte Jens irgendwann. »Die Schule ist bald vorbei, kann ich dann bei euch in die Lehre gehen?«

»Warum denn nicht? So war es geplant«, antwortete Stine sofort.

»Wenn du alt genug bist, kannst du vielleicht einen eigenen Standort übernehmen.« Zimmermann sah ihn freundlich an.

»Wirklich? Wo?«

»Das sehen wir, wenn es so weit ist.« Stine lachte.

»Ich möchte auch eine Lehre machen, ich bin immerhin schon zwanzig«, meldete sich Jette leise zu Wort. Ehe Stine sie fragen konnte, was ihr vorschwebte, erklärte Jette: »Ich habe einen jungen Mann kennengelernt, der selbst einmal Kaufmann sein wird.« Ihre Wangen bekamen Farbe. »Ich denke, es wäre nicht dumm, wenn ich mich mit der Geschäftskorrespondenz und den Büchern ein wenig auskennen würde.«

»Anscheinend gewinne ich heute nicht nur Familienmitglieder, sondern auch gleich Personal.« Zimmermann lächelte vergnügt. »Wer hätte das gedacht?«

Es war spät geworden.

»Sie haben mit meiner Schwester sicher noch einiges zu besprechen«, sagte Jobst und reichte Zimmermann die Hand. »Dann verabschieden wir uns jetzt. Danke für das Essen.« Er räusperte sich. »Machen Sie Stine glücklich! Ich verzichte nur auf das Geschäft, nicht aber auf das Recht, auf meine Schwester aufzupassen.«

»Offen gestanden, kann sie das selbst ganz gut, glaube ich.« Zimmermann lachte. »Ich gebe Ihnen trotzdem mein Wort, alles für sie zu tun.« Jobst nickte, dann fuhren alle im Wagen davon. Stine und Zimmermann schlenderten über die geschwungenen Wege des Seegartens zum Ufer der Förde. Sie gingen auf den Steg hinaus. Segelschiffe schaukelten auf dem Wasser, die Luft roch frisch, ein leichter Wind zupfte Stine eine Strähne aus dem hochgesteckten Knoten.

»Das haben Sie raffiniert angestellt«, sagte sie. »Als Hella die Summe gesehen hat, gab es für Jobst kein Zurück mehr.«

»Sollten wir uns nicht allmählich duzen? Immerhin sind Sie bald meine Frau.« Ein Schauer lief durch Stines Körper.

»Das ist wahr.« Sie lächelte. »Und wenn wir schon per Du sind, kann ich dir auch ein Geheimnis verraten.« Er trat näher, so dass sie dicht beieinanderstanden.

»Da bin ich gespannt«, sagte er leise und sah ihr in die Augen.

»Den Zauberschrank, von dem du gehört hast, gibt es doch.«

»Du machst dich über mich lustig.«

»Nein, bestimmt nicht, ich schwöre es.«

»Du musst ihn mir zeigen, bitte. Jetzt sofort!«

»Es ist mitten in der Nacht, und er steht in der hinteren Ecke unseres Lagers.« Anders hatte einen Blick aufgesetzt, der einen Stein zum Zerfließen hätte bringen können. »Eigentlich ist das mein Rückzugsort. Außer mir hat niemand Zutritt«, wehrte Stine sich weiter. Wie konnte jemand nur so schrecklich traurig gucken? »Also gut, du hast gewonnen!« Er strahlte und machte sich sofort auf den Weg.

»Du bist unmöglich!« Stine lachte. »Ich habe ja nicht geahnt, dass ich mich mit einem Kindskopf verlobt habe.«

»Mit einem Träumer«, korrigierte er ernst, »das ist ein Unterschied.«

Am Ziel angekommen, bewunderte er die Gestaltung des ungewöhnlichen Möbelstücks, die Schnitzereien und Malereien.

»Warte, bis du ihn von innen siehst.« Sie öffnete die Tür und trat zur Seite. »Ich war bisher nur mit meinem Großvater drinnen, da war ich noch ein Dreikäsehoch. Du solltest allein hineinsteigen, zu zweit ist es zu eng.«

»Kommt nicht in Frage. In guten wie in schlechten Zeiten. Das heißt, wir müssen auch den begrenzten Raum teilen.«

»Es ist dir wirklich ernst, oder?«

»Natürlich.« Stine seufzte. Sie schmiss zwei Kissen raus, um wenigstens etwas Platz zu schaffen, dann krochen beide hinein. Es erforderte einige akrobatische Verrenkungen, doch schließlich saßen sie beide eng nebeneinander.

»So, jetzt hast du deinen Willen.« Stine schnaubte theatralisch. »Wahrscheinlich bist du enttäuscht.« Sie sah ihn an, er hatte die Augen geschlossen, sein Gesicht wirkte vollkommen friedlich und ruhig.

»Es ist unglaublich«, flüsterte er nach einer halben Ewigkeit und öffnete die Augen. »Hast du das auch gesehen? Eine Welt aus Farben.« Er sah sie an und griente verschmitzt.

»Sehr komisch! Der Märchenschrank nimmt eben nicht jeden mit auf Reisen.«

»Ich schwöre dir, ich hatte kurz ein Bild vor Augen. Ganz klar, als ob ich ein Gemälde betrachte. Aber dann ist mein Fuß eingeschlafen.« Stine konnte nicht an sich halten, sie lachte aus voller Kehle. »Psst, du weckst noch die Mäuse!«

»In unserem Lager gibt es keine Mäuse.« Sie öffnete die Schranktür, so dass sie ihre Beine heraushängen lassen konnten.

»Danke!«

»Gern geschehen.« Stine scheute sich, ihn anzusprechen, doch eine Frage brannte ihr schon lange auf der Seele. »Du weißt, dass ich mit Thorin befreundet war. Was ist mit dir? Gab es keine Frau in deinem Leben?«

»Nein. Ich habe mit achtzehn den Laden übernommen, du weißt, was das bedeutet. Die Jahre sind so schnell verstrichen. Es wäre albern gewesen, mit dreißig auf Tanzveranstaltungen nach einem jungen Ding Ausschau zu halten.«

»Was ist denn, wenn du dich jetzt verliebst?« Stine hüstelte verlegen. »Ich meine, das wäre blöd, dann wärst du gebunden. Dann wärst du nicht mehr so begeistert von unserer sinnvollen Verbindung, möchte ich wetten.«

»Das kommt in den besten Familien vor.«

»Was? Glaubst du etwa, ich würde es hinnehmen, wenn du mich betrügst?« Er sah sie überrascht an. »Auf keinen Fall!«

»Warum nicht? Du bist doch wohl nicht eifersüchtig?«

Er lächelte, sein Gesicht kam ihrem endlos langsam näher.

»Wie würde ich denn dastehen? Die Leute würden sich über mich das Maul zerreißen«, ereiferte sie sich.

»Du wärst eifersüchtig«, stellte er fest.

Er legte den Arm um sie und küsste sie. Stine mochte das Gefühl seiner Lippen auf ihren und fühlte sich an seiner Brust geborgen. Anders streichelte zärtlich ihren Rücken, seine Küsse wurden leidenschaftlicher. Sie schmiegte sich an ihn. Das hier war schöner als alles, was sie in ihrem Märchenschrank je geträumt hatte.

»Komm mit zu mir, Stine!«, flüsterte er an ihrem Ohr. »Mein Wagen steht draußen. Komm mit zu mir!«

Stine streckte sich. Sie hatte lange nicht mehr so gut geschlafen. Mit einem Schlag war die Erinnerung wieder da, sie öffnete die Augen und erschrak. Anders stand neben dem Bett und zückte demonstrativ seine Taschenuhr.

»Ich wusste nicht, dass du so eine Langschläferin bist.«

»Bin ich auch nicht«, murmelte sie. »Normalerweise.« Sie schämte sich schrecklich, sie hatte doch wohl nicht als unverheiratete Frau … Keine Frage, sie hatte! Stine musste lachen. Immerhin war sie verlobt und zwar mit dem Mann, mit dem sie gerade eine wunderbare Nacht verbracht hatte.

»Wenigstens hast du gleich gute Laune, das gefällt mir.« Er beugte sich zu ihr herunter und küsste sie. »Frühstück?«

»Gern!«

Wenig später saßen sie am Tisch, tranken Kaffee und sprachen noch einmal über die Zukunft, über Jens und Jette, über neue Geschäftsräume, natürlich über die Hochzeit.

»Dann ist der blöde Schuldschein ja wohl hinfällig, richtig?« Stine sah ihn fröhlich an.

»Welcher Schuldschein?«

Sie lachte. »Tu doch nicht so, als wüsstest du nicht genau, wovon ich spreche. Der Schein, der besagt, dass mein Großvater noch neunhundert Mark Schulden bei deinem Großvater hat. Und nach seinem Tod bei dessen Erben. Das bist ja wohl du, nehme ich an.«

»Ich habe keine Ahnung, was du meinst.« Jetzt wurde es ihr aber doch zu bunt. Sie hatte das Dokument am Abend extra eingesteckt, weil sie geglaubt hatte, es würde zur Sprache kommen. Stine stand auf, holte es hervor und legte es vor ihm auf den Tisch, allerdings so, dass ihre Finger zwei Zeilen verdeckten. Sie musste ihn schließlich nicht mit der Nase darauf stoßen, dass Thams' Eisenwarenladen der einstige Kolonialwarenhandel seines Großvaters war und dass sie das schon lange wusste. Eigentlich spielte es doch ohnehin keine Rolle, wofür sich Gregor das Geld geliehen hatte, redete sie sich ein.

»Herr Gregor Hermann Thams schuldet Herrn Justus Heinrich Zimmermann und dessen Erben tausend Mark«, las Anders vor. »Dieser Betrag wird ihm bei Übernahme …« Er machte Anstalten, ihre Hand beiseitezuschieben, doch sie pochte mit dem Zeigefinger auf den unteren Teil des Papiers.

»Hier, darauf kommt es an!«

»Ausgestellt 1841, eine Rate wurde 1853 bezahlt.« Er sah sie verständnislos an. »Und?«

»Nichts weiter.« Sie packte den Schein eilig weg. »Es ist nie mehr Geld geflossen. Das bedeutet, es sind noch neunhundert Mark offen.« Stine hielt den Atem an. Sie hätte das dämliche Dokument verbrennen sollen.

»Das war vor meiner Geburt«, sagte er. »Was habe ich damit zu schaffen?«

»Dann wusstest du wirklich nichts?« Sie setzte sich wieder zu ihm. »Und ich dachte immer, du würdest mir irgendwann die Pistole auf die Brust setzen und unseren Laden fordern.«

In dem Moment begriff er erst die gesamte Bedeutung des Schreibens. Stine musste ansehen, wie seine Miene einfror.

»Hast du meinem Vorschlag deshalb zugestimmt?« Sie schluckte. »Willst du mich heiraten, damit mir am Ende nicht beide Geschäfte gehören, und du leer ausgehst?«

»Nein! Du hast selbst gesagt, es geht dir um die Lage unseres Ladens und ebenso um meinen Einfallsreichtum. Du hast die Vereinbarung vorgeschlagen, weil sie für beide Seiten Vorteile bringt. Das waren deine Worte.« Er nickte langsam.

»Das ist wahr, entschuldige. Ich dachte gestern, es wäre mehr als das, aber du hast natürlich recht, unsere Verabredung hat keinen romantischen Hintergrund.«

Kapitel 10
Susanne

Brunsbüttel, September 1891

Seit sie das Schreiben an Herrn Ackermann geschickt hatten, war Sanne unruhig wie ein Rennpferd kurz vor dem Start. Mehr als einmal hatte sie sich gefragt, ob es richtig gewesen war. Immer wieder lautete ihre Antwort darauf: Ja. Trotzdem blieb ein ungutes Gefühl. Wie schnell konnte Rosario sich verplappern! Sie fürchtete, die einfache Frage, ob er das alles allein gezeichnet und ausgerechnet hatte, würde reichen, um ihm ihr Geheimnis zu entlocken.

»Nein, das war Signorina Sanne!«, hörte sie ihn schon mit stolz geschwellter Brust sagen. Dann würde herauskommen, dass Rosario nicht der war, für den ihn alle hielten, und sie waren geliefert. Aber nun nützte es nichts mehr, sich den Kopf zu zerbrechen. Sie waren mit Herrn Ackermann und dem Ingenieur verabredet.

Wie so oft nahm sie nicht den direkten Weg über den Alter Braakdeich in Richtung Ivershörn und dann weiter nach Ostermoor. Stattdessen ging sie erst zum Hafen. Dort hatte Herr Vering eine Ladebrücke mit vier Handkrähnen aufbauen lassen. Das Fördergleis reichte bis zur großen Baustelle, die Sanne nach wenigen Minuten erreichte. Sie war aber auch zu gern hier. Die Rollbahn, auf der das Material über den Elbdeich transportiert wurde, schien niemals stillzustehen. Das war ein Poltern und Rumpeln. Auch am

Elbufer gab es nämlich eine Ladebrücke, eine mit Dampfkrähnen allerdings, richtig modern. Und eine Mühle gab es seit einer Weile auch. Unablässig wurden Gesteinsbrocken hineingeschafft und zunächst im Steinbrecher zerkleinert. Das hatte Rosario ihr erzählt. Sanne gäbe einiges drum, mal einen Blick hineinzuwerfen, aber das war natürlich nicht möglich. Wahrscheinlich würden es ihre Ohren auch nicht aushalten, wenn die Steine in den vier Kugelmühlen zermahlen wurden. Selbst hier draußen war der Lärm noch gewaltig. Das Steinmehl wurde für den Mörtel gebraucht, der unter anderem in den Schleusenmauern verarbeitet wurde. Sie lief weiter auf dem Deich entlang, der die Menschen vor möglichem Hochwasser schützte, und blickte auf die breite Elbe, die an diesem Vormittag gemächlich dahinströmte. In einigen Jahren würden Schiffe aus dem Fluss durch Sannes Schleuse in den Kanal einfahren. Ihr Herz klopfte einen Takt schneller, wie so oft in letzter Zeit. Sie konnte es sich noch nicht vorstellen und abwarten konnte sie es schon gar nicht.

Als sie den Ostermoorweg erreicht hatte, wich die freudige Aufregung wieder diesem schrecklich mulmigen Gefühl. Hoffentlich war dieser Wasserbauingenieur ein netter Mann.

»Hoffentlich ist dieser Wasserbauingenieur ein netter Mann«, sagte Rosario, als er sie hereinließ. Sie musste lächeln.

»Genau das habe ich auch gerade gedacht. Herr Ackermann hat doch einen recht sympathischen Eindruck gemacht. Sein Bekannter wird auch in Ordnung sein.«

Wen wollte sie hier beruhigen? Ehe sie sich weiter austauschen oder noch einmal absprechen konnten, klopfte es. Rosario bat die beiden Herren herein, die Begrüßung fand ein wenig unbeholfen im winzigen Flur statt, wo sie alle umeinanderkreisten wie ungeschickte Tänzer.

»Bitte hier entlang«, rief Rosario schließlich, als hätten sie noch eine ordentliche Wegstrecke vor sich. Dabei waren es nur drei Schritte in die kleine Stube und bis zu dem ovalen Tisch, auf dem bereits vier Gedecke standen. »Kaffee?« Ohne eine Antwort abzuwarten, verschwand er in die Küche. Sogar Servietten hatte er hingelegt.

»Bitte nehmen Sie doch Platz.« Sanne lächelte angestrengt. Wenn sie mit dem Ingenieur wenigstens über technische Dinge sprechen dürfte. Sie hatte sich in den letzten Jahren vom alten Dorflehrer und dem Wissenschaftsverein, der nur aus Professoren, Ingenieuren und anderen klugen Männern bestand, so viele Bücher besorgt und sie verschlungen, dass ihr das, trotz aller Bedenken, sie könne ihm dennoch nicht folgen, leichter fiele als eine höfliche Unterhaltung, in der sie auch noch mit ihrem Wissen hinter dem Berg halten musste.

»Vielen Dank.« Ackermann zwinkerte ihr aufmunternd zu, während die beiden sich setzten. Sanne atmete auf. Die beiden würden ihnen schon nicht den Kopf abreißen. Warum sollten sie? Es trat eine unangenehme Stille ein. Sanne betrachtete die Gäste möglichst unauffällig. Während das blonde Haar von Ackermann voll war, lichtete sich der hellbraune Schopf von Martens bereits. Die Augenfarbe war bei beiden gleich, doch deuteten die Fältchen von Martens eher auf Ärger und Erschöpfung hin als auf Humor und Lebensfreude, wie es bei Ackermann der Fall war. Sanne überlegte fieberhaft, was sie sagen konnte, da kam Rosario glücklicherweise zurück, ein Tablett balancierend.

»So, hier ist der Kaffee, Milch und Zucker. Vielleicht mögen Sie auch einen Keks.« Er stellte einen Teller mit Gebäck auf den Tisch, ein Duft von Bittermandel und Kardamom zog Sanne in die Nase. »Wir sagen in Italien Cantuccini dazu.« Er strahlte. »Sind zweimal gebacken. Wir tauchen sie gern in den Kaffee. Probieren Sie, das ist gut.«

Die Herren sahen sich fragend an, folgten dann aber seiner Aufforderung. Kein Wunder, diesem Duft konnte niemand widerstehen.

»Köstlich!«, sagte Martens überrascht. »Ungewöhnlich, doch sehr köstlich.«

»Ja, wirklich«, stimmte Ackermann zu und wandte sich an Sanne: »Haben Sie die selbst gebacken?«

»Nein. Ich nehme an, das war Herr Limone.« Rosario nickte.

»Ist ganz einfach«, meinte er und machte eine wegwerfende Handbewegung. Ihre beiden Gäste starrten ihn an wie eine Erscheinung.

Ackermann fand seine Sprache als Erster wieder: »Sie scheinen ein echtes Mehrfachtalent zu sein. Sie können eine Schleuse planen und diese herrlichen kleinen Dinger backen. Respekt!« Schon griff er erneut zu.

»Erstaunlich, in der Tat.« Martens räusperte sich. »Da sind wir auch schon beim Thema. Wenn ich Herrn …« Er musste sich offenbar kurz sammeln. »… Ackermann richtig verstanden habe«, fuhr er fort, »soll ich einen Blick auf die Pläne werfen.«

»Wenn Sie sich wirklich die Mühe machen wollen, wäre das sehr nett.« Rosario hatte Schweißperlen auf der Stirn. »Es ist so, dass wir … also, dass ich zwar alles berechnet und gezeichnet habe.« Er sah Sanne kurz an, als wollte er sich für die Lüge entschuldigen. Wenn er in der letzten Zeit zwar mindestens ebenso viel dazugelernt hatte wie Sanne, lag ihm das Zeichnen doch noch immer nicht sonderlich. Das übernahm weiterhin sie. »Ich arbeite allerdings auf Grundlage von Zahlen, die jemand anders schon … ähm … zusammengetragen hat, bevor ich uberhaupt hier angekommen bin.« Er betete herunter, was er zuvor mit Sanne besprochen hatte.

»Das haben Sie ja bereits geschrieben«, meldete sich Ackermann zu Wort. »Glauben Sie mir, ich bin sehr froh, dass Sie es getan haben.« Das klang ehrlich, fand Sanne. »Sie haben so recht, sie müssen sich auf Daten verlassen, die Sie nicht prüfen konnten. Natürlich sind Sie ein Fachmann. Niemand zweifelt daran«, versicherte er. »Jedoch ist Ihre Spezialität der Bau einer Schleuse, die Vermessung, um nur ein Beispiel zu nennen, ist es nicht.« Er klopfte Martens kurz auf die Schulter. Der sah aus, als hätte er sich um ein Haar verschluckt. »Die Stärken meines Freundes hier decken alles ab, was mit dem nassen Element zu tun hat.«

»Also ist Vermessen auch nicht unbedingt sein …« Weiter kam Rosario nicht.

»Sie beide haben sich neben ihren Kernfähigkeiten ein umfangreiches Wissen angeeignet. Ich bin davon überzeugt, dass Sie gemeinsam Fehler erkennen, die ein anderer vor Ihnen gemacht hat.« Sanne stutzte. Das hörte sich glatt an, als seien Ackermann schon welche bekannt. »Wollen wir dann mal anfangen?«

Eilig räumte Sanne das Geschirr zur Seite, Rosario holte die Unterlagen hervor, die sie aufgrund der Pläne ihrer Vorväter und der Zahlen, die man Rosario gegeben hatte, angefertigt hatte. Wie lang das schon her war! Die beiden Herren beugten sich darüber und steckten ihre Köpfe zusammen. Martens begann, mit dem Zeigefinger entlang der Linien zu fahren und dabei zu murmeln. War offenbar nicht für andere Ohren bestimmt, was er da von sich gab, Sanne jedenfalls verstand kein Wort. Mit jeder Minute, die verstrich, wurde Ackermann unruhiger. Er blickte irritiert von Martens zu dem Papier auf dem Tisch, dann zu Rosario und Sanne.

»Du hast doch wohl keinen Fehler entdeckt«, rief er schließlich ein wenig zu laut für Sannes Geschmack. Sie kam sich ein bisschen vor, als wäre sie in eine Theateraufführung geraten. »Du spannst uns aber wirklich auf die Folter.« Ackermann lachte verkniffen.

»Tja, na ja, ich konnte es auch selbst nicht glauben, aber das hier kann unmöglich korrekt sein.« Er blickte auf und in die Runde. Sanne hatte sich etwas abseits gehalten, doch nun hielt sie es nicht mehr aus, trat näher und spähte Martens, Seite an Seite mit Rosario, über die Schulter. »Die Umlaufkanäle zum Füllen und Entleeren der Schleusenkammern sind mit 8,6 qm Durchflussöffnung angegeben. Sehen Sie? So ein Irrsinn.« Er drehte sich zu Rosario um, der sich auf den Stuhl neben ihn setzte. »Die Größe stammt nicht von Ihnen, oder doch?« Gerade hatte Martens noch selbstbewusst geklungen, jetzt wirkte er unsicher. Seltsam für einen Fachmann.

»Nein, das …« Rosario hüstelte. »Die Dimension der Umlauf-kanäle stand schon fest.« Von wegen, Sanne hatte sie aus alten Unterlagen und aus Formeln, die sie in der Fachliteratur hatte finden können, errechnet. Mussten die Kanäle womöglich noch größer ausfallen?

»Dachte ich mir«, kam es von Martens zurück. Er sah sehr erleichtert aus. Wahrscheinlich wäre es ihm unangenehm gewesen, Rosario auf einen Fehler hinzuweisen, den er gemacht hatte. Aber auch für diese Möglichkeit hatten sie ihn doch zu Rate gezogen. Ackermann lächelte befreit und angelte sich ein weiteres Gebäckstück von dem Teller, der nun am anderen Ende des Tisches stand.

»Das ist viel zu groß«, stellte Martens fest, »dafür ist der Platz überhaupt nicht da. Eindeutig ein falsches Maß, es muss natür-lich …« Wieder zögerte er kurz. »… 6,7 qm heißen«, beendete er den Satz, ohne eine einzige Berechnung angestellt zu haben. Sanne feuerte einen Blick auf Rosario ab. Nicht auszuschließen, dass sie einen Denkfehler gemacht oder eine Zahl an die falsche Stelle in der Formel geschrieben hatte. Nicht auszuschließen, aber sehr un-wahrscheinlich. Immerhin hatte sie jeden Wert mindestens zehnmal durchgerechnet. Rosario war seine Ahnungslosigkeit anzusehen. So ein Schiet aber auch, sie hatten sich eine Begründung dafür zurecht-gelegt, warum sie nun doch einen Wasserbauingenieur zu Rate zo-gen. Was sie tun würden, falls ein Patzer ans Tageslicht käme, hatten sie dagegen nicht geklärt. Das Thema war nun wirklich nicht Ro-sarios Steckenpferd. Sie hoffte inständig, er würde eine Erklärung für Martens' Einschätzung fordern, ohne sich dabei zu sehr bloßzustellen.

»Sind Sie sicher?«, fragte Rosario zaghaft. »Eine zu große Öffnung ist sicher besser als eine zu kleine.« Ein sehr gutes Argument. Sanne lächelte ihn an.

»Aus rein technischer Sicht haben Sie recht. Zum Teil. Wie gesagt, der Platz für den Durchflusstunnel ist begrenzt. Außerdem müssen wir selbstredend stets die Kosten im Blick haben. Überlegen Sie nur: Wie viel mehr Material benötigen Sie, wenn der Tunnel im Durchmesser fast zwei Quadratmeter größer wird, als ursprünglich kalkuliert?«

»Allerdings, das macht eine Menge aus«, stimmte Rosario zu, jetzt wieder in seinem Element.

»Es wundert mich nicht, eine verkehrte Größenangabe in den Plänen zu entdecken«, fuhr Martens vor. »Der Ingenieur, der die Vorbereitungen koordiniert hat, die Vermessungen und sämtliche Vorberechnungen, war eine Niete. Verzeihung, wenn ich so deutlich bin. Der Mann hat sich gut verkauft. Am Anfang. Lange konnte er jedoch nicht verbergen, wie wenig er von der Materie verstand. Dazu noch seine Flusigkeit …«

»Seine …?« Rosario runzelte die Stirn.

»Er schien mit den Gedanken immer woanders zu sein, hat sich nur schwer auf eine Aufgabe konzentrieren können. Darum hat man sich frühzeitig von ihm getrennt«, erklärte Martens. »Ich bin ganz sicher, diese Zahlen hier stammen noch von ihm. Um noch einmal auf den rein technischen Aspekt zu kommen: Die Kanäle sind mit einem eiförmigen Querschnitt geplant statt mit einem runden, um die Stabilität zu gewährleisten. Aber das wissen Sie natürlich. Je größer das Bauwerk, desto schwerer ist es. Je mehr Gewicht, desto größer die Belastung für die Standfestigkeit der Mauern. Oder sehen Sie das anders?« Er sah Rosario an.

»Nein, da gebe ich Ihnen vollkommen recht!«

Martens und Ackermann sahen sich an und nickten langsam.

»Es war eine gute Entscheidung, dass Sie mich hinzugezogen haben«, stellte Ackermann fest. »Nicht mehr lange, dann beginnt der Bau der Umlaufkanäle. Dank Ihrer Umsicht nun mit der korrekten Durchflussöffnung von 6,7 qm.«

Als die Herren sich verabschiedet hatten, stürzten Sanne und Rosario ans Küchenfenster und blickten ihnen nach. Erst als Martens und Ackermann das Grundstück verlassen hatten, wagten sie es, sich über den Besuch auszutauschen.

»Du musst heute Abend wiederkommen«, sagte Rosario schließlich. »Oder wir gehen aus. Auf jeden Fall müssen wir ein bisschen feiern, dass der Herr den Fehler gefunden und uns gesagt hat!« Er sah überglücklich aus. Sanne dagegen konnte sich noch nicht recht freuen.

»Die Sache mit der Form für mehr Stabilität ist nicht von der Hand zu weisen«, meinte sie nachdenklich. »Trotzdem, wenn die Öffnung zu klein ist, um die benötigte Durchflussmenge zu bewältigen, ist auch keinem geholfen«, wiederholte sie, was sie schon mehrfach angemerkt hatte. »Der Platz reicht, da bin ich sicher. Und nichts wird teurer, denn das Material ist mit der eingetragenen Größe berechnet. Ich überprüfe lieber alles noch mal, ehe ich mich einfach auf diesen Herrn Martens verlasse.«

»Du bist wirklich fleißig und gründlich. Das finde ich sehr gut. Trotzdem verstehe ich dich manchmal nicht. Siehst du, du hast diesen Mann doch hergeholt, damit er seine Meinung sagt. Jetzt tut er es, aber du glaubst ihm nicht.« Er zuckte hilflos mit den Achseln.

»Doch schon.« Sie hatte sich tatsächlich nicht überlegt, wie sie damit umgehen sollte, wenn der Fachmann etwas für falsch hielt, von dem sie recht sicher war, dass es kein Fehler war. »Ich will nur sichergehen, ehe wir feiern«, sagte sie leise. Da fiel ihr etwas ein. »Bist du nicht heute Abend mit deinen Freunden in der *Traube* bei dieser Spezialisten-Gruppe?« Er stutzte, dann musste er lachen.

»Spezialitäten-Gesellschaft«, korrigierte er sie fröhlich. Dann seufzte er. »Das hatte ich vergessen. Entschuldige bitte, wir mussen unsere Feier verschieben.« In der nächsten Sekunde strahlte er wieder und Sanne staunte nicht zum ersten Mal, wie rasch seine Mimik wechseln konnte. »Du kommst einfach hinterher zu mir. Bestimmt kommen die drei Banditen nach der Veranstaltung noch mit, dann kannst du sie endlich ein bisschen … wie sagst du immer? Beschnuppern! Bisher war noch keine gute Gelegenheit. Bitte, Signorina Sanne, meine Freunde würden sich so freuen!«

Sie wusste, dass das Spektakel erst um acht Uhr anfing. Es konnte also spät werden. Aber wie könnte sie diesem Blick widerstehen? Außerdem wollte sie Benedetto, Daniele und Henrico längst kennenlernen.

»Dann kann ich wohl nicht Nein sagen.«

Also klopfte sie am späten Abend zum zweiten Mal an diesem Tag an Rosarios Tür.

»Leise«, tönte seine Stimme von drinnen. Dann sagte er etwas, das sich wie »… verschreckt sie …« anhörte. Die Männerstimmen, die aus seiner Wohnung bis auf die Straße gedrungen waren, verstummten. »Sanne, wie schön, dass du gekommen bist«, begrüßte er sie. »Ich habe mir Vorwürfe gemacht, weil du im Dunkeln allein unterwegs sein musstest. Großes Ehrenwort, dass ich dich nach Hause bringe.«

»Jetzt gleich?« Sie zwinkerte vergnügt. Er stutzte, dann lachte er.

»Nein, natürlich nicht. Komm!«

»Guten Abend«, schallte es ihr dreistimmig entgegen.

»Buona sera«, sagte sie.

»Bitte, setz dich!« Rosario führte sie zum einzigen freien Stuhl, seinem also. Blitzschnell zog er sich einen Hocker heran und setzte sich ebenfalls. Das kleine Möbelstück war so niedrig, dass er kaum auf den Tisch gucken konnte.

»Das nächste Mal kannst du auch bei Naucke auftreten«, rief einer.

»Stimmt, du machst Zwerg Hansen Konkurrenz!« Die drei Männer wollten sich ausschütten. Rosario sprang auf und holte sich zwei Kissen.

»Sie sprechen alle deutsch?« Sanne sah in die Runde.

»Si, si, un po'«, entgegnete ein Lockenkopf lachend. Sie zog die Augenbrauen hoch. »Ungefähr so viele.« Er hielt Daumen und Zeigefinger so nah beieinander, dass nicht viel mehr als eine Nudel dazwischengepasst hätte.

»Daniele spricht noch schlechter, als ich gesprochen habe, als ich herkam«, erläuterte Rosario sofort. »Aber Henrico und Benedetto unterhalten sich nur italienisch, wenn es unbedingt sein muss. Erinnerst du dich? Ich habe dir erzählt, dass in der Region um Bozen und auch Meran mehr Leute deutsch sprechen als italienisch.«

Der Mann, den Rosario als Henrico vorgestellt hatte, war groß. Nein, damit war er nicht treffend beschrieben. Alles an ihm war übergroß, die Arme, die Beine, das Gesicht. Vor den gewaltigen Händen hätte man Angst haben können, wenn Henrico nicht so durch und durch freundlich schauen und ständig lachen würde. Ganz anders Benedetto. Er war schlank und ein wenig größer als Sanne. Auch er wirkte auf Anhieb sympathisch, doch er war viel ernster als die anderen beiden. Daniele hatte etwa Benedettos Größe, er war allerdings kräftiger als er und hatte wilde Locken.

»Wer ist denn nun Zwerg Hansen?«, fragte sie.

»Der war noch viel kleiner als Kolbe«, sagte Rosario sofort und prustete. »So klein wie ich im Sitzen.«

»Der war zum Schreien!« Daniele schlug sich aufs Bein. »Ist zwischen die Fuß von dem Riese herumgerannt.«

»Naucke, der Koloss, hätte ihn zertreten können, wenn er gewollt hätte«, meinte Henrico. »Der war nicht nur stark, sondern auch ziemlich beweglich. Wie schnell der beim Ringen seinen Gegner auf der Matte außer Gefecht gesetzt hat, unglaublich!«

»Sogar auf dem Seil tanzen konnte er.« Benedetto nickte anerkennend. Rosario erklärte Sanne unterdessen, dass Emil Naucke, Hauptdarsteller und Leiter der Darbietung, ein unfassbar dicker Kerl sei.

»Nun haben wir so viel über das Programm in der *Traube* erzählt und sitzen noch immer auf dem Trockenen. Ich bin dafür, dass endlich auch Traube ins Glas kommt.« Henrico lehnte sich zurück, und Sanne fürchtete, der Stuhl würde der Masse nicht lange standhalten.

»Vielleicht ein Gläschen Wein?« Rosario stand auf.

»Fur mich darf auch eine große Glas sein«, ließ Daniele ihn wissen.

»Lieber nicht, sonst wird es noch später. Ihr dürftet jetzt schon nicht mehr hier sein«, gab Rosario zu bedenken, während er eine Flasche aus dem Schrank nahm.

»Richtig, wir sind ja wie kleine Kinder, die du musste ins Bett schicke.« Danieles Augen blitzten. »Solle wir hier nicht nur arbeite, sondern auch lerne Zucht und Ordnung. Das könne die Deutsche am besten.«

»Könnte dir tatsächlich nicht schaden, Daniele«, wies Benedetto ihn zurecht. »Wir haben eine Dame am Tisch und sind Gäste in ihrem Land.«

»So ist es! Danke, Benedetto.« Rosario war Danieles Kommentar sichtlich peinlich. Sanne dagegen fühlte sich rundum wohl. Die Italiener waren wirklich nett und lustig. Und Rosario war den ganzen

Abend so aufmerksam. Er schien immer zu wissen, was ihr gerade fehlte, egal, ob es ein Kissen für den Stuhl war oder ein Glas Wasser.

»Entschuldigung«, murmelte Daniele. »Aber iste doch wahr. Sind wir eingesperrte und musse vorbei an Nachtwacher.«

»Nachtwächter«, korrigierte Henrico. »Und? Geht es uns hier nicht viel besser als am Gottardo?«

»Ja, sicher, aber …«

»Wir wollen anstoßen und fröhlich sein«, verkündete Rosario, der eingeschenkt hatte und nun die Gläser verteilte. Eine Sekunde sah es so aus, als wolle Daniele das Thema noch nicht ruhen lassen, doch der funkelnde Rotwein besänftigte ihn auf der Stelle. »Heute ist ein guter Tag!«

»Ist für dich nicht jeder Tag gut?« Benedetto sah ihn voller Bewunderung an. »Wir sind immer noch einfache Arbeiter. Aber du? Erst wirst du Sprengmeister, dann studierst du weiter und bringst es zum leitenden Ingenieur! Wir haben Glück, dass er überhaupt noch mit uns spricht.« Er zwinkerte den anderen zu.

»So ein Unsinn«, wehrte Rosario die Lobeshymne ab. »Ja, ich war tüchtig, aber ich habe auch viel Glück gehabt. Und Hilfe! Allein schaffst du nicht so viel.« Sanne warf ihm einen warnenden Blick zu. Es waren seine Freunde, aber er würde sie jetzt doch hoffentlich trotzdem nicht in Sannes und sein Geheimnis einweihen. »Du brauchst immer Menschen, die dich unterstützen«, fuhr er unbeirrt fort. »Sanne hat das für mich getan. Deshalb hebe ich mein Glas auf sie.« Sie holte tief Luft und hatte das Gefühl, sie wäre von einer Sekunde auf die andere versteinert. Sie wollte ihn bremsen, doch sie konnte sich nicht rühren, konnte nicht einmal etwas sagen. »Durch sie ist mein Deutsch viel besser geworden. Außerdem habe ich viele Leute kennengelernt. Das war sehr wichtig für mich und sehr nett von dir!« Sanne lachte erleichtert auf und schmolz unter seinem Blick fast dahin.

»Darauf können wir gern anstoßen!« Sie prostete in die Runde und trank einen großen Schluck.

Es war schon nach Mitternacht, als Rosario zum mindestens vierten Mal ankündigte, die gesamte Bande jetzt rauszuschmeißen und Sanne nach Hause zu bringen. Wie schon die Male davor protestierten die Männer lautstark und verkündeten, sie würden Sanne selbstverständlich begleiten, sie hätten schließlich beinahe den gleichen Weg.

»Nur noch einen Schluck für den Weg«, bat Henrico. »Vielleicht einen Grappa? Benedetto hattoch letztes Mal eine Flasche mitgebrungen.« Daniele prustete, auch die anderen kicherten. Nur Benedetto war seit einer Weile noch stiller als zu Beginn des Abends.

»Gebrungen«, wiederholte Daniele. »Dassis ja noch viele schleckter als meine Deutsch.« Henrico wedelte mit dem Arm, als wolle er eine Fliege vertreiben.

»Schlechter gehts's ja ganich«, nuschelte er und holte offenbar Schwung, um aufzustehen. Der Versuch misslang gründlich, es gab einen dumpfen Schlag und Henrico saß neben seinem Stuhl auf dem Boden.

»Du liebe Zeit! Hast du dir wehgetan?« Sanne wollte nach ihm sehen. Die anderen brüllten vor Lachen, auch sie konnte sich ein Grinsen nicht verkneifen. Es sah zu komisch aus, wie der große Mann halb unter dem Tisch verschwand, seine Füße jedoch guckten auf der anderen Seite heraus. Wenn er sich komplett ausstreckte, würde er quer durch die gesamte Stube liegen, ging ihr durch den Kopf.

»Nein, nein, isnichtspassiert.« Er rappelte sich auf.

»Also gut, einen Grappa, aber dann ist wirklich endgültig Schluss!« Rosario holte eine Flasche mit einer klaren Flüssigkeit, während Daniele und Benedetto Henrico mit vereinten Kräften auf die Füße halfen. »Kennst du Grappa?«, wollte er von Sanne wissen, als er ihr ein

Gläschen reichte. Sie schüttelte den Kopf. »Den machen bei uns zu Hause viele selbst aus den gepressten Trauben, die bei der Weinherstellung übrig bleiben.«

Zum ungezählten Mal prosteten sie einander zu.

»Auf den Ort, an dem wir glücklich sind, an dem wir jetzt alle am liebsten wären«, sagte Benedetto traurig.

»Genau. Auf die Baracke!«, rief Daniele und lachte bitter.

»Auf den Ort, an dem unsere Familien sind«, fuhr Benedetto unbeirrt fort. »Auf zu Hause!«

Der Hochprozentige brannte höllisch in ihrer Kehle. Sanne keuchte.

»Da ist mir unser Waldmeisterschnaps lieber«, sagte sie heiser.

»Waldmeisterschnaps? Kann man den mal probieren?«, wollte Henrico wissen.

»Kann man, aber nicht jetzt.« Rosario blieb standhaft und sorgte dafür, dass sie sich endlich alle in Bewegung setzten. »Soll ich nicht doch mitkommen?«

»Aber nein. Drei Männer reichen sicher, um auf mich aufzupassen.« Sanne lächelte. »Du wirst morgen früh sowieso schon mit sehr kleinen Augen zum Dienst erscheinen. Sieh zu, dass du etwas Schlaf bekommst.« Sie überzeugte sich rasch davon, dass die drei anderen mit ihren Schuhen und Jacken beschäftigt waren und nicht auf sie achteten. Schnell küsste sie Rosario auf die Wange. »Danke für den schönen Abend!«

Kapitel 11
Regina

Brunsbüttel, Ende 1891

Der Wind pfiff eisig von der Elbe her über das Land. Immerhin war es trocken. Regina und Ina kämpften sich schweigend voran, den Blick auf den Boden gerichtet. Sie hatten den Männern auf dem Nassbagger das Essen gebracht. Nicht mehr lange, dann würde die Arbeit dort beendet sein. In Momenten wie diesen fieberte Regina dem Augenblick entgegen, wenn sie sich nicht mehr alle zwei Tage auf den Weg würde machen müssen. Zumal sie inzwischen auch so genug zu tun hatte, von ihrer stupiden Arbeit für Möller und seine Frau einmal abgesehen. Regina putzte nur noch die Küche sowie den kleinen sogenannten Desinfektionsraum, der hin und wieder von einem Arzt genutzt wurde. Darüber hinaus half sie beim Kochen, schälte Kartoffeln, schnitt Gemüse klein, knetete Brotteig. Was sie wirklich erfüllte, war die Unterstützung der medizinischen Versorgung, die fast unmerklich einen immer größeren Raum einnahm. Mal holte Möller sie, weil es im Speiseraum eine Schlägerei gegeben hatte. Dann klopfte Ludwig an ihre Tür und brachte ihr einen, der einen Splitter ins Auge bekommen hatte. Diese Tätigkeiten und vor allem die Dankbarkeit der Männer waren es, die sie glücklich machten.

»So, mein Schatz, wir haben es geschafft«, sagte sie, als sie das Gelände der Baracken erreichten. Sie blickte kurz auf und blieb wie angewurzelt stehen. Durch den Sturm hatte sie den Mann nicht kommen hören, der schon ganz nah war.

»Broder!«

Er schützte sein Gesicht mit einer Hand vor dem beißenden Wind und blinzelte.

»Regina?«

»Was hast du hier verloren?« Instinktiv schob sie Ina hinter sich.

»Ich habe jemanden getroffen«, gab er knapp zurück. Dann hatte er sich von der Überraschung erholt. »Ist ein guter Mann mit klaren Prinzipien. Wenn du ihn bezahlst, oder ihm einen guten Posten verschaffst, ist er dein Freund.« Er lächelte zufrieden. Regina verzog keine Miene, hielt seinem Blick nur stand. »Was machst du hier um alles in der Welt?«

»Ich arbeite hier.« Sie hob ihren Mantel an. »Darum muss ich jetzt auch weiter.«

»Nicht so schnell!« Er trat ihr in den Weg. »Ich meine, freust du dich nicht, mich wiederzusehen nach all der Zeit?«

»Broder, ich muss wirklich zurück an die Arbeit.«

Sie nahm Ina auf den Arm und lief hastig an ihm vorbei. Kaum hatte sie die Tür hinter sich zugeschlagen, öffnete sie sich wieder, Broder trat in die Küche.

»Was genau tust du hier?«, wollte er wissen.

»Ich helfe, wo ich gebraucht werde.« Sie legte ihren Mantel über einen Stuhl. Wie gut, dass sie ihn und Ina nicht in ihre Kammer gebracht hatte, wie sie es normalerweise tat. Dann wüsste er jetzt, wo sie wohnte. Keine gute Vorstellung.

»Du bist noch immer eine Schönheit. Was hättest du für ein gutes Leben haben können. Aber nein, du betrügst deinen Ehemann, einen ehrenwerten Gutsherrn.« Er schüttelte missbilligend den Kopf. »Weiß der Verwalter, was er da für ein Weibsbild unter seinem Dach hat?«

»Ich glaube nicht, dass es ihn sonderlich kümmern würde«, entgegnete sie eisig. Sie spürte ihr Herz schlagen, doch sie durfte ihn nicht spüren lassen, dass sie noch immer Angst vor ihm hatte.

»Da wäre ich nicht so sicher.« Broder schlenderte zum Herd, sah sich um, als würde ihn interessieren, was es in der Küche alles zu sehen gab.

»Geh in unsere Kammer«, flüsterte Regina ihrer Tochter zu. Als hätte sie darauf gewartet, huschte Ina aus der Tür.

»Weiß dein Mann, dass du hier bist?«

»Ja«, log sie. »Er weiß es.«

Broder drehte sich zu ihr um. »Ich bewundere dich, Regina.« Da war wieder dieser intensive Blick, dem sie vor Jahren auf den Leim gegangen war. Ein Blick, als gäbe es nur sie auf der Welt, als gäbe es für ihn in dieser Sekunde nichts Wichtigeres als sie allein. »Wirklich, ich habe geahnt, dass du eine starke Frau bist. Aber dass du es bis hier schaffst, dass du dich zwischen diesen einfältigen rauen Kerlen behaupten würdest, hätte ich nicht gedacht.«

»Es sind ehrliche hart arbeitende Männer«, stellte sie richtig. Er wandte ihr wieder den Rücken zu.

»Ehrliche Männer, ehrliche Arbeit, ehrliche Bezahlung. Schön, dass es das noch gibt«, sagte er leise.

Regina wusste nicht, was sie von all dem halten sollte.

»Du solltest jetzt gehen. Ich muss mich um die Brote kümmern, und Möller sieht es nicht gern, wenn seine Angestellten von ihren Pflichten abgehalten werden.«

Als hätte er sie nicht gehört, meinte er: »Ich wünschte, meine ehrlichen Bemühungen würden auch belohnt werden. Aber mein Geschäft wird bald Geschichte sein. Und warum? Weil der Kanal nicht den Verlauf bekommt, der geplant war. Er hätte in Lübeck enden sollen, nicht in Kiel.« Er war immer lauter geworden.

»Der Plan hat sich nun einmal geändert. Dafür gibt es Gründe.«

»Gründe!« Er fuhr herum und lachte böse. »Jemand in Kiel hat dafür gesorgt, jemand, der bereit war, über Leichen zu gehen. Die Menschen sind nicht ehrlich, Regina, die Welt ist nicht gerecht. Darum hause ich viel zu oft in dieser Pension *Zum Anker*, dieser schäbigen Kaschemme.« Es drängte sie, ihm an den Kopf zu werfen, dass er selbst am wenigsten ehrlich war, doch sie schwieg. Broder kam auf sie zu. »Wusstest du eigentlich, dass doch tatsächlich jemand die winzig kleine Schummelei verraten hat, die für eine hübsche Überraschung an dem Gerüst da draußen sorgen sollte?« Seine Augen bohrten sich in ihre. »Du warst es natürlich nicht.« Er stand jetzt so nah vor ihr, dass sie seinen Atem auf ihrer Haut spüren konnte. Sonst verließ Gunta ihre Küche nie. Wo blieb sie, wenn man sie brauchte? »Du könntest es nicht übers Herz bringen, den Vater deines Kindes ins Unglück zu stoßen.« Er stutzte und sah sich um. »Wo ist die Kleine eigentlich?«

»Sie geht dich nichts an.«

»Ach nein? Das sehe ich aber anders«, sagte er laut.

»Broder, ich bitte dich zu gehen. Ich kann jetzt wirklich nicht …« Er packte ihr Handgelenk, als sie an ihm vorbeiwollte.

»Was kannst du nicht?«, schrie er.

Es klopfte. Sofort ließ Broder sie los. Ein Mann steckte den Kopf zur Tür herein.

»Ist hier alles in Ordnung?«, fragte er und blickte ernst von einem zum anderen.

»Ja, ja, alles bestens«, antwortete sie schnell.

»Alles in schönster Ordnung«, bestätigte Broder und wandte sich langsam von dem Mann wieder an Regina. »Um mich musst du dir keine Sorgen machen, glaub mir. Rückschläge haben mich schon immer angestachelt, mir etwas Neues einfallen zu lassen. Du kannst sicher sein, meine Liebe, am Ende bin ich der lachende Sieger.« Sein stechender Blick jagte ihr einen Schauer über den Körper. Broder ging so dicht an ihr vorbei, dass sie sich kurz berührten. Der Mann in der Tür trat beiseite, blickte Broder hinterher und kam dann hinein.

»Was war das denn?« Er schüttelte kurz den Kopf. »Verzeihung, das geht mich nichts an«, sagte er dann rasch. »Ich bin Benedetto.« Er streckte ihr die Hand hin.

»Regina.«

Er lachte. »Ich weiß. Jeder kennt Ihren Namen. Regina, bei uns zu Hause bedeutet das Königin.«

»Bitte nicht! Davon will ich nichts hören.«

»Verzeihung, tut mir leid.«

Regina betrachtete ihn. Er war schlank, etwas größer als sie und hatte dickes dunkelbraunes Haar.

»Sie müssen sich nicht entschuldigen, es ist nicht Ihr Fehler. Vielen Dank, dass Sie geklopft haben.« Sie räusperte sich. »Das war keine Sekunde zu früh, nehme ich an.«

Er nickte. »Ist wirklich alles in Ordnung?«

»Ja, wirklich. Ich danke Ihnen.«

»Wer war der komische Mann, Mami?«

»Ein Niemand«, sagte Regina ruhig und schloss die Tür ihrer Kammer.

»Ist der Niemand reich? Ich finde, er sah sehr reich aus.«

»Man kann nicht sehen, ob jemand wirklich reich ist, mein Schatz. Merk dir eins: Nur weil jemand viel besitzt, ist er noch lange nicht reich.«

Ina schien kurz darüber nachzudenken, ehe sie ernst nickte.

»Ludwig war hier«, rief sie im nächsten Moment. »Das soll ich dir geben!« Sie reichte Regina eine Zeitschrift. »Er sagt, er kann zwar lesen, aber so viele Seiten sind ihm dann doch zu viel. Es ist besser, wenn du die Sache in die Hand nimmst, meint er.«

»Meint er das?« Regina strich ihrer Tochter über das Haar, ehe sie sich dem Heft in ihrer Hand zuwandte. »Schleswig-Holsteini-sche Bienenzeitung, Organ für die Gesamtinteressen der Bienen-zucht Schleswig-Holstein-Lauenburgs, des Fürstentums Lübeck«, las sie und stöhnte leise. Ausgerechnet Lübeck. Nun ja, eine Stadt ist nicht für das Handeln ihrer Söhne verantwortlich. Bienenzucht … woher Ludwig nur manche Dinge hatte? Sie blätterte und studierte den einen oder anderen Artikel. Von Drohnen war die Rede und von erwünschten Eigenschaften: Friedfertigkeit, Widerstandsfähigkeit, Leistung. Anscheinend wurde von Bienenköniginnen das Gleiche erwartet wie von den Arbeitern und Angestellten am Kanal. Regina fröstelte. Ina lag bereits unter der Decke. Schnell kuschelte sich Regina an den kleinen warmen Körper. Innerhalb kürzester Zeit war sie eingeschlafen.

Am nächsten Morgen stattete ihr Ludwig einen Besuch in der Küche ab, ehe er an die Arbeit ging.

»Wie ich dich kenne, kennst du schon die gesamte Zeitschrift auswendig.«

»Nein, Ludwig, aber so viel weiß ich sicher, über Honiglikör steht nichts drin.«

Er lachte. »Nej, das habe ich auch nicht erwartet.«

»Es gibt einen Vorsitzenden in Bad Oldesloe«, erzählte sie, »vielleicht kann er uns wenigstens etwas über Honiggewinnung verraten. Wenn ich nur Papier hätte, dann könnte ich ihm schreiben«, überlegte sie laut. »Ich muss mir dringend welches besorgen.«

»Da kann ich dir helfen.« Noch während er das sagte, kam Gunta herein.

»Ich helfe euch auch gleich. Habt ihr nichts zu tun?«

»Ludwig hat eine Idee, wie wir Geld sparen können«, antwortete Regina rasch. »Wenn wir eigenen Honig machen könnten, ließe sich viel Zucker sparen. Zucker ist teuer.« Gunta sah skeptisch von einem zum anderen.

»Hab ich jerne jemacht«, sagte Ludwig. Er wusste genau, dass Gunta nichts für die ostpreußische Sprache übrig hatte. Er nickte kurz und verschwand.

»Der is'n Fuuljack, lass dich bloß nich von ihm anstecken«, mahnte Gunta.

»Ludwig ist gewiss nicht faul«, widersprach Regina. »Im Gegenteil, er hat mit der Beschaffung von Nahrungsmitteln nichts zu tun, trotzdem macht er sich Gedanken darüber.«

»Ach was, faul is der, sag ich. Der fährt doch schon wieder nach Hause, statt auch im Winter zu arbeiten wie die Tüchtigen.«

Als die Männer Stunden später zum Mittagessen in den Speiseraum kamen, flüsterte Ludwig Regina zu: »Ich kenne einen, der jede Woche einen Brief in die Heimat schickt. Der gibt dir bestimmt ein Blatt Papier.« Ludwig wollte die beiden miteinander bekanntmachen, doch das war nicht nötig. Der tüchtige Briefeschreiber war Benedetto. »Du hast ein Auge auf Reginchen, wenn ich weg bin, hörst du?«, sagte Ludwig und verabschiedete sich für die nächsten Wochen.

»Ich müsste mich bei Ihnen revanchieren«, begann Regina zögernd. »Stattdessen bitte ich Sie auch noch um einen Gefallen.«

Es war Abend, sie saßen in der Gaststube, die eigentlich den Ingenieuren oder Beamten vorbehalten war. Gunta würde ihnen Beine machen, würde sie sie hier erwischen, allerdings hatte Ludwig ausbaldowert, dass sie zum Krankenbesuch bei einer Cousine in Kattrepel war, und Walter Möller drückte in solchen Angelegenheiten ohnehin ein Auge zu. So hatten Regina und Benedetto es also warm und waren ungestört, Ina spielte mit einem Kreisel, den einer der Erdarbeiter ihr geschnitzt hatte.

»Ludwig sagte, Sie brauchen das Schreibzeug für einen guten Zweck.« Er lächelte freundlich. »Wenn Sie irgendwann mal einen Bogen übrig haben, geben Sie ihn mir einfach zurück.«

»Sie können sich darauf verlassen«, versprach sie.

Die Stille schien sich zwischen ihnen immer weiter auszubreiten wie Teer. Regina räusperte sich. »Sie schreiben wirklich jede Woche einen Brief?«

Er nickte. »Am liebsten wäre ich natürlich im Winter zu Hause, aber es hieß, in diesem Jahr gäbe es genug zu tun. Und was ist? Ich sitze herum, weil wir bei dem Frost nicht weitermachen können. Ludwig macht es richtig.«

»Es ist doch nicht schlecht, sich mal ein wenig auszuruhen«, wandte sie ein.

»Stimmt schon. Bloß gibt's dann auch keinen Lohn. Kosten für das Essen habe ich natürlich weiterhin. Wenn ich nichts verdienen kann, wäre ich lieber zu Hause.« Sein Blick wurde noch ernster. »Meine Mutter ist alt und krank. Es ist gut, wenn ich ihr Geld bringen kann für Medizin. Aber es wäre schrecklich, wenn ihr etwas passieren würde, während ich so weit weg bin.«

»Das verstehe ich gut.« Regina dachte an ihre Brüder. Weder sie noch ihre Mutter hatte bei ihnen sein können, als das Meer das letzte Fünkchen Leben aus ihren Körpern gespült hatte. Dann erst wurde ihr bewusst, was er gerade gesagt hatte. »Kosten für das Essen? Ich dachte, das stellt Ihnen die Kanalverwaltung oder der Bauunternehmer zur Verfügung, zusätzlich zu Ihrem Lohn.«

»Schön wär's! Der Lohn ist in Ordnung, aber wir müssen unseren Anteil für die Mahlzeiten abgeben.« Er zuckte mit den Achseln. »Ich beklage mich nicht. Ich habe schon unter schlechteren Bedingungen gearbeitet.« Wieder kehrte Stille ein. »Ich will nicht unverschämt sein.« Benedetto sah sie unsicher an. »Bei Ihnen dürfte das anders sein, habe ich recht? Alle fragen sich, wie eine so schöne Frau wie Sie allein mit einem kleinen Kind hier landen konnte. Sie passen nicht hierher. Gibt es denn keinen Vater, der zu seiner Verantwortung steht und sich um das Kind kümmert?«, fragte er leise, damit Ina es nicht hörte.

»Nein. Wir kommen allein zurecht«, gab Regina zurück.

»Sie könnten ein viel leichteres Leben haben. Alle hier fragen sich, warum Sie nicht einfach heiraten.«

»Wirklich, darüber machen Sie sich Gedanken?« Sie merkte selbst, wie schroff sie klang, das war nicht ihre Absicht.

»Entschuldigung, es steht uns nicht zu, das ist wahr. Wir verstehen es nur einfach nicht.« Mit einem Mal hatte sein Gesicht einen geradezu entrückten Ausdruck. »Als Sie das erste Mal durch das Kanalbett gingen, so leichtfüßig, als würden Sie schweben, obwohl Sie auf einem Arm Ihr Kind getragen haben, da dachten viele Männer, sie hätten eine Erscheinung. Wie eine Madonna«, flüsterte er.

»Eine Madonna mit Töpfen«, wandte sie ein. Er musste lachen.

»Es gäbe bestimmt einen reichen Kaufmann, der glücklich wäre ...«, versuchte er es noch mal.

Regina fiel ihm ins Wort: »Ich bin verheiratet oder war es einmal. Das ist Vergangenheit, ich will nie wieder das Schmuckstück eines Mannes sein.«

Drei Tage nach ihrem Besuch in Kattrepel begann Gunta zu husten. Ihre Augen bekamen einen ungesunden Glanz, trotz geröteter Wangen wirkte ihre Haut bleich.

»Sie haben Fieber, Sie gehören ins Bett, ehe Sie noch alle anstecken«, stellte Regina fest.

»Schöner Schiet!« Walter Möller, den Ina herbeigerufen hatte, raufte sich das Haar. »Und nu?«

»Ich hab dir schon lange gesagt, du sollst einen Koch einstellen«, zeterte Gunta.

»Und ich hab dir erklärt, ein Koch wird nur eingestellt, wenn es mehr als hundert Arbeiter inner Baracke sind. Ham wir hier aber nich.«

»Nee, nur neunundneunzig«, gab sie zurück und keuchte beängstigend.

»Darüber sprechen wir, wenn du wieder gesund bist«, sagte Walter Möller sanfter. »Jetzt legst du dich hin, Häschen.«

Er führte sie aus der Küche, gleich darauf hörte Regina das Knarren der Stufen. Minuten später war der Verwalter zurück.

»Schaffst du das allein, Regina?«

»Ich bin doch auch noch da!«, rief Ina.

»Du bist bestimmt 'ne große Hilfe.« Walter Möller lächelte schief. »Aber Gemüse oder Kartoffeln schnippeln darfst du noch nicht. Wie heißt das gleich noch? Schere, Licht und Messer lassen kleine Butscher besser. Oder so ähnlich.«

»Meines Wissens sind einige der Arbeiter momentan nicht beschäftigt«, sagte Regina. »Benedetto könnte mir helfen, wenn Sie ihm dafür das Essen spendieren.«

»Wie's aussieht, geht's in zwei, spätestens drei Tagen an der Baustelle weiter. Und dann?«

»Haben Sie Zeit gewonnen, um eine andere Küchenhilfe zu finden.«

Walter Möller sah sie lange an.

»Bist 'ne sonderbare Deern. Siehst zerbrechlich aus, als wärst aus Porzellan, weißt aber genau, was du willst, und setzt deinen Kopf durch. So'n Weibsbild hab ich noch nie nich getroffen.« Sie lächelte. »Ich frag Benedetto.« Im Rausgehen murmelte er: »Und ich drück die Daumen, dass mein Häschen wieder gesund ist, wenn Baensch und die Delegation kommen.«

Benedetto war sofort einverstanden. Und war noch dazu eine äußerst angenehme Gesellschaft. Regina schämte sich, weil sie sich wünschte, Gunta würde noch länger ausfallen. Und sie war überrascht, wie viele getrocknete Kräuter in den Schränken waren. Sie hatte nie beobachtet, dass Gunta sie zum Kochen verwendet hätte.

Die Tage vergingen so schnell, dass sich Regina fragte, ob jemand ein paar Stunden davon gestohlen hatte. Weit vor Sonnenaufgang war sie in der Küche, um alles vorzubereiten. Am Abend putzte sie gemeinsam mit Benedetto, und er erzählte ihr von seiner Heimat Norditalien. Wenn er ging, schrieb sie noch auf, was Walter Möller einkaufen musste, ehe sie für wenige Stunden ins Bett konnte. So anstrengend es war, so viel Freude hatte Regina.

Die zweite Woche brach an, in der Gunta fiebernd oben in der Möller'schen Wohnung lag, da trat Walter Möller nach dem Mittagessen zu Regina in die Küche.

»So was hab ich mein Lebtag noch nich mitgemacht!«

»Was ist denn passiert?«, fragte sie ängstlich.

»Was passiert is? Es schmeckt allen!« Er lachte auf. »Als die Kerle anfangs gefragt haben, ob wir 'n neuen Koch hätten, dachte ich, die woll'n mich verschaukeln. Aber nee, gerade ham sie wieder das Essen gelobt. Das würde nu endlich nach was schmecken.« Regina lächelte, sie hatte schon das Gegenteil befürchtet. »Das geht so nich weiter.« Als er ihr erstauntes Gesicht sah, lachte er. »Mit dem Benedetto geht's nicht weiter, meine ich. Der muss morgen wieder raus zum Schaufeln.« Regina wurde das Herz schwer. »Ich kenne eine Bauerntochter aus Ostermoor. Die is nich sonderlich plietsch, aber sie soll ja auch nich denken, sondern arbeiten. Die bring ich dir. Einverstanden?«

»Natürlich, ich mache das gern, bis Ihre Frau wieder da ist.«

»Nee, Regina, du bleibst hier die Köchin.« Sie verzog erstaunt das Gesicht. »Wenn's schmeckt, sind die Kerle zufrieden. Sind sie zufrieden, hab ich weniger Stunk. Ich brauch dich, vor allem jetzt, wo demnächst hoher Besuch kommt.« Als Regina nichts sagte, fügte er hinzu: »Kriegst auch 'n büschen mehr Geld, ja?«

»Nein. Die Kammer neben meiner wird nicht genutzt. Ich glaube, es ist nicht sehr kompliziert, die Wand zwischen beiden Räumen zu entfernen oder wenigstens einen Durchgang zu schaffen.«

»Schon möglich.«

»Mit meinem Lohn bin ich zufrieden, aber wenn Ina etwas mehr Platz zum Spielen hätte, wäre es schön.«

Walter Möller erfüllte ihr den Wunsch. Er konnte rechnen, der Umbau kostete ihn so gut wie nichts, und er brauchte ihr nicht Monat für Monat mehr zu geben als bisher. Reginas Sorge, Gunta könne ihr gegenüber noch kritischer sein, erwies sich als unbegründet.

»War ja schon lange fällig, dass ich nur meinen wirklich wichtigen Pflichten nachkommen kann«, erklärte sie hochgestochen, als sie wieder auf den Beinen war. »Immerhin bin ich die Frau des Verwalters! Ich habe die Aufsicht, die Verantwortung und muss repräsen … eine gute Figur machen. Gerade jetzt, wo doch diese Delegadings, also diese Gruppe schrecklich wichtiger Leute kommt.«

Immer wieder hatte Regina die Andeutungen gehört. Nun sprach sie Walter Möller an, um zu erfahren, wie viele Personen wann verköstigt werden mussten.

»Otto Baensch von der Kanalverwaltung kommt mit einem hanseatischen Gesandten aus Hamburg.«

»Zwei Personen, das ist kein Problem«, stellte Regina erleichtert fest.

»Nee, nee, die bringen ja Ingenieure aus dem gesamten Reich mit. Und die ham wohl ihre Frauen dabei. So zwanzig Gäste werden das wohl sein.«

Walter Möller hatte sich als symbolträchtiges Menü Karpfen aus einem See an der Ostseeküste und Nordseekrabben überlegt.

»So nach dem Motto: Wir bringen den Verlauf des Kanals schon mal auf den Teller. Und denn auch noch Krabben, Karpfen, Kanal. Verstehst du?« Er lachte stolz.

Natürlich verstand sie, nur musste Regina erst einmal Karpfen und Krabben beschaffen. Die Einkäufe überließ Walter Möller inzwischen nämlich auch ihr. Sie musste also nach Brunsbüttelkoog gehen. Seit ihrer Begegnung mit Broder vermied sie das noch mehr als zuvor schon. Sie wollte ihm auf keinen Fall in die Arme laufen. Einmal hatte sie ihn an der Baustelle gesehen, als er sich mit einem Mann unterhalten hatte. Broders Gesprächspartner war ihr bekannt vorgekommen, doch ihr fiel bis heute nicht ein, wo sie ihm schon begegnet sein konnte. Und wirklich gut hatte sie ihn nicht sehen können, so weit weg, wie sie gestanden hatten. Fest stand, dass Broder Kontakte zur Schleusenbaustelle unterhielt, das gefiel ihr ganz und gar nicht.

Es war ein nasskalter Dezembertag, als sie sich mit Bente, der Bauerntochter aus Ostermoor, auf den Weg zum Fischhändler machte.

»Krabben sind kein Problem, aber Karpfen krieg ich so schnell nich her«, erklärte Wagner ihr, der das Geschäft schon in dritter Generation führte. »Nehmen Sie doch Zander oder Aal.«

»Fisch is Fisch«, meinte Bente, doch da musste Regina ihr widersprechen.

Nachdem sie alles andere besorgt hatten, gingen sie zurück zu den Baracken.

»Und nu? Gibt's jetzt bloß Krabben?«, wollte Bente wissen.

»Nein, das ist unmöglich. Ich muss Karpfen besorgen.«

»Wenn der Wagner keinen kriegt, denn kriegt keiner welchen«, meinte Bente. »Der ist hier 'ne Institution!«

Regina sah durchaus noch eine Möglichkeit. Die behagte ihr allerdings überhaupt nicht: Broder Neunes handelte ebenfalls mit Fisch. Konnte es nicht sein, dass er nur aus purer Verzweiflung so skrupellos war? Wenn sie gute Ware zu einem anständigen Preis von ihm bekam, konnte sie ihn womöglich dauerhaft als Lieferanten ins Spiel bringen. Vielleicht half ihm das, und er benahm sich wieder anständiger. Wenigstens brachte sie sich damit aus seiner Schusslinie, hoffte sie. Regina fasste sich ein Herz und fragte Walter Möller nach der Pension *Zum Anker*, von der Broder gesprochen hatte.

»Nee, da kann ich dir nicht helfen.« Er zögerte. »Ich kenne nur eine üble Absteige, die so heißt. Die meinst ja wohl nicht.«

»Doch, ich fürchte, das ist die richtige. Ist es weit dorthin?«

»Das nicht, aber das ist keine Gegend für dich.«

»Verzichten Sie auf Ihren Karpfen, dann spare ich mir den Weg. Wenn Sie aber Ihr symbolträchtiges Menü haben möchten, sehe ich keine andere Möglichkeit.«

Walter Möller überlegte nicht lange.

»Du gehst aber nicht allein. Ich sag Benedetto Bescheid.«

Kurz darauf waren die beiden auf dem Weg zu Broders Unterkunft. Regina war froh, Benedetto an ihrer Seite zu haben.

»Aus eurem Honiglikör wird so bald nichts, was?« Er sah sie von der Seite an. Sein Atem hing als Wölkchen vor seinen Lippen. »Ludwig hat mir davon erzählt. Ich glaube, so süßes Zeug ist sowieso nicht das Richtige für die Männer. Wenn er Schnaps brennen könnte …«

»Mal ein Bier ist erlaubt, aber nichts Starkes. Das ist auch besser so, denke ich«, entgegnete sie.

»Was einem nicht gegönnt wird, schmeckt am besten.« Er zwinkerte fröhlich. Dann wurde er ernst. »Immer nur schuften, essen, schlafen, da wird jeder rammdösig. Du musst auch mal feiern. Ohne den teuren Branntwein vom Möller«, fügte er finster hinzu. »Kennst du Andreas Kolbe?« Sie schüttelte den Kopf. »Ist ein kleiner Angeber, aber er schlägt alle im Armdrücken, das muss man ihm lassen.« Er lachte. »Kolbe ist ein feiner Kerl. Der sagt immer, wir sind nur gemeinsam stark, und deshalb sollten wir streiken.«

Sie sah ihn entsetzt an.

»Das darfst du nicht sagen, Benedetto.«

»Würde ich auch nie. Aber dir kann ich doch vertrauen.« Er lächelte sie an. Regina bemerkte, wie sehr es sie freute, dass gerade er so offen zu ihr war. »Ich bin eigentlich nicht für einen Streik, aber Kolbe hat schon recht. Wir können uns nur zusammen gegen die Ausbeutung wehren. Und das ist es wirklich, Regina. Wir schaufeln ihnen ihren Kanal, bauen ihnen ihre Fähren, damit sie jederzeit hübsch von einer Seite auf die andere kommen. Wir müssen für die einfache Pritsche bezahlen, für jede Mahlzeit und dürfen nicht einmal frei entscheiden, ob wir nicht lieber eine Kammer im Ort hätten, die nicht voller durchgeschwitzter Hemden hängt.«

»Schnaps macht die Lage nicht leichter«, wandte sie ein.

»Branntwein ist verboten«, sagte er. So aufgebracht hatte sie ihn noch nie erlebt. »Aber nur der, an dem die Barackenwirte nichts verdienen. Ist dir nie aufgefallen, dass selbst die Männer am Sonntag ihre drei Mark ausgezahlt bekommen, denen die Schulden schon bis zu den Ohren reichen?« Er erwartete keine Antwort. »Das machen die Unternehmer extra, weil sie mit den Verwaltern unter einer Decke stecken und die weiter ihren Schnaps verkaufen wollen. Kolbe sagt, sie halten uns wie Sklaven. Das sage ich nicht, aber wir sind keine freien Männer, da hat Kolbe schon recht.«

»Dieser Kolbe sollte vorsichtig sein. Wenn jemand mitbekommt, dass er zum Streik aufruft …«

»Gott sei Dank war Rosario zur Stelle. Er versteht es, die aufgestachelte Meute zu beruhigen und Kolbe zu bremsen.«

Sie waren zunächst auf die andere Seite der Schleusenanlage gegangen, dann an der Maschinenstation vorbei und hinter der Zementfabrik zweimal abgebogen. Ein Schild gab es nicht, doch Regina hatte Walter Möllers Beschreibung im Ohr. Das Eckgebäude vor ihnen musste es sein.

»Warte hier, Benedetto«, bat sie ihn. »Sollte ich in zehn Minuten nicht zurück sein, fragst du bitte nach Broder Neunes.«

Im Haus roch es nach Unrat und Urin. Jeder Schritt durch das dunkle Treppenhaus mit seinen ausgetretenen Stufen und den Stockflecken an den Wänden kostete Regina Überwindung. Sie hatte gelernt, sich zusammenzureißen. Wenigstens hatte eine Frau, wahrscheinlich die Wirtin, ihr verraten, in welchem Zimmer Broder wohnte. Regina klopfte und hielt den Atem an. Knarzende Dielen, ein Hüsteln, dann öffnete Broder die Tür.

»Regina! Das nenne ich mal eine Überraschung. Komm rein!«

»Walter Möller schickt mich«, erklärte sie knapp. »Wir brauchen Fisch.«

»Ich habe dir gesagt, wie es um mein Geschäft steht«, begann er.

»Noch gibt es ja wohl Hering in der Schlei, die Laichschwärme können schlecht in einen Kanal abgelenkt werden, der noch nicht existiert«, stellte sie ruhig fest. »Auch fahren die Schiffe noch durch das Kattegat, nehmen also weiterhin fässerweise Fisch als Proviant auf. Du hast mir mal erklärt, wenn es damit vorbei ist, wärst du ruiniert.« Er belauerte sie. »Offen gestanden, habe ich noch von keinem Kaufmann aus Lübeck gehört, der durch die Baustelle in Kiel oder sonstwo an der Kanallinie Verluste macht. Warum auch?«

»Das ist richtig«, räumte er ein, »noch habe ich Erträge.«

»Wir benötigen Karpfen für zwanzig Personen. Ich dachte, du kommst vielleicht langfristig mit Möller ins Geschäft, wenn du gute Ware zu einem anständigen Preis lieferst.«

»Sieh an, jetzt wählst du schon die Lieferanten für die Baracke aus. Du hast mehr Einfluss, als ich dachte.«

»Nein, nein, ich habe sicher nichts zu sagen«, stellte sie richtig. »Ich frage dich nur, die Entscheidung, ob dein Angebot gut ist, trifft Walter Möller.« Sie bemühte sich um ein freundliches Lächeln.

»Du tust das für mich, habe ich recht?«, fragte er sanft. »Du hast noch immer etwas für mich übrig.« Er schlug die Hände vor das Gesicht. »Ich schäme mich so, nach allem, was ich dir antun musste, ist es dir noch immer nicht gleichgültig, was aus dem Vater deines Kindes wird.«

Welch ein Schmierentheater, Regina hätte sich schütteln mögen.

»Es ist nicht dein Kind«, antwortete sie. Er starrte sie an, verschlagen, lauernd. »Es geht weder um dich noch um mich, wir brauchen Fisch, das ist alles.«

Der Besuch von Baensch und den Ingenieuren kam schneller, als es Regina lieb war. Sie war schrecklich nervös. Aber was sollte schon passieren? Wer für knapp achtzig Männer kochen konnte, sollte auch mit zwanzig Personen zurechtkommen. Es war alles bestens vorbereitet, jeder Handgriff mit Bente besprochen. Als von der Krabbensuppe Nachschlag verlangt wurde, fiel die Spannung von Regina ab, als bald darauf die Teller, auf denen Karpfen mit einer Zitronen-Dill-Soße, Kartoffeln und Wirsing, serviert worden war, leer zurückkamen, strahlte sie. Die rote Grütze zum Abschluss machte ihr keine Sorgen. Sie hatten es also geschafft. Da trat Walter Möller in die Küche.

»Du sollst kommen«, sagte er knapp und schob Regina in Richtung Gaststube. Ihr wurde flau. Walter Möller führte sie an einen der Tische. »Das ist sie.«

»Sie haben uns also mit diesem herrlichen Menü verwöhnt?«, fragte eine komplett schwarz gekleidete Dame.

»Ich habe es nur zubereitet, gnädige Frau«, antwortete Regina. »Die Zusammenstellung war Herrn Möllers Idee.«

Die Dame sah sie an, hob beide Hände, die in schwarzen Spitzenhandschuhen steckten, und begann zu klatschen. Zuerst fielen die Herrschaften an ihrem Tisch in den Applaus ein, schließlich auch alle anderen Gäste.

»Malwida von Rivenburg«, stellte die Dame sich vor. »Mein Mann ist Ingenieur in Kiel.« Regina nickte dem Gatten zu. »Wie heißen Sie?«

»Regina.«

Für einen Moment sah es so aus, als würde sich Frau von Rivenburg damit nicht zufriedengeben, doch das tat sie.

»Das Essen war köstlich!«, sagte sie, Regina fiel ein Stein vom Herzen. »Um ehrlich zu sein, hatte ich mir Sorgen gemacht, als ich hörte, dass wir direkt an der Baustelle verköstigt werden«, gab Frau von Rivenburg freimütig zu. »Und dann diese Überraschung. Ich habe lange nicht so gut gespeist.«

»Vielen Dank, es freut mich sehr, wenn Sie zufrieden sind.«

»Und dann strahlen Sie auch noch, als hätten Sie sogar Freude an der harten Arbeit!«

»Was ihr nicht tut mit Lust, gedeiht euch nicht«, gab Regina zurück.

»Shakespeare!« Frau von Rivenburg sah sie forschend an. »Dachte ich's mir doch, dass Sie aus gutem Hause stammen.«

»Ich möchte nicht unhöflich sein«, sagte Regina eilig, »aber ich müsste zurück in die Küche, wenn Sie nicht noch länger auf den Nachtisch warten möchten.«

»Was mag Sie hierher verschlagen haben?«, fragte Frau von Rivenburg unbeirrt. »Nun, ich denke, ich werde noch die Gelegenheit haben, es herauszufinden. Wir sehen uns wieder, meine Liebe, wir sehen uns wieder.«

Kapitel 12
Mimi

Hamburg, Oktober 1891

Mimi war überglücklich, wieder zu Hause zu sein. Die Einladung ihres Onkels John Meyer nach Birmingham hatte sich als Reinfall entpuppt. Vater hatte sie gleich gewarnt, doch sie war nicht zu stoppen gewesen. Zu groß war ihre Begeisterung gewesen, ein neues Land kennenzulernen. Sie hatte sich vorgestellt, die Unterschiede zwischen Deutschen und Engländern zu ergründen und darüber zu schreiben. Aber dann war alles anders gekommen. Gleich bei ihrer Ankunft hatte ihre Tante ihr eröffnet, sie habe das Dienstmädchen auf den Kontinent gesandt, damit es dort seine Fähigkeiten des Schneiderns perfektionieren könne. Aus Tantes blumigen Erklärungen zog Mimi die Erkenntnis, dass sie eingeladen worden war, um das Mädchen zu ersetzen.

»Unsere Mademoiselle wird ein halbes Jahr fortbleiben. Ist es nicht herrlich? Solange darfst du Teil unserer Familie sein.«

Herrlich? Von wegen! Obwohl Onkel und Tante selbst Deutsche waren, tat Tante so, als sei alles minderwertig, was nicht englisch war. Das galt auch für Menschen, also auch für Mimi. Und das schon an den guten Tagen. An den schlechten, wenn sie ihre Migräne hatte, lebten nicht nur die Dienstboten in ständiger Angst, etwas falsch zu machen, auch der Onkel fürchtete die Ausbrüche seiner Frau. Mimi hatte sich irgendwie durchgeschlagen, hatte mit den Kindern gespielt und war sonntags mit ihnen in die Kirche gegangen. Einige Abende hatte sie mit der Familie und mit Gästen am Kamin sitzen dürfen. Ihr Platz war der Stuhl mittig vor dem Feuer. Mimi hatte immer das Gefühl gehabt, von vorn geröstet zu werden, während ihr Rücken eisigem Zug ausgesetzt war. Fenster und Türen waren nie dicht verschlossen, weil das Feuer sonst angeblich nicht richtig brenne. Wie froh war Mimi, als der Onkel ihr erklärte, sie müsse ihren Aufenthalt verkürzen. Er hatte in Paris zu tun und nahm Tante und sie mit. Mimi musste vor Schaufenstern stehen und neueste Kleidermodelle abzeichnen, die die Mademoiselle für Tante würde nähen müssen. In Frankreichs Hauptstadt hatte man sie schließlich in einen Zug zurück nach Hamburg gesetzt. Wie gern wäre Mimi in den Louvre gegangen, doch dafür hatte die Zeit nicht gereicht. Vater hatte recht gehabt, die gesamte Reise war ein Reinfall gewesen. Und doch hatte sie auch ihr Gutes. Der Onkel besaß eine bestens sortierte Bibliothek, in der Mimi zu gern gestöbert hatte. Dabei hatte sich herausgestellt, dass Onkel und sie die Begeisterung für assyrische und ägyptische Kunst teilten. Und noch etwas empfand Mimi als Vorzug: Noch immer wollte sie praktische Dinge lernen. In einem fremden Haushalt arbeiten wollte sie auf keinen Fall, das war ihr immerhin klar geworden. Sie beschloss, sofort die Weichen für ihre Zukunft zu stellen. Der erste Schritt: Sie würde eine Mappe mit Artikeln und Reportagen anlegen, mit der sie sich bei einer Zeitung bewerben konnte. Sie unternahm eine kurze Reise nach Preetz. Zum einen wollte sie das Kloster besuchen, zum anderen hatte sie schon viel von den Preetzer Holzschuhen gehört, die einen ausgezeichneten Ruf hatten. Beides erschien Mimi interessant genug, um darüber zu schreiben. So wenig glücklich ihre Reise nach England gewesen war, so erfreulich war die Ausfahrt in die nahe Umgebung. Die Geschichte des Klosters war tatsächlich interessant, und Schuhmacher Hamann hatte sie in seine Werkstatt gebeten und ihr so anschaulich erklärt, wie das robuste Schuhwerk hergestellt wurde, dass sich ihr Notizbuch von ganz allein gefüllt hatte. Das Beste war jedoch ein Abend mit einer Puppenspielerin, die ihr Theater auf einer Wiese zwischen Klosterkirche und Klostergarten unweit der Schwentine aufgebaut hatte. Ganz allein war sie mit ihren Puppen unterwegs durchs Land und spielte Stücke, die sie sich selbst ausgedacht hatte! Mimi war nicht sicher, ob sie den Mut dazu aufgebracht hätte. Noch Tage nach der Begegnung war sie aufgewühlt von dem Gedanken, eine Frau könne einfach ihren Träumen folgen, wenn sie nur wollte. Sie wusste nicht, ob ihr Porträt, das sie über die Frau geschrieben hatte, jemals gedruckt werden würde. Doch das spielte keine Rolle mehr, denn Mimi trug einen Teil dieser starken und mutigen Person jetzt in ihrem Herzen und konnte die Erinnerung an ihr Gespräch jederzeit wieder auffrischen.

Nun war sie also wieder in Hamburg. Es war ein goldener Oktobertag, wie man ihn sich schöner nicht ausmalen konnte, und Vater verkündete, sie würden einen Familienausflug unternehmen, um das Vorankommen der Kanalarbeiten mit eigenen Augen zu prüfen.

»Die Hochbrücke bei Grünental ist erst im Mai begonnen worden, viel wird davon noch nicht zu sehen sein«, sagte er. »Doch gerade das Fundament und die Vorbereitungen interessieren mich. Allein der Standort ist eine Herausforderung!«

»Warum?« Mimi sah ihn aufmerksam an.

»Die Brücke wird an der Wasserscheide zwischen Eider und Elbe entstehen. Die Bodenbeschaffenheit dort ist für ein so schweres Bauwerk sicher nicht ideal. Es wird einige Mühe kosten, den Untergrund derartig zu befestigen, dass er nicht ins Rutschen gerät. Und mit ihm die gesamte Brücke.«

Sie fuhren mit dem Wagen nach Norden, überquerten die Stör und nahmen dann den kürzesten Weg nach Westen zur Baustelle.

»Hier wird es bald eine Fähre geben. Und eine Ausweichstelle ist hier ebenfalls geplant«, erzählte Vater atemlos.

»Das kann man sich noch nicht vorstellen«, meinte Bertha. Mimi sah sich neugierig um. Sie konnte ihrer Stiefmutter nur zustimmen, es brauchte wirklich viel Phantasie, sich auszumalen, dass dort, wo jetzt ihre Füße auf morastigem Grund standen, einmal große Segelschiffe und Dampfer unterwegs sein würden. Mimi war schon mal mit Vater an einer Baustelle gewesen, an der man einen Teil des alten Eiderkanals in die neue Wasserstraße einfügen wollte. Weiter im Osten bei Nübbel war das gewesen, wo es kleine Werften gab und viele Anwohner von und mit dem Wasser lebten. Aber hier? Soweit das Auge reichte, gab es nur Wiesen und schnurgerade Rinnsale, die sich durch das Moor schnitten. Mitten hindurch verlief ein Erdwall. Darauf entdeckte sie eine Kolonne Arbeiter. Eine Handvoll von ihnen ruhte offenbar aus, sie hatten keinen Stuhl, sondern saßen auf bloßem Sand. Die meisten aber standen nah beieinander, ihre Schaufeln in der Hand. Sie trugen einfache Anzüge und Hüte, einer hatte eine Pfeife im Mundwinkel. Vater half Bertha, den Hügel zu erklimmen, Hermann reichte Else die Hand, Mimi führte Paul hinauf, während Oskar mit wenigen Sätzen und ohne Hilfe oben war. Die Arbeiter sahen kurz zu ihnen herüber, einige lüpften den Hut zum Gruß, ehe sie wieder den Sand aufhäuften, der auf hastig verlegten Schienen mit Loren gebracht worden war.

»Würde es sich nicht gehören, dich anständig zu begrüßen?«, wollte Bertha wissen. »Sie werden wohl nicht oft Besuch bekommen, da wäre es doch wohl möglich, ihre Arbeit kurz zu unterbrechen und dir Frage und Antwort zu stehen.«

»Irrtum, meine Liebe, mit jedem Tag wird die Baustelle als Ausflugsziel beliebter. Würden sie ihre Arbeit jedes Mal ruhen lassen, wenn Schaulustige hier auftauchen, kämen sie nicht mehr voran. Außerdem muss mir niemand etwas erläutern, ich kenne mich bestens aus.« Vater lächelte. »Nur ein Stück in diese Richtung befindet sich die tiefste Landstelle des Kaiserreichs.« Er streckte den Finger aus. »Überall dort und auch hier drüben auf dieser Seite ist Moor. Die Sanddämme, die die Männer aufschütten, werden einmal das Kanalufer bilden. Es ist eine Meisterleistung der Ingenieurskunst! Ihr müsst bedenken, der Wasserspiegel des Kanals muss vom Kieler Hafen bis Brunsbüttel angeglichen werden. Von der Förde bis zur Elbe. Wie gesagt, nirgends ist das Land flacher als hier. Würden keine kleinen Schleusen gebaut und die Pegel später angepasst werden, stünden diese Wiesen hier innerhalb kürzester Zeit unter Wasser. Alles, was ihr sehen könnt, wäre im Handumdrehen überflutet.«

Die Familie ließ Vaters Worte wirken, nur Paul kümmerte sich nicht darum, sondern begann, im Sand zu buddeln.

Bertha musste ihn zur Ordnung rufen: »Was meinst du, Paulchen, könntest du wenigstens bis zum Ziel unseres Ausflugs warten, ehe du von oben bis unten schmutzig bist?« Sie lächelte liebevoll.

»Na schön!«, sagte er enttäuscht. Bertha drückte ihn an sich.

»Gehen wir zurück zum Wagen«, ordnete Vater an. Hermann und Oskar lieferten sich hügelabwärts ein Wettrennen, Else und Mimi nahmen Paul in ihre Mitte.

Bei Dückerswisch machten sie das nächste Mal halt. Zwar gab es hier auch noch kein Wasser, aber der Einschnitt in das weite Land war bereits so deutlich zu erkennen, dass es leichter fiel, sich einen Kanal vorzustellen. Die letzte Station und das eigentliche Ziel war Grünental. Schon von Weitem sahen sie ein mächtiges Holzgerüst in den blauen Herbsthimmel ragen. Je näher sie kamen, desto schwindelerregender erschien Mimi die Konstruktion.

»Siehst du, wie die Arbeiter darauf herumklettern?«, raunte Else ihr zu. »Ich würde keinen Fuß freiwillig daraufsetzen. Findest du, es wirkt stabil?« Ehe Mimi ihre Meinung sagen konnte, meinte Else: »Sieht aus wie aus Streichhölzern.«

Sie überquerten einen Platz voller Steinhaufen und legten beide die Köpfe in den Nacken. Wahrhaftig, einige Männer luden sich Ziegel auf ein Brett, legten es sich auf die Schulter und stiegen damit eine Leiter hoch, dann noch eine und eine weitere, ehe sie ihre Fracht abluden und sich auf den Rückweg machten. Der Blick von ganz oben musste unvergleichlich sein, trotzdem wollte Mimi nicht mit den Arbeitern tauschen.

»Das nenne ich aber Glück!«, hörte Mimi Vater ausrufen. Schon ging er auf einen Mann zu, der soeben aus einer Holzhütte am Fuße des Baugerüsts getreten war.

»Herr Dahlström, was führt Sie zu uns?« Der Herr kam ihnen entgegen. »Können Sie Ihr Werk nicht aus den Augen lassen?« Er lachte vergnügt. »Wissen Sie eigentlich, dass mancher Sie schon heimlich Kanalström nennt?«

»Mir scheint, sonderlich heimlich ist es nicht, denn mir ist der Name durchaus bekannt. Ziemlich passend, meinen Sie nicht?«

Nachdem Vater der Familie Architekt Hermann Eggert vorgestellt hatte, vertiefte er sich in ein Gespräch mit ihm. Der Baubeamte war für die Tortürme und für die Vorbrücken verantwortlich. Eggert erläuterte, der Brückenbogen habe eine so gewaltige Spannweite von deutlich über hundertfünfzig Metern, damit die Pfeiler nicht zu nah an der Einschnittböschung des Kanals platziert werden mussten, wo der Untergrund wegrutschen könnte.

»Dreißig Kippwagen mit einem Fassungsvermögen von mehr als drei Kubikmetern Sand waren pausenlos im Einsatz, um die beiden Rampen aufzuschütten, die Sie schon gut erkennen können.« Mimi musste lächeln, dieser Herr Eggert warf sich in die Brust, als hätte er selbst die Millionen Kubikmeter Erde bewegt, dabei hatte er gewiss nicht einen Spaten zur Hand genommen. »An die Dämme schließen sich meine Pfeilerbauten an, die sowohl als Widerlager für den Bogen dienen werden als auch als Auflage für die Fahrbahnen. Immerhin sollen einmal Kutschen, Automobile und auch die Eisenbahn die Hochbrücke passieren.«

»Das ist wirklich eine hoche Brücke!« Pauls Augen leuchteten.

»Eine hohe Brücke, mein Schatz«, korrigierte Bertha ihn.

»Allerdings, Kleiner«, sagte Eggert, »schließlich müssen auch vollgetakelte Kriegsschiffe darunter hindurch passen.«

Vater und Eggert fachsimpelten noch eine Weile, Bertha ließ sich von Paul zwischen Werkzeug und Geröll herumführen und alles erklären, als wäre er der Architekt. Mimi und Else stahlen sich davon, um in die Nähe der Arbeiter zu gelangen. Mimi hatte ihr Notizbüchlein dabei und wollte ihnen zu gern ein paar Fragen stellen. Woher sie wohl kamen? Ob ihnen ihre Familie schrecklich fehlte? Einige sahen noch sehr jung aus. Mimi wüsste gern, ob sie nur schuften mussten oder eine richtige Ausbildung absolvierten. Ehe sie auch nur einen von ihnen ansprechen konnte, rief Bertha die Mädchen zu sich.

»Schöner Mist! Wer weiß, ob ich ihnen noch mal so nahe komme«, schimpfte Mimi.

»Mimi!« Else riss die Augen auf. Was sie wieder dachte. Mimi seufzte und machte sich auf den Weg zu Bertha und Vater.

Hinter sich Elses aufgeregte Stimme: »Was hattest du denn vor? Wolltest du etwa einen von ihnen anfassen?« Sie kicherte, im nächsten Moment schrie sie auf. Mimi fuhr zu ihr herum.

»Hoppla, nicht so eilig, gnädiges Fräulein!« Ein junger Mann in brauner Hose und braunem Hemd mit einer Weste darüber stand bei Else und hielt sie am Arm. »Sie haben sich hoffentlich nicht wehgetan?«

Elses Wangen glühten. »Nein, ich bin ausgerutscht. Es war nur der Schreck.« Überall zu ihren Füßen lagen Steine herum.

»Bist du umgeknickt?« Mimi ging besorgt zu ihr zurück.

»Nein, nein, nichts passiert.« Else sah den Arbeiter an, der sie anscheinend vor einem Sturz bewahrt hatte. »Ich glaube, Sie können mich jetzt loslassen.«

»Sicher?« Er lächelte. Sie nickte, und er gab ihren Arm frei.

»Hübsche blaue Augen«, dachte Mimi. Das war Else auch nicht entgangen, sie war vollkommen verzaubert von seinem Blick und seinen blonden Locken, die unter der Mütze hervorlugten.

»Was ist denn da los?« Vater kam mit energischem Schritt näher. »Alles in Ordnung?«

Der Arbeiter riss sich die Mütze vom Kopf. »Ich wollte nur helfen.«

»Ich habe mich vertreten«, erklärte Else eifrig. »Wäre er nicht gewesen, wäre ich sicher gefallen.«

»So, aha.« Vater griff in die Manteltasche, zog eine Münze hervor und reichte sie Elses Retter. »Vielen Dank, junger Mann.«

»Sparen Sie sich das Geld für einen, der etwas dafür getan hat, gnädiger Herr. Ich bin mehr als belohnt, weil ich weiß, dass das hübsche Fräulein sich nicht verletzt hat.« Er setzte die leicht speckige Kopfbedeckung wieder auf, tippte einmal an den Rand und sagte: »Es war mir eine große Freude.« An Else gewandt, ergänzte er: »Mein Name ist übrigens Franz. Falls Sie mal wieder in der Nähe sind …«

»Nun reicht es aber«, ging Vater dazwischen. »Also los, wir brechen auf!« Er drehte sich um.

»Wie heißen Sie?«, wollte Franz wissen.

»Else.«

Vater fuhr herum. »Ich sagte, es reicht! Werden Sie nicht unverschämt, junger Mann!«

Else und Mimi beeilten sich, hinter Vater herzukommen.

»Er war nicht unverschämt, er war sehr anständig«, erklärte Else leise, als alle wieder im Wagen saßen.

»Das finde ich auch. Er hat geholfen und nicht einmal den Lohn dafür angenommen. Das war doch sehr nett.« Mimi sah Vater an.

»Nett! Er hätte am liebsten gleich mit deiner Schwester angebändelt.«

»Und wenn schon.« Mimi zuckte mit den Achseln. »Er ist im richtigen Alter, sieht gut aus. Er ist tüchtig und hat anscheinend das Herz am rechten Fleck. Else könnte es schlechter treffen.« Else kicherte.

»Darum geht es nicht.« Vater wurde ungeduldig. Nicht mehr lange, und er würde die Debatte beenden.

Trotzdem gab Mimi keine Ruhe: »Wieso nicht? Worum geht es dann?«

»Versteh doch, Mimi, es ist nicht möglich!«

»Nein, ich verstehe es nicht! In deinem Freundeskreis gab es Abgeordnete und Professoren, Mutter dagegen war ein Waisenkind aus einfachen Verhältnissen. Du hast sie trotzdem geheiratet. Die Mitgift war nicht gerade üppig, du hast es getan, weil du sie geliebt hast.«

Bertha senkte ruckartig den Kopf und starrte auf ihre Hände, die sie im Schoß gefaltet hatte. Sofort tat es Mimi leid.

»Du wirst dich auf der Stelle entschuldigen«, sagte Vater donnernd.

»Verzeihung«, erwiderte Mimi kleinlaut. Bertha schluckte und sah auf.

»Nein, Mimi, du hast schon recht. Auch wenn es häufig vorkommt, ist es doch sehr traurig, wenn bei einer Heirat die Liebe keine Rolle spielt.« Sie lächelte einen nach dem anderen an und ergriff Vaters Hand.

Kurz vor Weihnachten erhielt Else einen Brief. Sie zeigte ihn Mimi am Abend, nachdem sie sichergestellt hatte, mit ihrer Schwester unter vier Augen zu sein und zu bleiben.

»Er möchte mich wiedersehen«, wisperte sie, die Wangen knallrot.

»Wer möchte dich wiedersehen?« Mimi hatte keine Ahnung, bis ihre Schwester ihr das Schreiben in die Hand drückte. Es war mit *Dein Retter Franz* unterzeichnet. »Woher …?«

»Lies!«, forderte Else aufgeregt.

Sehr verehrtes Fräulein Dahlström,
mir ist nicht entgangen, dass Ihr Vater sich mit Hermann Eggert
unterhalten hat. Der Herr Architekt ist ein freundlicher Mann, es
war nicht weiter schwer, ihm den Nachnamen seines Besuchers zu
entlocken. Sie sind also Kanalströms Tochter. Er hat gewisserma-
ßen selbst Schuld daran, dass wir uns überhaupt begegnet sind,
denn ohne ihn hätte ich diese Arbeit nicht. Grüßen Sie ihn von
mir.

»Der hat Nerven!« Mimi lachte. Sie las die restlichen Zeilen und bewunderte eine Blume, die er für Else gezeichnet hatte. »Er hat Talent, das steht fest.«

»Es ist Vater sicher nicht recht, dass ich antworte.« Else wedelte mit dem Kuvert. »Aber ich habe den Namen der Baracke, den Block und die Nummer.« Sie zwinkerte. »Wäre es nicht unhöflich, sich nicht für seine Weihnachtsgrüße zu bedanken?«

Else wagte es, Franz hinter Vaters Rücken zu schreiben. Und sie gab sich fortan alle Mühe, die Post abzufangen, damit nicht womöglich ein Brief, der für sie bestimmt war, auf Vaters Tisch landete. Natürlich war Mimi auf ihrer Seite und passte ebenfalls auf wie ein Schießhund. Doch gleich nach Silvester brach sie auf zu einem Verwandtschaftsbesuch in Berlin.

»Am besten versprichst du dem Stubenmädchen eine Tafel Schokolade, damit sie einen an dich adressierten Umschlag auf jeden Fall dir und niemandem sonst bringt«, riet Mimi ihr, ehe sie sich auf den Weg machte.

Berlin war ein großes Abenteuer. Mimi füllte jeden Tag viele Seiten in ihrem Büchlein. Im Deutschen Theater wurde Gerhart Hauptmann uraufgeführt. Die Große Internationale Kunstausstellung des vergangenen Jahres war noch immer Stadtgespräch. Der Verein Berliner Künstler hatte Edvard Munch und seine Bilder abgelehnt. Nun war die Rede davon, eine Künstlergruppe um Max Liebermann wolle die Konsequenzen aus diesem in ihren Augen skandalösen Vorgang ziehen. Mimi besuchte so viele Museen, wie sie nur konnte und fertigte jeden Tag Skizzen an, etwa vom Marine-Panorama, einer vollkommen runden Halle an der Moltke-Brücke, die kurz vor ihrer Eröffnung stand. Und sie nutzte die Stunden, die sie hier ganz für sich hatte, zum Lesen. Von ihrem knappen Taschengeld kaufte sie Reclam-Hefte, die sie in kürzester Zeit verschlang. Wenn sie schon nicht in einer Universität Archäologie oder eine Natur- oder Geisteswissenschaft studieren durfte, wollte sie wenigstens mithilfe der Lektüre und der Besuche in Ausstellungen die Defizite füllen, die der Schulunterricht hinterlassen hatte. Dummerweise kam es ihr vor, als würde das Wissen, das ihr fehlte, mit jeder Erkenntnis, die sie gewann, nur noch wachsen. Mimi kümmerte es nicht. War es nicht wie bei einem riesigen Buffet? Auch wenn man wusste, man konnte nie alles essen, machte die reiche Auswahl dennoch Appetit, und jeder Happen war ein Genuss.

Und dann bekam sie auch noch unverhofft ein Geschenk, von dem sie nicht zu träumen gewagt hätte. Sie lernte den Leiter des Fontane-Verlags kennen.

»Dahlström, der Name sagt mir etwas.« Er legte die Stirn in Falten.

»Mein Vater hat zahlreiche Schriften über den Nord-Ostsee-Kanal verfasst. Er ...«

»Nein, nein, das meine ich nicht«, unterbrach er sie. »Heinrich Hermann Dahlström kennt jeder. Aber Maria Dahlström ... Jetzt fällt es mir ein. Kürzlich legte mir ein literarisches Büro ein Manuskript vor. Wenn mich nicht alles täuscht, stammt es von Ihnen. Ist das möglich?« Ihr wurde heiß vor Aufregung.

»Allerdings. Ich habe meine Novellen eingereicht. *Lillith* und *Giordano Bruno* und ein paar Skizzen dazu.«

»Richtig!« Er sah sie an, als wollte er bis in ihren Kopf blicken. »Ihre Texte gefallen mir, Sie haben Talent, junge Dame.« Mimi schnappte nach Luft. Endlich ein Mensch, der sich für ihr Schreiben interessierte. Noch dazu einer, der etwas davon verstand! »Wir werden Ihr Buch machen«, hörte sie ihn sagen. »*Auf einsamen Wegen.* Was halten Sie von dem Titel?«

Wenige Monate später hielt Mimi ihr erstes eigenes Buch in den Händen. Es war ein seltsames Gefühl. Sie hatte erwartet, von der Freude überwältigt zu sein, doch das war nicht der Fall. Natürlich war sie ein bisschen stolz und auch glücklich. Aber mit einem Mal konnte sie Vater verstehen. Wie lange hatte er für den Kanal gekämpft. Als der Kaiser schließlich zugestimmt hatte und das Projekt beschlossene Sache gewesen war, bedauerte Vater mehr, dass Mutter es nicht mehr erleben konnte, als dass er sich an der Tatsache selbst gefreut hätte. Ihr ging es ebenso. Mimi hatte an Mutters Bett gesessen und ihr vorgelesen, sie wäre die Einzige in der Familie gewesen, die Mimis Schaffen Interesse entgegengebracht und es gefördert hätte. Der Umstand, ihre Novellen gedruckt zwischen zwei Buchdeckeln zu haben, diente Mimi nicht als Ansporn, weitere auszudenken. Im Gegenteil. Eine Viel- oder Schnellschreiberin war sie ohnehin nie gewesen, nun spürte sie obendrein den Druck, rasch etwas nachlegen zu müssen, etwas Besseres natürlich. Der Verein für Kunst und Wissenschaft bat sie um eine Hymne für Bismarck, die man anlässlich eines Festes in Friedrichsruh, zu dem der Fürst geladen war, singen wollte. Mimi reimte:

»Wer war's, der Frankreichs Macht bezwang
und neu die Einheit uns errang?
Dir, unserm Bismarck danken's wir!
Niemals vergisst es Deutschland dir!«

So weit, so gut, aber dann? Mit jeder Strophe beschlich sie mehr Unbehagen. Irgendwie brachte sie die Hymne fertig, und Bismarck küsste ihr bei der Feier sogar die Hand, um ihr seinen Dank auszudrücken. Doch wieder konnte sich Mimi nicht recht darüber freuen, ohne zu verstehen, warum nicht. War es nicht das, was sie wollte, sich als Künstlerin einen Namen machen? Sie musste endlich herausfinden, was sie wirklich mit ihrem Leben anfangen wollte, und besuchte Dichterlesungen. Sie wollte sehen, wie es sein würde, einen Namen und eine Schar Leser zu haben. Liebe Zeit, mit welchem Geschwurbel sich manche Herren vor das Publikum trauten! Sie präsentierten sich stolz wie Gockel. Es waren peinliche Veranstaltungen! Trotzdem unternahm Mimi noch einen Versuch und hatte Glück. Ein Dichter trug tiefgründige, fein formulierte Verse vor. Ein echter Künstler, der seine Empfindungen und sehr persönlichen Beobachtungen in lyrische Formen gegossen hatte. Am Ende des Abends stand er seelisch nackt vor den Zuhörern. Damit nicht genug. Mimi hatte begriffen, dass er seine Gedichte wie einfachste Handelsware zu Markte tragen musste, dass sie mit ihren Texten das Gleiche tun musste, wenn sie je als Literatin im Kürschner stehen wollte. Von diesem Augenblick an ließ sie ihr Notizbuch und den Bleistift ruhen.

Bis zum Sommer des Jahres 1892. Vater und Bertha waren mal wieder verreist gewesen. Else und Mimi holten sie mit der Droschke vom Bahnhof ab.

Als sie so über die Lombardsbrücke rumpelten, fragte Vater: »Gibt es etwas Neues?«

»Im Hafen soll die Cholera aufgetreten sein«, antwortete Mimi.

»Bist du still?«, zischte Vater, Bertha legte erschrocken eine Hand auf die Brust. »Ein solches Gerücht kann den Betrieb im Hafen und damit Hamburgs Handel vollständig zum Erliegen bringen. Woher hast du so etwas nur?«

»Von deinem eigenen Inspektor des Bergungsvereins«, entgegnete Mimi.

»Ich will nichts mehr davon hören.«

Damit schien die Sache für ihn erledigt zu sein. Mimi ging sie nicht aus dem Kopf. War es klüger, die Angelegenheit unter der Decke zu halten, um die Hamburger nicht unnötig in Aufregung zu versetzen? Oder war gerade das Gegenteil richtig, sollten die Menschen nicht informiert werden? Ihr blieb keine Zeit, noch einmal mit Vater darüber zu sprechen, denn schon zwei Tage später ging es für die gesamte Familie in die kleine Landgemeinde Wellingsbüttel, in der sie jedes Jahr Zuflucht vor der Sommerhitze der Stadt suchten. Mimi, Else und ihre Brüder genossen diese Zeit immer sehr. Hier draußen im Grünen kam Vater zur Ruhe, schnitzte mit den Jungen Flöten, zeigte den Mädchen Teichfrösche und einmal sogar ein Ringelnatter-Pärchen, das auf der Suche nach Beute seine Kreise durch einen Tümpel zog. Dieses Mal war etwas anders. Vater war ernst und verschlossen. Als Hermann einmal fragte, ob an dem Gerücht etwas dran sei, dass die Cholera in der Stadt wäre, fuhr Vater ihn dermaßen an, dass Hermann den Tränen nahe war. Bertha nahm in tröstend in den Arm, was er sich sogar gefallen ließ. Niemand nahm das Wort mehr in den Mund. Leichte Sommerstimmung wollte sich natürlich auch nicht einstellen. Um sich ein wenig abzulenken, unternahm Mimi gleich nach dem Frühstück einen Spaziergang entlang der Alster, die hier kaum mehr als ein schmaler Bach war. Alte Bäume spendeten ihr angenehm Schatten. Mimi musste an die Grünentaler Hochbrücke denken, deren schmiedeeiserner Bogen sich bereits in voller Pracht über die Kanalbaustelle spannte, wie sie kürzlich gehört hatte. Ihr fielen die mächtigen Baugerüste ein. Ob diese Bäume hier wohl höher waren? Sie blieb stehen, legte den Kopf in den Nacken und blickte zu den Kronen hinauf.

»Haben Sie einen Eichelhäher entdeckt oder einen Specht?«

Mimi erschrak. Sie hatte den Mann nicht kommen hören. Von dem Blick in die Sonne tanzten rote Kreise vor ihren Augen, sie blinzelte.

»Weder noch«, brachte sie endlich hervor. »Meinen Sie, das Blätterdach allein ist es nicht wert, bewundert zu werden?« Der Mann schien sich seine Antwort gründlich zu überlegen.

»Doch, da haben Sie recht. Ich dachte nur, … Wenn ich so zwischen den Bäumen stehe, ist es meistens das Klopfen eines Spechts, das mich veranlasst, nach dem Erzeuger des Geräuschs zu suchen.« Er lächelte. Eigentlich lächelten vor allem seine Augen, fiel Mimi auf. »Leinweber, Leopold Leinweber«, stellte er sich vor. »Leopold reicht.«

»Maria Dahlström. Nennen Sie mich lieber Mimi, sonst fühle ich mich nicht angesprochen.«

»Maria Dahlström? Auf einsamen Wegen.«

Mimi erschrak: »Ach herrje, Sie kennen mein Buch?« Er lachte.

»Es wurde vor einer Weile in der Zeitung besprochen. Die Kritiker sagen Ihnen eine große Zukunft voraus, gratuliere. Ich wusste nicht, dass der Titel verrät, wo die Verfasserin zu finden ist.«

»Der ist nicht von mir.« Er hob fragend die Augenbrauen. »Und ich bin üblicherweise auch nicht einsam.«

»Heute sind Sie es?«

Mimi dachte kurz nach. Sie musste sich eingestehen, dass sie sich an manchem Tag einsam fühlte. Beinahe hätte sie diesen Gedanken mit ihm geteilt. Aber er war ein Fremder, es gehörte sich nicht und ging ihn nichts an.

»Darf ich Sie zu einer kleinen Erfrischung zum Randel einladen?«

Sie zögerte. Mit einem Mann in der Öffentlichkeit aufzutreten, mit dem sie weder verwandt noch verlobt war, gehörte sich schon gar nicht. Andererseits war Wirt Randel überall bekannt, sein Lokal eine anständige Adresse. Und Leopold Leinweber hatte sich höflich vorgestellt. Warum also nicht?

»Gern.«

Er reichte ihr den Arm, sie spazierten vorbei am alten Torhaus. Nach ein paar Minuten hielt Mimi es nicht mehr aus.

»Haben Sie es gelesen?«, wollte sie wissen.

»Ich bitte um Verzeihung, leider nein.«

»Gott sei Dank!« Er lachte überrascht.

»Sehen Sie mal, ich dachte immer, Schriftsteller würden Bücher veröffentlichen, damit diese gelesen werden. Mir scheint, da bin ich einem weit verbreiteten Märchen aufgesessen.« Mimi musste auch lachen.

»Daran habe ich auch geglaubt«, erklärte sie und wurde ernst. »Da wusste ich auch noch nicht, wie es sich anfühlt«, meinte sie leise.

»Verstehe«, sagte er und sah aus, als würde er das wirklich tun.

Mimi hatte ein quälendes Schweigen befürchtet, doch von der ersten Minute in dem kleinen Lokal an, das mitten in einem parkähnlichen Garten lag, plauderten sie wie alte Bekannte.

Mimi erzählte natürlich vom Kanal: »Mein Vater hat nicht nur alles dafür getan, dass er gebaut wird, er kümmert sich auch jetzt noch viel darum. Wenn es nach ihm ginge, sollte er Kaiser-Wilhelm-Kanal heißen.« Sie schilderte ihm auch ihre Erlebnisse in England und Paris.

»Einen Besuch im Louvre müssen Sie unbedingt nachholen!«

»Das würde ich liebend gern. Ich habe so viel vor und doch ständig das Gefühl, an eine Grenze zu stoßen, nur weil ich eine Frau bin.« Mimi beschrieb ihm, wie schwierig es für sie gewesen war, den Haushalt zu führen, Dienstboten anzuleiten und ihnen auf die Finger zu sehen. »Ich glaube, sie haben meine Ahnungslosigkeit schön ausgenutzt. Und dann die Sache mit unserer Köchin. Sie wäre beinahe verblutet, und ich konnte nicht mehr tun, als an ihrem Bett sitzen und beten, dass sie den nächsten Morgen erlebt. Ist das nicht furchtbar?«

»Allerdings.«

»Männer genießen eine Ausbildung. Sie lernen fürs Leben, wissen stets, was zu tun ist, und sind nie so schrecklich hilflos.«

»Ich wünschte, ich könnte Ihnen wieder zustimmen. Aber glauben Sie mir, gerade jetzt fühle ich mich mindestens ebenso hilflos wie Sie damals am Bett Ihrer Köchin.«

»Warum?«

»Die Cholera ist in Hamburg. Haben Sie noch nichts davon gehört?« Mimi wurde flau.

»Doch, allerdings war ich nicht sicher, ob es sich nur um Geschwätz handelt.«

»Sehen Sie, genau das macht mir zu schaffen. Die Medizinal-Behörde spricht von einzelnen Fällen, kein Grund zur Beunruhigung.« Er beugte sich vor und wirkte auf einmal angespannt. »Jetzt könnte man noch etwas unternehmen, um hohe Opferzahlen zu vermeiden. Dafür müssten allerdings Maßnahmen ergriffen und der Bevölkerung reiner Wein eingeschenkt werden.«

»Ich dachte auch schon, es wäre gut, wenn alle Bescheid wüssten, dann könnten die Menschen sich in Sicherheit bringen.«

»Wie stellen Sie sich das vor?«

»Sie könnten aufs Land fahren, wie wir, und warten, bis die Gefahr vorüber ist.«

»Das können sie nicht. Wenn die Hafenarbeiter nicht zum Dienst erscheinen, werden die Quartiersleute sie entlassen! Tagelöhner können ihre Familien nicht ernähren, wenn sie sich nicht für eine Anstellung in die Schlange einreihen. Und was ist mit den Hunderten am Amerika-Kai, die auswandern wollen? Wohin sollen sie gehen?«

Der Druck auf Mimis Brust wurde immer stärker. Warum hatte Vater ihnen den Mund verboten, anstatt ihnen zu erklären, was los war?

»Ist die Lage denn wirklich so bedrohlich?«, fragte sie.

»Ja, Fräulein Mimi, das ist sie. Sie waren wahrscheinlich noch nicht einmal geboren, als die letzte Cholera-Epidemie Hamburg heimgesucht hat, es ist knapp zwanzig Jahre her. Ich glaube, dass es dieses Mal mehr Tote geben wird. Viel mehr.«

Sie schluckte. »Wie kommen Sie darauf? Sind Sie Arzt?«

»Noch nicht, aber ich studiere Medizin. Nach dem letzten Ausbruch wurde gefordert, die Wasserwerke mit Filtrationsanlagen auszustatten, damit die Hamburger sauberes Trinkwasser bekommen.« Mimi hörte ihm aufmerksam zu. Über solche Dinge wurde zu Hause nie gesprochen, dabei betrafen sie doch den Alltag Tausender Menschen. »Die Forderung wurde abgelehnt, weil die Maßnahme zu teuer gewesen wäre. Das sogenannte Trinkwasser kommt weiterhin ohne Filter aus der Elbe, der Alster oder den Fleeten.« Sie rümpfte die Nase, er sprach weiter: »Sie leben wahrscheinlich in Harvestehude oder einem ähnlich großzügig bebauten Stadtteil und verfügen vielleicht sogar über ein eigenes Bad mit Wanne. In den Gängevierteln dagegen hat sich die Bewohnerzahl seit der letzten Cholera vervielfacht. Es wurde unkontrolliert aufgestockt, die Hinterhöfe wurden bebaut. Wenn sechs Personen in einem einzigen Zimmer hausen, noch dazu unterm Dach und ohne Klosett und fließend Wasser, hat der Erreger leichtes Spiel, sich auszubreiten.«

»Aber dann hilft es nicht, den armen Leuten reinen Wein einzuschenken«, sagte sie traurig.

»O doch, man kann ihnen wenigstens Verhaltensregeln an die Hand geben. Sie müssen sich schützen, wenn sie ihre Kranken pflegen. Eigentlich dürfen sie das gar nicht tun, sondern müssen sie aus dem Haus bringen lassen. Sie müssen Wasser immer abkochen, ehe sie es verwenden. Keine rohen Speisen, nichts anfassen, was in Kontakt mit einem Infizierten war.«

Obwohl sie am liebsten nichts weiter über diese schrecklichen Dinge gehört hätte, war sie froh, Antworten auf all ihre Fragen zu bekommen.

Als Mimi schließlich aufbrechen musste, fragte Leopold: »Sehen wir uns wieder?«

Mimi hatte nicht glauben können, was er ihr erzählt hatte. Sie war sicher, er hatte übertrieben, die von ihm beschriebenen Zustände mochten irgendwo außerhalb Europas herrschen, aber in Hamburg? Undenkbar! Bereits auf der Heimfahrt Anfang September wurde sie eines Besseren belehrt.

»Darf ich einen Umweg vorschlagen, Herr Dahlström?«, wollte der Kutscher wissen, seine Miene versetzte Mimi in Alarmbereitschaft. »Wir kommen sonst direkt an Ohlsdorf vorbei. Dort waren es gestern fast zweihundert Choleraleichen.« Bertha zuckte zusammen, Else schauderte, die Jungen wurden mit einem Schlag still. Von dem Moment an gab auch Vater sein Schweigen auf. In Hamburg angekommen, rief er sofort den Hausarzt zu sich, um den Umgang mit der Situation festzulegen. Kurz darauf machten sich Handwerker im zweiten Stock zu schaffen. Sie bauten das Gästezimmer samt Klosett zu einer Krankenstation um, die von den anderen Räumlichkeiten isoliert war.

»Bei einer großen Familie wie der unseren müssen wir davon ausgehen, dass es mindestens einen erwischt«, erklärte Vater sachlich. »Wen auch immer es trifft, er soll zu Hause versorgt werden. Desinfektion und Medikamente sind ausreichend vorhanden. Wir bleiben alle hier, niemand verlässt das Haus.«

Oskar und Paul waren die Einzigen, die sich einen Spaß aus allem machten. Sie spielten Sanitäter und Kranker. Paul musste immer der Kranke sein, hatte schwer zu röcheln und mit dem Tode zu ringen, damit Oskar die Rolle des Retters übernehmen konnte. Alle anderen schlichen durchs Haus, als wäre Lachen oder nur lautes Sprechen eine Gefahr geworden. Eines Nachts erschien Else an Mimis Bett.

»Ich kann nicht schlafen. Hörst du das?« Ihre Stimme war dünn und zittrig. »Die Möbelwagen poltern über die Winterhuder Brücke. Jede Nacht werden es mehr. Bald werden die Wagen rund um die Uhr fahren und die Ärmsten zu ihren Massengräbern schaffen.«

»Da sagst du etwas. Es sind tatsächlich die Ärmsten der Armen. Uns geht es gut, kein Anzeichen einer Erkrankung, während die Leute in den Gängevierteln sterben wie die Fliegen.« Mimi dachte an Leopolds Worte.

»In Harvestehude sind auch welche gestorben«, wandte Else ein.

»Einige, ja. In den Armenvierteln ist es umgekehrt, dort überleben nur einige.«

»Vielleicht ist das bloß Gerede.«

Weitere Tage vergingen, die Todesangst machte sich still und heimlich davon. Es war, als fühlten sich alle unsterblich, nur weil sie die ersten Wochen unbeschadet überstanden hatten. Die Familie ging sogar zur Hochzeit von Mimis Vetter Axel. Die Trauung fand im Kleinen Michel direkt am Herrengrabenfleet statt. Zum anschließenden Festessen ging man nicht in ein Lokal, sondern zum Bräutigam nach Hause. Mimi nutzte die Gelegenheit.

»Die Kutsche ist schon so voll, ich fahre drüben mit«, rief sie ihrem Vater zu. Sobald sie außer Sichtweite war, machte sie sich zu Fuß auf den Weg. Sie lief die Düsternstraße hoch, dann weiter die Fuhlentwiete. »Wexstraße«, las sie auf einem Schild. Diesen Namen hatte Leopold erwähnt, da war sie sicher, also bog sie ab. Alles sah ordentlich, sogar recht elegant aus. Ihr fiel ein, dass Leopold erzählt hatte, in der Wexstraße sei mit der dringend notwendigen Sanierung bereits begonnen worden. Nach ein paar Metern erreichte sie den Kornträgergang. Hier bot sich schon ein anderes Bild. Die Fachwerkhäuser standen dicht an dicht. Mimi verlangsamte ihre Schritte immer mehr. Sie hatte kein Notizbuch dabei, also musste sie sich alles einprägen. Die Gassen waren so schmal, dass die Durchfahrt für sämtliche Fahrzeuge verboten war. Die oberen Stockwerke der windschiefen Bauten sprangen zum Teil vor. Wer dort einander gegenüber wohnte, konnte mit Leichtigkeit durchs Fenster von einem Haus ins andere gelangen. Überall zweigten Twieten ab, führten niedrige Durchgänge in eng bebaute Hinterhöfe. Aus den verschachtelten Behausungen drang Husten, Röcheln und Stöhnen nach draußen. Mimi musste achtgeben, wohin sie trat. Das Kopfsteinpflaster war stellenweise löchrig, dann wieder hatten sich Pfützen mit Unrat und dem Inhalt von Nachttöpfen gebildet. Sie presste sich ihren Schal vor Mund und Nase. Gegen den scharfen Gestank konnte das kaum helfen. Wieder hatte sie Leopolds Stimme im Kopf.

»Manchmal gibt es nur ein Klosett im Keller oder Hinterhof, das muss für sämtliche Bewohner eines Hofes reichen.«

Wie großzügig hatte sie aufwachsen dürfen. Selbst ihr Fremdenzimmer hatte eine eigene Toilette. Und wie kostbar war ein großer Garten! Mimi hatte genug gesehen. Sie wollte den gleichen Weg zur Fuhlentwiete zurück nehmen. Plötzlich kam ihr nichts mehr bekannt vor, und doch sah alles gleich aus. Jede Gasse, jeder schmale Durchgang schien sie nur tiefer hineinzuführen in das Gewirr. Sie atmete immer schneller, musste würgen, weil der Dunst von Fäkalien und Tod ihr den Atem raubten. Schweiß trat ihr auf die Stirn. Mimi bog ab und blieb wie angewurzelt stehen. Zwischen zwei Häuserzeilen stand ein Möbelwagen, bis obenhin bepackt mit einfachen

Holzkisten. Zwei Männer, dicke Tücher vor dem Mund, hievten eben eine weitere auf die Ladefläche. Erst jetzt entdeckte Mimi zwei Kinder.

»Jetzt auch noch die Mutti«, wisperte das Mädchen. Eine Träne kullerte ihr über die schmutzige Wange und hinterließ einen hellen Strich auf der blassen Haut.

»Keine Angst, ich bin ja bei dir«, antwortete ihr Bruder, ein Dreikäsehoch mit zerzaustem Haar, den Mimi auf höchstens sechs schätzte. An seiner Nase hing ein glänzender Tropfen, seine Augen blickten ernst und verzweifelt wie die eines Alten. Was mochten sie schon alles gesehen haben?

»Was wird aus den beiden?«, fragte Mimi leise einen der Sargträger. Der blickte an ihr hoch und runter. Dann zuckte er mit den Achseln.

»Waisenhaus. Machen Sie bloß, dass Sie hier wegkommen. Ist sicher kein Ort für jemanden wie Sie.« Damit stieg er auf den Kutschbock und überließ die Kinder ihrem Schicksal. Aus einem Eingang trat eine Frau, sah Mimi feindselig an und verschwand mit dem Mädchen und dem Jungen ins Haus. Mimi machte kehrt und lief los. Vorbei an Schildern, die vor dem Verzehr von ungekochten Speisen warnten, vorbei an Plakaten, die aufforderten, Menschenansammlungen zu meiden und Abstand zu Kranken zu halten. Am Ende einer langen Gasse fand sie sich unvermittelt in der Fuhlentwiete wieder. Dicht an dicht standen die Menschen dort in einer Schlange an einem Wasserwagen nach sauberem Trinkwasser an. Mimi atmete auf, endlich bekam sie wieder Luft. Sie beeilte sich, zurück zur Hochzeitsgesellschaft zu kommen.

»Mimi, wir haben uns solche Sorgen gemacht!« Else fiel ihr um den Hals. Mimi schob sie energisch von sich. Was, wenn sie sich die Krankheit geholt hatte? Sie könnte es sich nie verzeihen, ihre Schwester anzustecken.

»Der andere Wagen war schon voll. Es war ein Missverständnis, also bin ich eben gelaufen«, erklärte sie knapp.

»Gerade noch rechtzeitig zum Essen«, stellte Tante fest.

Mimi war der Appetit vergangen. Leopold hatte nicht übertrieben, draußen in den Armenvierteln starben die Menschen wie die Fliegen. Und sie saßen hinter heruntergelassenen Jalousien, damit nur niemand Anstoß an ihren Feierlichkeiten nahm, und speisten ein Menü, das von einem Arzt untersucht worden war. Zum Dessert gab es vorsichtshalber Cognac und Salzsäure.

»Hast du nicht selbst gesagt, mein kluger Kopf wäre verschwendet, wenn ich nichts täte, außer zu putzen oder die Einkäufe zu planen?« Mimi war außer sich. Am Tag nach der Hochzeit hatte Vater natürlich noch einmal genau wissen wollen, warum sie zu Fuß von der Kirche zum Haus des Bräutigams gegangen sei und obendrein nicht auf direktem Weg. Also hatte sie gebeichtet, wo sie gewesen war und warum. »Du hast uns nicht gesagt, wie schlimm es kommen könnte. Von Leopold habe ich erfahren, wie es wirklich stand und warum es in den Gängeviertel so viel mehr Opfer gibt als in den Wohngebieten der Reichen.«

»Ihr seid alt genug, ich hätte von vornherein mit euch reden sollen, das ist wahr«, gab er zu. »Und doch hast du dich nicht wie eine erwachsene Person verhalten, sondern musstest das Elend unbedingt besichtigen. Damit hast du nicht nur dich gefährdet, sondern uns alle.«

»Ich hätte mir manchen Anblick gern erspart«, sagte sie erstickt. »Aber ich musste mich einfach mit eigenen Augen überzeugen.«

»Nun weißt du also Bescheid. Kannst du mir erklären, welchen Nutzen du davon hast?« Er fuhr sich durch den Bart, wie so oft, wenn er ungehalten war.

»Es geht nicht um meinen Nutzen, es geht darum, dass alle Hamburger wissen, wie es um ihre Stadt bestellt ist. Hätte man das Wassernetz nach der letzten Epidemie mit Filtrationsanlagen versorgt, hätten Hunderte Menschen nicht sterben müssen.« Bertha streckte die Hand nach Mimi aus, doch sie wollte jetzt nicht getröstet oder beruhigt werden. »Ich habe meine Beobachtungen aufgeschrieben, werde überprüfen, ob es wahr ist, dass die Filtration aus rein wirtschaftlichen Gründen abgelehnt wurde, und werde die Ergebnisse der Zeitung einreichen«, erklärte Mimi fest.

Vater ließ sich Zeit, ehe er antwortete: »Tu, was du nicht lassen kannst. Aber du hältst dich in Zukunft aus diesen Gegenden fern! Hast du mich verstanden?«

»Ja, Vater.«

»Du entfernst dich nur so weit vom Haus, dass du meine Stimme immer hören kannst, und zwar bis die Seuche besiegt ist.«

Daran hielt sich Mimi. Die traurigen Augen der Kinder, der bestialische Geruch, der Dreck und die Hoffnungslosigkeit, die aus allen Ritzen und Winkeln gekrochen war, begleiteten sie noch immer bis in den Schlaf. Leopold wurde ihr in diesen Tagen eine große Stütze. Nachdem sie sich ein paar Mal geschrieben hatten, kam er sie besuchen. Sie trafen sich am Ende der Heilwigstraße, dort, wo die alten Eichen und Weiden bis an die Alster heran standen.

Ende Oktober war die Epidemie beendet. Mimis Artikel war nicht veröffentlicht worden. Dafür hatte man sie gebeten, einen Beitrag für das Hamburger Weihnachtsbuch zu verfassen. Die Einnahmen sollten den Cholera-Waisen zugutekommen.

»Nicht jeder kann Arzt sein oder ein Ingenieur, der das Wassernetz revolutioniert«, erklärte Leopold ihr, »aber jeder kann einen Beitrag für das Gemeinwohl leisten. Du kannst schreiben. Die Menschen werden das Buch auch wegen deines Anteils kaufen, und den armen Würmchen wird auf diese Weise mehr Geld zufließen. Ich finde das wunderbar!«

Mimi verfasste das Märchen *Vom hochmütigen Marzipanschweinchen*. Sie und ihre Geschwister hatten zwar eine Stiefmutter, waren dennoch selbst Halbwaisen. Was noch wichtiger war, ihre eigene Mutter wäre mit nur fünf oder sechs Jahren in einem Waisenhaus gelandet, hätte ihr Bruder sie nicht davor bewahrt. Er hatte sich um seine Geschwister gekümmert und es sogar fertiggebracht, ein bescheidenes Vermögen anzusparen, aus dem er später Mutters Mitgift bestreiten konnte. Das war der Grund, warum Mimi sich den Waisen verbunden fühlte. Aber vielleicht ging es auch einfach nur um das kleine Mädchen und den tapferen Jungen neben dem Leichenwagen.

Kapitel 13
Regina

Brunsbüttel, Spätsommer 1892

Regina schob den Eintopf auf das Herdfeuer. Wie viel geschehen war, seit sie in der Küche die Verantwortung trug. Einige Wochen nach dem Essen für die Herrschaften um den Baubeamten Baensch war ein Brief für Regina abgegeben worden. Die Absenderin war Malwida von Rivenburg. Zu Reginas Verwunderung fragte sie nicht nach Reginas Herkunft oder nach den Umständen, die sie nach Brunsbüttel geführt hatten. Stattdessen bot sie an, sich in einer Brieffreundschaft über Literatur und andere Themen auszutauschen, die den Geist erfreuten, wie sie sich ausdrückte. Und sie erwähnte einen Jakob Hartmann, mit dem sie in Kontakt stünde, um die Arbeitsbedingungen am Kanal und überhaupt die Lebensbedingungen der Menschen in Schleswig-Holstein zu verbessern. Es mangelte an ärztlicher Versorgung und Seelsorge, schrieb sie. Sofort war Regina das Gespräch eingefallen, das sie mit Benedetto auf dem Weg zu Broders Pension gehabt hatte. Das Leben der Männer, die den Kanal bauten, war nicht so golden, wie es in der *Gartenlaube* zu lesen war. Wie oft hatte sie sich schon den Kopf darüber zerbrochen, wie das zu ändern wäre. Im Rahmen ihrer Möglichkeiten tat sie, was sie konnte, doch war dieser Rahmen eben schrecklich eng gesteckt. Auch wenn Regina nicht recht schlau daraus wurde, dass die Gattin eines Kieler Ingenieurs den Wunsch nach einer regelmäßigen Korrespondenz mit ihr äußerte, freute sie sich doch darüber. Der Austausch über Kultur fehlte ihr wahrhaftig schmerzlich. Und wenn es nur eine winzige Chance gab, über Malwida oder Jakob Hartmann etwas für die Arbeiter zu tun, würde Regina sie ergreifen.

Dummerweise hatte jede Medaille zwei Seiten. Gunta hatte es offenbar nicht gefallen, dass nicht sie als Ehefrau des Verwalters zu den Ehrengästen gerufen worden war, sondern die Köchin. Auch von Malwidas Brief hatte sie Wind bekommen. Regina spürte genau, dass Gunta sie beobachtete und auf einen Fehler wartete, den sie ihr ankreiden konnte. Einmal hatte sie sogar ein Gespräch mitbekommen, das sie sehr erschreckt hatte. Regina hatte Fischhändler Wagner auf dem Gelände entdeckt und ihn gerade begrüßen wollen, als Gunta zu ihm getreten war.

Schnell hatte Regina sich hinter der Ecke einer Baracke verborgen und Gunta sagen hören: »Ich verstehe nicht, dass mein Mann den Fisch nicht bei Ihnen kauft. Sie sind doch so was wie 'ne Institution in Brunsbüttelkoog!«

»Tja, Frau Möller, da steckst nich drin. Manchmal kannst machen, was du willst, trotzdem laufen dir die Kunden weg.«

»Es ist nicht Ihr Fehler«, hatte Gunta gezischt. »Die rote Hexe hat meinem Walter das Hirn vernebelt.«

Während der Eintopf köchelte, blieb Regina Zeit, die Vorräte durchzuschauen und weiter in ihren Erinnerungen zu versinken. Glücklicherweise gab es auch viele erfreuliche. Im Frühjahr war Frau Else angekommen. Regina mochte die zurückhaltende Frau vom ersten Augenblick an. Was hatte sie auf sich nehmen müssen, um zu ihrem Mann zu reisen! Es war ein langer Weg aus Ostpreußen an die Elbe, noch dazu mit vier Kindern und reichlich Gepäck. Und Else war schwanger.

»Von meinem letzten Heimaturlaub«, hatte Ludwig erklärt und kurz die Schultern gehoben. Dann hatte er gelacht. »Unser Kleiner, der Gustav, hat während der Fahrt den Pisspott getragen. Im Berliner Bahnhof ist er gestolpert und die Treppe runtergefallen. Das muss gescheppert haben!« Dann war er ernst geworden. »Aber das war wohl Elses geringstes Problem. Das erste Mal weg von zu Hause, in einer großen Stadt. Hergottche, nee, sie kann ja nicht mal lesen!«

Wann immer Regina darüber nachdachte, bewunderte und bedauerte sie Else gleichermaßen. Auch wenn Ludwig mit seiner Familie eine kleine Kate bewohnte, war er doch überwiegend auf der Baustelle. Else musste meist allein zurechtkommen. Nicht einfach, denn die Leute im Ort verstanden ihren ostpreußischen Dialekt nicht, Else wiederum verzweifelte am Dithmarschen Platt, und Schilder halfen ihr auch nicht. Es war ein Jammer. Regina wischte sich den Schweiß von der Stirn. Die Hitze war schwer zu ertragen. Kein Grund zu Klagen, rief sie sich still zur Ordnung. Sie sollte dankbar sein, dass hier alle gesund waren. Es war ein reines Wunder, dass die Cholera noch niemanden im Barackenlager erwischt hatte. Nicht auszudenken, wenn nur ein Fall auftreten würde.

»Das kann hier nicht passieren«, erklärte Walter Möller zwar immer wieder, doch er fügte auch hinzu: »Wenn sich alle an die Vorschriften halten!« Die Angst hatte sich eingenistet, als wolle sie für immer bleiben.

»Mami, du musst kommen, schnell!«

Inas Stimme riss sie aus ihren Gedanken. Regina trat aus der Küche, die Schwüle raubte ihr den Atem.

»Ein Unfall, du musst ihm helfen!« Tränen liefen über Inas rote Wangen.

»Wem denn, um Himmels willen?« Regina schloss ihre bebende Tochter in die Arme.

»Benedetto. Ich glaube, er ist tot«, schluchzte sie. Es fühlte sich an, als würde Regina in einen schwarzen Abgrund stürzen. Sie nahm all ihre Kraft zusammen.

»Du suchst Bente, sie muss sich um den Eintopf kümmern«, schrie sie, während sie schon losrannte. Es durfte einfach nicht wahr sein. Regina holte den Beutel aus ihrer Kammer, in dem sie Verbandmaterial, Tinkturen und Ähnliches aufbewahrte. Damit machte sie sich auf den Weg. Benedetto und sie waren Freunde geworden, die Sorge um ihn raubte ihr beinahe den Verstand. Sie spürte ihren Herzschlag im Hals. Den Rock in der Hand sprang sie über Steine hinweg, stolperte fast, fing sich ab. Sie brauchte niemanden nach dem Ort des Unglücks fragen, denn schon von Weitem sah sie eine Traube von Männern. Außerdem war da etwas Schwarzes, es sah aus wie … Unmöglich. Und doch war es so, da lag eine Lore auf der Seite.

»Regina ist da!«, rief einer.

»Da war die Lütte fix«, hörte sie einen anderen sagen, »Gott sei Dank!«

Die Arbeiter traten auseinander, so dass ein Weg für Regina frei wurde, der direkt zu dem leblosen Körper führte. Es war Benedetto. Sie ging zu ihm und ließ sich auf die Knie fallen.

»Benedetto, hörst du mich?«, flüsterte sie. Dann schloss sie die Augen. Was sollte sie nur tun? Auf einmal kamen ihr die Schriften von Florence Nightingale in Erinnerung, die sie in ihrem alten Leben studiert hatte. Sie öffnete die Augen wieder, atmete einmal tief durch und betrachtete dann seinen Körper.

»Die Lore hat seine Hand erwischt«, flüsterte sie. »Davon stirbt man nicht«, beruhigte sie sich selbst. Seine Kopfverletzung sah nach einer Platzwunde aus. Wahrscheinlich hatte ihn ein Stein getroffen, der durch die Luft geflogen war. Sie hielt eine Hand vor seine Lippen. »Er lebt«, sagte sie leise, sah kurz zu den Männern auf. »Er lebt«, wiederholte sie laut. Sie hörte kaum das aufgeregte Getuschel, das einsetzte, sondern konzentrierte sich vollständig auf ihre Aufgabe. »Benedetto, ich bin's, Regina.« Seine Augenlider flatterten. Am liebsten hätte sie ihn vor Freude geküsst. Sie wischte die Tränen weg, die über ihr Gesicht liefen. »Du musst keine Angst haben, du wirst wieder gesund.« Ihr Blick wanderte zu der Hand, die unter dem Metall-Ungetüm begraben war. »Das hoffe ich wenigstens.« Sie wandte sich wieder der Mannschaft zu: »Ihr müsst die Lore aufrichten, schnell!«

»Wenn das mal so einfach wäre«, sagte einer. »Wir müssen was drunterschieben, als Hebel. Um den zu betätigen, müssen wir aber genau dahin.« Er deutete auf die Stelle, wo Benedetto lag.

»Das ist unmöglich, es muss einen anderen Weg geben«, sagte sie verzweifelt. Da hörte sie ein leises Stöhnen. Benedetto sah sie an. »Du bist wach, ich bin so froh.« Schon wieder liefen ihr die Tränen.

»Ich bin froh, dass du da bist«, hauchte er.

Sie öffnete ihren kleinen Beutel und holte ein Fläschchen hervor.

»Das wird ein wenig brennen«, kündigte sie an, träufelte etwas Jod auf ein Stückchen Mull und reinigte seine Kopfverletzung. Dabei versuchte sie, das leise Geräusch seines Atems nicht zu verlieren.

»Das ist zu dünn, das bricht sofort«, meinte einer der Männer.

»Aber der Balken da, der müsste gehen. Wir brauchen noch so einen.«

»Hörst du, Benedetto, sie befreien dich, du musst nur noch ein wenig Geduld haben.« Sie streichelte zärtlich über seine Wange.

»So kann das klappen. Drei Männer auf die eine Seite, die anderen drei hier rüber«, kommandierte jemand.

»Und du gehst am besten aus dem Weg, Frau Regina! Nicht dass dir am Ende noch was passiert.«

Sie stand auf, die Arbeiter setzten die Hebel an. Regina drehte sich weg, sie mochte nicht hinsehen. Die vielen Paar Füße in schweren Stiefeln waren für ihren Geschmack viel zu nah an Benedettos

Körper. Wenn ein Holz brach oder die Lore abrutschte, gäbe es eine Katastrophe!

»Eins, zwei, drei!«

Am liebsten hätte sie sich auch die Ohren zugehalten. Es knirschte entsetzlich, die Männer an den Hölzern ächzten, dazwischen ihr wummerndes Herz und das leise Stöhnen von Benedetto. Auf einmal ein dumpfer Schlag. Regina fuhr herum. Die Lore lag an Ort und Stelle, aber die Helfer hatten einen dicken Balken daruntergeschoben, so dass ein Zwischenraum entstanden war. Sie kniete sich wieder neben den Verletzten.

»Kannst du den Arm bewegen?«

Statt zu antworten, zog er seine rechte Hand Millimeter für Millimeter unter dem stählernen Wagen hervor, bis Regina sie behutsam fassen konnte. Der kleine Finger sah schrecklich aus, es war nicht mehr viel davon übrig.

»Du scheinst Glück gehabt zu haben«, sagte sie leise und lächelte. »Der Stein, auf dem die Lore deinen kleinen Finger zerquetscht hat, könnte den Rest gerettet haben.«

Sie reinigte die Wunde, legte einen Verband an und gab Benedetto zu trinken. Sein Kreislauf stabilisierte sich so weit, dass er den Oberkörper aufrichten konnte.

»Wenn ich langsam gehe, schaffe ich es schon bis zur Baracke«, brachte er leise hervor.

»Kommt ja nicht in Frage!«, polterte ein großer Mann mit dickem schwarzem Haar, noch ehe Regina Einspruch erheben konnte. »Wir holen die Trage und bringen dich nach Hause.«

Regina besuchte Benedetto jeden Tag in seinem Krankenzimmer. Glücklicherweise erholte er sich gut. Sie hatte mit ihrer ersten Einschätzung recht behalten, seine Kopfverletzung war nicht tief gewesen. Alles in allem hatte er großes Glück gehabt. Nur der kleine

Finger würde immer aussehen wie eine vertrocknete Mohrrübe, hatte er ihr lachend erklärt.

»Einen Schönheitswettbewerb hätte ich damit auch vorher nicht gewonnen. Hauptsache, ich kann die Hand bewegen«, hatte er gesagt und sie angestrahlt. In solchen Momenten hätte Reginas Herz überlaufen können vor Glück.

Ihr Einsatz beim Unfall sprach sich herum wie ein Lauffeuer. Von dem Moment an fand Regina mal ein geschnitztes Spielzeug für Ina vor ihrer Tür, dann wieder lag dort ein in Papier gewickeltes Halstuch. Nicht nur auf dem Gelände wusste jeder, wie gut sie sich um Benedetto gekümmert hatte.

»Da will dich einer sprechen«, ließ Gunta sie eines Tages wissen. Regina hatte gerade die letzten Salbeiblätter und Petersilienstängel geerntet, ehe die ersten Herbststürme die Pflanzen zerzausen konnten, und war auf dem Weg in die Küche. »Der sitzt in der Gaststube.«

»Danke!« Regina lächelte sie freundlich an.

»Herrenbesuch wird nicht gern gesehen«, meinte Gunta spitz. »Fünf Minuten, dann bist du wieder an der Arbeit.«

Regina seufzte, strich sich eilig die Schürze glatt und betrat den kleinen Gastraum. Da saß ein Herr im Anzug, den sie nicht kannte. Er stand auf.

»Guten Tag, gnädige Frau, verzeihen Sie bitte, dass ich Sie so überfalle.« Er streckte ihr die Hand hin. »Jakob Hartmann. Wir haben eine gemeinsame Freundin.«

»Malwida von Rivenburg«, sagte Regina.

»Sie hat mir von Ihnen interessante Dinge erzählt. Kürzlich hörte ich von dem Unglück mit der Lore. Alle Welt spricht von Ihnen, dem Engel der Arbeiter.«

»Alle Welt übertreibt.« Sie sah zu Boden. »Ich habe leider nicht viel Zeit«, begann sie.

»Dann fasse ich mich kurz.« Er lachte freundlich. »Ich bin Mitglied im Skatclub von Marne. Der Verein hat schon vor zig Jahren die Initiative unterstützt, in einer ehemaligen Wachstube ein Krankenzimmer für das weibliche Geschlecht einzurichten. Bedauerlicherweise hat sich niemand wirklich darum gekümmert, oder das Geld war nicht da. Ich kann es Ihnen nicht sagen. Jedenfalls ist die Sache eingeschlafen.« Er sah mit einem Mal sehr zufrieden aus. »Wir haben sie sozusagen geweckt. Jetzt ist das nötige Geld da, und es wird ein vernünftiges Krankenhaus gebaut. Wenn wir Skatbrüder etwas machen, dann machen wir es richtig.«

»Das ist schön zu hören. Nur weiß ich nicht, was Sie von mir wollen, ich bin keine Ärztin.«

»Darum spreche ich Sie an. Einen Krankenhausarzt wird es aus verschiedenen Gründen erst einmal nicht geben. Wir brauchen Krankenschwestern, die mal ein Dampfbad verabreichen, einen Verband anlegen und sich vor allem mit Herz und Verstand um die Patienten kümmern können.« Er sah sie erwartungsvoll an.

»Das ist sehr freundlich, aber ich arbeite hier. Ich kann nicht einfach gehen.«

»Es muss nicht morgen oder übermorgen sein. Vielleicht kommt ein Wechsel in ein paar Monaten doch für Sie in Frage.« Er griff in die Innentasche seiner Jacke. »Hier ist meine Adresse. Bitte schicken Sie mir jederzeit eine Nachricht, wenn Sie es sich überlegt haben.«

Er verabschiedete sich und ging. Sofort kam Gunta zur Tür herein.

»Das war ja mal ein ganz feiner Herr. Was wollte er denn?«

Regina zögerte. »Um ehrlich zu sein, habe ich das auch nicht verstanden. Wenn Sie mich jetzt bitte entschuldigen, ich muss wieder an die Arbeit.«

Der Besuch von Jakob Hartmann ging ihr nicht aus dem Kopf. Es gab eine Zeit, da hatte sie Krankenschwester werden wollen. Es wäre schön, jetzt diese Möglichkeit zu bekommen. Andererseits musste sie dann von hier fortgehen. Hatte sie hier nicht so etwas wie eine Familie gefunden? Und wer war für Ludwigs Else da, wenn sie mal wieder nicht zurechtkam? Regina sprach mit Benedetto darüber. Er war wieder auf den Beinen, sie nutzten eine freie Stunde an einem herrlich sonnigen Herbsttag für einen gemeinsamen Spaziergang.

»Du musst in erster Linie an dich denken«, sagte er. »Und natürlich an Ina. Marne ist nicht aus der Welt.« Er lächelte. »Wenn ihr es dort gut hättet, solltest du vielleicht gehen.«

Es fühlte sich an, als krampfte ihr Herz sich zusammen. Insgeheim hatte sie sich gewünscht, er hätte sie gebeten zu bleiben.

Eine Weile gingen sie schweigend am Ufer des Kanals entlang, bis Regina es nicht mehr aushielt.

»Wirst du im Winter hier sein oder fährst du nach Hause?«, fragte sie. »Ich kann natürlich verstehen, dass du zu deiner Mutter willst, aber du würdest mir schrecklich fehlen«, gestand sie leise.

»Regina, ich … Ich weiß noch nicht, was ich tun werde. Du würdest mir auch sehr fehlen.« Pures Glück flutete durch ihren Körper. Sie sah Benedetto an, er blickte bedrückt zu Boden. »Du bist hier der wichtigste Mensch für mich geworden, Regina. Ich habe dich sehr gern.«

Warum sah er nur so traurig aus? Regina hätte jubeln mögen. Nach Broder hatte sie keinem Mann mehr vertraut, sie hatte sich verboten, Gefühle für jemanden zuzulassen. Doch nun war alles anders.

»Ich will nicht nur meine Mutter sehen, Regina, sondern auch meine Frau und meinen Sohn.« Sie starrte auf den Sand, es rauschte schrecklich in ihren Ohren. »Ich wollte dir nie irgendwelche Hoffnungen machen. Ich meine, ich hätte doch nie gedacht, dass ein Engel wie du etwas für mich übrighaben könnte«, erklärte er verzweifelt. »Ich wollte mich nie in dich verlieben, Regina, aber es ist geschehen.« Wie konnte es sein, dass ein so wunderbarer Satz so unendlich wehtat? »Aber es darf nicht sein. Meine Frau ist ein guter Mensch, ich kann sie unmöglich betrügen oder im Stich lassen.«

Kapitel 14
Susanne

Brunsbüttel, Januar bis Herbst 1892

Das Jahr war zu Ende gegangen, ein neues hatte begonnen. Der Besuch von Ackermann und Martens war Sanne nicht aus dem Kopf gegangen. Nicht mehr lange, dann würde mit dem Bau der Durchflusskanäle begonnen werden. Und sie zweifelte noch immer, ob sie den Durchmesser wirklich verringern sollten, wie von Martens vorgeschlagen. Zum Glück war es im Januar zunächst mild gewesen, das war gut für die Bauarbeiten. Doch es hatte viel geregnet. Gegen Ende des Monats kam die Kälte. Für Kolbe, für Benedetto, Henrico und Daniele waren es harte Tage und Wochen.

»Wir leben wie Vieh im Stall«, sagte Kolbe eines Tages.

»Wieso, wird denn eure Bettwäsche nicht regelmäßig gereinigt, oder hast du sonst einen Anlass zur Klage?«, wollte sie wissen. »Du musst es dem Barackenverwalter sagen, wenn etwas nicht in Ordnung ist. Ihr habt ein Recht auf eine ordentliche Unterbringung und gutes Essen.« Kolbe sah sie lange an, ein Blick, den sie nicht deuten konnte.

»Du kannst nichts dafür«, entgegnete er schließlich. »Du glaubst das, was in der *Gartenlaube* steht oder in deiner *Kanalzeitung*.«

»Warum auch nicht? Es käme schnell raus, wenn die Berichterstatter Unfug verbreiten würden.« Er lachte bitter auf.

»Es käme heraus? Und wem würde man glauben? Den Reportern, die von der Kanalverwaltung oder von wem auch immer eine Genehmigung zum Berichten haben? Die bestimmte Dinge gezeigt bekommen und genau wissen, was sie schreiben sollen? Den Reichstagsmitgliedern, die sich mit eigenen Augen von den Zuständen in den Unterkünften und auf der Baustelle überzeugen und denen man zufriedene, gut gekleidete Arbeiter in hübsch zurechtgemachten Stuben präsentiert?« Er redete sich mal wieder in Rage, wie so oft. »Glaubt man den Beamten, die beim Essen unter sich bleiben, weil sie eine eigene Gaststube haben, während Männer wie ich nebenan in der einfachen Kantine abgefertigt werden oder gleich draußen an der Uferböschung, weil der Weg zurück zu lang für die Mittagspause wäre? Oder glaubt man den Arbeitern, was meinst du?« Sie wusste nicht, was sie dazu sagen sollte, und Kolbe sprach auch schon weiter: »Hast ja recht, Unterbringung und Verpflegung könnten schlimmer sein, der Lohn auch. Weißt du, was wirklich furchtbar ist?« Sie schüttelte den Kopf. »Du bist nie für dich allein. Du arbeitest dreizehn Stunden am Tag, manchmal auch fünfzehn oder sechzehn. Wenn du dich in einer Pause ein bisschen ausstreckst, liegt neben dir der nächste Mann und daneben noch einer. Allen wird zur gleichen Zeit der gefüllte Napf vorgesetzt, alle kehren zur gleichen Stunde in ihre Baracke zurück, waschen sich, legen sich ins Bett. Und am nächsten Tag geht's von vorne los. Du wirst mit all den anderen geweckt. Das meine ich damit, wenn ich von Vieh spreche.«

Sanne musste zugeben, dass sie sich darüber noch keine Gedanken gemacht hatte. Wie sollte sie auch? Kolbes Alltag war ihr im Grunde fremd. Dass er körperlich hart schuftete, wusste sie natürlich. Ihr war auch klar, dass die Italiener, vor allem Benedetto, und wahrscheinlich unzählige andere, die fern von ihrer Heimat waren, Sehnsucht nach vertrauten Menschen hatten. Auch wenn sie nicht tauschen wollte, hatte sie die Männer bisher immer ein wenig beneidet, weil sie selbst entscheiden und dorthinziehen konnten, wo sie eine gute Arbeit fanden. Sie musste einsehen, dass die Männer nicht so frei waren, wie sie stets gedacht hatte.

Trotz der widrigen Witterungsbedingungen ging es mit der Schleuse gut voran. Von Mitte Februar bis Ende März 1892 wurde unablässig Wasser aus der Baugrube gepumpt und das Betonbett trockengelegt. Vering und seine Mannschaft lagen gut im Zeitplan, obwohl ihnen das Grundwasser immer wieder Probleme bereitete. Wie an diesem Tag im März.

»Am Pfahl einer Spundwand ist eine Quelle durchgebrochen«, berichtete Rosario, als sie sich abends bei ihm trafen.

»Das Wasser ist mit hohem Druck nach oben geschossen wie eine Fontäne. Nicht nur das, es war auch furchtbar viel Sand dabei. Vielleicht hätte man den Boden doch ganz anders aufbauen müssen.«

»Glücklicherweise bist du dafür nicht zuständig, richtig?«, fragte Sanne ihn ängstlich.

»Nein, Gott sei Dank haben andere die Entscheidung getroffen, dass eine Betondecke geschüttet wird und wie dick sie sein soll. Ist trotzdem schlecht. Der Sand, der an die Oberfläche kommt, fehlt unterhalb der Decke, weißt du? An einigen Stellen ist der Beton schon eingebrochen.«

Er erklärte ihr, dass jeder, der zwei gesunde Arme hatte, Kieshaufen auf die Austritts- und Bruchstellen schüttete, damit nur noch Wasser durchkäme, der Sandaustritt aber verhindert oder wenigstens stark reduziert wurde. »Außerdem sollen die Ströme, die aus der Quelle kommen, umgeleitet werden, raus aus der Baugrube.«

Die Maßnahmen hatten Erfolg, es ging weiter voran. Der Frühling hielt Einzug.

Während Sanne im April zu Hause mit dem Sauzahn den Boden lockerte, um ihn auf das baldige Pflanzen und Säen vorzubereiten, wurde einige Meter weiter gemauert, was das Zeug hielt. Beinahe jeden Abend lief sie zur Baustelle und war überwältigt, wie rasch Schleusenmauern, Kammerböden und die in das Betonbett eingesetzten Tunnel, die einmal für Wartungsarbeiten gebraucht werden würden, wuchsen. Auch die Durchflusskanäle entstanden. Sanne hatte sich im Winter noch einmal von den Herren des Wissenschaftsvereins ein Buch geliehen.

»Ihr Vater scheint große Pläne zu haben«, hatte ein Professor im Ruhestand gesagt und anerkennend genickt. »Ich kenne nicht viele Zimmerleute, die sich so intensiv mit Statik und den physikalischen Gesetzen des Bauens beschäftigen.«

Sanne hatte sich still über die Vorstellung gefreut, wie er wohl reagiert hätte, wüsste er, dass das Buch für sie war. Sie war damit auf den Dachboden des elterlichen Hauses geklettert, weil es keinen Raum gab, in dem sie unbeobachtet ihrer Arbeit nachgehen konnte. Jedes Mal, wenn sie ihr Versteck aufsuchte, brach ihr der Schweiß aus vor Aufregung. Erst wenn sich Stille über die Kate legte, schlich sie die Stiege hoch. An diesem Tag im Winter hatte sie eine Laterne in einer, Bleistift, Zollstock, Lineal und Bauplan in der anderen Hand und das Buch unter dem Arm getragen. Eisig kalt war es dort oben gewesen und feucht. Selbst ihre dicke Wolljacke hatte nicht verhindern können, dass Sanne innerhalb von Minuten gezittert hatte. Sie hatte sich nicht darum gekümmert, sondern das Kapitel über die Berechnung von Tunnelbauten und Ähnlichem aufgeschlagen. Ihre Augen waren von einer Zeile zur nächsten gesprungen, jedes Knacken hatte sie zusammenfahren lassen. Mit angehaltenem Atem hatte sie in die Dunkelheit gelauscht, ehe sie sich hatte beruhigen und wieder auf ihre Lektüre konzentrieren können. Obwohl sie den Abschnitt des Buches beinahe auswendig kannte, hatte sie alles Wort für Wort, Absatz für Absatz gelesen. Konnte doch sein, dass sie etwas übersehen oder falsch ausgelegt hatte. Schließlich hatte sie mit der Berechnung begonnen. Noch während sie die Zahlen in die Formeln eingesetzt hatte, war ihr das Ergebnis bekannt: 8,6 qm.

Gleich am nächsten Morgen hatte sie Rosario überredet, nicht den von Martens vorgeschlagenen Durchmesser zu verwenden.

»Ich habe sämtliche Bücher gewälzt, mir alle Zahlen noch einmal angesehen, ich bin sicher, dass die ursprünglichen über acht Quadratmeter sinnvoll wären. Vielleicht ein bisschen sehr großzügig, aber durchaus sinnvoll. Mit 6,7 qm reicht das Volumen nicht. Bitte, lass uns die goldene Mitte ansetzen. Mit 7,6 qm sparen wir Platz und Material und sollten nicht gleich ein Problem kriegen, wenn große Wassermassen schnell zu- oder abgeführt werden müssen.«

Wie sehr hatte sie sich gefreut, dass er schließlich zugestimmt hatte. Er vertraute ihrem Können nicht weniger als dem eines Fachmannes! Überhaupt, Rosario hatte moderne Ansichten. Er behandelte die Arbeiter nicht wie unmündige Wesen, die nur auszuführen hatten, was er ihnen sagte, sondern interessierte sich für ihre Meinung. Immer bemühte er sich, gerecht zu sein und Streitigkeiten aus dem Weg zu schaffen. Sie bewunderte, wie er es hinbekam, in einem Moment wie ein Kumpel zu sein und im nächsten den Respekt zu bekommen, der ihm als Vorgesetztem zustand. Noch besser gefiel es ihr, dass er sie ohne Einschränkungen ernst nahm. Zu Hause schlief sie noch immer mit ihren jüngeren Geschwistern in einem Zimmer und hatte zu tun, was ihre Eltern bestimmten. Bei Rosario konnte sie zeigen, was in ihr steckte und sich endlich wie eine erwachsene Frau fühlen. Allein dafür liebte sie ihn. Einmal hatte ihr Vater davon angefangen, es wäre an der Zeit, nach einem Ehemann Ausschau zu halten, einem, der sie ernähren und womöglich auch noch etwas zur Unterstützung der Familie erübrigen könne.

Und Mutter hatte sie beiseitegenommen: »Sag mal, Sanne, dieser Italiener hat doch einen guten Posten, der hat doch bestimmt auch einen anständigen Lohn, was?« Weil Sanne nicht darauf eingegangen war, hatte Mutter weitergesprochen: »Wie lange ist der nu schon in Brunsbüttel? Einige Jahre sind das doch nu schon, und der hat noch keine Frau? War der denn zwischendurch mal in Italien?«

»Nein, er kann ja schlecht weg von seiner Arbeit.«

»Na, dann hat er zu Hause auch keine. Aber ein Mann braucht doch eine Frau, die sich um ihn kümmert. Du bist nu schon vierundzwanzig. Wenn du ihm sowieso die Wäsche machst und 'n büschen für Ordnung bei ihm sorgst, dann könntest du dich doch auch so 'n büschen mehr um ihn kümmern. Weißt schon, was ich mein.«

»Nee, Mutti, weiß ich nicht. Da will ich auch nix von wissen«, hatte sie erklärt.

»Versteh ich nich. Scheint doch ein netter Kerl zu sein, und 'ne gute Partie ist er obendrein.« Ihre Mutter hatte sie erwartungsvoll angesehen. Da Sanne allerdings kein Wort mehr verloren hatte, herrschte seitdem wieder Ruhe. Gott sei Dank! Sanne mochte darüber nämlich nicht reden. Das tat einfach zu doll weh. War schließlich nicht so, dass sie nicht selbst oft genug dachte, es wäre an der Zeit, dass Rosario ihre Eltern kennenlernen wollte. Er wusste, was sich gehörte. Er wusste, dass er um die Hand einer Frau bitten musste. Wenn er das nicht tat, dann wollte er wohl nicht. So einfach war das. Aber verstehen konnte sie es nicht. Zweimal waren sie nun schon zum Tanzen gewesen. Einmal im Saal vom Gasthof Zur Traube, ein anderes Mal hatten sie Glück gehabt, und das Wetter war gut gewesen. Da hatten sie im Hof hinterm Haus unter blauem Himmel schwofen können. Herrlich war das gewesen! Rosario hatte ihr sogar ein Glas Bowle spendiert und sie geküsst. Nur auf die Wange, aber das war trotzdem so schön gewesen, weil er so gut gerochen hatte. Und seine Lippen fühlten sich so warm und weich auf ihrer Haut an. Zum Essen hatte er sie auch schon ausgeführt. Aber am allerliebsten war es ihr, wenn er ihr etwas auf der Baustelle zeigte und erklärte. So wie Ende April, als sie gestaunt hatte, dass die Seitenmauern und die Mittelmauer der Schleuse nicht nacheinander gebaut wurden.

»Wäre es nicht schlauer, alle Arbeiter würden erst mal eine Wand fertig bauen?«, hatte sie ihn gefragt.

»Nein, nein, das wäre gefährlich. Siehst du, wenn alle Teile gleichmäßig langsam immer größer und schwerer werden, dann bleibt der Druck auf den Untergrund auch überall gleich. Die Mauern können sich gleichmäßig setzen und kriegen keine Risse. Oder nicht noch mehr«, fügte er ein wenig zerknirscht hinzu. Sanne hatte sich geärgert, nicht selbst darauf gekommen zu sein.

»Klar! War 'ne dumme Frage.«

Doch Rosario hatte ihr widersprochen: »Ich glaube, es gibt gar keine dummen Fragen. Dumm ist nur, nicht zu fragen. Oder sich über jemanden lustig zu machen, der etwas wissen will, das ist schrecklich dumm.« Das hatte ihr sehr gut gefallen. Sie liebte es nämlich, jeden zu löchern, der etwas besser konnte oder wusste als sie, damit sie möglichst viel lernen konnte.

Und weil er so klug und nett geantwortet hatte, wollte sie gleich wieder etwas von ihm wissen: »Was sind das für komische Lappen, die die Männer da übereinanderlegen, als ob das ein Muster werden soll?«

»Komische Lappen ist gut.« Er lachte. »Das erinnert mich an den Sauerlappen, den du mir mal zu essen gegeben hast. Wie sagt ihr jetzt noch dazu?«

»Bismarckhering«, antwortete sie und musste lächeln. Sie sah wieder sein Gesicht vor sich, als er vor Jahren, schrecklich verkatert, in den Fisch gebissen und vermutlich einen eher salzigen Geschmack erwartet hatte. Ist nie sein Lieblingsessen geworden, geholfen hatte ihm der Hering trotzdem.

»Richtig. Damit hast du mir das Leben gerettet.« Wenn seine braunen Augen so warm leuchteten, dann konnte sie jedes Mal dahinschmelzen. Nützte nur nix, weil's dummerweise bei dem Leuchten blieb. Meistens brachte Rosario die schöne Stimmung im Handumdrehen wieder zum Platzen. So war es auch dieses Mal. »Das ist Blei-Asphalt-Pappe. Damit werden die Mauern umgemantelt.«

»Ohne ge, nur ummantelt«, sagte sie automatisch.

»Ah ja. Die Pappe muss sofort in den noch frischen Zementputz gedrückt werden«, erklärte er weiter. »Und die Stücke müssen immer versetzt überlappend in mehreren Lagen aufgebracht werden.«

»Schon wieder Lappen«, meinte sie und grinste.

»Siehst du mal, wie wichtig Lappen sind.« Er lächelte, blickte aber sofort wieder zu den Arbeitern. »Wenn die Bahnen gründlich getränkt sind und sorgfältig angebracht werden, kann nie Wasser ins Mauerwerk dringen. Ist eine prima Sache!«

Der Sommer 1892 zog an Sanne vorbei, als sei er kürzer als andere Sommer. Manchmal wusste sie nicht, wie lange sie es noch schaffen würde, die Feldarbeit, die Vorratshaltung und überhaupt die gesamte Hausarbeit und die Zeit, die sie mit Rosario über technischen Fragen brütete, zu bewältigen. Von den Stunden, die sie mit Kolbe, Rosario und den anderen Italienern verbrachte, ganz zu schweigen. Benedetto, Daniele und Henrico hatten im Grunde kaum Freizeit, trotzdem schafften sie es immer irgendwie, einen Abend oder einen Sonntag mit ihrem alten Freund und Signorina Sanne zu verbringen. Sie fragte sich, ob die drei jemals schliefen. Benedetto hatte sich ein wenig ausruhen dürfen oder eher müssen. Er hatte sich bei der Arbeit die Hand verletzt, natürlich die rechte. Schlimm war das gewesen und knapp! Um ein Haar wäre nämlich noch viel mehr passiert. Sanne durfte noch immer nicht darüber nachdenken.

»Hätte die Königin meine Wunde nicht sofort behandelt, hätte meine Pause bestimmt länger gedauert«, hatte Benedetto verkündet. »Und mein Verdienstausfall ebenso.«

»Königin?«, hatte Kolbe spöttisch gefragt. »Eine Königin der Landstreicher und Diebe oder was?«

»Sie mag es nicht, so genannt zu werden, aber sie sieht eben aus wie eine Königin. Nur eben eine, die kein menschliches Reich besitzt.« Als er das sagte, hatte Benedetto ausgesehen, als würde er träumen. Die Männer hatten sich gegenseitig angerempelt und mächtig gefeixt.

»Was denn wohl sonst für eine Reich?«, hatte Daniele gefragt.

»Ich wette, sie kommt aus einem Märchenschloss«, entgegnete Benedetto sofort. Die Männer konnten sich nicht mehr halten, sie lachten und schlugen sich auf die Schenkel. Benedetto kümmerte es nicht. »Ihre Haut ist glatt wie Porzellan, ihre Haare leuchten wie lodernde Flammen, und sie hat die Gestalt einer Elfe.« Er sagte das so ehrfürchtig, dass mit einem Schlag allen das Kichern verging, sie hingen an seinen Lippen. »Ihr Charakter ist wahrhaft königlich. Sie ist zu allen freundlich und hat ein so großes Herz, wie ich es noch nicht erlebt habe. Vielleicht ist sie ja ein Engel.«

Nun war also der Herbst da. Benedetto würde sich bald auf den Heimweg machen.

»Im Winter ist nicht so viel zu tun wie sonst«, hatte er erklärt. »Wenn wir nicht arbeiten, kriegen wir auch kein Geld. Da gehe ich lieber nach Hause zu meiner Familie und verdiene dort nichts, als dass ich hier meine Zeit vergeude.« Zwar ruhte das Treiben auf der Baustelle nie völlig, doch wenn Frost und Schnee viele Arbeiten nahezu unmöglich machten, war es deutlich ruhiger. Nicht wenige Männer zogen daher für ein paar Wochen oder Monate zurück in ihre Heimat. Sanne konnte Benedetto gut leiden. Er schien ihr durch und durch aufrichtig zu sein und hatte einen großen Gerechtigkeitssinn. So ernst er meist auch war, so viel Humor hatte er. Henricos Witze waren weniger tiefgründig, sondern eher von der derben Sorte, dafür scherzte und lachte er bei jeder Gelegenheit. Auch Daniele nahm das Leben von der heiteren Seite. Er war unkompliziert, ein Draufgänger, der Hochprozentigem zu sehr zugeneigt war, fand sie.

Obwohl Sanne Andreas Kolbe schon länger kannte als die drei Italiener, wurde sie aus ihm an wenigsten schlau. Wie stellte er es nur an, sich während der Arbeitszeit auf ein Stück Butterkuchen oder ein paar italienische Stullen wegzustehlen, ohne jemals Ärger dafür zu kassieren? Manchmal tauchte er mitten am Tag irgendwo auf, wo er gerade nichts zu suchen hatte. Wie damals, als sie das Aufstellen eines Schleusentors hatte beobachten wollen. Plötzlich hatte er neben ihr gestanden, die Hände hinter dem Rücken. Dann hatte er ihr diesen Stein geschenkt, in dem ein Seestern steckte. Jedenfalls sah es so aus. Den Kuss für die Kostbarkeit war sie ihm noch immer schuldig. Richtig so, sagte sie sich, ihr Herz gehörte schließlich Rosario. Da wäre es nicht richtig, Kolbe zu küssen, nicht einmal zum Spaß. Dummerweise machte Rosario keine Anstalten, eine ernsthafte Beziehung mit ihr einzugehen. Und Kolbe verstand es wie kein anderer Mann, Schmetterlinge in ihrem Bauch tanzen zu lassen. Gleichzeitig ließ er keine Gelegenheit aus, sie auf den Arm zu nehmen. Manchmal trieb er es so weit, dass Rosario ihn in die Schranken wies. Sogar Benedetto hatte ihm schon einmal den Kopf gewaschen.

»Bei uns zu Hause behandelt man Frauen nicht wie seinesgleichen. Sie sind empfindlich und vertragen es nicht.«

»Empfindlich? Sanne doch nicht! Die kann das ab«, hatte Kolbe ihm entgegengehalten. »Sie lässt sich die Butter nicht vom Brot nehmen und kann sich gut allein wehren, wenn's ihr zu viel wird. Stimmt doch, oder?« Kolbe hatte sie seltsam angesehen, als er das gesagt hatte. Unsicher, als hätte er Angst, sie könnte es anders empfinden.

233

So kompliziert es mit den Männern manches Mal auch war, so sehr liebte Sanne es doch, mit ihnen zu fachsimpeln, zu lachen und zu klönen. Das war auch an diesem Tag so, als sie mit Kolbe bei Rosario in der Stube saß. Sie wollten ein kleines Bündel für Benedetto schnüren, ein wenig Proviant für die lange Reise und etwas Nettes, das er seiner Familie mitbringen konnte. Schon seit den Morgenstunden tobte der Sturm, rüttelte an Fenstern, ließ Besen, leere Kisten und Milchkannen durch die Gegend segeln. Sanne stickte ihre drei Namen und einen lieben Gruß auf das Tuch, aus dem sie den Beutel machen wollten. Rosario wickelte gerade Cantuccini in einen Bogen der *Kanalzeitung*, und Kolbe schmirgelte ein Kästchen glatt, das er gebaut hatte. Plötzlich gab es einen Schlag. Sanne gab einen erstickten Schrei von sich und hätte sich beinah vor Schreck die Sticknadel in die Hand gestochen. Kolbe lachte.

»Ich denke, du bist 'ne Deern von der Küste. So'n büschen Wind wird dir doch wohl keine Angst machen.« Sie hatte genau gesehen, dass er auch gezuckt hatte.

Ehe sie ihn damit aufziehen konnte, meinte Rosario: »Das war die Tür zum Schlafzimmer. Wenn die nicht richtig zu ist, knallt sie immer.« Er lächelte Sanne beruhigend an. »Was machst du denn?«, fragte er Kolbe im nächsten Moment fassungslos.

»Die kleine Kiste ist fertig, fehlt nur noch der Lack«, erklärte Kolbe gelassen.

»Die kannst du gern lackieren, aber nicht meinen schönen Tisch. Hier!« Er schob ihm den Rest der *Kanalzeitung* rüber. Kolbe verdrehte die Augen, legte dann jedoch brav das Papier aus. Sanne musste grienen. Kolbe hatte die größere Klappe von den beiden, er wollte es sich aber auf keinen Fall mit Rosario verscherzen.

»Sieh an!«, rief Kolbe, den Blick auf eine Anzeige geheftet. »Rosario, du machst Schlagzeilen.«

»Ich? Kann nicht sein.«

»Na ja, stimmt, Schlagzeilen sind es nicht gerade. Aber du stehst drin. Hier: Bruteier von meinen isoliert gehaltenen Italienern abzugeben. Anzeige von Bauer Ruge«, feixte er.

»Ich verstehe nicht.« Das war Rosario anzusehen. »Was soll das heißen?«

»Italiener ist 'ne Hühnerrasse«, erklärte Sanne und seufzte. Auch Rosario stöhnte und verdrehte die Augen. »Hübsche Tiere übrigens.«

»Wenn man Hühner schön findet«, wandte Kolbe ein. »Sind ein bisschen mickrig für meinen Geschmack.«

»Wer im Heu wühlt, sollte vorsichtig mit dem Feuer sein«, gab sie zurück.

»Sprichwort?«, wollte Rosario wissen.

»So ungefähr.« Sie lächelte. Kolbe schmollte. Er hatte zwar ein ausgeprägtes Selbstbewusstsein, mit Bemerkungen über seine geringe Körpergröße konnte er trotzdem nur schwer umgehen. Wieder trat konzentrierte Stille ein, jeder war mit seiner Aufgabe beschäftigt. Der Geruch von Lack machte sich breit. Der des italienischen Gebäcks war Sanne deutlich lieber. Plötzlich klopfte es erneut.

»Meine Güte, mir scheint, der Sturm wird immer schlimmer. Was war das denn jetzt wieder?« Sanne sah von einem zum anderen, da läutete es an der Tür.

»War wohl doch nicht der Wind.« Kolbe zog eine Augenbraue hoch. »Eher eine Windsbraut. Erwartet der Gockel denn Besuch?«

»Natürlich nicht.« Rosario ging zum Fenster. »Hoffentlich gibt es keine Probleme auf der Baustelle«, murmelte er. »Die Erddämme, die auf den Sohlen der Durchfahrtsöffnungen verhindern sollen, dass sich das Betonbett ungleichmäßig setzt, sind inzwischen ziemlich gewaltig. Hoffentlich wurde nicht wieder jemand verschüttet. Kann da leicht passieren.« Er ging hinaus, um zu öffnen.

»Oder es ist eine weitere Quelle aufgebrochen oder ein neuer Riss entstanden, ein besonders langer und tiefer«, sagte Sanne finster. »Ist alles möglich.«

»Herr Limone?«, hörte sie eine Stimme, die schrecklich unfreundlich klang. Kolbe sah mit einem Schlag alarmiert aus, er legte Pinsel und Holz auf das Papier und lauschte.

»Guten Abend, die Herren Gendarmen.« Kolbe und Sanne sahen sich erschrocken an. »Was verschafft mir die Ehre? Aber kommen Sie doch erst mal herein!«

»Herr Limone, wir nehmen Sie fest wegen Mordes an Herrn Flavio Ritsch ... ähm, Ritschijulillo, an Ihrem Vorgänger auf dem Posten des Schleusenbauers.«

Kapitel 15
Susanne

Brunsbüttel, Herbst 1892

»Lassen Sie ihn sofort los, sonst …« Kolbe war außer sich. Sein Einsatz für Rosario freute Sanne von Herzen. Bloß war keinem geholfen, wenn er sich mit den Ordnungshütern anlegte und auch noch verhaftet wurde.

»Wollen Sie nicht hereinkommen und sich erst mal setzen?«, schlug sie vor. »Es kann sich doch nur um ein Missverständnis handeln. Herr Limone ist kein Mörder, dafür lege ich meine Hand ins Feuer.«

»Dann passen Sie mal auf, dass Sie sich nicht verbrennen«, sagte der größere der beiden Gendarmen.

»Wer soll der Mann mit dem unaussprechlichen Namen denn überhaupt sein?«, fragte sie, ohne auf die Bemerkung einzugehen. Sie musste die Ruhe bewahren und dafür sorgen, dass die Männer es auch taten. Und zwar alle.

»Ist ein ganz einfacher Name«, meinte Rosario kleinlaut, »Ricciulillo.«

»Das können Sie gern dem Richter beibringen. Also los, gehen wir!« Das war der kleine Gendarm.

»Sie haben ihre Frage noch nicht beantwortet«, beharrte Kolbe. »Wir haben doch wohl das Recht zu erfahren, wen er abgemurkst haben soll. Weil, wenn das nämlich ein Kollege aus der Baracke ist, dann kann ich Sie gern hinbringen, und Sie überzeugen sich davon, dass es keinen Toten gibt.« Schon während er es aussprach, verdüsterte sich seine Miene. »Sie haben bestimmt 'ne Leiche, was?« Natürlich hatten sie die, sonst würden sie wohl kaum an einer Tür läuten und einen unbescholtenen Mann verhaften.

»Nicht so direkt«, sagte der Kleine.

»Wir haben einen Hinweis, dass dieser Flavio als Schleusenbauer in Brunsbüttel anfangen sollte«, erklärte der Große streng. »Eingereist ist er, dafür liegen Beweise vor. Im Sommer sechsundachtzig ist das gewesen.« Sanne hielt sich an der Wand fest. Ihre Knie fühlten sich so weich an, dass sie ihnen nicht mehr zutraute, sie noch länger zu halten.

»Dummerweise deutet nichts darauf hin, dass er auch wieder abgereist ist«, verkündete der Kleine und wippte auf die Zehenspitzen. Kolbe sah von einem zum anderen. Sanne zuckte nur mit den Achseln. Sie konnten beide nichts für Rosario tun. Nie hatte sie sich hilfloser und verzweifelter gefühlt. Immer wieder hatte sie gefürchtet, aufzufliegen. Schon das hatte ihr zu schaffen gemacht. Und nun stand Mord im Raum! Es war schrecklich.

»Aber hier ist er auch nicht. Wir haben eine Fotografie von dem Herrn Flavio R. erhalten. Den hat hier seit dem Sommer sechsundachtzig niemand mehr gesehen. Seine Stelle ist trotzdem besetzt.« Er trat einen Schritt auf Rosario zu und machte sich gerade. Dabei überragte er Rosario so schon um mehr als einen Kopf. »Sie haben ihn umgebracht, um seinen Posten zu bekommen.« Er machte Anstalten, Rosario zu packen.

»Nein, so war es nicht«, rief der verzweifelt. »Es ist ja wahr, dass Signor Ricciulillo aus Bozen an der Schleuse arbeiten sollte. Aber er ist wieder abgereist! Verstehe ich auch nicht, warum nix das beweise kann. Aber ich habe ihn doch nicht umgebracht!«

»Dann haben Sie ja auch nichts zu befürchten und können uns unbesorgt begleiten«, stellte der Kleine fest.

»Bitte, Sanne, Andreas, ihr musste mir helfe!«, rief er außer sich, während die beiden Gendarmen ihn aus dem Haus führten. Sanne schluckte den dicken Kloß herunter. Sie hatte eine Träne auf Rosarios Wange gesehen, es zerriss ihr das Herz.

»Blöder Mist!«, grollte Kolbe, als der Wagen mit dem armen Rosario fort war und Sanne und Kolbe allein in dessen Stube zurückkehrten.

»Blöder Mist?«, fragte sie aufgebracht. »Eine Katastrophe ist das!«

»Ich meine doch nicht die Verhaftung. Ich meine mein schönes Kästchen. Der Lack hat die Zeitung daran festgeklebt.«

»Wie kannst du jetzt an dein dämliches Kästchen denken?«, fuhr sie ihn an. »Rosario sitzt in der Klemme. Aber so richtig! Selbst wenn sie ihm glauben, dass er kein Mörder ist, wissen sie auf jeden Fall, dass er geschwindelt hat. Vering wird ihn rausschmeißen. Vielleicht muss er sogar weg aus dem Kaiserreich.« Ihre Stimme war immer leiser geworden, sie schluchzte auf und hielt sich eine Hand vor die bebenden Lippen.

»Er würde dir ganz schön fehlen, was?«

»Natürlich würde er das!«

»Brauchst mich nicht anschreien. Glaubst du, mir würde er nicht fehlen? Mensch, das mit dem Kästchen war doch nur … Ich hab das gesagt, weil ich mich irgendwie beruhigen muss. Das geht mit einem blöden Scherz am besten. Verdammt noch mal, ich mache mir doch auch Sorgen. Rosario ist mein Freund.«

Da standen sie in Rosarios gemütlichem kleinem Wohnraum, wo sie schon so viele Stunden miteinander verbracht hatten, und starrten sich an. Der Sturm heulte, das Holz des Hauses ächzte, die Fenster knackten.

»Komm her!« Kolbe zog sie an sich. Erst jetzt wurde ihr klar, dass ihr die Tränen nur so über das Gesicht liefen. »Wir sind seine Freunde«, flüsterte er so sanft, wie sie es von ihm nicht kannte. Es tat ihr gut, sie war froh, in dieser schlimmen Situation nicht allein zu sein. Sanne schmiegte sich an ihn. »Wir halten zusammen und lassen ihn nicht im Stich.« Er streichelte ihr über das Haar. »Wird schon alles wieder, du wirst sehen.« Keine Frotzelei, kein bissiger Kommentar, weil sie gar nicht mehr aufhören konnte zu weinen. »Psst«, machte er, »beruhige dich. Rosario hat niemanden auf dem Gewissen, und das wird sich auch herausstellen.« Er hielt sie fest. Wenn er sie nur nie losließe, dann wäre sie für immer sicher. Sanne erschrak über diesen Gedanken. Sie hob den Blick. »Na, also«, sagte er und lächelte. »So ist es schon besser.« Behutsam wischte er über ihre feuchten Wangen. Dann wurde sein Blick ernst, sein Gesicht kam ihrem immer näher. Sanne hielt die Luft an und schloss schließlich die Augen. Sie spürte seine Lippen, die sich auf ihre legten, vorsichtig, als würde er sie fragen, ob es in Ordnung sei. Ihr Mund gab ihm die Antwort, ohne dass sie es hätte verhindern können. Es war ein langer, ein atemloser Kuss, der nie aufhören sollte. Doch da drängte sich Rosarios verzweifelter Blick in ihren Kopf. Das schlechte Gewissen erwischte sie wie eisiges Wasser am Morgen. Sie schob ihn von sich.

»Na so was, hätte nicht gedacht, dass du deine Schulden noch begleichst«, sagte er. Auf den Lippen, die eben noch so zärtlich gewesen waren, machte sich sein typisches ironisches Grienen breit. »Schön!« Er räusperte sich und klatschte in die Hände. »Wir holen Rosario da raus. Wir brauchen nur einen Plan.«

Wenn es doch nur so einfach wäre! Aber sosehr Sanne und Kolbe sich auch das Hirn zermarterten, kamen sie immer zum gleichen Ergebnis: Sie konnten Rosario nicht helfen. Daniele, Henrico und Benedetto hatten sofort angeboten, für ihn auszusagen.

»Wir können den Gendarmen erzählen, was er am Gotthard alles für seine Kollegen getan hat, wie er sich eingesetzt hat, wenn einer ungerecht behandelt wurde«, meinte Benedetto.

»Ja, wir schwören auf die Bibel, dass er ein guter Mensch ist, der niemals jemanden umbringen würde«, stimmte Henrico zu. »Er kann ja nicht mal ein Huhn oder einen Fisch erschlagen. Das bringt er nicht fertig.«

»Ist lieb von euch«, hatte Sanne gesagt. »Dummerweise zählen für die Ordnungshüter nur Tatsachen. Ihr könnt schwören, so viel ihr wollt, solange wir keine Beweise vorlegen können, bleibt Rosario eingesperrt.«

Einmal hatte Sanne ihn in Eddelak besuchen dürfen. Anderthalb Stunden war sie zu Fuß zum Amtsgericht unterwegs gewesen, die gleiche Zeit hatte sie bei Nieselregen durch die Kälte zurückgehen müssen. Doch das war nichts gegen die Qual, die Rosario ertragen musste. Er sah aus wie das Leiden Christi in Person. Wahrscheinlich schlief er so wenig wie sie oder noch weniger und hatte keinen Appetit. Konnte sie gut verstehen, ihr ging es nicht anders. Rosario hatte seinen Betrug gestanden, hatte zugegeben, dass er dem echten Schleusenbauer haarsträubende Geschichten über die Arbeitsbedingungen aufgetischt und ihn damit in die Flucht geschlagen hatte. Er hatte den Gendarmen erklärt, dass er am Gotthard unter menschenunwürdigen Bedingungen hatte leben müssen und dass er der Verlockung, hier am Kanal in einem schönen Haus wohnen zu dürfen, einfach nicht hatte widerstehen können. Die gute Nachricht: Die Anklage wegen Mordes würde vom Tisch sein, sobald aus Italien die Bestätigung kam, dass Flavio Ricciulillo noch am Leben war. Seine Leiche war nämlich wahrhaftig nicht aufgetaucht. Rosarios Geschichte, die Wahrheit, musste darum zumindest in Betracht gezogen werden. Und man musste ihm beweisen, dass er schuldig war.

»Sie haben mir versprochen, die Gendarmerie in Bozen zu bitten, nach Flavio Ricciulillo zu schauen. Bitte, Sanne, du musst für mich beten, dass sie ihn finden. Quitschlebendig oder wie du immer sagst«, hatte Rosario sie angefleht.

Sanne betete morgens, mittags und abends voller Inbrunst. Sie hatte riesige Angst, dass die erhoffte Bestätigung nicht kam. Aber noch eine andere Frage spukte in ihrem Kopf herum. Irgendjemand hatte Rosario beschuldigt. Sie hätte zu gern gewusst, wer das gewesen war und warum. Gleichzeitig graute ihr vor der Antwort. War doch möglich, dass derjenige den Mann aus Bozen selbst auf dem Gewissen hatte und die Tat Rosario unterjubeln wollte. Was sollten sie nur tun, wenn aus Italien die Nachricht kam, dass der echte Schleusenbauer tatsächlich tot war? Die gute Nachricht war also kein Anlass zu ungetrübter Zuversicht. Und eine schlechte gab es außerdem. Wenn der angeblich Ermordete mopsfidel auf der Bildfläche auftauchte, blieb noch immer Rosarios Betrug. Dafür würde man ihn anklagen. Es war zum Verzweifeln. Trotzdem durfte Sanne die Hoffnung nicht aufgeben. Nach ihrem Besuch beim Amtsgericht in Eddelak, wo Inhaftierte auf ihre Verhandlung warteten, wusste sie eins sicher: Das Beste, was sie für Rosario tun konnte, war, sich um seine Arbeit zu kümmern. Deshalb musste sie auch wieder regelmäßig essen und schlafen, so schwer es ihr auch fiel. Sie musste es versuchen, um bei Kräften zu bleiben und ihren Grips wach zu halten. Alle zwei Tage traf sie sich mit Kolbe in Rosarios Haus. Immer hatten beide arbeitsreiche Stunden hinter sich und waren erschöpft. Doch Sanne musste einfach wissen, wie es auf der Baustelle voranging. Kolbe war ihr Ohr und ihre Augen.

»Mir ist was Komisches aufgefallen«, erzählte er an einem besonders kalten Abend Anfang Dezember. »Die Wagen, die den Lehm in den Trichter des Mörtelwerks kippen, sind nur noch halb voll. Ich dachte, diese komischen Zufuhrwagen haben extra eine bestimmte Größe, damit die Menge quasi automatisch immer gleich ist.«

»Ist auch so. Das ist wie bei einem Messbecher, der dir hilft, Zucker und Mehl in der richtigen Menge zu verwenden, damit der Kuchen gelingt.«

»Kann mir nicht vorstellen, wie du das meinst. Könntest du es mir nicht anhand eines praktischen Beispiels vorführen?«

»Du kennst doch wohl einen Mess…« Sanne sah seine belustigt blitzenden Augen. Dass sie aber auch noch immer auf seine Scherze hereinfiel. »Wenn ich mal wieder Zeit und Zutaten habe, um einen Kuchen zu backen, kriegst du vielleicht einen Krümel ab.« Sie schenkte ihm ein süßes Lächeln, wurde jedoch sofort wieder ernst. »Bist du sicher? Ich meine, was den Lehm angeht. Kannst du mit Sicherheit sagen, dass die Wagen nicht mehr bis zum Rand voll sind?«

»Ich bin vielleicht nicht sonderlich gebildet, aber ich habe Augen im Kopf«, brummte er. »Das ist seit dem ersten Tag so, an dem Rosario es sich hinter Gittern gemütlich macht, statt seine Leute herumzukommandieren. Das weiß ich genau. Hat aber wahrscheinlich sowieso nichts zu bedeuten. Wir sollten uns lieber um wichtige Dinge kümmern und zum Beispiel über den Kuchen sprechen.« Er lehnte sich in dem Sessel zurück, in den Rosario gehörte.

»Bist du verrückt? Das hat sicher etwas zu bedeuten! Lehm ist das Bindemittel. Ich kenne mich mit dem Bau von Mauern zwar nicht so gut aus wie Rosario, aber ich habe schon einiges von ihm gelernt. Wenn die Zusammensetzung nicht stimmt, kann mit den Mauern auch nichts stimmen. Dann wird der Mörtel womöglich bröselig. Und dann? Halten die Steine nicht«, gab sie selbst die Antwort. »Am Ende bricht alles zusammen.« Als sei diese Vorstellung nicht schon schlimm genug, fiel ihr auch noch ein, was Kolbe ihr kürzlich erzählt hatte. »Stapeln noch immer Arbeiter jede Menge Ziegelsteine lose auf die Seiten- und Mittelmauern?«

»Klar! Das machen die, bis das Endgewicht erreicht wird, das die fertigen Mauern mal haben werden«, sagte er widerwillig. Er hatte eindeutig keine Lust, über die Baustelle zu reden.

»Natürlich, sie erreichen damit, dass die Senkung nicht ungleichmäßig erfolgt und damit Risse im Mauerwerk, die schon jetzt vorhanden sind, nicht schlimmer werden«, murmelte sie. Von acht Millionen Ziegelsteinen sei die Rede gewesen, hatte Kolbe letztes Mal behauptet. Sie war nicht sicher, ob er eine falsche Zahl aufgeschnappt hatte. Andererseits wusste sie von Rosario, welche ungeheuren Mengen verarbeitet wurden. »Lieber Himmel, wenn die schlechten Mörtel verwenden und dann eine solche Last auf die frisch gemauerten Abschnitte packen, kannst drauf wetten, dass …«

»Die machen doch keine Mauern daraus«, beruhigte er sie. »Das Zeug wird für die Betonierung der Böschungen gebraucht, glaube ich. Vielleicht ist das der Grund.« Kolbes Gesicht strahlte, als habe er gerade die alles erklärende Erkenntnis. »Volle Lehmwagen für Mauern, halbvolle für Böschungen.« Er sah sie erwartungsvoll an.

»Kann ich mir nicht vorstellen«, sagte sie nachdenklich. »Alles, was hier und heute entsteht, muss für die Ewigkeit halten. Du kannst später nix mal eben flicken wie ein Loch im Hemd.« Kolbe zuckte die Achseln, als wäre ihm das einerlei, doch dann trat eine Falte auf seine Stirn.

»Ist genug Lehm da. Daran kann es nicht liegen, dass die jetzt weniger nehmen. Es muss also einen technischen Grund geben. Das kann nur heißen, jemand, der sich auskennt, hat eine entsprechende Anweisung gegeben.« Er faltete die Hände vor dem Bauch und sah sehr zufrieden aus. »Es dürfte also alles seine Richtigkeit haben.«

»Oder dein komischer Jemand hat keine Ahnung oder will um jeden Preis sparen. Oder er will, dass was schiefgeht.« Während sie es aussprach, erschrak Sanne. Pfusch an der Schleuse würde man immer Rosario anlasten. Wollte ihm womöglich jemand unbedingt einen Strick drehen? Na klar, das ergab einen Sinn! Erst behauptete der Unbekannte, Rosario hätte den Mann aus Bozen umgebracht, dann sorgte er dafür, dass alle dachten, Rosario hätte auch beim Bau Murks gemacht. Aber wer würde das tun, wer sollte ausgerechnet Rosario schaden wollen? Sanne musste schlucken. Der einzige Grund, der ihr auf Anhieb einfiel, war Eifersucht. Kolbe hatte es von Anfang an nicht leiden können, wenn die beiden sich ohne ihn getroffen hatten. Andererseits waren er und Rosario dicke Freunde. Nee, so hinterhältig war Kolbe nicht. Oder doch?

»Was guckst du mich denn an, als hätte ich drei Augen?«

»Ich habe bloß nachgedacht, da gucke ich immer so. Ich muss mit Herrn Vering sprechen.«

»Wenn du meinst. Soll ich mitkommen?« Sie schüttelte langsam den Kopf.

»Nein, ich glaube, es ist besser, wenn ich das allein erledige.«

Sanne hatte weiche Knie, als sie das Kontorhaus betrat. Wenn sie Vering von der falschen Mörtel-Mischung erzählte, würde er natürlich wissen wollen, woher sie diese Information hatte. Und dann würde alles herauskommen und sie hätte die längste Zeit an der Schleuse gearbeitet. Nützte aber nichts, sie musste mit Herrn Vering sprechen. Er würde ihr schon nicht den Kopf abreißen. Als sie sich damals in Marne kennengelernt hatten, war er sehr nett zu ihr gewesen, obwohl sie geschwindelt hatte. Er hatte ihr gebrannte Mandeln spendiert, das würde sie nie vergessen. Außerdem durfte sie keine Rücksicht auf die Folgen nehmen, die es für sie haben konnte. Es ging immerhin um die Stabilität der Schleuse und um das, was an Rosarios Ruf noch zu retten war.

»Guten Tag, mein Fräulein, haben Sie sich verlaufen?« Ein Mann, der nicht viel älter sein dürfte als sie, sah von oben auf sie herab. Und das lag bestimmt nicht nur an seiner ungeheuren Größe. Sie holte tief Luft und drückte das Kreuz durch.

»Ich möchte zu Herrn Vering, bitte.«

»Herr Vering ist in Hamburg. Sie bräuchten einen Termin.«

»Dann machen wir eben einen. Wann ist der Herr Vering denn wieder da?«

»Haben Sie es gemerkt? Ich habe den Konjunktiv benutzt. Sie bräuchten«, wiederholte er. »Die Möglichkeitsform. Dabei zeigt der Konjunktiv durchaus nicht an, dass etwas möglich ist. Wenn Sie verstehen …«

»Kein Wort«, entfuhr es Sanne. »Sagen Sie mir einfach, wann er da ist und ich ihn sprechen kann. Mehr will ich nicht. Das kann doch nicht so kompliziert sein.«

Der Mann sah sie überrascht an.

»Worum geht es überhaupt?«, fragte er dann so arrogant, dass sie allmählich wütend wurde.

»Das müsste ich schon mit ihm selbst besprechen.«

»Wozu, glauben Sie, hat er einen Assistenten?« Er deutete dezent auf sich, ehe er die Arme verschränkte und nun vor ihr stand wie ein unüberwindbares Hindernis.

»Das frage ich mich auch. Ich kann mir nicht vorstellen, dass er sie eingestellt hat, damit Sie Menschen abwimmeln, die ihn sehen wollen und die ihn kennen.« Sie versuchte, seine Körperhaltung zu kopieren. »Wir haben uns auf dem Viehmarkt kennengelernt, er hat mich zum Essen eingeladen.«

Der Assistent sah sich in dem Foyer des Kontorhauses um, als wäre jemand hinter ihm her. Dabei war da niemand weit und breit, nur einmal war ein Beamter hereingekommen, hatte gegrüßt und war hinter einer der Eichentüren verschwunden.

»Wenn Sie nur ein bisschen Anstand im Leib hätten, würden Sie damit diskret umgehen«, zischte der lange Kerl und beugte sich sogar ein bisschen vor. Was dachte der denn, was zwischen ihr und Herrn Vering gewesen war? Ihre Wangen wurden warm.

»Da habe ich mich wohl dösig ausgedrückt«, begann sie.

»Nein, ich verstehe sehr gut. Nur Sie verstehen nicht. Wenn Sie nämlich meinen, Sie könnten den einmaligen Fehltritt eines rechtschaffenen Ehemannes und Familienvaters zu Ihrem Vorteil nutzen und aus Ihrem kleinen Tête-à-Tête Kapital schlagen, täuschen Sie sich.«

»Das ist ja wohl eine Unverschämtheit. Wofür halten Sie mich denn?«

»Das möchte ich lieber nicht aussprechen.« Sanne schnappte nach Luft.

»Ich hatte mit Herrn Vering rein geschäftlich zu tun«, brachte sie hervor.

»Ja, gewiss.«

»Und es geht auch jetzt ausschließlich um Dienstliches. Ich habe Informationen über die Bauarbeiten, die für ihn wichtig sind.« Der Mann begann zu lachen.

»Phantasie haben Sie, das muss man Ihnen lassen. Und ein gewisses schauspielerisches Talent ist Ihnen auch nicht abzusprechen. Leider erlaubt es mir meine Zeit nicht, Ihrer durchaus unterhaltsamen Darbietung länger beizuwohnen.« Seine Miene wurde von einer Sekunde auf die andere eisig. »Schluss mit dem Theater! Verschwinden Sie, ehe ich Sie eigenhändig an die frische Luft setze.«

»Ich hätte dich doch begleiten sollen«, sagte Kolbe, als sie ihm am nächsten Tag von dem Debakel berichtete. Henrico und Daniele waren auch da. Es hatte über Nacht so viel Frost gegeben, dass die Arbeiten ruhen mussten.

»Glücklicherweise bekommt die Kanalverwaltung Wetterberichte. Darum wissen sie, dass schon wieder wärmere Luft auf dem

Weg hierher ist«, hatte Henrico erleichtert erklärt. Alle Arbeiter, die im Winter nicht nach Hause gingen, fürchteten Schnee und Eiseskälte wie der Teufel das Weihwasser. Schon bei milden Temperaturen schufteten sie unter harten Bedingungen. Doch stundenlang in nasser Kleidung, die Finger steifgefroren, den steinharten Boden Schaufel für Schaufel in Schubkarren zu schaffen, brachte sie an ihre Grenzen. Am größten war aber die Angst davor, dass sie mehrere Tage oder gar Wochen nicht arbeiten konnten. Denn wer nichts schaffte, bekam auch kein Geld, selbst wenn ihn keine Schuld an der Pause traf.

»Ich hätte dem Schnösel seine Hochnäsigkeit schon ausgetrieben«, meinte Kolbe und holte Sanne aus ihren Gedanken.

»Siehst du, genau darum bin ich allein gegangen.« Sie seufzte. »Ich kenne mich natürlich nicht so richtig damit aus, aber es gefällt mir nicht, dass genau an dem Tag, an dem Rosario nicht mehr auf der Baustelle war, etwas so Wichtiges verändert wurde. Wer hat das angeordnet?« Sie erwartete keine Antwort und erntete nur Schulterzucken. »Erst schwärzt jemand ihn an, schiebt ihm einen Mord in die Schuhe, obwohl es nicht mal eine Leiche gibt, dann verändert einer die Zusammensetzung des Mörtels. Das ist doch kein Zufall!«

»Klingt nicht so«, stimmte Henrico ihr zu. Sie starrten vor sich hin.

»Mir ist es egal, wo ich was schaufel«, sagte Daniele plötzlich. »Ich lasse mich einfach versetze, das kriege ich hin. Wenn ich die Lehm in die Waage lade, werde ich ja sehe, wer da das Sagen hat.« Sanne bezweifelte, dass er selbst dafür sorgen konnte, an einer anderen Stelle eingesetzt zu werden. Selbst wenn, es musste einen besseren Weg geben, an diese Information zu kommen. Da fiel ihr etwas ein.

»Meinst du wirklich, dass du das schaffst?« Daniele nickte eifrig. »Ich weiß, das ist viel verlangt, aber … Würdest du dich trauen, die Beladung wieder zu erhöhen?« Wieder nickte Daniele.

»Natürlich, mache ich gern!« Er strahlte sie an. Die Aussicht auf ein Abenteuer schien ihm sehr zu gefallen. Die anderen beiden waren dagegen skeptisch.

»Was soll das bringen?«, knurrte Kolbe. »Daniele wird eine Standpauke kassieren, wenn's dumm läuft, vielleicht sogar eine Strafe. Die Menge wird wieder reduziert, das war's.«

»Sehe ich auch so«, gab Henrico ihm recht.

»Daniele könnte behaupten, er habe von jemandem eine entsprechende Anweisung erhalten und sei davon ausgegangen, dass sie richtig ist, weil der Mörtel mit weniger Lehm schlechter hält.« Sie sah Daniele an. »Du fragst einfach, ob es nicht gefährlich ist, mit weniger Lehm zu produzieren. Dann muss jemand eine Erklärung parat haben, und wir wissen, wer so großes Interesse daran hat, Rosarios Vorgaben zu ändern, und warum.« Sie sah den Männern an, dass sie nicht überzeugt waren. »Ich versuche natürlich weiter, Herrn Vering zu sprechen. Sollte ich irgendeinen Grund übersehen haben, warum eine Reduktion der Menge sinnvoll ist, werde ich es herausfinden.« Daniele war Feuer und Flamme für ihren Plan, Kolbe und Henrico glaubten noch immer nicht daran. Da sie aber keinen besseren Vorschlag hatten, war es beschlossene Sache.

Als sie den Weg durch die Dunkelheit von Ostermoor nach Hause geschafft hatte, war es längst still in der kleinen Kate. Wie so oft nach Abenden mit Rosario oder mit Kolbe, schlich sie sich herein. Sie brauchte keine Kerze anzünden, sondern kannte blind jeden Weg.

»Sanne?«

Sie schrie auf. Ihre Mutter war noch wach, damit hatte sie nicht gerechnet.

»Was machst du hier um diese Zeit? Warum machst du dir kein Licht an?« Sanne beruhigte sich allmählich und tastete sich an der Wand entlang zur Kommode. Dort musste eine Öllampe stehen.

»Die gleichen Fragen könnte ich dir stellen«, kam es ruhig zurück. »Ich wollte Michel etwas Zwiebelsaft holen, sein Husten raubt sonst noch allen den Schlaf. Dafür brauche ich kein Licht. Ich finde mich auch so zurecht.«

»Genau wie ich.« Sanne lachte leise. »Es sei denn, es steht plötzlich jemand vor mir.« Sie hatte ein Streichholz zu fassen bekommen und riss es an. Gleich darauf tauchte die Lampe den Raum in warmes Licht.

»Siehst müde aus, Mädchen.« Sanne betrachtete ihre Mutter in dem flackernden Schein. Ihr war anzusehen, dass sie etwas auf dem Herzen hatte.

»Du auch. Willst du nicht Michel den Saft bringen und wieder ins Bett gehen? Ist aasig kalt, du holst dir im Nachthemd noch was weg.« Sanne mochte nicht reden, nicht jetzt. Es war spät und wirklich ungemütlich frisch. Ihre Mutter kümmerte es offenbar nicht.

»Denkst du nicht, der Italiener sollte uns endlich um deine Hand bitten?«, fragte sie unvermittelt. »Wenn du erst 'n Kind erwartest, isser womöglich schneller über alle Berge, als du gucken kannst. Dann sitzt du da.« Sanne schnappte nach Luft.

»Was denkst du denn von mir? Rosario und ich sind nur Freunde.«

»Nee, Sanne, das lass dir man nicht einreden. So was gibt's nicht zwischen Mann und Frau. Auch nicht in Italien, kann ich mir nicht vorstellen. Die Leute auf'm Markt sagen, die Arbeiter hätten mit den Frauen aus dem Dorf nichts Ernstes im Sinn. Die Italiener schon gar nicht.« Sie zog die zerschlissene Strickjacke fest um ihren Oberkörper und hielt sie mit einer Hand fest. Mit der anderen öffnete sie den Schrank. Ohne hinzusehen, nahm sie das Fläschchen mit dem angesetzten Zwiebelsud heraus. »Ich will doch nur, dass du dein Leben nicht wegwirfst.« Sie warf Sanne einen kurzen Blick zu. »Gute Nacht.« Dann schlurfte sie davon. Als Sanne wenig später zu ihrem Bett schlich, röchelte Michel noch immer bei jedem Atemzug, die Wirkung des Hausmittels schien jedoch einzusetzen. Inge, die Jüngste, seufzte und drehte sich unruhig von einer Seite zur anderen. Sanne ging zu ihr und legte ihr kurz eine Hand auf den Arm.

»Psst, ist alles gut, Lütte. Schlaf schön!« Frerk und Elke waren so schnell nicht aufzuwecken, da hätte schon ein Orkan am Dach rütteln müssen. Leise ließ sich Sanne in ihr Bett gleiten, das in einer notdürftig abgeteilten Nische seinen Platz hatte. Wirklich für sich sein konnte Sanne dort nicht. War nicht dran zu denken, dass sie Rosario jemals mitbringen könnte. Oder Kolbe. Sie schluckte. Das war aber auch zu verwirrend. Konnte eine Frau zwei Männer gleichermaßen gern haben? Sie hatte doch noch nicht einmal mit einem Erfahrungen. Sanne drehte sich zur Wand. Wie es Rosario wohl ging? Ob er jetzt auch wach lag und sich Sorgen machte? Ob er in diesem Augenblick an sie dachte? Wer konnte diesem fröhlichen und freundlichen Mann nur Kummer bereiten wollen? Sie musste unbedingt dafür sorgen, dass in seiner Abwesenheit nichts geschah, was seine Situation noch schlimmer machte. Sie schlug das Ende des Daunenbetts mit den Füßen ein und stopfte es sich überall unter ihren Körper. Mensch, das war aber auch eisig. Sanne konnte das Zittern kaum unterdrücken. Sie könnte sich einen Ziegelstein in die Glut des Ofens legen, doch es würde dauern, ehe er schön heiß war und sie ihn mit in ihr Bett nehmen konnte. In Rosarios Zelle war es sicher auch schrecklich kalt. Hoffentlich hatte er eine warme Decke. Hoffentlich hatte sie nicht selbst etwas getan, das seine Lage verschlimmerte, schoss ihr durch den Kopf. Mit einem Schlag hatte sie eine Höllenangst, sie könnte etwas in den falschen Hals bekommen haben, wenn Rosario ihr etwas von Mörtel und Steinen und Haltbarkeit erzählt hatte. Sollte sie Daniele zurückpfeifen? Nein, wenn sie wirklich falsch lag mit ihrem Verdacht, würde nicht viel passieren. Jemand würde bemerken, dass zu viel Lehm ins Mörtelwerk geschafft wurde und das wieder korrigieren. Daniele konnte sich Ärger einhandeln, aber es würde schon nicht zu schlimm werden. Sie hörte ein lautes Schnarchen aus dem Schlafzimmer ihrer Eltern. Papa. Wie sehr hatte sie sich darüber geärgert, dass er die Stelle des Schleusenbauers nicht angenommen hatte, obwohl er sie hätte haben können. Als sie da so frierend und zweifelnd in der Dunkelheit lag, verstand sie ihn plötzlich. War eine schwere Bürde, Verantwortung für andere Menschen zu tragen.

Kapitel 16
Susanne

Brunsbüttel, Weihnachten 1892

Die Tage gingen ins Land. Daniele war es ohne große Schwierigkeiten gelungen, sich an einen neuen Einsatzort versetzen zu lassen. Er hatte einfach mit einem Arbeiter den Platz getauscht, der froh war, einmal etwas anderes sehen und tun zu können. Für den Vorarbeiter schien nur von Belang zu sein, dass die Anzahl kräftiger Männer in seiner Truppe stimmte. Er kannte sie ohnehin nicht gut genug, um zu bemerken, wenn einer den anderen ersetzte, behauptete Daniele. Noch zweimal hatte Sanne versucht, Herrn Vering zu sprechen, ohne Erfolg.

»Daniele hat wahrhaftig dafür gesorgt, dass die Lehmwagen wieder voll sind?«, wollte sie jedes Mal sofort wissen, wenn sie Kolbe traf. »Und es ist noch immer dabei geblieben? Niemand kontrolliert die Mengen und schreitet ein?«

»So sieht's aus«, antwortete Kolbe. »Sie arbeiten nach den Anweisungen einer Frau. Wenn die das wüssten!«

»Gott sei Dank wissen sie es nicht, und das soll auch so bleiben. Seltsam ist es allerdings schon, findest du nicht?« Sanne hatte einen Stollen gebacken, war schließlich in wenigen Tagen Weihnachten. Sie stellte einen Teller auf Rosarios ovalen Tisch. »Ist zwar kein Kuchen, aber so was Ähnliches.« Sie lächelte, Kolbe strahlte.

»Christstollen? Das ist ja noch viel besser als Kuchen!«

»Sind leider nur wenig Rosinen drin und gute Butter war auch'n büschen knapp. Dafür habe ich im Sommer Zitronen ergattert, aus deren Schale ich Zitronat gemacht habe. Und frische Mandeln hatte ich auch zur Hand«, sagte sie stolz.

»Hör auf, mir läuft schon das Wasser im Mund zusammen.«

»Hast du ein Glück, dass ich dir eine Scheibe mitgebracht habe. Ist nicht gerade dick, ich hätte ordentlich Ärger zu Hause gekriegt, wenn ein großes Stück gefehlt hätte.«

»Wie das duftet! Danke!« Er schob sich einen Brocken in den Mund, schloss die Augen und stöhnte. Sanne ging das Herz auf. Sie trank nur den dünnen Grog mit einer Prise Zucker, den sie aufgegossen hatte. Den Rest des abgezweigten Stollens wollte sie einem anderen Freund bringen.

»Also: Wieso fällt keinem auf, dass die Wagen plötzlich wieder bis zur Markierung mit Lehm gefüllt sind?«

»Keine Ahnung, ist mir im Moment aber auch egal.« Er verspeiste das nächste Stückchen.

Hätte sie sich denken können, dass Kolbe nichts mehr von der Arbeit hören wollte, sobald die Weihnachtsleckerei seine volle Aufmerksamkeit beanspruchte. Er begriff einfach nicht, dass es einen Zusammenhang zwischen technischen Vorgängen auf der Baustelle und Rosarios misslicher Lage geben könnte. Vielleicht gab es die auch nicht, und sie sah lediglich Gespenster. Andererseits … Lautes Geschrei draußen hielt sie davon ab, weiter über mögliche Erklärungen oder Hintergründe zu grübeln. Kolbe sah fragend auf. Ehe sie beide auch nur ein Wort sagen konnten, läutete die Türglocke.

»Heiliger Bimbam, was soll denn der Lärm?«, fragte Kolbe und griente über seinen Wortwitz. Sanne trat ans Fenster und öffnete es.

»Es ist Henrico«, sagte sie.

»Sanne, gute Nachrichten«, rief der von unten und rieb sich die eisigen Hände. Kolbe war bereits aufgestanden, um ihn hereinzulassen.

Eine Minute später saß Henrico bei ihnen am Tisch, vor sich einen Teller mit einer hauchdünnen Scheibe Stollen. Sanne würde ihrem Freund Claas nur noch ein bescheidenes Geschenk machen. Er würde sich trotzdem freuen, und so hatte auch Henrico etwas von ihren Backkünsten.

»Rosario wird entlassen, er kommt nach Hause!« Henrico sah von einem zum anderen. Seine Augen leuchteten, wahrscheinlich hätte man ihm keine größere Freude bereiten können.

»Bist du sicher?« Sannes Stimme überschlug sich. Sie konnte das Glück kaum fassen. In vier Tagen war Weihnachten, sie hatte angenommen, Rosario müsste das Fest hinter Gittern verbringen. Welch eine Freude, dass ihm das erspart blieb. Sie würde ihm den schönsten Heiligabend bescheren, den er je erlebt hatte. Zumindest den schönsten, seit er in Brunsbüttel lebte.

»Ich bin nach dem Essen rasch in der Küche gewesen«, erzählte Henrico. »Ich wollte der Königin einen Brief von Benedetto bringen.«

»Der Königin?« Kolbes Augen weiteten sich. »Hattest du schon einen Grog, ehe du hergekommen bist, einen starken?«

»Benedetto nennt sie so, weißt du doch. Fragt mich nicht, was die beiden miteinander haben, auf jeden Fall scheinen sie befreundet zu sein.«

»Ach die! Eine Freundschaft zwischen einem Mann und einer Frau?« Kolbe grinste breit. »Das gibt's nicht!« Er sah Sanne an, sie wich seinem Blick aus.

»Hat sie dir erzählt, dass Rosario frei gelassen wird?«, wollte Sanne wissen.

»Nein, aber die Küche liegt zwischen der Kantine für die Arbeiter und der Gaststube für die Beamten. Da hörte ich, wie einer zum anderen sagte, er habe gehört, der Herr Limone käme zurück, seine Unschuld sei bewiesen. Der andere meinte darauf, er hätte sich auch nicht vorstellen können, dass dieser freundliche Mann einen Menschen auf dem Gewissen habe. Und es sei gut, wenn er endlich wieder auf der Baustelle wäre, weil er die Männer bestens im Griff gehabt hätte. ›Der Herr Limone hat ein gutes Gespür für die Arbeiter‹, so hat er sich ausgedrückt.«

Das Gerücht entsprach der Wahrheit, wie Kolbe schnell herausfand. Gottlob! Also machte sich Sanne zwei Tage vor Heiligabend auf den Weg nach Eddelak. Es war zwar ein Umweg, aber sie ging vorher noch rasch in Nordhusen vorbei, wo Claas Clausen lebte. Claas war ein etwas einfältiger Glatzkopf, dem das Schicksal übel mitgespielt hatte. Seine komplette Familie war bei einem Brand umgekommen. Seit diesem tragischen Ereignis wohnte er allein im Schuppen eines Bauern und fuhr mit seinem schon etwas morschen Kahn durchs Fleet bis nach Marne, um dort auf dem Markt zu verkaufen, was er gerade anbieten konnte. Sanne hatte ihn vor Jahren kennengelernt, als er sie zum Viehmarkt mitgenommen und nichts dafür verlangt hatte. Er war nicht einmal anzüglich geworden oder hatte die Situation mit ihr allein gar ausgenutzt, wie es manch anderer Bursche seines Alters wohl getan hätte. Das hatte sie ihm hoch angerechnet. Seitdem verband sie eine ungewöhnliche Freundschaft. Wann immer Sanne etwas Essbares erübrigen konnte, brachte sie es ihm. Der Bauer, auf dessen Grund er lebte, war schrecklich geizig. Er verlangte statt einer Miete täglich einige Stunden von Claas' Arbeitskraft. In der restlichen Zeit musste der arme Kerl irgendwie ein paar Pfennige verdienen, um sich von eben diesem Bauern ein paar Kartoffeln oder Rüben zu kaufen. Zum Freundschaftspreis, der etwas höher war als auf dem Markt üblich. Claas nahm es hin.

»Ich wüsste nicht, wohin ich gehen sollte, wenn er mich wegjagt«, hatte er ihr geantwortet, als sie ihn mal auf die Ungerechtigkeit angesprochen hatte. »Er hat das Sagen, ich halte mich dran, so ist das nun mal.«

Häufig sahen sie sich nicht, denn Sanne hatte nicht viel zu verschenken. Sie benötigte auch nicht oft eine Mitfahrgelegenheit per Boot. Kam sie einmal in die Verlegenheit, konnte sie jedoch sicher sein, dass Claas sie nicht abweisen würde.

Sie klopfte an die wackelige Tür des Schuppens, hörte seine Schritte, ehe er öffnete.

»Moin, Claas!«

»Moin, Sanne, das ist'ne Freude!« Seine große Zahnlücke erschien zwischen den breit auseinandergezogenen Lippen. »Brauchst nicht draußen in der Kälte stehen. Komm man rein!«

Drinnen war es kaum wärmer. Kein Wunder, dass er Jacke, Mütze, Schal und die dicken verbeulten Winterstiefel trug. Er ging bestimmt so ins Bett, vermutete Sanne. Na, die Stiefel zog er wohl doch aus.

»Ich wollte dir nur ein frohes Weihnachtsfest wünschen«, sagte sie. Der Atem stand ihr als kleine Wolke vor dem Gesicht.

»Ist ein gutes Weihnachten, wenn's kein Feuer gibt«, meinte er düster. Es war jedes Jahr seine große Angst. Der Bauer würde gewiss wieder viele Kerzen anzünden, um es sich mit seiner Familie gemütlich zu machen. Die Herdfeuer brannten bei den wohlhabenden Menschen ohnedies von früh bis spät, weil Braten und Gemüse zubereitet wurden. Und auch die Christbäume, die inzwischen überall Mode waren, wo die Leute sie sich leisten konnten, waren mit Äpfeln, Zuckerwerk, Kugeln und eben auch mit Wachslichtern geschmückt.

»Warst lange nicht da«, sagte er.

»Ich weiß, tut mir leid. Ich habe immer viel zu tun. Bitte schön.«
Sie reichte ihm das in Papier eingeschlagene Stück Stollen. Er hielt es
sich sofort unter die Nase.

»Mmh, das riecht aber gut. Danke schön!« Claas verstaute das
Päckchen in einer Kiste, die so was wie sein Vorratsschrank war.

»Und jetzt bin ich auch schon wieder in Eile.« Sanne hob entschuldigend die Schultern und lächelte ihn an. »Ich muss gleich weiter nach Eddelak.«

»Was willst du da denn?«

»Jemand, den ich kenne, ist im Gefängnis.« Claas' Miene ließ
nicht erkennen, was er von dieser Offenbarung hielt. »Er ist ein feiner Kerl und hat sich nichts zuschulden kommen lassen«, setzte sie
dennoch schnell hinzu. »Zumindest nicht das, was man ihm vorgeworfen hat. Ist ein bisschen kompliziert. Jedenfalls wird er heute
entlassen, ich will ihn abholen. Darum muss ich mich beeilen.«

»Ist ein weiter Weg«, stellte er fest. »Soll ich dich nicht lieber
fahren?«

»Ich fürchte, mit deinem Kahn kommen wir nicht nach Eddelak.«
Sie lachte. Er stimmte ein.

»Nee, wär ziemlich dämlich, wenn wir den über Land ziehen würden.« Er lachte immer mehr. »Und mit dem Pferdewagen ginge es
ins Fleet. Dabei ist das doch gar kein Seepferdchen.« Er amüsierte
sich prächtig. Sanne dagegen war verwirrt.

»Pferdewagen? Ich verstehe kein Wort.«

»Na, ich hab doch so'n schönes Fuhrwerk hinterm Schuppen stehen.«

»Das wusste ich gar nicht.«

»Hab's auch noch nicht lange. Also?«

»Mensch, Claas, das wäre eine feine Sache. Rosario wird heilfroh
sein, wenn er die lange Strecke nicht zu Fuß gehen muss. Und ich
auch!« Sie strahlte ihn an.

Er nickte, stand auf und ging wortlos voraus aus dem Schuppen und einmal durch den frischen Schnee um die Holzhütte herum. Da stand eine hohe Kiste mit vier Wagenrädern und einer Deichsel. Es war ein ausgesprochen simples Gefährt, aber besser schlecht gefahren, als gut gelaufen. Mit wenigen Handgriffen hatte Claas einen Gaul vorgespannt, schon konnte es losgehen.

Als sie den kleinen Kirchort erreichten, mussten sie der Marschbahn die Vorfahrt gewähren, die gerade schnaufend in den Bahnhof einfuhr.

»Gegen so'n Dampfross kommen wir nicht an, das ist stärker als wir«, meinte Claas, als hätte es einer Erklärung bedurft, dass er kurz anhielt. Schließlich brachten sie die letzten Meter hinter sich und hielten vor dem Amtsgericht. Hinter den drei Fenstern des Ziegelbaus, die jeweils links und rechts neben dem Eingang zur Straße schauten, wohnten ein Sekretär, der Gerichtsdiener und der Gefangenenwärter. Das wusste Sanne von ihrem ersten Besuch. Auch Diensträume mochten sich dahinter befinden, die Räume der Inhaftierten gingen nach hinten raus.

»Sieht nicht so aus, wie ich mir ein Zuchthaus vorgestellt habe«, meinte Claas.

»Geht mir genauso. Ich bin gleich wieder da.«

»Ja, ja, ich warte.« Er lehnte sich an seinen Gaul und kraulte ihm gedankenverloren die Mähne.

Sanne atmete tief ein, ehe sie beherzt an die Tür klopfte. Der Sekretär öffnete ihr, den sie bereits vom letzten Mal kannte.

»Ich komme, um Herrn Rosario Antonio Francesco Limone abzuholen«, sagte sie und hielt kurz die Luft an. Wenn er sie nur nicht auslachen oder davonjagen würde, weil es doch nicht stimmte und Rosario bleiben musste.

»Sehr schön, sehr schön, kommen Sie bitte herein.« Das hörte sich gut an, ihr fiel ein Stein vom Herzen. »Fein, dass wir ihn los sind.«

»Wie bitte? Als hätte er Sie absichtlich belästigt! Glauben Sie vielleicht, Rosario hat so getan, als hätte er was ausgefressen, um Sie zu ärgern, indem er eine Ihrer Zellen für sich beansprucht? Darauf hätte er sicher gern verzichtet.« Der Sekretär stutzte.

»Wie? Ach so, natürlich. Nein, so habe ich es nicht gemeint. Ich habe nichts gegen Herrn Limone persönlich, er hat sich vorbildlich verhalten, soweit ich es beurteilen kann. Es ist nur so, dass jeder, der nicht mehr hier ist, weniger Arbeit für uns bedeutet. Weniger Arbeit ist gut, denn davon haben wir gerade zu viel.« Er sprach unglaublich schnell, Sanne bemühte sich, ihm zu folgen. Im doppelten Sinn, denn er lief vor ihr her in einen Raum, an dessen Wänden rundherum Regale standen, die wiederum mit Mappen und Gesetzbüchern vollgestellt waren. Sogar einige dieser neumodischen Aktenordner gab es. Am Fenster stand ein Tisch mit zwei gegenüberliegenden Stühlen. Der Sekretär deutete auf einen davon, sobald Sanne saß, nahm auch er Platz.

»Sie machen sich ja kein Bild, was hier los ist, seit der Kanal beschlossen wurde. Unendlich viele Grundbuchsachen, alle eilig, das versteht sich von selbst. Wir kommen kaum hinterher. Seit die Bautätigkeiten begonnen und Arbeiter aus allen Himmelsrichtungen hergelockt haben, nahm obendrein die Zahl der Delikte zu«, führte er atemlos aus. »Beleidigungen, Raufereien, Widerstand gegen die Staatsgewalt, alles Bereiche, in denen die Zahl der Fälle erheblich gestiegen ist. Wer ist zuständig? Wir!«, gab er selbst die Antwort, ehe Sanne auch nur die Chance dazu hatte. »Diebstähle hatten wir ebenfalls mehr, doch längst nicht so viele, wie gern behauptet wird.« Er beugte sich vor. »Denken Sie nur nicht, dass es die Fremden sind, die uns den größten Ärger machen. O nein! Ich will keinen Hehl daraus machen, dass es vorkommt. Einige von ihnen werden von den Alteingesessenen aber auch regelrecht dazu getrieben, wenn Sie mich fragen. Sie haben mich nicht gefragt«, sagte er, lächelte und sprach sofort weiter: »Jedenfalls halte ich die meisten der Arbeiter, die von weit hergekommen sind, für rechtschaffene fleißige Leute. Es wird ihnen bloß nicht einfach gemacht. All die Zwänge und Verbote.« Er schüttelte den Kopf. »Sollten wir sie nicht als willkommene Gäste betrachten, die uns, fern von ihrer Heimat und ihren Liebsten, bei einer großen Aufgabe helfen?« Er sah sie an, als würde er dieses Mal tatsächlich gern ihre Meinung hören.

»Gewiss, das sollten wir«, stimmte sie ihm zu. Er nickte.

»Wie dem auch sei, wir zwei können uns noch so einig sein, wir werden den Umgang mit den Fremden nicht verändern.« Er seufzte. »Ich werde dem Gefangenenwärter rasch Bescheid geben, dass er Herrn Limone holen soll, dann mache ich nur noch die Papiere fertig, und schon können Sie Ihres Weges ziehen.«

Sanne war von Herzen froh, als es so weit war. Sie verließ mit Rosario das Amtsgericht, nachdem er sich höflich von allen verabschiedet hatte. Als die Tür hinter ihnen ins Schloss fiel, blieben beide stehen, sahen einander an, nahmen sich wortlos in die Arme und hielten sich zwei, drei Atemzüge lang einfach nur ganz fest.

Den Heiligen Abend hatte Sanne natürlich mit ihrer Familie verbracht, doch am Ersten Weihnachtstag konnte sie sich für ein paar Stunden wegstehlen. Außer Kolbe, Henrico und Daniele war auch Claas bei Rosario zu Gast. Rosario hatte ihn vor lauter Dankbarkeit, dass Claas ihn mit dem Fuhrwerk aus Eddelak abgeholt hatte, eingeladen. Da saß er nun zwischen den ihm fremden Menschen und brachte kaum ein Wort heraus. Die Situation war ihm offenkundig nicht geheuer, nichtsdestotrotz machte er einen zufriedenen Eindruck. Es war sicher besser, als allein in seinem eiskalten Schuppen zu hocken. Obendrein hatte Sanne ihr zweitbestes Kleid geopfert und bei einer Bäuerin gegen eine halbe Gans getauscht. War ein magerer Vogel, doch mit Gemüse und Kartoffeln war das Essen ein Gedicht, da waren sich alle einig. Das Wichtigste war sowieso, dass sie alle wieder zusammen waren, von Benedetto abgesehen.

Immer wieder musste Rosario von seiner Haft erzählen: »Die Bedingungen waren gar nicht so schlimm«, wiederholte er. »Nicht für einen, der schon am Gotthard gearbeitet hat. Ich hatte eine Pritsche für mich allein, die tagsüber an die Wand geklappt wurde, so dass ich sogar ein bisschen Platz hatte. Eine Strohmatratze gab es und dazu ein Kissen, alles sauber, kannst du nicht meckern.« Er schenkte Eierpunsch aus, den Daniele irgendwoher besorgt hatte. »Auch der Holzfußboden wurde regelmäßig gewischt, sogar ein Fenster hatte ich. Leider kam der Wind herein, das war eisig, vor allem nachts.« Er schüttelte sich bei der Erinnerung.

»Unsere Baracken sind auch nicht viel besser«, warf Kolbe ein, dessen Zunge schon schwer wurde.

»Da hast du vielleicht recht. Aber einen großen Unterschied gibt es. Du kannst jederzeit gehen, wohin du willst und mit wem du willst.« Rosario warf Sanne einen kurzen Blick zu. Ob er ahnte, wie viel Zeit sie in seiner Abwesenheit mit Kolbe verbracht hatte? »Eingesperrt zu sein ist das wirklich Schlimme!«

»Dafür durftest du die ganze Zeit auf der faulen Haut liegen.« Kolbe griente. »Ich könnte mir Schlechteres vorstellen.«

»Ich mag meine Arbeit. Auch wenn sie mir eigentlich nicht zusteht« ergänzte Rosario leise. »Genau wie dieses Häuschen, das steht mir auch nicht zu. Und darum werde ich bald wieder in Eddelak sitzen.«

»Kannste du nicht sozusage mit die Tage bezahle, die du ohneschuldig gesesse hast?«, wollte Daniele wissen.

»Ja!« Henrico verschränkte die langen Arme vor seinem mächtigen Körper. »Er hat recht. Du warst für einen Mord eingesperrt, obwohl du niemandem ein Haar gekrümmt hast. Falls du für deine kleine Schummelei verurteilt wirst, kannst du die Zeit womöglich wirklich geltend machen.«

»Das wäre wunderbar!« Sanne lächelte Rosario an. Sein Blick war ernster, seit er zurück war, das Leuchten in seinen Augen schien schwächer geworden zu sein. »Wer hat Appetit auf Nachtisch?«, fragte sie schnell. Alle Hände schnellten in die Höhe. Sie lachte und ging in die Küche. Dort füllte sie großzügige Portionen Apfelkompott in die Schälchen. Davon hatte Sanne jede Menge vom letzten Sommer. Als Dekoration streute sie gehackte Walnüsse darüber. Sie hörte Henrico von der Weihnachtsfeier erzählen, die am Vorabend von der Kanalverwaltung für die Arbeiter ausgerichtet worden sei.

»Sogar weiße Tischdecken gab es«, sagte er, als sie das Tablett mit dem Kompott hereinbrachte und verteilte.

»Und ein Festessen mit eine dünne Suppe vorher«, berichtete Daniele. »Sogar eine Bier pro Mann habe sie uns spendiert.«

»Nicht zu vergessen die Geschenke. Kleinigkeiten, aber das war eine nette Geste.« Henrico nickte, als würde er sich selbst zustimmen.

»O ja, Geschenke!« Kolbe lachte auf. »Sehr großzügig. Wisst ihr, wovon die Herren Beamten die gekauft haben?« Er blickte herausfordernd in die Runde. »Von dem Geld, das im Lauf des Jahres von Arbeitern bezahlt werden musste, weil sie angeblich Verstöße gegen irgendwelche Regeln begangen haben.«

»An Regeln muss man sich halten«, sagte Claas. »So ist das nun mal.«

Sanne sah, wie Kolbe Luft holte. Sie dachte schon, er würde dem armen Kerl einen Vortrag halten, doch er zog nur kurz die Augenbrauen hoch, ließ die Luft hörbar wieder ausströmen und erhob sein Glas.

»Na dann, auf die Regeln!«

Es musste wohl der Geist der Weihnacht sein, der ihn milde stimmte. Oder der Eierpunsch.

Gleich nach den Feiertagen musste Rosario bei Vering antreten. Sanne und er hatten ausgemacht, dass sie sich nach dem Gespräch am alten Hafen an der Braake treffen wollten. Sie war viel zu früh da, lief auf und ab, konnte nicht stillstehen. Wie lange war es her, dass sie sich hier getroffen hatten, nachts. Sie war seinem Geheimnis damals auf die Spur gekommen, dass er nicht der erwartete Schleusenbauer aus Bozen war. Eine laue Sommernacht war das gewesen, und er hatte ihr von den Jahren erzählt, in denen er im Berg geschuftet hatte. Meter für Meter hatte er sich mit seinen Kollegen durch das Gotthardmassiv gesprengt und gegraben. Sie erinnerte sich noch gut, dass sie ihm atemlos zugehört hatte. Mit seinem Akzent, seiner höflichen Art, seinen lachenden Augen hatte er ihr damals das erste Stückchen ihres Herzens geraubt. Durch das pausenlose Hin- und Herlaufen war Sanne wenigstens warm. Und ihr wurde gleich noch ein bisschen wärmer, als sie ihn endlich kommen sah. Sie musste schmunzeln. Irgendwie sah er in einer dicken Winterjacke immer verkleidet aus. Sein schwarzes Haar und die leicht gebräunte Haut passten besser zu Sommerbekleidung. Sie ging ihm entgegen und bemerkte, dass sein Gesicht nicht mehr viel Farbe hatte, Rosario wirkte erschreckend blass.

»Und?«, fragte sie. »Was hat Herr Vering gesagt?«

»Was soll er schon gesagt haben?«, meinte er matt. »Er hat mir gratuliert, dass der Mordverdacht entkräftet ist, weil der Mann aus Bozen lebt, das steht fest. Leider ist genauso sicher, dass ich ein Schwindler bin.«

»Hast du nicht mit Louis Favre argumentiert, wie wir es besprochen haben? Der hat nie studiert, war Zimmermann und hat dennoch den Gotthard-Tunnel geplant«, sagte sie, als ob Rosario das nicht selbst wüsste. »Der ist wunderbar geworden. Eine Meisterleistung der Ingenieurskunst, oder nicht?« Sie hatte entsetzliche Angst vor den Konsequenzen, die Rosarios Schwindelei nach all den Jahren doch noch haben würde. »Die Schleuse wird auch ganz wunderbar. Das hast du ihm doch gesagt, oder?«

»Natürlich habe ich das, Sanne. Entschuldigt habe ich mich auch. Mehr als einmal.« Er seufzte traurig, ihr wurde das Herz noch schwerer. »›Ich kann es nicht leiden, belogen zu werden‹, hat er gesagt. Und dass ich vermutlich nicht einmal ahne, wie wütend er auf mich ist. Dabei weiß ich das genau, ich bin doch selbst sauer auf mich wie so ein alter Bismarck-Lappen«, sagte er leise. Sanne schossen Tränen in die Augen.

»Ich habe ihm gesagt, dass ich die Strafe verdiene, die ich dafür bekommen werde, dass ich gelogen habe. Da hat er gesagt: ›Wo kein Kläger, da kein Richter!‹« Sie gingen langsam am Krabbenschuppen vorbei und den Deich entlang. Sanne zog ihren Mantel fest um sich und den Schal bis über das Kinn. War aber auch aasig kalt an diesem Tag.

»Was soll das denn heißen?« Sie sah ihn von der Seite an.

»Dass er mich nicht anzeigen wird, obwohl es sein gutes Recht wäre. Herr Vering meint, es liegt wahrscheinlich an der Jahreszeit. Um Weihnachten herum ist er immer ein wenig gefühlsduseliger als üblich, hat er gesagt.« Rosario lächelte traurig. »Man solle den Sündern eine Chance geben.«

»Das ist doch sehr großzügig von ihm!«

»Ja, ist sehr nett von ihm. Er hat auch noch gesagt, dass Signor Ricciulillo mich auch nicht anzeigen wird. Er ist nämlich sehr froh, auf mich gehört zu haben. Stell dir vor, er hat geheiratet und ist sogar schon Vater geworden. Das alles wäre nicht passiert, wenn er hier geblieben wäre, meint er.« Jetzt sah er endlich mal wieder glücklich aus. Eine warme Welle schwappte durch ihren Körper. Leider hielt die Freude nicht lang, denn seine Miene bekam wieder den trostlosen Ausdruck, den Sanne kaum ertragen konnte.

»Ist doch prima, wenn die beiden dich nicht vor Gericht zerren, dann gibt es auch keinen Prozess wegen Betrugs. Das heißt, du musst nicht zurück nach Eddelak. Du bist und bleibst ein freier Mann.«

»Das ist wahr, ein sehr freier Mann sogar. Herr Vering hat mich nämlich entlassen!«

»O nein! Darauf hätte er doch wirklich verzichten können.«

»Kann er nicht, Sanne, ich verstehe das. Hätte er mich einfach durchkommen lassen mit meinem … wie sagst du immer? Geflunker, dann würde jeder erzählen und machen, was er will. Ich hätte genauso gehandelt, wenn ich an seiner Stelle wäre.«

Das Gespräch ging Sanne nicht mehr aus dem Kopf. Während sie Äpfel aus der Erdmiete holte und für den letzten Abend des Jahres in Honigwasser legte, kreisten ihre Gedanken darum. Auch als um Mitternacht in der Nachbarschaft die Peitschen knallten und ihre Geschwister die Schellen läuteten, die böse Geister vertreiben sollten, konnte Sanne sich nicht daran erfreuen und das neue Jahr hoffnungsvoll begrüßen. Was nützte es denn, dass die Maurer und Steinmetze mehrfach nach Rosario gefragt und ihn in höchsten Tönen gelobt hatten? Was half es, dass Herr Vering seine Arbeit schätzte und ihm der Schritt schwerfiel, Rosario vor die Tür zu setzen? Er tat es trotzdem. Rosario hatte also keine Arbeit mehr, seine hübsche Wohnung verlor er natürlich außerdem. Und ohne Einkommen konnte er keine andere bezahlen.

»Ein glückliches neues Jahr uns allen«, sagte Mutter. Die Familie saß um den Esstisch und verspeiste das süße Obst.

»Bin ich dann endlich groß und darf überall mithelfen?«, rief Michel aufgeregt und hustete.

»Aber nein, Lütter, erst wenn du das nächste Mal Geburtstag hast, darfst'n büschen mehr. Ich kann's kaum erwarten, bloß willst du dann bestimmt alles Mögliche, aber nich helfen.« Elke verdrehte die Augen.

»Doch bestimmt. Ich will Gemüse ernten«, verkündete er und gähnte. Inge, die Jüngste, lag schon im Bett, Frerk knabberte noch an seinem Apfel herum, als alle längst fertig waren. Sah aus, als ob er gleich mit vollem Mund einschlafen würde.

»Ich glaube, es ist Zeit für euch, ins Bett zu gehen.« Sanne erhob sich. Keins ihrer Geschwister protestierte, sie mussten wahrhaftig sehr müde sein, wenn sie sich so bereitwillig unter ihre Decken verkrochen. Sanne brachte ihnen noch vorgewärmte Ziegel, die sie in dicke Tücher eingeschlagen hatte, dann setzte sie sich zu ihren Eltern.

»Ich gehe auch gleich schlafen«, sagte sie und starrte vor sich hin.

»Das neue Jahr wird wieder mächtig Veränderungen bringen. Muss nicht schlecht sein«, sagte Vater. Sanne blickte überrascht auf, das waren ja mal neue Töne von ihm. »Die Maschinenanlagen der Schleuse müssen eingebaut werden. Nich mehr lang, dann kann ich die Gerüste abbauen. Na, ein Weilchen werden die schon noch gebraucht.« Er nahm einen Schluck Bier. »Der Anschluss an die Marschbahn bei St. Margarethen wird wohl in Betrieb gehen«, meinte er lächelnd. »Ist gut für uns, Anschluss an'n Verkehr is immer gut.« Mutter nickte.

»Dann is unsere Deern schon fünfundzwanzig«, sagte Mutter unvermittelt und blickte Sanne nachdenklich an.

»Höchste Zeit, dass wir dich unter die Haube kriegen.« Ihr Vater sah jetzt sehr ernst aus.

»Das fehlt mir noch«, murmelte Sanne.

»Is nich gut für'n Weibsbild, allein zu bleiben«, erklärte Vater.

»Bin ja nicht allein.« Sanne hatte wirklich keine Lust, jetzt darüber zu debattieren.

Sie wollte sich erheben, da fragte Mutter sanft: »Was hast du denn bloß auf'm Herzen, Kind? Siehst seit Tagen todunglücklich aus.«

»Bin nur müde.«

»Und du meinst, den Bären kannst du deinen Eltern aufbinden, Susanne?« Vater lächelte liebevoll. Es war, als öffne er damit ein Schleusentor. Die Worte sprudelten nur so aus Sanne hinaus, sie erzählte die gesamte Geschichte.

»Eine Woche gibt ihm Herr Vering noch, dann hat er kein Dach mehr über dem Kopf. Nicht der Herr Vering, der Rosario«, schloss sie ihren Bericht.

»Du putzt also nicht für ihn, dachte ich mir.« Mutter tätschelte ihr die Hand. »Zumindest bezahlt er dich nicht dafür, dann hättest du längst was zu Hause abgegeben. Du hast ihn richtig gern, was?« Sanne nickte.

»Und umgekehrt?« Vater reckte das Kinn ein wenig vor. »Könnte dem so passen, dass meine Tochter womöglich für ihn kocht, ihm die Wäsche macht und die Wohnung schön sauber hält, obwohl er keine ernsten Absichten hat.«

»Was soll er denn für Absichten haben? Gar nix hat er, nicht mal mehr 'ne Wohnung.« Sanne schluchzte auf.

»Na, na, Kind, Tränen haben noch nie ein Problem gelöst«, sagte ihre Mutter. Sanne putzte sich die Nase und nickte.

»Ich würde ihm doch zu gern helfen, seit Tagen zermartere ich mir das Hirn, aber mir fällt einfach nichts ein. Er braucht eine Arbeitsstelle, da führt kein Weg dran vorbei. Aber wer soll ihn denn nehmen, hier, wo alle wissen, was er angestellt hat?«

»Ich kann immer Männer brauchen, die anpacken können.« Ihrem Vater schien nicht recht wohl zu sein mit seinem Vorschlag, trotzdem fiel Sanne ihm um den Hals.

»Das würdest du machen? Du bist doch wirklich der Beste!« Sie küsste ihn inbrünstig auf die Wange. Er lachte und zog die Nase kraus.

»Mit so 'nem Überfall habe ich nich gerechnet.«

»Ich weiß nicht, ob das 'ne gute Idee ist.« Mutter sah von einem zum anderen. »Erst isser 'n Vorarbeiter, dann bloß noch 'n Handlanger. Was meint ihr wohl, was der sich tagaus, tagein anhören muss? Und überhaupt, kann er denn mit Holz umgehen?«

»Ich denke schon, wenn man ihm genau sagt, was zu tun ist«, meinte Sanne kleinlaut.

»Hieß es nicht ganz zu Anfang, der Italiener hat in einem Haus so 'nen schicken Boden verlegt, ehe das mit der Schleuse so richtig losging?«, wollte Mutter wissen. Sanne war mit einem Schlag hellwach.

»Ja, das stimmt. Er ist Steinmetz!«

»Hast recht, Maria, wenn er weiter am Kanal beschäftigt sein will, wär's besser für ihn, nach Osten zu ziehen. Einer, der mit Dynamit umgehen kann und mit Steinen, findet immer was. Wenn er aber lieber hierbleiben will, …« Vater zog plötzlich die Augenbrauen hoch. »Sach mal, Maria, wer hat uns neulich noch erzählt, dass einer der Herren Bauräte gerade 'n Haufen Ärger mit dem Schreiner hat, der ihm den Boden verlegen sollte?«

»Stimmt, Herwart, das ist das stattliche neue Haus in der Nähe vom Markt. Kann man nicht übersehen, so gewaltig und prunkvoll, wie das is. Meyer, heißt der, glaube ich, der Baurat. Könnte mir vorstellen, der ist froh, wenn einer das in Ordnung bringt, was der dösige Schreiner vermasselt hat.«

Gleich am nächsten Morgen machte Sanne sich auf den Weg nach Brunsbüttel. Ihre Mutter hatte nicht übertrieben, es war sofort klar, um welches Gebäude es sich handeln musste. Sie ging darauf zu. Ein schmiedeeisernes Tor gab es schon vor der Einfahrt. Sah nicht gerade einladend aus, vor allem nicht für Menschen wie sie, die mit den feinen Herrschaften nichts zu tun hatten. Sanne ging unentschlossen am Zaun entlang. Schließlich gab sie sich einen Ruck und

269

machte kehrt. Sie hatte nichts zu verlieren. Eine große rundliche Frau mit auffallend roten Wangen steuerte ebenfalls auf den stolzen Bau zu. Sie schleppte zwei offenbar schwere Körbe, unter einem Arm trug sie außerdem ein Bündel und keuchte herzzerreißend. Sanne sprang auf sie zu.

»Kann ich Ihnen helfen?«

»Na, Sie sind wohl'n Engel, was?« Erleichtert drückte die Frau ihr einen der beiden Körbe in die Hand. Sanne hätte den geflochtenen Griff beinahe losgelassen. Die Last war noch schwerer, als sie vermutet hatte. »Schade, dass Sie nicht früher vom Himmel geplumpst sind, war 'ne elende Schlepperei von Diekshörn bis hierher. Ja, ja, so is das, die feinen Leute haben noch Ferien, und unsereins muss schon wieder schuften.«

»Sie sind hier angestellt?« Sanne deutete mit dem Kopf auf das Haus.

»Was glauben Sie denn, junge Frau, dass ich hier zum Tee eingeladen bin?« Sie blieb stehen und lachte schallend. Sanne ließ sich nicht beirren.

»Dann arbeiten Sie für Baurat Meyer?«

»So sieht's aus. Ich bin die Kööksch.«

»Ist er zu Hause? Ich müsste nämlich dringend mit ihm sprechen.«

Sie waren um die Villa herumgegangen, vor einer Hintertür stellte die Rotwangige ihre Fracht ab und atmete dreimal kräftig durch. Dann nestelte sie ein Schlüsselbund hervor.

»Zu Hause ist der gnädige Herr wohl, aber ich kann mir nicht vorstellen, dass er über unangekündigten Besuch sehr erfreut ist.« Sie öffnete, nahm Sanne den Korb ab und stellte ihn hinein.

»Auch nicht, wenn ich sein Problem mit dem vermasselten Holzfußboden lösen kann?« Die Köchin zog misstrauisch die Augenbrauen hoch.

»Danke schön, war nett von Ihnen«, sagte sie knapp, kramte in ihrer Manteltasche, holte einen Pfennig hervor und reichte ihn Sanne.

»Nee, nee, Geld nehme ich nicht für meine Hilfe.« Sie lächelte. Die Köchin musste grienen.

»Sie sind vielleicht eine. Ich sag ihm Bescheid, aber versprechen kann ich nix. Warten Sie hier!« Damit trug sie den Rest ins Haus und schloss die Tür hinter sich. Sanne trat von einem Fuß auf den anderen und rieb sich die kalten Hände. Sie wollte schon aufgeben, als sie Schritte hörte. Die Köchin war zurück.

»Dann mal rein in die gute Stube.«

Wenig später stand sie einem hageren Herrn mit grauem Haar gegenüber.

»Guten Tag, Herr Baurat Meyer, ich bin Susanne Schmidt, Tochter des Zimmermanns Herwart Schmidt.«

»Verstehe. Und Sie haben also von meinem Malheur mit dem Schreiner gehört.«

»Ja, und da dachte ich mir, ich vermittle Ihnen jemand, der den Schlamassel nicht nur aus der Welt schaffen, sondern Ihnen auch noch einen Fußboden verlegen kann, wie er zu einem solchen Anwesen passt und wie ihn nicht jeder Hans und Franz hat. Einen einzigartigen Boden, um den Sie jeder feine Herr beneiden wird. Wissen Sie, was das Beste ist? Robust und pflegeleicht ist er obendrein.« Sie strahlte ihn an.

»Jetzt bin ich aber sehr gespannt.«

Es gelang Sanne mit Leichtigkeit, Rosario von ihrem Plan zu überzeugen. Er wiederum machte Baurat Meyer ein Angebot, das niemand abgelehnt hätte. Der einzige Streitpunkt war die von Rosario verlangte Kammer, darauf wollte Meyer sich zunächst nicht einlassen. Glücklicherweise wurden sie sich einig, nachdem Rosario ihm reinen Wein eingeschenkt hatte.

»Ich kann mit Stein umgehen, ich kenne die beliebtesten Muster italienischer Terrakotta-Böden. Sie werden keinen deutschen Handwerker finden, der Ihnen so was verlegen kann. Ehrlich bin ich auch, ich habe Ihnen gesagt, warum ich meine Stelle verloren habe. Sie gehen also keine Risiko ein«, hatte Rosario erklärt. »Aber ich kann das für Sie nur machen, wenn ich irgendwo schlafen kann, wo es nicht reinregnet, ich nicht erfriere und mir das Bett nicht mit Ratten teilen muss. Da beißt die Maus keinen Faden ab.« Meyer blieb nichts anderes übrig, als ihn in seinem Haus unterzubringen. Sannes Plan war aufgegangen, Rosario hatte für einige Wochen nicht nur ein Auskommen, sondern auch ein Dach über dem Kopf. Trotzdem sprach er beinahe täglich davon, dass er bald zurück nach Italien gehen müsse.

»Warum denkst du das?«, wollte sie von ihm wissen. »Ich verstehe dich nicht, du bist doch hier zu Hause. Irgendwie. Du kannst doch nicht einfach so verschwinden.«

»Was soll ich denn machen? Ich muss doch von etwas leben.«

»Kannst du nicht mehr solcher Böden verlegen? Die sind wunderschön. Überall entlang des Kanals werden neue Häuser gebaut, prunkvolle Villen. Du legst denen so einen hübschen italienischen Steinboden und kommst nach Hause. Nach Brunsbüttel, meine ich.«

»Ich weiß nicht, ob das so einfach geht, Sanne«, antwortete er jedes Mal. Er gab sich alle Mühe, seine Zuversicht nicht zu verlieren, das konnte sie deutlich spüren, doch das sonnige Rosario-Leuchten in seinen Augen wurde weniger und weniger.

Kapitel 17
Susanne

Brunsbüttel, Frühjahr 1893

Die Erddämme, die verhindern sollten, dass die Sohlen der Durchfahrtsöffnungen sich wölbten und Risse bekamen, waren komplett aufgeschüttet. Im März des Jahres 1893 konnte es auch mit den Maurerarbeiten weitergehen. Dafür mussten sämtliche Ziegelsteine wieder von den Schleusenmauern runter, die dort zum Beschweren locker gelegen hatten.

»Ich wüsste zu gern, was für den besseren Halt ins Mauerwerk eingebaut wird«, sagte sie nachdenklich. »Wenn die einfach die Steine mit Mörtel befestigen, breiten sich die Risse aus, darauf würde ich wetten.«

»Sie kapiert es einfach nicht«, meinte Kolbe und lächelte ein wenig abfällig. Seit sie sich nicht mehr in Rosarios Haus treffen konnten, hatten Sanne und er sich kaum gesehen. Wahrscheinlich musste er jetzt sämtliche Sticheleien nachholen. »Könnte ihr bitte jemand erklären, dass sie nichts mehr mit dem Kanal zu tun hat, seit Signor Limone auf den Knien im Hause Meyer herumkriecht?«

»Kannst dir wohl nicht vorstellen, dass jemand einfach so Interesse an der Schleuse hat, was?« Henrico grinste breit. »Du würdest dich einen feuchten Kehricht drum scheren, was aus dem Kanal wird, wenn du auf der Baustelle keinen Pfennig mehr verdienen könntest.«

»Natürlich nicht, ich bin mit dem Ding doch nicht verheiratet.«
Die Männer lachten. »Ich weiß außerdem, wann ich arbeiten muss
und wann feiern. Ich dachte, heute feiern wir, dass Benedetto wieder da ist.«

Da hatte er recht. War keine Selbstverständlichkeit, dass er den
langen Weg, zum Teil zu Fuß, zum Teil auch mit der Eisenbahn,
ohne nennenswerten Zwischenfall überstanden hatte. Wie oft hörte
man von Beschimpfungen und sogar Angriffen, denen die Arbeiter
ausgesetzt waren und die zunahmen, je näher sie der Kanalbaustelle
kamen.

»Bloß gut, dass wir so eine große Gruppe waren. So konnten wir
aufeinander aufpassen. Andererseits macht vielleicht genau das
den Menschen Angst«, überlegte Benedetto laut. »Sie glauben, eine
Horde Fremder, die durch ihr Dorf zieht, kann nur Ärger bedeuten.«

»Bleibst du nächste Jahr hier«, schlug Daniele vor. »Gibt sowieso
immer mehr zu tun. Wenn nix an die Kanal zu mache ist, gehst du an
die Brücke. Wenn du da nix willst, hilfst du an die Straße.«

»Keine schlechte Idee«, stimmte Kolbe sofort zu, »dann brauchst
du den Sommer über auch nicht so knauserig sein, sondern kannst
mal einen ausgeben. Hat schon wieder 'ne kleine Schänke eröffnet.
Die Tochter vom Wirt ist flink und fleißig und sehr hübsch anzusehen.« Er zwinkerte vielsagend.

»Andreas Kolbe, du bist unmöglich«, schimpfte Rosario. »Vor dir
ist keine Frau sicher.« Er warf Sanne schnell einen Blick zu.

»Kein Mann kommt ohne Weibsbilder aus. Mir ist 'ne lebenslus-
tige Wirtstochter allemal lieber als 'ne Dirne, die dir dein sauer Verdientes aus der Tasche zieht.«

Sanne wusste nicht, wohin sie schauen sollte. Selten hatte sie sich
so unwohl zwischen den Männern gefühlt. Und das lag nicht daran, dass sie sich in einem offenen Unterstand eines Jägers am Bel-
mer Moor trafen, wo es zugig und feucht war. Sie konnte anzüg-

liche Anspielungen einfach nicht leiden, obendrein herrschte eine angespannte Stimmung. Fühlte sich an, als wären alle allmählich mürbe von der harten Arbeit und ihrer Sehnsucht nach der Heimat.

»Jetzt bist du erst mal hier, das Jahr ist noch lang. Du kannst später noch sehen, ob du im Winter bleibst oder wieder nach Italien ziehst«, meinte Rosario. Bestimmt hatte er bemerkt, wie unangenehm Sanne die Unterhaltung war. »Wir freuen uns immer, wenn du bei uns bist, Benedetto.«

»Das stimmte, darauf trinke wir!« Daniele hob sein Glas. Erstaunlich, er schien immer und überall Hochprozentiges bei sich zu haben.

Benedetto wirkte noch ernster, als sie es von ihm gewohnt war.

»Ich verdiene hier so viel, wie ich irgendwie kann. Dafür halte ich alles aus«, meinte er düster. »Ich werde mein Geld bestimmt nicht in einem Wirtshaus verprassen, schließlich schufte ich hier nur, um den Lohn in die Heimat zu schicken.«

»Ist ja gut, alter Geizkragen, dann gebe ich eben eine Runde aus«, sagte Kolbe großmütig. »Wie sieht's aus, wer hat Lust, sich das niedliche Servierfräulein aus der Nähe anzusehen?« Er tänzelte vor den anderen entlang und tat so, als trüge er ein Tablett vor sich her. Die Männer lachten.

»Bin dabei«, rief Daniele.

»Ja, einen Schlummertrunk würde ich wohl auch nehmen. Vor allem, wenn du einen ausgibst.« Henrico grinste zufrieden.

»Ich gehe nach Hause.« Sanne wollte nicht beleidigt klingen, konnte sich aber einen Kommentar nicht verkneifen. »Bin da ja wohl sowieso fehl am Platze.«

»Es wird schon dunkel, ich begleite dich«, sagte Rosario sofort. »Ist auch besser, wenn ich nicht zu spät bei Baurat Meyer klopfen muss.«

Vom Kattrepler Fleet stieg kalt die Feuchtigkeit auf. Zwischen langen Gräsern raschelte es, vielleicht ein Nager, den der Hunger aus dem Winterschlaf getrieben hatte. Sanne war froh, dass sie es nicht weit bis nach Hause hatte. Nachdem sie ein paar Schritte schweigend nebeneinandergegangen waren, räusperte Rosario sich.

»Was du vorhin gesagt hast, ist richtig.« Sie sah ihn an. »Das mit den Mauern. Du hast recht, es ist eine Verstärkung nötig, sonst reißen Steine und Fugen schneller, als du gucken kannst. Und die ist auch geplant.« Er lächelte verschmitzt.

»Dir ist es auch nicht egal, wie es mit unserer Schleuse vorangeht, stimmt's?«

»Wie viele Stunden haben wir gemeinsam getüftelt und gerechnet? Wie viele Bücher haben wir gelesen? Und wie viel Sorgen hatten wir wegen all der Aufgaben, die wir lösen mussten? Wie könnte es mir da egal sein, ob es am Ende gut geht oder nicht?« Er atmete tief ein, sie nickte nur. »Die Schleuse ist doch ein bisschen wie unser Kind«, sagte er leise. Mutter, Vater, Kind. Rosario und sie und … Sanne wurde wehmütig.

»Der Nachwuchs ist vielleicht etwas groß geraten«, gab sie zu bedenken und ärgerte sich, wie gründlich ihr Lachen ihr misslang.

An der Kreuzung bogen sie rechts ab, nach wenigen Metern kam die Kate in Sicht, in der Sanne mit ihrer Familie lebte. Sie war in der Dunkelheit kaum zu erkennen, nur schwach drang der Schein eines Wachslichtes durch ein Fenster.

»Die Eisenbahnstrecke an der Grünentaler Brücke wird verlegt, weißt du? Dabei bleiben Schienen übrig, die als Anker gegen die Zugspannung in die Schleusenmauern eingebaut werden.«

»Ach! Schienen sind gut, sehr stabil«, stellte sie begeistert fest. »Das ist unglaublich, ich hätte nie gedacht, dass man sie dafür verwenden kann.« Sie hatten das kleine Haus erreicht. »Woher weißt du so gut Bescheid?«

»Hat Kolbe mir erzählt. Manchmal ist er 'ne Sabbelsnuut, aber …«
Sanne lachte auf. »War das falsch?«

»Nee! Du schnackst bald wie einer von hier.« Sie freute sich, weil
er sie endlich mal wieder richtig anstrahlte.

»Jedenfalls ist Kolbe auch ein guter Kumpel, und er weiß, was mir
der Kanal bedeutet«, fuhr Rosario fort.

»Mir vielleicht nicht? Trotzdem muss ich ihm jedes Detail aus der
Nase ziehen.« Sie sah, wie Rosario die Stirn in Falten legte. »Sprichwort«, erklärte sie knapp.

»Musst du nichts ziehen, kannst du mich fragen. Solange ich noch
hier bin.« Er blickte zu Boden. Sie wollte ihn gerade irgendwie aufmuntern, da sah er sie wieder an. »Noch habe ich für ein paar Tage
Arbeit. Darüber bin ich sehr froh. Danke, Sanne! Ich habe dir noch
nicht Danke schön gesagt, dass du dich für mich um eine neue Stellung gekümmert hast. Ich wäre nämlich sehr traurig gewesen, aus
Brunsbüttel wegzugehen.«

»Sanne, geh los und guck, ob du Pferdeäppel findest. Die kannst
dann nachher gleich in'n Boden harken.« Mutter kam aus der Erdmiete, sie trug eine Kiste voller Kartoffeln, die meisten schrumpe-
lig, aber zum Wegschmeißen natürlich zu schade. »Einige keimen
schon ordentlich«, murmelte sie. »Hast noch 'ne alte Kanalzeitung
für mich? Dann wickel ich die ein und lege sie in die Schublade. Sollen sich ja nicht schon verausgaben, ehe sie in die Erde kommen.«
Mutter lächelte. Hatte sie schon wieder abgenommen? Ihr Gesicht
wurde immer schmaler, wollte Sanne meinen.

»Hier!« Sanne reichte ihr ein paar Seiten, die sie bereits gelesen
hatte. »Dann mach ich mich mal auf den Weg.«

»Nimmst am besten Frerk mit, der kann dir helfen.« Michel kam
angesaust.

»Wobei? Kann ich auch helfen? Bitte, bitte!«

»Aber gern, Lütter, hol schon mal zwei Eimer!« Sanne wuschelte ihm durch das Haar. Die frische Luft würde ihm guttun, und das Sammeln war nicht zu anstrengend für ihn. »Und sag deinem Bruder Bescheid!«, rief sie hinter ihm her.

»Womit sollen wir bloß düngen, wenn irgendwann nur noch diese stinkenden Automobile unterwegs sind?« Mutter schnaufte.

»Stell dir doch mal vor, wie schnell du damit von einem Ort zum anderen kommst.« Sanne würde das zu gern mal am eigenen Leib spüren. »Pferde werden auch in Zukunft schieten, das kann selbst der schönste Fortschritt nicht verhindern.« Ihre Mutter lachte.

»Da sagst du was.«

Wie gewöhnlich musste Sanne Frerk Beine machen, wenn sie vorankommen wollten. Er bewegte sich langsam, als hätte er was in den Schuhen, das jeden Schritt unendlich schwer machte. Michel dagegen sprang mit der kleinen Schaufel in der Hand voraus.

»Da ist ein großer Haufen!«, jubelte er und fing auch schon an, den Mist in den Eimer zu verfrachten.

»Du kannst ihm ruhig helfen, Frerk, ist genug für euch beide da«, ermahnte Sanne ihren Bruder.

»Ich mach ja schon«, murrte er.

Natürlich nutzte Sanne die Gelegenheit, die Braake zu überqueren und den Moorweg zu nehmen, der zur Baustelle führte. Sie sammelten auf einer Weide und gingen weiter in Richtung Elbe. Sanne konnte einfach nicht anders, sie musste einen Blick auf die Schleuse werfen, wenn auch nur aus der Ferne.

»Fahren wir da mal durch, wenn alles fertig ist?« Michel reckte den Hals, seine Augen leuchteten. Selbst Frerk blieb nicht unbeeindruckt.

»Au ja, meinst du, das geht, Sanne?«

»Ich weiß nicht, könnte schon sein. Vielleicht fahren ja irgendwann Ausflugsdampfer durch unsere Schleuse.«

»Unsere?« Frerk sah sie überrascht an.

»Ja, klar. Gibt schließlich auch noch eine auf der anderen Seite bei Kiel«, sagte sie schnell.

»Ausflug!«, rief Michel.

»Das wird ein teures Vergnügen, fürchte ich. Mal sehen, ob wir uns das jemals leisten können.« Sanne seufzte. Alle Eimer waren gut gefüllt. »Das habt ihr gut gemacht, Jungs, dann gehen wir mal nach Hause.«

Plötzlich zerriss ein Schrei die Luft. Ihre Brüder zuckten zusammen. Von Weitem konnte Sanne sehen, wie Männer auf dem Gerüst an der Mittelmauer eilig an eine Stelle rannten.

»Was ist passiert?«, fragte Frerk ängstlich.

»Das wüsste ich auch gern«, gab sie leise zurück. »Ihr geht nach Hause!«, kommandierte sie die beiden. »Du passt mir gut auf deinen Bruder auf, ich verlasse mich auf dich!«, sagte sie, ohne Frerk anzusehen. Sie wollte die Arbeiter schließlich nicht aus den Augen lassen.

»Kein Problem«, antwortete Michel. »Komm, Frerk, brauchst keine Angst haben.« Sanne hätte beinahe aufgelacht, der Lütte war wahrhaftig vernünftiger und unerschrockener als sein größerer Bruder. Doch dann hörte sie laute Rufe nach einem Arzt, und noch immer waren Schreie zu hören, wie von einem angeschossenen Tier.

»Sagt Mutter, an der Schleuse hat es einen Unfall gegeben. Ich guck mal, ob ich helfen kann.«

Sanne rannte los, den Rock angehoben, um bloß nicht zu stolpern. Als sie näher kam, entdeckte sie ihren Vater am Fuß des Gerüstes. Sie lief zu ihm.

»Was ist denn los? Ich war gerade mit Michel und Frerk Pferdeäppel sammeln, als wir das Geheul gehört haben. Kann ich was tun, den Arzt alarmieren vielleicht?«

»Nicht nötig, ist schon einer unterwegs.«

»Meine Hand!«, hörte Sanne den Verletzten wimmern. »Verdammt, wenn die nur nicht hin ist.«

»Er wird's überleben«, meinte ihr Vater.

»Was ist mit seiner Hand?«

Kurz sah er sie an, als würde er sie verscheuchen, weil sie auf der Baustelle nichts zu suchen hatte, doch er führte sie nur zur Seite, damit sie nicht im Weg standen.

»Die Männer legen auf ganzer Länge ausgediente Schienen als Anker in die Mauer.«

»Weiß ich. Und weiter?«

»Wieso …?« Er runzelte die Stirn, Sanne hätte sich auf die Zunge beißen mögen, aber das nützte auch nichts mehr. »Na, jedenfalls bohren die immer in Abständen von einem Meter Löcher durch die Stege der Schienen in die Mauer«, erklärte er ihr konzentriert. »Da kommt dann ein Stahlbolzen rein. Ist fünfzig Zentimeter lang so'n Ding und ziemlich dick. Wenn du da noch an der Lasche herumfummelst, während schon jemand den Bolzen in den Stein treiben will, …« Mehr brauchte er nicht zu sagen. Ein Arbeiter ging an ihnen vorbei, er hatte Vater wohl gehört.

»Wäre Herr Limone noch hier, wäre das nicht passiert!« Sanne und ihr Vater wechselten Blicke. »Der kennt sich nicht nur mit Steinen aus wie kein Zweiter, sondern hatte immer einen Blick auf die wichtigen Arbeiten. Vieles hat er selbst erledigt, Sprengungen zum Beispiel. Die hat er immer eigenhändig durchgeführt. Und nu? Kümmert doch keinen mehr, ob die Leute ihre Sache ordentlich machen oder nicht. Auch nich, ob's Verletzte gibt.« Kopfschüttelnd ging er in Richtung eines Baggers davon.

»Hab schon öfter gehört, dass hier jeder macht, was er will, seit dein Italiener die Meute nicht mehr zusammenhält. Wenn einer von den Ingenieuren oder der Kanalverwaltung sich blicken lässt, spuren die natürlich.« Er zuckte mit den Achseln. »Was soll's? Wo gehobelt wird, fallen Späne. Hauptsache, wir kriegen einen ordentlichen Kanal.« Sanne war nicht sicher, ob er das ernst meinte. Bisher war er immer skeptisch gewesen, aber seit Neuestem schien er die Vorteile von Technik und Fortschritt zu erkennen. Eben hatte er ihr sogar ziemlich detailliert einen Arbeitsablauf erklären können, der nichts mit seinen Gerüsten oder Zäunen zu tun hatte. Sollte Herwart Schmidt etwa auf seine alten Tage noch seine Ansichten ändern?

Zwei Tage später berichtete ihr Vater, Herr Vering höchstpersönlich sei auf der Baustelle erschienen.

»Ist ja nicht so, dass er sich nur um die Schleuse mit allem Drum und Dran kümmern muss. Der trägt für einige Losen die Verantwortung«, erzählte er ehrfürchtig.

»Was hat er denn gewollt?« Sanne war mit einem Schlag angespannt. Vater hatte zu Hause noch nie etwas erzählt, außer, wenn er sich zum Beispiel über einen Hornochsen geärgert hatte, der nicht wusste, wann man einen Hobel, eine Ziehklinge und wann lieber Sandpapier verwenden musste.

»Er hat alle Arbeiter zusammengeholt und nach ihrer Meinung gefragt.« Sanne fing einen schnellen Seitenblick von ihm auf, den sie nicht deuten konnte. »Hat sich wohl bis zu ihm rumgesprochen, dass der Italiener nicht so leicht zu ersetzen ist, zumal ja an allen Stellen des Kanals jede Menge Fachleute gebraucht werden. Da kriegst nicht an der nächsten Ecke 'n guten Mann, den die zusammengewürfelte Truppe auch noch akzeptiert.« Er sah auf seine Hände und schlug einen Ton an, als würde er übers Wetter reden oder über unbedeutenden Tratsch, den er auf dem Markt aufgeschnappt hatte. »Würde mich nicht wundern, wenn der Herr Italiener demnächst bei dem Herrn Bauunternehmer Vering einen Termin hätte.«

»Bist du sicher? Hat er so was gesagt?« Sanne hielt es kaum noch auf ihrem Stuhl.

»Nicht so direkt. Ich mein ja man bloß, dass das angehen könnte.«
Er schmunzelte, auch Mutter lächelte. »Na, mach schon, dass du
wegkommst. Deine Geschwister sind alt genug, um allein ins Bett
zu gehen.«

»Danke!« Sanne gab ihren Eltern jeweils einen Kuss auf die
Wange, schnappte sich ihren Mantel und zog ihn an, während sie
schon losrannte.

Sie überquerte gerade den Breiter Weg, als sie Rosario sah, der
in ihre Richtung unterwegs war. Auch ziemlich flott. Er sah sie und
winkte. Sanne ging das Herz auf. Das Sonnen-Strahlen war zurück
in seinem Gesicht. Als läge die Wärme seiner Heimat darin.

»Glaubst du nicht, wo ich gerade herkomme«, rief er.

»Darf ich raten?« Er nickte. »Von Herrn Vering.« Sanne musste
über seine verblüffte Miene lachen.

»Woher weißt du …?«

»Das ist doch jetzt egal«, sagte sie ungeduldig, als sie direkt vor
ihm stand. »Hat er dir angeboten, wieder für ihn zu arbeiten?«

»Ja, ja, das hat er gemacht«, jubelte er. »Du bist mir ein bisschen
unheimlich. Kannst du hellsehen?«

»Ich kann nur hell was sehen, aber hellsehen kann ich bestimmt
nicht.« Er guckte schon wieder einigermaßen verwirrt drein. »Entschuldige.«

»Eine Sache kannste du nicht wisse.« Er musste schrecklich aufgeregt sein, so wie die Worte aus ihm herauspurzelten. Kein Wunder.
»Ich bin nicht mehr der Vorarbeiter für die gesamte Schleuse, bin nur
noch Sprengmeister und Steinmetz. Aber iste nicht schlimm. Habe
ich gesagt, ich freue mich trotzdem und mich bedankt vielemals. Und
dass ich bestimmt ein einfaches Zimmer finden werde oder auch in
der Baracke wohne, wenn er es will. Weißt du, was er gesagt hat? Nein,
das weißt du nicht.« Er freute sich diebisch. »Dass es großer Unsinn
wäre, wenn ich mir etwas suche, wo doch meine Wohnung noch leer

steht. Mein Häuschen!« Er machte einen Schritt auf sie zu, packte ihre Taille und hob sie hoch, als würde sie nicht mehr wiegen als ein Besen. Sanne schrie überrascht auf, sofort stellte Rosario sie wieder ab.

»Herr Vering sagt, ich bin schließlich kein einfacher Arbeiter, sondern Sprengmeister. Darum gehöre ich nicht in die Baracke. Er sagte, er kann es rechtefertigen, wenn ich wieder dort einziehe.«

»O Rosario, das ist wunderbar! Ich freue mich so für dich.«

»Ich freue mich auch, Signorina. Und weil wir uns beide so freuen, gehen wir aus. Ich lade dich ein, übermorgen ist Frühlingsball.«

»Ein Ball? Dafür habe ich doch gar nichts anzuziehen.« Hätte sie nur ihr zweitbestes Kleid nicht weggegeben, daraus hätte sie vielleicht etwas machen können. Aber dann hätte es Weihnachten keinen Gänsebraten für die Männer und für Rosario gegeben.

»Du bist schön, egal, was du anhast.« Sie spürte, wie ihre Wangen warm wurden. Nicht nur die, die Hitze flutete durch ihren gesamten Körper. Sie hätte in seinen braunen Augen versinken mögen. »Ich hole dich bei dir zu Hause ab. Um sieben Uhr. In Ordnung?«

»Ja, Signor Limone, das ist in Ordnung. Ich freue mich.« Sie küsste ihn rasch auf die Wange, ehe sie schnell durch die kleine windschiefe Pforte schlüpfte, die Vater schon längst hatte auswechseln wollen.

Rosario war pünktlich. Er sah sehr gut aus, fand sie. Bei genauerem Hinsehen stellte sie fest, dass sein Anzug an den Ellenbogen ein wenig glänzte. Seine besten Zeiten hatte er wohl hinter sich. Das freute sie umso mehr, sonst hätte sie sich in dem schon etwas verblichenen langen Kleid ihrer Mutter schämen müssen.

»Sanne! Ich weiß gar nicht, was ich sagen soll. Du bist einfach eine … zu Hause würden wir sagen: bella donna. Das heißt …«

»Nicht sagen!«, unterbrach sie ihn. »Das klingt wundervoll. Das möchte ich bleiben, eine bella donna.« Sie lachte ihn an. »Wollen wir los?« Sanne war im Begriff, die Haustür hinter sich zu schließen.

»Ich dachte, du stellst mich vielleicht zuerst deinen Eltern vor«, sagte er und wirkte mit einem Schlag verlegen. »Sie machen sich sonst Sorgen, wenn du mit einem fremden Mann ausgehst, oder nicht?«

»Ich habe schon so viel von dir erzählt, sie wissen, dass ich in guten Händen bin. Trotzdem mache ich euch gern miteinander bekannt. Sie sind sowieso gerade in der Nähe«, sagte sie sehr laut und fügte leise hinzu: »Sie hocken beide in der Stube am Fenster, um dich zu begutachten. Denken, ich merke das nicht.« Sie kicherte. »So, dann kommt mal her, ich möchte euch Rosario Limone vorstellen!«

Sofort waren Schritte zu hören, dann das Klappen der Tür.

»Das ist aber nett«, sagte Mutter und nestelte an ihrer Schürze herum. »Wir waren zufällig gerade ...« Sie warf Vater einen flehenden Blick zu.

»Schön, Sie kennenzulernen, Herr Limone.« Vater reichte ihm die Hand und schüttelte sie kräftig. »Ja, sehr freundlich von Ihnen, dass Sie mit unserer Tochter ausgehen. Ich meine, also, ... nicht, dass sie sonst nur zu Hause hocken würde.« Was war nur los mit den beiden? So kannte Sanne sie nicht. »Wo geht es denn überhaupt hin?«, wollte Vater wissen.

»In den Schifferkrug«, entgegnete Rosario zögerlich.

»Na, das wird ein schöner Ball sein!« Vater lachte, Rosario blickte zu Boden. »Macht nix, beim alten Maaß isses immer nett, da kriegst was für dein Geld.«

»Wir waren früher auch gern da«, bekräftigte Mutter.

»Dann viel Spaß Ihnen, ... euch, ... wie auch immer, viel Spaß!«

Das Lokal lag auf dem Deich. Sanne war erst einmal hier gewesen, war lange her. Rosario öffnete ihr die Tür, die Luft, die ihr entgegenschlug, war schon schwer vom Rauch der Zigarren und Pfeifen. Die Ledersofas, die an der Wand mit den Delfter Kacheln standen, gehörten eigentlich an die Tische, die sonst mitten im Raum aufgebaut waren, erinnerte sie sich. Jetzt war alles zur Seite geräumt, so dass es eine Tanzfläche gab, über der ausgestopfte Seevögel ihre Runden zu drehen schienen.

Sie bekamen einen Platz unweit der Theke. Tatsächlich entpuppte sich der Ball eher als ein Dorfschwof, doch das machte Sanne nichts aus. Im Gegenteil, sie hatte schon befürchtet, sie würde unangenehm auffallen, weil man natürlich sah, dass sie sich ein altes Kleid ihrer Mutter zurechtgemacht hatte. Das Wichtigste war sowieso der Anlass, den sie zu feiern hatten. Sie freute sich von Herzen, dass Rosario mit seiner Arbeitsstelle und seinem Haus auch seine Unabhängigkeit zurückbekam. Und sie bekam das Leben zurück, das sie so glücklich machte! Wenn sie auch nicht mehr rechnen und zeichnen konnte, würde sie doch wieder brühwarm über den Baufortschritt unterrichtet sein. Und sie konnte nach Herzenslust mit Rosario fachsimpeln. Außerdem war das Leuchten in sein Gesicht zurückgekehrt. War ihm anzumerken gewesen, wie er drunter gelitten hatte, dass er immer klopfen und sich von der Haushälterin die Tür öffnen lassen musste, wenn er mal außer Haus gewesen war. War es spät geworden, hatte er sich entschuldigen müssen. Überhaupt war er abends lieber nicht ausgegangen, um Baurat Meyers Personal nicht womöglich aus dem Bett zu holen. Das gehörte nun der Vergangenheit an, sie würden sich wieder alle bei Rosario treffen. Das Allerbeste aber war: Sanne brauchte nicht länger bangen, dass er nach Italien zurückgehen würde. Ohne Luft zu holen, erzählte er von seinen Erlebnissen im Hause Meyer.

»Du glaubst es nicht, immer wieder kam er und hat mich für einen Bekannten gefragt, ob ich dort auch einen Boden verlegen würde. Ich habe nicht gleich Nein gesagt, aber natürlich auch nicht Ja. Immer mehr Lohn haben mir die Herren in Aussicht gestellt«, flüsterte er und zwinkerte fröhlich.

»Das hast du glücklicherweise nicht mehr nötig.«

»Nein, Gott sei Dank! Es ist eine gute Arbeit und macht mir auch Freude. Aber die Herren, die gefragt haben, kamen aus Rendsburg, einer sogar aus Kiel. Das wollte ich nicht.« Er sah ihr in die Augen.

»Findest du denn Brunsbüttel so schön?«, fragte sie ihn und hielt seinem Blick stand.

»Ich finde dich schön, Susanne. Ich mag dich wirklich sehr, sehr gern, weißt du?« Sie musste schlucken.

»Ich habe dich auch sehr gern, Rosario.«

»Wirklich?«

»Natürlich! Merkst du denn das nicht?«

»Ja, doch, manchmal denke ich nur …« Er sah kurz auf seine perfekt geschnittenen Fingernägel. »Könntest du dir vorstellen, mit mir nach Italien zu fahren?« Ihr blieb die Luft weg. Ob sie sich das vorstellen könnte? Sie hatte unzählige Male davon geträumt! »Ich würde dir so gern meine Heimat zeigen. Wir haben Zitronen, die sind so groß wie kleine Fußbälle. Und das Meer ist blau und türkis und funkelt, wenn die Sonne drauf scheint. Ist ziemlich weit von meinem Dorf bis zum Meer, aber die Sonne scheint auch bei uns fast jeden Tag.«

»Das würde ich zu gern mit eigenen Augen sehen. Es wäre das Schönste, was ich mir vorstellen kann.« Sie hätte heulen können vor Glück.

»Meine Familie wird dich lieben. Alle meine Tanten und Schwestern werden für dich kochen wollen. Du siehst, du musst viel essen, wenn wir fahren.«

»Es gibt Schlimmeres.« Sie lachte und legte ihre Hand auf seine. Rosario hatte ihre Eltern kennengelernt und wollte sie seiner Familie vorstellen. Das konnte doch nur eins bedeuten. Die Freude flutete durch ihren Körper und füllte ihn mit purer Energie. »Und jetzt möchte ich wieder tanzen!«, rief sie übermütig.

Das taten sie. Die Stunden vergingen schnell wie Minuten. Irgendwann waren sie das letzte Paar auf der Tanzfläche.

»So, dat warrt Tied.« Wirt Maaß wollte Feierabend machen. Ehe er wieder an seinen Tresen ging, raunte er Rosario zu: »'n Bruut söcht 'n sik in'n Stall, nich op 'n Ball.«

Rosario folgte ihr verdattert an ihren Tisch und half ihr in den Mantel.

»Was hat er gesagt? Ich habe kein Wort verstanden.« Rosario kicherte, er hatte womöglich ein Gläschen zu viel gehabt.

»Ist auch besser so, war sowieso nur dummes Zeug. Dass du dir deine Braut nicht auf einem Ball suchen sollst, sondern … Ach, egal.« Sie schüttelte den Kopf. »Als ob das ein Ball gewesen wäre.«

»Hat es dir nicht gefallen?«, wollte Rosario wissen, sie traten ins Freie.

»O doch, sogar sehr!«

»Mir auch!« Er nahm vorsichtig ihre Hand und sah sie fragend an. Sanne schmiegte sich an ihn. Sie hätte nicht glücklicher sein können. Weil es spät war, nahmen sie die Abkürzung über den Kömstieg zum Außendeich. Aus dem Augenwinkel nahm sie plötzlich eine Bewegung wahr. Kein Zweifel, ein Mann hatte ein gutes Stück vor ihnen den Weg überquert und war im Schatten eines Hauses verschwunden. Er war nicht sonderlich groß gewesen, dafür aber kräftig. Der Schreck fuhr Sanne in die Knochen, man hörte immer häufiger von Halunken, die einen für ein paar Pfennige verprügelten. Andererseits … Die Figur, die Art, wie sich der Mann bewegt hatte … Sie hätte schwören können, dass es Kolbe gewesen war. Sie warf Rosario einen Blick zu. Sah nicht aus, als ob er die Person bemerkt hätte. Kurz bevor sie die Stelle erreicht hatten, wo sie Kolbe vermutete, ließ Sanne Rosarios Hand los.

»Ist ganz schön kalt, ich stecke sie mal lieber in die Tasche«, sagte sie leise.

Kapitel 18
Mimi

Hamburg, Sommer 1893

Die Erleichterung, sich wieder frei bewegen zu können, ohne Angst vor Ansteckung zu haben, war in Hamburg im Sommer des Jahres 1893 greifbar. Mimi hatte das Gefühl, manch einer holte nach, was er in den letzten Monaten verpasst zu haben glaubte. Damen und Herren flanierten über den Jungfernstieg, Modegeschäfte waren ebenso voll wie Restaurants und Cafés. Der Alltag war zurück, komfortabel in Harvestehude, arm und schmutzig in der Neustadt. Hermann und Oskar waren mit der Schule fertig und fingen ihre Ausbildungen an. Unglaublich, als die Cholera ausgebrochen war, hatte Oskar gerade seinen sechzehnten Geburtstag gefeiert und war gern noch der Kindskopf, der mit seinem acht Jahre jüngeren Bruder spielte. Nun begann für ihn unwiderruflich der Ernst des Lebens. Auch für Else und Mimi wurde es in Vaters Augen höchste Zeit, in die Gesellschaft eingeführt zu werden. Er ließ Tanzabende im eigenen Haus veranstalten und hoffte natürlich darauf, seine Töchter würden die Gelegenheit nutzen, um nach einem wohlhabenden Heiratskandidaten Ausschau zu halten.

»Schade, dass du Franz nicht einladen kannst«, sagte Mimi zu Else. »Schreibt ihr euch eigentlich noch?«

»Nein.« Sie zögerte. »Er wollte mich wiedersehen. Briefe hätten ihm nicht mehr lange genügt, glaube ich. Er hat auch angedeutet, dass sie ihm viel Mühe machten. Nach zwölf Stunden Plackerei stand ihm nicht mehr der Sinn danach, zu Papier und Bleistift zu greifen.«

»Kann ich gut verstehen.«

»Ich auch. Aber ihn wiederzusehen ist unmöglich.« Else seufzte. »Also habe ich ihm nicht mehr geantwortet.«

Mimi war deutlich besser dran, sie hatte Leopold sehr gern und durfte glauben, die Zuneigung wäre gegenseitig. Wenn sie ihn zum Tanzfest einlud, konnten sie einander noch besser kennenlernen. Mimi konnte sich gut vorstellen, in ihm einen Gefährten gefunden zu haben, mit dem sie glücklich werden konnte und der Vaters Zustimmung hätte. Als sie am Tag vor der Feierlichkeit in den Garten gehen wollte, um zu schauen, ob bereits alle Lampions aufgehängt worden waren, hörte sie Vater mit Bertha im Wohnzimmer reden.

»Gewiss, dieser Leopold Leinweber ist gebildet und hat gute Umgangsformen.« Mimi hielt in der Bewegung inne. Vater klang ungeduldig und alles andere als begeistert. »Aber ich bin überzeugt, dass er es war, der Mimi den Floh ins Ohr gesetzt hat, ausgerechnet während der Cholera in Viertel zu gehen, in denen sie grundsätzlich nichts zu suchen hat. Sie hätte sich anstecken und sterben können!«

»Mir scheint, die beiden verstehen sich recht gut«, wandte Bertha behutsam ein. Mimi musste die Ohren spitzen, um jedes Wort zu verstehen. »Es wird schwer, seinen Antrag abzulehnen, falls er den im Sinn hat. Wie willst du verhindern, dass er um Mimi anhält?«

Mimi traute sich kaum zu atmen. Hoffentlich entdeckte sie niemand auf ihrem Lauschposten vor der Tür.

»Ich habe mit ihm gesprochen«, erklärte Vater. »Er will sich in der Medizin spezialisieren, ihm schwebt die Zahnheilkunde vor.«

»Das ist nicht das Schlechteste.«

»Nein, gewiss nicht. Und ich denke, ich kann ihm mit interessanten Kontakten weiterhelfen.«

»Ach, Hermann, überlege es dir noch mal. Gegen die Liebe ist kein Kraut gewachsen. Und ist es nicht das Wichtigste, dass Mimi mit ihm glücklich ist?«

»Wenn ich ihn richtig einschätze, hat seine berufliche Zukunft für ihn Vorrang. Das gibt Mimi Zeit, andere anständige Herren kennenzulernen.«

Mimi konnte es nicht fassen. Sie sollte Leopold nicht heiraten, weil er ihr die Augen über die Zustände in Hamburg geöffnet hatte? Sie hatte sich aus freien Stücken im Gängeviertel umgesehen. Wie konnte Vater es ihm ankreiden? Aber wenn Vater meinte, Leopold würde seine Karriere über Mimi stellen, hatte er sich geschnitten.

Vater sorgte für reichlich Gelegenheiten, anständige Herren kennenzulernen, zum Beispiel bei der Kieler Woche. Das Florieren seines Bergungsvereins und des Reedereivereins hatten es ihm erlaubt, sich die *Seeschwalbe* anzuschaffen, eine hübsche Dampfyacht, mit der er nun jeden Sommer nach Kiel zu den Segelwettkämpfen schipperte. Die großen Festlichkeiten lockten ihn nicht, er besuchte sie nur, um mit seinen Töchtern in der Öffentlichkeit aufzutreten. Zu seinem Verdruss lief dabei weder Else noch Mimi ein netter junger Mann über den Weg, der sie interessiert hätte. Als der Herbst Bäume und Büsche bereits einzufärben begann, begleiteten die beiden ihren Vater mit dem Geheimen Baurat Johann Fülscher, Otto Baensch, der die technische Oberleitung am Bau des Kanals innehatte, und mit hochrangigen Politikern wie dem Reichsfinanzminister Miquel und dem Staatsminister Boetticher auf eine viertägige Besichtigungstour der inzwischen weit gediehenen künstlichen Wasserstraße.

»Nun ist es nicht mehr lange hin, bis der Kanal fertiggestellt ist«, sagte er. »Wir können beinahe die gesamte Strecke befahren.«

Los ging es in Brunsbüttel. Die Schleusenanlage war natürlich noch nicht in Betrieb und entsprechend nicht mit Wasser gefüllt.

Das machte sie nur umso beeindruckender. Wie riesig die Tore waren! Überhaupt konnten die Dimensionen einen einschüchtern. Mimi fühlte sich, als stünde sie in einem Dom, ein Dom unter freiem Himmel. Die Herren ließen sich vom verantwortlichen Konstrukteur der Schleuse, einem Italiener, die Schwierigkeiten erklären. Obwohl die Betondecke am Boden schon dicker war als geplant, drückte Wasser so massiv aus dem Erdreich nach oben, dass es immer wieder zu Aufbrüchen kam, hörte Mimi. Ehe es weiter in Richtung Osten ging, stellten sich sämtliche Herren aus Politik und Verwaltung auf, Mimi und Else wurden in erster Reihe in ihrer Mitte platziert. Dann wurden eilig einige Arbeiter herbeigeholt, die sich auf einem Erinnerungsfoto gut machen würden.

»Als wären sie Objekte«, raunte Mimi Else zu. »Die Männer werden wie exotische Tiere ausgestellt, niemand spricht ein Wort mit ihnen. Dabei sind sie es doch, die das alles hier geschaffen haben.« Sie zeigte nach links und rechts, wo die Mauern in schwindelerregende Höhen ragten. Bei nächster Gelegenheit würde sie mit den Arbeitern sprechen, nahm Mimi sich vor. Nur kam so bald keine Möglichkeit. Beim nächsten Halt bestaunten sie einen Schwimmbagger, der am Ufer der zukünftigen Fahrrinne auf einem Ponton lag. Unermüdlich tauchten auf einem Fließband befestigte Eimer ins Wasser ein und holten den schlammigen Grund an die Oberfläche.

Je näher sie der Grünentaler Hochbrücke kamen, desto weniger konnte Else ihre Aufregung verbergen.

»Was mache ich denn nur, wenn Franz da ist?«

»Du sagst ihm guten Tag, wie es sich gehört«, entgegnete Mimi ungerührt.

»Was ist, wenn er mich fragt, warum ich nicht mehr geschrieben habe? Was soll ich ihm sagen, wenn er mich ausführen möchte, zum Tanz vielleicht?«

»Das erlaubt Vater nie.« Mimi seufzte, dann hatte sie eine Idee. »Dieser hanseatische Gesandte Krüger schreibt eifrig alles auf, was wir zu sehen bekommen. Wir schließen uns einfach ihm an. Wir sagen, dass wir einen Bericht für die Kanalzeitung schreiben wollen und dafür auch mit den Arbeitern sprechen möchten. Vielleicht kannst du dir so unauffällig ein paar Minuten mit deinem Franz stehlen.«

»Er ist ja nicht mein Franz«, sagte Else und wurde rot. »Ich weiß ja nicht mal, ob er noch auf der Baustelle ist. Und was ich ihm sagen sollte, weiß ich auch nicht.«

»Wenn ihr euch erst mal wiederseht, findet sich das von allein«, beruhigte Mimi sie. Nur wenige Minuten später ergab es sich, dass Herr Krüger nur einen Schritt von Mimi entfernt ein paar Notizen machte. Sie ging zu ihm, fragte ihn, wie er vorankäme und erzählte von ihrem Plan, einen Bericht zu verfassen.

»Wie ich hörte, haben Sie bereits ein Buch veröffentlicht. Tüchtig, tüchtig. Und nun wollen Sie sich also als Reporterin erste Sporen verdienen? Warum nicht? Allerdings verstehe ich nicht recht, was Sie von den Arbeitern wollen. Sie wissen sicher, dass es Männer aus allen möglichen Ländern sind. Wer weiß, ob sie der deutschen Sprache überhaupt mächtig sind.«

»Einige von ihnen bestimmt. Alle Welt redet darüber, welch hohe Bedeutung die gute Bezahlung, Unterbringung und Versorgung der Arbeiter für den Kaiser hat.«

»Zweifeln Sie etwa daran?«

»Aber nein! Ich denke allerdings, es macht sich gut in meinem Bericht, wenn begeisterte Stimmen aus den Reihen der Männer den Wert dieser guten Behandlung bestätigen.«

Krüger sah sie nachdenklich an, dann nickte er langsam.

»Kein schlechter Gedanke, in der Tat. Bei Grünental werden wir sicher einen längeren Aufenthalt haben. Begleiten Sie mich zur Baracke, wenn Sie mögen. Ich werde dafür sorgen, dass wir einen Arbeiter befragen können.«

Als die Hochbrücke in der Ferne in den Blick kam, vergaßen Mimi und Else und wahrscheinlich alle Mitglieder der Besichtigungsfahrt für einen Moment, wo und wer sie waren. Der Anblick der schmiedeeisernen Konstruktion, die zwischen den gemauerten Vorbrücken mit ihren Bögen und Türmen zu schweben schien, war so schön und so erhaben, dass alle ihn schweigend auf sich wirken ließen.

»Ist sie nicht ein Schmuckstück?«, fragte Krüger schließlich leise. »Wie ein Regenbogen aus Eisen!«

Er hielt Wort und machte sich auf den Weg zur nahe gelegenen Baracke. Dass sich auch Else anschloss, überraschte ihn, doch was sollte er dagegen sagen? Ihr Vater schien zunächst überrumpelt. Weil er mit den Herren Baensch, Fülscher und der Riege der Politiker allerdings von Architekt Eggert erwartet wurde, ließ er seine Töchter gehen.

»Hier wohnt Franz«, zischte Else und deutete auf die Nummer eines Holzhauses.

»Dann geh schon!«, forderte Mimi sie auf. »Ist gerade Mittagszeit, vielleicht hast du Glück.«

»Aber ich …« Elses Unsicherheit war greifbar.

»Jetzt oder nie«, unterbrach Mimi sie, zwinkerte und schubste sie sanft in Richtung der Behausung.

»Wo ist ihr Fräulein Schwester?«, fragte Krüger kurz darauf, als sie in die Gaststube der Baracke geführt wurden, die recht gemütlich wirkte.

»Sie sucht die Toilette und kommt gleich nach.« Mimi schenkte ihm ihr schönstes Lächeln.

Aus Mimis Sicht wurde die Befragung ein glatter Reinfall. Der Mann, den man ihnen geschickt hatte, lobte alles, das Essen, die guten Betten, das Miteinander. Jedes Wort klang, als sagte er einen auswendig gelernten Text auf. Nicht, dass sie unbedingt Klagen hören wollte, nur hatte sie einfach nicht das Gefühl, dass von Herzen kam, was er von sich gab.

»Es besucht uns sogar regelmäßig ein Geistlicher und hält eine Predigt, wir haben hier alles, was wir brauchen«, schloss er.

»Es haben doch bestimmt nicht alle die gleiche Konfession«, wandte Mimi ein. »Und wie funktioniert das Zusammenleben mit Männern aus verschiedensten Ländern? Kommt es nicht oft zu Missverständnissen?«

Der Mann, ein untersetzter Kerl mit dunklem Haar, das er offenbar notdürftig mit einem Kamm gebändigt hatte, knetete die rissigen Hände. Er sah kurz unsicher zu Krüger, ehe er Mimi antwortete.

»Nein. Wir verstehen uns alle gut. Es gibt keine Probleme.« Sie holte Luft, um nachzuhaken, da sagte er: »Die Pause ist nicht lang. Ich würde gern etwas essen, ehe es wieder an die Arbeit geht.«

»Selbstverständlich«, entgegnete Krüger, ehe Mimi auch nur die Chance hatte, wenigstens noch eine Frage zu stellen. »Vielen Dank und guten Appetit!« Der Arbeiter nickte, stand auf und ging.

»Ich weiß nicht, welches Spiel Sie und Ihre Schwester spielen, aber in Zukunft tun Sie das besser ohne mich«, meinte Krüger scharf. »Wo ist sie überhaupt? Sucht sie etwa noch immer die Toilette?«

»Vielleicht hat sie sich verlaufen«, gab Mimi zurück und bemühte sich um eine harmlose Miene. »Wir sollten lieber nach ihr sehen.«

An dem Glanz in Elses Augen erkannte Mimi sofort, dass ihre Schwester Franz getroffen hatte.

»Ich habe einfach den Erstbesten nach ihm gefragt, der mir über den Weg gelaufen ist«, verriet sie atemlos, als sie am Abend endlich allein in ihrem Hotelzimmer waren. »Es hat keine Minute gedauert, da stand er vor mir. O Mimi, du hattest recht, die Worte kamen von ganz allein. Ich habe ihm einfach gesagt, wie es ist, dass ich ihm nicht seine kostbare Erholung am Abend rauben wollte und deshalb nicht mehr geschrieben habe, dass wir uns nicht sehen können, weil mein Vater es niemals erlauben würde. Und wie sollte ich allein nach Grünental kommen?«

»Die Brücke ist doch sowieso fertig, kann er sich nicht in Hamburg eine Stelle suchen?«

»Das hat er auch gesagt!«, rief Else. »Er ist nur geblieben, um am Kanalbett zu arbeiten, weil er nicht recht wusste, wohin. Ein Zeichen von mir, und er kommt nach Hamburg, hat er gesagt.« Sie seufzte.

»Du hast ihn wirklich gern, was?« Else nickte. »Dann wirst du es Vater sagen müssen.«

Else wartete das Ende der kurzen Reise ab, ehe sie sich ein Herz fasste. Mimi sollte dabei sein, zur Unterstützung. Sie fürchtete, er würde explodieren, doch er blieb ruhig. Seine Wangenknochen verrieten allerdings seine Verfassung. Es musste ihn viel Kraft kosten, sich zu beherrschen.

»Bei aller Liebe, Else, aber du schlägst dir den jungen Mann aus dem Kopf! Wir werden wieder einen Tanzabend veranstalten. Glaube mir, es wird sich ein geeigneter Bräutigam für dich finden.«

Else starrte verzweifelt zu Boden und brachte kein Wort mehr heraus. Was blieb Mimi übrig, als für ihre Schwester in die Bresche zu springen?

»Warum soll sie noch jemanden kennenlernen, wenn sie den Richtigen womöglich schon gefunden hat?«

»Ich bitte dich, Mimi, er gehört zur Arbeiterklasse!«

»Spielt das denn wirklich noch immer eine so große Rolle? Die Zeiten ändern sich. Ein gutes Herz und ein ehrlicher Charakter zählen doch viel mehr!«

»Ich heiße es gut, dass die Arbeiter mehr Rechte erhalten sollen. Das ist das eine.« Vater holte tief Luft. »Aber es ist etwas völlig anderes, die gesellschaftlichen Schichten zu vermischen. Ein Fisch kann nicht mit einem Vogel leben. So ist es eben.«

Noch ehe es Winter wurde, verkündete Vater, er habe für Else einen längeren Aufenthalt in Spanien vereinbart.

»Es wird dir gefallen«, sagte er zu ihr und bemühte sich um ein Lächeln. »Du kannst Orangen und Oliven von den Bäumen pflücken, du wirst reiten lernen und Spaniens reiche Kultur kennenlernen.« Dass sie Franz nie wiedersehen sollte, erwähnte er nicht. Es war auch nicht nötig, sie verstand es auch so.

Ein weiterer Schlag erwartete Mimi gleich nach der Abreise ihrer Schwester. Leopold war gekommen, um sich von Else zu verabschieden.

»Leider steht auch uns ein Abschied bevor.« Er sah Mimi ernst in die Augen. »Ich werde nach Amerika gehen.«

»Für immer?« Sie konnte ihr Entsetzen nicht verbergen. Er lachte traurig.

»Nein, aber doch für eine lange Zeit. Es ist großes Glück, Mimi, ein freundlicher Mensch hat seine guten Kontakte für mich verwendet. Ich kann mich drüben als Zahnarzt ausbilden lassen.« Mimi sah zu ihrem Vater, dessen Miene keine Regung zeigte. Sofort hatte sie seine Stimme im Ohr, als er mit Bertha über Leopold gesprochen hatte. Wie hatte er sich ausgedrückt? Er würde ihm mit interessanten Kontakten weiterhelfen. Sie sah wieder Leopold an, schluckte.

»Ich kann dieses großzügige Angebot nicht ablehnen«, erklärte er ihr ruhig. »Aber ich möchte nicht gehen, ohne sicher sein zu können, dass du auf mich wartest. Ich möchte, dass wir uns noch vor meiner Abreise verloben.« Mimi sah zu ihm auf, sie war vollkommen durcheinander. »Natürlich nur, wenn du mich überhaupt heiraten willst.« Er lächelte.

»Und wie ich will!« Sie fiel ihm um den Hals.

»Das kommt jetzt ein wenig überraschend«, meinte Vater.

»Entschuldigen Sie bitte, Herr Dahlström, ich hätte Sie vorher fragen sollen. Aber ich nehme doch an, dass nichts gegen die Verbindung spricht, oder irre ich da? Immerhin hat sich Ihre Tochter für mich entschieden. Und ein angehender Zahnarzt mit einer ganz vortrefflichen Ausbildung sollte doch nach Ihrem Geschmack sein, habe ich recht?« Seine Augen blitzten amüsiert.

Mimi war wütend auf ihren Vater. Wie konnte er ihr Leben und das von Else derartig bestimmen? Warum meinte er, immer am besten zu wissen, was für andere richtig war? Sie zweifelte nicht daran, dass er es gut meinte, doch sie verzweifelte daran, wie schrecklich konservativ er war. Die Zeiten änderten sich, aber nicht Heinrich Hermann Dahlström. Er trug sogar noch immer das gleiche Krawattenmodell und besorgte es sich wieder, wenn es abgetragen war. Nur ein einziges Geschäft in der Nähe des Hopfenmarktes, wo die Marktbeschicker kauften, bot das Modell noch an.

»Ich bin eben konservativ«, gab er selbst zu, wenn er wieder einmal dort gewesen war und eine Krawatte gekauft hatte. Aber Mimi war jung und hatte moderne Ansichten. Sie malte sich aus, wie fortschrittlich es in Amerika zuging. Leopold würde dort viel lernen, nicht nur in der Zahnmedizin. Sie wollte ihm als Ehefrau mehr sein als ein hübsches Anhängsel. Mimi beschloss, seine Abwesenheit zu nutzen, um endlich eine Ausbildung zu machen. Eines Morgens lief sie ins nahe gelegene Neue Allgemeine Krankenhaus und sprach bei der Oberin vor. Zu ihrer eigenen Überraschung erhielt sie umgehend eine Zusage, dort anfangen zu dürfen. Als die Familie am Abend bei Tisch saß, eröffnete Mimi ihnen ihren Plan. Sie hatte noch nicht einmal ausgesprochen, da krachte Vaters Hand auf die Tischplatte. Das Porzellan und die Gläser klirrten.

»Was ist nur in dich gefahren?«, schimpfte er. »Du hast eine anständige Erziehung genossen. Hast du denn alles vergessen?«

»Aber wieso? Ich wollte doch nur etwas Nützliches …«

»Du wolltest? Und deswegen läufst du gleich los, anstatt mich vorher um Erlaubnis zu fragen?« Mimi kämpfte einen inneren Kampf. Sollte sie sich entschuldigen und ihn bitten, ihr seine Zustimmung jetzt zu erteilen? Aber ihr tat ja nicht leid, was sie getan hatte. Sie war zwanzig Jahre alt und wollte selbst entscheiden. Warum konnte er sich nicht freuen, dass sie etwas mit ihrem Leben anfangen wollte? Etwas, das anderen zugute kam. Das war ihm doch sonst so wichtig. Mimi blickte Bertha an. Warum konnte sie nicht Mimis Partei ergreifen? Wäre Mutter nur hier, sie hätte ihrem Hermann den Kopf zurechtgerückt.

»Gleich morgen früh gehst du ins Krankenhaus und sagst der Oberin ab.« Damit war das Thema für ihn erledigt.

Mimi bekam in der Nacht kein Auge zu. Traurig und erschöpft machte sie sich in der Frühe auf den Weg.

»Ich habe Ihnen mehr zugetraut«, meinte die Oberin. »Sie haben schneller kalte Füße bekommen, als ich dachte.«

Mimi verzichtete auf eine weitere Erklärung. Ihre Gründe waren unbedeutend. Was zählte, war, dass sie einen Rückzieher machte. Mit jedem Schritt, den sie durch den großzügigen Park des Neuen Allgemeinen Krankenhauses und weiter über den Isebekkanal ging, wuchs ihr Zorn. In der Heilwigstraße angekommen, hatte sie einen Plan. Sie klopfte am Arbeitszimmer ihres Vaters, trat ein und baute sich vor seinem Schreibtisch auf.

»Ich habe getan, was du von mir verlangt hast. Ich habe im Krankenhaus abgesagt.«

»Das höre ich sehr gern.« Er nickte zufrieden.

»Und nun bespreche ich mit dir, was ich vorhabe, ehe ich loslaufe und mir eine andere Stelle besorge.«

»Was willst du damit sagen?«

»Ich werde nicht zu Hause sitzen, niedliche Bilder malen und hübsche Verse schreiben und auf Leopolds Rückkehr warten, Vater. Ich bin zwanzig Jahre alt, es wird höchste Zeit, eine Ausbildung zu machen.« Sie sah ihm an, dass er etwas einwerfen wollte, doch sie sprach schnell weiter, um nur nicht aus dem Konzept zu kommen. »Wenn ich nicht Krankenschwester werde, dann will ich wenigstens alles lernen, um einen großen Haushalt zu führen. Bald werde ich schließlich einen eigenen haben. Ich bin es leid, die Aufgaben der Dienstboten nicht richtig einschätzen zu können, Vater. Wie soll ich ihnen Anweisungen geben oder ihnen Vorhaltungen machen, wenn ich nichts von dem verstehe, was sie tun?«

Er ließ sich viel Zeit, ehe er antwortete: »Also schön, was du sagst, klingt vernünftig.« Mimi traute ihren Ohren kaum, sie hatte fest mit Widerstand gerechnet. »Es gibt eine Kochschule, die hier ganz in der Nähe liegt, wenn ich nicht irre. Sie hat einen ausgezeichneten Ruf. Die Damen lernen dort die feinsten Rezepte kennen und umsetzen.«

»Nein, das ist es nicht, was mir vorschwebt. Ich denke, am Anfang stehen die Grundlagen. Ich kann doch nicht mit Ewerscholle und Vierländer Mastente beginnen, wenn ich nicht einmal eine Kartoffelsuppe zustande bringe.«

Vaters Stirn legte sich in Falten, die Wangen über dem weißen Backenbart bekamen Farbe. Kein gutes Zeichen. Mit einem Mal entspannte er sich.

»Gut. Ich habe von der Köchin einer Baracke gehört, die wohl beides beherrscht, die Grundkenntnisse ebenso wie das feine Würzen. Bitte, wenn es das ist, was du willst, werde ich mich darum kümmern, dass du dort unterkommst.«

Kapitel 19
Justine

Kiel, Frühjahr 1893

Im Frühjahr 1892 hatten Stine und Anders geheiratet. Thorin war am Vorabend überraschend erschienen.

»Ich erspare es mir, deinem Mann zu gratulieren«, hatte er gesagt. »Ich hoffe nur, er weiß, wie viel Glück er hat. Auf jeden Fall wollte ich dir alles Gute wünschen, meine Hübsche, und dir Lebewohl sagen.«

»Was soll das heißen, gehst du weg?«

»Allerdings!« Er hatte seine typische stolze Miene aufgesetzt. »Ich habe gehört, in Hamburg werden gute Schauspieler gebraucht. Und ich bin ja wohl der beste, oder?«

»Ohne Frage!« Sie hatte gelacht.

»Es heißt, sie hätten dort moderne Regisseure, die Talent zu schätzen wissen, statt es klein zu halten. Kiel ist eben doch ein wenig provinziell.« Seine Augenbraue schob sich spöttisch in die Höhe. »Ich glaube, Hamburg ist das Richtige für mich.« Sie hatten sich gegenseitig Glück gewünscht, dann war er verschwunden, womöglich für immer aus ihrem Leben.

Die Hochzeit hatte im überschaubaren Rahmen stattgefunden, vor allem Kunden und Lieferanten waren geladen. Stine und Anders hatten sich anschließend einen freien Tag genommen, um ihre

Sachen in sein Haus zu bringen. Dann hatte ihr gemeinsamer Alltag begonnen. Sie besprachen, was in der Zeitung stand, konnten miteinander reden und lachen. Sie schliefen auch miteinander, doch es war nie wieder so wie beim ersten Mal. Stine hatte das Gefühl, er hielt seitdem seine Empfindungen hinter einer sachlichen Höflichkeit verborgen. Sie hatte ihn gern, mehr als das. Doch sie wusste einfach nicht, wie sie es ihm sagen sollte. Womöglich lachte er sie nur aus, weil sie sich etwas eingebildet hatte.

Der Sommer des Jahres 1892 hatte ihnen Sorgen beschert, auf die sie nicht eingerichtet gewesen waren. Gerade hatten sie den Laden in der Kieler Ringstraße auf Vordermann gebracht, sämtliche Rechnungen bezahlt, neue Bestellungen aufgegeben und einen jungen Kaufmann eingestellt. Jessens Tischlerei mit Holzlager war ebenfalls fertig und gut mit Brettern aller Stärken, Größen und Sorten gefüllt gewesen, da war die Cholera in Hamburg ausgebrochen. Am 25. August war der erste Fall in Kiel gemeldet worden. Es war nicht der einzige geblieben. Umgehend hatte man sämtliche öffentliche Versammlungen verboten. Alles, was Menschen zusammenbrachte, war streng untersagt gewesen. Zwar hatten Geschäfte öffnen dürfen, doch wer ging schon auf die Straße, wenn er nicht musste? Selbst in Holtenau hatten die Menschen Angst gehabt, die Einnahmen waren zurückgegangen. Anfang Oktober war der Spuk endlich vorbei gewesen. Danach hatten Anders und Stine keine Minute verloren.

»Wir müssen dafür sorgen, dass die Menschen wieder einkaufen. Aus Friedrichsort sind schon Bestellungen eingetroffen, aber was ist mit der Ringstraße?«

»Du hast recht, wir brauchen eine Aktion, die unserem Geschäft dort Aufmerksamkeit bringt.« Obwohl Großvaters Märchenschrank nun einen Platz in dem Reetdachhaus an der Förde hatte, war Stine lieber nach draußen gegangen, um sich etwas auszudenken. Sie liebte es, am Ufer spazieren zu gehen. In einer Richtung konnte sie das Treiben an der Kanal- und Schleusenbaustelle beobachten, in der anderen reichte der Blick bis zur Festung.

Stines Idee war eingeschlagen wie eine Bombe. Sie hatte sich ausgedacht, komplette Pakete anzubieten, mit denen sich jeder einen Hocker selbst bauen konnte, auch wenn er nicht der geschickteste Handwerker war. Zugeschnittenes Holz, die nötigen Schrauben und sogar eine Anleitung gehörten zum Umfang. Ihr Kieler Angestellter Ingmar hatte nach wenigen Tagen eine dringliche Nachricht geschickt, er sei nahezu ausverkauft und brauche Nachschub. Stine und Anders hatten den Winter genutzt, um ein Konzept für eine Handelskette zu entwerfen, die überall entlang des zukünftigen Kanals Standorte haben sollte. Sie wollten keine hohen Kredite aufnehmen, sondern die Investitionen größtenteils aus dem laufenden Geschäft entnehmen, andererseits waren sie sich einig, nicht zu lange warten zu dürfen. Es war zu befürchten, dass ihnen sonst Konkurrenten die besten Plätze wegschnappen könnten. Nun war der Sommer da. Seit dem ersten April war Kiel nach Norden gewachsen, wie Anders es prophezeit hatte. Wik war eingemeindet worden und jetzt Teil der Stadt. Als Stine und Anders an einem schon warmen Morgen nach Brunsbüttel aufbrachen, unterhielten sie sich über die Veränderungen.

»Ich bin froh, dass Heiner Nissen seinen Grund und Boden in Wik rechtzeitig abgegeben hat. Man hört nicht viel Gutes.«

»Wohl wahr, einige Investoren haben wohl manchen Bauern geködert und dann mit viel zu geringen Kaufpreisen abgespeist, während sie selbst wenig später ein Vielfaches dafür bekommen haben.«

Stine nickte. »Und immer ist nur die Rede von Holtenau. Gerade stand wieder etwas in der Zeitung zum Fortschritt der Schleusen bei Holtenau, dabei liegen sie eindeutig auf Wiker Gebiet.«

»Das spielt jetzt keine Rolle mehr. Jetzt ist nur noch die Rede von Kiel.« Anders zuckte mit den Achseln.

»Mal sehen, wann Holtenau an der Reihe ist«, gab Stine zu bedenken. »Die Stadt wird sich weiter ausbreiten, früher oder später sind wir auch dran und werden eingemeindet.« Seine Augen blitzten. »Habe ich etwas Komisches gesagt?«, wollte sie wissen.

»Nein. Ich freue mich nur, dass du von Holtenau sprichst, als sei es dein Zuhause, als wäre es das schon immer gewesen.«

»Ich fühle mich eben wohl dort.«

»Das ist schön.« Er drückte ihre Hand.

Die Fahrt war lang und anstrengend. Sie hatten hier und da einen kurzen Blick auf die Kanalbaustelle geworfen. Schließlich waren sie an der Villa von Baurat Meyer in Brunsbüttel angekommen, fuhren durch ein schmiedeeisernes Tor die prächtige Auffahrt hinauf. Sie wollten auch hier ganz im Westen einen Laden eröffnen, den ersten, über dem von Anfang an *Thams & Zimmermann* stehen würde. Ein Grundstück hatten sie bereits im Auge, nun wollten sie mit Meyer die Einzelheiten für eine Baugenehmigung besprechen.

»Herr Zimmermann, gnädige Frau«, begrüßte sie der hagere Mann. Seine Haut wirkte durchsichtig und hing herab, als wäre sie zu groß für das Gesicht. »Ich freue mich, Sie persönlich kennenzulernen. Man hört ja so einiges aus Kiel.« Er nickte anerkennend. Stines Aufmerksamkeit wurde vom Boden der Diele abgelenkt. Statt Parkett hatte Meyer Stein gewählt. Vierecke und Achtecke in unterschiedlichen Größen und Orange-, Rot- und Sandtönen fügten sich zu einem perfekten Bild zusammen. Sie konnte sich kaum von dem Anblick trennen und nahm sich vor, den Baurat später darauf anzusprechen.

»Sie wollen also wahrhaftig in Brunsbüttel ein Geschäft errichten?«, wollte Meyer wissen und setzte eine Leidensmiene auf. »Ich würde für kein Geld der Welt noch einmal bauen.«

»Aber Ihre Villa ist wunderschön«, setzte Stine an. Er winkte ab.

»Ja, das ist sie. Aber fragen Sie nicht, welche Hürden ich überwinden musste. Ärger mit dem Grundbuch und dann die Handwerker!« Er schüttelte den Kopf. »Ich hoffe, Ihnen wird alles leichter gelingen.«

Nach einer Stunde waren die wichtigsten Punkte besprochen, Meyer begleitete Stine und Anders zur Tür.

»Eine Frage hätte ich noch, Herr Baurat Meyer.« Stine deutete auf den Fußboden. »Der ist wunderschön! Dieses Muster und die Farbe der Steine. Ungewöhnlich.«

»Der ist mir vorhin auch aufgefallen«, sagte Anders. »Sieht beinahe aus wie ein Kunstwerk, wie ein römisches Mosaik.«

»Den hat mir ein Italiener verlegt«, erzählte Meyer. »Der Mann war meine Rettung, der Schreiner, der das Parkett verlegen sollte, verstand nichts von seinem Fach. Unverschämt war er noch dazu.«

Stine wandte sich an Anders: »Es ist fast ein bisschen schade, dass wir kein Wohnhaus planen. So einen Boden hätte ich gern in der Diele.«

»Er ist wirklich ein Prachtwerk.«

»Und sehr praktisch und robust«, erklärte Meyer.

Beim Abendessen im Hotel ließen Stine und Anders den Tag noch einmal Revue passieren.

»Ich will mich nicht zu früh freuen, aber alles spricht dafür, dass unsere Pläne realistisch sind. Und wenn man die Baustelle mit eigenen Augen gesehen hat, ist klar, wie viel Aufschwung der Kanal dem gesamten Land bringen wird.« Er hob sein Glas. »Es kommt viel Arbeit auf uns zu, Stine, aber ich habe ein sehr gutes Gefühl.«

»Hoffentlich hast du recht!«

»Zweifelst du daran?« Er sah sie aufmerksam an. »Wenn es etwas gibt, das dir nicht zusagt, muss ich es wissen. Ich schätze deine Meinung sehr, das ist dir doch klar, oder?«

»Ja, und das freut mich.« Sie dachte kurz nach. »Nein, ich sehe es wie du.« Sie zögerte.

»Was hast du auf dem Herzen?«

»Wir werden immer wieder neue Ideen brauchen, mit denen wir unsere Kunden überraschen und der Konkurrenz voraus sind.«

»Das stimmt.«

»Was ist, wenn mir nichts mehr einfällt?«

Er ließ sich Zeit, ehe er antwortete: »Ab einer gewissen Größe schlagen wir unsere Mitbewerber allein durch unsere wirtschaftliche Kraft, denke ich. Trotzdem wäre es schön, wenn wir weiterhin für deine außergewöhnlichen Aktionen bekannt wären.«

»Ich hätte eine Idee, sie ist allerdings nicht neu«, begann sie.

»Ich höre.« Er lächelte.

»Mein Großvater Gregor hat nicht nur das Puppentheater im Laden stehen gehabt, alle Ecken waren bei ihm mit allerhand Trödel gefüllt. Du hast ja davon gehört.«

»Trödel-Thams«, bestätigte er grinsend.

»Es hat sich gezeigt, dass die Kinder der Kundschaft all das Zeug lieben, das eigentlich nichts im Laden zu suchen gehabt hätte. Ihre Eltern haben sie bei uns abgegeben, konnten in Ruhe ihre Einkäufe in der Gegend erledigen und haben sie wieder abgeholt. Wir haben dadurch keine riesigen Einnahmen erzielt, aber jeder kannte uns. Und das eine oder andere wurde doch mal mitgenommen«, erzählte sie. »Ich dachte, vielleicht sollten wir an jedem Standort von vornherein eine Ecke für Kinder einrichten.«

»Das ist brillant«, sagte er sofort. »Natürlich, genau das werden wir tun.« Stine hätte ihn hier an Ort und Stelle küssen mögen, so sehr freute sie sich.

»Warum verkaufen wir nicht gleich Spielzeug?« Im selben Moment fühlte sie sich, als hätte er ihr eine kalte Dusche verpasst.

»Du musst mich nicht auf den Arm nehmen, nur weil dir mein Vorschlag nicht gefällt«, sagte sie leise.

»Ich meine es vollkommen ernst.« Stine sah ihn an. »Kleine Holzhämmer, Mini-Schubkarren. Wenn die lieben Kleinen bei uns so gern damit spielen, kaufen ihre Eltern ihnen Holzwerkzeug, das wäre eine zusätzliche Einnahme.« Er machte eine Pause und zwinkerte fröhlich. »Und was glaubst du, bei wem die Kleinen ihr Werkzeug kaufen, wenn sie mal groß sind?«

»Natürlich, du hast recht. Anders, das wird wunderbar!« Sie nahm seine Hand.

»Ich liebe dich«, sagte er und sah sie gleich darauf an, als wäre er selbst erschrocken.

»Was?«

»Tut mir leid, das gehört nicht hierher. Aber ich musste es dir endlich sagen. Du bist meine Frau, und ich liebe dich. Auch wenn es so nicht abgemacht war.« Anders hob entschuldigend die Schultern und ließ sie wieder fallen.

»Nein, das war nicht abgemacht.« Stine lächelte. »Schön ist es trotzdem. Und weißt du, was noch besser ist? Ich liebe dich auch!«

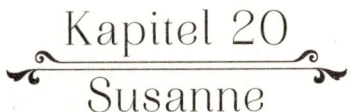

Kapitel 20
Susanne

Brunsbüttel, Sommer 1893

Der Frühling war genau so gewesen, wie ein Frühling sein sollte. Es war mild genug, um ohne Jacke nicht zu frieren, gleichzeitig schwitzte man nicht wie verrückt. Die Natur übertraf sich selbst, Sanne hatte das Gefühl, die Blumen und Blätter hatten eine kräftigere Farbe als sonst, und alles blühte viel üppiger. Lag sicher daran, dass sie einen Teil des italienischen Rosario-Leuchtens seit dem Tanzvergnügen im Schifferkrug in sich trug. Die beiden sahen sich, so oft es nur ging. Natürlich besprachen sie die Arbeitsschritte an der Schleuse, etwa dass nun bald mit dem Aufstellen der letzten Tore begonnen werden konnte. Oder wie deutlich nun überall an der Strecke von hier bis nach Kiel die Veränderungen sichtbar waren. Kunststück, in zwei Jahren sollte der Kanal in Betrieb gehen, da wäre es schlecht, wenn einige Ortschaften noch im Dornröschenschlaf schlummern würden. Sie sahen sich gemeinsam die Vorbereitungen zur Installation einer Drehbrücke bei Taterphal an und spazierten wieder und wieder über den Elbdeich, der in nicht mehr allzu weiter Ferne geöffnet werden würde. Diese Vorstellung jagte Sanne noch immer eine Gänsehaut über den Rücken. Wenn die Schleuse nicht funktionierte, würde in dem Moment eine Katastrophe über das Land kommen. Doch es würde schon nichts Schlimmes passieren.

Schließlich hatten kluge Männer alles unter ihrer Kontrolle, und Rosario war wieder vor Ort und bekam mit, wenn einer Murks machte. Statt gemeinsam über Plänen und Berechnungen zu brüten, unternahmen sie in den wenigen freien Stunden, die sie hatten, auch oft Ausflüge. Einmal nahm Claas sie mit seinem Kahn mit nach Marne. Sie bummelten durch die Stadt und gingen im *Holsteinischen Haus* einen Kaffee trinken. Hier hatte Herr Vering ihr erlaubt, ihm die Bewerbungsunterlagen ihres Vaters für die Stelle des Schleusenbauers zu schicken. Sanne musste manches Mal schmunzeln, wenn sie daran zurückdachte, wie wütend sie gewesen war, dass jemand anders den Posten bekommen hatte. War Vaters eigene Entscheidung gewesen. Und nun war sie mit dem Jemand, den sie damals heimlich beobachtet hatte, um irgendetwas zu finden, woraus sie ihm einen Strick drehen konnte, beinahe ein bisschen verlobt. Sie konnte nicht genug dafür danken, dass alles so gekommen war. Rosario hatte ihr viel von sich erzählt in den letzten Monaten. Je mehr sie über ihn erfuhr, desto größer wurden ihre Gefühle für ihn. Sein Vater war bei einem schlimmen Unfall im Sägewerk ums Leben gekommen, da war Rosario gerade zehn gewesen. Seine Mutter hatte ihn und seine vier Geschwister allein durchbringen müssen.

»Sie war eine sehr tapfere starke Frau«, hatte er stolz gesagt. »Arbeit von früh bis spät, etwas anderes kannte sie nicht. Ich bin zum Gotthard gegangen, um sie zu unterstützen, damit sie nicht alle Kinder allein versorgen muss. Ich habe nur ein einziges Mal ein paar Tage frei genommen in der ganzen Zeit. Das war, als ich zu ihrer Beerdigung gefahren bin.« Er hatte traurig die Schultern gehoben und fallenlassen. »Ihr Körper hatte irgendwann einfach keine Kraft mehr.« Immer wieder sprach er davon, dass Sanne unbedingt seine Geschwister kennenlernen müsse. »Dafür spare ich«, verkündete er eins ums andere Mal. Und dann hatte er einmal gesagt: »Eigentlich wollte ich als reicher Mann zurückkehren und ihnen ein kleines Haus bauen.«

»Und das willst du jetzt nicht mehr?«

»Nein. Ich denke, ich sollte das Haus lieber hier irgendwo bauen für meine deutsche Familie.« Sein Blick war mehr als eindeutig gewesen. Sobald er genug zusammen hatte, würde er ihr einen Antrag machen. Das war das Beste, was eine Frau sich nur wünschen konnte. Und Sanne hätte ihm ja auch zu gern Hoffnung gemacht. Doch genau das brachte sie nicht fertig. So glücklich sie auch mit ihm war, so lieb sie ihn auch hatte, war da dummerweise auch noch Kolbe, der sie seit einer Weile irgendwie anders ansah und auch behandelte. Als würde er Rosarios Zukunftspläne genau kennen. Und so war es bestimmt auch. Wollte er verhindern, dass die beiden ein Paar wurden mit Trauschein und allem Drum und Dran, oder bildete sie sich das nur ein? Jedenfalls hatte er Sanne einmal auf ein Bier im Gasthof *Zur Traube* eingeladen, weil die Schwarzkopfsche Kapelle spielte.

Als sie gefragt hatte, wer denn noch alles käme, hatte er gesagt: »Ist 'ne öffentliche Veranstaltung, kann jeder hinkommen. Ich würde allerdings nur mit dir gehen. Traust du dich etwa nicht?«

Die Art, wie er sie immer wieder provozierte, konnte sie auf die Palme bringen und brachte gleichzeitig etwas in ihr zum Klingen, was sonst schwieg. Wenn seine herausfordernden Blicke in ihr nur nicht dieses dösige Kribbeln auslösen würden, nach dem sie süchtig werden könnte. War ja schön, dass Rosario immer so anständig war, bloß gefiel es ihr eben auch, dass Kolbe manchmal so frech war. Und verrückte Ideen hatte er auch. Wie an einem Tag Anfang Juni. Es war ein Sonntag gewesen.

»Ich mache morgen einen Ausflug«, hatte er ihr am Vortag beiläufig gesagt. »Kannst mitkommen, wenn du willst.«

»Wohin geht's denn?«, hatte sie gefragt.

»Wirst schon sehen. An deiner Stelle würde ich das nicht verpassen.«

Vor Aufregung hatte sie kaum ein Auge zubekommen. Immer wieder hatte sie sich gesagt, dass es nicht richtig war, mit Kolbe wegzufahren. Nicht mit ihm allein. Dann wieder hatte sie sich eingeredet, dass sie doch Freunde waren und es nichts zu bedeuten hatte. Ein Ausflug, den er anscheinend auch allein unternehmen würde, klang nicht nach einer romantischen Absicht. Noch während sie sich im Morgengrauen auf den Weg zum Hermannshof machte, war sie hin- und hergerissen. Was war denn schon dabei? Sie würde es Rosario erzählen, dann war geklärt, dass sie nichts getan hatte, was sie vor ihm verbergen müsste. Sie huschte am Marktplatz vorbei und sah mit einem Mal Rosarios Gesicht vor sich. Er würde enttäuscht sein, traurig, auch wenn sie es ihm aus freien Stücken erzählte. Sie musste das nicht tun, noch konnte sie einfach umdrehen und den Sonntag mit ihren Geschwistern verbringen. Oder mit Rosario. Sie hätte ihn nach Hause einladen können zu selbstgebackenem Butterstreusel. Wäre längst Zeit gewesen, das zu tun. Jetzt der Ausflug mit Kolbe, nächsten Sonntag Kuchen mit Rosario und ihrer Familie, das nahm sie sich fest vor.

»Hätte nicht gedacht, dass du dich traust«, sagte Kolbe zur Begrüßung. Er hockte lässig auf dem Rand eines Ruderbootes.

»Warum nicht? Wovor hätte ich Angst haben sollen, vor dir etwa?« Sie lachte.

»Vielleicht vor dir selbst.« Er stand auf und kam ihr sehr nah. Die aufgekrempelten Ärmel seines Hemdes stellten seine Muskeln regelrecht zur Schau. »Hilf mir mal!«, forderte er sie auf, ging hinter das Heck der Barke und begann, sie ins Wasser zu schieben.

»Schöne Einladung, wenn ich erst mal für dich schuften darf«, beschwerte sie sich, nahm aber ohne zu zögern den Platz neben ihm ein und warf sich mit aller Kraft gegen das hölzerne Schiffchen.

»Ich hab nix von einer Einladung gesagt«, stellte er keuchend richtig. »Außerdem schuftest du nicht für mich, sondern auch für dich. Oder willst du über die Elbe laufen?«

»Wir fahren rüber auf die andere Seite?«, brachte sie schnaufend hervor, der Schweiß lief ihr an den Schläfen herunter.

»Geschafft! Wenn ich bitten darf?« Er reichte ihr eine Hand und half ihr, in das Boot zu klettern. Als sie saß, stützte er sich auf und stemmte seinen Körper in die Höhe. Wie leicht das bei ihm aussah. »Hast Glück, das Rudern übernehme ich.« Er grinste und legte sich auch schon ordentlich ins Zeug.

»Ist das überhaupt erlaubt, mit so einer Nussschale über die Elbe zu schippern?«

»Keine Ahnung. Darum wollte ich ja so früh los, wenn's noch 'n büschen dämmrig ist.«

Sie sah sich um. Glücklicherweise war weit und breit niemand zu sehen, der sie aufhalten könnte. Und Gott sei Dank war auch kein großer Pott in Sicht, der könnte ihnen nämlich mächtig Probleme machen. Je länger sie dem gleichmäßigen Klatschen zuhörte, das die Ruderblätter verursachten, wenn sie in das seichte Wasser tauchten, desto ruhiger wurde sie. Schön war das.

»Hattest recht, das hätte ich wirklich nicht verpassen wollen.« Sie lächelte.

»Das sagst du jetzt schon? Das Beste kommt doch erst noch.«

»Nee, das ist schon allerbest. Ich war noch nie auf der Elbe.« Er hörte auf zu rudern.

»Ich hör wohl nicht recht. Ich denke, du bist hier aufgewachsen.«

»Ja, schon, aber wir sind schließlich keine Fischer oder so. Mein Vater ist Zimmermann. Zum Vergnügen über den Fluss gondeln, konnten wir uns nie leisten.«

»Dann wurde es ja Zeit«, meinte er und griff wieder in die Riemen.

»Hattest du was mit Schiffen zu tun, da, wo du herkommst?«

»Nee!« Er lachte. »In Trittau, wo ich aufgewachsen bin, fließt die Bille. Mein Bruder und ich haben uns ein Floß gebaut und wollten damit bis in die Elbe fahren. Das wär möglich. Eigentlich. Wir sind allerdings gleich hinter der Grander Mühle gekentert. Kanzler müsste man sein«, meinte er plötzlich.

»Wie kommst du denn darauf?«

»Der alte Bismarck hat doch den Sachsenwald samt Mühle geschenkt bekommen. Ist immer das Gleiche, Sanne, die Reichen kriegen noch mehr, die Armen können sich ein Bein ausreißen und kommen doch nie zu was. Das ist nicht gerecht.« Sein Lieblingsthema. Aber sie hatte keine Lust, darüber zu debattieren.

»Du warst nie zu Hause, seit du hier bist. Vermisst du deinen Bruder nicht?« Sanne legte den Kopf schief und sah ihn an.

»Weiß nicht. Ein bisschen vielleicht. Er vermisst mich sicher nicht.«

»Wieso sollte er nicht?«

»Seine letzten Worte zu mir waren: ›Lass dich hier nie wieder blicken, sonst bringe ich dich um!‹« Er zuckte mit den Achseln.

»Du meine Güte, was hast du angestellt, dass er so wütend auf dich war?« Sie war abgelenkt, weil sie erstaunt bemerkte, dass er den Kahn in ein Flüsschen lenkte, das in die Elbe mündete. Doch nur kurz, dann fiel ihr etwas ein. »Moment mal, war das der Bruder, dem du ein Haus gebaut hast, erst als Modell und dann richtig in voller Größe?«

»Ja! Dummerweise habe ich in dem Haus seine Frau verführt. Von brüderlichem Teilen hat er noch nie viel gehalten.« Sanne starrte ihn an, sie war sprachlos.

»So, fertigmachen zum Anlegen!«

Nachdem sie das Boot gesichert hatten, spazierten sie ein Stück am Ufer entlang. Kolbe ging zielstrebig voraus, als ob er an einen bestimmten Platz wollte. Was es dort wohl zu sehen oder zu tun gab?

Hoffentlich hatte er nichts Verbotenes vor. Auf einer Wiese blieb er stehen.

»Da wären wir!« Sie ließen sich zwischen Butterblumen, Gänseblümchen, Klatschmohn und Kornblumen nieder. Es duftete intensiv nach Kamille. Sanne konnte ihre Überraschung offenbar nicht verbergen. »Hast wohl mehr erwartet, was?«

»Nein! Na ja, drüben hätten wir bei Neufeld oder Nordhusen bestimmt auch so ein Plätzchen gefunden.«

»Jo!« Das war alles? Sanne sah sich verstohlen um. Bestimmt nahm er sie mal wieder auf den Arm und es gab hier doch noch etwas Besonderes, das ihr den Atem rauben würde. Inzwischen war es ordentlich warm geworden, kaum ein Wölkchen am Himmel. Schafe lagen in der Sonne oder grasten gemächlich die Erdwälle ab, zwischen denen in langen Gräben Wasser glitzerte.

»Musst genauer hingucken«, forderte Kolbe sie auf. Er schob sich einen Grashalm in den Mundwinkel und deutete mit dem Kopf in eine Richtung. Sanne hielt sich eine Hand über die Augen und blinzelte. Da bewegte sich etwas. Tatsächlich, überall gab es Nistmulden, in denen Rotschenkel ihre Küken fütterten. Je länger sie den Blick Stück für Stück über das Grün wandern ließ, desto mehr entdeckte sie. Sanne war hingerissen von den flauschigen Winzlingen, die aussahen, als wollten sie schon erste Flugversuche unternehmen, dabei konnten sie kaum mehr als eine Woche alt sein. Auch Austernfischer gab es, die mit ihren langen orange-leuchtenden Schnäbeln im Schlamm der Priele nach Nahrung stocherten. Ihr auffallendes Piepen gehörte an die nahe Nordseeküste wie'n Rollmops aufs Labskaus.

»Ist wirklich schön hier, hast recht«, sagte sie.

»Ich komme gern her, wenn ich mir irgendwie ein Boot beschaffen kann. Die Schufterei, der Gestank der Männer in der Baracke nach einem anstrengenden Arbeitstag, alle Probleme, die es drüben gibt, werden irgendwie kleiner, wenn man von hier guckt.« Er sah sie an. »Verstehst du, wie ich das meine?« Sanne betrachtete das Land jenseits der Elbe lange, ehe sie ihm antwortete.

»Ja, ich verstehe dich. Selbst die Baustelle sieht winzig aus. Von hier siehst du nicht, wie viele sich da schon verletzt haben oder wer rausgeflogen ist. Du erkennst die einfachen Hütten oder Schuppen nicht, in denen die Ärmsten hausen. Sieht alles irgendwie ordentlich und friedlich aus.«

»Und als ob alle Menschen gleich wären. Die Unterschiede verschwimmen, wenn du so weit weg bist.« Sie nickte. Eine Weile lagen sie nebeneinander, auf die Ellenbogen gestützt, und guckten den Dampfern hinterher, die aus Hamburg kamen. Hamburg. Das war auch weit weg. Sie hatte gelesen, dass es da ein Vorlesungswesen gab, das alle nutzen konnten, um sich zu bilden. Alle Männer. Nee, auch aus der Ferne waren nicht alle gleich. Das große Schiff verschwand aus ihrem Blick. Ob Frauen das Gleiche durften wie Männer, da, wo es hinfuhr? Bestimmt nicht. Sie seufzte. So was gab es sicher auf der ganzen Welt nicht.

»Na los, ehe du noch einschläfst, fahren wir noch ein Stück.« Er stand auf und ging zum Boot.

»Es geht noch nicht zurück?«, wollte sie wissen.

»Nö.« Sie kletterten in die Nussschale. »Wir fahren die Oste herunter, bis es nicht mehr weitergeht.« Seine Augen leuchteten.

»Aha, und wie weit ist das?«

»Keine Ahnung. Bis Bremervörde oder noch weiter, glaube ich.«

»Ich möchte lieber wieder zurück. Das hier ist zwar kein Floß, aber am Ende kenterst du doch wieder bei der nächsten Mühle.«

»Meinetwegen. Aber ein paar Meter schippern wir auf jeden Fall noch. In Neuhaus gibt's 'ne Destille, da kriegst du günstig guten Schnaps.« Er griente. Das war also der eigentliche Grund für seinen Ausflug. So was hätte sie sich denken können.

Der Ort war eine Ansammlung roter Backstein- und weiß getünchter Fachwerkhäuser. Schräg gegenüber der Kirche befand sich die Destillerie, die auf eine beinahe hundertjährige Geschichte zurückschauen konnte, wie der Betreiber stolz erklärte. Kolbe wurde mit ihm schnell handelseinig, eine kleine Flasche Hochprozentigen bekam er sogar gratis dazu.

»Ich habe schon Waldmeister getrocknet«, erklärte er ihr grinsend.

Bis sie wieder die Elbe erreichten, setzte bereits die Dämmerung ein und tauchte die Landschaft in Rot-, Orange- und Rosa-Töne. Es verschlug Sanne fast den Atem, so schön war das. Sie spürte, dass Kolbe sie beobachtete.

»Ich hab mal ein Gemälde gesehen«, sagte sie leise. »Das sah auch so aus. Ich hätte nie gedacht, dass es so was Schönes wirklich gibt. Danke, dass du es mir gezeigt hast.« Er ließ die Riemen ruhen.

»Ich würde dir gern noch viel mehr zeigen.« Seine Stimme war rau und tief. Für einen Moment meinte sie, er würde zu ihr herüberkommen, doch er ruderte weiter. Keiner von ihnen sagte mehr ein Wort, bis sie bei Hermannshof das Boot aus dem Wasser zogen und festmachten.

»Noch mal danke«, sagte sie schnell. »Bis bald.« Er hielt ihren Arm fest.

»Ich weiß nicht, was Rosario dir versprochen hat, Sanne, aber du solltest dir gut überlegen, ob es das ist, was du willst.« Ehe ihr eine passende Antwort einfiel, küsste er sie auf den Mund. Nicht vorsichtig oder zärtlich, sondern fordernd. Es hätte ihr unangenehm sein müssen, doch das war es ganz und gar nicht. Aber in Ordnung war es auch nicht. Sanne trat einen Schritt zurück und befreite sich aus seinem Griff.

»Was fällt dir ein?«, flüsterte sie schwach. Dieses Mal ließ sie ihm keine Zeit, etwas zu erwidern. Sie lief einfach davon. Er hatte recht gehabt, sie hatte allen Grund, Angst vor sich selbst zu haben.

Eine Woche war ihr Ausflug mit Kolbe jetzt her. Sanne hatte es seitdem vermieden, mit ihm allein zu sein. Rosario hatte natürlich bemerkt, dass etwas nicht stimmte. Er sah die beiden an, als wartete er auf eine Erklärung, die jedoch glücklicherweise auch Kolbe ihm schuldig blieb. Sanne hatte das Gefühl, alle konnten ihr an der Nasenspitze ansehen, was geschehen war. Dafür schämte sie sich schrecklich. Noch mehr dafür, dass schon die Erinnerung reichte, um sie wieder völlig mit diesem unerhört angenehmen Kribbeln zu erfüllen. Sie musste es Rosario sagen. Nicht die Sache mit dem Kuss, sondern dass sie mit Kolbe los gewesen war, um Alkohol für ihren Waldmeisterschnaps zu kaufen. Sie hatte Rosario zu Kaffee und Kuchen einladen wollen, und genau das würde sie tun. Gleich für den nächsten Sonntag. Mit diesem festen Entschluss fühlte sie sich endlich wieder ein bisschen befreit. Sie konnte sich sogar wieder an einer Hummel erfreuen, die sie summend umkreiste, während Sanne die Kartoffeln anhäufelte. Je gründlicher die Vorbereitung, desto lohnender würde die Ernte ausfallen. Und das dicke gestreifte Insekt musste natürlich auch seinen Beitrag leisten. Ohne die schwirrenden Bienen, Wespen und eben Hummeln würde der Speiseplan der Familie traurig aussehen.

»Verhungern würden wir ohne euch.« Sanne hörte schwere Schritte und sah auf. Ihr Vater kam den schmalen Pfad herauf. Er baute mit zwei Männern einen Dachstuhl in Feils Hausweg. Das war schön dicht dran, da konnte er mittags nach Hause kommen.

»Na, Vadder, is ordentlich heiß, was?«

»Das kannst du wohl sagen. Ich freue mich auf ein kühles Bier. Wie machen sich die Tüffeln?«

»Wachsen und gedeihen!«

»Das wollt ich hören.« Sie lächelte. »Sanne, ich möchte mit dir reden«, sagte er, ohne sie anzusehen. »Mit der ganzen Familie. Am Sonntag.« Er zögerte, dann ging er zum Haus davon.

Der Sonntag war da. Mit Kuchen, aber ohne Rosario.

»Is bald Schluss mit dem Rhabarber. Schade. Geht immer so schnell«, sagte Vater und schob sich seine Gabel in den Mund.

»Ich könnt drauf verzichten, wenn's stattdessen Mandeln auf'm Kuchen gebe oder Butterstreusel.« Frerk verdrehte schwärmerisch die Augen.

»Sei froh, dass wir uns überhaupt so was Gutes leisten können«, wies Sanne ihn zurecht.

»Genau! Wenn's dir nicht schmeckt, gib mir dein Stück«, schlug Elke ihm vor. Michel hatte keinen Appetit. Er hatte kaum geschlafen, weil er wieder so schlecht Luft bekam. Jetzt lag er im Schatten des großen Walnussbaumes auf einer Decke und schlief.

»Ich mag Rhabarberkuchen«, erklärte Vater, »Rhabarbergrütze auch.« Hörte sich an, als wolle er noch einige Leckereien aufzählen, doch Mutter griff ein.

»So, Herwart, nu is gut. Raus mit der Sprache, was hast du uns zu sagen?« Ein wenig überrumpelt sammelte er sich und atmete tief ein.

»Ich gehe weg«, eröffnete er ihnen schließlich.

»Was?«, fragten Mutter, Sanne und Elke gleichzeitig. Frerk kaute unbeeindruckt weiter und sah ihn nur verständnislos an.

»Ich habe mich entschieden, an der Levensauer Hochbrücke zu arbeiten. Am Einundzwanzigsten ist Grundsteinlegung.«

»Einundzwanzigsten was?«, wollte Mutter wissen.

»Juni. In diesem Jahr.« Vater sah von einem zum anderen.

»Aber … das is ja schon in'n paar Tagen.« So verdattert hatte Sanne ihre Mutter selten gesehen.

»Wusste gar nicht, dass die 'ne Holzbrücke über den Kanal bauen«, meinte Frerk und zog die Stirn kraus.

»Das tun sie auch nicht. Es wird die größte Schweißeisenbrücke des Kaiserreichs. Und daran will ich meinen Anteil leisten.«

Vater blickte in die Runde. Sanne konnte nicht glauben, was sie hörte.

»Hast du getrunken, Vadder?«

»Susanne!« Mutter holte viel zu schnell Luft. Sie sah ihren Mann an. »Hast du?«

»Nee, hab ich nich, ich bin vollkommen nüchtern. Und das war ich auch, als ich den zuständigen Bauleiter um Arbeit gefragt habe. So, nun macht mal den Mund zu, sonst kommen da die Fliegen rein.« Er griente.

»Moment, eine Hochbrücke bei Levensau, sagst du?« Sanne stutzte. »Ich dachte, da ist nur eine Drehbrücke für die Eisenbahn geplant, die notfalls auch für den Straßenverkehr genutzt werden kann.«

»So war's auch mal vorgesehen. Aber 'ne Drehbrücke hält sowohl Schiffe als auch Automobile und Fuhrwerke auf. Is nich gut.«

»Nee, nicht gut, aber billiger«, sagte Sanne.

»Darum wurde der Bau der Hochbrücke ja auch erst abgelehnt«, erklärte er ungeduldig. »Letztes Jahr wurde er dann doch angeordnet.« Davon hatte Sanne nichts in der Kanalzeitung gelesen. War ihr bestimmt durch die Lappen gegangen, weil sie ja nicht alle Exemplare in die Finger bekam.

»Mit welcher Begründung?« Sanne sah ihn an, Frerk stöhnte.

»Is doch egal, Vadder lässt uns sitzen, so oder so.« Er hatte noch nicht ganz ausgesprochen, da kassierte er schon eine Ohrfeige von Mutter.

»Es hieß, die kaiserliche Marineverwaltung will 'ne Bahn zwischen Kiel und Friedrichsort haben«, beantwortete Vater Sannes Frage. Er musste sich sehr konzentrieren, um wiederzugeben, was er offenbar irgendwo gehört oder gelesen hatte. »Überhaupt soll es wohl einige neue Eisenbahnstrecken geben, die alle über die Brücke geleitet werden könnten. Die Linie von Kiel nach Flensburg wird da ja sowieso schon drüber verlaufen, genau wie die Chaussee von Kiel nach Eckernförde.« Sanne kam aus dem Staunen kaum noch heraus. »Deswegen muss das doch jetzt alles so schnell gehen, weil das so'n Hin und Her war. Erst keine Hochbrücke, nu doch. Und darum werden auch jede Menge erfahrene Männer gesucht.« Mutter zog kurz die Augenbrauen hoch, sagte aber nichts. Sanne schloss sich ihrem Vorbild an. »Traut ihr mir das etwa nicht zu?«, fragte Vater grimmig.

»Schuster bleib bei deinem Leisten, sagst du doch immer«, wandte Mutter ein. Nun konnte sich auch Sanne nicht mehr zurückhalten.

»Hast du mir nicht erklärt, man soll das machen, was man kann? Bloß nichts probieren oder gar riskieren! Hast du jedes Mal gesagt, wenn ich …«

»Immerhin hat mein Vater schon in der Eisengießerei Carlshütte gearbeitet«, brummte er. »Da war er für die gusseisernen Portale an der Klappbrücke von Kluvensiek verantwortlich. Hauptverantwortlich«, betonte er. Sanne warf Mutter einen Blick zu. Die war so ratlos wie Sanne selbst. Wie oft hatte sie ihrem Vater genau das gepredigt? Und nun argumentierte er damit, als sei es die Neuheit des Jahres. So ein Dickschädel, konnte er nicht wenigstens zugeben, dass sie immer recht gehabt hatte?

»Warum soll ich mein Lebtag nur mit Holz hantieren?« Er klang geradezu trotzig. »Oder denkt ihr vielleicht, ich hätte keinen Mumm?« Niemand sagte einen Ton. Die Vögel zwitscherten, hin und wieder fuhr eine Böe durch die Bäume und ließ die Blätter rascheln.

»Kommst du denn gar nicht mehr nach Hause?« Elkes Lippen begannen zu zittern.

»Doch, Elke, natürlich. Aber siehst du, ich will meiner Familie doch möglichst viel bieten. Der Kanal gibt mir die Chance dazu. Wenn ich nur Gerüste baue oder Baracken, lasse ich mir die großen Fische doch entgehen.«

»Ach nee!« Sanne verschränkte die Arme vor der Brust.

»Was denn für Fische?«, fragte Frerk. Sah nicht aus, als interessierte es ihn wirklich. Er war zu sehr damit beschäftigt, einem schillernden Käfer mal mit der einen, dann mit der anderen Hand den Weg abzuschneiden, der unermüdlich über das morsche Holz des alten Gartentisches krabbelte.

»Am Anfang werde ich natürlich noch nicht die erste Geige spielen, weil mir die Erfahrung in der Metallverarbeitung fehlt. Aber vom Konstruieren und von Statik verstehe ich schließlich etwas. Das ist gleich, egal, mit welchem Material du baust. Darum denke ich, dass ich es schnell zu etwas bringen kann.« Er erklärte ihnen, wer seiner Männer in seiner Abwesenheit die Verantwortung für die Gerüste und Zäune am Kanal übernehmen würde. »Frerk, du bist hier dann der Mann im Haus. Du wirst deiner Mutter helfen, wo immer sie Hilfe braucht.«

»Das kann Sanne doch machen. Oder Elke. Die sind älter als ich.«

»Hast du nicht zugehört? Du bist der Mann im Haus. Und nu is Schluss damit.«

Eine Woche später packte ihr Vater. Rosario bot Sanne an, sich ein wenig um Haus und Garten zu kümmern.

»Als ob du nicht schon genug Arbeit hättest! Ist sehr lieb von dir, aber wir kriegen das schon hin. Wird sowieso Zeit, dass Frerk endlich erwachsen wird.«

»Ich könnte zu euch ziehen«, schlug Kolbe ihr am selben Tag vor. »Ich bringe deinen Frerk auf Zack und bin raus aus der Baracke. Der Plan ist perfekt!« Sanne wurde heiß und kalt.

»Das fehlte mir noch! Du stiftest meine Brüder eher zu Unfug an, als dass du für Ordnung sorgst.«

Kolbe trug die Abfuhr mit Fassung. Rosario dagegen ließ sich nicht davon abbringen, wenigstens alle paar Tage nach dem Rechten zu sehen. Er bemerkte rechtzeitig, dass das Holz für den Ofen zur Neige ging und hielt Frerk an, mit ihm neue Scheite zu hacken. An einem schwülen Tag im Juli kam er mit einem großen Korb des Weges. Daraus zauberte er zwei Krüge seiner berühmten selbstgemachten Zitronenlimonade hervor und einen Teller mit italienischen Stullen.

»Das schmeckt sehr lecker, danke, Herr Italiener«, sagte Michel höflich und schenkte Rosario ein schüchternes Lächeln. »Was ist denn das Rote da drauf?«

»Das ist Tomate«, erklärte Rosario ihm. Mutter zog die Hand zurück, mit der sie gerade eine weitere kleine Scheibe nehmen wollte.

»Ich habe gehört, die sind giftig.« Sie betrachtete voller Abscheu das Gemüse, das sie eben noch so gern gegessen hatte.

»Aber nein!« Rosario lachte.

»Doch, doch, in England sollen Menschen gestorben sein. Hat die Eierfrau gesagt.«

»Die Eierfrau behauptet auch, dass jemand stirbt, wenn du zwischen Weihnachten und Neujahr Wäsche auf die Leine hängst.« Sanne verdrehte die Augen.

»Stimmt ja auch!« Mutter schob ihren Teller von sich.

»Schuld waren nicht die Tomaten, sondern das Geschirr«, stellte Sanne richtig. »Die Menschen sind an einer Bleivergiftung gestorben. Ich habe gerade neulich einen Artikel darüber gelesen.«

»Na, ich weiß nicht.«

»Guck mal, ich bewahre die kleinen weißen Samen auf«, sagte Rosario zu Michel. »Die lege ich in einen Topf mit Erde, und im Mai, wenn es nachts keinen Frost mehr gibt, pflanze ich sie ins Freie. So habe ich immer frische Tomaten.« Michels Augen wurden immer größer. Plötzlich zuckte ein Blitz über den Himmel, gleich darauf krachte es und eine Sekunde später fielen die ersten dicken Tropfen. Eilig räumten sie den Tisch ab und trugen alles ins Haus. Sanne beobachtete, wie ihr kleiner Bruder sich schnell ein paar Samenkörner einsteckte.

Das schwere Wetter hatte ordentlich gewütet. Glücklicherweise hatte Sanne weder in der Nacht noch am Morgen irgendwo Rauch gerochen oder den Schein von Feuer gesehen. Sofern kein Blitz ein Haus in Brand steckte, liebte Sanne Gewitter. Die Luft fühlte sich danach an, als wäre sie klar gespült. Zwei, drei Grad kühler als am Vortag war es außerdem. Da wurde der Weg zum Markt beinahe zum Vergnügen. Den leeren Korb überm Arm bog Sanne vom Kirchweg ab und wurde gleich darauf vom Trubel verschluckt. Hühner gackerten nervös, die ihren Besitzer wechseln sollten, zwei Pferde, vor einen Leiterwagen gespannt, wieherten, Händler boten lautstark ihre Waren feil, die meisten von ihnen Bauern aus der nahen Umgebung. Plötzlich packte jemand Sanne an der Schulter. Sie fuhr herum, vor ihr stand die Eierfrau.

»Hast schon gehört? Heute früh hat der Blitz eingeschlagen!«

»Moin. Nee, davon habe ich noch nichts gehört. Wo denn?«

»Im Hafen«, erklärte sie mit weit aufgerissenen Augen. »Der ist hin. Ist nix mehr zu retten.« Sanne hätte beinahe laut aufgelacht. Die Bauersfrau aus Volsenhusen, die alle nur die Eierfrau nannten, weil sie in der Gegend die meisten Hühner hatte und entsprechend das größte Angebot, war als rechte Klatschtante bekannt. Ihre Phantasie war mindestens so groß wie ihr Stall.

»Na, dann müssen die Ingenieure wohl mal eben schnell einen neuen Hafen bauen«, meinte Sanne lächelnd und wollte schon weitergehen.

»So fix geht das bloß nicht, ist schließlich keine einfache Sache«, behauptete die Eierfrau, als würde sie etwas davon verstehen. »Die Mauer ist komplett zertrümmert.« Sanne blieb wie angewurzelt stehen. »Ich hab das ja von Anfang an gesagt: Der Kanal bringt nur Unglück, da hat der Teufel die Hand im Spiel«, flüsterte die Bäuerin.

»Höchstens einer, der nicht rechnen kann«, gab Sanne nachdenklich zurück. Allmählich wurde es ihr doch unheimlich. Wenn die Eierfrau ihre Geschichten auch kräftig aufbauschte, ein Fünkchen Wahrheit war immer dran. Sanne besorgte eilig ein Stück Speck, Salz und etwas Grieß. Schien wahrhaftig was passiert zu sein am Hafen. Mit jedem Gesprächsfetzen, den sie aufschnappte, wurde ihr beklommener zumute. Kaum hatte sie alles zusammen, lief sie los.

Schon von Weitem konnte Sanne eine Menschentraube sehen. Die standen bestimmt nicht zufällig da, waren bestimmt Beamte der Kanalverwaltung, würde sie wetten. Die trugen alle feine Anzüge, waren gut frisiert und hatten saubere Hände. Arbeiter sahen anders aus. Hatte die Eierfrau also keinen Tüdelkram erzählt. Aber ein Blitzeinschlag?

»Gibt's hier was umsonst?«, fragte sie einen der Herren betont fröhlich.

»Im Gegenteil, das wird teuer«, antwortete er, ohne sie anzusehen.

»Ich hätte es schlimmer erwartet«, hörte sie einen Herrn mit weißem gezwirbeltem Bart sagen. »Vielleicht kann man einen Teil sogar noch verwenden.« Sie schlüpfte zwischen den Herren hindurch und sah das ganze Malheur. Soweit Sanne gucken konnte, lag die Mauer des Binnenhafens da, als hätte ein Riese sein Spielzeug umgestoßen. Doppelt und dreifach saßen die fein gemauerten Bögen noch immer hintereinander. Es waren nicht einmal reihenweise Steine herausgeschleudert worden, nur die tiefen und teilweise breiten Risse ließen ahnen, welche Gewalt auf die Wand eingewirkt haben musste.

»O nee, so'n Schiet aber auch«, entfuhr es ihr. Ein junger Kontorbeamter, die Ärmelschoner noch über dem Hemd, wandte sich zu ihr um. »Wie ist das bloß passiert?«, wollte sie von ihm wissen. »Die

323

Ausschachtung ist doch gut gelaufen bisher.« Er runzelte die Stirn. Sanne kümmerte es nicht. »Ist der Boden nun doch weggesackt?«

»Gehen Sie mal lieber nach Hause, gute Frau, dass ihre Familie pünktlich das Essen auf den Tisch kriegt«, sagte er streng. »Wir kümmern uns schon darum, hier wieder alles in Ordnung zu bringen.«

Sanne las jede Ausgabe der Kanalzeitung von der ersten bis zur letzten Zeile durch. Eine Erklärung für das Unglück fand sie nicht. Bauunternehmer Vering und die Bauräte täten ihr Bestes, war nur zu lesen, und würden die Mauer kurzfristig auf voller Länge in alter Schönheit wiederherstellen. Von wegen kurzfristig! Da hatte die Eierfrau recht, so einfach war das nicht. Zu gern hätte Sanne Rosario ausgefragt, doch er hatte schrecklich viel zu tun. Jeden Tag trafen Wagenladungen mit gewaltigen Steinen ein, die gesprengt werden mussten, damit daraus kleine Brocken wurden, die man verbauen konnte. Bis Anfang August musste Sanne sich gedulden.

»Wie konnte das nur passieren?«, fragte sie ihn, als sie ihn endlich einmal in seinem Haus antraf.

»Ich weiß es nicht, Sanne.« Er sah schrecklich müde aus. »Das musst du dir vorstellen: Nicht einmal eine Minute hat es gedauert, dann lagen ungefähr 170 Meter Mauer da wie der schiefe Turm in Pisa.« Er seufzte. »Nein, schlimmer, der steht immerhin noch.«

»Was soll das denn sein?«

»Hast du noch nicht davon gehört? Ein Campanile, ein Glockenturm, der so schief steht!« Er stützte den Ellenbogen auf die Tischplatte und ließ den Unterarm aus einem Neunzig-Grad-Winkel in eine diagonale Position kippen. Sanne zog eine Augenbraue hoch. »Doch, ehrlich.« Er strahlte sie an. »Wenn wir nach Italien fahren, zeige ich ihn dir.« Das Lachen verging ihm. »Ist allerdings sehr weit weg von meiner Heimat. Jedenfalls lag die Mauer plötzlich da.«

»Ich hab's gesehen. Ich dachte, die Ausschachtungen für das Hafenbecken wären extra mit großem Abstand von der Mauer vorgenommen worden.«

»So ist es auch, Fräulein Ingenieurin.« Er schob ihr eine Strähne hinter das rechte Ohr, die sie schon die ganze Zeit an ihrer Nase gekitzelt hatte.

»Danke.«

»Erst ist auch alles gutgegangen, aber an dem Unglückstag hat jemand gemerkt, dass der Boden für die Hinterfüllung der Ufermauer sich gesenkt hat. Nur ein bisschen erst. Dummerweise ging es immer weiter. Nicht nur das. Vor der Wand hat sich gleichzeitig die Sohle angehoben.« Er demonstrierte mit einer Hand das Sinken hinter der Mauer, mit der anderen das Anheben davor. War klar wie Klostersuppe, dass etwas, das auf der Mitte stand, nicht heil und vor allem gerade bleiben konnte. »Irgendwann war der Unterschied zu groß und zack, die schöne Hafenmauer ist einfach weggerutscht«, sagte er, als könne er es noch immer nicht glauben.

»Und jetzt? Die bauen doch bestimmt nicht alles wieder so auf, wie es war«, sagte Sanne. »Ich meine, dann kannst du doch drauf warten, bis wieder alles absackt.«

»Nein, das machen sie nicht. Sie haben extra Meter für Meter Probebohrungen vorgenommen. Ist verrückt, was? Sie haben schon vorher alles gründlich untersucht, trotzdem hat niemand gemerkt, dass da unten eine Schicht ist, die so weich ist wie Mehl. Stell dir vor, Sanne, das Bohrgestänge wiegt nur fünf Kilo und ist an einigen Stellen ohne jeden Druck einfach so in den Boden gesunken.«

»Unglaublich«, flüsterte sie.

»Ja, und die Probe, die ihm Bohrlöffel sein sollte, ist schon beim Herausziehen herausgerieselt wie Sand aus einem Stundenglas.«

»Fast erstaunlich, dass die Mauer überhaupt so lange gestanden hat.« Er nickte langsam.

»Die gesackte Wand können sie als Unterbau verwenden«, erklärte er ihr. »Aber viel wichtiger: Damit der weiche Schlamm nie wieder in Richtung Hafenbecken gleiten kann, soll eine Pfahlwand davorgesetzt werden.«

»Holzpfähle?« Sie sah ihn gespannt an.

»Ja, so dicht nebeneinander wie möglich und mindestens einen Meter tief in den Schlick gebohrt. Hinter der Mauer soll es außerdem einen Pfahlrost geben.«

»Meinst du, du könntest einen Blick auf die Zeichnungen dafür werfen?« Rosario lächelte sie verschmitzt an.

»Noch viel lieber würdest du sie selbst sehen, habe ich recht?«

Kapitel 21
Susanne

Brunsbüttel, Herbst 1893

»So, wo Vadder nu aus'm Haus is, kannst du ruhig mit Herrn Rosario hier an deinen Berechnungen arbeiten«, sagte Mutter an einem stürmischen Herbsttag zu Sanne.

»Du weißt …?« Sanne blieb die Spucke weg.

»Hältst du mich für dösig oder für blind? Am Anfang hast du den Zirkel und das Lineal von deinem Ururgroßvater ja noch versteckt, aber irgendwann lag das Zeug obenan in der Schublade. Auf'm Speicher steht nur Gerümpel. Bist trotzdem dauernd oben gewesen. Ich kann zwar nich rechnen, aber eins und eins zusammenzählen, kann ich wohl, Sanne.«

Wie aufs Stichwort, klopfte es, Rosario stand vor der Tür.

»Guten Tag, Frau Schmidt.«

»Guten Tag, Herr Rosario.«

»Sie brauchen nicht Herr zu mir zu sagen.« Michel kam angesaust.

»Moin, Rosario«, rief er. »Soll ich dir meine Tomate zeigen?«

»Woher hast du denn …?« Weiter kam ihre Mutter nicht.

»Sie ist schon wieder ein bisschen gewachsen, aber ich glaube, es geht ihr nicht gut.«

»Verstehe.« Rosarios Gesicht strahlte. »Du hättest bis zum Frühjahr warten sollen. Wo bewahrst du den Topf denn auf?«

»Bis zum Frühjahr isses noch so lange. Und es waren gerade so viele Töppe frei«, erklärte Michel und musste husten. »Er steht meistens unter meinem Bett«, sagte er dann kleinlaut.

»Da ist es der Tomatenpflanze zu dunkel. Weißt du was? Du bekommst im Frühjahr frische Samen von mir. Und jetzt bekommst du einen großen Löffel Thymiansirup. Habe ich selbst gemacht.« Sanne ging das Herz auf. Rosario war der beste Mensch, den sie sich vorstellen konnte.

»Bloß gut, dass du nicht in der Baracke wohnen musst«, sagte sie leise. »Da hättest du kein Fensterbrett für deine Kräuter gehabt, von einem Balkon ganz zu schweigen.«

»Das ist wahr.« Er zwinkerte ihr zu, ehe er sich an Sannes Mutter wandte: »Kann ich Ihnen noch bei etwas helfen, Signora Schmidt?« Sanne musste schmunzeln, Mutter wurde jedes Mal ein bisschen verlegen, wenn er sie so nannte.

»Nein, Herr Rosario, vielen Dank. Wenn der Sturm uns nicht das Dach abdeckt oder ein Fenster aus den Angeln reißt, kommen wir zurecht.« Er nickte und wandte sich an Sanne.

»Wollen wir dann …?«

»Sie können auch hier arbeiten, am Küchentisch«, schlug Sannes Mutter vor. Rosario schnappte nach Luft. »Ich hab 'n schönen Fliederbeerpunsch auf'm Herd.«

»Meiner Mutter kannst du so schnell nichts vormachen, sie weiß Bescheid, dass ich dir ein bisschen helfe.«

»Ein bisschen? Sanne hat …«

»Ja, den Plan von meinem Ururgroßvater habe ich dir auch geliehen«, fiel sie ihm ins Wort und bohrte ihren Blick in seinen. Mutter konnte sich gewiss nicht vorstellen, wie viel Anteil Sanne an dem gesamten Vorhaben hatte. Dabei sollte es auch bleiben, sonst verplapperte sie sich am Ende doch nur. »Fliederbeerpunsch nehmen wir gern, danke!« Sie setzten sich, Mutter stellte Becher hin.

»Darf ich gucken, was ihr macht?« Michel zog sich einen Stuhl heran.

»Du hilfst mir, die Wäsche zusammenzulegen«, ordnete Mutter an.

»Na gut!« Er lief zur Tür, dort drehte er sich noch einmal um. »Tut mir leid, ich hab zu tun«, erklärte er wichtig. Rosario und Sanne mussten kichern.

»Wie sieht es aus in der Schleuse?«, wollte Sanne sofort wissen, als sie allein waren.

»Die Erdwälle, die den Boden in den Durchfahrten gegen das von unten drückende Wasser beschwert haben, sind alle raus aus den Torkammern. In den nächsten Tagen werden sie die nächsten Schleusentore einsetzen.«

»Hoffentlich geht dieses Mal alles gut.« Mit Grauen dachte sie daran, dass schon mal eins der riesigen Tore beim Einsetzen umgefallen war. Es war reines Glück gewesen, dass niemand dabei ums Leben gekommen war. »Und wie geht es mit der Hafenmauer voran?«

»Die Hinterfüllung und den Anschluss an die neue Deichanlage wollen sie erst mal nur zur Hälfte ausführen. Das ist eine gute Idee, finde ich. Erst wenn schon Wasser in den Becken ist, wollen sie alles fertigstellen.«

»Das Gewicht des Wassers soll auf den Boden drücken, damit der sich bereits maximal senkt«, überlegte sie laut und nickte. »Klingt logisch. Dann sollte bei der weiteren Hinterfüllung keine erneute Senkung mehr eintreten. Jedenfalls keine erhebliche.«

»Das ist die Theorie. Dummerweise hat die Praxis schon einige böse Überraschungen bereitgehalten. Hoffen wir, dass damit Schluss ist.« Plötzlich blitzten seine Augen. »Ich habe dir etwas mitgebracht.« Er griff in die Innentasche seiner Jacke und holte ein Blatt Papier hervor.

»Guck mal, so soll die neue Konstruktion aussehen.« Er faltete die Zeichnung auseinander und strich sie sorgsam glatt. »Ist nicht besonders schön geworden, aber ich hatte auch nur wenig Zeit. Als alle zum Mittag gegangen sind, lag der Plan einfach so herum.«

»Da hast du schnell eine Skizze angefertigt, und ich kann selbst einen Blick drauf werfen. Rosario, du bist vielleicht einer.«

»Ist ein komischer Ausdruck. Natürlich bin ich einer. Aber was nützt mir das, wenn es für dich zwei gibt.« Seine Wangen färbten sich rot. »Entschuldige, das ist mir so rausgerutscht. Wie die Hafenmauer.« Er lachte schüchtern.

»Rosario, ich …« Sanne wusste nicht, was sie sagen sollte. Wie sollte sie ihm denn erklären, was sie selbst nicht verstand?

»Nein, schon gut. Du wirst schon richtig entscheiden. Irgendwann.« Er räusperte sich, Schweißperlen erschienen auf seiner Stirn. Sie hatte sich längst entschieden. Warum sagte sie ihm das nicht einfach? Doch ihre Kehle war wie zugeschnürt, sie heftete ihren Blick auf die Zeichnung. Die war wenigstens logisch, damit konnte sie umgehen. »Die Oberkante der Bohlen liegt hier auf 15,6 Metern«, sagte er hastig. »Siehst du? Die Bodenschicht hier ist ungefähr fünfeinhalb Meter dick.« Je mehr er ihr zeigte und erläuterte, desto besser konnte Sanne sich wieder entspannen. Sie würde mit ihm über Kolbe reden müssen. Irgendwann, da hatte er schon recht. Aber nicht jetzt. Nicht während der Arbeit und mitten in der Küche, wo Mutter ihre Ohren womöglich an der Wand hatte und jederzeit eins ihrer Geschwister auftauchen konnte.

»Das sind die Pfähle, die das Gewicht halten müssen?«, fragte sie ihn. Er nickte. Sie sprang auf, holte Lineal und Zirkel hervor und beugte sich wieder über das zerknitterte Blatt Papier. Rosario lachte leise. »Was?« Sie sah seinen Blick und bemerkte, dass sie schon wieder die Zungenspitze zwischen ihre Lippen geschoben hatte. Dass sie sich das aber auch nicht abgewöhnen konnte! Sie hielt das Lineal an einen Strich, dann an den nächsten, kritzelte Zahlen auf ein Stück alte Zeitung. »Über zwanzig Meter Länge, das dürfte reichen, wenn deine Zahlen alle stimmen.« Plötzlich stutzte sie, schob das Holzlineal hin und her. »Die Pfahlreihen wolltest du aber besonders hübsch zeichnen, was?«

»Wieso, was meinst du?«

»Na, die hinteren sollen bestimmt gerade stehen wie die Soldaten, aber die vordere Reihe … Die ist doch sicher im leichten Winkel geplant wie dein schiefer italienischer Glockenturm, oder?«

»Nein, ich glaube, die sollen alle gleichmäßig …« Er brach ab. »Du bist aber auch eine kluge Frau. Mir wäre das nicht aufgefallen.«

»Guck dir die Gerüste an! Oder denk mal an die abgerutschte Böschung am Bohrloch, die du mit Kolbe gesichert hast. Du stellst immer ein paar Bretter oder Leisten schief davor für einen besseren Halt. Mehr Abstand am Fuß eines Bauwerks bedeutet mehr Druck oben und damit eine höhere Stabilität.«

»Du hast schon recht. Vielleicht war das nur ein Entwurf. Das würde auch erklären, warum der einfach so herumlag.« Er seufzte. »Das ist nicht unsere Sache, Sanne.«

»Nichts ist unsere Sache, Rosario, trotzdem haben wir uns um so vieles gekümmert.« Zögernd fügte sie hinzu: »Nicht nur die Schleuse, sondern der ganze Kanal ist doch ein bisschen wie unser Kind, oder nicht?«

»Dafür bin ich nicht mehr zuständig«, antwortete er knapp.

»Dann gibst du eben jemandem einen Tipp, der sich darum kümmern kann.«

»Für die Hafenmauer war ich sowieso nicht zuständig, das macht Martens«, sagte er jetzt schroff, ohne auf ihren Einwand einzugehen. »Ich kann niemandem Bescheid geben, weil ich für ein paar Tage wegmuss. Bei Kilometer vierundzwanzig ungefähr sind die Arbeiter auf eine Steinader gestoßen. Das Los gehört auch zum Bereich von

Herrn Vering. Er braucht mich, damit ich die Ader sprenge.« Er sah sie ernst an. »Das ist meine Arbeit, Sanne, nichts anderes.«

»Das verstehe ich doch. Ich meine ja auch nur, es wäre gut, wenn … Moment, wer, hast du gesagt, kümmert sich um die Mauer? Martens?«

»Ja.«

»Der Wasserbauingenieur, der die Durchflussöffnungen der Umlaufkanäle kleiner machen wollte?«

»Si, ja, genau der.«

»Was hat er damit zu schaffen? Das ist nicht sein Fachgebiet.«

»Er hat mich vertreten, als ich im Gefängnis war. Herr Vering wollte ihm zum Dank eine Stelle mit Verantwortung und gutem Lohn geben.«

»Das kann ich mir nicht vorstellen.«

»Doch, genau so ist es. Herr Vering selbst hat so was erwähnt.« Rosario legte die Stirn in Falten. »Genau, jetzt erinnere ich mich wieder. Er sagte, Herr Martens habe sich in meiner Abwesenheit bewährt. Außerdem war er schon mal beim Bau eines Hafenbeckens beschäftigt, habe also entsprechende Erfahrungen vorzuweisen. Das hat er gesagt.«

»Da ist doch was faul«, murmelte sie.

»Ach was, nix faul. Du hörst nur wieder die Läuse husten.«

»Flöhe«, korrigierte sie automatisch und malte in Gedanken einen kleinen Zug mit Wagen dahinter, ein Mörtelwerk, einen Trichter.

»Läuse, Flöhe, du hörst alles husten, Sanne.«

Es war ein strahlender milder Herbsttag, als Rosario von der Steinader an Kilometer 24 zurück nach Brunsbüttel kam.

»Ich habe dich sehr vermisst«, erklärte er ihr ernst. »Hast du mich auch vermisst, ein kleines bisschen?«

»Was ist das denn für eine dösige Frage? Klar hast du mir gefehlt.« Sie gab ihm einen Kuss auf die Wange.

»Schön!« Er strahlte. »Heute muss ich nicht mehr arbeiten. Wollen wir spazieren gehen?«

»Gucken, ob es an der Schleuse was Neues gibt?«

»Von mir aus.« Er setzte eine Leidensmiene auf, dann lachte er. »Aber nicht enttäuscht sein, wenn nicht schon alles fertig ist.«

»Versprochen«, sagte sie und schnappte sich ein wollenes Tuch. Es war zwar sonnig, aber die Temperatur ließ keinen Zweifel daran, dass der Winter nicht mehr fern war. Rosario berichtete, was er erlebt hatte, zum Beispiel von einem Steinfischer, den er kennengelernt hatte.

»Es muss sehr schwer sein, solche gewaltigen Brocken aus dem Meer zu holen. Im Wasser sind sie noch verhältnismäßig leicht, aber dann! Er hat mir erzählt, dass einige Bauern nicht nur Feldsteine gesammelt, sondern sogar die Pflastersteine aus ihrem Hof gerissen und verkauft haben. Kannst du dir das vorstellen?« Er lachte. Sie schlenderten die Koogstraße entlang in Richtung des großen Barackenlagers, in dem auch Kolbe und die Italiener wohnten. Sanne hakte sich bei Rosario unter. Sollten ruhig alle sehen. »Die haben sehr viel Geld dafür bekommen, sagt der Fischer. Dafür stehen die jetzt im Schlamm, wenn es doll regnet.« Er schüttelte den Kopf. Dann zuckte er mit den Achseln. »Wer weiß, vielleicht schütten sie einfach ein bisschen Zement vors Haus. Geht auch.« Sanne wurde mit einem Schlag ganz komisch. Sie blieb stehen. »Alles in Ordnung? Madonna, du siehst blass aus, als wäre dir der Teufel erschienen.«

»So ähnlich. Rosario, mir ist gerade etwas eingefallen, etwas sehr Merkwürdiges. Pass auf: Als du im Gefängnis warst, ist Kolbe etwas komisch vorgekommen.«

»Was denn, dass eine Butterstulle zur Not auch ohne Bier schmeckt?«

»Also wirklich.« Sie lachte. »Nein, im Ernst, es ging um etwas rein Fachliches. Blindes Huhn findet auch mal ein Korn.« Sie zwinkerte. »Kolbe ist aufgefallen, dass die Zufuhrwagen nicht mehr voll waren, die das Mörtelwerk beliefert haben. Das musste doch bedeuten, dass das Mischungsverhältnis des Mörtels nicht mehr passt. Ich habe hin und her überlegt, Rosario, aber ich konnte mir nichts anderes vorstellen, als dass da jemand kräftig Murks gemacht hat.« Er beobachtete sie aufmerksam, sagte aber kein Wort. »Ich dachte, erst behauptet einer, du hast einen Menschen umgebracht, dann ändert jemand etwas auf der Baustelle, das dazu führen kann, dass keine Mauer mehr hält. Oder keine Böschung. Ich hatte das Gefühl, irgendwer will, dass in deiner Abwesenheit was schief läuft und er sagen kann, du hättest den Fehler gemacht. Ich war mir sicher, jemand will dir schaden«, sagte sie atemlos.

»Und das wolltest du nicht.« Es war keine Frage, sondern eine Feststellung.

»Natürlich nicht! Ich habe dich doch gern! Ich wollte nicht, dass Herr Vering dich vor die Tür setzt.«

»Sanne, das ist so lieb von dir.« Er nahm ihre Hände. Das war schön. Aber irgendwie hatte Sanne jetzt keine Ruhe für so was.

»Also habe ich alles korrigiert und Kolbe eingebläut, dass er mir sofort Bescheid geben muss, falls jemand komische Fragen stellt. Und vor allem, wenn ich doch einen Denkfehler gemacht haben sollte und es einen triftigen Grund für die Veränderung der Menge gegeben hätte.« Sie sah ihm in die Augen. »Niemand hat etwas bemerkt, Rosario, niemand hat Fragen gestellt. Wieso hat der Martens nicht mitgekriegt, dass ich das Mischungsverhältnis wieder verändert habe? Die Männer haben nach meinen Angaben gearbeitet, kein Mensch hat etwas dagegen unternommen.«

»Jetzt, wo du das sagst ... Als ich zurück war aus ... aus Eddelak, haben mir viele erzählt, mein Vertreter wäre nicht oft da gewesen.

›Er hat immer nur ein wichtiges Gesicht gemacht und hatte dann etwas zu erledigen. Weg war er.‹ Das haben sie mir erzählt.«

»Er hat nicht nur die Baustelle allein gelassen«, platzte Sanne heraus, »er hat von Tuten und Blasen keine Ahnung, könnte ich wetten. Wir müssen mit Herrn Vering reden.«

»Und was sollen wir ihm sagen? Nein, Sanne, das geht nicht. Überleg mal, dieses Mal würde er mich endgultig rausschmeiße, wenn ich mich um Sachen gekümmert habe, die mich nichts mehr angehen.« Er sprach immer schneller, seine Hände drückten ihre Finger so kräftig, dass es beinahe wehtat. »Er hat mir eine zweite Chance gegeben, als er mich wieder eingestellt hat, hast du das schon vergessen?«

»Aber du hast die Fehler ja nicht entdeckt.«

»Nein, du hast. Willst du ihm das sagen?«

»Mich kann er nicht rausschmeißen«, meinte sie grinsend. Eigentlich war ihr gar nicht zum Scherzen zumute, denn Rosario hatte dummerweise recht.

»Er würde dir nicht glauben, dass du alles selbst gerechnet hast«, sagte er. »Herr Vering wird denken, dass ich doch dahinterstecke.« Sie saßen wirklich ordentlich in der Patsche. Jemand versuchte anscheinend noch immer, den Kanal zu verhindern oder zumindest den Bau zu verzögern. Dabei war ihm jedes Mittel recht. Er hatte sich ausgerechnet Rosario als Sündenbock ausgesucht, den er sogar vorübergehend aus dem Weg geschafft hatte, um freie Bahn für seine Manipulationen zu haben. Wenn diesem Wahnsinnigen nicht endgültig das Handwerk gelegt wurde, hatte er am Ende noch Erfolg und ganze Landstriche konnten untergehen.

Eine Frau kam aus Richtung Brunsbüttel Hafen die Koogstraße entlang. Sah nicht nach einem Sonntagsspaziergang aus, sie ging allein und sehr flotten Schrittes auf die Kanalbaustelle zu.

»Aber er muss erfahren, was wir herausgefunden haben. Irgendwie«, beharrte Sanne. Ihr fiel etwas ein: »Ich habe eine Idee. Wir fragen diesen Herrn Ackermann, den Investor.« Die Frau war jetzt auf ihrer Höhe, daher sprach Sanne leiser weiter: »Der hat uns Martens eingebrockt, also soll er die Suppe auch auslöffeln.«

Die Frau hatte ihren Schritt verlangsamt, war stehen geblieben. Sanne und Rosario sahen einander an, zuckten mit den Achseln. Als Sanne gerade fragen wollte, ob etwas nicht in Ordnung sei und sie vielleicht helfen könne, drehte sich die Passantin zu ihnen um und kam zögerlich näher.

»Guten Tag.« Sie lächelte scheu. »Ich bitte um Verzeihung, ich wollte Sie nicht belauschen.«

»Ach, kein Problem, wir haben nur 'n büschen dummes Zeug geredet.« Sanne merkte selbst, wie künstlich ihr Lachen klang.

»Ich kam nicht umhin, einen Teil Ihres Gesprächs zu hören«, erklärte die Fremde unbeirrt. »Nannten Sie eben den Namen Ackermann? Investor Ackermann?«

»Das ist richtig.« Sanne konnte sehen, wie angespannt Rosario war.

»Blond, Seitenscheitel, graue Augen mit Lachfältchen, denen eine Frau allzu leicht auf den Leim gehen kann?« Die Frau lächelte traurig. Sanne und Rosario guckten sich erneut verständnislos an, dann nickten sie.

»Vielleicht wäre es besser, wenn ich mich nicht einmischen würde. Ich weiß ja nicht einmal, was Sie mit ihm zu schaffen haben oder was er von Ihnen will. Aber ich gebe Ihnen einen guten Rat: Trauen Sie ihm nicht!«

»Weil?« Sanne sah sie herausfordernd an.

»Weil es ihn nicht gibt.« Zwei Sekunden war es beinahe unheimlich still, dann brachen Rosario und Sanne in Gelächter aus.

»So etwas Verrücktes! Sie sind mir vielleicht eine.« Rosario war nicht zu bremsen. »Klar gibt es den Herrn Ackermann. Er war bei uns, in meinem Haus, wissen Sie? Er hat uns seine Unterstützung angeboten«, erzählte er fröhlich. »Und die können wir jetzt gut gebrauchen, wir fürchten nämlich …« Sanne stupste Rosario an, er verstummte augenblicklich.

»Sie haben ihn doch eben selbst beschrieben«, sagte Sanne hastig. »Wie können Sie da behaupten, er würde nicht existieren?«

»Der Mann, den ich beschrieben habe, existiert selbstverständlich.« Sie senkte die Stimme. »Sein Name ist Broder Neunes, und er hat keinerlei Interesse daran, Geld in den Kanal zu investieren. Im Gegenteil. Er würde das gesamte Projekt lieber verhindern, bevor es so umgesetzt wird, wie die derzeitige Planung es vorsieht.«

»Sie meinen, er würde es womöglich sogar sabotieren?« Sannes Fingerspitzen kribbelten, ihr war mit einem Schlag übel. Es gab jemanden, der den Kanal verhindern wollte! Also hatte sie keine Flöhe oder sonst was husten hören. Allerdings schienen die geheimnisvollen Machenschaften sich nicht gegen Rosario zu richten.

»Ich meine es nicht nur, ich weiß es«, erwiderte die mysteriöse Dame hart. Dieser Ton passte nicht zu ihr, sie wirkte mit ihrer hellen Haut und den fast farblosen Augenbrauen und Wimpern weich und zerbrechlich. Unter einem Tuch lugten leuchtend rote Haare hervor.

»Das ist unmöglich!« Rosario schüttelte den Kopf. »Am Bohrloch hat es vor vielen Jahren einen Unfall gegeben. Wir waren zufällig in der Nähe und haben geholfen. So haben wir Herrn Ackermann kennengelernt. Er kam zu uns, um sich zu bedanken.«

»Woher kennen Sie den Mann?«, wollte Sanne wissen.

»Das ist eine lange Geschichte.«

»Warum sollte er behaupten, dass er Geld in die Schleusenanlage steckt, wenn er in Wirklichkeit nicht will, dass es überhaupt eine Schleuse gibt? Ich verstehe nicht, was er damit bezwecken sollte.« Rosario schlug seinen Mantelkragen hoch. Trotz der herrlichen Herbstsonne schien er zu frösteln.

»Es tut mir leid, ich kann Ihnen nicht mehr sagen.« Die Frau wirkte auf einmal wie ein Reh, das in den Gewehrlauf des Jägers blickte. »Bitte, haben Sie Verständnis, wenn ich jetzt gehe, vielleicht habe ich schon zu viel gesagt. Nehmen Sie einfach nur meinen Rat an, diesem vermeintlichen Investor aus dem Weg zu gehen.« Sanne und Rosario riefen hinter ihr her, doch was immer sie auch versuchten, die Rothaarige drehte sich nicht mehr um, sondern lief die Straße hinunter und verschwand schließlich aus ihrem Blickfeld.

Kapitel 22
Regina

Brunsbüttel, Herbst 1893

Regina hatte einen Brief an Malwida in den Postkasten geworfen. Es war Sonntag, sie hätte den Weg gern zum Anlass genommen, um mit Ina einen Spaziergang zu unternehmen, doch die wollte lieber lesen üben, also hatte Regina sie schweren Herzens allein zurückgelassen. Seit Benedetto ihr vor einem Jahr eröffnet hatte, dass er verheiratet war, hatte Regina im Grunde nur noch ihre Tochter. Sie hatte mit dem Gedanken gespielt, nach Marne zu gehen, nur hätte sie Benedetto dann überhaupt nicht mehr gesehen. So weh es ihr auch tat, dass sie nie mehr als Freunde sein konnten, so sehr wollte sie wenigstens das versuchen. Regina schob den Gedanken an ihn beiseite. Sie wollte nicht aufgeben, was sie hier hatte. Bente war ihr inzwischen eine so große Hilfe geworden, dass Regina sogar alle zwei Wochen einen Tag frei nehmen konnte. Manchmal ging sie dann zu Ludwig und Else. Ludwig wohnte mit seiner Familie außerhalb. Er experimentierte im Schuppen, der zu seiner Kate gehörte, mit großen gläsernen Ballons, in denen er Alkohol herstellte.

»Mein Schnaps wird kein Teufelszeug, Reginchen, sondern etwas für die Gesundheit!«, pflegte er zu sagen.

Broder lieferte noch immer Fisch für die Arbeiter. Er hatte sich nie bei ihr bedankt, dass er auf diese Weise eine ordentliche und vor allem regelmäßige Einnahme hatte. Aber er ließ sie in Ruhe. Wenn sie sich über den Weg liefen, grüßte er mal, dann wieder sah er durch sie hindurch. Mit beidem konnte sie leben. Vielleicht, sagte sie sich, hatte er durch das Geschäft wieder einen festeren Stand in seinem Leben gefunden und seinen Frieden mit dem Bau des Kanals gemacht. Regina hatte bereits die Koogstraße erreicht, die über die Braake führte. Sie hätte noch ewig den Sonnenschein genießen mögen, doch sie beeilte sich. Obschon sie wusste, dass immer jemand ein Auge auf Ina hatte, falls sie die Kammer verließ, wollte sie ihr Kind nicht zu lange allein lassen. Mit einem Mal fielen ihr zwei Menschen auf, die in einiger Entfernung beieinanderstanden, ein Mann und eine Frau. Die Körperhaltung der beiden, auch ihre Gesten hatten etwas Beunruhigendes. Beide wirkten aufgebracht. Regina kannte den Mann vom Sehen, er arbeitete an der Schleuse. Wenn sie nicht irrte, hatte er sogar eine leitende Position. Jedenfalls aß er nicht mit den einfachen Arbeitern im Speiseraum, da war sie ziemlich sicher. Automatisch senkte Regina den Kopf, sie wollte nicht angesprochen werden, sondern nur rasch an ihnen vorbeigehen.

»Aber er muss erfahren, was wir herausgefunden haben. Irgendwie«, hörte Regina die Frau sagen. Und dann: »Ich habe eine Idee. Wir fragen diesen Herrn Ackermann, den Investor.«

Regina wurde heiß und gleich darauf schrecklich kalt. Ackermann. So hatte sich Broder in Kiel genannt und sich als Investor ausgegeben, um an die Unterlagen zu kommen, die er manipulieren wollte. Sie war jetzt auf Höhe des Paares. Die Frau sagte etwas von einem Martens, der ihnen etwas eingebrockt hätte. Es lag auf der Hand, dass nichts davon für Reginas Ohren bestimmt war. Ackermann, dröhnte es in ihrem Kopf, während sie weiterging, immer langsamer wurde und schließlich stehen blieb. Das konnte kein Zufall sein. Und es konnte schon gar nichts Gutes bedeuten. Regina schloss kurz die Augen, zögerte, drehte dann aber doch um und ging zaghaft auf die beiden zu.

»Guten Tag. Ich bitte um Verzeihung, ich wollte Sie nicht belauschen.«

»Ach, kein Problem, wir haben nur 'n büschen dummes Zeug geredet.« Das Lachen der Frau klang nicht echt.

»Ich kam nicht umhin, einen Teil Ihres Gesprächs zu hören«, erklärte Regina und nahm ihren Mut zusammen. »Nannten Sie eben den Namen Ackermann? Investor Ackermann?«

»Das ist richtig«, erklärte die Frau, der Mann neben ihr schwieg, wirkte allerdings sehr angespannt.

»Blond, Seitenscheitel, graue Augen mit Lachfältchen, denen eine Frau allzu leicht auf den Leim gehen kann?«, fragte Regina und lächelte. Die beiden sahen sich überrascht an und nickten.

»Vielleicht wäre es besser, wenn ich mich nicht einmischen würde. Ich weiß ja nicht einmal, was Sie mit ihm zu schaffen haben oder was er von Ihnen will. Aber ich gebe Ihnen einen guten Rat: Trauen Sie ihm nicht!«

»Weil?« Die junge Frau verlor offenbar die Geduld, sie sah Regina herausfordernd an.

»Weil es ihn nicht gibt.« Zwei Sekunden war es beinahe unheimlich still, dann brachen die beiden in Gelächter aus.

»So etwas Verrücktes! Sie sind mir vielleicht eine.« Der Mann konnte sich kaum beruhigen, so musste er lachen. »Klar gibt es den Herrn Ackermann. Er war bei uns, in meinem Haus, wissen Sie? Er hat uns seine Unterstützung angeboten«, erzählte er fröhlich. »Und die können wir jetzt gut gebrauchen, wir fürchten nämlich …« Seine Frau oder Gefährtin stupste ihn an und brachte ihn damit augenblicklich zum Schweigen.

»Sie haben ihn doch eben selbst beschrieben«, sagte sie. »Wie können Sie da behaupten, er würde nicht existieren?«

»Der Mann, den ich beschrieben habe, existiert selbstverständlich.« Leise sagte Regina: »Sein Name ist Broder Neunes, und er hat keinerlei Interesse daran, Geld in den Kanal zu investieren. Im Gegenteil. Er würde das gesamte Projekt lieber verhindern, bevor es so umgesetzt wird, wie die derzeitige Planung es vorsieht.«

»Sie meinen, er würde es womöglich sogar sabotieren?« Die Frau starrte sie an und wurde blass.

»Ich meine es nicht nur, ich weiß es«, erwiderte Regina.

»Das ist unmöglich!« Der Mann schüttelte den Kopf. »Am Bohrloch hat es vor vielen Jahren einen Unfall gegeben. Wir waren zufällig in der Nähe und haben geholfen. So haben wir Herrn Ackermann kennengelernt. Er kam zu uns, um sich zu bedanken.«

»Woher kennen Sie den Mann?«, wollte die Frau jetzt wissen.

Regina wich ihr aus: »Das ist eine lange Geschichte.«

»Warum sollte er behaupten, dass er Geld in die Schleusenanlage steckt, wenn er in Wirklichkeit nicht will, dass es überhaupt eine Schleuse gibt? Ich verstehe nicht, was er damit bezwecken sollte.« Der Herr schlug seinen Mantelkragen hoch.

»Es tut mir leid, ich kann Ihnen nicht mehr sagen.« Regina wollte nur noch weg. »Bitte, haben Sie Verständnis, wenn ich jetzt gehe, vielleicht habe ich schon zu viel gesagt. Nehmen Sie einfach nur meinen Rat an, diesem vermeintlichen Investor aus dem Weg zu gehen.« Sie ließ die beiden einfach stehen. Eine Weile hörte sie noch ihre Rufe hinter sich, doch sie drehte sich nicht mehr um, sondern beschleunigte ihre Schritte immer mehr. In ihrem Kopf pochte es, sie hatte das bleiche Gesicht der jungen Frau vor sich, die gefragt hatte, ob Broder den Kanal womöglich sogar sabotieren würde. Wenn er wieder als Investor Ackermann auftrat, konnte das nur bedeuten, dass er einen weiteren Sabotageversuch plante.

Kapitel 23
Susanne

Brunsbüttel, Herbst 1893

Zwei Tage nach der Begegnung mit der Fremden war Herr Vering wieder einmal in seinem Kontor in Brunsbüttel. Rosario bestand darauf, mit ihm sprechen zu dürfen, und ließ sich auch von seinem Sekretär nicht abweisen. Sanne begleitete ihn. Sie waren sich einig, dass sie Herrn Vering warnen mussten, selbst wenn es sie Kopf und Kragen kostete. Es stand einfach zu viel auf dem Spiel. Als Sanne neben Rosario vor dem wuchtigen Schreibtisch Platz nahm, war es mit ihrer Überzeugung nicht mehr weit her. Zwar hatte sie den Bauunternehmer als freundlichen Menschen kennengelernt, und mit dem warmen Blick und dem schon reichlich von Weiß durchzogenen Vollbart und dichtem Schopf wirkte er auch gütig, dennoch war ihr klar, dass er letztlich ein Geschäftsmann war. Er musste durchgreifen und konnte nicht dulden, dass die beiden hinter seinem Rücken in die Vorgänge auf seiner Baustelle eingegriffen hatten.

»Sie zwei gemeinsam in meinem Büro?« Herr Vering kniff die Augen zusammen. »Das kann wohl kaum etwas Gutes bedeuten.« Er seufzte tief. »Also los, heraus mit der Sprache!«

Rosario legte ihm die Papiere vor, die sie vorbereitet hatten. Wie besprochen zeigte er ihm die Zahlen von Wasserbauingenieur Martens zu den Durchflussöffnungen und diejenigen, die Sanne ausgerechnet hatte. Er erzählte von dem Mörtel.

»Und jetzt noch das!«, schloss Rosario, nachdem er Vering schließlich noch auf die Befestigungswand der neuen Hafenmauer und die fälschlicherweise im Neunzig-Grad-Winkel geplanten Pfähle hingewiesen hatte. »Sieht beinahe so aus, als wurde jemand absichtlich Fehler mache. Ich sage nicht, dass das Herr Martens ist«, erklärte er rasch, aber ich dachte, … wir dachten, Sie musse das wissen.« Sanne sah, wie er die Hände in seinem Schoß so ineinander verkrallte, dass die Gelenke gelblich weiß hervortraten.

Herr Vering hatte keinen Ton gesagt. Auch jetzt schwieg er, während er konzentriert sämtliche vorgelegten Pläne betrachtete, rechnete, immer wieder eine Variante mit der anderen verglich. Schließlich stand er auf, holte eine Mappe hervor und legte einen weiteren Plan dazu, der die Umlaufkanäle zum Füllen und Entleeren der Schleusenkammern zeigte.

»Sie behaupten also, Herr Martens wollte den Durchmesser auf 6,7 Meter verringern, was zu diesem Eintrag hier passen würde. Ohne sein Wissen haben Sie in Ihrer ergaunerten Funktion des Schleusenbauers diesen Plan …« Er tippte mit dem Zeigefinger auf das Blatt, »… mit 7,6 Metern verwendet und an die Arbeiter ausgegeben. Ist das richtig?« Er sah Rosario so streng an, dass Sanne sich am liebsten in Luft aufgelöst hätte. Rosario schluckte, nickte zaghaft. Herr Vering drückte auf einen Knopf, kurz darauf steckte sein Assistent den Kopf zur Tür herein. »Martens soll herkommen. Sofort!«

»Jawohl, Herr Vering.«

Es dauerte nicht lange, da klopfte es erneut, der Wasserbauingenieur trat ein, sah die beiden und erschrak. Nur kurz, dann setzte er ein starres Lächeln auf.

»Herr Vering, Sie wünschen mich zu …« Weiter kam er nicht.

»Ist dieser Plan von Ihnen?« Martens erkannte das Dokument sofort, in dem er an Rosarios Esstisch ein Maß verändert hatte. Er schnappte nach Luft.

»Ist damit etwas nicht in Ordnung?«, fragte er heiser.

Verings Hand krachte auf seinen Schreibtisch.

»Sie haben die Durchflussöffnung der Umlaufkanäle auf 6,7 Meter reduziert.«

»Ja, das …«

»Sind Sie denn von allen guten Geistern verlassen, Mann? Das ist viel zu knapp! Jeder Anfänger kann das berechnen.«

Martens Gesicht nahm eine sehr ungesunde Farbe an, Schweiß brach ihm aus und lief an seinen Schläfen herab.

»Es war ja nicht meine Idee, sehr verehrter Herr Vering, Ihr Investor hat mich auf den Fehler hingewiesen. Er bat mich, Herrn Limone aufzusuchen und auf die falsche Zahl aufmerksam zu machen, ohne ihn bloßzustellen. Darum habe ich dieses kleine Schauspiel mitgemacht.«

»Schauspiel?«, fragten Rosario und Herr Vering wie aus einem Mund.

»Nun ja, ich habe so getan, als würde ich das zu hohe Maß erst beim Blick auf den Plan entdecken. In Wahrheit hatte mich der Herr Investor bereits vorher darüber in Kenntnis gesetzt, dass er die Konstruktion auf seine Kosten nachrechnen lassen habe, dass sie eben an diesem einen Punkt nicht stimmte. Darum hat er mir die neuen Pläne gegeben, die er ja auch mit Ihnen besprochen hat.« Er holte ein Taschentuch hervor und tupfte sich hektisch die Stirn.

Rosario und Sanne sahen sich an.

»Das kann nicht sein«, entfuhr es Rosario, ehe Herr Vering den Mund aufmachte. »Herr Ackermann konnte unmöglich wissen, dass wir ihn um Hilfe bitten werden. Wenn er so großen Wert auf eine Änderung gelegt hat, hätte er sich einen Plan ohne uns überlegen müssen.« Sanne versuchte Rosario unauffällig zu treten. Wenn er noch länger von *wir* und *uns* sprach, würde es hier gleich ein Donnerwetter geben, das sich gewaschen hatte. Herr Vering guckte sie schon dauernd an.

»Was ist hier eigentlich los?« Auch Herr Verings Teint färbte sich allmählich rot. »Wer soll dieser Herr Ackermann sein? Was hat er mit meiner Baustelle zu tun?«

Martens rang sichtlich um Fassung.

»Sie kennen doch Herrn Ackermann, Ihren Investor!«, sagte er, als sei Herr Vering schwer von Begriff.

»Ich bin mein Investor«, donnerte Vering dazwischen. »Und niemand sonst. Was reden Sie da für einen Unfug?« Martens zuckte zusammen.

»Um Himmels willen, ich bin doch wohl keinem Betrüger aufgesessen?« Der Ingenieur riss die Augen auf und schlug sich im nächsten Moment die Hände vor das Gesicht. »O Gott, ich darf nicht darüber nachdenken«, murmelte er weinerlich.

»Und Sie haben nicht einmal gemerkt, dass jemand Ihre Korrektur wiederum korrigiert hat?«, legte Herr Vering nach.

Einerseits wäre Sanne am liebsten weggelaufen. Es war furchtbar anzusehen, wie dieser Ingenieur litt. Sie glaubte ihm, sie hatte die Szene noch deutlich vor Augen, als er minutenlang auf die Pläne gestarrt und dann das Maß der Umlaufkanäle moniert hatte. Schon damals war es ihr wie Schmierentheater vorgekommen, als hätte er bereits gewusst, was er entdecken würde, ehe er nur einen Blick auf das Papier geworfen hatte. Dazu kam die Behauptung der geheimnisvollen rothaarigen Frau, Ackermann hieße eigentlich anders und führe Böses im Schilde. Andererseits würde Sanne einiges verpassen, wenn sie jetzt weglief, und das wollte sie auf keinen Fall. Hier ging etwas vor sich, das nicht nur beängstigend, sondern auch höchst spannend war.

»Ich hätte natürlich mit Ihnen reden müssen«, sagte Herr Martens und katzbuckelte vor seinem Arbeitgeber. »Aber ich habe doch geglaubt, das hätte Herr Ackermann längst getan. Er hat ja auch behauptet, alles mit Ihnen besprochen zu haben.« Rosario und Sanne hielten die Köpfe gesenkt, Herr Vering sah Martens an. Weil er nichts sagte, verteidigte Martens sich weiter: »Ich bin nur ein einfacher Wasserbauingenieur, kein Schleusenbauer. Und ich musste die Arbeiter zusätzlich zu meiner eigentlichen Tätigkeit beaufsichtigen …«

»Hören Sie auf zu jammern!«

»Vielleicht liegt der Fehler auch woanders«, probierte Martens es noch mal. »Einer der Landmesser oder der Vermessungsgehilfen könnte …«

»Schluss jetzt! Die Sache ist ziemlich offensichtlich. Sie haben nicht einmal den Mumm, zu Ihren Fehlern zu stehen. Gehen Sie mir aus den Augen, Mann.« Nachdem sich die Tür hinter dem Unglücksraben geschlossen hatte, ließ Herr Vering die Luft hörbar aus seinen Lippen entweichen. Dann sah er Rosario sehr ernst an.

»Was mache ich nur mit Ihnen? Sie hätten sofort zu mir kommen müssen, statt im Alleingang die Werte zu ändern und zu hoffen, dass alles gut geht.«

»Ganz so war es nicht«, begann Rosario leise.

»Weil es kein Alleingang war, stimmt's?« Herr Vering sah Sanne, dann wieder Rosario an. »Sie hatten Hilfe, habe ich recht?«

»Ja«, gab Rosario zu.

»Verflixt noch eins, was ist das bloß für ein Schlamassel? Ich kann es nicht leiden, wenn etwas hinter meinem Rücken passiert. Verstehen Sie jetzt, weshalb? Ich hätte viel früher eingreifen und uns diese unschöne Szene heute ersparen können.« Er rieb sich die Schläfen. »Die Pläne für die Pfahlwand werde ich mir selbst gründlich ansehen. Und dann muss ich herausfinden, ob es diesen ominösen Herrn Ackermann überhaupt gibt«, sagte er mehr zu sich. Rosario setzte zu einer Erwiderung an. »Kein Wort! Auf jeden Fall werde ich dafür sorgen, dass Martens nur noch unter strengster Aufsicht arbeitet. Es ist zum Verrücktwerden, wir stehen so kurz vor der Vollendung und Inbetriebnahme der Schleuse. Gerade jetzt brauche ich einen Mann, auf den ich mich zu hundert Prozent verlassen und dem ich vertrauen kann.« Er rieb sich über die Augen, Rosario und Sanne wechselten einen schnellen Blick. »Ich danke Ihnen, Herr Limone! Nicht nur, dass Sie mich über diese Ungereimtheiten in Kenntnis gesetzt haben, sondern auch dafür, dass sie den Arbeitern korrekte Zahlen gegeben haben. Wären die Umlaufkanäle so viel schlanker ausgefallen, hätten sie die Wassermenge niemals bewältigen können, die einmal hindurchfließen muss. Sie bescheren mir wirklich graue Haare, trotzdem hätte ich ein gutes Gefühl, wenn Sie wieder die Leitung über meine Schleuse innehätten.«

»Wie bitte? Sie wolle mich nicht rausschmeiße?«

»Das hat bei Ihnen ja keinen Sinn.« Herr Vering schmunzelte. »Was Sie Gutes getan haben, wiegt schwerer als Ihre Versäumnisse, Herr Limone. Ich möchte Sie gern wieder als verantwortlichen Schleusenbauer beschäftigen. Unter einer Bedingung: Keine Lügen mehr, auch keine Notlügen, ich dulde nicht einmal das kleinste Flunkern!«

»Ich verspreche es Ihnen bei der Muttergottes«, erklärte Rosario eifrig.

»Lassen Sie die besser aus dem Spiel, die kann sich nicht wehren.« Wieder das freundliche Schmunzeln, allerdings nur kurz. »Ich warne Sie! Und wenn Sie allein verhindern, dass Schleswig-Holstein überflutet wird. Haben Sie dafür geschwindelt oder etwas ohne Rücksprache mit mir entschieden, sorge ich dafür, dass Sie nicht einmal in Italien je wieder eine Stelle bekommen.«

»Jawohl, Herr Vering, Sie können sich auf mich verlassen.«

Sah aus, als wäre das Gespräch beendet, die beiden erhoben sich.

»Ach, Fräulein Schmidt, mit Ihnen möchte ich noch unter vier Augen reden.« Sanne schluckte und ließ sich zurück auf den Stuhl sinken, während Rosario sich noch einmal überschwänglich bedankte, verabschiedete und ging.

Kaum waren sie allein, griff Herr Vering in die Innentasche seiner Weste. Er holte seinen Waterman Füllfederhalter hervor, den er schon in Marne benutzt hatte und der Sanne so beeindruckt hatte.

»Gehe ich recht in der Annahme, dass Sie Herrn Limone geholfen haben?« Sie nickte. »Sie behaupten also, sie können Rohrgrößen, Wassermengen, selbst statische Problemstellungen berechnen? Und Sie waren es auch, die dafür gesorgt hat, dass das Mischungsverhältnis im Mörtelwerk wieder in Ordnung gebracht wurde, während Herr Limone im Gefängnis saß?« Sie nickte erneut. »Schwer zu glauben, liebes Fräulein, schwer zu glauben. Andererseits haben Sie die Pläne Ihres Ururgroßvaters für die Brunsbütteler Schleuse angepasst. Mir war damals natürlich schon klar, dass Sie dafür in erster Linie Verstand mitbringen müssen, statt nur exakt und sauber abzeichnen zu können, wie mir Ihr Vater weismachen wollte. Trotzdem …« Sanne hatte keine Ahnung, worauf er hinauswollte. Er schien hin- und hergerissen zu sein. »Entweder gibt es noch einen Unbekannten in diesem Spiel, einen Mann, der in Wirklichkeit dahintersteckt. Ihr Bruder womöglich?«

Sanne lachte auf. »Michel ist noch viel zu lütt, und Frerk ist ein Dröhnbüdel.«

»Oder Sie sagen die Wahrheit«, fuhr er fort. »Das lässt sich herausfinden.« Er schob ihr ein Blatt Papier hin und legte seinen Füllfederhalter dazu. »Wenn ich zur Pflasterung der Uferböschung Ziegelsteine von sechsundfünfzig mal vierzig Zentimetern Größe verwende und die Böschung soll, sagen wir, zwei Meter hoch werden, wie viele Steine benötige ich?«

»Wie breit sollen die Fugen werden?«

349

Sein Blick durchbohrte sie.

»Das war zu einfach«, erklärte er schließlich. »Frage: Welchen Grund hat es, dass ich angeordnet habe, ein zweites Paar Sperrtore zu installieren?«

»Nun, ich nehme an, Sie haben dabei an Notfälle gedacht. Falls ein Fluttor beschädigt würde, etwa durch die Kollision mit einem Schiff, oder wenn es einfach aus Unachtsamkeit nicht rechtzeitig geschlossen wurde, dann muss gewährleistet sein, dass die Schleuse dennoch gesichert werden kann.«

»Und Sie glauben, das erste Paar Sperrtore hätte dafür nicht ausgereicht?«

»Doch, selbstverständlich. Allerdings nur bei abfließendem Wasser, also bei Ebbe. Das zweite Paar gewährleistet diese Sicherheit auch bei einströmendem Wasser, denke ich.« Wenn sie in seiner Miene doch nur etwas lesen könnte. Unmöglich, sein Gesicht glich einer Skulptur.

»Rechnen Sie: Ein Dampfer ist in der offenen See mit durchschnittlich 8,25 Knoten unterwegs, im Kanal mit immerhin noch 5,3 Knoten im Mittel. Wie lange braucht er, um den Kanal zu durchqueren und wie hoch ist seine Zeitersparnis gegenüber dem Weg außen herum, den er üblicherweise hätte nehmen müssen?«

Sanne wurde mulmig. Sie nahm zögerlich seinen Federhalter und rechnete.

»Er benötigt dreizehn Stunden für die Durchfahrt. Die zweite Antwort muss ich Ihnen schuldig bleiben, weil ich die Länge des Umweges nicht genau kenne.«

Er lachte und nickte zufrieden. »Sie kennt die exakte Länge unseres Kanals und spricht bereits von einem Umweg!« Er schüttelte den Kopf, als könne er es nicht glauben. Dann beugte er sich zu ihr vor. »Wohl wahr, in zwei Jahren, von heute an gerechnet, werden die Seeleute es als unsinnigen und teuren Umweg betrachten, durchs

Kattegat zu fahren.« Er lehnte sich wieder zurück. »Ich danke Ihnen, Fräulein Schmidt, Sie können dann gehen.«

Sanne reichte ihm den Füller.

»Nein, behalten Sie ihn.«

»Aber das kann ich nicht …«, stotterte sie.

»Sie sind doch sonst nicht so leicht aus der Fassung zu bringen.« Er wurde ernst. »Wenn ich nicht irre, haben Sie bisher keine Mark für Ihre Arbeit bekommen. Dabei haben Sie damit Schlimmeres verhindert und mögliche Kosten eingespart. Dann ist das wohl das Mindeste. Ich denke außerdem, ein solches Schreibgerät steht Ihnen gut zu Gesicht.«

Kapitel 24
Regina

Brunsbüttel, Anfang September 1894

Immer wieder hatte Regina darüber nachgedacht, auf das Angebot von Jakob Hartmann zurückzukommen und Krankenschwester zu werden. Auch an diesem milden Herbsttag spukten die Gedanken durch ihren Kopf. Bisher hatte es immer etwas gegeben, das sie davon abgehalten hatte. Im letzten Winter hatte Walter Möller beispielsweise angekündigt, eine junge Frau wolle in der Küche der Baracken-Anlage eine Lehre machen.

»Tut mir leid, du musst eine Kammer räumen, solange sie da ist«, hatte er erklärt. Zuerst war sie ärgerlich gewesen, dass er ihr einfach etwas wegnahm, ohne ihr etwas anderes dafür anzubieten. Dann hatte Regina den Namen ihrer neuen Mitarbeiterin erfahren: Maria Dahlström. Sofort hatte sie sich an einen Vortrag erinnert, den Heinrich Hermann Dahlström in Sehestedt gehalten hatte. Regina war gegen den Kanal gewesen, sie hatte befürchtet, er würde eine riesige Wunde in die Landschaft reißen, in Moore, Wiesen und durch Wälder. Außerdem hatten Broder und ihr Vater ihr den Eindruck vermittelt, einige wenige würden vom Bau profitieren, während die Mehrheit nur Nachteile davon hatte. Von Dahlström hatte sie zum ersten Mal gehört, wie viele Menschen das Schicksal ihrer Brüder teilten und auf dem Weg durchs Kattegat ums Leben gekommen waren, wie viele auch jetzt noch starben. Wenn der Kanal das beendete, konnte er nicht rundweg schlecht sein. Regina hatte sich genau daran erinnert, wie Dahlström und eine junge Frau Blicke getauscht hatten, ehe er mit seinem Vortrag begonnen hatte. Es hatte so viel Wärme und Vertrauen daraus gesprochen. Die junge Frau an dem Abend war also seine Tochter gewesen. Nie hätte Regina es für möglich gehalten, dass sie überhaupt eine Lehre machen würde. Und dann auch noch hier bei ihr, statt in einer Kochschule für höhere Töchter. Und plötzlich hatte die Neugier auf diese Maria Dahlström überwogen. Das Kennenlernen war kurz ausgefallen, Herr Dahlström hatte Regina nach höchstens zwei Minuten beiseitegenommen.

»Sie müssen sich keine Sorgen machen, sie wird Ihnen nicht lange zur Last fallen«, hatte er erklärt.

»Wir können eine Küchenhilfe gut gebrauchen. Sie wird uns gewiss nicht zur Last fallen.«

»Sie verstehen mich falsch.« Dahlström war ein höflicher Mann, doch mit jeder Faser hatte er ausgestrahlt, wie wenig es ihm behagte, seine Tochter hierzulassen, wie ungern er mit Regina über die bevorstehende Ausbildung sprach. »Wenn Sie wirklich jemanden brauchen, der Ihnen Arbeit abnimmt, sehen Sie sich besser sofort nach einer anderen um. Meine Tochter ist einigermaßen behütet aufgewachsen. Jemand hat ihr Flausen in den Kopf gesetzt. Erst wollte sie als Krankenschwester arbeiten, aber das habe ich natürlich unterbunden.«

»Was haben Sie gegen Krankenschwestern?«

»Nichts, gute Frau, absolut nichts. Aber es ist nichts für meine Tochter. Sie muss nicht arbeiten. Sie wird heiraten, einem Haushalt vorstehen. Um darauf vorbereitet zu sein, will sie nun Köchin werden.« Er hatte hilflos die Hände gehoben und gleich wieder sinken lassen. »Eine Kochschule mit gutem Ruf hat sie ausgeschlagen. Ich weiß nicht, was in sie gefahren ist. Jedenfalls denke ich, der raue

Ton, der hier vermutlich an der Tagesordnung ist, wird ihr ihre verrückten Ideen schon austreiben.« Regina hatte begriffen, Dahlström hatte seiner Tochter extra diese für ihresgleichen unpassende Stelle ausgesucht, damit sie rasch zur Vernunft kam. Er wollte, dass sie das Handtuch warf.

»Sie wird sich schon daran gewöhnen«, hatte Regina erwidert. »Außerdem sind die Männer tüchtige Arbeiter und keine Verbrecher. Die meisten von ihnen wissen, wie man sich benimmt.«

»Schön zu hören. Trotzdem gehe ich davon aus, dass sie nach spätestens einer Woche genug von ihrem Abenteuer hat und nach Hause will. Ich dachte, Sie sollten das wissen.«

Regina hatte den Lebensmittelbestand notiert und kehrte der Küche für heute den Rücken. Mimi hatte nicht aufgegeben, obwohl sowohl die Arbeitszeiten als auch die Tätigkeiten für sie sehr gewöhnungsbedürftig gewesen sein mussten. Sie hatte sich durchgebissen. Weil sie es wollte, und sicher auch, um ihrem Vater zu beweisen, wie stark sie war. Ihr Lehrjahr würde bald beendet sein. Regina freute sich darauf, ihr zweites Zimmerchen zurückzubekommen, doch Mimi würde ihr fehlen. Zur Inbetriebnahme der Schleuse, die kurz bevorstand, und auch zur großen Einweihung würde sie glücklicherweise noch da sein und Bente und Regina unterstützen. Während sie um das Gebäude herum zu ihrer Kammer ging, dachte Regina wieder an das Krankenhaus in Marne, das inzwischen in Betrieb sein müsste. Für immer würde es die Baracken nicht geben, sie musste sich nach etwas Neuem umsehen. Aber nach der Einweihung der Schleusen arbeiteten alle noch auf die Eröffnung des Kanals hin. Regina konnte Walter Möller und Bente und vor allem die anständigen Arbeiter unmöglich vorher im Stich lassen.

»So ein Glück, Reginchen, da bist du ja.« Ludwig kam ihr entgegen. »Hast du nicht heute deinen freien Tag?«

»Ja, eben!« Ein neues Rezept beschäftigte ihn. »Ich glaube, dieses Mal bin ich auf dem richtigen Weg. Ich habe Rum und Tee genommen. Die Dithmarscher lieben doch ihren Tee.« Er lächelte fröhlich und schob sich das Mundstück seiner Pfeife zwischen die Lippen. »Dazu heimische Kräuter. Das ist schon sehr gut.«

»Aber ganz zufrieden bist du noch nicht, wie es aussieht.«

»Du kennst mich gut.« Er legte ihr kurz eine Hand auf den Arm. »Es fehlt noch etwas«, sagte er nachdenklich, »ein mildes Aroma, das den Geschmack abrundet. Ich habe schon alles probiert, aber ich bin mit meinem Latein am Ende.«

Regina ließ sich aufzählen, welche Kräuter er verwendete.

»Ich glaube, ich habe eine Idee«, verkündete sie dann. »Ich wollte sowieso gerade einen Spaziergang machen. Wenn wir Glück haben, besuche ich dich nachher und bringe dir eine Zutat mit, die sehr gut passen könnte.«

»Du bist die Beste, Reginchen, ich wusste es. Ich sage Else, sie soll Faworki backen. Ist zwar eigentlich nicht die richtige Jahreszeit, aber ich esse sie doch so gern.«

Ina war auf der Stelle Feuer und Flamme. Sie ging gern spazieren, noch lieber sammelte sie dabei Pilze oder Kräuter.

»Wir gehen Kamille pflücken, kommst du mit, Mimi?« Ina und Mimi verstanden sich ausgezeichnet, sich von ihr verabschieden zu müssen, würde der Kleinen sehr schwerfallen.

»Deine Mutter sieht mich jeden Tag in der Küche. Vielleicht möchte sie lieber mit dir allein sein«, gab Mimi zu bedenken.

»Aber nein, ich würde mich auch freuen, wenn du uns begleitest.«

Sie gingen die Koogstraße bis zur Braake und dann am Fluss entlang. Die beste Zeit für Kamille war es nicht mehr, doch Regina kannte ein paar Stellen, an denen sie bestimmt noch die letzten Blüten des Jahres finden würden.

»Ich möchte mich bei dir bedanken, Regina«, begann Mimi plötzlich. Ina sauste über die Wiesen, die beiden Frauen hatten ein bisschen Zeit für sich.

»Ich wüsste nicht, wofür.«

»Das weißt du genau.« Mimi lächelte. »Ich hatte in den letzten Wochen meinen Bleistift öfter in der Hand als den Kochlöffel.«

»Nur, wenn die Arbeit in der Küche es erlaubt hat«, wandte Regina ein. »Du bist mir und Bente eine große Hilfe und hast so viel gelernt.« Nach einigen Sekunden setzte sie hinzu: »Dein Vater hat recht, denke ich, es wäre Verschwendung, wenn du auch in Zukunft am Herd stehen würdest. Du hast Talent zum Schreiben, Mimi. Darum beneide ich dich sehr. Es muss wunderbar sein, sich Geschichten auszudenken, die anderen Menschen Freude machen.«

»Du machst den Männern mindestens ebenso viel Freude«, erwiderte sie sofort.

»Wie meinst du das?«, fragte Regina scharf.

»Deine Kochkünste sind bis Hamburg bekannt, schon vergessen?«

Die Spannung, die Regina eben ergriffen hatte, fiel sofort von ihr ab. Sie wusste doch, dass Mimi nichts auf Guntas Geschwätz gab, die überall verbreitete, Regina würde allen Arbeitern die Sinne vernebeln.

»Sie sagen, du bist der Engel des Kanals, die Königin.« Mimi lächelte.

»Hör bitte damit auf, ich will diesen Unfug nicht mehr hören.«

»Stimmt aber.« Mimi nahm Haltung an und erklärte feierlich: »Für mich bist du Engel und Königin der Küche!« Sie lachte. Regina stimmte ein, wurde aber gleich wieder nachdenklich.

»Vielleicht bin ich das nicht mehr lange.« Mimi sah sie überrascht an. »Ich überlege, nach Marne zu gehen. Dort gibt es ein Krankenhaus, in dem ich vielleicht arbeiten könnte.«

»Das klingt gut.« Sie nickte. »Ja, das passt sicher zu dir.«

»Ich denke, ich bleibe noch bis zur Eröffnung des Kanals.«

»Das wäre nicht mehr lange, nur noch ein Jahr.« Mimi bückte sich und pflückte ein Büschel Kamille. »Zwölf Monate vergehen wie ein Wimpernschlag. Ich kann nicht glauben, dass meine Zeit hier schon zu Ende ist. Mir ist, als wäre ich gerade erst angekommen.« Sie streiften weiter am Ufer entlang. »Ich habe nicht geglaubt, dass ich durchhalten würde«, gestand Mimi leise.

»Ich war mir dessen absolut sicher!«

»Wirklich?«

»Ja. Im Gegensatz zu deinem Vater. Er sagte mir, er erwarte, dass du schon nach wenigen Tagen genug hättest, weil die Arbeit in der Baracke mit den ungehobelten Männern dir zu schwer würde. Ich wusste aus eigener Erfahrung, was man schaffen kann. Und glaube mir, ich war viel schwächer als du, als ich von zu Hause weggegangen bin. Ich hatte allerdings auch keinen Ort, an den ich hätte zurückgehen können«, ergänzte sie leise.

»Moment mal, mein Vater hat mir diese Stelle besorgt, aber nicht daran geglaubt, dass ich geeignet dafür bin?«

»Wenn du mich fragst, hat er genau deshalb diesen Platz für dich ausgesucht.« Regina warf ihr einen kurzen Blick zu.

»Gut möglich«, meinte Mimi. »Ich habe nie verstanden, warum er mir erst verbietet, in Hamburg im Krankenhaus anzufangen, und mich dann nach Brunsbüttel gehen lässt. Jetzt verstehe ich, was er bezweckt hat.« Mimi grinste stolz. »Da ist sein Plan wohl nicht aufgegangen.«

Regina seufzte. »Er liebt dich sehr, Mimi. Er wollte dich von der Idee abbringen, eine Arbeit anzunehmen, um dich zu schonen. Du kannst froh sein, einen solchen Vater zu haben.«

»Du hast erzählt, dein Vater hat dich fortgejagt, weil du deinen Mann betrogen hast«, begann Mimi zaghaft. »Habt ihr denn gar keinen Kontakt mehr?«

»Nein.«

»Fehlt er dir nicht?«

»Doch, Mimi, er fehlt mir sehr«, antwortete sie sofort.

»Guckt mal, wie viel ich gefunden habe!« Ina hatte beide Hände voll Kamille und legte ihre Ernte in Reginas Korb.

»Wunderbar, das sollte reichen.« Regina strich ihrer Tochter über das Haar. »Machen wir uns auf den Rückweg.«

Eine Weile gingen sie schweigend nebeneinanderher.

»Dass mein Vater nicht recht behalten hat, habe ich dir zu verdanken«, sagte Mimi dann. »Du hast dafür gesorgt, dass ich nicht zu viel mit den rauen Gesellen zu tun hatte. Und du hast mir unendlich viel beigebracht.« Ehe Regina etwas einwenden konnte, fuhr sie fort: »Nicht nur, wie ich eine Mehlschwitze hinkriege, ohne dass sie anbrennt, oder dass zerdrückte Pfefferkörner ein feineres Aroma geben als gemahlener Pfeffer.« Mimi sah sie ernst an. »Ich habe viel durch deinen Umgang mit den Menschen gelernt und durch die Art, wie du deine Tochter erziehst. Wenn ich mal selbst Kinder habe, werde ich oft daran zurückdenken.«

Auf dem Barackengelände sah Regina Broder. Sein Haar war nicht ordentlich in Form wie üblich, sondern sah aus, als wäre der Sturm hindurchgefahren. Doch es war windstill an diesem Tag. Regina verabschiedete sich von Mimi und schickte Ina in ihre Kammer.

»Zupfe schon mal die Blüten von den Stängeln, wenn du fertig bist, bringen wir Ludwig unsere Ernte.«

Ihr war nicht wohl dabei, doch Broder wirkte wie ein Mensch, der Hilfe brauchte, also ging sie langsam zu ihm. Mit jedem Schritt wurde es ihr unheimlicher. Er verhielt sich höchst seltsam. Mal lief er in eine Richtung, blieb abrupt stehen, drehte um und lief in die andere Richtung. Doch wieder hielt er in der Bewegung inne, als müsste er überlegen, wohin er eigentlich gehen wollte.

»Broder?«

Er drehte sich zu ihr um, seine Augen wanderten ruhelos hin und her, seine Haut war fahl, Bartstoppeln bedeckten sein Kinn. Was war nur los mit ihm?

»Regina!« Das klang unendlich erleichtert. Doch schon eine Sekunde später verzog sich sein Gesicht zu einem boshaften Grinsen. »Wie nett, dass du noch mit mir sprichst. Ich dachte, du umgibst dich nur noch mit den höchsten Persönlichkeiten. Malwida von Rivenburg, Maria Dahlström«, zählte er auf. Ehe sie etwas dazu sagen konnte, zischte er: »Die sind alle vom Kanal eingelullt, sind ihm auf den Leim gegangen.«

Regina schluckte. Man konnte denken, Broder hätte den Verstand verloren.

»Was meinst du?«, fragte sie leise.

»Er hat sie alle in seiner Gewalt, Regina, siehst du das denn nicht? Aber du musst keine Angst haben, ich kümmere mich darum, dass doch noch alles gut wird.«

»Du machst mir Angst«, rutschte ihr heraus.

»Nein, nein, ich bin kein böser Mensch, Regina. Ich rette euch alle.« Er sprach mit ihr wie mit einem kleinen Kind, das man nach einem Albtraum trösten musste. »Ich habe herausgefunden, dass der Italiener der falsche Schleusenbauer war, und ihn aus dem Weg geschafft. Hat nichts genutzt«, murmelte er. »Mach dir keine Sorgen, ich werde verhindern, dass noch mehr Menschen alles verlieren, wie ich alles verloren habe.« Sie fürchtete, er würde im nächsten Moment in Tränen ausbrechen, doch das Gegenteil geschah, er lachte aus voller Kehle. »Ich setze alles auf eine Karte, Regina. Ich siege oder ich sterbe.«

»Ich verstehe nicht ganz, du belieferst uns seit geraumer Zeit regelmäßig mit Fisch. Dein Unternehmen ist also noch längst nicht verloren.«

»Du hast wirklich geglaubt, dass ein Lübecker Fischhändler euch beliefert?« Er schüttelte den Kopf. »Mein Geschäft gibt es schon lange nicht mehr.«

»Aber woher …?«

»Ich habe eine andere Quelle aufgetan. Für dich, Regina, damit Möller begreift, was er an dir hat und gut zu dir ist.« Seine blauen Augen sahen in diesem Moment so traurig aus, dass sie ihm glaubte. »Du hast mir nie eine zweite Chance gegeben, dabei habe ich dich immer geliebt!« Er senkte den Blick, als er den Kopf wieder hob, erschauderte sie vor der verzweifelten Entschlossenheit in seiner Miene. »Ich werde dir beweisen, dass ich ein guter Mensch bin, dir und allen anderen. Eine Karte, Regina, Sieg oder Tod.«

Kapitel 25
Susanne

Brunsbüttel, September und Oktober 1894

Sanne und Rosario hatten sich nur langsam an ihr Glück gewöhnen können. Rosario hatte seine Stelle und damit seinen guten Ruf zurück, Sanne brauchte sich nicht mehr verstecken. Es war natürlich nicht offiziell, aber sie konnte jederzeit zu Herrn Vering kommen, wenn ihr etwas nicht in Ordnung erschien. Glücklicherweise passierte kein nennenswerter Unfall mehr, und es gab auch keine Unregelmäßigkeiten. Im Gegenteil, als spürten alle, dass eine Gefahr gebannt war und das gewaltige Projekt vor einem gelungenen Ende stand, arbeiteten die Männer Hand in Hand, brachten Steine auf Maß, schmierten Mörtel, befüllten Eisenbahnwagen, schleppten Ziegel, ölten Scharniere, passten Maschinenteile ein. Das Jahr ging zu Ende, ein neues begann. Fotograf Claussen, der eigens von der kaiserlichen Kanalbau-Kommission beauftragt war, die Fortschritte an der gesamten Strecke festzuhalten, ließ Männer vor den geöffneten Sperrtoren posieren. Da Sanne gerade in der Nähe war, bat er sie, sich dazuzustellen.

»Eine Dame macht sich immer gut im Bild«, behauptete er.

»Sehr gern.« Sie lächelte süß. »Allerdings stelle ich mich hier nur hin, wenn Herr Limone mit auf das Bild kommt. Und wenn wir beide einen Abzug bekommen.«

»Also schön, wenn es dann losgehen kann.« Der Mann schleppte ein Gestänge, auf dem seine Kamera thronte, und eine große Tasche durch die Gegend. »Sie bleiben genau so stehen, der eine an der Leiter, der andere an der gegenüberliegenden Seite, die Dame mit Herrn Limone dazwischen«, rief er, während er immer weiterging. »Und nicht bewegen! Hören Sie? Auf keinen Fall bewegen, bitte, das ist wichtig.«

»Der latscht ja bis nach Amerika«, brummte einer der Arbeiter. »Kann man uns überhaupt noch erkennen von so weit weg?«

»Das geht doch gar nicht um uns. Oder glaubst du, jemand will deine dämliche Visage sehen? Das ist doch nur, damit die Leute erkennen können, wie hoch so'n Tor ist.«

Alles hatte sich zum Guten gewendet. Einzig der Gedanke an diesen Herrn Ackermann blieb für Sanne lästig wie so'n spitzer Kieselstein im Schuh. Ständig hatte sie Angst, er tauchte plötzlich wieder auf und stiftete Unruhe oder Schlimmeres. Herr Vering hatte nicht mehr nach ihm gefragt, jedenfalls nicht sie oder Rosario. War vielleicht auch gut so. Was hätten sie schon sagen können? Da war dieser Mann, der uns Schnaps geschenkt und behauptet hat, er habe in die Schleuse investiert? Und dann war da noch eine Frau, die geschworen hat, Herrn Ackermann gäbe es nicht, sondern er hieße in Wahrheit anders und wolle verhindern, dass der Kanal je fertig wurde? Er hätte sie für endgültig durchgedreht gehalten. Je mehr Zeit verstrich, desto besser gelang es Sanne, Ackermanns Existenz zu verdrängen.

Im Oktober des Jahres 1894 sollte die Schleuse in Brunsbüttel in Betrieb gehen. Über einen Monat vorher würde Wasser in die gewaltigen Kammern eingelassen werden. Vieles von dem, was ihnen so vertraut war, würde dann nicht mehr zu sehen sein. Am neunten September machten Sanne, Rosario, Kolbe und Henrico, Benedetto und Daniele einen Sonntagsspaziergang, um ihr Werk noch einmal in aller Schönheit betrachten zu können.

»Übermorgen ist es so weit. Wenn nur alles klappt.« Sanne atmete tief ein.

»Was sollte wohl nicht klappen?« Kolbe, die Hände in den Hosentaschen, schoss einen Stein vor sich her. »Ich denke, ihr habt alles doppelt und dreifach durchgerechnet. Wenn ihr gründlich gearbeitet habt, kann doch wohl nix schiefgehen. Wir haben jedenfalls ganze Arbeit geleistet und immer schön aufgepasst, dass von euch keine dösigen Anweisungen kommen.«

»Übermorgen wird Wasser in die Schleusen gelassen, dann dauert es nicht mehr lange, bis das erste Schiff die Schleuse passieren kann.« Obwohl es noch nicht so weit war, platzte Rosario fast vor Stolz.

»Das ist fast so aufregend wie bei die Durchstiche am Gottardo«, meinte Daniele.

»Nächstes Jahr kann man von Kiel mit dem Schiff bis hierher und weiter in die Elbe fahren!« Benedetto blickte in Richtung Deich, hinter dem der Fluss noch ungestört in seinem Rhythmus fließen konnte. »Jedenfalls, wenn man es sich leisten kann. Ich bin dann zu Hause.« Er lächelte, seine Augen bekamen einen sehnsuchtsvollen Glanz. »Hoffentlich werden wir dann in Italien auf einer neuen Baustelle gebraucht.«

»Daniele, hast du nicht gesagt, in Hameln könnte es bald etwas für uns geben?«, wollte Henrico wissen.

»Ja, ist interessante …« Er brach mitten im Satz ab. »Was machte der da?«

Alle waren stehen geblieben, sie hatten den Mann auch gesehen, der hektisch eine Leiter hochkletterte, die aus dem Schleusenbecken führte.

»Das ist doch … Der sieht aus wie Ackermann! Oder habe ich

schon Wahnvorstellungen?« Rosario schüttelte den Kopf und sah Sanne fragend an.

»Hast du nicht, das ist er. Was hat der hier verloren?«

Der Kerl hatte das Ufer erreicht, drehte sich kurz zu ihnen um, erschrak und rannte los wie der Teufel.

»Was Gutes hatte der nicht im Sinn, sonst würde er nicht abhauen«, meinte Henrico.

»Solle wir hinterher?« Danieles Augen funkelten. Einen Mann zu fangen, erschien ihm vermutlich attraktiver als ein langweiliger Sonntagsspaziergang. In Kolbe hatte er einen Gleichgesinnten.

»Gute Idee«, sagte er und ließ die Fingerknöchel knacken. »Habe lange keinem mehr eine Abreibung verpasst.« Die beiden schickten sich an, dem Flüchtenden nachzujagen.

»Und daraus wird auch heute nichts«, sagte Rosario, sein strenger Ton hielt die beiden zurück. »Seltsam ist das schon«, raunte er Sanne zu. Sie setzten sich wieder in Bewegung. Sanne versuchte sich zu beruhigen. Vermutlich hatte sich dieser Mistkerl nur davon überzeugen wollen, dass sich die Inbetriebnahme nicht mehr verhindern ließe. Sollte er sich ruhig irgendwo vor Wut betrinken. Sie ließ ihren Blick kurz in die Ferne schweifen, der Himmel war blau, das Laub an den Bäumen begann sich rot und gelb zu färben. Schön sah das aus. Aber noch schöner fand sie die zukünftigen Kaianlagen, die weichen Bögen, die im perfekten Schwung einen Übergang vom Boden der Schleuse zu den Seitenwänden bildeten. Die Tore nahmen ihr immer wieder den Atem, sooft sie sie nun auch schon betrachtet hatte. Nicht nur, dass es mehrere hintereinander gab, die, technisch abgestimmt, ihre Aufgaben erfüllen würden, von jedem Tor gab es außerdem ein exakt baugleiches zweites Exemplar als Reserve! Sollte wirklich ein großer Dampfer mit hoher Geschwindigkeit in die Schleuse krachen, wartete in einer riesigen Halle bereits Ersatz für ein beschädigtes Tor. Unvorstellbar, was Menschen zu leisten in der Lage waren, wenn sie gemeinsam an einem Strang zogen. Die Sonne schien genau in das zukünftige Durchfahrtbecken. Plötzlich blitzte etwas auf. Da war ein Funkeln, das Sanne noch nie gesehen hatte.

»Was ist das?« Sie beschleunigte ihren Schritt.

»Was denn? Ich sehe nichts.« Kolbe guckte nicht einmal richtig hin, sondern wandte sich wieder Daniele zu, mit dem er gerade darüber debattierte, ob sie ganz unten an die Schleusenmauer etwas malen oder ihre Initialen schreiben sollten. »Das wäre für immer da«, sagte Kolbe.

»Ja, aber keiner kann es sehen.«

»Was meinst du, Sanne?« Rosario schloss zu ihr auf.

»Da im unteren Scharnier auf der rechten Seite. Da steckt doch etwas.«

»Du siehst mal wieder Gespenster« beruhigte Rosario sie, »aber die Geister sind fort.«

»Nein, guck doch!«

»Du hast recht.« Benedetto sah von einem zum anderen. »Sie hat recht, das gehört da nicht hin.« Jetzt wurden auch Daniele und Kolbe aufmerksam.

»Da unten ist Ackermann gerade gewesen«, sagte sie. Es dauerte eine Sekunde, dann rannten sie alle gleichzeitig los, einer nach dem anderen stieg die Leiter herunter.

»Das gibt's doch nicht, seht euch das an!« Rosario deutete auf einen Gegenstand, der wahrhaftig im Scharnier klemmte.

»Fällt von oben kaum auf, und wenn sie übermorgen Wasser einlassen, sieht man es gar nicht mehr«, stellte Sanne wütend fest. »Wenn das Tor dann aber zum ersten Mal aufgeht …«

»Was wurde passiere?« Daniele stützte die Hände in die Hüften.

»Zuerst würde das Tor wohl nur in einer halb geöffneten Position stehen bleiben«, sagte Sanne nachdenklich.

»Im schlimmsten Fall würde das Scharnier herausbrechen«, ergänzte Rosario.

Sanne nickte. »Das Ding muss raus.«

Henrico machte Anstalten, mit bloßen Händen zu Werke zu gehen.

»Lass mich lieber!« Kolbe schob ihn aus dem Weg. »Du bist zwar größer, stärker bist du allerdings nicht.«

»Wird sich zeigen«, meinte Henrico und drängte ihn mühelos zur Seite.

»Ohne Werkzeug wird das nichts.« Sanne sah sich um.

»Nein, Ackermann hat gründlich gearbeitet.« Rosario hob einen Hammer auf, der nicht weit entfernt auf dem Boden lag. »Er will unbedingt verhindern, dass die Schleusen funktionieren. Noch immer.«

»Dann ist es wahr, was die fremde Frau gesagt hat«, erinnerte Sanne ihn. »Er hat uns angelogen und nie einen Pfennig in den Kanal gesteckt.«

»Erfahren wir vielleicht auch mal, was hier los ist?« Kolbe griente spöttisch. »Oder geht das nur die Ingenieure etwas an?«

»Jetzt ist keine Zeit für Erklärungen.« Rosario sah sich die Sache aus der Nähe an, lief um das Tor herum, kam zurück. »Er wollte absolut sichergehen«, erklärte er matt. »Das ist nicht einfach ein Metallstab, auf der anderen Seite ist ein Ring mit einem Bolzen. Wir müssen Ackermann kriegen und zu Herrn Vering bringen«, schlug Rosario vor.

»Wozu soll das gut sein?«, fragte Benedetto. »Das Ding muss raus, alles andere ist egal.«

»Der, der es dort versteckt hat, weiß am besten, wie man es wieder loswird«, meinte Sanne. »Außerdem hat Herr Vering sowieso noch ein Hühnchen mit Ackermann zu rupfen. Wird Zeit, dass er ihn endlich kennenlernt.«

»Aber ist er weg!« Daniele zuckte mit den Achseln.

»Wir müssen die fremde Frau finden«, schlug Sanne vor. »Sie kennt seinen richtigen Namen. Vielleicht weiß sie auch, wo er stecken könnte.«

»Wenn dieser Ackermann, von dem ihr dauernd faselt, der ist, der uns mal für unseren Heldeneinsatz gedankt hat«, begann Kolbe, »dann habt ihr doch seine Adresse.«

»Die stimmt schon lange nicht mehr«, antwortete Sanne ihm.

Rosario sah sie an. »Wir wissen nicht, wie die Frau heißt oder wo sie wohnt. Wir wissen nichts über sie.«

»Sie ist in Richtung der Baracken unterwegs gewesen«, überlegte Sanne laut. »Vielleicht arbeitet sie dort als Küchenhilfe.« Sie wandte sich an die Männer. »Ihr wohnt alle im Lager, womöglich habt ihr sie mal gesehen. Sie hatte feuerrotes Haar und eine blasse zarte Haut. Eine elegante Erscheinung.« Sanne seufzte, ihr wurde bewusst, dass so eine Dame nicht in eine Küche passte. Sie war sicher irgendwo anders hingegangen. Sie hatten keine Chance, sie ausfindig zu machen.

»Das ist Regina, die Königin«, sagte Benedetto.

»Die kennt jeder«, stimmten die anderen zu.

»Ich weiß, wo sie wohnt.« Benedetto ging vorneweg.

Die Gruppe folgte ihm an den langgezogenen hölzernen Bauten vorbei. Plötzlich blieb er stehen.

»Ist vielleicht besser, wir tauchen da nicht alle auf, sonst kriegt sie es gleich mit der Angst zu tun. Außerdem will ich kein Aufsehen erregen, das bringt ihr womöglich Ärger ein.«

»Du hast recht«, stimmte Rosario ihm zu. »Am besten verzieht ihr euch, wir gehen zu dritt zu ihr.«

»War ja klar«, maulte Kolbe, »wenn's spannend wird, dürfen wir uns verdrücken.«

»Ich gehe allein«, stellte Benedetto richtig. Kolbe feixte. »Wenn sie bereit ist, mit euch zu sprechen, komme ich mit ihr zu euch.«

»In Ordnung.« Sanne nickte, Kolbe, Henrico und Daniele trollten sich.

»Hat jemand noch Bier?«, hörte sie Kolbe fragen, während die drei zwischen den Baracken verschwanden und sie sich mit Rosario einen abgelegenen Platz auf einer Wiese hinter dem Lager suchte.

»Denkst du, sie wird kommen?« Sanne sah ihn ängstlich an.

»Ja, ich bin sicher. Sie ist mit Benedetto befreundet, und er erzählt doch immer, dass sie der beste Mensch ist, den er kennt.«

»Das kann nicht stimmen«, sagte Sanne ernst. »Dich kennt er schließlich auch.«

»Das hast du aber schön gesagt.« Rosario strahlte sie an, sah sich schnell um und küsste sie hastig auf die Wange. Dann zögerte er, als würde er überlegen, ob er mehr wagen konnte. Wieder sah er sich um, da kamen Benedetto und die Frau mit den roten Haaren. »Siehst du!«

»Ich habe ihr schon erzählt, was vorgefallen ist«, sagte Benedetto.

»Er hat es schon vor Jahren versucht«, erzählte Regina leise. »Deshalb wollte ich Sie warnen. Damals habe ich ihm sogar geholfen, den Kanal zu sabotieren. Ich wusste natürlich nicht, was er genau vorhatte, aber ich stand dem Bau selbst skeptisch gegenüber.« Sie holte einmal Luft, sprach dann gefasster weiter: »Wir haben Zahlen auf dem Bauplan für ein Gerüst verändert.« Sie blickte zu Boden. Sanne dagegen war wie elektrisiert. »Wenn es eingestürzt und jemand zu Schaden gekommen wäre, hätte ich mir das nie verziehen.« Regina erklärte, Broder Neunes, wie der angebliche Ackermann in Wahrheit hieß, sei ein Fischhändler aus Lübeck. Der Kanal habe ursprünglich in der Hansestadt enden sollen, statt nach Kiel zu verlaufen. Doch es war anders gekommen. Zum Nachteil seiner Heimatstadt und seines Geschäfts. Zuerst habe er wohl nur Einfluss auf die

Streckenführung nehmen wollen, als er damit keinen Erfolg hatte, habe er alles versucht, um das gesamte Projekt zu verhindern.

»Nachdem ich begriffen habe, dass er kein guter Mensch ist, bin ich ihm so weit wie möglich aus dem Weg gegangen, so wie ich es auch Ihnen geraten habe. Manchmal glaube ich, er ist so besessen von der Idee, den Kanal zu verhindern, dass er darüber den Verstand verloren hat.«

»Kann man wohl sagen.« Sanne schüttelte zornig den Kopf. »Mit seiner Sabotage am Schleusentor hätte er großen Schaden angerichtet, aber aufgehalten hätte er damit nichts. Zeichnungen für ein Gerüst verändern … wo gibt's denn so was? Wenn Sie mich fragen, war er da schon nicht mehr bei Trost.«

»Wir müssen verhindern, dass sein Plan aufgeht.« Rosario sah Regina eindringlich an. »Herr Neunes soll Herrn Vering sagen, was er getan hat, er soll wie ein Mann für seine Taten geradestehen.«

»Das tut er niemals. Er ist ein schrecklicher Feigling.« Regina sah unendlich traurig aus. Sanne hatte Mitleid mit ihr. Lag ja wohl auf der Hand, dass sie ihn mal mächtig gern gehabt haben musste. Sonst hätte sie sich doch nie im Leben vor seinen Karren spannen lassen.

»Weißt du, wo wir ihn finden können?«, fragte Benedetto sie sanft.

»Ich bin nicht sicher. Zuletzt ist er meist in einer kleinen Pension untergekommen, wenn er hier war.« Sie hob den Kopf und machte sich gerade. »Erinnerst du dich? Wir waren einmal gemeinsam dort. Ich kann euch zeigen, wo es ist«, sagte sie zu Sanne und Rosario.

Sie mussten rüber auf die andere Seite der Schleusenanlage, vorbei an der Maschinenstation. Hinter der Zementfabrik bogen sie links ab, dann die zweite rechts. Zwischen überwiegend neuen Häusern standen hier auch noch einige, die für einen baldigen Abriss bestimmt waren. Es war leicht zu erraten, welche das waren, denn niemand kümmerte sich mehr um die Pflege oder brachte gar etwas in Ordnung. So war hier ein zerbrochenes Fenster notdürftig zugenagelt, dort baumelte eine Pforte trostlos in nur noch einem Scharnier. Sanne war gewiss nicht anspruchsvoll, sie selbst lebte mit ihrer Familie schließlich in einer bescheidenen Kate. Doch hier wollte sie bestimmt nicht wohnen. Dieser Mann aus Lübeck war nicht zu beneiden. Sie betrachtete das kleine windschiefe Tor und hatte sofort wieder das manipulierte Scharnier der Schleuse vor Augen. Mitleid konnte sie für diesen Betrüger beim besten Willen nicht aufbringen. Regina deutete auf ein Eckgebäude.

»Hier ist es.«

»Bist du sicher?« Rosario sah sie fragend an. »Macht den Eindruck, als wäre es nicht bewohnt.«

In dem Augenblick hörten sie das Schlagen einer Tür.

»Hört sich allerdings ziemlich lebendig an«, meinte Benedetto.

»Da ist er!«, schrie Sanne. Der angebliche Ackermann musste sie kommen sehen haben. Offenbar war er durch den Hintereingang raus und über den Zaun aufs Nachbargrundstück geflohen.

»Die Herrschaften möchten mit dir reden«, rief Regina.

»Bleiben Sie stehen, es hat doch keinen Zweck, immer wegzulaufen. Wir wissen, was Sie getan haben«, probierte es Rosario.

»Das hast du dir so gedacht«, hörte Sanne Benedetto noch sagen, während er schon die Beine in die Hand nahm. »Wir kriegen dich, das schwöre ich dir.«

Sie rannten die Straße herunter, nur Regina blieb allein zurück. Der Flüchtende hastete über Bahnschienen und einen Wassergraben hinweg, überquerte die große Freifläche, die Handelsschiffen einmal als Lager- und Ladeplatz dienen würde. Einmal blieb er kurz stehen, drehte sich um, dann hielt er auf die Schleusenanlage zu. Wo wollte er nur hin? Ihm musste doch klar sein, dass er verloren hatte. Sanne keuchte. Der falsche Ackermann hatte das Gerüst erreicht, das über die Einfahrtsschleuse führte. Sie hörte das dumpfe Poltern, als er über die schmalen Holzbalken hetzte.

»Ach nee!«, stöhnte sie. Aber es half nichts, sie durften ihn nicht verlieren. Benedetto und Rosario waren es gewohnt, sich in dieser Höhe zu bewegen, Sanne dagegen bekam weiche Knie. Vorsichtig setzte sie einen Fuß vor den anderen. Bloß nicht runtergucken. Mit jedem Schritt gewann sie mehr Sicherheit. War trotzdem ein schönes Gefühl, auf der Mittelmauer wieder festen Boden zu spüren. Der Feigling hatte inzwischen das Gerüst in der Ausfahrtsschleuse erreicht. Dort blieb er plötzlich stehen. Sanne sah Rosario an, der hob kurz die Schultern.

»Was immer Sie im Schilde führen, Sie haben verloren.« Sanne starrte den Rücken des Mannes an. Wie lässig und freundlich er bei ihrer ersten Begegnung gewirkt hatte, davon war nichts übrig. »Die Schleuse ist so gut wie fertig, nächsten Monat geht sie in Betrieb, nächstes Jahr der komplette Kanal. Sie können nichts mehr dagegen machen. Gott sei Dank!«, fügte sie hinzu, »denn er bringt Fortschritt und Wachstum in unsere Region.« Der falsche Ackermann drehte sich zu ihnen um.

»Ihr kapiert nichts!«, brüllte er. »Fortschritt und Wachstum? Dass ich nicht lache!« Er begann zu kichern, wie jemand, der dem Irrsinn verfallen war. Sanne lief eine Gänsehaut über den Rücken. »Tod und Verderben bringt er, nichts weiter.« Mit einem Mal wich jegliche Spannung aus seinem Körper, er ließ Kopf und Schultern hängen. »Er hat mir alles weggenommen«, sagte er, ein Schluchzen schüttelte ihn. »Zuerst mein Unternehmen. Ich war erfolgreich, das könnt ihr mir glauben.« Sein leises Weinen ging gleich wieder in ein Lachen über. »Wenn Lübeck den Kanal bekommen hätte, wäre ich ein gemachter Mann gewesen. Dann hätte meine Frau mich nicht verlassen. Fässerweise haben die Schiffe in meinem Geschäft in Kappeln Hering aufgenommen, aber da fährt bald niemand mehr lang.« Er starrte in die Tiefe. Er würde doch nicht springen?

»Wie wäre es, wenn Sie das alles Herrn Vering erklären?«, schlug Sanne vor. »Er ist ein anständiger Mensch, er hat bestimmt Verständnis und wird schon nicht zu streng mit Ihnen sein. Ist doch noch nichts passiert am Schleusentor.«

»Dummes Ding!«, zischte er. »Vering ist eine seiner Marionetten. Künstliche Wasserstraße?« Er verneinte heftig, seine blonden Haare flogen und standen ihm schließlich wirr vom Kopf ab. »Er ist ein Monster. Der Kanal lebt, ein lebendiges Ungetüm ist er.« Er keuchte, Schweiß glänzte auf seiner Stirn, das Flackern in seinen Augen war beunruhigend. Er ging einen Schritt rückwärts und stieß mit dem Rücken gegen das hölzerne Geländer, das beängstigend nachgab.

»Ein technisches Meisterwerk ist es«, widersprach sie, »nichts, wovor man Angst haben müsste.« Er presste sich weiter gegen das Holz, es knackte entsetzlich. »Ist keine gute Idee, das hier zu besprechen«, begann Sanne sanft. Er rührte sich nicht. »Ihre Frau … Ist die hier in der Nähe oder in Lübeck?« Keine Antwort. Sie warf Rosario einen Blick zu und deutete zaghaft mit dem Kopf zu einer Leiter, die hinunterführte. Jemand musste auf die andere Seite des Baugerüstes gelangen, dann säße Ackermann in der Falle und sie könnten ihn mit vereinten Kräften und guten Worten zu fassen kriegen. Rosario verstand und schlich sich zu der Leiter, Benedetto stellte sich so davor, dass er Ackermann die Sicht dorthin nahm.

»Haben Sie Kinder?«, fragte Sanne. Ackermann hob den Kopf und sah sie an. Er sah schrecklich traurig aus.

»Eine Tochter.«

»Wie nett!« Sie lächelte ihn an, doch sein Gesicht wurde zu einer Fratze.

»Das Monster hat auch sie mir genommen!«

»Aber wie … was ist passiert?«

»Ich musste doch dafür sorgen, dass es ein guter Kanal wird, dass er die bestmögliche Verbindung quer durch das Land wird. Aber niemand hat auf mich gehört!«, schrie er. »Sie haben dem Ungetüm seinen Willen gelassen, also musste ich es bekämpfen.« Wieder fiel er in sich zusammen. »Ich war nicht für sie da«, wimmerte er. »Ich habe unermüdlich gekämpft. Hier. Tag und Nacht.«

»Du hast deine Frau betrogen«, hörte Sanne plötzlich Reginas Stimme hinter sich und drehte sich um. »Deshalb hat sie dich mit deiner Tochter verlassen, der Kanal trägt nicht die Schuld daran.« Da stand sie wie ein Racheengel am Ende des Gerüsts der Ausfahrtsschleuse. Ihr rotes Haar reflektierte die Sonne so heftig, dass Sanne blinzeln musste.

»Da, seht ihr, sie ist dem Monstrum auch verfallen! Sie ist seine Hexe!«

Ackermanns Stimme drang schmerzhaft schrill in Sannes Ohren, dann ein Knirschen und gleich darauf berstendes Holz, dazu der unmenschliche Schrei einer Frau und aus vollem Halse: »Vorsicht! Nicht weiter!« Zu spät. Sanne sah den Körper fallen. Er stürzte in einen Haufen Schutt. Gottlob, schoss ihr kurz durch den Sinn, seine Rettung. Holzstücke, abgebrochene Ziegelsteine, andere zusammengeschobene Reste flogen auseinander und landeten klappernd am Boden, ein Stein prallte scheppernd gegen ein Tor. Dann war Ruhe. Nichts rührte sich mehr. Das Erste, was Sanne wieder wahrnahm, war Reginas leises Schluchzen.

Plötzlich eine vertraute laute Stimme: »Nun seht euch die Schweinerei an!« Kolbe. Irritiert blickte Sanne sich um. Sie hatte nicht bemerkt, dass er und ein paar Arbeiter sich auf dem Platz zwischen Betriebshafen und Außenmauer versammelt hatten. Bei dem milden Wetter und einem für die meisten arbeitsfreien Tag hatten sie bestimmt draußen gesessen, das Geschrei musste sie angelockt haben. Die kleine Gruppe ging zur nächstgelegenen Leiter, auch Benedetto machte Anstalten, hinabzusteigen. Doch er überlegte es sich anders und kam zu Sanne.

»Soll ich dich rüberbringen?« Er legte ihr sanft eine Hand auf den Arm. Sanne verstand nicht. »Das Geländer ist gebrochen, aber das Gerüst ist in Ordnung. Du kannst unbesorgt auf die andere Seite gehen.«

»Nein, ich gehe mit dir runter zu den anderen.« Er sah kurz zu Regina herüber, die sich nicht vom Fleck gerührt hatte. »Vielleicht bleibst du lieber bei ihr«, schlug er vor.

Sanne nickte. »Hast recht.« Fix kletterte er das Gerüst hinab.

»Da ist nix mehr zu machen«, hörte Sanne jemanden unten sagen. »Is'n Fall für Mutter Ehmke.« Sanne ging auf Regina zu und begann leise mit ihr zu sprechen. »Wer soll das sein?«, fragte jemand, die Stimmen hallten aus der steinernen Grube zu ihnen herauf wie aus einer Gruft. »Na, die Totenfrau. Die sorgt dafür, dass jeder anständig unter die Erde kommt.«

Regina bebte am ganzen Körper, ihr Gesicht war nass von ihren Tränen.

»Verzeihung, wenn ich das so sage, aber … Der Mann verdient es nicht, dass Sie so um ihn weinen.« Sorgsam überlegte Sanne jedes Wort. »Nach allem, was ich von ihm weiß, war er ein Lügner und Betrüger, um den es nicht sonderlich schade ist.«

»Es ist um jeden Menschen schade«, kam leise von Regina zurück. »Jemand hätte ihn auffangen müssen.«

»Na, Sie sind gut. Auffangen! Der wäre jetzt platt wie'n Pfannekuchen! Entschuldigung.«

»Das meine ich nicht.« Sie räusperte sich. »Broder hat seinen Halt schon viel früher verloren, schon vor Jahren. Er hat alles verloren.« Sie zuckte hilflos mit den Achseln.

»Das ist kein Grund, sich so zu verhalten. Ein Freund von mir hat bei einem Feuer seine Familie und sein Elternhaus verloren. Er lebt allein in einem zugigen Schuppen und muss jeden Tag neu sehen, wie er zurechtkommt. Trotzdem tut er nichts Unrechtes. Im Gegenteil, er hilft anderen, wo er nur kann.« Sanne seufzte. »Sie selbst haben uns vor ihm gewarnt. Ich verstehe einfach nicht, warum Sie ihn jetzt trotzdem in Schutz nehmen.«

Regina sah ihr ins Gesicht. »Er ist der Vater meines Kindes.«

Herr Vering war außer sich, als er von dem Sabotageversuch erfuhr, Sanne hatte Angst, er bekäme am Ende einen Herzinfarkt. Glücklicherweise geschah das nicht, und zwei Tage nach dem schrecklichen Tod von Broder Neunes – Sanne gewöhnte sich allmählich an seinen richtigen Namen – rauschte das Wasser in die Schleusen. Rosario lief dauernd hin und her, damit ihm auch nicht die kleinste Unregelmäßigkeit entginge. Sanne stand stundenlang nur da und beobachtete, wie der Wasserstand immer höher stieg. Ein wunderbarer Anblick, genau so hatte sie sich das gewünscht!

»Na, kannst dich gar nicht sattsehen, was?« Kolbe trat zu ihr.

»Nee, ist einfach zu schön!«

»Geht mir genauso.« Sie staunte. »Ich kann mich auch nicht sattsehen.« Er sah sie an. Für die Schleusen hatte er keinen Blick.

»Also ehrlich!« Sie wandte sich von ihm ab.

»Gehen wir mal zusammen zu Busch, etwas trinken? Jetzt, wo hier bald alles fertig ist, hast du doch nichts mehr zu tun. Ich würde dich vielleicht sogar zum Essen einladen. Ist bald Grünkohlzeit.«

»Erstens, Andreas Kolbe, habe ich immer etwas zu tun. Und zweitens muss der Kohl erst Frost kriegen. Da kannst du noch lange drauf warten.«

Sanne war seltsam zumute. Zum einen hatte sie wahrhaftig einiges um die Ohren. Es war Erntezeit für viele Gemüsesorten, zusammen mit ihren Geschwistern ging sie auf die Felder, half hier und da, um dafür ein paar unansehnliche Rüben zu ergattern. Mit Mutter band sie Kräuter und hängte sie zum Trocknen auf. Und die Wäsche machte sich auch nicht von allein. Von morgens bis abends stand Sanne in der Waschküche, wartete, bis das Wasser im Bottich endlich kochte und rührte anschließend mit dem Holzstock Laken, Hosen und Hemden, bis sie sauber waren. Mit den Gedanken war sie dabei stets am Kanal. Und bei den Männern, die Freunde geworden waren. In diesem Winter würden sie alle nach Hause gehen. Ob sie noch einmal zurückkehrten? Wie in Kiel und überall auf den fast hundert Kilometern gab es auch auf der Brunsbütteler Seite noch einiges zu erledigen, allerdings wurden dafür längst nicht mehr Hunderte Arbeiter gebraucht. Schon jetzt wurden in der Zeitung Betten und Schränke aus den Baracken und weitere Haushaltsgegenstände, die bald überflüssig sein würden, zu günstigen Preisen angepriesen. Ihr wurde das Herz schwer. Gleichzeitig fieberte sie dem Oktober entgegen, wenn die Verbindung zur Elbe geschaffen und die Schleuse eingeweiht werden sollte. Sooft es ging, lief sie im Oktober die Chaussee nach Brunsbüttelkoog und weiter Richtung Elbe. Stück für Stück wurde der alte Elbdeich abgetragen. Am 25. Oktober war es so weit. Der Bagger *Brunsbüttel* vollzog den Durchstich. Welch ein unglaublicher Gedanke: Ab sofort floss Wasser von der Elbe durch ihre Schleuse und weiter bis in die Ostsee! Eine Verbindung von größter wirtschaftlicher und militärischer Bedeutung war nach Jahren der Planung geschaffen, und Sanne hatte einen ziemlich wichtigen Anteil daran.

»Eigentlich ist unsere Schleuse damit in Betrieb«, sagte sie zu Rosario, der sie am Abend besuchte. Sie schlenderten ein Stück die Straße herunter, um die beiden Lütten nicht zu stören, die schon in ihren Betten lagen, und vor den neugierigen Blicken ihrer Eltern sicher zu sein.

»Du bist zu ungeduldig.« Er lachte. »Übermorgen ist erst die Einweihung, dann geht sie in den Betrieb. Apropos …«

»Nein, nein, nein, dann wird das erste Schiff hindurchfahren«, widersprach sie. »Aber schon jetzt erfüllt sie ihre Aufgabe und schützt das Umland vor Überschwemmung.«

»Du hast recht, sie muss bereits den fehlenden Deich ersetzen, aber ihr eigentlicher Zweck … Ach was, das spielt keine Rolle. Übermorgen ist der offizielle Anfang und das große Fest.«

»Ich weiß. Vater ist als verantwortlicher Gerüstbauer eingeladen. Er ist extra von seiner Eisenbrücke nach Hause gekommen, um mit Mutter daran teilzunehmen. Seit Tagen spricht sie von nichts anderem als davon, dass sie nichts Passendes zum Anziehen hat.«

»Und du? Hast du schon dein Kleid ausgesucht?«

Sanne lachte auf. Natürlich wäre sie sehr gern dabei gewesen, es war ungerecht, dass nur Männer geladen waren. Sie hatte keinen geringen Anteil zum Gelingen beigetragen und würde die Feier verpassen, weil sie eine Frau war. Die Gattinnen der Ingenieure und Bauunternehmer dagegen, die keinen Schimmer von der Planung oder vom Schaufeln, Stapeln, Abdichten hatten, durften den Abend genießen, das war einfach nicht gerecht.

»Die Einladung gilt nicht für die ganze Familie«, sagte sie traurig.

»Das nicht. Aber es sind alle Herren, die mit dem Bau in direkter Verbindung stehen, eingeladen und gebeten, ihre Damen mitzubringen«, zitierte er feierlich. »Du kannst mich also begleiten, ganz offiziell.« Rosario strahlte sie an.

»Ist das dein Ernst, du würdest mich mitnehmen?«

»Selbstverständlich! Du gehörst mehr dazu als jede andere.« Er lächelte verlegen. »Und du gehörst doch zu mir? Ein bisschen?«

»Ich denke schon.« Jetzt war aber mal Schluss mit dem Zögern und Zweifeln. Kolbe hatte sie gereizt. Na und? Was sie für Rosario empfand, war viel größer und wertvoller. »Ja, ich gehöre zu dir«, sagte sie. Er lachte erleichtert.

»O Sanne, das ist noch schöner als die fertige Schleuse!« Er nahm sie in den Arm und hielt sie ein paar Atemzüge fest. »Und ich werde das offiziell mache, gleich nach dem Fest, damit alle Bescheid wisse!«, sagte er, als er sie wieder frei gab. Seine Wangen leuchteten.

Sanne war glücklich. Ein wohliges Gefühl durchströmte sie wie in den seltenen Momenten, wenn sie nach harter körperlicher Arbeit ein warmes Bad nehmen, sich hinterher in eine warme Decke hüllen und die müden Glieder ausstrecken durfte. Sogar ein zartes angenehmes Kitzeln war da in ihr. Im nächsten Moment der Schreck: Plötzlich ging es ihr wie Mutter, Sanne wünschte, sie hätte ein paar Tage mehr Zeit, um sich Stoff zu beschaffen und ein Kleid zu nähen. Doch daran war nicht mehr zu denken. Rosario reichte ihr einen Umschlag.

»Bekomme ich die Einladung sogar schriftlich?«, fragte sie.

»Nein.« Sie konnte sehen, wie er schluckte. »Sanne, ohne dich wäre ich schon in den ersten Wochen … wie sagt ihr? Aufgeflogen. Außerdem hätte ich mich schrecklich einsam gefühlt. Aber das ist der Mann Rosario, der das fühlt. Der Steinmetz und Sprengmeister und verrückterweise auch Schleusenbauer ist dir dankbar, dass du für ihn gerechnet und gezeichnet hast, dass dir Fehler aufgefallen sind und du dich getraut hast, sie zu berichtigen. Das war sehr mutig von dir, Sanne.« Sie setzte zu einer Erwiderung an, doch er ließ sie nicht zu Wort kommen. »Wie oft sind dir die Augen zugefallen, wenn du bei mir am Tisch gesessen hast. Einmal bist du sogar über deinem Lineal und deinem Zirkel eingeschlafen. Du hast hier deine Arbeit gemacht«, er deutete mit dem Kopf auf den kleinen Garten und das Häuschen, über die sich bereits die Dunkelheit ausbreitete, »und du hast einen Teil meiner Arbeit erledigt. Ich habe anständig verdient, aber du hast keinen Pfennig bekommen.« Ihr wurde heiß, denn sie begriff, was in diesem Umschlag war. »Ich habe gespart, Sanne, das habe ich immer gemacht. Dieses Mal war es falsch. Ich hätte dir immer einen Teil abgeben müssen.«

»Aber das hast du doch«, wandte sie halbherzig ein, »hier und da.«

»Das war dafür, dass du auch noch meine Hemden ausgebessert und manchmal meine Wäsche gemacht hast. Das hat dir zugestanden. Für die viel schwerere Arbeit hast du nichts bekommen, bitte verzeih mir!«

Kein Taschengeld, sondern das erste richtige Geld, das sie selbst verdient hatte! Auch am nächsten Morgen war es Sanne noch ein bisschen peinlich, es ausgerechnet von Rosario bekommen zu haben. Andererseits hatte er doch recht, er war zum Teil für ihre Leistung bezahlt worden. Nachdem alle ihren Frühstücksbrei gegessen hatten, hakte sich Sanne übermütig bei ihrer Mutter unter.

»Komm, wir gehen in die Modehandlung an der Chaussee und suchen uns zwei schöne Kleider für morgen Abend aus.«

»Hast du etwa getrunken, Sanne, am helllichten Tag?«

»Aber nein!« Sie lachte und sah sich um, aber Vater war unterwegs, die Geschwister waren ebenfalls beschäftigt. »Ich habe gestern meinen Lohn bekommen für meine Mitarbeit an der Schleuse«, flüsterte sie verschwörerisch. »Dafür gönnen wir uns was Hübsches, damit wir auf der Eröffnungsfeier nicht unangenehm auffallen. Bleibt noch genug übrig, um Speck, Getreide und andere Vorräte zu kaufen«, versicherte sie ihr.

»Und was sagen wir deinem Vater, wieso wir uns plötzlich 'ne neue Garderobe leisten können?«

»Wir erzählen ihm einfach, die Kleider sind nur geliehen. Oder wir konnten sie günstig von 'ner Bauersfrau bekommen. Er ist ein Mann, er glaubt uns das.« Sanne griente.

Ihre Mutter sträubte sich noch ein wenig, Sanne habe sich den Lohn redlich verdient, sie solle ihn auch für sich behalten und etwas Vernünftiges damit anstellen. Schließlich gab sie doch nach und war von dem Moment an vollkommen aus dem Häuschen vor Freude. Das Leben war durch und durch wunderbar. Die Schleuse war fertiggestellt, all der Kummer, all die Ängste, die sie hatte ausstehen müssen, und die Heimlichkeiten gehörten der Vergangenheit an.

Am Morgen des großen Tages ging Sanne in aller Frühe noch rasch allein auf den Markt. Sie wollte mit einer prall gefüllten Erdmiete und ebensolcher Speisekammer in den Winter gehen. Und ein eigener Räucherofen wäre auch eine feine Sache. Wenigstens mal nach dem Preis fragen wollte sie, das kostete schließlich nichts. Außerdem brauchten Mutter und sie noch Blumen fürs Haar. Und wo Sanne schon mal unterwegs war, kaufte sie sich ein Tintenfass. Der Füllfederhalter von Vering war ihr Schatz, sie würde ihn hüten und schonen, doch sie wollte ihn ab und zu natürlich auch benutzen können. Gerade war sie an der Jakobuskirche vorbei, als Kolbe sie beinahe umgerannt hätte.

»Meine Güte, kannst du nicht aufpassen? Hast wohl nichts Besseres zu tun, als arglose Passanten zu erschrecken.«

»Tja, auch wir armen schwer schuftenden Arbeiter haben mal frei.«

»Hätte ich mir denken können, ist nicht mehr viel zu tun, was?«

»Von wegen! Beim Probelauf gestern, bei dem wir anständig jubeln und klatschen sollten, ist doch glatt eine Maschinenwelle gebrochen. Ein Tor ließ sich dadurch nicht bewegen.« Sanne sog scharf die Luft ein. »Ich dachte schon, der Ackermann hatte auch da seine schmutzigen Finger drin. Hätte doch sein können, dass er noch an einer anderen Stelle rumgefummelt hat. War aber nicht so, angeblich hat jemand das Schleusentor unvorsichtig geöffnet.« Er zuckte mit den Achseln. »Was immer das auch bedeuten soll. Da mussten natürlich sofort ein paar der Jungs ran und die gebrochene Welle austauschen. Soll ja alles klappen, wenn die feinen Pinkel nachher in die Schleuse reinschippern und wieder raus.«

»Feine Leute sind das, da hast du recht.« Er verdrehte die Augen. »Wirklich, Andreas Kolbe, es gibt keinen Grund, schlecht über sie zu reden. Geheimrat Fülscher und Geheimrat Loewe zum Beispiel und auch der Herr Dahlström. Die werden sicher nachher dabei sein und haben es auch verdient. Mensch, was gab es allein an unserer Schleuse alles zu bedenken und zu berücksichtigen. Stell dir mal vor, die müssen sich um den gesamten Kanal kümmern, um jede Schleuse, jede Brücke, die Böschungen, Radien der Kurven …«

»Ja, ja, ist ja gut.«

»Es geht nicht in deinen Kopf, wie anspruchsvoll die Aufgabe der Herren ist, und wie viel Verantwortung auf ihren Schultern liegt, oder?«

»Ich meine ja nur, dass die so viel bedenken und überlegen können, wie sie wollen, wenn's am Ende keiner ordentlich macht, ist es Essig mit ihrem schönen Kanal.«

»Da ist was dran«, musste sie zugeben.

»Alle sind wichtig, mehr sage ich nicht. Darum ist es ungerecht, dass den einen Zucker in den Hintern geblasen wird, während unsereins froh sein kann, wenn's mal'n Bier umsonst gibt.« Ein breites Grinsen erschien auf seinen Lippen. »Über die Feier gestern Abend will ich mich nicht beklagen. Da gab's mehr als ein Bier.«

»Dann hattet ihr wohl Spaß, was?«

Sie gingen flott den Kirchweg entlang, Kolbe nahm ihr sogar einen Korb ab.

»Ab Nachmittag hatten wir schon frei, damit wir uns noch mal hübsch anziehen und kämmen können.« Er lachte. »Die hatten lange Tafeln aufgebaut, sogar 'n büschen geschmückt und Servietten hingelegt. Gab 'ne Suppe vorneweg und dann Braten. Zwei Sorten! Und Bier nach Belieben«, sagte er geziert.

Also jede Menge, das konnte sie sich vorstellen.

»In der Handwerkerbaracke soll Herr Vering höchstpersönlich ein Hoch auf den Kaiser ausgebracht haben.« Seine Miene verriet, was er davon hielt. »Bei uns hat er nur kurz reingeguckt und war gleich wieder weg. Einfache Erdarbeiter sind wohl kein Umgang für ihn.« Sanne stöhnte. »Aber wir haben den Kaiser natürlich auch brav hochleben lassen. Und seine Garderobe, die er am Tag dreimal wechselt wie seine Meinung.« Sie schüttelte den Kopf. »Schon gut, auch das Repräsentieren eines Landes ist sicher eine anspruchsvolle Aufgabe. Der arme Kerl hat sie sich nicht ausgesucht und muss sie trotzdem erledigen. Er kann eben nichts anderes«, fügte er hinzu.

Von der Dekoration der Handwerkerbaracke mit Tannengrün und Fähnchen konnte Sanne sich zwei Stunden später selbst überzeugen. Dort wurde den geladenen Gästen Suppe mit Butterbrot und dazu Portwein serviert. Auf den Schnaps verzichtete Sanne lieber. Ein frischer Nordwest brachte die Flaggen zum Knallen, die draußen überall aufgehängt waren. So ein Glück, dass das Wetter es gut mit der Schleuse meinte, Sanne hatte Sturm befürchtet, so wie die Wolken noch am Vortag ausgesehen hatten, doch es schien sogar die Sonne. Von der Kälte spürte sie vor Aufregung sowieso nichts. Nur einmal lief ein Frösteln durch ihren Körper, als alle am Ende der Einfahrtsschleuse Aufstellung nahmen. Sofort hatte sie wieder die Bilder von Broder Neunes vor Augen, wie er das Gerüstgeländer durchbrochen hatte und in die Tiefe gestürzt war. Rosario drückte ihre Hand.

»Alles in Ordnung? Ist dir kalt?«

»Nein, alles bestens.« Sie lächelte ihn an.

»Da, sieh' nur!« Er deutete zur Elbe, wo sich elegant der Dampfer *Blankenese* näherte, dahinter der Schlepper *Expedient*. Atemlos verfolgte Sanne, wie die *Blankenese* zwischen den beiden Molen einbog und die recht schmale neue Deichöffnung passierte.

»Genau in der Mitte«, murmelte sie voller Bewunderung für das Können des Kapitäns. Einige Schaulustige hatten sich am Ufer versammelt, darunter entdeckte Sanne auch Henrico, Benedetto und Daniele, der eifrig winkte. Sie und die anderen Zaungäste brachen in Jubel aus, gleichzeitig begann eine Kapelle die Kaiserhymne zu spielen. Feierlich war das, etwas ganz Besonderes. Und sie, Sanne Schmidt, die Tochter eines einfachen Zimmermanns, stand mitten unter den Ehrengästen! Nur einen Schritt von ihr entfernt ihre Eltern. Auch Vater war dabei, wenn auch nicht als Schleusenbauer, Hauptsache, er war da. Einem Impuls folgend, hakte sie sich bei Rosario ein und schmiegte sich an ihn. Er sah sehr glücklich aus. Dann war es so weit, das Außentor öffnete sich, beide Schiffe fuhren in die Schleuse ein und machten an der Mittelmauer fest. Die bedeutendsten Personen würden dort an Bord gehen und mussten dafür zunächst den Steg über die Fluttore nehmen. Unter ihnen war natürlich auch Herr Vering, der kurz zu Sanne und Rosario und zu Sannes Eltern trat.

»Sie müssen platzen vor Stolz, mein Lieber,« sagte Herr Vering zu Vater.

»Danke, sehr verehrter Herr Vering, aber das ist zu viel des Lobs. Nun ja, ein Gerüst in der Größe ist keine Kleinigkeit, aber es ist eine Selbstverständlichkeit, dass ich mein Handwerk beherrsche.«

»Das meine ich nicht. Entschuldigung, Sie haben in der Tat eine sehr gute Arbeit abgeliefert. Ich dachte allerdings eher an ihren väterlichen Stolz.« Sanne glaubte, sich verhört zu haben. Ihrem Vater ging es anscheinend ähnlich.

»Ich verstehe nicht …«

»Nun, hätte Ihre Tochter nicht so sorgfältig Pläne gezeichnet und jede Zahl dreimal überprüft, dann wäre womöglich nicht aufgefallen, dass jemand sich böse verrechnet hatte. Oder es wäre zu spät ans Licht gekommen. Wer weiß, vielleicht hat sie sogar verhindert, dass das schöne Brunsbüttel überflutet worden wäre. Wasser ist schwer zu beherrschen. Hätten wir eine fehlerhafte Schleuse abgeliefert ...«

»... wären wir alle abgesoffen«, beendete ihr Vater den Satz für ihn und sah mit einem Schlag blass aus. Dann kehrte Farbe zurück in seine Wangen. »Davon wusste ich nichts. Was auch immer sie getan hat, ist hinter meinem Rücken geschehen.«

Vering lachte. »Wie damals, als sie mir Ihre Bewerbung geschickt hat. Hätte ich mir denken können.« Er blickte hinüber zu den Schiffen, fast alle waren bereits an Bord der *Blankenese* gegangen. »Jetzt muss ich aber los, sonst verpasse ich noch die Fahrt.« Er hob die Hand zum Gruß, eilte zur Mittelmauer und stieg ein. Sanne machte sich auf eine Standpauke gefasst. Sollte sie ruhig kommen. Das Lob von Vering wog so viel schwerer, nichts konnte ihre Laune mehr verderben. Sie sah ihre Eltern an. Mutter strahlte wie ein Honigkuchenpferd, Vater lächelte und schüttelte sacht den Kopf.

Der Wasserstand in der Schleuse war inzwischen dem des Binnenhafens angeglichen worden, das Binnentor öffnete sich, und die Schiffe fuhren in den Hafen und damit in den Kanal ein. Wieder gab es Beifallsrufe und Applaus. Dampfer und Schlepper wendeten gemächlich und durchliefen noch einmal die Prozedur des Schleusens, die wiederum reibungslos vonstattenging.

»Alles hat geklappt, nicht der kleinste Fehler!« Rosario war vollkommen aus dem Häuschen. Sanne sah den beiden Schiffen nach, die auf der Elbe immer kleiner wurden. Wie gern wäre sie mit an Bord gewesen, aber sie wollte nicht zu viel verlangen. Dieses Vergnügen war den Bauraten, den Beamten und Unterbeamten vorbehalten. Auf Rosario und sie wartete eine Feier mit Musik und Essen in der Handwerkerbaracke. Es gab Wein und Bier, sie tanzten ausgelassen bis in die Nacht. Sanne fragte sich, ob er ihre Eltern noch an diesem Abend um ihre Hand bitten würde, doch sie verabschiedeten sich irgendwann, und Rosario bat sie nicht, noch auf ein Wort zu bleiben. Wahrscheinlich hatte er sich für diesen wichtigen Augenblick einen besonderen Rahmen überlegt. Als es Zeit war, nach Hause zu gehen, holte er ihren Mantel. Schweigend erreichten sie die Koogstraße.

»Nun ist die Arbeit hier bald beendet«, begann er plötzlich. »Ich muss mich um die Zukunft kümmern.« Sanne hielt die Luft an. Bisher hatte er das Wort Heiraten nie direkt in den Mund genommen. »Daniele hat mir etwas sehr Interessantes erzählt.« Sie sah ihn überrascht an, unterbrach ihn aber nicht. »Kennst du Hameln?«

»Nein.« Ihr wurde mulmig.

»Es ist nicht weit weg von Hildesheim und soll sehr hübsch sein. Ein bisschen hügeliger, nicht so platt wie hier.« Er lachte. Sanne war nicht mehr fröhlich zumute. »Jedenfalls wird dort in der Nähe ein Eisenbahntunnel gebaut. Damit kenne ich mich aus. Daniele meint, die brauchen da Leute. Wir könnten zusammen hingehen.« Sie dachte schon, er sprach von ihnen beiden und würde sie nun fragen, ob sie mit ihm gehen würde. Irrtum. »Wir Halunken vom Gottardo könnten wieder zusammen arbeiten, Daniele, Henrico, Benedetto und ich. Wäre das nicht schön?«

»Ja, hört sich nett an«, sagte sie leise. Von wegen, er würde offiziell machen, dass sie zusammengehörten, gar vom Heiraten sprechen. Einfach verschwinden wollte er! Wie konnte er ihr das antun? Wie hatte sie sich nur so in ihm täuschen können?

Kapitel 26
Mimi

Brunsbüttel, Oktober 1894

Die letzten Wochen waren seltsam gewesen. Kurz bevor die Schleusenbecken mit Wasser gefüllt werden sollten, war ein Mann von einer Mauer hinab in den Tod gestürzt. Mimi verstand die Zusammenhänge nicht und fragte auch nicht nach. Doch so viel war klar: Der Tod des Mannes hatte Regina bis ins Mark getroffen. Regina war eine rätselhafte Person. Nach Rücksprache mit dem Verwalter der Baracke hatte Mimi eine einjährige Ausbildung in der Küche beginnen dürfen. Regina hatte dort das Sagen. Sie war vollkommen anders, als sich Mimi eine Köchin an diesem Ort vorgestellt hatte, viel feiner, mit einer Ausdrucksweise, die ein gutes Elternhaus verriet. Regina gab nicht viel von sich preis. Dass sie eine Tochter hatte, wusste Mimi natürlich, und dass sie darüber hinaus niemanden zu haben schien, jedenfalls keine Familie. Mit Engelsgeduld erklärte sie Mimi, was sie wusste, und blühte an den Tagen auf, an denen sie neben ihrer eigentlichen Arbeit auch noch raus zur Baustelle ging, um die Männer zu versorgen, zum Beispiel mal eine Wunde zu behandeln. Nach dem tödlichen Unfall an der Schleuse hatte Regina unter Schock gestanden und Mimi sich alle Mühe gegeben, ihr so viel Arbeit wie nur möglich abzunehmen. Dummerweise gab es gerade jetzt besonders viel zu tun. Vor der offiziellen Eröffnungsfeier sollte es ein Fest für die Arbeiter geben. Zweierlei Braten standen auf der Speisekarte. Regina, Bente und sie hätten mehr helfende Hände gebraucht. Der Barackenverwalter bat seine Frau, den dreien ein wenig unter die Arme zu greifen, aber die dachte nicht daran.

»Ich denke, die rote Hexe kann alles besser. Ich will ihr nicht im Weg stehen oder am Ende womöglich ihre Speisen versalzen«, hatte sie schnippisch erklärt. Die drei Frauen mussten es eben allein schaffen.

Einen Abend später war die Eröffnung mit Ehrengästen geplant, zu denen natürlich auch Mimis Vater gehörte. Er würde sie bei der Gelegenheit mit nach Hause nehmen, dann wäre ihre Zeit hier in Brunsbüttel vorbei. Wie schnell alles gegangen war. Sie fragte sich, ob sie Regina, Ina, Ludwig und die anderen je wiedersehen würde. Mimi freute sich auf zu Hause, auf ihre Geschwister und ganz besonders natürlich auf Paul, der bald seinen zehnten Geburtstag feiern würde. Sie freute sich darauf, das Erlernte mit Else in der Kochschule zu verfeinern und anschließend einen Nähkurs zu besuchen. Doch die Vorstellung, es könnte ein Abschied für immer sein, bedrückte sie. Vor allem Regina war ihr ans Herz gewachsen.

»Na, Marjellchen, was träumst vor dich hin?«

Mimi erschrak. Sie musste feststellen, dass sie wirklich tief in Gedanken gewesen war, sonst hätte sie Ludwig doch kommen hören.

»Ich träume, die Feier wäre schon geschafft, alle wären satt geworden, und es hätte geschmeckt. Dann wäre ich erleichtert.« Sie warf ihren Zopf auf den Rücken, schnaufte und lachte.

»Dein Wunsch ist schneller erfüllt, als es dir am Ende lieb ist, wirst sehen.« Sein buschiger Oberlippenbart geriet in Bewegung, ein sicheres Zeichen, dass er über etwas nachdachte. »Soll ich dir sagen, was ich mir wünsche?« Sie legte erwartungsvoll den Kopf schief.

»Mein Schnapsje ist fertig. Nu brauche ich einen kleinen Vers oder so was. Weißt, das ist bei Seeleuten doch Brauch, dass sie ein Sprüchlein aufsagen, ehe sie einen zur Brust nehmen.«

»Ich habe früher gern Gedichte geschrieben«, sprudelte Mimi los. »Allerdings nicht solche, also, ich meine, ich habe noch nie einen Trinkspruch verfasst.« Sie überlegte. »Wer eine Festhymne für Bismarck schreiben kann, wird wohl auch eine für einen Schnaps hinkriegen, oder?« Er machte große Augen.

»Herrgottche, nee, du hast was für'n Bismarck gedichtet? Und du würdest dir was für mein Gebräu ausdenken?« Er strahlte so sehr, dass sich die Fältchen rund um seine Augen tief in die Haut gruben.

Mimi dagegen bereute ihre vorschnelle Zusage gleich wieder. Sie musste noch die Knochen auslösen und daraus einen Fond für die Soße ansetzen. Von den vielen Brotlaiben, die geformt werden mussten, nicht zu reden. Aber versprochen war nun mal versprochen.

Zur Mittagszeit des 26. Oktobers kehrten die Erdarbeiter von ihrer Schicht zurück. Es gab geschmierte Stullen. Danach gingen die Männer nicht zurück an ihre Arbeit, sondern hatten ausnahmsweise frei. Sie brauchten ihre Mahlzeit also nicht herunterschlingen wie sonst, um sich wenigstens noch kurz auf ihrer Pritsche auszuruhen. Regina hatte Mimi einmal erzählt, dass die Männer, die zu weit weg von den Baracken schufteten, sich ihre Verpflegung mit zur Baustelle nahmen und erst am Abend warmes Essen bekamen.

»Sie sind oft so erschöpft, dass sie sich kreuz und quer nebeneinander in den Sand legen und sofort einschlafen«, hatte sie gesagt und den Kopf geschüttelt. »Mancher nickt schon ein, während er noch isst, und das Brot rutscht ihm einfach aus der Hand.«

Seite an Seite wirbelten sie, nachdem die Männer den Speiseraum verlassen hatten. Sie polierten das Besteck, deckten alle Plätze mit Servietten ein, legten grüne Zweige auf die Tische und hängten weitere an die Wände. Dann schnitten sie Gemüse, schmeckten die

Suppe ab, rührten die Soßen. Alles musste gleichzeitig fertig sein. Mimi, Bente und Regina arbeiteten Hand in Hand wie die Rädchen eines Uhrwerks, die ineinandergriffen. Schließlich war es so weit, das Stimmengewirr schwoll an. Die Arbeiter nahmen Platz, der Verwalter der Baracke und ein Herr von der Kaiserlichen Kanalkommission hielten kurze Ansprachen, dann ging es los. Mimi konnte inzwischen sechs Teller auf einmal tragen, wenn sie jeweils einen auf die Unterarme stellte. Regina füllte auf, Mimi und Bente rannten. Bei der Hauptspeise machten sie es umgekehrt.

»Die Teller mit Braten, Kartoffel und Gemüse sind schwerer«, flüsterte ihr Regina zu. »Ich habe die längere Übung, also übernehme ich das.«

Mimi war ihr sehr dankbar, sie kam trotzdem kräftig ins Schwitzen, denn ehe sie sechs Portionen angerichtet hatte, waren Regina oder Bente längst zurück. Es war harte Arbeit, aber Mimi machte es Freude. Das hier war nützlicher, als vor vermeintlich klugen Zuhörern Gedichte vorzutragen. Mimi stellte sich vor, sie würde hier zum Nachtisch Verse vorlesen. Was die Männer wohl davon gehalten hätten? Bei dem Gedanken hätte sie beinahe laut gelacht. Im nächsten Augenblick blieb ihr das Lachen im Halse stecken, denn all diese Männer würden ihren Trinkspruch ja wirklich zu hören bekommen.

»Es scheint ihnen zu schmecken«, stellte Regina fest, als der letzte Teller serviert worden war.

»Vor allem das Bier.« Mimis Augenbrauen hüpften. »Noch kauen sie alle friedlich. Ich möchte mir nicht ausmalen, was gleich los sein wird, wenn sie aufgegessen haben.«

Ihre Befürchtung bewahrheitete sich, es wurde von Sekunde zu Sekunde immer lauter. Die Männer genossen die verdiente Erholung und das Freibier ausgiebig, sie lachten und johlten. Und was war es für ein Radau, als Ludwig ankündigte, es gebe noch einen Schnaps für jeden.

»Einen nur?«, rief ein Mann, der Mimi schon öfter aufgefallen war. Er war eher klein, wirkte sogar beinahe schmächtig, hatte aber überraschend ausgeprägte Muskeln. Die hatte sie einmal zu sehen bekommen, als ein Hüne ihn zum Armdrücken herausgefordert und im wahrsten Sinn des Wortes im Handumdrehen verloren hatte.

»Ich würde auch mehr vertragen.«

»Nimm den Mund bloß nicht zu voll!«, rief einer.

»Warum denn nicht? Wenn das Gesöff nur halb so gut schmeckt wie mein selbst gebrannter Waldmeister, nehme ich ihn gern sehr voll.« Der kleine Kräftige blähte die Wangen auf.

»Na, das ist kein Kunststück«, brüllte einer und machte ein würgendes Geräusch. Die Männer lachten und schlugen sich auf die Schenkel. Unterdessen verteilten Regina und Bente bereits kleine Gläser, Ludwig ging herum und schenkte ein.

»Ihr wartet, bis alle was haben, ehe ihr trinkt, ist das klar? Wenn ich einen erwische, der seinen Schnaps schon kippt, werfe ich den eigenhändig in die Schleusenkammer.«

Mimi schmunzelte. Ludwig mochte schon an die vierzig sein, aber er schuftete wie ein junger Kerl und genoss dafür einen gewissen Respekt. Nachdem er alle Gläser gefüllt hatte, stieg er auf einen Stuhl. Er schwankte kurz, doch dann hatte er sein Gleichgewicht gefunden. Mimi wusste, was nun kam, und zog sich in die Küche zurück. Von dort beobachtete sie das Spektakel.

Ludwig erhob die Stimme: »Ein Kanal durchs ganze Land, geschaffen auch von unserer Hand. Er verbindet Ost und West, die Schleusen und Brücken, sie stehen fest. Nun wollen wir ihm diesen Geist hier spenden, um Unheil von ihm abzuwenden.« Es war kein Mucks zu hören. Andächtig lauschten sie alle, als Ludwig sein Glas hoch über seinen Kopf hob. Die Männer verstanden und taten es ihm nach.

»Stärke …«, er führte den Schnaps an seine Stirn, »… ein wacher Geist, …«, Hand und Glas wanderten an sein Herz, »… und Leidenschaft sollen uns stets begleiten. Auch durch diesen Abend!« Er zwinkerte fröhlich. »Prost!«

»Prost«, tönte es von beinahe hundert Stimmen zurück.

»Ein Hoch auf Ludwig und seinen Kanalgeist!«, rief jemand.

»Ein Hoch auf Nachschlag«, schrie ein anderer.

»Seit wann kannst du so gut dichten, Ludwig?«, wollte ein Dritter wissen.

»Das war ich nicht.« Ludwig sah sich um, Mimi trat einen Schritt zurück in die Küche. Er kletterte von seinem Stuhl herunter. »Ich habe das Gefühl, das Marjellchen, dem wir die Zeilen zu verdanken haben, ist ein wenig schüchtern.«

Damit war für die Männer der Fall erledigt, sie schenkten sich Bier ein und kümmerten sich nicht mehr um Mimi.

Nachdem endlich alles sauber und aufgeräumt war, konnten sie Feierabend machen. Bente verabschiedete sich, auch Mimi wollte nur noch in ihr Bett.

»Danke für deine Hilfe, Mimi!« Regina lächelte, ihre Wangen hatten einen rosigen Schimmer. Sie sah aus, als könne sie noch Bäume ausreißen. »Damit meine ich nicht nur heute Abend. Du warst mir das ganze Jahr über eine wirklich große Unterstützung.«

»Na, na, soll man etwa lügen?« Mimi lachte. »In den ersten Wochen habe ich dir vor allem im Weg gestanden, fürchte ich.«

»Ganz und gar nicht«, widersprach Regina. »Du hast dich vom ersten Moment an gut angestellt. Du kannst stolz auf dich sein. In den letzten Tagen hätte ich ohne dich nicht gewusst, wie ich die Männer hätte versorgen sollen.« Sie holte tief Luft. »Du weißt ja, dass ich mit Benedetto befreundet bin. Es hat nichts zu bedeuten, es ist nur Freundschaft«, sagte sie schnell und sah traurig aus. »Meistens sage ich ab, wenn er mich einlädt, mit den anderen Italienern zusammen zu sein. Aber es ist doch dein letzter Abend. Sie setzen in der Schlafbaracke das Fest noch ein wenig fort und würden sich freuen, wenn wir auch dabei wären.« Mimi wollte dankend ablehnen, doch Regina war schneller: »Es sind anständige Männer.« Sie zwinkerte verschmitzt, das war untypisch für sie. »Und sie machen Musik, es könnte nett werden. Also?«

»Die schönsten Opern stammen aus Italien. Wie könnte ich mir diese Gelegenheit entgehen lassen?«

Opernarien waren es nicht, die leise zu hören waren, als die beiden Frauen das Verwaltungsgebäude mit Küche und Speiseraum verließen. Benedetto und seine Freunde, die Regina als Henrico und Daniele vorstellte, sangen Volkslieder, Rosario spielte dazu auf der Mundharmonika. Mimi hatte ihn zum ersten Mal gesehen, als sie mit Vater und Else im Sommer vor einem Jahr an der Besichtigungstour der Baustelle teilgenommen hatte. Sie musste lächeln. Wenn ihr jemand gesagt hätte, sie würde einmal mit ihm und einigen Arbeitern in einem kleinen Raum feiern, in dem es nichts gab außer vier Betten und dazwischen einen Ofen, an dem vorbei man durch einen breiten Spalt in der Bretterwand in den nächsten Raum gucken konnte, in dem wiederum vier Pritschen standen, sie hätte denjenigen schön ausgelacht. Bei den Italienern war auch der Mann, der Mimi als ebenso vorlaut wie kräftig aufgefallen war.

»Sieh einer an, die Küchenhilfe!« Seine grauen Augen blitzten vorwitzig. »Ich habe dich schon öfter beobachtet. Bist ein bisschen schüchtern, was?«

»Wahrscheinlich ist sie dir einfach nur aus dem Weg gegangen«, meinte Benedetto. »Sie ist eben schlau.«

»Nein, nein, mit mir hat das nichts zu tun«, behauptete der Meister im Armdrücken. »Sie versteckt sich vor allen wie ein Mäuschen. Vorhin wieder, als es um den Kanalgeist ging.«

Auch Henrico wollte ihr offensichtlich zur Seite springen, er setzte zu einem Kommentar an, doch das war nicht nötig.

»Schon in Ordnung«, sagte Mimi. »So schrecklich schüchtern bin ich nicht. Ich weiß nur, wann und wo ich etwas zu sagen habe.« Der Mann zog überrascht die Augenbrauen hoch, die anderen feixten. »Übrigens bin ich keine Küchenhilfe, sondern habe hier eine Ausbildung gemacht. Das ist ein Unterschied, denke ich.«

»Oho.« Er streckte ihr die Hand hin. »Andreas Kolbe.« Sie ergriff seine Hand.

»Mimi Dahlström.« Daniele prustete einen Schluck Bier quer durch den Raum, den anderen verging das Lachen. Sie starrten sie an wie eine Erscheinung. »Ich freue mich auch, Sie alle kennenzulernen.«

»Du hast uns nie verraten, dass sie Kanalströms Tochter ist«, beschwerte sich Benedetto leise.

»Das ist eine Überraschung!«, sagte Rosario. »Die Freude ist auf unserer Seite!« Er strahlte sie an und Mimi war glücklich, Reginas Einladung angenommen zu haben.

Es gab Bier und köstliches italienisches Gebäck, das der Schleusenbauer selbst gemacht hatte. Sie sprachen über die bevorstehende Inbetriebnahme, über das, was danach auf die Männer wartete, über den Kanalgeist. Immer wieder wurde gesungen, die Italiener hatten wunderbare Stimmen. Die meisten. Kräftig waren sie alle.

»Sind wir nicht zu laut?«, wollte Mimi wissen. »Die Herren nebenan wollen sicher schlafen.«

»Stimmt. Wie rücksichtslos von uns.« Kolbe legte den Zeigefinger an die Lippen, sofort kehrte Ruhe ein. Nur kurz, denn jetzt war ein lautes Schnarchen zu hören. »Mir scheint, die haben einen ziemlich tiefen Schlaf«, flüsterte er. Mimi kicherte.

»Den kann ich jetzt auch gebrauchen.« Regina gähnte. »Die Gesellschaft morgen bekommt zwar nur Butterbrot und Suppe, aber auch das muss pünktlich fertig sein.« Sie erhob sich von der Pritsche. Mimi hatte ihr gegenüber gesessen und stand ebenfalls auf.

»Für mich wird es auch Zeit.«

»Ich bringe euch nach Hause!«, sagten Benedetto und Kolbe gleichzeitig. Die beiden Frauen verabschiedeten sich, dann traten sie zu viert in die kalte Nacht.

»Der Kanalgeist war gut«, begann Kolbe, der Mimi nicht von der Seite wich. »Aber dein Gedicht war auch gut.« Sie sah ihn überrascht an. »Ludwig hat gesagt, eine schüchterne junge Dame hat es geschrieben, da wusste ich sofort, dass du es warst. Wobei … so scheu bist du tatsächlich nicht. Wolltest als verwöhntes Töchterlein eines reichen Mannes einfach nur nichts mit uns zu tun haben, nehme ich an.«

»Ich war hier, um etwas zu lernen. Darauf habe ich mich konzentriert. Das ist alles.« Mimi dachte kurz nach, dann fügte sie hinzu: »Außerdem habe ich mehr geschrieben als den Trinkspruch. Ich habe mir notiert, wie der Alltag von Regina aussieht, wie das Leben in den Baracken ist. Könnte für die Kanalzeitung interessant sein.«

Sie waren vor dem Verwaltungstrakt angekommen, in dem Regina und ihre Kleine und Mimi schliefen. Benedetto und Regina wünschten eine gute Nacht, Kolbe machte keine Anstalten zu gehen.

»Ich sage dir, worüber du schreiben solltest: Über die Arbeiterbewegung! Die Gesellschaft muss sich endlich verändern, damit die, die schwer schuften, genauso viel wert sind und die gleichen Rechte haben wie die, die nur denken und planen, sich aber nie die Hände schmutzig machen.«

»Da gäbe es vom Nord-Ostsee-Kanal wenig zu berichten«, entgegnete sie. »Ihr habt hier doch die besten Bedingungen.« Er lachte auf. »Überhaupt hat sich schon so vieles verändert. Bismarck und auch der Kaiser haben sich mit Erfolg für Verbesserungen eingesetzt, für eine Unfallversicherung, deren Beiträge allein die Unternehmer zahlen, für …«

»Ich kenne die Propaganda des Kaisers und des Kanzlers«, unterbrach er sie barsch. »Was ist mit dem Wahlrecht? Davon hängt alles ab!« Seine Augen funkelten. »Doch daran will niemand rühren. Natürlich nicht. Für wen werden sich wohl Abgeordnete einsetzen, die von der reichen Minderheit gewählt werden?« Er ließ ihr keine Gelegenheit zu antworten. »Die wenigen, die dank ihres Vermögens in der höchsten Wahl-Abteilung landen, bestimmen genauso viele Wahlmänner wie die in der niedrigsten Abteilung. Ich weiß, wie das läuft. In einigen Bezirken ist nur ein Mann in der ersten Wahlklasse. Stell dir das vor! Er bestimmt die gleiche Anzahl Wahlmänner wie Tausende in der dritten Klasse. Der Wert der einzelnen Stimme ist also nicht gleich. Darüber solltest du schreiben«, wiederholte er.

Mimi musste an ihren Vater denken. Ein Fisch konnte nicht mit einem Vogel leben. Da hatte er recht. Aber sollten Fische und Vögel nicht gleichermaßen jeden Tag satt werden, einen Unterschlupf finden?

»Ich werde darüber nachdenken. Gute Nacht, Andreas Kolbe.«

Der nächste Tag fühlte sich für Mimi bizarr an. Eine vornehme Riege von Herren, die in irgendeiner Weise mit dem Kanal in Verbindung standen, saßen herausgeputzt und steif mit ihren Frauen in den Räumlichkeiten, die Regina und sie zuvor mit grünen Zweigen und Fähnchen geschmückt hatten. Bauunternehmer Vering, der unter anderem für die Schleuse verantwortlich war, dankte den Mitgliedern der Kaiserlichen Kanalkommission und den Beamten des Bauamtes. Statt Bier und Kanalgeist wurde Portwein getrunken. Kein lautes Reden, kein ungehaltenes Johlen. Ein Einwurf war das höchste der Gefühle.

Als Vering auch den Damen der Beamten für ihre Geduld dankte, wenn sich Besprechungen über die Mittagszeit ausgedehnt hatten, rief ein Herr: »Über Mitternacht!« und erntete dafür höfliches Gelächter.

Nach Verzehr von Butterbrot und Suppe ging es hinaus. Der Wind blies kräftig und kühl, doch glücklicherweise schien die Sonne. Als sie an Bord der *Blankenese* gingen, bemerkte Mimi, dass Vering eine Weile mit Rosario sprach, an dessen Seite eine junge Frau stand, die Mimi mehrfach gesehen hatte. Es sah beinahe aus, als redete Vering mehr mit ihr als mit dem Schleusenbauer.

»Ich hätte nicht gedacht, dass du ein volles Jahr bleiben würdest«, sagte Vater. Mimi blickte zu ihm auf.

»Es war genau das, was ich tun wollte«, entgegnete sie.

Der Wasserspiegel in der Schleuse hatte sich dem des Binnenhafens angeglichen, das mächtige Schleusentor vor dem Bug öffnete sich. Sie fuhren hinaus, drehten, fuhren wieder in die Kammer und, nachdem der Wasserspiegel angehoben war, durch den neu geschaffenen Deichdurchstich in die Elbe. Mimi stand lange an Bord und winkte Regina und den anderen dezent, ohne zu wissen, ob sie sie sehen konnten. Die Fahrt ging bis Hamburg. Unterwegs wurde im Salon gespeist. Der Geheime Regierungsrat Loewe gab eine Tischrede zum Besten, Bauinspektoren und Regierungsbaumeister schlossen sich an.

Auch Herr Vering erhob sich: »Es ist mir eine besondere Freude, dass Herr Dahlström diesen großen Schritt mit uns gemeinsam feiert. Es ist sein Verdienst, dass dieses überwältigende Projekt überhaupt in den Blick genommen und umgesetzt wurde. Er hat nicht nur mutig eigenes Geld investiert, sondern mit seinem Namen und seiner Ehre dazu gestanden und Überzeugungsarbeit geleistet. Ich hörte, man nennt ihn schon Kanalström.« Fröhliches Gelächter, der Wein lockerte selbst die engsten Krawatten und straffsten Mieder. »Ich nenne ihn den Vater des Kanals!«

Mimi sah ihren Vater an und freute sich von Herzen mit ihm. Er ließ sich nicht viel anmerken, doch die Worte machten ihn glücklich, das wusste sie. Ehe er seinerseits ein paar Worte sprechen konnte, erhob sich ein Mann, dessen Name ihr nicht einfallen wollte. Sie wusste nur, dass er zum Stab eines Ministers gehörte.

»Ein verdienter Titel, gewiss«, sagte er und blickte in die Runde, an Vater vorbei. »Doch einer verdient ihn noch mehr und besitzt die älteren Rechte darauf. Es ist unser Alt-Reichskanzler Fürst Bismarck, der den Wert einer Verbindung von der Elbe bis in die Ostsee schon lange erkannt hat. Ein Hoch auf Bismarck!«

Alle stimmten ein, an die frenetischen Hochrufe schloss sich sofort das Singen der Hymne an. Niemand sprach mehr über Vaters Leistung, das versetzte Mimi einen Stich. Dennoch ließ sie sich von der Begeisterung anstecken und sang aus voller Brust, wie sie in der letzten Nacht die italienischen Volkslieder geträllert hatte.

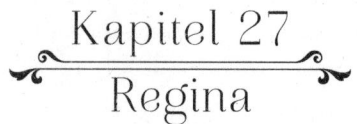

Kapitel 27
Regina

Brunsbüttel, Herbst 1894

Der Schock, den Broders Tod ausgelöst hatte, saß noch immer tief. Im ersten Moment war Regina entsetzt über sein schreckliches Ende gewesen, dann war sofort die Scham gekommen. War es möglich, dass er sie aufrichtig geliebt hatte? War sie zu hart mit ihm ins Gericht gegangen, anstatt ihm zu verzeihen, ihm eine zweite Chance zu geben, wie er gesagt hatte? Nachdem sie einige Nächte darüber geschlafen hatte, kannte sie die Antwort: Was er ihr angetan hatte, sprach eine deutliche Sprache. So behandelte man niemanden, den man liebte. Er hatte noch einmal versucht, den Bau aufzuhalten oder wenigstens den Betrieb zu stören. Wieder hatte er in Kauf genommen, dass Menschen zu Schaden gekommen wären. Alles auf eine Karte, Sieg oder Tod. Es war seine Entscheidung gewesen. Sooft sie sich auch daran erinnerte, so nahe ging ihr sein Sturz in die Tiefe dennoch. Sie war von Herzen froh, dass Bente und Mimi ihr während der Feiern zur Schleuseneröffnung beigestanden hatten. Dahlström war dabei gewesen und hatte seine Tochter mitgenommen, sie fehlte Regina noch mehr, als sie befürchtet hatte. Glücklicherweise kümmerte sich Bente seitdem in der Küche um alles. Oft genug war Ina bei ihr und nahm ihr kleine Handgriffe ab, so dass Regina allein sein konnte. So war es auch jetzt. Sie hockte auf ihrer Pritsche und starrte an die weiß gestrichene Bretterwand, durch die bei Sturm der Wind pfiff. Als es klopfte, fuhr sie zusammen.

»Moment, bitte«, rief sie, stand auf, strich sich fahrig über das Kleid und sammelte sich eine Sekunde, ehe sie öffnete. Vor der Tür stand Jakob Hartmann.

»Ich grüße Sie«, begann er freundlich. »Verzeihen Sie bitte, dass ich Sie derartig überfalle, aber ich habe schon wieder die interessantesten Dinge von Ihnen gehört. Gehen wir ein Stück?«

Sie zögerte. »Also schön«, sagte sie dann. Vielleicht schickte ihn der Himmel. Der Kanal würde auch ohne sie eröffnet werden. Es war der richtige Zeitpunkt, um in Marne neu anzufangen. Sie spazierten in Richtung Elbe. Frische Böen wirbelten Blätter durch die Luft.

»Schade, dass Sie nie auf mein Angebot zurückgekommen sind. Oder auch nicht so schade.« Er lächelte.

»Das müssen Sie mir erklären«, bat sie leise.

»Gern. Ich bin heute wegen einer anderen Sache hier. Krankenschwestern sind nicht schwer zu finden.« Reginas Zuversicht sank. Die Vorstellung, auch weiterhin jeden Tag die Schleuse vor Augen zu haben, die sie an Broders Leiche erinnerte, die auf einem Haufen Schutt gelegen hatte, schnürte ihr die Kehle zu.

»Eine begabte Schnapsbrennerin dagegen ist eine Seltenheit.« Sie sah ihn überrascht an. »Malwida hat mir davon berichtet.«

»Das hätte sie nicht tun dürfen. Ich habe ihr vertraut.« Regina holte Luft. »Es tut mir leid, aber was Malwida Ihnen erzählt hat, ist nicht wahr.«

»Keine Angst, ich will Sie sicher nicht verraten. Ich sagte Ihnen, dass ich im Skatclub bin. Was ich nicht erwähnt habe: Ich betreibe ein Hotel und ein Restaurant. Ich will diesen Kanalgeist haben, den Sie für die Eröffnung der Schleusen kreiert haben.«

»Ich habe nichts kreiert, Herr Hartmann.«

»Ich weiß, Sie haben einen Kompagnon. Mich interessiert weder Ihr Verhältnis noch ob Sie sich mit der heimlichen Brennerei strafbar gemacht haben. Ich will das Zeug haben, das ist alles.« Regina hätte beinahe gelacht. Das war doch absurd. Doch er meinte es offenbar ernst. »Ich stelle Ihnen einen Raum und Startkapital zur Verfügung. Und die nötige Genehmigung beschaffe ich Ihnen auch, damit alles seine Ordnung hat.«

»Ich fürchte, ich verstehe Sie nicht.«

»Sie und Ihr Partner gründen eine kleine Manufaktur und beliefern mich. Ist Ihnen eigentlich klar, welches Geschäft wir gemeinsam machen können, wenn in einem Jahr der Kanal in Betrieb ist?« Er lachte. »Kanalgeist, das wird ein Renner!«

Hartmann hatte sie zum Abschied aufgefordert, es sich umgehend zu überlegen und sich dieses Mal bei ihm zu melden. Regina ging die letzten Schritte allein zurück. Es war vollkommen abwegig, mit Alkohol Geld zu verdienen. Andererseits wusste sie, wie viel Walter Möller mit Branntwein verdiente. Dabei stellte er ihn nicht einmal selbst her, sondern musste dafür einiges auf den Tisch legen. Eine Manufaktur mit Ludwig. Die Produktion des Kanalgeists wäre endlich vollkommen legal. Wenn Ludwig mit seiner Familie in Brunsbüttel wohnen bleiben wollte, hätte er neue Arbeit. Else könnte ihnen helfen. Sie wären ihre eigenen Herren, unabhängig von allen anderen. Eine ungeheure Vorstellung, die Regina beflügelte. Sie würde gleich zu Ludwig gehen und mit ihm sprechen.

»Da ist sie!« Guntas Stimme tönte über das Gelände und fegte Reginas neu gewonnene Energie davon. Walter Möller folgte seiner aufgebrachten Gattin, beide kamen auf sie zu.

»Ist es wahr, was Gunta sagt?«, wollte er wissen. »Hast du für wenige Groschen Fischabfälle gekauft und dir den Rest vom Geld eingesteckt?«

»Du zweifelst doch wohl nicht an mir«, keifte Gunta. »Glaubst du der roten Hexe etwa mehr als mir?«

»Ruhe!«, fuhr er seine Frau ungeduldig an, ließ Regina aber nicht aus den Augen. »Also, woher stammt der Fisch?«

»Von Broder Neunes«, entgegnete sie und erschrak.

»Der Mann ist tot. Woher, Regina?«

»Sein Geschäft war am Ende, er hat dafür gesorgt, dass ein anderer Händler uns beliefert.« Es klang vollkommen unglaubhaft, das merkte sie selbst. »Was ist denn überhaupt los?«

»Die Leute liegen krank in ihren Zimmern, statt zu arbeiten, das ist los.« Gunta funkelte sie an. »Vergiftet. Der Arzt sagt, der Fisch ist schuld.«

Bente und Ina kamen nun auch herbei.

»Jo, der hat komisch gerochen«, bestätigte Bente, als Walter Möller sie befragte. »Is eben so bei Fisch, der stinkt ja immer 'n büschen.« Sie zuckte mit den Achseln.

»Die Hexe hat sich das Geld eingesteckt und obendrein das arme Ding mit der ganzen Arbeit allein gelassen. Das kannst du ihr nicht durchgehen lassen«, forderte Gunta.

»Ich bitte Sie, Herr Möller, Sie wissen doch, wie günstig der Fisch war. Sie glauben doch nicht, dass ein Händler noch weniger verlangt hätte? Es war nichts übrig, ich schwöre es Ihnen.« Regina blieb kurz die Luft weg. »Es sei denn, die Ware war zuletzt tatsächlich nicht mehr gut und Broder hat …«

Gunta fiel ihr ins Wort: »Das ist das Allerletzte, dem Toten die Schuld in die Schuhe schieben. Pfui Deibel!«

Regina hörte kaum mehr hin, was geredet wurde. Sie hatte nur einen Gedanken: Broder hatte mal wieder seinen eigenen Vorteil im Sinn gehabt. Er machte ihr noch nach seinem Tod das Leben schwer. Von wegen wahre Liebe, er hatte sie bis zum letzten Moment belogen. Jetzt würde sie wahrscheinlich das Angebot von Jakob Hartmann annehmen müssen, denn Walter Möller würde sie und ihre Tochter vor die Tür setzen, dessen war sie sicher.

»Mami!« Ina klammerte sich an Reginas Beine, ihr Schluchzen brachte Regina in die Realität zurück.

»Dann kommen Sie mal, junge Frau«, sagte der Gendarm, der ihr unvermittelt gegenüberstand.

»Wohin? Was wollen Sie von mir?« Panik stieg in ihr auf. »Bitte, Herr Möller, Sie haben doch selbst gesagt, bei so einem niedrigen Preis brauchen Sie keine Rechnung, da ist es Ihnen egal, ob die Ware von einem Fischhändler oder Abdecker kommt.« Das waren seine Worte gewesen, das konnte er doch nicht vergessen haben.

»So eine Unverschämtheit! Mein Mann ist ein ehrlicher Verwalter. Die Gesundheit seiner Männer ist ihm wichtiger als sein Gewinn«, behauptete Gunta.

»Ich bin enttäuscht von dir, Regina.« Walter Möller konnte ihr nicht ins Gesicht sehen. »Ich habe dir eine Chance gegeben. Aber du hast mein Vertrauen enttäuscht.«

»Das ist nicht wahr!« Regina wurde schwindelig. Sie musste sich setzen.

»Nun mal nicht aus den Latschen kippen«, forderte der Gendarm sie auf und nahm ihren Arm. »Ihnen wird Betrug und Unterschlagung vorgeworfen. Sie kommen mit nach Eddelak, bis alles geklärt ist.«

»Was wird aus meiner Tochter?«, brachte Regina hervor.

»Die kommt ins Heim, da gehört der kleine Bastard schon längst hin«, hörte Regina Gunta noch sagen, ehe sie das Bewusstsein verlor.

Die Tage im Gefängnis waren die Hölle. Die karge Zelle, die Kälte, die Vorwürfe machten ihr nichts aus. Dass sie aber nicht wusste, wo Ina war, ob es ihr gut ging, trieb Regina in den Wahnsinn. Sie rührte das Essen nicht an und weigerte sich, auch nur ein einziges Wort zu sagen. Am fünften Tag holte ein Bediensteter des Amtsgerichts sie aus ihrer Zelle und brachte sie in das Büro des Sekretärs.

»Die Sache ist erledigt, Frau Barz«, sagte er sachlich. »Gegen Zahlung der dem Amtsgericht entstandenen Kosten und einer Entschädigung an Herrn Walter Möller wird der Fall wegen Geringfügigkeit zu den Akten gelegt.«

»Wo ist meine Tochter?«, fragte Regina leise.

»Sehen Sie mal, ich hätte gedacht, Sie wollen wissen, wer die Zahlung getätigt hat.«

»Wo ist sie?«, wiederholte sie lauter. Sie musste sich an einer Stuhllehne festhalten, weil sie sich kaum noch auf den Beinen halten konnte.

»Auf dem Weg hierher. Zusammen mit Herrn Hartmann, der für Sie gebürgt hat.«

Regina liefen Tränen über die Wangen. Ina war auf dem Weg zu ihr. Mehr kümmerte sie nicht.

»Die Arbeiter haben sich übrigens alle von ihrer Fischvergiftung erholt«, sagte er streng. »Das interessiert Sie sicher.« Seine Augenbraue schnellte in die Höhe.

Regina lächelte matt. »Gott sei Dank!«

Es klopfte, der Bedienstete steckte den Kopf zur Tür herein.

»Der Herr Hartmann wäre jetzt da.«

Der Sekretär nickte. »Ich hoffe, Sie haben Ihre Lektion gelernt, so oder so. Alles Gute für Sie!« Er öffnete ihr die Tür, im Flur stürmte Ina ihr entgegen. Regina ließ sich auf die Knie fallen.

»Mami!«

»Mein Schatz!« Regina drückte sie an sich und ließ den Tränen ihren Lauf.

Die Haushälterin von Jakob Hartmann hatte nicht nur einen Narren an Ina gefressen, sondern sich anscheinend in den Kopf gesetzt, Reginas Nahrungsmangel der letzten Tage innerhalb weniger Stunden wettzumachen. Kaum hatte sie das Geschirr vom Mittagessen abgeräumt, brachte sie Gebäck und heißen Kakao. Anschließend standen Schnittchen und Äpfel auf dem Speiseplan, ehe es auch schon wieder Zeit für das Abendessen war. Regina und ihre Kleine hatten ein Zimmer für sich mit getrennten herrlich bequemen Betten.

»Bleiben wir für immer hier?«, hatte Ina schon am ersten Abend gefragt. »Bitte, Mami, können wir hier immer wohnen? Es ist so schön!«

Das war es wirklich. Doch Regina hatte gelernt, dass es nichts umsonst gab. Sie war auf der Hut.

»Ich bin Ihnen sehr dankbar, dass Sie uns zu sich nach Marne geholt haben, Herr Hartmann«, begann Regina während der sonntäglichen Teestunde.

»Sie haben mir schon mehrfach gedankt. Glauben Sie mir, ich habe nicht nur Ihr Bestes im Sinn.« Er lächelte sein geheimnisvolles Lächeln.

»Da ist ein Hase«, rief Ina begeistert, die am großen Terrassenfenster saß und spielte.

»In meinem Garten wohnen viele Hasen«, antwortete Jakob Hartmann freundlich. »Im Sommer kommen sie mich sogar manchmal auf der Terrasse besuchen.«

»Wirklich? Das würde ich gern sehen.«

»Warum nicht?« Er beobachtete Ina noch eine Weile, ehe er sich wieder Regina zuwandte. Sie kannte diesen besitzergreifenden Blick. Er erinnerte sie an Christoph Rademacher. Es gab mehr als nur diese eine Parallele. Der Mann, der sie geheiratet hatte, um sich mit ihr zu schmücken, war viele Jahre älter gewesen als sie. Das war Jakob Hartmann auch. Sie war Rademachers Frau geworden, weil ihr Vater in einer Zwangslage gesteckt hatte. Nun stand sie in Hartmanns Schuld. Würde sie ihn abweisen, musste sie mit Ina weiterziehen, noch einmal irgendwo von vorne anfangen, fürchtete sie. Regina hatte schreckliche Angst vor der Zukunft. Trotzdem musste sie wissen, woran sie war. Jetzt.

»Herr Hartmann, ich danke Ihnen von Herzen, dass Sie mich aus dem Gefängnis geholt haben. Vor allem, dass Sie sich um mein Kind gekümmert und ihm ein Heim erspart haben, werde ich Ihnen niemals vergessen«, sagte sie mit gesenkter Stimme. »Was verlangen Sie dafür von mir?« Sie reckte das Kinn. »Das Krankenhaus, von dem Sie gesprochen haben … Ich werde dort arbeiten, wenn Sie wollen.« Sie wagte nicht zu hoffen, dass es das war, was er im Sinn hatte.

Er winkte ab. »Wie ich Ihnen sagte, es gibt schon genug Krankenschwestern, es wäre die reine Verschwendung, wenn Sie dort als eine unter vielen arbeiten würden. Ich lasse Sie morgen zurück nach Brunsbüttel bringen. Sie werden wieder das Regiment in Möllers Küche übernehmen. Jedenfalls bis zur Kanaleröffnung.« Regina war vollkommen durcheinander. Was hatte das jetzt wieder zu bedeuten? »Es hätte beinahe eine Meuterei gegeben, weil Gunta gekocht hat«, erklärte er lachend. Dann wurde er ernst. »Sie übernehmen das wieder. Und Sie werden für mich mit Ludwig Kanalgeist produzieren.«

405

Kapitel 28
Susanne

Brunsbüttel, Winter 1894 – Juni 1895

Die Tage gingen ins Land. Immer seltener ging Sanne zur Schleuse, obwohl alle wieder da waren: Benedetto, Daniele und Henrico. Es tat einfach zu sehr weh. Sie hatte sich das alles so rosig ausgemalt, dass alle Welt erfahren würde, welchen Anteil sie am Gelingen des Baus hatte, dass sie eine Arbeitsstelle bekäme und weiter konstruieren durfte, ganz offiziell. Nichts da, in wenigen Monaten würde der Kanal mit viel Trara in Betrieb genommen werden, und sie würde keine Rolle dabei spielen. Dann würden die Arbeiter die Gegend endgültig verlassen, alles würde trostlos werden wie vor acht Jahren, als von einem Kanal noch nichts zu sehen gewesen war. Nee, Veränderungen gab es natürlich schon, die auch bleiben würden. Mehr Menschen, mehr Geschäfte, mehr Gasthäuser, mehr Möglichkeiten. Nur eben nicht für eine Zimmermannstochter, die siebenundzwanzig Jahre alt und unverheiratet war. Schöner Schiet!

Michel war es im Winter nach der Schleuseneröffnung schlecht ergangen wie lange nicht mehr. Er hatte so sehr gehustet und um Atem gerungen, dass Sanne und ihre Eltern das Schlimmste befürchtet hatten. Elke hatte zum Jahresbeginn eine Anstellung in einem

Haushalt in Brunsbüttel bekommen. Ein Unternehmer, der eine Fähre über den Kanal betrieb, hatte sie als Küchenhilfe genommen. Das war ein Glück, sie war jetzt zweiundzwanzig, höchste Zeit, dass sie einen Ehemann fand oder eben einen Brötchengeber. Frerk war ebenfalls tagsüber aus dem Haus, er versuchte sich mehr schlecht als recht als Lehrling in Vaters Werkstatt. Also mussten Mutter, Sanne und Inge sich mit der Betreuung abwechseln. Rosario war einen Tag nach den großen Feierlichkeiten bei ihr gewesen, um über die Zukunft zu sprechen, wie er sich ausgedrückt hatte.

»Steht dein Plan denn fest?«, hatte sie ihn gefragt. Nachdem er das bejaht hatte, hatte Sanne ihm erklärt, dass sie darüber lieber nicht reden wollte. »Außerdem habe ich auch keine Zeit, Michel braucht mich. Tut mir leid«, hatte sie gesagt und die Tür geschlossen. Danach war Sanne ihm aus dem Weg gegangen.

Zu Weihnachten hatte er ihr Cantuccini gebracht, dazu einen Brief. Er wollte wissen, was mit ihr los sei, ob er etwas falsch gemacht habe. Das waren vielleicht dösige Fragen! Mal Händchenhalten und davon schnacken, dass sie zusammengehörten und alle das wissen sollten, dann verkünden, dass er Brunsbüttel verlassen würde. Einfach so. Hätte er sie dabeihaben wollen, hätte er doch wohl zuerst mit ihr reden müssen. Sie hatte ihm ihre Antwort mit einem Stollen vor seine Haustür gelegt.

Lieber Rosario,
es tut mir sehr leid, aber ich hatte wohl etwas falsch verstanden, was deine Zukunft angeht. Sieht so aus, als hätten wir unterschiedliche Vorstellungen davon. Das ist sehr schade. Ich wünsche dir trotzdem Glück!
Sanne

Im Frühling ging es Michel endlich besser. Der Arzt meinte, er solle es, wenn es wieder schlechter würde, mit Indischen Zigaretten probieren.

»Die Nebenwirkungen sind allerdings nicht unerheblich, teuer sind die Dinger obendrein. Leider gilt das für alle Medikamente, die uns gegen Asthma zur Verfügung stehen.« Mit anderen Worten, sie konnten nur beten, dass es keine schweren Anfälle mehr gäbe.

»Wenn er Frerk hilft, Bretter zu bearbeiten, hat er jedes Mal stärkere Beschwerden«, stellte Sanne fest. »Ich finde, er sollte uns lieber draußen beim Gemüse helfen. Die frische Luft scheint ihm besser zu bekommen.«

»Und ich muss die schwere Arbeit allein machen?«, beschwerte sich Frerk. »Das ist nicht gerecht.«

»Feldarbeit ist auch schwer«, wies Mutter ihn zurecht. »Stimmt schon, was Sanne sagt, wenn Michel mit dir am Holz gearbeitet hat, klingt jeder Atemzug wie ein rostiges Scharnier.«

An einem Sonntag im Mai lief Sanne zum Alten Hafen an der Braake und weiter über den Deichsweg zur Neuen Mole. Von da hatte sie einen herrlichen Blick auf die gesamte Schleusenanlage und rüber zum Barackenlager. Einerseits hoffte sie, dass die Italiener und mit ihnen Rosario einfach irgendwann verschwunden wären, damit ihr ein tränenreicher Abschied erspart bliebe. Andererseits hatte sie genau davor eine Heidenangst. Sie bemerkte ein paar Männer, die auf dem Kai am Außentor der Einfahrtsschleuse dicht beieinanderstanden. Schon ein paar Mal war ihr dort etwas aufgefallen, immer wieder schienen Arbeiter dort sehr beschäftigt zu sein, immer wieder hatte sie das Schlagen von Metall und Stein gehört und sich mehrfach gefragt, was sich unter dem großen Segeltuch verbergen mochte, das von hier gut zu sehen war.

»Ist ein schönes Fleckchen hier draußen, was?« Sie fuhr herum, vor ihr stand Kolbe.

»Meine Güte, musst du mich so erschrecken? Ich könnte meinen, das ist 'n Sport für dich.«

»Ist nicht meine Schuld, wenn du so vor dich hin grübelst, dass du nichts mitkriegst.« Er schob die Hände in die Hosentaschen.

»Ich grübel überhaupt nicht, ich gucke nur. Ja, es ist wirklich hübsch hier.«

»Fast so schön wie drüben, wo die Oste in die Elbe mündet. Weißt noch?« Sie nickte. »Kleiner Ausflug gefällig? Allerdings weiß ich nicht, ob wir am Sonntag in Neuhaus Schnaps kaufen können«, überlegte er.

»Du hast doch sowieso kein Boot«, meinte sie.

»Stimmt.«

»Hast du eine Ahnung, was die da drüben treiben?« Er folgte ihrem Blick.

»Nö, keinen Schimmer. Ich weiß nur, dass das alles Steinmetze sind, die da an etwas arbeiten. Vielleicht eine Verzierung, die alle bestaunen können, die von der Elbe in die Schleuse einfahren.«

»Kann schon sein.« Eine Weile standen sie schweigend nebeneinander. »Was machst du eigentlich, wenn du hier keine Arbeit mehr hast?«

»Habe ich mir noch nicht überlegt. Aber ich finde schon was. Es werden zum Beispiel dringend Leute an der Fähre gebraucht. Hörst immer wieder, dass es Probleme gibt. Vor 'n paar Wochen erst, da war es so stürmisch, dass die um ein Haar gekentert wäre. Die brauchen Männer wie mich, die auch in brenzligen Situationen zupacken können und was in den Muscheln haben.« Er präsentierte mal wieder seine kräftigen Arme. Darauf konnte er wirklich stolz sein. »Vielleicht werde ich auch Lotse«, sagte er beiläufig. Sie sah ihn überrascht an.

»Musst du dafür nicht ein Schiff steuern können?«

»Kann ich doch. Du bist doch sogar schon mal mitgefahren.«

Sanne lachte. »Die Nussschale! Damit kommst du nicht weit, du musst einen richtig großen Dampfer lenken können oder einen Dreimaster oder so.«

»Na und, dein Rosario sagt doch immer, man kann alles lernen, man muss es nur wollen und sich anstrengen.«

»Ist nicht mein Rosario«, knurrte sie leise.

»Ach! Nicht mehr? Ist noch nicht so lange her, da dachte ich, ich werde bald zur Hochzeit eingeladen.«

»So'n Tüdelkram!«

»Freut mich, das zu hören.« Er grinste übers ganze Gesicht, bekam aber gleich einen schuldbewussten Ausdruck. »Für Rosario tut's mir natürlich leid, er ist schließlich mein Freund.«

»Und was hast du davon, wenn ich ihn nicht heirate?« Sie sah ihm in die Augen.

»Ewig allein bleiben willst du doch wohl auch nicht, oder? Und du kannst mich leiden.«

»Bilde dir mal bloß nichts ein.« Sanne würde nie im Leben zugeben, dass er recht hatte. »Meinst du das ernst mit der Lotsensache?«

»Klar, warum nicht?«

»Weil du dafür dein Kapitänspatent machen müsstest, denke ich. Das bedeutet, du müsstest dich ordentlich auf den Hosenboden setzen und pauken. Kannst du dir das wirklich vorstellen?« Er zuckte mit den Achseln.

»Ich weiß nicht. Aber eins weiß ich, ich gehe nicht zurück nach Trittau. Was soll ich denn da? Ich bleibe hier, das ist sicher.«

Das kurze Gespräch mit Kolbe ging Sanne nicht aus dem Kopf. Als könne ihre Mutter ihre Gedanken lesen, sprach sie Sanne an einem sonnigen Nachmittag an. Sie waren draußen auf der Wiese, um die großen Laken auszuwringen und mit der restlichen Wäsche aufzuhängen.

»Ich hätte geschworen, der Herr Rosario macht dir bei der Schleuseneröffnung einen Antrag. Ist nun bald ein Jahr her, aber er denkt gar nicht dran. Er lässt sich nicht mal mehr blicken.« Nach jedem Satz machte sie eine lange Pause, doch Sanne schwieg beharrlich. »Habt ihr euch etwa gestritten?«

»Nein.«

»Mein lieber Herr Gesangverein, du bist aber auch sabbelig heute!« Mutter lächelte sie fröhlich an. »Raus mit der Sprache, was ist los?«

»Nichts! Überhaupt nichts, das ist ja das Problem«, platzte Sanne heraus. »Ich dachte doch auch, dass er endlich Nägel mit Köpfen macht. Und dann? Eröffnet er mir plötzlich, dass er zur nächsten Baustelle zieht.«

Auf den Leinen wehten Hemden, Hosen, Bettwäsche und Handtücher, Sanne und ihre Mutter standen dazwischen und redeten. Eigentlich wollte sich Sanne nicht mit dem blöden Thema beschäftigen, aber dann tat es doch gut. Also erzählte sie auch noch von Kolbe, davon, dass sie ihn auch gern hatte und er in Brunsbüttel bleiben würde.

»Der Herr Rosario gefällt mir, nur können wir Frauen leider nicht nur nach unserem Herzen gehen.« Sanne sah sie skeptisch an. »Ach Sanne, ist schon wichtig, dass du den Mann leiden magst, mit dem du dein Leben verbringst. Aber du kannst dich auch an einiges gewöhnen und dir 'n dickes Fell anschaffen. Musst du vielleicht sogar. Ist nämlich noch wichtiger, dass du nicht als alte Jungfer auf deine Geschwister angewiesen bist. Wenn Frerk dich durchfüttern soll, gnade dir Gott. Ich bin nicht mal sicher, dass der sich jemals selbst versorgen kann. Dein Vater war sehr zufrieden mit Andreas Kolbe. Ein Lotse wäre nicht das Schlechteste.«

»Warum soll ich denn nicht arbeiten und mir mein eigenes Geld verdienen? Warum darf ich nicht studieren?«

»Nu werd mal nicht übermütig! Du durftest bei Herrn Vering zeigen, was du kannst. Das war dein Glück. Glaub bloß nicht, dich stellt nu jemand ein, und du kannst immer weiter so tun, als wärst du ein Mann. Du bist und bleibst 'ne Frau, und die braucht eben jemanden, der für sie sorgt. So ist das und so bleibt das.« Sanne wollte gerade protestieren. »Ach guck, wenn man vom Teufel spricht.« Rosario kam den Weg entlang und trat durch die kleine Pforte. Mutter schnappte sich einen Korb. »Ich gehe schon mal rein. Bringst den anderen Korb nachher mit?« Weg war sie.

»Moin, Rosario, ich dachte, du wärst schon in den Bergen, in Hildesheim.«

»Nicht Hildesheim, sondern Hameln«, stellte er richtig. »Und da sind auch keine Berge, höchstens ein paar Hügel.«

»Mir auch recht«, sagte sie und schnappte sich den Korb. Er sollte ruhig merken, dass sie beschäftigt war.

»Sanne, ich wollte dich etwas fragen.« Er blickte konzentriert auf seinen Daumen, an dem es scheinbar etwas gab, was Rosario störte. Emsig fummelte er daran herum.

»Dann mal los!« Ohne ihn anzuschauen, stellte sie den Korb wieder ab. Hoffnung machte sich zaghaft in ihr breit. Ob er sie doch noch bitten würde, ihn zu begleiten?

»Die Männer auf der Baustelle, die Steinmetze aus Italien, verhalten sich schon seit einiger Zeit sehr merkwürdig.« Sanne seufzte. Die Brunsbütteler hatten wohl doch recht, wenn sie immer sagten, 'ne Liebschaft mit einem vom Kanal hatte keine Zukunft. Die wollten alle nur 'ne Frau zur Überbrückung haben. Und die Italiener mit ihrem heißblütigen Temperament seien die Schlimmsten.

»Sie verstecken etwas vor mir, direkt an der Baustelle«, erklärte er.

»Ach das.«

»Du weißt davon?«

»Kriegt doch jeder mit, dass die seit Monaten heimlich tun und irgendwas unter einem Segeltuch verstecken. Was habe ich damit zu schaffen?«

Er sah sie so hilflos an, dass es ihr das Herz brechen konnte. Aber nahm er etwa auf ihr Herz Rücksicht?

»Ich dachte ja nur. Nicht, dass sie mich uber die Pfanne haue wollen.« Verbissen starrte er zu Boden.

»Es heißt in die Pfanne.« Ehe er etwas erwidern konnte, sagte sie: »Ich kann mir nicht vorstellen, dass sie dir Ärger machen wollen. Und selbst wenn, du bist doch sowieso bald über alle Berge oder Hügel.« Warum sagte er nicht endlich, dass es noch nicht entschieden war, und dass er ohne sie auf keinen Fall ginge? Sie hätte ihn am liebsten einfach stehenlassen, aber sie wünschte sich doch so sehr, dass er es sagte, sie in den Arm nahm und küsste. Lange konnte sie nun nicht mehr warten, das war ja langsam albern.

»Ich habe nicht gesagt, dass …«, begann Rosario und suchte offenbar nach Worten. Das war ja nicht auszuhalten. Wenn er sie sitzenlassen wollte, sollte er es ihr wenigstens ins Gesicht sagen. Dazu würde sie ihn auffordern, sobald sie konnte. Zuerst musste nur der blöde Kloß aus ihrem Hals verschwinden. Um ihn nicht länger dösig anzuschweigen, packte sie sich wieder den Korb. Als sie sich aufrichtete, sah sie Kolbe um die Ecke kommen. Der hatte ihr gerade noch gefehlt. Andererseits … Der kam ihr gerade recht.

»Tut mir leid, Rosario, ich habe jetzt keine Zeit mehr. Ich bin verabredet«, sagte sie knapp und blickte zur Pforte.

»Verstehe«, sagte er leise. »Auf Wiedersehen, Sanne.« Er schlich davon wie ein geprügelter Hund. Sanne biss die Zähne zusammen, bloß nicht heulen. Sie sah, wie die beiden Männer ein paar Worte wechselten, dann ging Rosario eilig davon. Kolbe kam breit grinsend auf sie zu.

»Na, schöne Frau, darf ich davon ausgehen, dass wir heute zusammen ausgehen?«

»Den Satz hast du wohl stundenlang geübt, was?« Wäre sie nicht so furchtbar traurig, hätte sie über seine verblüffte Miene gelacht. »Nee«, sagte sie schnell, »davon darfst du nicht ausgehen. Ich habe zu tun. Wurde schon genug aufgehalten«, murmelte sie, während sie an ihm vorbei ins Haus ging und die Tür hinter sich schloss.

In den letzten Tagen vor der offiziellen Eröffnung des Nord-Ostsee-Kanals waren die Zeitungen voll mit Anzeigen und Berichten rund um das bevorstehende Großereignis. Fischhändler Wagner pries Seelachs, Aal und Stör frisch geräuchert fürs Fest an. Als ob der was mit dem Kanal zu tun hätte! Einer wollte eine große Adlerfahne verhökern, ein anderer bot Platz auf seinem Hof gegenüber dem Bahnhofshotel an, um dort Ein- und Zweispänner abzustellen. In der gleichen Anzeige war außerdem von einem Möbelwagen die Rede, und seinen neuen Leichenwagen hielte der Anbieter ebenfalls zur gefälligen Benutzung bereit, war zu lesen. Wer den brauchte, hatte für 'ne gefällige Benutzung nichts mehr übrig, dachte Sanne. Busch lud zum großen Konzert einer Damenkapelle in seine Gaststube, Bierbrauer Kracht dagegen machte Werbung für ein Volksvergnügen mit Schiffschaukel. Alle schienen sich von der Aufregung und der Vorfreude mitreißen zu lassen, nur Sanne nicht. Ihr Herz wurde täglich schwerer. Trotzdem ließ sie es sich natürlich nicht nehmen, in der Nacht zur Schleuse zu gehen. Verrückt war das, obwohl vor nicht allzu langer Zeit die Mitternachtsstunde geschlagen hatte, war ganz Brunsbüttel auf den Beinen. Auch sämtliche Erdarbeiter, Handwerker und Beamte, die noch an der Baustelle geblieben waren, drängten sich auf beiden Seiten der Schleuse, des Binnenhafens und an den Ufern des Kanals. Sanne hatte sich extra am Nachmittag hingelegt und war dann wach geblieben, um den großen Moment nur nicht zu verschlafen und sich vor allem den Platz mit dem besten Blick zu sichern, und was war? Alle andern hatten die gleiche Idee. So'n Schiet. War aber auch irgendwie schön, eine Atmosphäre, wie Sanne sie noch nie erlebt hatte. Überall Fackeln und Laternen, die Luft flirrte vom Flüstern und Wispern. Sie schaute sich um und entdeckte einen großen breitschultrigen Mann, der in ihre Richtung kam. Henrico!

»Wir sind alle da drüben auf der Wiese«, sagte er nur und streckte den Arm nach ihr aus. Sie dachte schon, er würde sie einfach über seine Schulter werfen und durch das Gedränge tragen, doch das war nicht nötig. Er nahm ihre Hand, zog sie hinter sich her und pflügte durch die Menge wie ein Eisbrecher auf der Elbe durch die Schollen.

»Sanne, wir haben uns schon gefragt, wann du kommst.« Benedetto bot ihr einen Platz an. Sie hatten wahrhaftig Stühle aus der Baracke mitgebracht. Mehr noch, einer war übrig, als hätten sie wirklich auf sie gewartet.

»Den großen Moment kann ich mir doch nicht entgehen lassen. Wie nett von euch, mir einen Platz frei zu halten.« Sie begrüßte die Italiener. Rosario war auch da. Natürlich. Sie nickten sich kurz zu und blickten beide schnell in eine andere Richtung. Sie atmete auf, weil Kolbe nicht mit von der Partie war, doch ihre Erleichterung hielt nicht lange an. Es war halb zwei – Benedetto besaß eine Taschenuhr und verkündete alle paar Minuten, wie spät es war – da tauchte Kolbe auf.

»Geht etwa einer von euch heute Nachmittag zum Millitär-Konzert mit anschließendem Tanzkränzchen?« Er sah in die Runde, blickte kurz zwischen Rosario und Sanne hin und her. Ohne eine Antwort abzuwarten, rieb er sich die Hände. »Gute Entscheidung! Ich gehe auch lieber zur Volksbelustigung auf dem Marktplatz. Dann ist das also abgemacht!« Daniele, Henrico und Benedetto stimmten fröhlich zu, Rosario und Sanne schwiegen.

Die feuchte Nachtkühle ließ Sanne frösteln. Die Müdigkeit tat ihr

Übriges. Während die anderen spekulierten, was es auf dem Markt-platz wohl alles zu sehen gäbe, starrte sie angestrengt in Richtung Elbe, ob nicht endlich ein Schiff in Sicht war. Immer wieder hatte Sanne das Gefühl, Rosario würde sie beobachten, doch wenn sie ihn ansah, blickte er stets woanders hin. Und er blieb stumm. Mehr als einmal überlegte sie, einfach nach Hause zu gehen und ein paar Stunden Schlaf zu bekommen.

Plötzlich rief Benedetto: »Vier Uhr, es ist vier Uhr am 20. Juni 1895! Merkt euch das, das ist ein historischer Moment!«

Alle sprangen auf, Henrico schob Sanne vor sich.

»Sonst siehst du nur mein breites Kreuz«, sagte er lachend.

Es war so weit, die *Hohenzollern* schälte sich weiß aus der Dunkel-heit. Dahinter folgte eine ganze Reihe von Dampfern und Segelboo-ten, fast unheimlich wie Geisterschiffe tauchten immer mehr auf. Sanne erkannte schemenhaft das Band, das über den Kanal gespannt war. Elegant fuhr die Kaiserjacht in die Mündung ein. Mit Leichtig-keit durchtrennte sie das Band, die Enden flatterten kurz in der Luft, ehe sie hinabschwebten und auf dem Wasser liegenblieben. Jubel brach aus. Als wollte der Himmel seinen Beitrag zu dem unverges-lichen Anblick leisten, setzte die Dämmerung ein und färbte die Sze-nerie in zarten Rosé- und Violett-Tönen. Sanne hatte das Gefühl, keine Luft zu bekommen, so schön war das. Sie atmete tief ein und aus und musste schlucken, damit der Kloß in ihrem Hals sich löste. Der Kanal war offiziell für die Schifffahrt freigegeben. Ihre Schleuse würde von heute an jeden Tag ihren Dienst tun. Es war der größte Moment in Sannes Leben, sie hätte vor Freude und vor Stolz heulen können. Gleichzeitig bedeutete es den schwersten Abschied, den sie sich nur vorstellen konnte.

»Na, na, nu werd mal nicht sentimental!«, forderte Kolbe sie auf. »Wir gehen nachher zusammen auf den Markt, dann bringe ich dich schon auf andere Gedanken.«

»Lieber nicht«, sagte sie leise.

Sanne betrachtete ein blaues Dampfschiff. *Augusta Victoria* stand auf dem Rumpf. Und da war ein Raddampfer. Auch Kriegsschiffe waren dabei, Kanonenboote. Nach und nach wurden sie geschleust, während ein neuer Sommertag endgültig sein helles Licht über Brunsbüttel legte und das blaue Band des Kanals glitzern ließ.

»Die fahren jetzt durch ganz Schleswig-Holstein bis nach Kiel.« Rosario stand plötzlich neben ihr.

»Si, da wird ordentliche gefeiert«, rief Daniele. »Kommt, wir trinke wenigstens eine Kanalgeiste!«

»Am frühen Morgen? Nein, danke!« Rosario winkte müde ab. »Ich gehe nach Hause.«

»Ich bin auch erledigt«, erklärte Sanne.

»Halt!« Benedetto blickte nervös auf seine Uhr. »Du kannst noch nicht gehen, Rosario, auf dich wartet noch eine Überraschung.«

»Was denn für eine …?«

»Würde ich es verraten, wäre es keine Überraschung mehr.« Benedetto lachte. »Kommt alle mit!«, forderte er die Truppe auf und hakte sich übermütig bei Sanne ein. »Den Kanalgeist könnt ihr danach noch trinken, der wird ja nicht schlecht.«

Er führte sie zum Kai am Außentor der Einfahrtsschleuse. An dem geheimnisvollen Gebilde unter dem Segeltuch hatten sich einige der Steinmetze versammelt, weitere kamen hinzu, bis dort schließlich wohl die gesamte Mannschaft stand, mit der Rosario in den letzten Jahren gearbeitet hatte.

»Rosario, mein alter Freund, du hast dir bestimmt schon Sorgen gemacht, was hier auf deiner Schleuse ohne dein Wissen und deine Zustimmung entstanden ist«, begann Benedetto. »Hab keine Angst, Herr Vering hat uns die Erlaubnis erteilt, es ist alles in Ordnung.« Die Männer feixten. »Wir haben am Gotthard gesehen, wie viel Unheil über die Arbeiter kommen kann, wenn niemand das

Dynamit beherrscht. Auch der Umgang mit gewaltigen Steinbrocken kann schnell einen Fuß oder eine Hand, manchmal sogar das Leben kosten. Darum ist ein umsichtiger Steinmetz und Sprengmeister, der sein Handwerk versteht, wichtig für alle, die unter ihm arbeiten. Du, Rosario, hast als verantwortlicher Schleusenbauer noch viel mehr dazu beigetragen, dass wir alle noch hier stehen, und zwar überwiegend gesund.« Er lächelte Sanne an. »Dabei hattest du eine große Hilfe, inzwischen wissen das alle hier, und wir sind sehr froh darüber, denn ordentlich zeichnen konntest du noch nie.« Die Männer stießen sich gegenseitig an und lachten. »Jedenfalls wollen wir dir danken, dass du uns mit fester Hand, aber auch immer mit deinem großen Herz durch diese Jahre geleitet hast.« Er trat zur Seite und nickte vier Arbeitern zu. Durch einen Tränenschleier sah Sanne, wie sie das Segeltuch anhoben. Es blähte sich kurz auf, dann sank es zu Boden. Da stand eine Bank aus Granit mit einer mächtigen Rückenlehne und geschwungenen Armlehnen. Die abgerundete Sitzfläche war so breit, dass sie bestimmt vier Personen Platz bot.

»Jetzt hast du immer einen Sitzplatz, wenn du deine Schleusen besuchen kommst«, erklärte Benedetto feierlich. »Hart und doch schön, wie die Arbeit, die wir hier machen durften.«

»Ich weiß nicht, was ich sagen soll.« Rosarios Stimme war heiser. »Ihr habt zwölf Stunden am Tag geschuftet, manchmal mehr. Wie konntet ihr …?« Er brach ab, schüttelte den Kopf. »Ich danke euch so sehr, ich werde bestimmt zu Besuch kommen. Versprochen!«

»Ich kann keinen Mann heulen sehen«, rief Kolbe. »Wer geht mit zu Ludwig?«

Die gesamte Mannschaft machte sich auf den Weg. Einige klopften Rosario auf die Schulter, andere umarmten ihn herzlich. Schließlich waren Sanne und er allein.

»Dann gehst du wirklich?«, flüsterte Sanne und räusperte sich. »Ich meine, der Kanal ist zwar fertig, aber bestimmt gibt es hier trotzdem noch einiges zu tun.« Er sah sie an und holte tief Luft.

»Woanders gibt es mehr zu tun.«

Sie wischte sich rasch über die nassen Wangen.

»Ich kann das schon verstehen. In Brunsbüttel ist es oft kalt und nass. Bei dir zu Hause scheint das ganze Jahr über die Sonne.«

»Hier scheint für mich mehr als genug die Sonne. Und ich gehe ja auch nicht nach Hause, sondern nach Hameln. Das ist nicht so weit.«

»Um die Ecke ist es nicht gerade«, protestierte sie schwach.

»Dort dauert es nicht mehr lang bis zum Durchstich des Tunnels, aber sie haben große Probleme. Die können einen Fachmann gut brauchen.«

»Können wir hier auch.«

»Nicht mehr.« Er atmete tief ein. »Es ist nicht nur der Tunnel, weißt du, sondern auch eine lange Brücke über die Weser. Das ist sehr reizvoll für mich.«

»Und hier ist nichts reizvoll?« Sie sah ihm in die Augen, er musste doch erkennen, dass er einen Fehler machte.

»Doch, Signorina Sanne, hier reizt mich auch etwas. Jemand. Sehr sogar. Aber will ich nicht immer nur der Zweite sein oder einer von beide oder wie würdest du sage? Ich teile gern, Sanne, aber niemals die Frau.«

»Aber das musst du doch auch nicht«, sagte sie flehend.

»Du kannst dich nicht entscheide, das habe ich kapiert. Und dort wartet eine größere Herausforderung auf mich, bei der ich wieder etwas Neues lernen kann. Lebe wohl, Signorina Sanne!«

Kapitel 29
Justine

Kiel, Juni 1895

Es war der 21. Juni 1895. Heute fand tatsächlich schon die feierliche Schlusssteinlegung des Nord-Ostsee-Kanals auf dem Festplatz in Holtenau statt. Es war ein Jahrhundertbauwerk, kein Zweifel. Dafür war eine Bauzeit von rund sieben Jahren sensationell kurz, fand Stine. Schon seit Tagen strömten die Menschen, fein herausgeputzt die meisten, zur Förde und der Schleusenanlage. Einige hatten Decken aufgeschlagen, auf denen sie bereits seit Stunden hockten oder gar übernachtet hatten, um den besten Blick auf Kaiser Wilhelm II. und auf die vielen ausländischen Herrschaften zu verteidigen. Sogar der russische Zar sollte angeblich am Schiffskorso teilgenommen haben, hatte Stine gelesen. Sie hatte das Spektakel mit Anders von ihrem Haus aus verfolgt. Am liebsten würde sie es auch an diesem Abend so halten. Sie könnten sich zwei Stühle in den Garten stellen, etwas Gutes essen, und zum Nachtisch würde sie Anders die erfreulichen Neuigkeiten verraten, die sie seit wenigen Tagen in ihrem Herzen trug. Doch das war nicht möglich, sie waren zur Festtafel eingeladen. Sie saß vor ihrer Frisierkommode und legte die Perlenohrringe an, die Anders ihr zum dritten Hochzeitstag geschenkt hatte. Im Spiegel sah sie ihn zur Schlafzimmertür hereinkommen.

»Wie ich sehe, bist du so weit.« Stine stand auf und wandte sich zu ihm um. »Du bist wunderschön.« Er kam näher und küsste sie zärtlich. »Als würdest du von innen leuchten.« Das war der richtige Moment, es ihm zu sagen. »Kein Wunder, sie sprechen jetzt schon alle davon, dass es das größte Fest seit der Gründung des Reiches werden soll. Und ich werde mit der schönsten Frau des Abends angeben«, sagte er und lächelte verschmitzt. »Also dann, gehen wir.«

Stine hob den Rock ihres langen Kleids an und folgte ihm. Es würde sich schon noch eine bessere Gelegenheit bieten, ihm ihr wunderbares Geheimnis zu verraten, wenn die Aufregung der Feierlichkeiten sich ein wenig gelegt hatte.

Die eigens aufgebauten Tribünen, das Zelt mit der Kaiserloge, alles war für Stines Geschmack viel zu pompös. Wohin sie auch sah, überall waren Beete angelegt, in denen es in allen erdenklichen Farben blühte. Einige Muster erinnerten sie an den italienischen Dielenboden von Baurat Meyer.

»Ganz Holtenau ist auf den Beinen«, raunte Anders ihr zu, der ständig jemanden grüßen musste.

»Nicht nur. Mir scheint, die ganze Welt hat sich hier versammelt.« Stine stöhnte.

»Das ist wahr. Wer würde meinen, dass Holtenau noch vor wenigen Jahren ein idyllisches Bauerndorf war?«

»Ich höre immer Holtenau«, beschwerte sie sich lächelnd. »Das ist der Wiker Leuchtturm«, sagte Stine und deutete auf das Türmchen, das gegenüber der Festhalle stand. »Bis hierher reichte das Dorf einmal, ein Teil davon ist jetzt im Kanal versunken. Trotzdem behaupten alle, wir wären hier in Holtenau.«

Ein Mann winkte ihnen zu, den Stine nicht kannte. Anders seufzte.

»Das ist der Kaufhauskönig, von dem ich dir erzählt habe«, presste er zwischen den Zähnen hervor. »Ein schrecklicher Kerl. Ich erspare dir die Bekanntschaft, solange es geht. Bin gleich zurück.« Er küsste sie auf die Wange und ging zu dem Mann. Stine spazierte derweil auf und ab. Die Festhalle war der Nachbau irgendeines berühmten Kriegsschiffes. Sie betrachtete die prunkvollen Aufbauten, den Blumenschmuck, die bunten Fähnchen. Ihr war das alles zu viel, trotzdem konnte sie sich der Wirkung nicht vollständig entziehen. Ihr kam der Gedanke, dass Kinder Spaß an diesem Schiff haben müssten, das niemals in See stechen würde. Ein Schiff auf dem Trockenen. Kürzlich war sie mit Anders wieder in Brunsbüttel gewesen. Der Bau ging gut voran. Was wäre, wenn sie die Kinderecke nicht einfach von der übrigen Fläche abteilten, sondern ein Podest bauten, das sie mit dem Bug eines Schiffes verkleideten? Die Kleinen könnten in der Takelage herumklettern und Kapitän oder Pirat spielen. In Überlegungen versunken, wurde Stine erst langsam bewusst, dass sie in der Menschenmenge gerade ein vertrautes Gesicht gesehen hatte. Mimi Dahlström. So eine Freude. Stine ging ein paar Schritte, reckte sich, blickte in alle Richtungen, doch Mimi war im Gewühl verschwunden.

Anders war zurück. »Ich wünschte, ich könnte in deinen Kopf sehen.« Sie hakte sich bei ihm ein. »Du lächelst, als gingen dort gerade äußerst angenehme Dinge herum. Ich hoffe, ich komme darin vor.«

»Nein, tut mir leid.« Sie lachte, als sie sein verblüfftes Gesicht sah. »Ich dachte, ich hätte eine Bekannte gesehen, aber vielleicht habe ich mich auch getäuscht. Außerdem hatte ich gerade eine Idee für unsere Kinderspielecken.«

»Ich armer Mann«, jammerte Anders. »Meine Frau denkt nur an das Geschäft. Gehen wir hinein, dann kann ich meinen Kummer in teurem Wein ertränken.«

Im Inneren des Schiffsrumpfes schlug Stine ein süßer Duft entgegen, der ihr die Luft nahm.

»Liebe Zeit, die Hälfte der Rosen hätte es auch getan. Das hält man ja nicht aus«, sagte sie. »Und dann noch die vielen Menschen …«

»Ist dir nicht gut? Du bist ein wenig blass.«

»Es geht schon, es ist nur … Anders, ich muss dir etwas sagen.«

»Eine Minute, Liebes. Hier sind unsere Plätze. Setz dich doch schon, ich will nur eben schnell den Geheimen Baurat Fülscher begrüßen. Oder möchtest du mitkommen?«

»Nein, ich warte lieber. Ist wirklich besser, wenn ich einen Moment sitze.«

»Ich beeile mich«, versprach er und verschwand.

Stine sah sich noch einmal nach Mimi um, konnte sie jedoch nicht entdecken. Sie nahm die künstlerisch gestaltete Menükarte zur Hand. Plötzlich spürte sie einen Ruck, ein Mann war gegen ihren Stuhl gestoßen. Er unterhielt sich so angeregt mit einem anderen, dass er es nicht einmal bemerkt hatte. Stine räusperte sich so laut sie konnte und schob ihren Stuhl ein wenig zur Seite. Wie konnte man nur so rücksichtslos sein?

»Wer hätte gedacht, dass der Kanal fertig wird?«, fragte der ungehobelte Kerl gerade.

»Und dann noch in der geplanten Zeit und nicht einmal viel teurer als geplant, was man so hört«, stimmte der Zweite ihm zu.

Während sie sprachen, kamen die beiden ihrem Platz immer näher. Als sie das lange Ende eines Fracks im Gesicht hatte, wurde es Stine zu bunt.

»Entschuldigung, meine Herren!«

Die Männer sahen sie irritiert an, gingen aber immerhin einen Schritt zur Seite.

»Frau Zimmermann, richtig?« Der Erste sah sie fragend an. Sie nickte. »Das ist ein Ding! Wir haben uns gerade darüber unterhalten, dass der Kanal unter keinem guten Stern stand.«

»Ja, das war nicht zu überhören«, entgegnete sie kühl.

»So ein gigantisches Unternehmen. Und so ein schlechter Anfang! Nun ja, die Hauptsache ist der gute Ausgang.« Er lachte eine Spur zu laut. »Da hat Ihr Mann aber auch Glück gehabt.« Er tippte sich an die Stirn, als wolle er sich verabschieden.

»Wieso?«, fragte Stine schnell. »Was hat mein Mann mit den Schwierigkeiten zu tun, die es in Brunsbüttel gegeben hat?« Mit Grauen dachte sie an den ersten Spatenstich, von dem sie sich die beste Werbung erhofft und der beinahe zur Katastrophe geführt hatte. »Auf dieser Seite ist doch alles recht gut vonstattengegangen, wenn ich mich nicht täusche.«

»Ja, ja, das schon. Nur hatte Ihr Gatte doch den Kanalbeamten den Tipp gegeben, wo sie den Spaten für das Probeloch kaufen sollen. Und dann ist der gebrochen!« Er schlug sich auf den Oberschenkel. Stine wurde übel. »Immerhin war er schlau genug, keinen eigenen Spaten zu verkaufen, sondern hat schön die Konkurrenz ins Messer laufen lassen«, hörte sie ihn sagen und stand auf.

»Ist Ihnen nicht gut, gnädige Frau?« Der zweite Herr sah sie besorgt an. Stine blickte an ihm vorbei und sah Anders auf sich zukommen. Wie oft hatte sie sich gefragt, warum ein Beamter der Kanalverwaltung ausgerechnet einen Spaten von Wilfried Thams hatte kaufen wollen. Ihre Eitelkeit hatte ihr Misstrauen im Keim erstickt. Jetzt kannte sie die Wahrheit: Anders Zimmermann hatte ihr schaden und damit den Wert ihres Geschäfts mindern wollen. Und sie war in die Falle getappt.

Kapitel 30
Regina

Brunsbüttel, 1895

Es war so weit, Kaiser Wilhelm und unzählige Staatsgäste fuhren zum ersten Mal den Nord-Ostsee-Kanal von einem Ende zum anderen. Sie hatten am frühen Morgen die Schleuse passiert. Alle waren auf den Beinen gewesen, hatte Benedetto ihr erzählt. Regina hatte sich den Trubel erspart. Seit sie aus Marne zurück war, erledigte sie ihre Arbeit, ging Gunta aus dem Weg, stellte mit Ludwig Kanalgeist her, das war alles. Walter Möller hatte sich bei ihr entschuldigt.

»Du musst das verstehen!«, hatte er gefleht. »Die hätten mir womöglich den Laden zugemacht, wenn die gedacht hätten, ich würde faulen Fisch einkaufen. Und vor meiner Frau hätte ich auch schlecht zugeben können, dass mir bei dem Preis die Qualität schietegal war. Die denkt doch, ich bin durch und durch anständig.«

Regina hatte ihre zwei Kammern zurückbekommen, und Walter Möller zahlte ihr eine Mark mehr pro Monat. Es hätte sie schlechter treffen können, also hatte sie sich darauf eingelassen, bis zur Eröffnung ihren Dienst zu tun. Nun war es so weit. Der Tag des Abschieds war gekommen. Ihre Habseligkeiten waren gepackt. Sie hatte Benedetto und den anderen schon Lebewohl gesagt. Bis Jakob Hartmann sie in ihr neues Zuhause bringen würde, blieb ihr noch Zeit, aber auf keinen Fall wollte sie Benedetto noch einmal begegnen.

»Komm, Ina, das Wetter ist so schön. Lass uns noch einmal den Kanal entlangspazieren!«

»Au ja!«

Nur noch wenige Schaulustige waren am Ufer unterwegs. Die meisten waren sicher längst beim Militär-Konzert mit anschließendem Tanzkränzchen oder bei der Volksbelustigung, die auf dem Marktplatz stattfinden sollte. Vor Regina und ihrer Tochter lag ein neuer Lebensabschnitt. Regina sah ihm mit gemischten Gefühlen entgegen. Bei allen Unwägbarkeiten lag gewiss auch eine Chance darin. Sie beobachtete ihre Tochter, wie sie sich bückte und eine Pusteblume pflückte.

»Guck mal, Mami, wie hübsch die Schirmchen sind!«

»Sie sind nicht nur hübsch, sondern ein Wunder, das Wunder der Natur.«

Ina legte die Stirn in Falten. »Wieso?«

Regina ließ einen der Samen auf ihrer Handfläche landen.

»Er ist federleicht und strengt sich nie an, er kann nicht steuern, wohin der Wind ihn trägt, er lässt sich einfach treiben. Und doch trägt er große Verantwortung, denn er bringt neues Leben mit sich.« Sie sah Ina an. »Kannst du dir das vorstellen? Dieses kaum sichtbare, winzige Gebilde trägt alles in sich, was es braucht, damit eine neue kräftige Pflanze daraus wachsen kann.«

Die Falten auf Inas Stirn wurden tiefer. Sie dachte gründlich nach, dann strahlte sie plötzlich.

»Nein, Mami, bestimmt ist das der Regenschirm einer Elfe oder ein Zauberschirm. Ja, genau, ein Zauberschirm! Elfen sind Naturgeister. Sie haben kein Geld, ihr kostbarster Besitz ist so ein Schirm.« Sie pflückte eine weitere Pusteblume. »Die Elfen verschenken ihn nur ganz selten und nur an besondere Menschen.« Sie überlegte kurz, ehe sie weitererzählte: »An die, die sie sehen können. Nur die wenigsten Menschen können Elfen sehen«, erklärte sie ernst. »Das können nur die, die auf Wiesen oder im Wald ganz still sind und ganz genau hingucken. Solche Menschen bekommen ein Schirmchen als Zeichen der Freundschaft.«

»Das ist ein schönes Geschenk«, sagte Regina.

»O ja, denn es sind ja Zauberschirme. Sie schützen dich vor Sonne und vor Regen, sie tragen dich aber auch durch die Lüfte, wenn du willst. Natürlich bringen sie Glück. Und wenn du dein Schirmchen nicht mehr brauchst, steckst du es einfach in die Erde, und es wächst eine ganz schöne Blume daraus. Aus ihrer Blüte entstehen so viele neue Schirme!« Ina breitete die Arme auseinander und strahlte.

»Das ist eine sehr hübsche Geschichte, mein Schatz.« Sie küsste ihre Tochter auf die Stirn. »Und jetzt müssen wir umkehren. Wir wollen doch nicht, dass Herr Hartmann auf uns warten muss.«

»Nein, das wollen wir nicht.« Ina hielt die Blume vor ihre Lippen und pustete kräftig. Ein Schwarm der kleinen Samen wirbelte durch die Luft.

»Ich dachte, du findest sie so schön und möchtest sie behalten.«

»Nur ein Schirmchen, Mami.« Ina streckte ihr die Hand entgegen, zwischen ihren Fingern hielt sie behutsam einen winzigen Samenschirm. »Sonst können doch keine neuen Pflanzen geboren werden.«

»Da hast du recht, Liebes.«

Sie gingen zurück. Regina lächelte. Bald hatte Ina ihren achten Geburtstag. Regina würde Ludwig um eine der kleinen Glasflaschen bitten, die er für den Kanalgeist besorgt hatte. Sie würde ein Elfen-Zauberschirmchen hineinlegen und ihrer Tochter schenken, damit das Glück für sie immer sicher aufbewahrt war.

Schon von Weitem sah Regina einen Mann vor dem Verwaltungsgebäude der Baracke stehen. Es war nicht Jakob Hartmann. Der Anblick war ihr gleichermaßen fremd und doch vertraut. Der Herr drehte sich in ihre Richtung, jetzt war sie sicher.

»Vater!« Regina hob ihren Rock an und ging ihm eilig entgegen. »Das ist eine Überraschung.« Er sagte kein Wort, sein Blick war eisig. »Es ist schön, dich zu sehen.« Die Freude verging ihr.

»Und was ist mit dir?« Friedrich Barz sah Ina an. »Hast du nicht gelernt, guten Tag zu sagen?«

»Du hast auch nicht guten Tag gesagt«, erinnerte sie ihn. »Guck mal, ich habe einen Zauberschirm.« Sie streckte ihm die Hand entgegen. Er sah nicht einmal hin.

»Die Kaiserliche Kanalkommission hatte die Errichtung einer Drehbrücke geplant, in direkter Nachbarschaft zu meinem Gebäude in Rendsburg«, begann er.

Regina wurde übel. Wie lange war es her, dass sie sich das letzte Mal gesehen hatten? Sieben Jahre? Und er fragte nicht einmal, wie es ihr ging.

»Jetzt soll sie doch an eine andere Stelle kommen«, berichtete er weiter. »Broder hat mir gesagt, dass du Beziehungen zu Heinrich Hermann Dahlström unterhältst. Ich konnte es nicht glauben, aber ich habe mich umgehört und finde diese Behauptung bestätigt. Offenbar hast du weitere glänzende Kontakte. Das ist gut, denn der Wert meines Hauses hängt davon ab, wo die Brücke stehen wird. Ich bin schon einmal auf den Bauch gefallen, weil die Kanalkommission ihren Hauptsitz nicht in Rendsburg, sondern in Kiel eingerichtet hat. Ich hätte gut verdienen können, wenn sie meine Räume gemietet hätten.« Er sah sie erwartungsvoll an.

»Was habe ich damit zu tun?«, fragte sie leise.

»Das habe ich doch eben erklärt. Du sollst deine Verbindungen jetzt mal für deinen Vater spielen lassen.«

Er entschuldigte sich nicht bei ihr dafür, dass er sie verstoßen hatte, dass er nicht einmal den Mut gehabt hatte, ihr ins Gesicht zu sagen, wie enttäuscht er von ihr war. Nur einen Brief hatte sie von ihm bekommen, das war alles.

»Du hast geschrieben, ich sei ein durch und durch schlechter Mensch«, erinnerte sie ihn. »Ich würde nur an mich selbst denken und hätte kein Fünkchen Anstand im Leib. Und trotzdem kommst du ausgerechnet zu mir?«

»Du bist meine Tochter. Es ist meine Pflicht, dir eine Chance zu geben, es wieder gutzumachen.«

Regina sah ihn lange an. Er war alt geworden. Sein kantiges Gesicht und die grauen Haare verschwammen vor ihren Augen.

»Da muss ein Irrtum vorliegen«, sagte sie heiser. »Mein Vater ist tot. Er ist eben für mich gestorben.«

Kapitel 31
Mimi

Hamburg und Kiel, Juni 1895

Acht Jahre lag die feierliche Grundsteinlegung zurück, der Mimi und ihre Geschwister mit Vater beigewohnt hatten. Nun würden sie wieder an die Förde reisen. Es kam ihr vor, als lägen nur ein paar Wochen zwischen den beiden großen Ereignissen. Doch sie brauchte nur ihre Geschwister anzusehen, um zu wissen, dass viel mehr Zeit verstrichen war.

Vater war schon am Tag vor den Feierlichkeiten zu einem Festessen im Hamburger Rathaus eingeladen. Knapp zwei Wochen vorher hatte er Mimi ungewöhnlich vergnügt berichtet, es habe ein Missverständnis gegeben.

»Seine Majestät der Kaiser hat wohl den Wunsch geäußert, den Kaffee nach dem Diner auf der Insel zu genießen. Ich bin sicher, er dachte an die *Alsterlust*, und ich stehe mit dieser Einschätzung nicht allein da.« Er schmunzelte. »Seine Majestät ist eben nicht von hier, ein Besucher der Stadt kann schon meinen, das Lokal läge auf einer Insel am Rande der Alster.«

»Hat denn niemand den Irrtum aufgeklärt?« Mimi hatte ihn fragend angesehen.

»Einen Irrtum des Kaisers? Großer Gott, nein! Die Baudeputation wurde eiligst beauftragt, eine Insel mit einem Café darauf zu errichten.« Ihr war es wie Schuppen von den Augen gefallen. Die Kulissen, an denen seit Tagen hektisch gewerkelt worden war, dienten keiner Operettenaufführung.

»Du liebe Zeit, hoffentlich wird die Konstruktion stabil. Nicht, dass am Ende noch alle baden gehen, ehe der Kanal seiner Bestimmung übergeben ist.«

Ein weiteres Ereignis schob sich vor die Eröffnung. Ein Bote der preußischen Gesandtschaft läutete an der Tür der Villa Dahlström und gab ein Paket für den Hausherrn ab. Mimi stand in der Diele, als ihr Vater es im Wohnzimmer öffnete. Er war allein, die Tür nicht einmal angelehnt. Sie konnte sehen, dass er eine beigefügte Notiz las, das Papier sinken ließ und mit unbewegter Miene auf ein Kreuz starrte, das er an einem blauen Band aus dem Päckchen gezogen hatte. Der Anblick zerriss Mimi das Herz, sie ging zu ihm und erkannte sofort, worum es sich handelte.

»Der Kronen-Orden dritter Klasse!« Sie bemühte sich, ihrer Stimme einen freudigen Ausdruck zu verleihen. »Dann ist es bis zum Großkreuz nicht mehr weit.« Sie zwinkerte ihm zu.

Ihr Vater ließ die Auszeichnung wieder in das Kuvert gleiten.

»Es ist nur ein Stück Metall«, sagte er hart.

»Die vierte Klasse ist dir beim Diner zur Grundsteinlegung verliehen worden«, meinte Mimi und seufzte. »Die dritte Klasse ist höher, aber den Orden einfach so an der Tür abzugeben …« Sie schüttelte den Kopf. »So ein Verhalten wirft ein schlechtes Licht auf den Absender, nicht auf den Empfänger.«

»Schon gut, Mimi. Immerhin stellt man mir eine Audienz mit dem Kaiser in Aussicht. Und zwar noch hier in Hamburg«, erklärte er ohne große Überzeugung.

»Das ist doch schön!«

»Warten wir's ab.«

Nun war es also so weit. Mimi sah ihren Vater nach dem Diner noch einmal kurz. Es hatte sich nicht ergeben, einige Worte mit dem Kaiser zu wechseln, sagte er ihr, ehe er gleich wieder verschwand. Während der Rest der Familie noch eine Nacht zu Hause blieb, ging er an Bord eines Hapag-Dampfers, der sich tags drauf in aller Frühe auf den Weg durch den Kanal machen würde. An Bord würden Mitglieder des Reichstags und andere hohe Persönlichkeiten sein, vor ihnen sollte die *Hohenzollern* mit dem Kaiser und seinem Gefolge in Richtung Kiel gleiten.

In der gleichen Zeit machten sich Bertha, Mimi, Else und die übrigen Geschwister auf den Weg zum Dammtor-Bahnhof, um den Schnellzug zu nehmen.

»Der ist ja komplett überfüllt«, stellte Hermann ärgerlich fest. »Ich denke, wir haben reserviert.«

»Da passt nicht einmal mehr ein Aal hinein«, meinte Mimi kopfschüttelnd.

»Hast du zufällig einen dabei?« Hermann griente. »Mit dem Gestank könnten wir Platz schaffen.«

Es war nichts zu machen, obwohl sie Karten für den Schnellzug hatten, mussten sie zusehen, wie er ohne sie abfuhr.

»Nehmen wir eben den nächsten«, sagte Else und seufzte.

Leider wurde es nicht besser. Ein Zug nach dem anderen war überbelegt und ratterte davon. In einem Sonderzug bekamen sie schließlich Platz, nur hielt der wieder und wieder mitten auf der Strecke an. Die Fahrgäste waren bester Laune, stiegen aus, brachen frisches Grün ab und schmückten damit sämtliche Wagen. Bei einem weiteren Halt lief sogar jemand zu einer Kate, die einsam unweit der Gleise lag.

»Gibt es da etwas zu sehen? Kann ich auch hingehen?« Pauls Augen blitzten unternehmungslustig. Nach Stunden in der Eisenbahn hätte er sich wohl liebend gern ein bisschen bewegt.

»Wir bleiben besser alle zusammen hier«, entschied Bertha.

Nach einer Weile kamen die zwei Männer zurück, im Schlepptau eine Bäuerin, die einen gewaltigen Schinken im Arm hielt. Die Herren trugen eine schon recht verwitterte Bank und stellten sie direkt neben dem Gleisbett ab. Die Bäuerin wedelte Blätter und sonstigen Unrat vom spröden Holz, ließ den Schinken darauffallen und begann, dicke Scheiben davon abzuschneiden.

»Besser als nichts«, meinte Mimi. Sie hätten längst in Kiel sein sollen und hatten keinen Proviant eingepackt. Ihr knurrte allmählich der Magen, und das ging wohl den meisten Fahrgästen so, denn rasch bildete sich eine Schlange, die Bäuerin schnitt und kassierte von jedem ein paar Pfennige.

Nach sieben Stunden trafen sie endlich in Kiel ein. Offenbar hatte niemand mehr mit ihnen gerechnet, kein Mensch weit und breit, der sie in Empfang nahm. Hermann versuchte, einen Wagen anzuhalten, doch alle waren belegt oder die Herrschaften darin in Eile. Es blieb ihnen nichts anderes übrig, als mitsamt ihrem Gepäck zu Fuß nach Düsternbrook zu gehen, wo sie bei Vaters Freund, dem Kommerzienrat Howaldt untergebracht waren. Eilig machten sie sich nur ein wenig frisch und kamen gerade noch rechtzeitig in Holtenau an, um das Einlaufen des Schiffskorsos nicht zu verpassen.

»Welch ein Gedränge!« Bertha fächelte sich Luft zu. »Ich habe erwartet, dass es viele Schaulustige geben wird, aber so viele Menschen …«

Wahrhaftig waren die Wege zu beiden Seiten des Kanals gesäumt von Menschen, die meisten im feinen Sonntagsstaat, die Damen mit Schirmchen. Auch im Wasser warteten die Zuschauer in teils beängstigend vollen Ruderbooten. Als die kaiserliche Yacht *Hohenzollern* majestätisch an der Spitze des Korsos in Sicht kam, brach Jubel aus.

»Da, auf dem Dampfer ist Vater«, rief Paul und zeigte auf die Nummer zwei der Parade. Die Strapazen der Anreise waren im Nu vergessen. Alle reckten die Hälse, um ausgiebig die dahinter folgenden Schiffe der Nationen zu bewundern. Adelige und hohe Würdenträger aus aller Herren Länder sollten an Bord sein, darunter sogar der russische Zar, hieß es. Eine Musikkapelle begrüßte jeden Dampfer mit der passenden Hymne. Es war ein unvergessliches Erlebnis.

»Das kommt aus Frankreich!«, sagte Hermann und verzog das Gesicht. Er war nach dem Krieg zwischen den Franzosen und den deutschen Staaten geboren worden, dennoch stimmte er in den Chor derer ein, die aus Frankreich niemanden in Kiel sehen wollten.

»Und das ist die amerikanische Hymne«, rief Else.

Als sich der Zug der Schiffe allmählich seinem Ende näherte, erklang eine Melodie, die Mimi vertraut war.

»Das ist doch keine Nationalhymne«, murmelte sie. Dann war sie sicher. »Das ist *Guter Mond, du gehst so stille.*«

Hermann deutete auf den Dampfer *Fuad*. »Wahrscheinlich kennen sie sich mit der Türkei und ihrer Musik nicht aus.« Er verkniff sich das Lachen.

Beim Ball in der Marine-Akademie wurden Else und Mimi häufig aufgefordert. Anita und Olga waren noch zu klein für diesen Anlass, sie waren in Düsterbrook geblieben. Es war ein buntes Treiben, Paul wusste kaum, wohin er zuerst schauen sollte. Unzählige fremde Uniformen, sogar Schottenröcke waren zu bestaunen. Mimi beobachtete neugierig die Amerikanerinnen, die sich rühmten, modern zu sein und aus einer demokratischen Heimat zu kommen. Und doch waren sie offenbar fasziniert von einem echten Kaiser, der in seinen Stand hineingeboren worden war. Es war beinahe unerhört, wie sie sich bemühten, einen Blick auf Wilhelm II. werfen zu können. Als er einmal mitten durch den Saal ging, drängten sie sich geradezu ihm entgegen und übten sich im Hofknicks. Mimi lächelte. Sie war ein wenig erleichtert, hatte sie doch Sorge gehabt, die Frauen aus Amerika hätten ein irgendwie fortschrittlicheres Auftreten als sie selbst. Womöglich hätte sich Leopold dann in eine von ihnen verguckt. Seine Briefe hatten ihr noch keinen Anlass zur Eifersucht gegeben, im Gegenteil, er schrieb stets davon, wie sehr er sie vermisste und ihrem Wiedersehen entgegenfieberte.

Am nächsten Tag stand die feierliche Schlusssteinlegung auf dem Festplatz in Holtenau auf dem Programm. Als die Familie ihre Plätze auf der ersten Tribüne direkt hinter der Kaiserloge eingenommen hatte, schob sich Vater plötzlich durch die Reihen. Seit Hamburg hatten sie sich nicht gesehen. Er nickte Mimi nur ernst an und setzte sich. Kein Wort. Sie erinnerte sich daran, dass ein Herr ihm bei der Grundsteinlegung geraten hatte, mit finanziellen Forderungen zurückhaltend zu sein. Es würde ein eigenes Budget angelegt, aus dem alle bei der Eröffnung des Kanals bedacht würden, die ihren Beitrag geleistet hatten. Und welchen Beitrag Vater geleistet hatte! Sieben Jahre lang hatte es für ihn nichts anderes gegeben. Mimi wusste, dass es im Rahmen der Festlichkeiten zur Verteilung der eigens zurückgelegten Summe kommen sollte. Sie sah Vaters versteinerte Miene an, ihr wurde flau.

Mit dem Schlussstein wurde gleichzeitig ein Grundstein für ein Denkmal zu Ehren von Kaiser Wilhelm I. gelegt.

Wilhelm II. ergriff das Wort: »Zum Gedächtnis Kaiser Wilhelms des Großen taufe ich den Kanal auf Kaiser-Wilhelm-Kanal!«

»Habe ich schon immer gesagt, dass er so heißen soll«, flüsterte Vater. »Bismarck sagte mir damals, seine Majestät fühle sich geehrt, hielte es aber für zu früh. Vielleicht hat er nicht an die glückliche Fertigstellung geglaubt.«

»Vielleicht ist er auch abergläubisch und hatte von dem Debakel mit dem gebrochenen Spaten gehört«, entgegnete sie leise.

Unterdessen führte der Kaiser drei Hammerschläge aus und rief dabei: »Im Namen des dreieinigen Gottes, zur Ehre Kaiser Wilhelms, zum Heil Deutschlands, zum Wohle der Völker.« Daraufhin erklang die Hymne und Salutschüsse donnerten in den Himmel über Kiel.

»Sieh mal dort, Mimi!« Paul deutete aufgeregt in eine Richtung. Mimi blinzelte.

»Was macht der da?« Dann begriff sie. »Der wird doch nicht, …?« Sie lachte. »Na, das Foto wird schön verwackelt sein.«

»Kein Foto, Mimi«, mischte Hermann sich ein. »Ich habe davon gelesen, dass ein Brite die komplette Zeremonie als Film festhält.« Mimi sah ihn an und blickte wieder zu dem Mann mit der ungewöhnlichen Kamera. Bewegte Bilder! Unglaublich, was Technik alles möglich machte.

Das Spektakel nahm seinen Lauf, ohne dass Vater auf den Festplatz gebeten worden wäre. Auch Bismarcks Anteil am Erfolg, der so ausgiebig bejubelt wurde, war anscheinend vergessen. Dabei wäre es doch ohne seinen Einsatz, auch gegen Generalfeldmarschall Moltke, kaum zum Bau gekommen. Mimis Laune sank. Am liebsten wäre sie einfach gegangen, doch das war natürlich nicht möglich. Es wurde Zeit, sich zum Festmahl einzufinden. Sie sah, wie Vater sich bemühte, wenigstens kurz mit dem Kaiser zu sprechen.

»Ich habe hier eine Einladung zu einer Audienz«, hörte sie ihn sagen.

»Aber nicht jetzt, Herr Dahlström. Jetzt geht es wirklich nicht«, antwortete jemand unfreundlich.

Die Festhalle war ein Nachbau der *HMS Victory*, die der berühmte Admiral Nelson in der mindestens ebenso bekannten Seeschlacht von Trafalgar befehligt hatte. Die komplette Takelage stammte von der Fregatte *Niobe*, die der Kaiserlichen Marine als Schulschiff diente. Sie war über und über mit Fähnchen dekoriert. Prunk, wohin Mimi schaute. Sie hatte nie zuvor kostbareren Blumenschmuck gesehen, im Inneren des Schiffsrumpfes hatte man so viele Rosen verteilt, dass einem der süße Duft den Atem raubte. Bestimmt tausend Gäste mussten Platz in dem Saal finden, schätzte sie.

»Sieben Wochen hat es gedauert, bis der Dreimaster mit all seinen Verzierungen und Laternen fertiggestellt war«, hörte sie einen Herrn ehrfürchtig sagen. »Er ist seinem Vorbild zum Verwechseln ähnlich, meinen Sie nicht?«

»Allerdings!«, entgegnete ein zweiter. »Fast ein wenig schade, dass der Segler nur einen Tag gebraucht wird.« Die beiden lachten.

Das Deckblatt der Menükarte schmückten die Levensauer Hochbrücke, die Leuchttürme von Brunsbüttel und Holtenau sowie zwei unbekleidete Schönheiten, die Nord- und Ostsee verkörperten. Es gab eine Consommé, gefolgt von Forelle, Rinderbraten mit Trüffeln aus dem Périgord und vier weiteren Gängen, ehe Gefrorenes, Früchte und schließlich das Dessert an der Reihe waren. Mimi malte sich aus, wie viel Arbeit diese vielen erlesenen Speisen gemacht haben mussten. Und das für eine so große Zahl von Menschen, die in jeder Hinsicht verwöhnt waren. Aber natürlich mussten auch nicht drei Frauen allein alles zubereiten und servieren.

Als die Familie nach Hamburg zurückkehrte, war Vater zwar in einer Festschrift von Geheim-Regierungsrat Loewe gewürdigt worden, bei der Verteilung der Dotationen ging er dagegen wahrhaftig leer aus. Die versprochene Audienz, bei der er das heikle Thema noch einmal hätte ansprechen können, war erfolgreich verhindert worden. Vater beschwerte sich nicht darüber.

»Der Kaiser hat mich übersehen und ich ihn«, sagte er lediglich, als machte ihm das alles nichts aus. Mimi wusste es besser. Sie wunderte sich nicht, dass er krank wurde, kaum dass sie wieder zu Hause waren. Es war die Enttäuschung. Tagelang lag er im Bett und wollte niemanden sehen. Nur der alte Hausarzt durfte zu ihm.

Als er sich nach einem Besuch verabschiedete, sagte er: »Ein guter Arzt muss eben auch Seelsorger sein.«

Dann kündigte sich ein Herr an.

»Er sei Reporter und wünscht, mit dir über den Kanal zu sprechen«, sagte Mimi.

»Der ist fertig und in Betrieb. Was gibt es da wohl noch zu besprechen?« Er hatte an diesem Tag zum ersten Mal wieder das Bett verlassen und sich angekleidet. »Schön, ich empfange ihn in meinem Kontor.«

Mimi begleitete den Journalisten selbst von der Diele hinauf in Vaters Arbeitszimmer. Sie hoffte, mit ihm ins Gespräch zu kommen. Vielleicht konnte sie ihre Texte, die sie über Regina und die Arbeiter in Brunsbüttel verfasst hatte, in der Zeitung veröffentlichen, für die er tätig war.

»Mein Vater ist irritiert, um es vorsichtig auszudrücken. Es hat sich lange niemand mehr für seine Meinung zum Bau des Kanals interessiert. Nun ist alles fertig …«

»Fertig, aber zu klein«, erwiderte der Reporter sofort. »Genau darum geht es ja. Ich bin gespannt, was Ihr Vater zu der Idee eines Erweiterungsbaus sagt.« Sie waren vor Vaters Tür angekommen, der junge Mann bedankte sich bei Mimi, klopfte und trat ein. Es gehörte sich natürlich nicht, trotzdem blieb Mimi im Flur stehen und spitzte die Ohren. Sie brauchte nicht sonderlich geduldig sein.

»Das ist nun wirklich kein neuer Einfall«, hörte sie Vater poltern. »Ich habe meiner Meinung dazu bereits in meinen Denkschriften Ausdruck verliehen. Warum sollte ich mich erneut äußern?«

Das Geräusch von über den Boden kratzenden Stühlen und raschelnder Kleider ließ Mimi vermuten, dass der Besuch schon wieder zu Ende ging. So war es, die Tür flog auf, der junge Mann sah aus, als habe er eine Tracht Prügel kassiert. Er entdeckte Mimi, zögerte.

»Ich finde allein raus, vielen Dank«, sagte er dann. »Auf Wiedersehen.« Damit lief er die Treppe hinab.

Vater trat in den Flur.

»Ich habe erklärt, warum der Kanal tiefer und breiter hätte sein sollen, warum die Schleusen größer ausgeführt werden müssen. Es war ihnen zu teuer. Ich gebe ihnen zehn Jahre, dann erweitern sie!«

Wahrheit und Phantasie

Wie immer verrate ich an dieser Stelle, welche Begebenheiten des Romans auf Wahrheit basieren, welche erdacht sind. Ich rate Ihnen daher, diesen Abschnitt erst am Schluss zu lesen, weil sonst womöglich schon zu viel verraten wird.

Karl Heinrich von Boetticher war in der fraglichen Zeit Stellvertreter von Bismarck. Er hatte Dahlström geraten, bescheidene Forderungen für seine aufwändige Vorarbeit für den Kanal zu stellen. Ob er es auch war, der schließlich den Kontakt zwischen Dahlström und dem Kaiser verhindert hat, ist nicht überliefert. Dahlströms Tochter Mimi und auch seine Enkelin Ilse vermuteten eine Intrige von Höflingen des Kaisers, die dazu führte, dass Dahlström die Ungerechtigkeit nicht mehr ansprechen konnte. Historisch gesichert ist, dass von Boetticher sich im Streit zwischen Kaiser Wilhelm II. und Bismarck auf die Seite des Kaisers schlug und damit Bismarcks Zorn auf sich zog. Bismarck, der 1890 gestürzt wurde, war ein Kämpfer für den Kanal und ist bei der Eröffnung ebenfalls zu kurz gekommen. So habe ich von Boetticher die Rolle desjenigen zugedacht, der zumindest zum Teil Schuld daran trug, dass Dahlström um eine verdiente Bezahlung gekommen ist.

Den Kanalgeist gibt es wirklich, man kann ihn kaufen und auf meinen Lesungen probieren;-) Seine Entstehungsgeschichte ist in Wirklichkeit jedoch eine andere. Destillateurmeister Stefan Bierbaum wohnte 14 Jahre am Kanal und hat eine starke Liebe zu der Wasserstraße. Für ihn ist der Geist des Kanals eine Mischung aus

Heimat und der großen weiten Welt, aus der viele Pötte kommen, die über den NOK schippern. Dieser Kombination verleiht er in seiner Spirituose durch Weizendestillat, Kamille und andere heimischen Kräuter Ausdruck. Mehr dazu auf www.kanalgeist.de

Einige Geschehnisse habe ich zeitlich und manchmal auch räumlich ein wenig geschoben. So hat Geheimrat Loewe beispielsweise Baracken besichtigt, und es ist auch passiert, dass die Kaiserliche Kanalkommission eine geplante Fähre plötzlich in Frage gestellt hat. Solche Vorgänge waren für die Menschen von großer Bedeutung, darum wollte ich sie erwähnen und verarbeiten. Dazu war es nötig, dass sie etwas mit meinen Figuren zu tun haben, also sich in deren Umfeld abgespielt haben.

Die Granitbank in Brunsbüttel existiert und ist auch in Wahrheit von italienischen Steinmetzen für den Bauleiter erstellt worden, der für die Schleuse die Verantwortung getragen hat. Scheint so, als wäre er ein guter Vorgesetzter gewesen.

Glücklicherweise waren in der Realität nicht zwei Menschen für den Bau der Schleusen in Brunsbüttel verantwortlich, die keine dafür notwendige Ausbildung genossen haben. Und es gab auch kein Miniatur-Schleusenmodell, wie in der Geschichte beschrieben. Es stimmt aber sehr wohl, dass die Sperrtore mit Öffnungen versehen wurden und deren Funktionsweise und Nutzen zuvor an den Ebbetoren einer Entwässerungsschleuse ausprobiert worden sind.

Heinrich Hermann Dahlström war zur Eröffnungsfeier der Elbschleusen nach Brunsbüttel eingeladen, allerdings mit seiner Frau. Ich war so frei, ihm Tochter Mimi an die Seite zu stellen.

In Eddelak hat es eine Totenfrau gegeben, genannt Mutter Ehmke. Bis es eine Kapelle gab, wurden die Toten im eigenen Schlafzimmer aufgebahrt und von dort zum Friedhof gebracht. Die Totenfrau erledigte die Aufgaben, die heute der Bestatter übernimmt.

Die Levensauer Hochbrücke war zu ihrer Bauzeit wahrhaftig die größte Schweißeisenbrücke des Kaiserreichs. Und es stimmt auch, dass sie aus Kostengründen zuerst abgelehnt, dann aber doch noch beschlossen wurde und quasi auf die Schnelle realisiert werden musste. 1894 wurde sie eröffnet, 1954 modernisiert, wobei sie ihre Türme, Torbögen und die Wappenschilde mit dem Kaiserwappen verlor. Seit 1984 gibt es eine schmucklose Autobrücke, inzwischen ist die alte Levensauer Hochbrücke dem Abriss geweiht oder bereits verschwunden.

Die Mauer des Brunsbütteler Binnenhafens ist leider auch in Wahrheit weggerutscht und musste erneuert werden.

Was die Geschichte der Familie Dahlström angeht, habe ich mich eng an der Realität orientiert. Das wunderbare Buch »Hermann Dahlström – Vater des Nord-Ostsee-Kanals« von Dahlströms Urenkelin Merve Giebler hat mir dabei sehr geholfen. Mimis Entwicklungsschritte vom Pensionat zum England-Aufenthalt und auch ihre Veröffentlichungen stimmen ebenso wie die Besuche der Familie bei Bismarck oder auch an der Kanalbaustelle. Ob Mimi mit dem Gedanken gespielt hat, im journalistischen Bereich zu arbeiten, ist nicht belegt, das in meinem Roman erwähnte Buch hat sie allerdings sehr wohl veröffentlicht. Elses Schwärmerei für einen Kanalarbeiter entspricht nicht der Wahrheit. Es stimmt jedoch, dass sie sich in einen jungen Mann verliebt hat, der nicht den Vorstellungen ihres Vaters entsprach, weshalb sie nach Spanien geschickt wurde.

Ein Wort zur Kanaleröffnung: Die Ereignisse stimmen zum ganz großen Teil, nur habe ich den Ablauf vielleicht hier oder da zeitlich gestreckt, damit meine Figuren auch alle dabei sein können. Die Nationalhymnen zur Begrüßung der Schiffe der Nationen wurden nicht in Kiel, sondern in Rendsburg gespielt. Tatsächlich hat Filmpionier Birt Acres einen Dokumentarstreifen über die Eröffnung gedreht, den ersten seiner Art in Deutschland.

Ich habe neue Schreibweisen verwendet, darum heißt es bei mir Grünentaler Brücke, statt Grünthaler, wie es zeitweise verwendet wurde, oder auch Taterphal. Früher schrieb man Taterpfahl, bzw. beide Schreibweisen wurden parallel verwendet.

Übrigens sagt man heute »die Wik«, wenn vom Kieler Stadtteil die Rede ist. Da es früher das Dorf Wik war, davor das Dorf Wyck, verwende ich einfach nur den Ortsnamen Wik. Einwohner der Wik mögen es mir nachsehen.

Quellen

Vers einer Festhymne, die Mimi Dahlström verfasst hat: Otto-von-Bismarck-Stiftung in Friedrichsruh, Bismarck-Archiv, _A_49,_Bl.94

J. Fülscher, unter Mitwirkung von Hans W. Schultz: Der Bau des Kaiser-Wilhelm-Kanals, Verlag von Wilhelm Ernst & Sohn, Berlin, 1898

Dietrich Duppel, Martin Krieger: Nord-Ostsee-Kanal – Biografie einer Wasserstraße, Wachholtz Verlag

Paul Adolf Toaspern: Die Einwirkungen des Nord-Ostsee-Kanals auf die Siedlungen und Gemarkungen seines Zerschneidungs-bereichs; Schriften des Geographischen Instituts der Universität Kiel, Bd. XIII, Heft 1

August Beuermann: Landeskunde Preußens, Hrsg. Spemann, Berlin 1901

Walter Schulz: Der Nord-Ostsee-Kanal – Eine Fotochronik der Baugeschichte, Boyens Verlag

Walter Schulz: Der Nord-Ostsee-Kanal vor dem Ersten Weltkrieg – eine Fotochronik der Kanalerweiterung, Boyens Verlag

Eike-Christian Heine: Vom großen Graben – Die Geschichte des Nord-Ostsee-Kanals, Kulturverlag Kadmos

Felix Damme: Die Kriminalität und ihre Zusammenhänge in der Provinz Schleswig-Holstein vom 01. Januar 1882 bis dahin 1890 – Eine Kulturstudie auf statistischer Grundlage, Musketier-Verlag

Verein Maritimes Viertel – Kultur am Kanal e. V.: 125 Jahre Kiel-Wik 1893–2018, Verlag Ludwig

Verein Maritimes Viertel – Kultur am Kanal e. V.: 125 Jahre + 1 Nord-Ostsee-Kanal – Der Weg in die Welt, Selbstverlag

K. E. Kaminski: Die Geschichte des Kaiser-Wilhelm-Kanals 1887–1914

www.schaufelundschweiss.de Unbedingt empfehlenswerte Website, die optisch toll gemacht ist und die Sicht der Arbeiter einnimmt! (Zitat der Seite: Alle Inhalte der Seite sowie die Unterrichtsmaterialien dürfen weiterverwendet werden (unter der Creative Commons-Lizenz CC-BY 4)).

Dank

Prof. Dr. Lappenküper, Geschäftsführer und Vorstand Otto-von-Bismarck-Stiftung in Friedrichsruh, der für mich die Suche nach der Nadel im Heuhaufen gestartet und Mimis Festhymne für Bismarck gefunden hat.

Natürlich geht mein Dank wieder an alle, die meine Recherche unterstützt haben, noch ehe es den ersten Band gab: Rolf Fischer von der Gesellschaft für Kieler Stadtgeschichte e. V., Fritz Hermann Barnstedt vom HeimatmuseumHanerau-Hademarschen,

Peter Beenk vom Museum Elbinsel Wilhelmsburg e. V., Ute Hansen vom Stadtarchiv Brunsbüttel, Sven Mewes, der die Geschichte seiner Vorfahren vor mir ausgebreitet hat, Ilse Reese vom Skatclub- und Heimatmuseum Marne.

Gar nicht genug danken kann ich Merve Giebler. Sie hat mir nicht nur unzählige Original-Dokumente zur Verfügung gestellt, sondern auch in kürzester Zeit die Passagen gelesen und freigegeben, die die Familie Dahlström betreffen. Es lohnt sich, mehr über Merves Vorfahren und die Vorgeschichte des Kanals zu lesen. Ihr Buch gibt es unter mervegiebler@yahoo.de und bei meinen Lesungen.

Ein herzliches Dankeschön an meine Lektorin Anne Sudmann und an alle Mitarbeiter des Verlags, die teilweise bestimmt Nachtschichten machen mussten, damit ich mehr Zeit bis zur Abgabe hatte. Ein ebenso herzliches und großes Dankeschön geht wieder einmal an meinen Agenten Dirk R. Meynecke, der zur richtigen Zeit Druck aus dem Kessel genommen und mir den Rücken freigehalten hat.

Nicht vergessen möchte ich meine Familie und Freunde, die ausgehalten und mitgetragen haben, dass mein Beruf viel zu oft an erster Stelle stand.